millennium

millennium

ЕВРОПА ЗАЧИТЫВАЕТСЯ КНИГАМИ СТИГА ЛАРССОНА. *Newsland*

СТИГ ЛАРССОН

ДЕВУШКА С ТАТУИРОВКОЙ ДРАКОНА

ЭКСМО
Москва
Санкт-Петербург
ИД ДОМИНО
2011

УДК 82(1-87)
ББК 84(4Шве)
Л 25

Stieg Larsson

MÄN SOM HATAR KVINNOR

Составитель *Александр Жикаренцев*

Ларссон С.

Л 25   Девушка с татуировкой дракона : роман / Стиг Ларссон ; [пер. со
шведск. А. Савицкой]. — М. : Эксмо ; СПб. : Домино, 2011. — 624 с.

ISBN 978-5-699-38371-9

Сорок лет загадка исчезновения юной родственницы не дает покоя стареющему
промышленному магнату, и вот он предпринимает последнюю в своей жизни попытку — поручает розыск журналисту Микаэлю Блумквисту. Тот берется за безнадеж-
ное дело больше для того, чтобы отвлечься от собственных неприятностей, но вскоре
понимает: проблема даже сложнее, чем кажется на первый взгляд. Как связано давнее
происшествие на острове с несколькими убийствами женщин, случившимися в разные годы в разных уголках Швеции? При чем здесь цитаты из Третьей Книги Мои-
сея? И кто, в конце концов, покушался на жизнь самого Микаэля, когда он подошел к
разгадке слишком близко?

И уж тем более он не мог предположить, что расследование приведет его в сущий ад среди идиллически мирного городка.

УДК 82(1-87)
ББК 84(4Шве)

ISBN 978-5-699-38371-9

ПРОЛОГ

Пятница, 1 ноября

Это повторялось из года в год, как ритуал. Сегодня человеку, которому предназначался цветок, исполнилось восемьдесят два. Когда, как обычно, цветок доставили, он вскрыл пакет и отложил подарочную обертку в сторону. Затем поднял телефонную трубку и набрал номер бывшего комиссара уголовной полиции, который после выхода на пенсию поселился возле озера Сильян в Даларне*. Они не просто были ровесниками, но и родились в один день, что придавало ситуации несколько иронический оттенок. Комиссар, знавший о том, что после доставки почты, около одиннадцати часов утра, ему непременно позвонят, сидел и в ожидании разговора пил кофе. В этом году телефон зазвонил уже в половине одиннадцатого. Он ответил немедленно и сразу же поприветствовал собеседника.

— Его доставили,— сказали ему.

— И какой же в этом году?

— Не знаю, что это за цветок. Надо будет отдать специалистам, чтобы определили. Он белый.

— И конечно, никакого письма?

— Да. Только цветок. Рамка такая же, как в прошлом году. Самодельная.

— А штемпель?

— Стокгольмский.

— Почерк?

---

* Даларна — одна из провинций Швеции. (*Прим. ред.*)

— Как всегда, большие печатные буквы, прямые и аккуратные.

На этом тема была исчерпана, и они еще немного посидели молча, каждый на своем конце телефонной линии. Комиссар-пенсионер откинулся на спинку стула и раскурил трубку. Он прекрасно понимал, что от него больше не ждут острых, разумных вопросов, способных прояснить ситуацию или пролить на дело новый свет. Эти времена давно остались в прошлом, и разговор между двумя состарившимися мужчинами носил скорее характер ритуала, связанного с загадкой, к разгадке которой, кроме них, никто на всем белом свете больше не проявлял ни малейшего интереса.

На латыни растение называлось Leptospermum (Myrtaceae) rubinette. Это была малопривлекательная веточка кустарника, похожего на вереск, около двенадцати сантиметров в высоту, с мелкими листьями и белым цветком из пяти лепестков двухсантиметровой длины.

Данный представитель флоры происходил из австралийских бушей и горных районов, где мог образовывать мощные кустистые заросли. В Австралии его называли Desert Snow*. Позже дама-эксперт из ботанического сада Уппсалы сообщит, что это необычное растение, редко выращиваемое в Швеции. В своей справке ботаник написала, что оно объединяется в одно семейство с Rosenmyrten** и его часто путают с шире распространенным родственным видом — Leptospermum scoparium,— который в изобилии произрастает в Новой Зеландии. Разница, по мнению эксперта, заключалась в том, что у rubinette на кончиках лепестков имеется немного микроскопических розовых точек, которые придают цветку чуть розоватый оттенок.

В целом rubinette был на удивление незатейливым цветком и не имел коммерческой ценности. У него отсутствовали какие бы то ни было лечебные свойства или способность

---

* Снег пустыни *(англ.). (Прим. перев.)*
** Лептоспермум *(шв.). (Прим. перев.)*

вызывать галлюцинации, он не годился в пищу, не мог использоваться в качестве специи или применяться при изготовлении растительных красок. Правда, коренное население Австралии, аборигены, считали его священным, но только заодно со всей территорией Айерс-Рока* и всем ее растительным миром. Таким образом, можно сказать, единственный смысл существования цветка заключался в том, чтобы радовать окружающих своей причудливой красотой.

В своей справке ботаник из Уппсалы отметила, что если для Австралии Desert Snow является достаточно необычным растением, то для Скандинавии он просто-таки редкость. Сама она ни одного экземпляра не видела, но из беседы с коллегами знала о попытках разведения этого растения в одном из садов Гётеборга, и не исключено, что его в разных местах для собственного удовольствия выращивают в теплицах садоводы и ботаники-любители. В Швеции его разводить трудно, поскольку оно требует мягкого, сухого климата и в зимнее полугодие должно находиться в помещении. Оно не приживается на известковой почве, и вода должна поступать к нему снизу, прямо к корню,— короче, с ним нужно уметь обращаться.

То, что цветок является в Швеции редкостью, теоретически должно бы было облегчить поиски происхождения именно данного экземпляра, но на практике эта задача оказывалась невыполнимой. Ни тебе каталогов, которые можно изучить, пи лицензий, которые можно просмотреть. Никто не знал, сколько всего цветоводов вообще пыталось разводить столь прихотливое растение: число энтузиастов, получивших доступ к семенам или рассаде, могло колебаться от единиц до нескольких сотен. Семена они имели возможность купить сами или получить по почте из любой точки Европы, от какого-нибудь другого садовода или из ботанического сада. Нельзя было также исключить, что цветок привезли прямо из Австралии. Иными словами, вычислять именно этих

---

* Скальный массив в Австралии. *(Прим. ред.)*

садоводов среди миллионов шведов, имеющих тепличку в саду или цветочный горшок на окне гостиной, выглядело делом безнадежным.

Это был всего лишь один из череды загадочных цветков, всегда прибывавших 1 ноября в почтовом конверте с уплотнителем. Виды цветов ежегодно менялись, но все они могли считаться красивыми и, как правило, относительно редкими. Как и всегда, цветок был засушен, аккуратно прикреплен к бумаге для рисования и вставлен в простую застекленную рамку форматом двадцать девять на шестнадцать сантиметров.

Загадочная история с цветами так и не стала достоянием средств массовой информации или общественности, о ней знал лишь ограниченный круг. Три десятилетия назад ежегодно прибывавшие цветки подвергались пристальному исследованию — их изучали в государственной лаборатории судебной экспертизы, посылкой занимались эксперты по отпечаткам пальцев и графологи, следователи уголовной полиции, а также родственники и друзья адресата. Теперь действующих лиц драмы осталось только трое: состарившийся новорожденный, вышедший на пенсию полицейский и, разумеется, неизвестный отправитель подарка. Поскольку по крайней мере первые двое находились уже в столь почтенном возрасте, что им было самое время готовиться к неизбежному, то круг заинтересованных лиц мог вскоре еще более сузиться.

Полицейский-пенсионер был повидавшим виды ветераном. Он прекрасно помнил свое первое дело, когда от него требовалось упрятать в тюрьму буйного и сильно пьяного работника электроподстанции, пока тот не причинил вреда себе или кому-нибудь другому. На протяжении своей карьеры старому полицейскому доводилось сажать в тюрьму браконьеров, мужей, жестоко обращавшихся с женами, мошенников, угонщиков и нетрезвых водителей. Ему встречались взломщики, грабители, наркодельцы, насильники и по крайней мере один более или менее сумасшедший взломщикподрывник. Он участвовал в расследовании девяти убийств. В пяти случаях убийца сам звонил в полицию и, полный раскаяния, признавался, что лишил жизни жену, брата или кого-нибудь еще из своих близких. В трех случаях виновных пришлось разыскивать: два из этих преступлений были раскрыты через несколько дней, а одно — через два года, с помощью государственной уголовной полиции.

При расследовании девятого убийства полицейским удалось выяснить, кто виновник, но доказательства оказались столь слабыми, что прокурор решил не давать делу хода. И через некоторое время оно, к досаде комиссара, было закрыто по прошествии срока давности. Но в целом он мог с удовлетворением оглядываться на оставшуюся за плечами впечатляющую карьеру и, казалось бы, чувствовать себя вполне довольным всем содеянным.

Но довольным-то он как раз и не был.

«Случай с засушенными цветами» беспокоил комиссара, будто заноза,— эту загадку он так и не разгадал, хотя уделил ей больше всего времени, и эта неудача нервировала его. Как до выхода на пенсию, так и после он размышлял над этим делом тысячи часов, без преувеличения, но даже не мог с уверенностью сказать, было ли вообще совершено преступление, и от этого ситуация казалась вдвойне нелепой.

Оба собеседника знали, что человек, заключивший цветок в рамку под стеклом, использовал перчатки и нигде не оставил отпечатков пальцев. Они не сомневались в том, что выследить отправителя будет невозможно: для расследования попросту не имелось никаких зацепок. Рамку могли купить в фотоателье или канцелярском магазине в любой точке мира. Почтовый штемпель менялся: чаще всего на нем значился Стокгольм, но три раза был Лондон, дважды Париж и Копенгаген, один раз Мадрид, один — Бонн, а однажды встретился совершенно загадочный вариант — Пенсакола, США. Если упомянутые столицы были хорошо известны, то название Пенсакола настолько ничего не говорило комиссару, что ему пришлось искать этот город по атласу.

Когда они попрощались, восьмидесятидвухлетний новорожденный еще немного посидел, разглядывая красивый, но заурядный австралийский цветок, названия которого он пока не знал. Потом он поднял взгляд на стену над письменным столом. Там в застекленных рамках висели сорок три его засушенных собрата — четыре ряда по десять штук в каждом и один незаконченный ряд с четырьмя картинками. В верхнем ряду одной рамки не хватало — место номер девять зияло пустотой. Desert Snow станет номером сорок четыре.

Однако впервые произошло нечто, чего за предыдущие годы ни разу еще не случалось. Совершенно внезапно старик расплакался. Его самого удивил этот неожиданный всплеск эмоций, проявившийся впервые за без малого сорок лет.

ЧАСТЬ 1

ЧАСТЬ 1

СТИМУЛ

20 ДЕКАБРЯ – 3 ЯНВАРЯ

18 процентов женщин Швеции хоть раз подвергались угрозам со стороны мужчины

Глава

01

Пятница, 20 декабря

Судебный процесс подошел к неизбежному концу, и все, что можно было сказать, было уже сказано. В том, что его осудят, он ни секунды не сомневался. Приговор в письменном виде выдали в десять утра в пятницу, и теперь оставались только заключительные вопросы репортеров, ожидавших в коридоре, за дверьми окружного суда.

Микаэль Блумквист увидел их в дверном проеме и слегка замедлил шаг. Обсуждать только что полученный приговор ему не хотелось, но вопросов было не избежать; он, как никто другой, понимал, что их непременно зададут и что не отвечать на них нельзя.

«Вот каково быть преступником,— подумал он.— Вот что значит стоять по другую сторону микрофона».

Ему было неловко, но он выпрямился и постарался улыбнуться. Репортеры улыбнулись в ответ и закивали ему, дружелюбно и с некоторым смущением.

— Ну-ка, посмотрим... «Афтонбладет», «Экспрессен», Телеграфное агентство, четвертый канал ТВ и... а ты откуда?.. А-а, «Дагенс индастри»*. Должно быть, я стал звездой,— констатировал Микаэль Блумквист.

— Подкинь-ка нам материальчика, Калле Блумквист,— попросил репортер одной из вечерних газет.

---

* Названия крупных шведских ежедневных газет. *(Прим. перев.)*

Услышав уменьшительный вариант своего имени, Карл Микаэль Блумквист, как всегда, сделал над собой усилие, чтобы не закатить глаза. Двадцать лет назад, когда ему было двадцать три и он только начинал работать журналистом, впервые получив на лето временную работу, Микаэль Блумквист случайно раскрыл банду, которая за два года совершила пять громких ограблений банков. Почерк этих преступлений ясно давал понять, что во всех случаях орудовали те же люди: они имели обыкновение заезжать в маленькие городки и прицельно грабить один или два банка зараз. Преступники использовали латексные маски из мира Уолта Диснея, и полицейские, следуя вполне понятной логике, окрестили их бандой Калле Анки*. Однако газеты переименовали ее в Медвежью банду, поскольку грабители в двух случаях действовали жестоко, делали предупредительные выстрелы и угрожали прохожим или любопытным, нисколько не боясь причинить вред окружающим. А это уже было гораздо серьезнее.

Шестое нападение было совершено на банк в провинции Эстеръётланд в самый разгар летнего сезона. Репортер местного радио случайно оказался в зале во время ограбления и повел себя в полном соответствии с должностной инструкцией. Как только грабители покинули место преступления, он направился к телефону-автомату и сообщил новость в прямой эфир.

Микаэль Блумквист в то время на несколько дней приехал со своей знакомой на дачу ее родителей в окрестностях Катринехольма. Почему он включил радио, Микаэль не мог сказать, даже когда его потом спрашивали в полиции, но, прослушав новости, он сразу подумал о компании из четырех парней, обитавших на даче в двух-трех сотнях метров от него. Микаэль видел их несколькими днями раньше, когда, решив купить мороженого, проходил вместе с подругой мимо этого участка, а парни играли там в бадминтон.

---

* «Калле Анка» — шведский вариант английского «Дональд Дак». (*Прим. перев.*)

Он увидел четырех светловолосых молодых мужчин, хорошо тренированных, с отлично накачанными мускулами, одетых в шорты. Под палящим солнцем они играли сосредоточенно и энергично, как не играют просто от скуки. Микаэлю это показалось необычным, и, возможно, поэтому он обратил на них особое внимание. Не было никакой разумной причины подозревать именно их в ограблении банка, но он все-таки прогулялся в ту сторону и уселся на пригорке. Отсюда ему хорошо был виден дом, по виду в данный момент пустой. Минут через сорок на участок въехал автомобиль «вольво» со всей компанией. Парни, похоже, торопились, и каждый из них тащил спортивную сумку. Само по себе это вполне могло означать, что они всего лишь ездили куда-нибудь купаться. Однако один из них вернулся к машине и вынул предмет, который тут же поспешно прикрыл спортивной курткой. Но Микаэль, даже с довольно большого расстояния, сумел определить, что это старый добрый автомат Калашникова, точно такой же, с каким он совсем недавно, проходя военную службу, не расставался целый год. Поэтому он позвонил в полицию и рассказал о своих наблюдениях. После этого в течение трех суток дача была плотно оцеплена полицией, и пресса внимательно следила за происходящим. Микаэль находился в самом центре событий, за что от одной из двух вечерних газет получил повышенный гонорар. Даже свой штаб, устроенный в передвижном домике на колесах, полиция разместила во дворе той дачи, где жил Микаэль.

Поимка Медвежьей банды сделала Микаэля звездой, что очень помогло карьере молодого журналиста. Но все удовольствие испортило то, что вторая из двух вечерних газет не смогла удержаться от соблазна сопроводить текст заголовком «Калле Блумквист раскрывает дело». Шутливая статья, написанная опытной журналисткой, содержала дюжину аналогий с юным детективом, придуманным Астрид Линдгрен*.

---

* У А. Линдгрен есть несколько повестей о суперсыщике Калле Блумквисте. (*Прим. перев.*)

В довершение всего газета снабдила материал фотографией, на которой Микаэль стоял с приоткрытым ртом и поднятым указательным пальцем и, похоже, давал полицейскому в форме какие-то инструкции. На самом же деле он указывал дорогу к дачному туалету.

За всю свою жизнь Микаэль Блумквист ни разу не называл себя Карлом и не подписывал статьи именем Карл Блумквист, но это уже не играло никакой роли. С тех пор коллеги-журналисты прозвали его Калле Блумквистом, что его совсем не радовало, и произносили это хоть и дружелюбно, но и отчасти насмешливо. При всем уважении к Астрид Линдгрен — ее книги Микаэль очень любил,— свое прозвище он ненавидел. Потребовалось несколько лет и куда более весомые журналистские заслуги, чтобы оно стало забываться, но, когда кто-нибудь поблизости произносил это имя, его по-прежнему передергивало.

Итак, он спокойно улыбнулся и посмотрел в глаза представителю вечерней газеты.

— Ну, придумай что-нибудь. Ты ведь всегда здорово сочиняешь статьи.

Репортер говорил без неприязни. Со всеми здесь Микаэль был более или менее знаком, а злейшие его критики предпочли не приходить. С одним из репортеров он раньше вместе работал, а «Ту, с канала ТВ-4» ему несколько лет назад едва не удалось закадрить на вечеринке.

— Тебе там задали хорошую взбучку,— сказал представитель газеты «Дагенс индастри», молодой, явно из внештатных корреспондентов.

— В общем-то, да,— признался Микаэль.

Утверждать обратное ему было сложно.

— И как ты себя чувствуешь?

Несмотря на серьезность ситуации, ни Микаэль, ни журналисты постарше, услышав этот вопрос, не смогли сдержать улыбки. Микаэль обменялся понимающим взглядом с представительницей канала ТВ-4.

«Как ты себя чувствуешь?»

«Серьезные журналисты» во все времена утверждали, что это единственный вопрос, который способны задать «бестолковые спортивные репортеры» после финиша «запыхавшемуся спортсмену».

Но потом он вновь стал серьезным и ответил вполне дежурной фразой:

— Я, естественно, могу лишь сожалеть о том, что суд не пришел к другому выводу.

— Три месяца тюрьмы и компенсация в сто пятьдесят тысяч крон — это ощутимо,— сказала «Та, с канала ТВ-4».

— Я это переживу.

— Ты готов попросить у Веннерстрёма прощения? Пожать ему руку?

— Нет, едва ли. Мое мнение о моральной стороне коммерческой деятельности господина Веннерстрёма не претерпело существенных изменений.

— Значит, ты по-прежнему утверждаешь, что он негодяй? — сразу последовал вопрос от «Дагенс индастри».

Этот вопрос грозил привести к появлению «материальчика» с роковым заголовком, и Микаэль мог бы попасться в эту ловушку, но репортер слишком поспешно подставил микрофон, и он уловил сигнал об опасности. Прежде чем ответить, он помедлил несколько секунд.

Суд только что постановил, что Микаэль Блумквист нанес оскорбление чести и достоинству финансиста Ханса Эрика Веннерстрёма. Его осудили за клевету. Процесс завершился, и обжаловать приговор он не собирался. А что произойдет, если он неосторожно повторит свои утверждения прямо на ступенях ратуши?

Микаэль решил, что проверять это не стоит.

— Я полагал, что имею веские основания для публикации имевшихся у меня сведений. Суд посчитал иначе, и я, разумеется, должен смириться с результатами судебного разбирательства. Теперь мы в редакции хорошенько обсудим приговор, а потом решим, что нам делать. Больше мне добавить нечего.

— Но ты забыл о том, что журналист обязан подкреплять свои утверждения доказательствами,— довольно резко заметила «Та, с канала ТВ-4».

Отрицать это было бессмысленно. Раньше они с ней считались добрыми друзьями. Сейчас лицо девушки оставалось спокойным, но Микаэлю показалось, что он уловил в ее взгляде разочарование и отчужденность.

Микаэль Блумквист продолжал отвечать на вопросы еще несколько мучительных минут. В воздухе буквально витало недоумение собравшихся: как Микаэль мог написать статью, полностью лишенную оснований? Но никто из репортеров об этом так и не спросил, возможно, им было слишком неловко за коллегу. Присутствующие журналисты, за исключением внештатника из «Дагенс индастри», обладали богатым профессиональным опытом, и для ветеранов случившееся выглядело непостижимым. Представительница канала ТВ-4 поставила Микаэля перед входом в ратушу и задала свои вопросы отдельно, перед камерой. Она держалась любезнее, чем он того заслуживал, и в результате появилось количество «материальчика», достаточное для того, чтобы удовлетворить всех репортеров. Его история, конечно, найдет свое отражение в заголовках — это неизбежно,— однако он заставлял себя помнить о том, что для СМИ это все же не самое главное событие года.

Получив желаемое, репортеры отправились по своим редакциям.

Микаэль намеревался пройтись, но этот декабрьский день выдался ветреным, а он уже и так промерз во время интервью. Все еще стоя на ступенях ратуши, он поднял взгляд и увидел Уильяма Борга, выходившего из машины, в которой тот сидел, пока репортеры работали. Их взгляды встретились, и Уильям Борг ухмыльнулся:

— Сюда стоило приехать хотя бы ради того, чтобы увидеть тебя с этой бумагой в руках.

Микаэль не ответил. Они с Уильямом Боргом были знакомы пятнадцать лет. Когда-то они одновременно работали внештатными репортерами отдела экономики одной из утренних газет. Именно тогда у них возникла взаимная неприязнь, оставшаяся на всю жизнь. В глазах Микаэля Борг был никудышным репортером и тяжелым, мелочно мстительным человеком, который донимал окружающих дурацкими шутками и пренебрежительно высказывался о пожилых и, следовательно, более опытных журналистах. Особенно он, казалось, недолюбливал старых журналисток. За первой ссорой последовали дальнейшие перебранки, и постепенно их профессиональное соперничество приобрело характер личной неприязни.

На протяжении нескольких лет Микаэль периодически сталкивался с Уильямом Боргом, но по-настоящему врагами они стали только в конце 1990-х годов. Микаэль написал книгу об экономической журналистике, от души снабдив ее цитатами из множества идиотских статей, подписанных Боргом. В книге Микаэля Борг представал эдаким зазнайкой, который превратно истолковывал подавляющее большинство фактов и писал хвалебные статьи о дот-комах*, вскоре оказывавшихся на пути к банкротству. Борг не оценил проведенного Микаэлем анализа, и при случайной встрече в одном из ресторанчиков Стокгольма у них чуть не дошло до рукопашной. Примерно в то же время Борг оставил журналистику и теперь работал в информационном отделе одного предприятия; там он получал гораздо более высокую зарплату, а предприятие, вдобавок ко всему, входило в сферу интересов промышленника Ханса Эрика Веннерстрёма.

Они довольно долго смотрели друг на друга, а потом Микаэль развернулся и пошел прочь. Как это типично для Борга — приехать к ратуше только для того, чтобы посмеяться над ним.

Не успел Микаэль сделать и нескольких шагов, как перед ним остановился автобус номер сорок, и он запрыгнул внутрь, в основном чтобы поскорее покинуть это место.

Он вышел на площади Фридхемсплан и в раздумье постоял на остановке, по-прежнему держа в руке приговор. В конце концов он решил пойти в кафе «Анна», находившееся возле спуска в подземный гараж полицейского участка.

---

* Компании, занимающиеся бизнесом в Интернете. (*Прим. ред.*)

Микаэль едва успел заказать кофе латте* и бутерброд, и меньше чем через полминуты по радио начали передавать дневной выпуск новостей. Материал о нем дали третьим, после сюжета о террористе-смертнике из Иерусалима и сообщения о том, что правительство создало комиссию для проверки сведений о создании нового картеля в строительной промышленности.

«Журналист Микаэль Блумквист из журнала "Миллениум" был в четверг утром приговорен к трем месяцам тюрьмы за грубую клевету на предпринимателя Ханса Эрика Веннерстрёма. В опубликованной в этом году и получившей громкий резонанс статье о так называемом деле "Миноса" Блумквист утверждал, что Веннерстрём пустил государственные средства, предназначенные для инвестиций в промышленность Польши, на торговлю оружием. Микаэль Блумквист приговорен также к выплате ста пятидесяти тысяч крон в качестве компенсации. Комментируя приговор, адвокат Веннерстрёма Бертиль Камнермаркер сообщил, что его клиент доволен.

"Статья, безусловно, содержит гнусную клевету",— заявил адвокат».

Приговор занимал двадцать шесть страниц. В нем излагались объективные причины, почему Микаэля признали виновным в пятнадцати случаях грубой клеветы на бизнесмена Ханса Эрика Веннерстрёма. Микаэль прикинул, что каждый из пунктов, по которым он был осужден, обошелся ему в десять тысяч крон и шесть дней тюрьмы. Это не считая стоимости судебных издержек и оплаты труда его собственного адвоката. Он был не в силах даже начинать думать о том, во что выльется окончательный итог, но отметил также, что могло быть еще хуже: по семи пунктам суд решил его оправдать.

По мере чтения формулировок приговора у него появлялось все более тяжелое и неприятное ощущение в желудке.

_____
* Кофе с молоком. (*Прим. ред.*)

Это его удивило — ведь уже в самом начале процесса он знал, что, если не произойдет какого-нибудь чуда, его осудят. Сомневаться к тому моменту уже не приходилось, и он просто смирился с этой мыслью. Без всяких волнений он отсидел два дня судебного процесса и потом, тоже не испытывая особых эмоций, прождал одиннадцать дней, пока суд вынашивал и формулировал тот текст, который он сейчас держал в руках. Только теперь, когда процесс закончился, его захлестнуло неприятное чувство.

Микаэль откусил кусок бутерброда, но тот словно набух во рту. Глотать стало трудно, и он отодвинул бутерброд в сторону.

Микаэля Блумквиста осудили за преступление впервые, до этого он вообще никогда не попадал под подозрение и не привлекался к судебной ответственности. Приговор был относительно пустяковым. Не такое уж тяжелое преступление он совершил, все-таки речь шла не о вооруженном ограблении, убийстве или изнасиловании. Однако в финансовом отношении удар на него обрушился ощутимый. «Миллениум» не принадлежал к флагманам медиамира с неограниченными доходами — журнал едва сводил концы с концами. Правда, катастрофу приговор для него тоже не означал. Проблема заключалась в том, что Микаэль являлся совладельцем «Миллениума», будучи одновременно, как это ни глупо, и автором статей, и ответственным редактором. Компенсацию морального ущерба, сто пятьдесят тысяч крон, Микаэль собирался заплатить из собственного кармана, что должно было по большому счету лишить его всех сбережений. Журнал брал на себя судебные издержки. При разумном ведении дел все еще могло уладиться.

Он раздумывал, не продать ли квартиру, но это имело бы для него необратимые последствия. В конце счастливых восьмидесятых, в период, когда у него были постоянная работа и довольно приличный доход, он стал присматривать себе собственное жилье. Бегал смотреть предлагаемое на продажу, но ему почти ничего не нравилось, пока он не наткнулся на мансарду в шестьдесят пять квадратных метров в самом начале Беллмансгатан*. Предыдущий владелец начал было обустраивать ее под квартиру из двух комнат, но внезапно получил работу в какой-то компании за границей, и помещение с наполовину сделанным ремонтом досталось Микаэлю недорого.

Он забраковал эскизы дизайнера по интерьеру и завершил работу сам. Вложил деньги в устройство ванной комнаты и кухни, а на остальное наплевал. Вместо того чтобы класть паркет и возводить перегородки, как планировалось, он отциклевал доски чердачного пола, выкрасил белилами грубые стены, а самые страшные места закрыл парой акварелей Эммануэля Бернстоуна**. В результате получилась квартира из одной большой комнаты: спальную зону отгородил книжный стеллаж, а столовая-гостиная разместилась возле маленькой кухни с барной стойкой. В помещении было два мансардных окна и одно торцевое, смотрящее в сторону залива Риддарфьерден, с видом на коньки крыш Старого города. Просматривались также кусочек воды возле Шлюза и ратуша. В сегодняшней ситуации на такую квартиру у него бы не хватило денег, и ему очень хотелось ее сохранить.

Однако даже риск потерять собственное жилье был далеко не так страшен, как ущерб, нанесенный его профессиональной репутации. Если ее и удастся когда-нибудь восстановить, на это уйдет немало времени.

Все дело в доверии. В обозримом будущем многие редакторы еще призадумаются, прежде чем опубликовать материал за его подписью. Конечно, среди коллег у него по-прежнему хватало друзей, способных понять, что он пал жертвой неудачного стечения обстоятельств, но у него больше не будет права ни на малейшую ошибку.

Однако больше всего его мучило унижение.

Имея на руках все козыри, он все-таки проиграл какому-то полубандиту в костюме от Армани. Не биржевому дель-

---

* Улица в Стокгольме. (*Прим. ред.*)
** Современный шведский художник, проживающий в Берлине. (*Прим. перев.*)

цу, а просто негодяю. Эдакому яппи с адвокатом-знаменитостью, который ухмылялся в течение всего процесса.

Почему же, черт возьми, все пошло наперекосяк?

Дело Веннерстрёма начиналось очень многообещающе, июньским вечером, полтора года назад, на борту желтой яхты М-30. Все вышло чисто случайно. Один бывший коллега-журналист, уже тогда работавший пиарщиком в ландстинге*, захотел произвести впечатление на свою новую подругу и необдуманно взял на несколько дней напрокат яхту «Скампи» для романтического путешествия по шхерам. Девушка, только что приехавшая учиться в Стокгольм из Халльстахаммара, после некоторого сопротивления поддалась на уговоры, но с условием, что с ними отправится ее сестра с приятелем. Никто из халльстахаммарской троицы на яхте раньше не ходил, да и пиарщик был больше энтузиастом, нежели опытным яхтсменом. За три дня до отправления он в отчаянии позвонил Микаэлю и уговорил того участвовать в поездке, чтобы хоть один из пяти человек на яхте был способен ею управлять.

Микаэль поначалу отнесся к предложению прохладно, но потом все же не устоял перед перспективой кратковременного отдыха в шхерах, да еще, как ему сулили, с хорошей едой и приятной компанией в придачу. Однако обещания так и остались обещаниями, а сама морская прогулка обернулась куда большим кошмаром, чем можно было предполагать. Они отправились по красивому и отнюдь не сложному маршруту от острова Булландё мимо Фурусунда** со скоростью, едва достигавшей пяти метров в секунду, и тем не менее у новой подруги пиарщика сразу начался приступ морской болезни. Ее сестра принялась ругаться со своим парнем, и никто из них не собирался обучаться управлению яхтой. Вскоре стало ясно: все намерены предоставить судовожде-

---

* Орган местного самоуправления. (*Прим. ред.*)

** Лоцманская и таможенная станция на входе в Стокгольм. (*Прим. перев.*)

ние Микаэлю, а сами готовы лишь давать благие, но в основном бессмысленные советы. После первой ночевки в заливе у острова Энгсё он уже твердо решил причалить к берегу в Фурусунде и уехать домой на автобусе, и только отчаянные мольбы пиарщика заставили его остаться на борту.

На следующий день, около двенадцати часов — достаточно рано, чтобы можно было надеяться найти несколько свободных мест, они пришвартовались к гостевой пристани острова Архольм. Разогрели еду и уже успели пообедать, когда Микаэль заметил желтую яхту М-30 с пластиковым корпусом, которая входила в залив, поставив только один гротпарус. Судно не торопясь лавировало, и капитан выискивал место у пристани. Оглядевшись, Микаэль обнаружил, что между их «Скампи» и правым бортом яхты класса «H-boat» остается небольшая щель, и это было последнее свободное пространство, куда узкая М-30 еще могла втиснуться. Он встал на корму и указал на это место; капитан М-30 благодарно поднял руку и резко повернул к пристани.

«Яхтсмен-одиночка, не утруждающий себя запуском мотора»,— отметил Микаэль.

Он услышал скрежет якорной цепи, и через несколько секунд грот-парус опустился, а капитан забегал как ошпаренный, чтобы направить яхту прямо в щель и одновременно разобраться с веревкой на носу.

Микаэль взобрался на планширь и вытянул руку, показывая, что может принять веревку. Вновь прибывший в последний раз изменил курс и идеально подошел к корме «Скампи», почти полностью погасив скорость. Он бросил Микаэлю линь, и в этот момент они узнали друг друга и радостно заулыбались.

— Привет, Роббан,— сказал Микаэль.— Если бы ты воспользовался мотором, тебе бы не пришлось сцарапывать краску со всех лодок в гавани.

— Привет, Микке. Я и гляжу, вроде знакомая фигура. Я бы с удовольствием воспользовался мотором, если бы смог его завести. Он испортился два дня назад, когда я уже был в пути.

Прямо через планширь они пожали друг другу руки.

Целую вечность назад, в семидесятых годах, в гимназии Кунгсхольмена, Микаэль Блумквист и Роберт Линдберг были друзьями, даже очень близкими друзьями. Как это часто происходит со школьными приятелями, после выпускных экзаменов их дружба закончилась. Они пошли разными путями и за последние двадцать лет пересекались от силы раз пять-шесть. К моменту неожиданной встречи на пристани Архольма они не виделись по меньшей мере семь или восемь лет и теперь с любопытством разглядывали друг друга. Загорелое лицо Роберта обрамляла двухнедельная борода, волосы торчали в разные стороны.

У Микаэля вдруг поднялось настроение. Когда пиарщик со своей туповатой компанией отправился к магазину на другой стороне острова, чтобы потанцевать на празднике летнего солнцестояния, он остался на яхте М-30 поболтать за стопочкой со школьным приятелем.

Через некоторое время они, отчаявшись бороться с печально известными местными комарами, перебрались в каюту. Было принято уже изрядное количество стопочек, когда разговор перешел в дружескую пикировку на тему морали и этики в мире бизнеса. Оба они избрали карьеру, в какой-то степени связанную с государственными финансами. Роберт Линдберг после гимназии пошел в Стокгольмский институт торговли, а затем в банковскую сферу. Микаэль Блумквист попал в Высшую школу журналистики и значительную часть своей профессиональной деятельности посвятил раскрытию сомнительных сделок, в том числе и банковских. Разговор завертелся вокруг моральной стороны отдельных «золотых парашютов»* — договоров, заключенных в 1990-х годах. Линдберг сначала произнес горячую речь в защиту некоторых из наиболее широко обсуждавшихся «золотых парашютов», а потом поставил стопку и с неохотой признал, что среди бизнесменов все же попадаются отдельные мер-

---

* Договор найма с руководителями компании, предусматривающий выплату им крупной компенсации в случае изменения контроля над компанией и/или увольнения. (*Прим. ред.*)

завцы и мошенники. Его взгляд, обращенный к Микаэлю, вдруг стал серьезным:

— Ты ведь проводишь журналистские расследования и пишешь об экономических преступлениях, так почему же ты ничего не напишешь о Хансе Эрике Веннерстрёме?

— А о нем есть что писать? Я этого не знал.

— Копай. Копай, черт возьми. Что тебе известно о программе УПП?

— Ну, было в девяностых годах что-то вроде программы поддержки с целью помочь промышленности стран бывшего Восточного блока встать на ноги. Пару лет назад ее упразднили. Я о ней ничего не писал.

— «Управление промышленной поддержки» — проект, за которым стояло правительство, а возглавляли его представители десятков крупных шведских предприятий. УПП получило государственные гарантии на ряд проектов, согласованных с правительствами Польши и стран Балтии. Центральное объединение профсоюзов тоже принимало посильное участие, выступая гарантом того, что шведская модель будет способствовать укреплению рабочих движений этих стран. С формальной точки зрения это был проект поддержки, основанный на принципе «учись помогать себе сам» и призванный дать странам бывшего соцлагеря возможность реорганизовать свою экономику. Однако на практике вышло, что шведские предприятия получили государственные субсидии и с их помощью сделались совладельцами предприятий этих стран. Наш чертов министр от христианских демократов был горячим сторонником УПП. Речь шла о том, чтобы построить целлюлозно-бумажный комбинат в Кракове, оснастить новым оборудованием металлургический комбинат в Риге, цементный завод в Таллинне и так далее. Средства распределялись руководством УПП, которое сплошь состояло из тяжеловесов банковской и промышленной сфер.

— То есть деньги брались от налогов?

— Приблизительно пятьдесят процентов вложило государство, а остальное добавили банки и промышленность. Но они едва ли руководствовались альтруистическими побуждениями. Банки и предприятия рассчитывали заработать кругленькую сумму. Иначе черта с два они бы на это пошли.

— О какой сумме шла речь?

— Погоди, ты послушай. В основном к УПП подключились солидные шведские предприятия, стремившиеся попасть на восточный рынок. Мощные компании типа «АВВ»*, «Сканска»** и тому подобные. Иными словами, не какие-нибудь там спекулянты.

— Ты утверждаешь, что «Сканска» не занимается спекуляциями? А разве не у них исполнительный директор был уволен за то, что позволил кому-то из своих парней растратить полмиллиарда на сомнительные сделки? И как насчет их поспешного вложения колоссальных сумм в дома в Лондоне и Осло?

— Идиоты, разумеется, есть на любом предприятии мира, но ты же понимаешь, что я имею в виду. Эти компании хотя бы что-то производят. Они хребет шведской промышленности и все такое.

— А при чем тут Веннерстрём?

— Веннерстрём в этой истории выступает как темная лошадка. Этакий паренек, взявшийся из ниоткуда, без всяких связей в тяжелой промышленности, которому тут, казалось бы, и делать нечего. Однако он сколотил на бирже колоссальное состояние и вложил капитал в стабильные компании. Вписался, так сказать, окольными путями.

Микаэль налил себе еще водки, прислонился к переборке и стал вспоминать, что же ему известно о Веннерстрёме. По сути дела, знал он не многое. Родился Веннерстрём где-то в провинции Норрланд*** и в 70-х годах основал там инвестиционную компанию. Подзаработал денег и перебрался

---

* «АВВ» — «Asea Brown Boveri» — энергетический концерн, образованный в 1988 г. в результате слияния шведского предприятия «ASEA» со швейцарским «Brown Boveri». (*Прим. перев.*)

** «Skanska AB» — строительный концерн. (*Прим. перев.*)

*** Норрланд — самая северная и самая большая из трех главных частей Швеции. (*Прим. ред.*)

в Стокгольм, где в «золотые» 80-е сделал молниеносную карьеру. Он создал компанию «Веннерстрёмгруппен», потом открыл офисы в Лондоне и Нью-Йорке, после чего предприятие сменило название на английское «Веннерстрём груп» и начало упоминаться в одних статьях с компанией «Бейер»*. Он проворачивал ловкие сделки с акциями и опционами, и глянцевые журналы изображали его одним из наших многочисленных новых миллиардеров — у него имелся пентхаус на набережной Стокгольма, роскошная летняя вилла на острове Вермдё и двадцатитрехметровая крейсерская яхта, которую он купил у разорившейся теннисной звезды. Менеджер, этого не отнимешь, но 80-е годы были десятилетием менеджеров и спекулянтов недвижимостью, и Веннерстрём ничем не выделялся среди остальных. Скорее наоборот, он оставался в тени «солидных парней». Ему не хватало великосветских манер Стенбека**, и он не откровенничал в прессе, как Барневик***. Недвижимостью он не занимался, а вместо этого делал крупные инвестиции в странах бывшего Восточного блока. Когда в 90-е годы красивая жизнь закончилась и директора были вынуждены один за другим раскрывать «золотые парашюты», компании Веннерстрёма справились с ситуацией на удивление хорошо. Не прозвучало ни намека на скандал. «Шведская история успеха» — резюмировала сама «Файнэншл таймс».

— Дело было в девяносто втором году,— рассказывал Роберт.— Веннерстрём внезапно обратился в УПП и сообщил, что хочет получить деньги. Несомненно заручившись предварительно поддержкой заинтересованных лиц в Польше, он представил план, который предполагал создание предприятия по производству упаковок для продукции пищевой промышленности.

— То есть собирался производить консервные банки.

— Не совсем, но что-то в этом духе. Представления не имею, какие у него были связи в УПП, но он преспокойно заполучил шестьдесят миллионов крон.

— Это становится интересным. Вероятно, я не ошибусь, если предположу, что больше этих денег никто не видел.

— Неверно,— сказал Роберт Линдберг.

Многозначительно улыбаясь, он подкрепился несколькими глоточками водки.

— После этой классической бухгалтерской операции последовало вот что: Веннерстрём действительно основал в Польше, в Лодзи, фабрику по производству упаковок. Она называлась «Минос». В течение девяносто третьего года УПП получало восторженные отчеты, потом наступила тишина. В девяносто четвертом предприятие «Минос» внезапно лопнуло.

Роберт Линдберг поставил пустую стопку с громким стуком, будто желая показать, как именно лопнуло предприятие.

— Проблема УПП заключалась в том, что не существовало какой-либо отлаженной системы отчетности по проектам. Ты же помнишь то время. Падение Берлинской стены наполнило всех оптимизмом. Ожидался расцвет демократии, угроза ядерной войны осталась позади, и большевики должны были за одну ночь сделаться настоящими капиталистами. Правительство хотело поддержать демократию на востоке. Каждый бизнесмен стремился не отстать и помочь строительству новой Европы.

— Я и не знал, что капиталисты с таким энтузиазмом ударились в благотворительность.

— Уж поверь, это было хрустальной мечтой любого из них. Россия и восточные государства являются, пожалуй, крупнейшим в мире незаполненным рынком после Китая. Промышленность помогала правительству без больших хлопот, тем более что компании несли ответственность лишь за малую долю расходов. УПП поглотило в общей сложности порядка тридцати миллиардов налоговых крон. Ожидалось, что деньги вернутся в форме будущих прибылей. Формальным инициатором создания УПП являлось правительство, но влияние промышленности было столь велико, что на практике руководство программы пользовалось полной независимостью.

— Понятно. За этим тоже что-то кроется?

— Не спеши. Когда проекты запускались, никаких проблем с финансированием не возникало. Финансовый рынок Швеции еще отличался стабильностью. Правительство было довольно тем, что благодаря УПП могло говорить о крупном шведском вкладе в дело установления демократии на востоке.

— Все это, стало быть, происходило при правительстве консерваторов.

— Не мешай сюда политику. Речь идет о деньгах, и глубоко наплевать, назначают министров левые или правые. Значит, дело двинулось полным ходом вперед, а дальше возникли валютные проблемы, да еще несколько недоумков из числа новых демократов — помнишь «Новую демократию»?* — завели песнь о том, что общественность не получает информации о деятельности УПП. Один из их грамотеев перепутал УПП с Управлением в области международного сотрудничества и решил, что речь идет о каком-то дурацком проекте поддержки реформ вроде танзанийского. Весной девяносто четвертого года была назначена комиссия для проверки деятельности УПП. К тому времени уже накопились претензии к нескольким проектам, но первым обследовали «Минос».

— И Веннерстрём не смог отчитаться, на что пошли деньги.

— Напротив. Веннерстрём представил прекрасный отчет, из которого следовало, что в «Минос» было вложено около пятидесяти четырех миллионов крон, но в отсталой Польше имеются слишком серьезные проблемы структурного характера, препятствующие работе современного предприятия по производству упаковок, и его предприятие не

---

* «Новая демократия» — шведская политическая партия, основанная в 1991 году. (*Прим. перев.*)

выдержало конкуренции с аналогичным немецким проектом. Немцы как раз занимались скупкой всего Восточного блока.

— Ты сказал, что он получил шестьдесят миллионов крон.

— Именно. Деньги УПП работали по принципу беспроцентного займа. Естественно, предполагалось, что компании в течение ряда лет часть денег вернут. Однако «Минос» обанкротился, и проект потерпел неудачу, но винить в этом Веннерстрёма было невозможно. Тут вступили в действие государственные гарантии, и убытки Веннерстрёму возместили. От него попросту не потребовали возврата денег, пропавших при банкротстве «Миноса», а он сумел к тому же доказать, что лишился соответствующей суммы из собственных средств.

— Погоди, правильно ли я все понимаю? Правительство, получив миллиарды от налогов, снабдило ими дипломатов, и те открыли дорогу. Деньги перешли в руки промышленников, и те использовали их для инвестиций в совместные предприятия, от которых потом была получена рекордная прибыль. Иными словами, все как обычно. Кто-то выигрывает, а кто-то оплачивает счета, и мы знаем, кто в какой роли выступает.

— Ты циник. Займы должны были возвращаться государству.

— Ты сказал, что они были беспроцентными. Следовательно, это означает, что налогоплательщикам, предоставившим свои средства, в результате не досталось ничего. Веннерстрём получил шестьдесят миллиончиков, пятьдесят четыре из которых он инвестировал. А куда подевались остальные шесть миллионов?

— В ту же минуту, когда стало известно, что проекты УПП будут подвергаться проверке, Веннерстрём отправил в УПП чек на шесть миллионов и вернул разницу. Тем самым, чисто юридически, в деле была поставлена точка.

Роберт Линдберг умолк и посмотрел на Микаэля с вызовом.

— Звучит, как будто Веннерстрём растратил немного денег УПП. У «Сканска» исчезло полмиллиарда, а история с «золотыми парашютами» директоров «АВВ» обошлась где-то в миллиард — вот уж что действительно возмутило народ. А тут, похоже, и писать-то особенно не о чем,— сказал Микаэль.— Сегодняшний читатель уже пресытился статьями о некомпетентных дельцах, даже если речь идет о деньгах от налогов. В этой истории есть что-нибудь еще?

— Это только начало.

— Откуда тебе известно о махинациях Веннерстрёма в Польше?

— В девяностых годах я работал в Торговом банке. Угадай, кто проводил проверки для представителя банка в УПП?

— Вот оно что. Расскажи-ка.

— Значит, в двух словах все обстояло так. УПП получает от Веннерстрёма объяснение. Составляются бумаги. Оставшиеся деньги возвращаются. Вернуть шесть миллионов — это было придумано очень ловко. Если кто-то появляется на пороге с мешком денег, которые он хочет тебе отдать, ты ведь, черт побери, ни за что не усомнишься в честности его намерений.

— Ближе к делу.

— Но, дорогой Блумквист, я ведь и говорю о деле. В УПП отчетом Веннерстрёма остались довольны. Капитал, разумеется, отправился ко всем чертям, но к тому, как его вкладывали, никаких претензий не было. Мы просмотрели счета, трансферты и все остальные бумаги. С отчетностью всюду полный порядок. Я в это поверил. Мой шеф тоже. В УПП поверили, и правительству было нечего добавить.

— В чем же загвоздка?

— Вот теперь история принимает деликатный характер,— сказал Линдберг. Внезапно он как-то резко протрезвел и больше не казался пьяным.— Поскольку ты у нас журналист, имей в виду, что это не для печати.

— Брось. Не можешь же ты сперва выдать мне информацию, а потом взять да и заявить, что я не имею права ею воспользоваться.

— Конечно могу. Но то, что я тебе рассказал, отнюдь не является тайной. При желании можешь пойти и ознакомиться с отчетом. Об остальном — о чем я еще пока не рассказал — ты тоже можешь написать, но при условии, что я там буду фигурировать в качестве анонимного источника.

— А, вот так? Но, согласно общепринятой терминологии, «не для печати» означает, что мне сообщили нечто по секрету и писать об этом я не имею права.

— Плевать я хотел на терминологию. Пиши, что тебе заблагорассудится, но я — твой анонимный источник. Договорились?

— Само собой,— ответил Микаэль.

Задним числом, конечно, стало ясно, что он совершил ошибку, когда дал такой ответ.

— Ну ладно. Значит, вся история с «Миносом» разыгрывалась лет десять назад, сразу после падения Берлинской стены, когда большевики начали становиться добропорядочными капиталистами. Я был одним из тех, кто проверял Веннерстрёма, и мне все время казалось, что в этой истории что-то нечисто.

— Почему ты ничего не сказал в процессе проверки?

— Я обсуждал это со своим шефом, однако зацепиться оказалось не за что. Все бумаги были в порядке, и мне оставалось только поставить свою подпись под отчетом. Но потом каждый раз, когда я натыкался на имя Веннерстрёма в прессе, мои мысли возвращались к «Миносу».

— Ясно.

— Видишь ли, несколькими годами позже, в середине девяностых, мой банк вел кое-какие дела с Веннерстрёмом. По правде говоря, дела довольно крупные. И получилось не слишком удачно.

— Он надул вас на деньгах?

— Нет, не так грубо. Обе стороны на этом заработали. Проблема скорее в том, что... даже не знаю, как это объяснить. Сейчас я уже начинаю говорить о собственном работодателе, и мне бы не хотелось вдаваться в подробности. Однако меня поразило, насколько неблагоприятное общее впечатление от всего этого осталось. А в СМИ Веннерстрём изображается как великий экономический оракул и за счет этого живет. Доверие — его капитал.

— Я понимаю, что ты имеешь в виду.

— У меня же сложилось впечатление, что этот человек попросту блефует. Никакими особыми экономическими талантами он не блистал. Напротив, в некоторых вопросах его знания казались мне невероятно поверхностными. У него было несколько действительно толковых молодых бойцов в качестве советников, но сам он мне откровенно не нравился.

— Ну и что дальше?

— Около года назад я ездил в Польшу по совершенно другому делу. Наша компания ужинала вместе с несколькими инвесторами из Лодзи, и я случайно оказался за одним столом с бургомистром. Мы говорили о том, как трудно поставить на ноги польскую экономику, и как-то само собой получилось, что я упомянул «Минос». Бургомистр некоторое время смотрел на меня с явным недоумением — будто он никогда и не слыхал о «Миносе»,— а потом вспомнил, что было какое-то грязное дельце, из которого так ничего и не получилось. Он со смехом отмахнулся и сказал — цитирую: «Будь это все, на что способны шведские инвесторы, его страна вскоре бы совсем разорилась». Улавливаешь?

— Высказывание означает, что в Лодзи толковый бургомистр, но продолжай.

— Эта фраза засела у меня в голове и не давала покоя. На следующий день у меня утром была встреча, а остаток дня оставался свободным. Из чистой зловредности я поехал посмотреть на закрывшуюся фабрику «Минос», находившуюся совсем рядом с Лодзью, в маленькой деревеньке с одним кабаком в каком-то сарае и с сортиром во дворе. Огромная якобы фабрика «Минос» на деле оказалась старой развалюхой, ветхим складским помещением из гофрированного железа, построенным Красной армией в пятидесятых годах. Неподалеку я встретил сторожа, который немного говорил по-немецки, и узнал, что его двоюродный брат работал на «Миносе». Тот жил совсем рядом, и я отправился к нему домой. Сторож вызвался меня сопровождать и переводить. Хочешь услышать, что мне рассказали?

— Просто сгораю от нетерпения.

— Фабрику запустили осенью девяносто второго года. Работали там максимум пятнадцать человек, в основном старухи. Зарплата была около ста пятидесяти крон в месяц. Сперва у них полностью отсутствовало оборудование, и работники занимались уборкой развалюхи. В начале октября прибыли три картонажные машины, приобретенные в Португалии. Древние, изношенные и абсолютно устаревшие. Цена этому хламу была от силы несколько тысяч. Машины, правда, работали, но непрерывно ломались. Запчасти, естественно, отсутствовали, и производство приходилось постоянно останавливать. Чаще всего кто-нибудь из работников чинил машины подручными средствами.

— Это уже начинает походить на материал,— признал Микаэль.— Что же фабрика на самом деле производила?

— В течение девяносто второго года и половины девяносто третьего они гнали самые обычные коробки для моющих средств, упаковки для яиц и тому подобное. Потом стали производить бумажные пакеты. Но фабрике постоянно не хватало сырья, и о массовом производстве речь никогда не шла.

— Как-то не очень похоже на крупное капиталовложение.

— Я все подсчитал. Общая стоимость аренды за два года составила пятнадцать тысяч. На зарплаты могло пойти максимум сто пятьдесят тысяч — если взять с запасом. Закупка машин и перевозки... автофургон, перевозивший упаковки для яиц... предположительно двести пятьдесят тысяч. Прибавь экспедиционные сборы за разрешение, несколько поездок туда-сюда — похоже, что деревню неоднократно посетил один-единственный человек из Швеции. Ну, скажем, что вся операция не вышла за рамки миллиона. Однажды летом девяносто третьего на фабрику прибыл начальник и сообщил, что она закрыта, а вскоре после того приехал венгерский грузовик и вывез оборудование. Прощай, «Минос».

Во время суда Микаэль часто возвращался мыслями к тому летнему вечеру. Их разговор в основном носил характер дружеской пикировки одноклассников, как в годы учебы в гимназии, когда они делили тяготы, присущие их возрасту в целом. Повзрослев, они сделались, по сути дела, чужими, совершенно разными людьми. Весь вечер Микаэль пытался и никак не мог припомнить, что именно так сблизило их в гимназии. Роберт запомнился ему как тихий, замкнутый парень, безумно застенчивый в отношениях с девочками. Повзрослев, он стал преуспевающим сотрудником банка... пожалуй, даже карьеристом. Микаэль ни на секунду не сомневался в том, что нынешние взгляды приятеля идут вразрез с большинством его собственных представлений о мире.

Напивался Микаэль редко, но случайная встреча во время неудачной прогулки на яхте привела к приятному вечеру, во время которого уровень спиртного в бутылке неукоснительно приближался ко дну. Именно потому, что разговор начался как болтовня школьных приятелей, он поначалу не принял рассказ Роберта о Веннерстрёме всерьез. Но в конце концов в нем проснулся инстинкт журналиста, он стал внимательно вслушиваться в слова Роберта, и у него появились логичные возражения.

— Подожди минутку,— сказал Микаэль.— Веннерстрём — это ведь заметное имя среди биржевиков. Если не ошибаюсь, он миллиардер...

— «Веннерстрём груп» сидит приблизительно на двухстах миллиардах. Ты хочешь спросить, зачем миллиардеру вообще напрягаться, чтобы прикарманить жалкие пятьдесят миллионов?

— Ну, скорее, зачем ему рисковать всем, идя на откровенный обман?

— Не знаю, можно ли назвать его обман откровенным. Отчет Веннерстрёма единодушно одобрило руководство УПП, одобрили сотрудники банка, правительство и ревизоры риксдага.

— Речь в любом случае идет о пустяковой сумме.

— Разумеется. Но вдумайся. «Веннерстрём груп» — это инвестиционная компания, торгующая всем, на чем только можно сорвать куш: ценными бумагами, опционами, валютой... всего не перечислить. Веннерстрём заключил контракт с УПП в девяносто втором году, как раз когда рынок зашатался. Помнишь осень девяносто второго?

— Еще бы. У меня как раз были взяты на квартиру займы с плавающими процентными ставками, а в октябре ставки центрального банка взлетели до пятисот процентов. С меня целый год тянули ренту в девятнадцать процентов.

— М-да, суровые были времена,— усмехнулся Роберт.— Я сам здорово пострадал в тот год. И Ханс Эрик Веннерстрём, в точности как и все остальные на рынке, боролся с теми же проблемами. У его компании имелись миллиарды, вложенные в разного рода ценные бумаги, но наличных было на удивление мало. Вдруг оказалось, что раздавать новые ссуды больше невозможно. В таких случаях обычно продают какую-нибудь недвижимость для восполнения ущерба и зализывают раны, но в девяносто втором ни одна собака не хотела покупать недвижимость.

— Проблемы с ликвидностью.

— Именно. И такие проблемы были далеко не у одного Веннерстрёма. Каждый бизнесмен...

— Не говори «бизнесмен». Именуй их как хочешь, но называть их бизнесменами — значит оскорблять серьезных представителей этой профессии.

— Хорошо, каждый биржевой делец имел проблемы с ликвидностью. Смотри: Веннерстрём получил шестьдесят миллионов крон. Шесть он вернул, но только через три года. Расходы на «Минос» не могли вылиться больше чем в миллион. Только одна рента с шестидесяти миллионов за три года уже кое-чего стоит. В зависимости от того, как он вкладывал деньги, он мог удвоить или утроить полученный от УПП капитал. И хватит говорить о дерьме. Давай лучше выпьем.

Глава

02

Пятница, 20 декабря

Драган Арманский родился в Хорватии пятьдесят шесть лет назад. Его отец был армянским евреем из Белоруссии, а мать — боснийской мусульманкой греческого происхождения. Она же отвечала за его культурное воспитание, и в результате, став взрослым, он оказался в той большой и неоднородной группе, которую СМИ определяли как мусульман. Государственное миграционное управление, как ни странно, записало его сербом. Он имел шведское гражданство, а с фотографии в его паспорте смотрело четырехугольное лицо с выступающей челюстью, темной щетиной и седыми висками. Часто его называли арабом, хотя среди его предков арабов не было вообще, зато все эти многообразные гены дали бы кретинам от расоведения все основания отнести его к представителям низшей расы.

По внешности он слегка напоминал мелкого босса из американского гангстерского фильма. На самом же деле он не занимался контрабандой наркотиков и не работал на мафию. Он был талантливым экономистом, который, начав работать помощником экономиста охранного предприятия «Милтон секьюрити» в начале 70-х годов, тремя десятилетиями позже поднялся до должности исполнительного директора и оперативного руководителя.

Интерес к вопросам безопасности возник у него задним числом и перерос в страстное увлечение. Это стало чем-то вроде стратегической игры: определять угрозу, вырабатывать меры предосторожности и все время на один шаг опережать врага — промышленных шпионов, шантажистов и воров. Все началось с того, что Арманский обнаружил, как ловко обманули одного из клиентов при помощи творческого подхода к бухгалтерскому учету, и сумел определить, кто именно из группы в двенадцать человек стоял за этим. Даже тридцать лет спустя он помнил, как удивился, когда понял, что хищение в компании стало возможным из-за пренебрежения простейшими мерами безопасности. Сам он из усердного счетовода превратился в активного участника развития предприятия и эксперта в области экономического мошенничества. Через пять лет Арманский попал в руководящую группу компании, а еще через десять лет стал исполнительным директором. Его назначение не обошлось без противодействия, но впоследствии оно быстро прекратилось. За годы своей работы он превратил «Милтон секьюрити» в одно из наиболее компетентных и востребованных охранных предприятий Швеции.

На компанию «Милтон секьюрити» работали триста восемьдесят постоянных сотрудников и еще около трехсот надежных временных, зарплата которым выплачивалась по мере надобности. Следовательно, по сравнению с такими предприятиями, как «Фальк» и «Шведские охранные услуги», она была маленькой. Когда Арманский только поступил на службу, предприятие еще называлось Акционерное общество Юхана Фредрика Милтона «Общая охрана», и его клиентами были торговые центры, нуждавшиеся в контролерах и охранниках с крепкими мускулами. Под его руководством фирма сменила название на более удобное для международных контактов «Милтон секьюрити» и начала делать ставку на новейшие технологии. Претерпел изменения и кадровый состав: бывших ночных сторожей, любителей носить форму и подрабатывающих гимназистов заменили люди высокой квалификации. Арманский нанял немолодых полицейских в отставке — на должности оперативных руководителей, а также политологов, разбиравшихся в международном терроризме, индивидуальной защите и промышленном шпионаже, и, главное, специалистов по телекоммуникационной технике и компьютерам. Предприятие переехало из отдаленного района Сольна в новые солидные помещения неподалеку от Шлюза, в самом центре Стокгольма.

К началу 90-х годов «Милтон секьюрити» предлагало безопасность совершенно нового уровня и обслуживало избранный круг клиентов. Сюда в основном входили средние предприятия с чрезвычайно высоким оборотом и состоятельные частные лица — недавно разбогатевшие рок-звезды, биржевые дельцы и директора дот-комов. Значительная часть деятельности, дававшая теперь почти семьдесят процентов оборота, была направлена на предоставление телохранителей и обеспечение безопасности шведских предприятий за рубежом, прежде всего на Ближнем Востоке. За время работы Арманского оборот увеличился с неполных сорока миллионов в год почти до двух миллиардов. Обеспечение безопасности было делом крайне прибыльным.

Работа шла в трех основных сферах: консультации по безопасности, состоявшие в обнаружении возможных или предполагаемых опасностей; меры предосторожности, обычно заключавшиеся в устанавливании дорогостоящих камер наблюдения, охранной или пожарной сигнализации, электронных запирающих устройств и компьютерного оборудования; и, наконец, непосредственная охрана частных лиц или предприятий, ощущающих реальную или воображаемую угрозу. Последний сектор рынка за десять лет увеличился в сорок раз и в течение недавнего времени пополнился новой группой клиентов. Ее составляли относительно обеспеченные женщины, которым угрожали бывшие приятели и мужья либо неизвестные преследователи, видевшие их по телевидению и сведенные с ума их тесными джемперами или цветом губной помады. Кроме того, «Милтон секьюрити» сотрудничало с аналогичными, хорошо зарекомендовавшими себя предприятиями в других европейских странах и США и обеспечивало безопасность многих иностранных гостей во время посещения Швеции. Например, в их числе была одна известная американская актриса, которая провела два месяца на съемках фильма в местечке Тролльхеттан, поскольку ее агент считал, что во время редких прогулок вокруг гостиницы ей по статусу положены телохранители.

В четвертой, значительно меньшей сфере были заняты лишь отдельные сотрудники. Сюда входило то, что на внутреннем жаргоне называлось «лобстер» — иначе ИЛО или «Л. Обст», каковое обозначение расшифровывалось как *изучение личных обстоятельств*.

Эта часть деятельности Арманского не полностью удовлетворяла. Прибылей она приносила меньше, а трудности представляла значительные, поскольку требовала от сотрудников чего-то большего, чем умение разбираться в телекоммуникационной технике или устанавливать аппаратуру для скрытого наблюдения. Иногда изучение личных обстоятельств означало простой сбор сведений о кредитоспособности, или уточнение биографических данных перед приемом на работу, или проверку подозрений, что кто-то из сотрудников причастен к утечке информации или занимается преступной деятельностью. В таких случаях «лобстер» являлся частью оперативной работы.

Однако клиенты предприятия слишком часто обращались к Арманскому с личными проблемами, что обычно приводило к нежелательным пустым разговорам.

«Мне хочется узнать, что за оборванец дружит с моей дочерью...»

«Я думаю, что жена мне изменяет...»

«Сын хороший парень, но попал в дурную компанию...»

«Меня шантажируют...»

Чаще всего Арманский твердо говорил «нет». Если дочь уже взрослая, она имеет право общаться с любым оборванцем, а с неверностью, по его мнению, супругам следовало разбираться самим. В подобных делах скрывались западни, которые могли привести к скандалам и создать юридические проблемы для «Милтон секьюрити». Поэтому Драган Арманский тщательно следил за этими заданиями, несмотря на то что в общем обороте предприятия они составляли сущий пустяк.

Этим утром, к сожалению, предстояло заниматься именно изучением личных обстоятельств. Предварительно поправив стрелки на брюках и откинувшись на спинку своего удобного рабочего кресла, Драган Арманский недоверчиво всматривался в сотрудницу по имени Лисбет Саландер. Она была на тридцать два года моложе его, и он в тысячный раз констатировал, что едва ли можно вообразить себе человека, на вид менее подходящего для работы на престижном охранном предприятии, чем она. Его сомнения выглядели разумными и вместе с тем не имели под собой оснований. В глазах Арманского Лисбет Саландер, безусловно, была самым компетентным исследователем из всех, с кем ему приходилось сталкиваться за время работы в отрасли. За те четыре года, что она на него трудилась, Лисбет не схалтурила ни с одним заданием и не подала ни единого посредственного отчета.

Напротив, она всегда добивалась прекрасных результатов. Арманский был уверен, что Лисбет Саландер обладает уникальным талантом. Кто угодно мог собрать сведения о кредитоспособности или получить справку у судебного исполнителя, но Саландер действовала с фантазией и всегда возвращалась с чем-нибудь совершенно неожиданным. Он так и не сумел толком понять, как именно она действует, и порой ее способность добывать информацию граничила с волшебством. Она великолепно разбиралась в бюрократических архивах и могла отыскать самых малоизвестных людей. Главное, она умела входить в доверие к человеку, которого проверяла. Если только можно было выкопать какую-нибудь грязь, она устремлялась в нужном направлении, словно запрограммированная крылатая ракета.

Вероятно, в этом проявлялся ее талант.

Отчеты Лисбет Саландер могли привести человека, угодившего в зону действия ее радара, к настоящей катастрофе. Арманского и теперь еще бросало в пот при воспоминании о том случае, когда он поручил ей провести рутинную проверку научного работника из фармакологической компании, которая предназначалась на продажу. Работа была рассчитана на неделю, но затянулась. Четыре недели Саландер молчала и проигнорировала несколько напоминаний, а потом заявилась с отчетом, где документально подтверждалось, что интересующий их объект является педофилом и как минимум дважды оплачивал занятия сексом с тринадцатилетней проституткой в Таллинне. Кроме того, по некоторым признакам, он проявлял нездоровый интерес к дочери своей тогдашней сожительницы.

Саландер обладала качествами, которые временами приводили Арманского на грань отчаяния. Обнаружив, что мужчина оказался педофилом, она не предупредила Арманского телефонным звонком и не ворвалась к нему в кабинет с предложением поговорить. Она ни словом не обмолвилась о том, что ее отчет содержит ядерный заряд, а в один прекрасный вечер просто положила его Арманскому на стол, как раз когда он собирался выключить лампу и идти домой. Он забрал отчет с собой и раскрыл его только поздно вечером, когда, расслабившись, уселся в гостиной своей виллы на острове Лидингё, чтобы выпить с женой по бокалу вина перед телевизором.

Отчет был, как всегда, выполнен с почти научной скрупулезностью, со сносками, цитатами и указанием дополнительных источников. На первых страницах излагались биографические данные объекта, описывалось его образование, карьера и экономическое положение. Только на странице 24, под промежуточным заголовком, Саландер сбросила бомбу — описала поездки в Таллинн, в том же деловом тоне, в каком сообщала о том, что он живет на вилле в Соллентуне и ездит на темно-синем «вольво». Утверждения подкреплялись документами в объемистом приложении, в частности, фотографиями тринадцатилетней девочки в компании объекта. Снимок был сделан в коридоре таллиннской гостиницы, и объект держал руку под свитером девочки. Кроме того, Лисбет Саландер каким-то образом удалось разыскать эту девочку и уговорить ее дать подробное интервью, записанное на диктофон.

Отчет создал именно такой хаос, какого Арманский стремился избегать. Сперва ему пришлось принять две таблетки лекарства, назначенного ему врачом против язвы желудка. Потом он вызвал заказчика для не терпящего отлагательства мрачного разговора. И в конце концов был вынужден — вопреки категорическому нежеланию заказчика — незамедлительно передать материалы в полицию. Последнее означало, что «Милтон секьюрити» рискует оказаться втянутым в судебный процесс. Если обвинение не будет доказано или мужчину признают невиновным, возникнет опасность, что на само предприятие подадут в суд за клевету. А это беда.

Однако беды не случилось. Больше всего в Лисбет Саландер его раздражало поразительное отсутствие эмоций. От имиджа зависело чрезвычайно многое, а «Милтон секьюрити» создало себе имидж предприятия консервативного и стабильного. Саландер вписывалась в него столь же органично, как экскаватор на выставку-продажу яхт.

Арманский никак не мог смириться с тем, что его лучшим исследователем является бледная, анорексически худая девушка со стрижкой «бобрик» и пирсингом на носу и бровях. На шее у нее имелась татуировка в виде осы длиной в два сантиметра, одна вытатуированная цепочка обвивала бицепс левой руки, а другая — щиколотку. В тех случаях, когда Саландер приходила в маечках, Арманский мог убедиться, что на лопатке у нее присутствует еще более крупная татуировка, изображающая дракона. Естественным цветом ее волос был рыжий, но она красила их в иссиня-черный. Она выглядела так, словно только что проснулась наутро после недельной оргии в компании хард-рокеров.

Отсутствием аппетита она не страдала — в этом Арманский был уверен; напротив, она, похоже, потребляла множество всякой нездоровой пищи. Просто по своей конституции она от рождения была худой, тонкокостной, словно девчонка, стройной, с маленькими руками, узкими щиколотками и едва заметной под одеждой грудью. Ей было двадцать четыре года, а выглядела она на четырнадцать.

Широкий рот, маленький нос и высокие скулы придавали ее внешности нечто азиатское. Двигалась она быстро, как паук, а во время работы за компьютером ее пальцы летали по клавишам просто с какой-то одержимостью. С таким телом на карьеру в модельном бизнесе рассчитывать не приходилось, но крупный план ее лица с правильным макияжем вполне мог бы украсить любой рекламный щит. С макияжем — иногда она еще пользовалась отвратительной черной помадой,— татуировками и пирсингом в носу и бровях она каким-то совершенно непостижимым образом казалась... хмм... привлекательной.

То, что Лисбет Саландер вообще работала на Драгана Арманского, заслуживало удивления само по себе. Она принадлежала к тому типу женщин, с которыми Арманский обычно в контакты не вступал и уж подавно не собирался предлагать им работу.

Она получила место помощницы в офисе по рекомендации Хольгера Пальмгрена — уже одной ногой пребывавшего на пенсии адвоката, который вел личные дела старого Ю. Ф. Милтона. Лисбет Саландер он охарактеризовал как «смышленую девушку чуть бесшабашного поведения». Пальмгрен умолял Арманского дать ей шанс, и тот с неохотой пообещал. Таких людей, как Пальмгрен, отказ лишь побуждает удвоить усилия, поэтому проще было сразу согласиться. Арманский знал, что пожилой адвокат занимается трудной молодежью и прочей проблемной публикой, но, несмотря на это, судит всегда здраво.

Стоило ему увидеть Лисбет Саландер, как он сразу пожалел о своем обещании.

Она не просто казалась бесшабашной — в глазах Арманского она являлась олицетворением бесшабашности в чистом виде. Она пропустила старшие классы школы, никогда близко не подходила к гимназии и не имела высшего образования.

В первые месяцы Саландер работала полный день, ну, почти полный, во всяком случае, периодически появлялась на службе. Варила кофе, ходила за почтой и делала ксерокопии. Проблема заключалась в том, что ее совершенно не волновали такие понятия, как нормальное рабочее время или принятый распорядок дня.

Зато она обладала большим талантом раздражать сотрудников предприятия. Ее прозвали девушкой с двумя извилинами: одной — чтобы дышать, другой — чтобы стоять прямо. О себе она никогда ничего не рассказывала. Сотрудники, пытавшиеся с ней заговаривать, редко удостаивались ответа и вскоре прекратили это занятие. Обращенные к ней шутки никогда не встречали отклика — Саландер либо смотрела на шутника большими, ничего не выражающими глазами, либо реагировала с откровенной досадой.

Кроме того, у нее резко менялось настроение, если ей казалось, что кто-нибудь над ней подтрунивает, а при том стиле общения, какой был принят в офисе, это случалось нередко. Ее поведение не располагало ни к доверию, ни к дружбе, и вскоре она превратилась в чудаковатую личность, бродившую по коридорам, словно бесхозная кошка. Она считалась абсолютно безнадежной.

После месяца непрерывных проблем Арманский вызвал Саландер к себе в кабинет с твердым намерением ее выгнать. Она преспокойно выслушала весь перечень своих прегрешений, не возражая и даже не поведя бровью. Только когда он закончил говорить о том, что его не устраивает ее отношение к делу, и уже собирался предложить ей попробовать себя на каком-нибудь другом предприятии, которое смогло бы полнее использовать ее квалификацию, она прервала его посреди фразы. И он впервые услышал от нее нечто большее, чем отдельные слова.

— Послушайте, если вам нужен сторож, вы можете сходить и подобрать кого-нибудь в бюро по трудоустройству. Я ведь могу разузнать любую чертовню о ком угодно, и если вы не в силах найти мне лучшего применения, чем сортировать почту, то вы просто идиот.

Арманский до сих пор помнил, как сидел, утратив от нахлынувшей ярости дар речи, а она спокойно продолжала:

— У вас вот один тип потратил три недели на то, чтобы написать совершенно пустой отчет о том яппи, которого собираются сделать председателем правления того дот-кома. Я вчера вечером копировала ему этот дерьмовый отчет и сейчас вижу его у вас на столе.

Поискав взглядом отчет, Арманский в виде исключения повысил голос:

— Вы не имеете права читать конфиденциальные документы.

— Вероятно, так, но правила безопасности на вверенном вам предприятии не лишены некоторых изъянов. Согласно вашим директивам, он обязан копировать такое сам, однако он вчера швырнул отчет мне, а сам отправился в кабак. И кстати, его прошлый отчет я несколько недель назад обнаружила в столовой.

— Неужели? — потрясенно воскликнул Арманский.

— Успокойтесь. Я отнесла отчет к нему в сейф.

— Он дал вам шифр от своего персонального сейфа? — задыхаясь, спросил Арманский.

— Не совсем. Он записал его вместе с паролем для входа в компьютер на бумажке, что лежит у него на столе под книжкой. Но суть в том, что эта ваша пародия на частного детектива провела никудышное исследование личных обстоятельств. Он упустил, что у парня имеются крутые карточные долги и что он поглощает кокаин, как пылесос, а, кроме того, его подружка искала защиты в женском кризисном центре, когда он задал ей жару.

Она умолкла. Арманский несколько минут сидел молча, перелистывая тот самый отчет. Он был квалифицированно оформлен, написан хорошим языком, имел множество ссылок на источники и высказывания друзей и знакомых объекта. Наконец Арманский поднял взгляд и выговорил два слова:

— Докажите это.

— Сколько у меня времени?

— Три дня. Если вы не сможете подкрепить свои утверждения до вечера пятницы, я вас уволю.

Тремя днями позже она, не сказав ни слова, подала отчет, в котором не менее обстоятельные отсылки к источникам превращали приятного на первый взгляд молодого яппи в неблагонадежного мерзавца. Арманский за выходные несколько раз перечитал отчет и в понедельник посвятил часть времени перепроверке ее утверждений. Впрочем, без особого энтузиазма: еще даже не приступив к делу, он понимал, что информация окажется верной.

Арманский был озадачен и зол на самого себя за то, что явно недооценил ее. Ведь он считал ее тупой, чуть ли не умственно отсталой. Кто бы мог предположить: девчонка, прогулявшая в школе так много уроков и даже не получившая аттестат, сумела выдать отчет, не только написанный хорошим языком, но и содержащий такие наблюдения и информацию, что он не мог и вообразить, откуда она это раздобыла.

Он был уверен, что никто другой из сотрудников «Милтон секьюрити» не сумел бы заполучить выдержки из конфиденциального журнала врача женского кризисного центра. Попытавшись расспросить ее, как она действовала, Арманский получил лишь уклончивые ответы. Она не собиралась выдавать свои источники и твердо на том стояла. Постепенно Арманскому стало ясно, что Лисбет Саландер вообще не намерена обсуждать свои методы работы, ни с ним, ни с кемлибо другим. Это его беспокоило, но не настолько, чтобы устоять перед искушением испытать ее снова.

Несколько дней он раздумывал.

Ему вспомнились слова Хольгера Пальмгрена, сказанные, когда тот направлял девушку к нему: «Каждому человеку необходимо дать шанс».

Он подумал о своем мусульманском воспитании, из которого усвоил, что помогать отверженным — его долг перед Богом. В Бога он, правда, не верил и мечеть не посещал с юности, но Лисбет Саландер казалась ему человеком, нуждающимся в реальной помощи и поддержке. А за прошедшие десятилетия он не слишком отличился на этом поприще.

Вместо того чтобы ее уволить, Арманский пригласил Лисбет Саландер для индивидуальной беседы, во время которой попытался разобраться, что же за человек эта трудная девушка на самом деле. Он еще раз убедился, что Лисбет Саландер страдает каким-то серьезным отклонением, но обнаружил, что при резкой манере держаться она обладает незаурядным умом. Она казалась ему болезненной и отталкивающей, но тем не менее — к его собственному изумлению — начинала ему нравиться.

В последующие месяцы Арманский взял Лисбет Саландер под свое крыло. Если уж быть до конца откровенным, то он рассматривал ее как маленький, свой личный социальный проект. Он поручал ей простенькие исследования и пытался подсказывать, как лучше действовать. Она терпеливо слушала, а потом уходила и выполняла задание исключительно по собственному усмотрению. Он попросил технического руководителя обучить ее основам компьютерной грамотности; Саландер покорно просидела за партой полдня, после чего технический руководитель с некоторым раздражением доложил, что она, похоже, и так лучше разбирается в компьютерах, чем большинство сотрудников предприятия.

Вскоре Арманский убедился, что, несмотря на беседы об эффективном ведении дел, предложения пройти курс обучения персонала и использовать всякие другие возможности, Лисбет Саландер вовсе не собиралась подстраиваться под принятый в офисе «Милтон секьюрити» порядок. Это ставило его перед неприятной дилеммой.

Для остальных сотрудников Лисбет продолжала оставаться источником раздражения. Арманский прекрасно сознавал, что ни от кого другого не потерпел бы появления на работе, когда ему или ей заблагорассудится, и в обычной ситуации быстро поставил бы ультиматум, потребовав изменить поведение. Он также догадывался, что Лисбет Саландер в ответ на ультиматум или угрозу увольнения просто пожмет плечами. Следовательно, ему приходилось выбирать: либо отделаться от нее, либо смириться с тем, что она работает не так, как все нормальные люди.

Еще большая проблема Арманского заключалась в том, что он никак не мог разобраться в собственных чувствах к этой молодой женщине. Она была, словно неотвязная чесотка, отталкивающей и вместе с тем притягательной. О сексуальном влечении речь тут не шла, так, во всяком случае, думалось Арманскому. Женщины, на которых он обычно посматривал, были пышными блондинками с пухлыми губами, будившими его фантазию; кроме того, он уже двадцать лет как состоял в браке с финкой по имени Ритва, которая даже в зрелом возрасте с лихвой отвечала всем его требованиям. Жене он никогда не изменял; ну, возможно, изредка и случалось такое, что, стань ей об этом известно, она могла бы неправильно его понять, но брак их был счастливым, и у него имелись две дочери возраста Саландер. В любом случае, его не волновали плоскогрудые девушки, которых издали можно принять за худеньких мальчиков. Это было не в его стиле.

Тем не менее он стал ловить себя на неподобающих мечтаниях о Лисбет Саландер и признавал, что ее присутствие не оставляет его полностью равнодушным. Но притягательность ее, считал Арманский, состояла в том, что Саландер казалась ему неким чужеродным существом. С таким же успехом он мог бы влюбиться в изображение греческой нимфы. Саландер являлась представителем какого-то нереального мира, к которому он тянулся и не мог туда попасть, — да и если бы он мог, девушка ему бы этого не позволила.

Как-то раз, когда Арманский сидел в уличном кафе на площади Стурторгет в Старом городе, к заведению неторо́пливым шагом приблизилась Лисбет Саландер и уселась за столик неподалеку. С ней были три девицы и парень, одетые точно в таком же стиле. Арманский с любопытством наблюдал за ней. Она казалась столь же сдержанной, как и на работе, однако почти улыбалась, слушая девицу с пурпурными волосами.

Арманскому стало интересно: как бы отреагировала Саландер, приди он однажды на работу с зелеными волосами, в потертых джинсах и разрисованной кожаной куртке с заклепками? Но скорее всего, она бы просто-напросто посмеялась над ним.

Она сидела к нему спиной, ни разу не обернувшись и, по всей видимости, не замечая, что он тут. Ее присутствие странным образом не давало ему покоя, а когда он через несколько минут поднялся, собираясь незаметно уйти, она вдруг повернула голову и посмотрела прямо на него, словно все время знала, что он здесь, и держала под наблюдением своего радара. Ее взгляд был словно внезапная атака, и Арманский поспешно покинул кафе, притворившись, что не заметил девушку. Она не поздоровалась, но проводила его глазами, и только когда он завернул за угол, этот взгляд перестал жечь ему спину.

Смеялась она редко или даже вообще никогда не смеялась. Однако со временем Арманскому стало казаться, что ее отношение к нему немного потеплело. Она обладала, мягко говоря, сдержанным чувством юмора, временами вызывавшим у нее лишь кривую язвительную усмешку.

Ее бесчувственность иногда внушала Арманскому желание схватить ее, встряхнуть, хоть как-то прорваться сквозь ее защитную скорлупу, чтобы завоевать ее дружбу или хотя бы уважение.

Один-единственный раз, когда она уже проработала на него девять месяцев, он попытался поговорить с ней об этих чувствах. Дело было декабрьским вечером на рождественском празднике «Милтон секьюрити», где Арманский, против обыкновения, выпил лишнего. Ничего недопустимого не произошло — он просто попытался сказать, что на самом деле хорошо к ней относится. Больше всего ему хотелось объяснить ей, что он чувствует потребность оберегать ее и что если ей понадобится помощь, то она может с полным доверием обратиться к нему. Он даже попытался ее обнять, разумеется, по-дружески.

Саландер высвободилась из его неуклюжих объятий и покинула праздник. После этого она не появлялась на работе и не отвечала по мобильному телефону. Драган Арманский воспринимал ее отсутствие как пытку — почти как личную драму. Обсуждать свои чувства ему было не с кем, и он впервые с ужасом осознал, какую роковую власть над ним имеет Лисбет Саландер.

Тремя неделями позже, когда Арманский в один из январских вечеров трудился над проверкой годового отчета, Саландер вернулась. Она вошла в кабинет неслышно, как привидение,— просто он внезапно заметил, что она стоит в полумраке неподалеку от двери и разглядывает его. Он не имел никакого представления о том, как долго она уже там находилась.

— Хотите кофе? — спросила Лисбет.

Она прикрыла дверь и протянула ему принесенный от кофейного автомата стаканчик, который Арманский молча взял. Он испытал облегчение, смешанное с испугом, когда девушка, подтолкнув ногой дверь, уселась в кресло для посетителей и посмотрела ему прямо в глаза. Потом она задала запретный вопрос, да так, что от него нельзя было ни отшутиться, ни уклониться:

— Драган, я тебя привлекаю?

Арманский сидел как парализованный, отчаянно пытаясь сообразить, что ему отвечать. Его первым побуждением было встать в позу обиженного и все отрицать. Потом он встретил ее взгляд и осознал: она впервые задала личный вопрос, причем на полном серьезе, и если он попытается отшутиться, она воспримет это как оскорбление. Ей захотелось поговорить с ним, и ему стало интересно, сколько времени она набиралась смелости, чтобы задать этот вопрос. Он медленно отложил ручку, откинулся на спинку кресла и наконец расслабился.

— Почему ты так думаешь? — спросил он.

— Потому что я вижу, как ты на меня смотришь и как отворачиваешься. А еще иногда ты хочешь протянуть руку и коснуться меня, а потом сдерживаешься.

Внезапно он улыбнулся ей:

— Мне казалось, что если я прикоснусь к тебе пальцем, ты откусишь мне руку.

Она выжидала, даже не улыбнувшись.

— Лисбет, я твой начальник, и даже если бы я и увлекся тобой, то никогда бы ничего себе не позволил.

Она по-прежнему выжидала.

— Между нами говоря, бывали случаи, когда я чувствовал, что меня к тебе тянет. Объяснить это я не могу, но это так. Сам не знаю почему, но ты мне очень симпатична. Однако ты меня не возбуждаешь.

— Отлично. Потому что из этого все равно ничего не выйдет.

Арманский внезапно захохотал. Саландер впервые высказала ему что-то личное, пусть даже это было самое неприятное, что только может услышать мужчина.

Он попытался подобрать подходящие слова:

— Лисбет, я понимаю, что тебя не интересует старик, которому уже пятьдесят с хвостиком.

— Меня не интересует старик, которому пятьдесят с хвостиком, *являющийся моим шефом.* — Она подняла руку. — Подожди, дай мне сказать. Иногда ты кажешься тупицей и бюрократом, и это меня раздражает, но ты, в общем-то, привлекательный мужчина, и... я тоже порой чувствую... Но ты мой шеф, и я встречалась с твоей женой и хочу продолжать у тебя работать, и закрутить с тобой было бы самой большой глупостью с моей стороны.

Арманский сидел молча, едва решаясь дышать.

— Я же понимаю, что ты для меня сделал, а неблагодарность не в моих правилах. Я ценю, что ты оказался выше собственных предрассудков и дал мне шанс. Но я не хочу, чтобы ты был моим любовником, и папаша мне тоже не нужен.

Она умолкла.

Чуть погодя Арманский беспомощно вздохнул:

— В каком же качестве я тебе нужен?

— Я хочу продолжать на тебя работать. Если тебе это подходит.

Он кивнул, а потом ответил с максимальной откровенностью:

— Я очень хочу, чтобы ты на меня работала. Но мне бы также хотелось, чтобы ты питала ко мне какие-то дружеские чувства и доверие.

Лисбет покачала головой:

— Ты не тот человек, с которым хочется дружить.

Казалось, она собирается уйти, и он сказал:

— Я понял, что ты не желаешь, чтобы кто-то лез в твою жизнь, и я постараюсь этого не делать. Но ты не против, если я по-прежнему буду к тебе хорошо относиться?

Саландер долго размышляла. Потом она ответила: встала, обошла вокруг стола и обняла его.

Арманский был совершенно обескуражен.

Только когда она отпустила его, он схватил ее за руку:

— Мы можем быть друзьями?

Она кивнула.

Это был единственный раз, когда она проявила к нему нежность и когда она вообще его коснулась. Этот миг Арманский вспоминал с теплотой.

За четыре года она так и не приоткрыла ему ни своей личной жизни, ни прошлого.

Однажды Арманский испробовал на ней свое искусство разбираться с «лобстерами». Он также имел долгую беседу с адвокатом Хольгером Пальмгреном, который, похоже, отнюдь не удивился его приходу, и от полученных сведений его доверие к ней отнюдь не возросло. В разговорах с Лисбет он никогда не касался этой темы и ни единым словом не дал понять, что копался в ее личной жизни. Он скрыл от нее свое беспокойство и просто усилил бдительность.

В тот странный вечер Саландер и Арманский заключили некое соглашение. В дальнейшем она станет выполнять для него задания по сбору сведений на новых условиях. Ей назначается маленькая ежемесячная зарплата, не зависящая от того, есть у нее работа или нет; настоящий же доход ей будет приносить выполнение поручений, каждое из которых он станет оплачивать отдельно. Ей разрешалось работать исключительно по собственному усмотрению, но за это она принимала на себя обязательство никогда не делать ничего, что могло бы смутить его или опозорить «Милтон секьюрити».

Арманский принял практичное решение, выгодное как для него и предприятия, так и для самой Саландер. Он сократил доставляющий неприятности отдел ИЛО до одной штатной единицы — пожилого сотрудника, выполнявшего необходимую рутинную работу и собиравшего сведения о кредитоспособности. Все запутанные и сомнительные задания Арманский передал Саландер и другим внештатным работникам. Юридически они являлись посторонними индивидуальными предпринимателями, и в случае возникновения серьезных проблем ответственности за них «Милтон секьюрити» не несло. Поскольку Арманский часто прибегал к услугам Саландер, она получала вполне приличные деньги. Ее доход мог бы быть значительно выше, но девушка работала, только когда ей того хотелось, считая, что если Арманскому это не нравится, он может ее выгнать.

Арманский принимал ее такой, какая она есть, но запрещал ей встречаться с клиентами. Исключения из этого правила случались редко, но сегодняшнее дело, к сожалению, было из разряда таковых.

В этот день Лисбет Саландер явилась в черной футболке с изображением клыкастого инопланетянина и текстом: «I am also an alien»*. Еще на ней были черная юбка с оторван-

_____
* Я тоже чужой *(англ.)*. *(Прим. перев.)*

ным подгибом, поношенная черная короткая кожаная куртка, ремень с заклепками, массивные ботинки «Док Мартенс» и гольфы в поперечную красно-зеленую полоску. Цветовая гамма ее макияжа давала основания заподозрить Лисбет в дальтонизме. Иными словами, выглядела она на редкость аккуратно.

Арманский вздохнул и перевел взгляд на третьего присутствующего в комнате человека — консервативно одетого посетителя в толстых очках. Шестидесятивосьмилетний адвокат Дирк Фруде настоял на личной встрече с сотрудником, составившим отчет, чтобы иметь возможность задать вопросы. Арманский попытался предотвратить встречу, ссылаясь на то, что Саландер простужена, находится в отъезде и завалена другой работой. Фруде каждый раз невозмутимо отвечал, что это не страшно — нет никакой спешки и он спокойно может подождать несколько дней. Арманский ругался про себя, но в конце концов ему ничего не оставалось, кроме как свести их, и теперь адвокат Фруде сидел и, прищурившись, с явным восхищением разглядывал Лисбет Саландер. Та пялилась в ответ, и лицо ее не выражало хоть сколько-нибудь теплых чувств.

Еще раз вздохнув, Арманский посмотрел на принесенную ею папку с надписью: «Карл Микаэль Блумквист». После имени на обложке был аккуратно выписан номер страхового свидетельства. Арманский произнес это имя вслух. Адвокат Фруде вернулся к действительности и перевел взгляд на него:

— Так что вы можете рассказать о Микаэле Блумквисте?

— Видите ли, отчет составила фрёкен Саландер.

Арманский секунду поколебался, а затем продолжил с улыбкой, которая задумывалась как доверительная, но получилась беспомощной и виноватой:

— Пусть вас не смущает ее молодость. Она наш самый лучший специалист.

— Я в этом не сомневаюсь,— сухо ответил Фруде, явно предполагая обратное.— Расскажите, к чему она пришла.

Было очевидно, что адвокат Фруде просто не представляет, как ему вести себя с Лисбет Саландер, и поэтому предпочитает разговаривать с Арманским, будто Лисбет вовсе и нет в комнате. Саландер воспользовалась случаем и надула большой пузырь из жевательной резинки. Прежде чем Арманский успел ответить, она обратилась к своему шефу, тоже будто не замечая Фруде:

— Узнайте у клиента, ему нужна длинная или короткая версия?

Адвокат Фруде сразу понял, что опростоволосился. Возникла неловкая пауза, а потом он наконец обратился к Лисбет Саландер и попытался исправить ошибку, избрав любезный и покровительственный тон:

— Фрёкен, я был бы признателен, если бы вы устно суммировали свои выводы.

По виду Саландер сейчас напоминала злобного нубийского хищника, который обдумывает, не отведать ли ему Дирка Фруде на обед. В ее взгляде читалась такая поразительная ненависть, что у гостя по спине побежали мурашки. Столь же внезапно ее лицо смягчилось, и Фруде подумалось, уж не привиделся ли ему этот взгляд. А она заговорила тоном государственного чиновника:

— Позвольте для начала заметить, что данное задание было не из сложных, хотя постановка задачи не отличалась четкостью. Вы хотели узнать о нем «все, что можно раскопать», но не дали никаких указаний относительно того, интересует ли вас что-то конкретное. Поэтому получилось нечто вроде обзора эпизодов из его жизни. Отчет состоит из ста девяноста трех страниц, однако около ста двадцати из них представляют собой копии написанных им статей или тех газетных вырезок, где он сам фигурирует в сводках новостей. Блумквист является лицом публичным, у него мало тайн, и ему почти нечего скрывать.

— Значит, тайны у него все-таки есть? — спросил Фруде.

— Тайны есть у всех людей,— ответила она спокойно.— Надо только выведать, в чем они заключаются.

— Расскажите.

— Дата рождения Микаэля Блумквиста — восемнадцатое января тысяча девятьсот шестидесятого года, и, следовательно, сейчас ему сорок три года. Родился он в Борленге, но впоследствии там не жил. Его родители, Курт и Анита Блумквист, начали заводить детей в тридцатипятилетнем возрасте, и их обоих уже нет в живых. Отец работал наладчиком оборудования и часто бывал в разъездах. Мать, насколько мне удалось узнать, всю жизнь занималась исключительно домашним хозяйством. Семья переехала в Стокгольм, когда Микаэль пошел в школу. У него имеется сестра по имени Анника, которая на три года моложе его и работает адвокатом. Есть также дяди по материнской линии и двоюродные братья и сестры. Вы кофе наливать собираетесь?

Последняя реплика была обращена к Арманскому, который поспешно открыл приготовленный для встречи термос с кофе и кивнул, прося ее продолжать рассказ.

— Значит, в шестьдесят шестом семья переехала в Стокгольм. Они жили на острове Лилла Эссинген. Блумквист сначала ходил в школу в Бромме, а потом в гимназию на Кунгсхольмене*. У него был приличный аттестат — в среднем четыре и девять десятых; копии находятся в папке. В годы учебы в гимназии он занимался музыкой и играл на бас-гитаре в рок-группе под названием «Бутстрэп», даже выпустившей сингл, который летом семьдесят девятого крутили по радио. После гимназии Блумквист работал контролером в метро, накопил денег и поехал за границу. В течение года он, похоже, болтался по Азии — Индия, Таиланд — и даже добирался до Австралии. Учиться на журналиста в Стокгольме он начал, когда ему был двадцать один год, но после первого курса прервал учебу и служил в армии, в стрелковых войсках, в Кируне. В эту часть отбирали сплошных мачо, и он закончил службу с хорошим результатом: десять-

---

* «Королевский остров», административный центр Стокгольма. (*Прим. ред.*)

девять-девять. После армии завершил образование и с тех пор работает журналистом. Какие нужны подробности?

— Рассказывайте то, что считаете важным.

— Хорошо. Он немного напоминает практичного поросенка из «Трех поросят». До сегодняшнего дня он был успешным журналистом. В восьмидесятых годах много работал внештатно, сначала в провинциальных газетах, потом в Стокгольме. У меня имеется список. Первый большой успех ему принесла история с Медвежьей бандой — бандой грабителей, которую он помог задержать.

— Когда его прозвали Калле Блумквист.

— Он ненавидит свое уменьшительное имя, что вполне понятно. Попробовал бы кто-нибудь назвать меня в газете Пеппи Длинныйчулок, так у него бы сразу губа распухла.

Она бросила мрачный взгляд на Арманского, и тот сглотнул. Он неоднократно в мыслях сравнивал Лисбет Саландер с Пеппи Длинныйчулок и сейчас возблагодарил свое благоразумие за то, что ни разу не попытался шутить на эту тему. Он жестом предложил ей рассказывать дальше.

— Один источник сообщает, что вплоть до этого момента Блумквист хотел стать репортером уголовной хроники — он даже внештатно работал в этом качестве в одной из вечерних газет,— но известность он приобрел как журналист, специализирующийся на политике и экономике. Штатным сотрудником вечерней газеты он сделался только в конце восьмидесятых. В девяностом году он уволился, став одним из основателей ежемесячного журнала «Миллениум». Поначалу журнал не имел издательства, которое бы его поддерживало, и был чистейшим аутсайдером. Однако его тираж вырос и на сегодня достигает двадцати одной тысячи экземпляров. Редакция располагается на Гётгатан, всего в нескольких кварталах отсюда.

— Левый журнал.

— Это зависит от того, что считать левым. В целом «Миллениум», пожалуй, относится к социально-критическим изданиям, но можно предположить, что анархисты считают его паршивым буржуазным журнальчиком того же типа, что «Арена» или «Урдфронт», а правый Студенческий союз, вероятно, полагает, что у них в редакции сидят одни большевики. Нет никаких свидетельств того, что Блумквист когда-либо проявлял политическую активность, даже во времена подъема левого движения, когда он учился в гимназии. Потом он жил с девушкой, которая тогда была активной сторонницей синдикалистов, а теперь заседает в риксдаге как депутат от левой партии. Похоже, его считают левым в основном потому, что в своих репортажах по экономическим вопросам он вскрывал коррупцию и темные дела в сфере предпринимательства. Он нарисовал несколько нелестных портретов директоров и политиков и спровоцировал ряд отставок и судебных преследований, наверняка вполне заслуженных. Наиболее известным является дело Арбоги, в результате которого один буржуазный политик был вынужден подать в отставку, а бывшему руководителю муниципалитета дали год тюрьмы за растрату. Однако критика преступлений едва ли может считаться проявлением левых настроений.

— Я понимаю, что вы хотите сказать. Что еще?

— Он написал две книги. Одна из них о деле Арбоги, а вторая — об экономической журналистике — называется «Тамплиеры» и вышла три года назад. Я эту книгу не читала, но, судя по рецензиям, ее восприняли неоднозначно. Она породила ряд дискуссий в СМИ.

— Как у него с деньгами?

— Он не богат, но и не голодает. Его налоговые декларации прилагаются к отчету. В банке у него около двухсот пятидесяти тысяч крон, которые вложены частично в фонд пенсионного накопления, частично — в накопительный фонд. На счете у него порядка ста тысяч крон, которые он использует на текущие расходы, поездки и тому подобное. Он имеет кооперативную квартиру с полностью выплаченным паем — шестьдесят пять квадратных метров на Белльмансгатан,— и у него нет ни займов, ни долгов.

Саландер подняла палец:

— Он владеет еще кое-чем — недвижимостью в Сандхам- не. Это сарай в тридцать квадратных метров, переоборудо- ванный под жилой домик и расположенный у воды, посре- ди самой привлекательной части городка. Домик, по всей видимости, в сороковых годах купил кто-то из братьев от- ца — тогда простые смертные еще имели такую возмож- ность,— а потом он по наследству в конце концов достался Блумквисту. Они договорились, что квартиру родителей на Лилла Эссинген получает сестра, а Микаэль Блумквист — домик. Не знаю, сколько он сегодня может стоить — навер- няка несколько миллионов,— но, с другой стороны, не по- хоже, чтобы Блумквист собирался его продавать, он быва- ет в Сандхамне довольно часто.

— Каковы его доходы?

— Он совладелец «Миллениума», однако в качестве зар- платы берет себе около двенадцати тысяч в месяц. Осталь- ное добирает внештатной работой, конечная сумма варьи- руется. Максимум зафиксирован три года назад, когда его нанимал ряд СМИ и он заработал почти четыреста пятьде- сят тысяч. В прошлом году подработки принесли ему только сто двадцать тысяч.

— Ему придется выложить сто пятьдесят тысяч за мо- ральный ущерб и, кроме того, оплатить услуги адвоката и все остальное,— заметил Фруде.— Можно предположить, что это выльется в кругленькую сумму, а еще он лишится до- ходов, пока будет отбывать наказание.

— Это означает, что он останется без гроша,— сделала вывод Саландер.

— Он честный человек? — спросил Дирк Фруде.

— Доверие — это, так сказать, его главный капитал. Он создал себе образ блюстителя морали в мире предпринима- тельства, и его довольно часто приглашают комментировать разные вещи по телевидению.

— После сегодняшнего приговора от этого капитала, ве- роятно, мало что осталось,— задумчиво произнес Дирк Фруде.

— Не берусь утверждать, что точно знаю, какие требования предъявляются к журналисту, но после такого провала «суперсыщик Блумквист», вероятно, не скоро получит Большую журналистскую премию. Он здорово опростоволосился,— трезво констатировала Саландер.— Если позволите мне высказать личные соображения...

Арманский вытаращил глаза. За те годы, что Лисбет Саландер на него работала, она еще никогда не высказывала личных соображений по поводу какого-либо из дел. Для нее важны были лишь сухие факты.

— В мое задание не входило изучать суть дела Веннерстрёма, но я следила за процессом и должна признать, что он меня совершенно поразил. Тут что-то не так, это совсем... не в характере Микаэля Блумквиста — публиковать бездоказательный материал, ведь это совершенно гиблое дело.

Саландер почесала нос. Фруде терпеливо ждал. Арманский не понимал, ошибается он или Саландер действительно сомневается в том, как ей продолжать. Та Саландер, которую он знал, *никогда* не проявляла неуверенности или сомнений. Наконец она, похоже, решилась:

— Исключительно, так сказать, за рамками протокола... Я не вникала всерьез в дело Веннерстрёма, но полагаю, что Калле Блумквиста... извините, Микаэля Блумквиста надули. Думаю, что за этой историей кроется нечто совсем другое, нежели то, о чем говорится в решении суда.

Теперь уже настала очередь Дирка Фруде встрепенуться. Адвокат смотрел на Саландер изучающим взглядом, и Арманский отметил, что впервые с начала ее отчета заказчик проявил отнюдь не просто вежливый интерес. Он зафиксировал в уме, что дело Веннерстрёма явно представляет для Фруде определенный интерес.

«Не совсем так,— тотчас подумал Арманский.— Фруде среагировал, только когда Саландер намекнула, что Блумквиста надули».

— Что вы, собственно, хотите сказать? — с интересом спросил Фруде.

— Это только предположение, но я почти уверена, что его кто-то обманул.

— Почему вы так думаете?

— Вся биография Блумквиста свидетельствует о том, что он очень осторожный журналист. Все его предыдущие разоблачения были хорошо подкреплены документами. Я была в один из дней на процессе и слушала. Он не представлял никаких контраргументов и, казалось, сдался без боя. Это не в его характере. Если верить суду, то он просто сочинил историю о Веннерстрёме, не имея никаких доказательств, и опубликовал ее как некий террорист-самоубийца от журналистики — но это просто-напросто не в стиле Блумквиста.

— А что, по вашему мнению, произошло?

— Я могу только догадываться. Сам Блумквист верил в свой материал, но по ходу дела что-то произошло, и информация оказалась фальшивкой. Это, в свою очередь, означает, что он доверял источнику, а его намеренно снабдили ложной информацией — что кажется сложным и маловероятным. Альтернативный вариант — он подвергся настолько серьезной угрозе, что сдался и предпочел предстать некомпетентным идиотом, нежели принять бой. Но повторяю, это лишь предположения.

Саландер хотела продолжить отчет, но Дирк Фруде поднял руку. Он немного помолчал, постукивая пальцами по подлокотнику, а потом, поколебавшись, снова обратился к ней:

— Если бы мы наняли вас, чтобы распутать дело Веннерстрёма и добраться до правды... насколько велик шанс, что вы что-нибудь найдете?

— Трудно сказать. Может быть, там и находить-то нечего.

— Но вы согласились бы попытаться?

Она пожала плечами:

— Не мне решать. Я работаю на Драгана Арманского, и он решает, какие дела мне поручать. Потом, все зависит от того, какого рода информацию вы хотите добыть.

— Тогда скажем так... Я правильно предполагаю, что наш разговор носит конфиденциальный характер?

Арманский кивнул.

— Об этом деле мне ничего не известно,— продолжал Фруде,— но я совершенно точно знаю, что в некоторых других случаях Веннерстрём действовал бесчестно. Дело Веннерстрёма самым серьезным образом отразилось на жизни Микаэля Блумквиста, и меня интересует, есть ли в ваших предположениях рациональное зерно.

Разговор приобрел неожиданный оборот, и Арманский тотчас насторожился. Дирк Фруде предлагал «Милтон секьюрити» покопаться в уже закрытом уголовном деле, в ходе которого Микаэль Блумквист, возможно, подвергался какой-то угрозе насилия и возникал риск столкновения с империей адвокатов Веннерстрёма. При таких обстоятельствах Арманского отнюдь не прельщала мысль выпускать на дело неконтролируемую крылатую ракету по имени Лисбет Саландер.

Дело было не только в заботе о предприятии. Когда-то Саландер четко дала ему понять, что не хочет иметь в лице Арманского некоего постоянно волнующегося отчима. Заключив с ней соглашение, он остерегался выступать в такой роли, но в глубине души не переставал за нее волноваться. Иногда он ловил себя на том, что сравнивает Саландер с собственными дочерьми. Арманский считал себя хорошим отцом и никогда понапрасну не вмешивался в их личную жизнь, однако сознавал, что, если бы они жили и вели себя так, как Лисбет Саландер, он не смог бы с этим мириться.

В глубине своей хорватской — или, может быть, боснийской или армянской — души он никак не мог отделаться от убеждения, что такой образ жизни приведет Саландер к катастрофе. По его мнению, ее особенности сделали бы ее идеальной жертвой для кого-нибудь, кто захочет ей зла, и он страшился того утра, когда его разбудят известием о том, что она пострадала.

— Подобное исследование может потребовать больших затрат,— сказал Арманский, пробуя деликатно отпугнуть

Фруде, чтобы прощупать, насколько серьезны его намерения.

— Мы установим потолок,— трезво заметил тот.— Я не требую невозможного, но совершенно очевидно, что ваша сотрудница, как вы сами меня заверили, компетентна.

— Саландер? — взглянул на нее Арманский, подняв бровь.

— Я сейчас ничем не занята.

— Хорошо. Но я хочу, чтобы мы договорились о формах работы. Давайте дослушаем остаток отчета.

— Остались только подробности его личной жизни. В восемьдесят шестом году он женился на Монике Абрахамссон, и в том же году у них родилась дочь Пернилла. Сейчас ей шестнадцать. Брак был непродолжительным; супруги развелись в девяносто первом. Абрахамссон снова вышла замуж, но они явно продолжают сохранять дружеские отношения. Дочь живет с матерью и встречается с Блумквистом не особенно часто.

Фруде попросил долить ему кофе из термоса и вновь обратился к Саландер:

— В самом начале вы заметили, что у всех людей есть тайны. Удалось ли вам таковые найти?

— Я имела в виду, что у каждого человека есть вещи, которые он относит к сфере личной жизни и не особенно любит выставлять напоказ. Блумквист явно пользуется успехом у женщин. У него было несколько романов и очень много кратковременных связей. Короче говоря, он ведет активную сексуальную жизнь. Однако некая персона уже на протяжении многих лет периодически возникает в его жизни, и связь эта довольно необычна.

— В каком смысле?

— У него связь с Эрикой Бергер, главным редактором «Миллениума». Она принадлежит к высшему обществу, мать — шведка, отец — бельгиец, живущий в Швеции. Бергер и Блумквист знают друг друга со времени учебы в Высшей школе журналистики и с тех пор периодически возобновляют сексуальные отношения.

— Пожалуй, это не слишком необычно,— заметил Фруде.

— Конечно нет. Но Эрика Бергер замужем за художником Грегером Бекманом — полузнаменитостью, разукрасившей общественные помещения множеством жутких картин.

— Иными словами, она ему изменяет.

— Нет. Бекман в курсе их отношений. Это ménage à trios*, которая явно устраивает всех троих. Иногда Бергер спит с Блумквистом, иногда с мужем. Какой у них там заведен порядок, я точно не знаю, но, вероятно, это явилось одной из главных причин распада брака Блумквиста с Абрахамссон.

---

* Любовь втроем *(фр.). (Прим. перев.)*

Глава

03

Пятница, 20 декабря — суббота, 21 декабря

Эрика Бергер удивленно подняла брови, когда под самый конец рабочего дня в редакцию вошел несомненно замерзший Микаэль Блумквист. Редакция «Миллениума» располагалась прямо на «горбушке» Гётгатан*, на офисном этаже, непосредственно над помещениями общества «Гринпис». Арендная плата была несколько высоковата для журнала, но Эрика, Микаэль и Кристер все-таки единодушно держались за это помещение.

Эрика посмотрела на часы. Было десять минут шестого, и Стокгольм уже давно погрузился в темноту. Она ожидала, что Микаэль вернется где-то к обеду.

— Извини,— произнес он вместо приветствия, прежде чем она успела что-либо сказать.— Я как-то зациклился на приговоре, и мне ни с кем не хотелось разговаривать. Просто долго бродил и размышлял.

— Я слышала решение суда по радио. Звонила «Та, с канала ТВ-4» и хотела получить от меня комментарий.

— Что ты сказала?

— Примерно как мы и договаривались: что нам надо сперва хорошенько прочитать текст приговора, а потом уже высказываться. То есть я ничего не сказала. Но моя пози-

---

* Оживленная улица в Стокгольме. *(Прим. ред.)*

ция неизменна: я считаю это ошибочной стратегией. Мы будем выглядеть слабыми и потеряем поддержку в СМИ. Вероятно, следует ожидать, что вечером что-нибудь выдадут по телевидению.

Блумквист мрачно кивнул.

— Как ты себя чувствуешь?

Микаэль пожал плечами и опустился в свое любимое кресло, стоящее в кабинете Эрики возле окна. Ее кабинет был обставлен по-спартански: письменный стол, практичные книжные полки и дешевая офисная мебель. Все было из магазина «ИКЕА», за исключением двух удобных экстравагантных кресел и столика у стены. («Дань моему воспитанию»,— частенько шутила Эрика.) Устав от письменного стола, она обычно читала, сидя в кресле и поджав под себя ноги.

Микаэль посмотрел вниз на Гётгатан, где в темноте куда-то спешили люди. Рождественская торговля уже вышла на финишную прямую.

— Вероятно, это пройдет,— сказал он.— Но сейчас такое чувство, будто мне задали хорошую взбучку.

— Да, на то, пожалуй, имеются все основания. Это относится ко всем нам. Янне Дальман сегодня ушел домой рано.

— Думаю, решение суда ему не понравилось.

— Он ведь не самый большой оптимист.

Микаэль покачал головой. Янне Дальман работал ответственным секретарем редакции «Миллениума» девять месяцев. Он появился как раз тогда, когда начиналось дело Веннерстрёма, и попал в редакцию, пребывающую в кризисе. Микаэль попытался припомнить, как они с Эрикой рассуждали, принимая его на работу. Янне хорошо знал свое дело и уже успел временно поработать в Телеграфном агентстве, в вечерних газетах и в программе новостей на радио. Однако бойцовскими качествами он явно не обладал. За прошедший год Микаэль не раз про себя сожалел о том, что они взяли к себе Дальмана: тот все видел в самом черном цвете, и это раздражало.

— От Кристера что-нибудь слышно? — спросил Микаэль, не отрывая взгляда от улицы.

Кристер Мальм отвечал в «Миллениуме» за художественное оформление и верстку и вместе с Эрикой и Микаэлем являлся совладельцем журнала, но в данный момент он со своим бойфрендом пребывал за границей.

— Он звонил. Передавал привет.

— Теперь ему придется взять на себя должность ответственного редактора.

— Микке, прекрати. Как ответственный редактор, ты должен заранее знать, что время от времени будешь получать по носу. Это входит в твои должностные обязанности.

— Верно. Но вышло так, что я и автор текста, и ответственный редактор того журнала, который его опубликовал. Это меняет дело, поскольку означает мою неспособность здраво судить.

Эрика Бергер почувствовала, что тревога, которую она носила в себе весь день, расцветает пышным цветом. В последние недели перед судом Микаэль Блумквист ходил чернее тучи, однако он не казался ей таким мрачным и убитым, как сейчас, в момент поражения. Эрика обошла вокруг письменного стола, уселась на колени к Микаэлю и обняла за шею.

— Микаэль, послушай. Мы с тобой оба совершенно точно знаем, как это получилось. Я несу не меньшую ответственность, чем ты. Нам надо просто переждать, пока буря утихнет.

— Да пережидать-то нечего. Приговор означает, что для СМИ я труп. Я не могу оставаться ответственным редактором «Миллениума». Под угрозой доверие к журналу, и мы должны свести потери к минимуму. Ты ведь понимаешь это не хуже меня.

— Если думаешь, что я позволю тебе взять всю вину на себя, то ты ни черта не разобрался во мне за все эти годы.

— Я прекрасно тебя знаю, Рикки. Ты до глупости лояльна к своим сотрудникам. Будь твоя воля, ты бы сцепилась с адвокатами Веннерстрёма и дралась бы до тех пор, пока не лишилась доверия сама. Нам надо быть умнее.

— По-твоему, это умный план — бросить «Миллениум», создав видимость того, что я тебя выгнала?

— Мы уже сто раз об этом говорили. Теперь удержать «Миллениум» на плаву можешь только ты. Кристер — отличный парень, но слизняк, он хорошо разбирается в иллюстрациях и лейауте, но драки с миллиардерами ему не по плечу. Это не его. Мне придется на время исчезнуть из «Миллениума» как в качестве редактора и журналиста, так и члена правления; моя доля перейдет к тебе. Веннерстрём знает, что мне известно о его деятельности, и будет пытаться уничтожить журнал, пока я пребываю поблизости от «Миллениума». Нам не по средствам такая борьба.

— А почему бы нам не дать публикацию о том, что произошло? Пан или пропал!

— Потому что мы ни черта не можем доказать и потому что я только что утратил доверие. Этот раунд остался за Веннерстрёмом. Кончено. Забудь.

— Ладно, отсюда тебя выгонят. А что ты будешь делать?

— Мне просто нужна передышка. Я чувствую, что совершенно выдохся. Займусь немного собой, а там посмотрим.

Эрика притянула голову Микаэля к своей груди, крепко прижала к себе, и несколько минут они сидели молча.

— Хочешь, я сегодня побуду с тобой? — спросила она. Микаэль Блумквист кивнул.

— Хорошо. Я уже позвонила Грегеру и сказала, что буду ночевать у тебя.

Единственным источником света в комнате было уличное освещение, отражавшееся в уголке окна. Где-то после двух часов ночи Эрика заснула, а Микаэль лежал и изучал в полумраке ее профиль. Одеяло закрывало ее примерно до талии, и он смотрел, как поднимается и опускается ее грудь. Он расслабился, жуткий ком в желудке растворился. Это благодаря Эрике. Она всегда на него так влияла. И он знал, что оказывает на нее точно такое же воздействие.

«Двадцать лет»,— подумал он.

Именно столько длились их отношения. Что до него, то он был готов заниматься с Эрикой сексом еще по меньшей мере столько же. Они никогда всерьез не пытались скрывать свои отношения, даже когда это невероятно осложняло им общение с другими людьми. Он знал, что в кругу знакомых о них судачат и всех интересует, что же между ними есть на самом деле; они с Эрикой отделывались загадочными ответами и не обращали внимания на болтовню.

Познакомились они на вечеринке у общих знакомых. Оба учились тогда на втором курсе Высшей школы журналистики, и у каждого имелся постоянный партнер. Тем вечером они принялись провоцировать друг друга, временами выходя за рамки дозволенного. Возможно, флирт начался у них ради шутки — он точно не помнил,— но перед расставанием они обменялись телефонами. Оба сознавали, что рано или поздно окажутся в одной постели, и не прошло и недели, как они осуществили свои планы, потихоньку от партнеров.

Микаэль был уверен в том, что о любви между ними речь не шла, по крайней мере, в ее традиционном понимании — о любви, ведущей к общему дому, совместному погашению кредитов, рождественской елке и детям. Несколько раз в 80-х годах, когда оба оказывались свободными от других обязательств, они подумывали съехаться. Микаэлю этого хотелось, но Эрика всегда в последний момент уклонялась. Она говорила, что ничего хорошего у них все равно не получится, а если они влюбятся друг в друга, то это только испортит их отношения.

Они дружно считали, что их связь держится на сексе или даже сексуальном безумстве, и Микаэль часто задумывался о том, возможно ли испытывать к женщине более всепоглощающее, неутолимое желание, чем он питал к Эрике. Они идеально подходили друг другу, и их отношения были сродни наркотической зависимости. Иногда они встречались так часто, что напоминали прочную пару, а иногда не виделись неделями и месяцами. Но как алкоголики после периода воздержания рвутся к винному магазину, так и они неизменно возвращались друг к другу за новой порцией.

Ничего хорошего из этого, естественно, не получалось. Подобные отношения просто созданы для того, чтобы приносить боль. На совести обоих остались безжалостные измены и нарушенные обещания — его собственный брак развалился, потому что он не смог держаться в стороне от Эрики. Микаэль никогда не скрывал своей связи с Эрикой от жены Моники, но та полагала, что этим отношениям придет конец, поскольку они поженились и у них родилась дочь, а Эрика почти тогда же вышла замуж за Грегера Бекмана. Микаэль тоже так считал, и в первые годы брака встречался с Эрикой только по работе. Потом они основали «Миллениум», после чего буквально в течение недели их благие намерения рухнули, и как-то поздним вечером они предались бурному сексу прямо на ее письменном столе. Потом последовал мучительный период, когда Микаэлю хотелось жить с семьей, наблюдать, как подрастает дочка, и вместе с тем его невыносимо тянуло к Эрике и он ничего не мог с этим поделать. Разумеется, он мог бы взять себя в руки, если бы захотел. Лисбет Саландер правильно угадала, что Моника развелась с ним именно из-за его неверности.

Как ни странно, Грегер Бекман, похоже, полностью смирился с этим положением дел. Эрика никогда не скрывала своих отношений с Микаэлем и, когда связь возобновилась, незамедлительно рассказала об этом мужу. Возможно, только человек с художественной натурой, полностью поглощенный собственным творчеством или самим собой, смог бы принять тот факт, что его жена периодически спит с другим мужчиной и даже делит отпуск так, чтобы провести неделю-другую с любовником на его даче в Сандхамне. Микаэлю Грегер не особенно нравился, и он никак не мог понять, что в нем находит Эрика. Однако его радовало, что Грегер не возражает против того, чтобы его жена любила двух мужчин одновременно.

Он подозревал, что в глазах Грегера связь жены с ним, Микаэлем, придает их браку дополнительную пикантность. Впрочем, это они никогда не обсуждали.

Заснуть не удавалось, и часа в четыре Микаэль прекратил бесплодные попытки. Он уселся на кухне и еще раз от начала до конца прочел приговор. Вспоминая прошлое, он чувствовал, что встреча на Архольме имела прямо-таки судьбоносное значение. Ему так и не удалось разобраться, заговорил ли Роберт Линдберг о махинациях Веннерстрёма только в порядке трепа за рюмкой в каюте или же он действительно хотел предать дело огласке.

Микаэль склонялся к первому, но с таким же успехом могло оказаться, что Роберт из сугубо личных или коммерческих соображений хотел навредить Веннерстрёму и воспользовался удобным случаем, когда к нему на яхту попал податливый журналист. Он был достаточно трезв, чтобы в решающий момент вырвать у Микаэля роковое обещание, благодаря которому сам Роберт из трепача превратился в анонимный источник информации. А значит, он мог говорить все, что угодно, но Микаэль не имел права на него ссылаться.

Одно, правда, было Микаэлю совершенно ясно. Если бы какие-то заговорщики нарочно устроили встречу на Архольме с целью привлечь его внимание, то лучшего вклада в это дело Роберт внести просто не мог бы. Однако они пересеклись там по чистой случайности.

Роберт не знал, насколько Микаэль презирает людей типа Ханса Эрика Веннерстрёма. Многолетнее изучение данной темы убедило Микаэля, что не существует ни единого директора банка или известного главы компании, который бы не был прохвостом.

О Лисбет Саландер Микаэль никогда не слышал и пребывал в счастливом неведении относительно сделанного ею этим днем отчета, но, слушай он ее, он бы согласно закивал, когда Лисбет заявила, что его откровенное отвращение к любителям считать деньги не является проявлением левого радикализма. Нельзя сказать, что политика Микаэля не интересовала, но к разным политическим «измам» он относился с величайшей подозрительностью. Единственный раз, когда он голосовал на выборах в риксдаг — это было в тысяча девятьсот восемьдесят втором году,— он остановился на социал-демократах просто-напросто потому, что, на его взгляд, ничто не могло быть хуже, чем еще три года иметь Йосту Бумана в качестве министра финансов, а Турбьёрна Фельдина или, возможно, Улу Ульстена — на посту премьер-министра. Поэтому он без большого энтузиазма проголосовал за Улофа Пальме, получив в результате убийство премьер-министра, «Бофорс»* и дело Эббе Карлссона**.

Микаэль презирал репортеров, пишущих об экономике, по причине пренебрежения ими такой, по его мнению, очевидной вещью, как мораль. Для него уравнение решалось просто. Директора банка, который растратил сто миллионов из-за безрассудных спекуляций, надо снимать с работы. Руководителя предприятия, который занимается созданием «дутых» компаний, следует сажать в тюрьму. Домовладельца, который вынуждает молодежь нелегально оплачивать комнату с сортиром, необходимо делать объектом всеобщего осуждения.

По мнению Микаэля Блумквиста, задача репортера-экономиста состояла в том, чтобы выявлять и разоблачать финансовых акул, которые создают банковские кризисы и растрачивают капиталы мелких вкладчиков в безумных вереницах дот-комов. Он полагал, что такому журналисту надлежит наблюдать за руководителями предприятий с тем же пристальным вниманием, с каким политические репортеры от-

---

* Имеется в виду скандал, связанный с получением крупных взяток индийскими чиновниками и бизнесменами от шведской компании «Бофорс АВ» за заключение в 1986 году контракта на поставку гаубиц. *(Прим. перев.)*

** Книгоиздатель Эббе Карлссон оказался в центре крупного политического скандала, когда по его инициативе расследовался курдский след в убийстве Улофа Пальме. *(Прим. перев.)*

слеживают малейший неверный шаг министров и членов риксдага. Политическому журналисту никогда бы не пришло в голову считать лидера партии непогрешимым, будто святой, и Микаэль отказывался понимать, почему столь многие экономические журналисты важнейших СМИ страны относятся к посредственным биржевым дельцам с обожанием, словно те — рок-звезды.

Такая необычная для экономической журналистики позиция когда-то привела его к громкому конфликту с коллегами, иные из которых, в первую очередь Уильям Борг, сделались его злейшими врагами. Микаэль повел себя вызывающе, раскритиковав собратьев по перу за то, что они предают свое дело и служат на посылках у успешных молодых биржевиков. Роль критика общественных пороков, разумеется, создала Микаэлю определенный статус, его стали приглашать в качестве «неудобного гостя» на телепередачи, чтобы прокомментировать разоблачение какого-нибудь директора, растратившего миллиард или около того. Однако эта же позиция принесла ему много непримиримых врагов. Микаэль легко мог себе представить, что этим вечером в некоторых редакциях откупоривали бутылки шампанского.

Эрика понимала роль журналиста так же, как он, и еще в школе журналистики они вместе забавлялись тем, что придумывали издание, основанное на таких принципах.

Лучшего руководителя, чем Эрика, Микаэль просто не мог себе представить. Она была организатором, способным проявлять по отношению к сотрудникам теплоту и доверие, но вместе с тем не уклонялась от конфликтов и при необходимости умела править твердой рукой. А главное, ее хладнокровие и точная интуиция играли важную роль, когда надо было определять содержание нового номера. Они с Микаэлем нередко расходились во взглядах и отчаянно ругались, но при этом бесконечно доверяли друг другу и вместе составляли непобедимую команду. Он играл роль чернорабочего, добывая материал, а она обрабатывала его и находила ему применение.

Парень из рабочей среды и девушка из высшего класса вместе обладали необходимыми качествами. «Миллениум» был их общим творением, но никогда бы он не стал реальностью без ее способности обеспечить финансирование. У Эрики имелись деньги, полученные по наследству, и основной капитал она внесла сама, а потом уговорила отца и знакомых вложить в проект весьма солидные суммы.

Микаэль часто раздумывал над тем, почему Эрика занялась именно «Миллениумом». Конечно, быть совладельцем — даже основным владельцем — и главным редактором собственного журнала престижно, а к тому же ни на каком другом рабочем месте она не была бы так независима как журналист. После Высшей школы журналистики Эрика, в отличие от Микаэля, сделала ставку на телевидение. Она была боевой, роскошно смотрелась на экране и могла успешно конкурировать с кем угодно. Кроме того, у нее имелись хорошие контакты в бюрократической среде. Если бы она продолжала там работать, то, без сомнения, уже занимала бы куда более высокооплачиваемую руководящую должность на одном из каналов. Вместо этого она сознательно предпочла направить свои усилия на «Миллениум» — рискованный проект, который начинался в тесных, ободранных подвальных комнатах на окраине, но оказался достаточно успешным для того, чтобы в самом начале 90-х годов они смогли перебраться в более просторные и уютные помещения на холме Гётгатсбаккен в самом центре.

Все та же Эрика уговорила стать совладельцем журнала Кристера Мальма — известного гея со склонностью к эксгибиционизму, который периодически откровенничал вместе со своим бойфрендом в репортажах «Дома у...» и часто фигурировал на страницах глянцевых журналов. СМИ стали проявлять к нему интерес, когда он съехался с Арнольдом Магнуссоном, именуемым Арн,— артистом, начинавшим в Королевском драматическом театре, но добившимся серьезной популярности, только когда он согласился сыграть самого себя в реалити-шоу. После этого сюжеты об отношениях Кристера с Арном сделались в СМИ чем-то вроде сериала.

К тридцати шести годам Кристер превратился в популярного профессионального фотографа и дизайнера и обеспечивал номерам «Миллениума» привлекательное и современное графическое оформление. У него было собственное предприятие с офисом на том же этаже, что и редакция «Миллениума», и в журнале он трудился по совместительству, одну неделю в месяц.

Кроме того, два человека работали в редакции постоянно, трое неполный день, и еще одна должность предназначалась для практикантов, сменяющих один другого. Балансовый отчет в «Миллениуме» по-настоящему никогда не сходился, но журнал обладал престижем и сотрудниками, любившими свою работу.

Большой прибыли «Миллениум» не приносил, но свои расходы покрывал, а тираж и доходы от рекламных объявлений постоянно росли. Вплоть до настоящего момента журнал имел репутацию дерзкого и серьезного издания, говорящего правду.

Теперь ситуация, по всей видимости, изменится. Микаэль перечел сформулированное ими этим вечером краткое сообщение пресс-службы, которое быстро распространилось через телеграфное агентство «ТТ» и уже было выложено в Интернете на странице газеты «Афтонбладет».

ОСУЖДЕННЫЙ РЕПОРТЕР ПОКИДАЕТ «МИЛЛЕНИУМ»

Стокгольм («ТТ»). Журналист Микаэль Блумквист оставляет пост ответственного редактора журнала «Миллениум», сообщает главный редактор и основной владелец издания Эрика Бергер.

Микаэль Блумквист покидает «Миллениум» по собственному желанию.

«Он совершенно изнурен драматическими событиями последнего времени, и ему необходим тайм-аут»,— говорит Эрика Бергер, которая теперь берет на себя роль ответственного редактора.

Микаэль Блумквист был в 1990 году одним из основателей журнала «Миллениум». Эрика Бергер не думает, что так называемое дело Веннерстрёма скажется на будущем журнала.

«Журнал выйдет в следующем месяце, как обычно,— говорит Эрика Бергер.— Микаэль Блумквист сыграл важную роль в развитии журнала, но теперь мы закрываем эту страницу».

Эрика Бергер сообщает, что рассматривает дело Веннерстрёма как неудачное стечение обстоятельств. Она сожалеет о неприятностях, доставленных Хансу Эрику Веннерстрёму. Получить комментарий от Микаэля Блумквиста не удалось.

— По-моему, это просто ужасно,— сказала Эрика, когда они отослали сообщение пресс-службы по электронной почте.— Большинство сделает вывод, что ты некомпетентный идиот, а я хладнокровная гадина, воспользовавшаяся случаем, чтобы тебя прикончить.

— Принимая во внимание все слухи, которые о нас уже циркулируют, у наших друзей, по крайней мере, появится новый повод для сплетен,— попытался пошутить Микаэль.

Но она даже не улыбнулась.

— Другого плана у меня нет, но я полагаю, мы совершаем ошибку.

— Это единственный выход,— произнес в ответ Микаэль.— Если журнал обанкротится, все наши усилия утратят смысл. Ты ведь знаешь, что мы уже лишились большой части доходов. Как, кстати, повела себя компьютерная компания?

Эрика вздохнула:

— Они еще утром сообщили, что не будут размещать рекламу в январском номере.

— Веннерстрём имеет у них крупный пакет акций. Это не случайность.

— Да, но мы найдем других клиентов. Пусть Веннерстрём и финансовый магнат, но он все-таки владеет не всем миром, да и у нас тоже имеются кое-какие контакты.

Микаэль обхватил Эрику и притянул к себе:

— В один прекрасный день мы так поддадим Хансу Эрику Веннерстрёму, что на Уолл-стрит все затрясется. Но не сегодня. Необходимо вывести «Миллениум» из-под удара, спасти остатки доверия к журналу. Этим нельзя рисковать.

— Мне все это понятно, но если мы с тобой сделаем вид, что разрываем отношения, то я буду выглядеть жуткой сволочью, а ты попадешь в чудовищную ситуацию.

— Рикки, пока мы с тобой доверяем друг другу, у нас есть шанс. Нам надо действовать по интуиции, и сейчас время отступать.

В его рассуждениях была суровая логика, и ей пришлось с этим согласиться.

Глава

04

Понедельник, 23 декабря — четверг, 26 декабря

Эрика осталась у Микаэля Блумквиста на все выходные. Постель они покидали в основном лишь для того, чтобы сходить в туалет и приготовить поесть, но занимались они там не только любовью; они часами лежали «валетом», обсуждая будущее, взвешивая последствия, свои возможности и шансы. В понедельник, когда забрезжил рассвет и наступил канун сочельника, Эрика поцеловала его на прощание — до следующего раза — и отправилась домой к мужу.

Микаэль начал день с мытья посуды и уборки квартиры, а затем пошел в редакцию, чтобы очистить свой кабинет. Он не собирался всерьез порывать с журналом, но ему в конце концов удалось убедить Эрику в том, что важно на какое-то время внешне отделить Микаэля Блумквиста от «Миллениума». А пока он намеревался работать в своей квартире на Беллмансгатан.

Кроме него, в редакции никого не было. Офис уже закрыли на Рождество, и все сотрудники разбежались по своим делам. Он отбирал бумаги и книги, укладывая их в коробку, чтобы взять с собой, и тут зазвонил телефон.

— Могу я поговорить с Микаэлем Блумквистом? — с надеждой спросил незнакомый голос на другом конце провода.

— Это я.

— Извините, что беспокою накануне праздника. Меня зовут Дирк Фруде.

Микаэль автоматически записал имя собеседника и время звонка.

— Я адвокат и представляю клиента, который очень хотел бы с вами поговорить.

— Ну, попросите клиента мне позвонить.

— Я имею в виду, что он хотел бы встретиться с вами лично.

— Хорошо, давайте условимся о времени, и направляйте его ко мне в офис. Только поторопитесь; я как раз освобождаю свое рабочее место.

— Мой клиент очень хотел бы, чтобы вы его посетили. Он живет в Хедестаде — туда ехать на поезде всего три часа.

Микаэль прекратил перебирать бумаги. СМИ обладают способностью притягивать самых безумных людей, которые звонят с разными нелепыми советами. В редакциях всего мира раздаются звонки от специалистов по НЛО, графологов, сайентологов, параноиков и всевозможных заговорщиков-теоретиков.

Как-то раз Микаэль слушал в Образовательном центре лекцию писателя Карла Альвара Нильссона, посвященную годовщине убийства премьер-министра Улофа Пальме. Лекция носила серьезный характер, и среди публики находились Леннарт Будстрём[*] и другие старые друзья Пальме. Однако там присутствовало и поразительное количество сыщиков-любителей. Среди них была женщина лет сорока, которая, как только перешли к непременным вопросам и ответам, схватила микрофон и тут же понизила голос до едва различимого шепота. Это само по себе уже предвещало интересное продолжение, и никто особенно не удивился, когда женщина начала с заявления: «Я знаю, кто убил Улофа Пальме». Со сцены чуть иронично предположили, что, коли женщина обладает такой в высшей степени важной информацией, было бы небезынтересно, если бы она поделилась своими сведениями с комиссией, расследующей убий-

---

[*] Известный шведский политик, социал-демократ. *(Прим. перев.)*

ство Пальме. Женщина поспешно произнесла едва слышным шепотом: «Я не могу — это слишком опасно!»

Микаэль подумал, уж не является ли Дирк Фруде одним из вдохновенных правдоискателей, стремящихся раскрыть секретный сумасшедший дом, где служба госбезопасности проводит опыты по контролю над мозгом.

— Я по домам не хожу,— коротко ответил он.

— В таком случае я надеюсь уговорить вас сделать исключение. Моему клиенту за восемьдесят, и поездка в Стокгольм для него слишком утомительна. Если вы будете настаивать, мы, разумеется, сможем это как-нибудь организовать, но, по правде говоря, было бы очень желательно, чтобы вы оказали такую любезность...

— Кто ваш клиент?

— Человек, о котором, я подозреваю, вам доводилось слышать по работе. Хенрик Вангер.

Микаэль в изумлении откинулся на спинку кресла. Разумеется, он слышал о Хенрике Вангере — промышленнике и бывшем генеральном директоре концерна «Вангер», название которого когда-то являлось синонимом лесопилок, леса, шахт, стали, металлургии и текстиля, производства и экспорта. В свое время Хенрик Вангер был действительно большим человеком с репутацией порядочного старомодного патриарха, не подвластного никаким новым веяниям. Он являлся одним из столпов шведской экономики и одним из лучших представителей старой школы; можно было сказать, что наряду с Матсом Карлгреном из концерна «Модо» и Хансом Вертеном из старого «Электролюкса» в период господства социал-демократов он составлял хребет промышленности.

Однако за последние двадцать пять лет концерн «Вангер» — по-прежнему семейное предприятие — изрядно разорили структурные усовершенствования, биржевые и банковские кризисы, конкуренция со стороны Азии, нестабильный экспорт и другие напасти, которые в совокупности значительно принизили значение и вес фамилии Вангер. Сегодня предприятием руководил Мартин Вангер — это имя ассоциировалось у Микаэля с полноватым пышноволосым мужчиной, как-то раз промелькнувшим на телеэкране, но представлял он его себе довольно смутно. Хенрик Вангер уже наверняка лет двадцать как сошел со сцены, и Микаэль даже не знал, что тот еще жив.

— Зачем Хенрик Вангер хочет со мной встретиться? — задал он вполне естественный вопрос.

— Сожалею. Я уже много лет являюсь адвокатом Хенрика Вангера, но рассказывать о том, чего он хочет, он должен сам. Я уполномочен сказать только, что Хенрик Вангер намерен обсудить с вами возможную работу.

— Работу? Я вовсе не собираюсь начинать работать на его предприятия. Им что, нужен пресс-секретарь?

— Речь идет о работе несколько другого рода. Не знаю, как лучше объяснить, но могу сказать лишь, что Хенрик Вангер весьма заинтересован в том, чтобы встретиться с вами и проконсультироваться по личному вопросу.

— Вы выражаетесь чересчур неопределенно.

— Прошу меня простить. Но могу ли я надеяться все-таки уговорить вас нанести визит в Хедестад? Разумеется, мы компенсируем стоимость поездки и заплатим подобающий гонорар.

— Вы позвонили немного не вовремя. У меня сейчас масса дел, и... полагаю, вы видели статьи обо мне в последние дни.

— Дело Веннерстрёма? — Дирк Фруде на другом конце провода вдруг издал короткий смешок.— Да, кое-что занимательное там было. Но, по правде говоря, именно шумиха вокруг процесса и обратила на вас внимание Хенрика Вангера.

— Вот как? И когда Хенрик Вангер хочет, чтобы я его посетил? — поинтересовался Микаэль.

— Как можно скорее. Завтра сочельник, и это едва ли вам подойдет. А как насчет второго дня Рождества? Или между Рождеством и Новым годом?

— То есть срочно. Сожалею, но раз вы толком ничего не можете сказать мне о цели визита, то...

— О, пожалуйста, я заверяю вас, что приглашение носит самый серьезный характер. Хенрик Вангер хочет проконсультироваться именно с вами, и ни с кем другим. Если вы заинтересуетесь, он собирается предложить вам задание. Я лишь посредник. Объяснять, о чем идет речь, должен он сам.

— Давно я не вел таких нелепых разговоров. Дайте мне подумать. Как я могу с вами связаться?

Положив трубку, Микаэль продолжал сидеть, разглядывая хлам на столе. Он никак не мог понять, зачем понадобился Хенрику Вангеру. На самом деле Микаэлю не особенно хотелось ехать в Хедестад, но адвокату Фруде удалось пробудить в нем любопытство.

Он включил компьютер, зашел на «www.google.com» и сделал запрос на предприятия Вангера. Нашлось сотни страниц — концерн «Вангер» сильно сдал свои позиции, но по-прежнему почти ежедневно фигурировал в СМИ. Микаэль сохранил около дюжины статей, анализировавших деятельность концерна, а затем поискал по очереди на имена Дирка Фруде, Хенрика Вангера и Мартина Вангера.

Мартин Вангер многократно упоминался в качестве нового генерального директора предприятий Вангера. Информации об адвокате Дирке Фруде было не так много: он являлся членом правления гольф-клуба в Хедестаде и о нем говорили в связи с «Ротари-клубом». О Хенрике Вангере, за одним исключением, писали только в материалах об истории концерна. Однако местная газета «Хедестадс-курирен» два года назад в связи с восьмидесятилетием бывшего промышленного магната дала его краткий портрет. Микаэль распечатал несколько текстов, в которых вроде бы содержалась суть, и у него получилась подборка страниц на пятьдесят. Затем он закончил разбирать стол, упаковал коробки, которые предстояло перевезти, и пошел домой. Он точно не знал, когда снова сюда вернется, да и вернется ли вообще.

———

Лисбет Саландер проводила сочельник в больничном пансионате «Эппельвикен» в городке Уппландс-Весбю. Она привезла с собой рождественские подарки: туалетную воду от Диора и рождественский бисквит из супермаркета «Оленс». Лисбет пила кофе, глядя на сорокашестилетнюю женщину, пытавшуюся неловкими пальцами развязать узелок на упаковке подарка. Во взгляде Саландер чувствовалась нежность, хотя она по-прежнему не переставала удивляться тому, что эта чужая женщина напротив приходится ей матерью. Как она ни пыталась, а все же не могла найти ни малейшего сходства ни во внешности, ни в характере.

Наконец мать отчаялась справиться с узелком и теперь сидела, беспомощно глядя на пакет. Сегодня был не лучший ее день. Лисбет Саландер протянула ножницы, все время лежавшие на столе на самом видном месте, и мать просияла, словно очнувшись.

— Ты, наверное, считаешь меня дурочкой.

— Нет, мама. Ты не дурочка. Просто жизнь несправедлива.

— Ты виделась с сестрой?

— Давно.

— Она никогда меня не навещает.

— Я знаю, мама. Меня она тоже не навещает.

— Ты работаешь?

— Да, мама. У меня все в порядке.

— А где ты живешь? Я даже не знаю, где ты живешь.

— Я живу в твоей старой квартире на Лундагатан. Уже несколько лет. Я перевела контракт на себя.

— Возможно, летом я смогу тебя навестить.

— Ну конечно. Летом.

Мать наконец распаковала подарок и с удовольствием вдыхала аромат туалетной воды.

— Спасибо, Камилла,— сказала она.

— Лисбет. Я Лисбет. Камилла — это моя сестра.

Мать смутилась, и Лисбет Саландер предложила пойти посмотреть телевизор.

Традиционный для сочельника час мультфильмов Диснея Микаэль Блумквист провел с дочерью Перниллой на вилле у бывшей жены Моники и ее нового мужа в пригороде Соллентуна. Он привез Пернилле рождественские подарки; посоветовавшись, они с Моникой договорились подарить дочери iPod, mp3-плеер, размером чуть больше спичечного коробка, но способный вместить все собрание дисков Перниллы. Собрание же было весьма солидным, и подарок оказался довольно дорогим.

Отец с дочерью около часа просидели вместе в ее комнате на втором этаже. Микаэль развелся с матерью Перниллы, когда ей было пять лет, а нового папу она обрела в семь. Не то чтобы Микаэль уклонялся от контактов с дочерью; Пернилла навещала его примерно раз в месяц и летом проводила неделю на его даче в Сандхамне. Нельзя сказать и что Моника пыталась препятствовать этим контактам или что Пернилле не нравилось общество отца — напротив, бывая вместе, они обычно прекрасно ладили. Однако Микаэль в основном предоставлял дочери решать, насколько интенсивно она хочет с ним общаться, особенно после того, как Моника снова вышла замуж. Когда Пернилле было лет одиннадцать-двенадцать, они почти не виделись, и только в последние годы ей захотелось встречаться с отцом чаще.

Дочь следила за судебным процессом с твердым убеждением, что все обстояло именно так, как уверял Микаэль: он был невиновен, но не смог это доказать.

Она рассказала о кандидате в бойфренды из параллельного класса гимназии, а еще о том, что стала членом местной церковной общины и считает себя верующей. Микаэль был поражен, но от комментариев воздержался.

Его пригласили остаться на ужин, но Микаэль отказался; он уже договорился с сестрой, что проведет сочельник с ее семьей на вилле, расположенной в престижном пригородном районе.

Утром Микаэль также получил приглашение отпраздновать Рождество с Эрикой и ее мужем в пригороде Сальтшёбаден, однако отказался, полагая, что благосклонное отношение Грегера Бекмана к любовным треугольникам должно иметь предел, а ему отнюдь не хотелось выяснять, где именно этот предел находится. Эрика возразила, сказав, что приглашение как раз исходит от ее супруга, и попрекнула Микаэля тем, что он не хочет поучаствовать в настоящем треугольнике. Микаэль посмеялся — Эрика знала, что он гетеросексуален до мозга костей, и предлагала это не всерьез,— но его решение не проводить сочельник в компании с супругом любовницы осталось неколебимым.

В конце концов он позвонил своей сестре Аннике Блумквист, по мужу Джаннини, когда ее итальянский муж, двое детей и взвод родни мужа как раз резали рождественский окорок. За ужином он отвечал на вопросы о суде и выслушивал разные добрые, но совершенно бессмысленные советы.

Не комментировала приговор только сестра Микаэля — но, с другой стороны, она была в этой компании единственным адвокатом. С легкостью изучив юриспруденцию и проработав несколько лет в качестве судебного секретаря и заместителя прокурора, Анника вместе с несколькими друзьями открыла собственную адвокатскую контору с офисом в центральной части города, на острове Кунгсхольмен. Анника специализировалась на семейном праве, и Микаэль даже не успел заметить, как, собственно, это произошло, а его младшая сестра уже стала появляться в газетах и на теледебатах в качестве известной феминистки и адвоката, защищающего права женщин. Она часто представляла интересы женщин, подвергавшихся угрозам или преследованиям со стороны мужей или бывших бойфрендов.

Когда Микаэль помогал Аннике готовить кофе, она взяла его под руку и спросила, как он себя чувствует. Он ответил — как мешок с дерьмом.

— В следующий раз нанимай хорошего адвоката,— посоветовала она.

— В этом случае от адвоката мало что зависело.

— Что же, собственно, произошло?

— Сестренка, давай в другой раз.

Она обняла его и поцеловала в щеку, после чего они отправились к остальным, неся рождественские бисквиты и чашки кофе.

Около семи часов вечера Микаэль извинился и попросил разрешения воспользоваться телефоном на кухне. Он позвонил Дирку Фруде — на заднем плане у того раздавался шум голосов.

— С Рождеством,— приветствовал его Фруде.— Вы решились?

— Я свободен, а вам удалось пробудить во мне любопытство. Если это подходит, я приеду во второй день Рождества.

— Замечательно, замечательно! Если бы вы знали, как порадовали меня своим решением. Извините, но у меня в гостях дети и внуки, и я почти не слышу, что вы говорите. Можно, я позвоню вам завтра, чтобы договориться о времени?

Микаэль Блумквист пожалел о своем решении еще тем же вечером, но звонить и отменять визит было как-то неудобно, поэтому утром второго дня Рождества он сел на поезд, идущий на север. Права у Микаэля имелись, но купить машину он так и не удосужился.

Фруде оказался прав, говоря, что поездка будет недолгой. Микаэль проехал Уппсалу, а затем поезд шел мимо редкой цепочки промышленных городков вдоль побережья Ботнического залива. Хедестад принадлежал к числу самых мелких и располагался примерно в часе езды к северу от Евле.

Ночью была страшная метель, но, когда он вышел из поезда, погода прояснилась и воздух обжигал холодом. Микаэль сразу же понял, что неправильно оделся для зимней погоды Норрланда, но знавший его в лицо Дирк Фруде быстро выловил его на перроне и отвел в тепло «мерседеса». В Хедестаде полным ходом шла уборка снега, и Фруде осторожно лавировал между высокими снегоуборочными машинами. По контрасту со Стокгольмом снег придавал всему окружающему экзотичный вид, словно здесь был какой-то другой, прямо-таки незнакомый мир. И это при том, что Микаэль находился всего в трех часах езды от площади Сергеля. Он покосился на адвоката: угловатое лицо, редкие, коротко остриженные белые волосы, очки с толстыми стеклами на массивном носу.

— Первый раз в Хедестаде? — спросил Фруде.

Микаэль кивнул.

— Это старый промышленный портовый город. Небольшой, только двадцать четыре тысячи жителей. Но народу здесь нравится. Хенрик живет в Хедебю — прямо на въезде в город с юга.

— Вы тоже там живете?

— Так уж получилось. Я родом из Сконе*, но начал работать на Вангера сразу после университета, в шестьдесят втором году. Я бизнес-юрист, и с годами мы с Хенриком стали друзьями. Сейчас я вообще-то на пенсии, и Хенрик — мой единственный клиент. Он, естественно, тоже пенсионер и нуждается в моих услугах не слишком часто.

— Только чтобы отлавливать журналистов с подмоченной репутацией.

— Не надо заниматься самоуничижением. Вы не единственный, кто проигрывал в матче против Ханса Эрика Веннерстрёма.

Микаэль покосился на Фруде, не зная, как следует истолковывать это замечание.

— Мое приглашение как-то связано с Веннерстрёмом? — спросил он.

— Нет,— ответил Фруде.— Но Хенрик Вангер не принадлежит к числу друзей Веннерстрёма и с интересом следил за процессом. Однако встретиться с вами он хочет совершенно по другому поводу.

— О чем вы не хотите рассказывать.

— Рассказывать об этом я не уполномочен. Мы договорились, что вы сможете переночевать в доме у Хенрика Ван-

---

* Полуостров и лен на юге Швеции. (Прим. ред.)

гера. Если же не захотите, мы снимем вам номер в гостинице в центре города.

— Возможно, я уеду вечерним поездом обратно в Стокгольм.

На въезде в Хедебю снег еще не убрали, и Фруде с трудом вел машину по замерзшим колеям. Взгляду открылись классические старые деревянные строения, характерные для заводских поселений вдоль Ботнического залива. Их окружали виллы покрупнее и посовременнее. Селение начиналось на материке, а потом продолжалось за мостом на холмистом острове. На материковой стороне, возле опоры моста, расположилась маленькая церковь из белого камня, а напротив светилась старомодная реклама с текстом «Кафе и пекарня Сусанны». Машина проехала по прямой еще около ста метров и, повернув налево, оказалась на расчищенном от снега дворе перед каменным домом. Усадьба была не слишком велика по сравнению с окружающими постройками, но ее солидный вид явно указывал на то, что это владения хозяина.

— Вот и усадьба Вангеров, — сказал Дирк Фруде. — Когда-то здесь кипела жизнь, а сейчас в доме живут только Хенрик и домоправительница. Но там много комнат для гостей.

Они вышли из машины. Фруде указал на север:

— По традиции руководитель концерна «Вангер» всегда жил здесь, но Мартину Вангеру захотелось чего-нибудь посовременнее, и он построил виллу в самом конце мыса.

Микаэль огляделся и задумался над тем, какому безумному порыву он поддался, когда принимал приглашение адвоката Фруде. И решил, что по возможности вернется в Стокгольм этим же вечером.

К входу в дом вела каменная лестница, но не успели они по ней подняться, как дверь отворилась. Благодаря снимкам в Интернете Микаэль сразу узнал Хенрика Вангера.

На фотографиях он был моложе, но для своих восьмидесяти двух лет и сейчас выглядел на удивление бодрым: поджарый, с грубоватым, обветренным лицом и зачесанными назад пышными седыми волосами, указывавшими на то, что мужчины в его семье не склонны к облысению. Он был одет в хорошо отутюженные брюки, белую рубашку и потрепанную коричневую кофту, носил небольшие усы и тонкие очки в стальной оправе.

— Я — Хенрик Вангер,— поздоровался он.— Спасибо, что согласились ко мне приехать.

— Здравствуйте. Ваше приглашение стало для меня неожиданностью.

— Проходите в тепло. Я приготовил одну из гостевых комнат; не хотите ли немного освежиться? Ужинать будем попозже. Это Анна Нюгрен. Она обо мне заботится.

Микаэль обменялся коротким рукопожатием с невысокой женщиной лет шестидесяти, которая взяла у него пальто и повесила в шкаф. Поскольку по полу заметно тянуло холодом, она предложила Микаэлю тапочки.

Микаэль поблагодарил и обратился к Хенрику Вангеру:

— Я не уверен, что останусь до ужина. Это будет в какой-то мере зависеть от того, что за игру вы затеяли.

Хенрик Вангер обменялся взглядом с Дирком Фруде; было видно, что эти двое отлично понимают друг друга.

— Я, пожалуй, воспользуюсь случаем и оставлю вас,— сказал адвокат.— Мне надо домой, чтобы присмотреть за внуками, пока они не разнесли дом.

Он повернулся к Микаэлю:

— Я живу через мост и направо. Ко мне можно дойти за пять минут; это за кондитерской, третий дом в сторону воды. Если я понадоблюсь, звоните.

Улучив минуту, Микаэль опустил руку в карман и включил магнитофон.

«Я совсем свихнулся?» — подумал он.

Он не имел ни малейшего понятия о том, чего хочет Хенрик Вангер, но после скандала с Хансом Эриком Веннерстрёмом считал необходимым точно фиксировать все происходящие вокруг него странные события, а неожиданное приглашение в Хедестад, безусловно, относилось именно к этой категории.

Бывший промышленник на прощание похлопал Дирка Фруде по плечу и закрыл за ним входную дверь, а потом переключил все внимание на Микаэля:

— В таком случае перейдем прямо к делу. Это вовсе не игра. Я хочу с вами поговорить, но этот разговор потребует немало времени. Я попрошу вас выслушать меня до конца и только после этого принимать решение. Вы — журналист, и мне хотелось бы воспользоваться вашими услугами. Анна принесла кофе в мой кабинет на втором этаже.

Хенрик Вангер показывал дорогу, и Микаэль следовал за ним. Они вошли в продолговатый кабинет размером около сорока квадратных метров, расположенный в торце дома. Бо́льшую часть — метров десять — одной длинной стены от пола до потолка занимали книжные полки, уставленные немыслимой смесью из художественной литературы, биографий, книг по истории, справочников по торговле и промышленности, а также толстых папок. Книги были расположены без видимого порядка. Стеллаж, похоже, активно использовался, и Микаэль сделал вывод, что Хенрик Вангер — человек читающий. Вдоль противоположной стены вытянулся длинный письменный стол из темного дуба, поставленный таким образом, что сидящий за ним был обращен лицом к комнате. На стене в застекленных рамках педантичными рядами располагалось большое собрание засушенных цветов.

Из торцевого окна Хенрику Вангеру открывался вид на мост и церковь. Возле окна стояли диван, мягкие кресла и журнальный столик, на котором Анна приготовила чашки, термос, домашние булочки и печенье.

Хенрик Вангер сделал приглашающий жест, но Микаэль притворился, что не понял; вместо того чтобы сесть, он с любопытством прошелся по комнате, осмотрев сначала книжные полки, а затем стену с цветами. Письменный стол был аккуратно прибран, какие-то бумаги лежали стопкой. На краю стола стояла рамочка с фотографией темноволосой молоденькой девушки, красивой, с озорным взглядом.

«Барышня, становящаяся опасной»,— подумал Микаэль.

Фотография, видимо, была сделана при конфирмации. Она выцвела и выглядела очень старой. Внезапно Микаэль осознал, что Хенрик Вангер за ним наблюдает.

— Ты помнишь ее, Микаэль? — спросил он.

— Помню? — Микаэль удивленно поднял брови.

— Да, вы с ней встречались. Ты ведь уже бывал в этой комнате.

Микаэль огляделся и отрицательно покачал головой.

— Ну да, как же ты можешь это помнить. Я знал твоего отца. В пятидесятые — шестидесятые годы я неоднократно приглашал Курта Блумквиста налаживать и чинить оборудование. Он был талантливым человеком. Я пытался уговорить его продолжить учиться, чтобы стать инженером. Ты провел здесь все лето шестьдесят третьего года, когда мы меняли оборудование на бумагоделательном заводе в Хедестаде. Найти жилье для вашей семьи было трудно, и мы поселили вас в маленьком деревянном доме через дорогу. Его видно из этого окна.

Хенрик Вангер подошел к письменному столу и поднял портрет.

— Это Харриет Вангер, внучка моего брата Рикарда Вангера. Она иногда присматривала за тобой в то лето. Тебе было два года и должно было исполниться три. Или было уже три — я точно не помню. А ей было двенадцать лет.

— Извините, пожалуйста, но я совершенно не помню того, о чем вы рассказываете.— Микаэль даже усомнился в том, что Хенрик Вангер говорит правду.

— Понимаю. Но я-то тебя помню. Ты бегал тут по всему двору, а Харриет следом. Мне было слышно, как ты кричал, когда обо что-нибудь спотыкался. Я помню, что как-то раз подарил тебе игрушку — желтый металлический трактор, с которым сам играл в детстве,— и он тебе безумно понравился. Думаю, что из-за цвета.

У Микаэля вдруг все внутри похолодело. Он действительно помнил желтый трактор. Когда он подрос, трактор украшал полку его мальчишеской комнаты.

— Вспомнил? Ты помнишь эту игрушку?

— Я ее помню. Возможно, вам будет приятно узнать, что этот трактор все еще жив, он в Музее игрушек, на Мариаторгет в Стокгольме. Я отдал его туда, когда они десять лет назад разыскивали подлинные старые игрушки.

— Неужели? — довольно усмехнулся Хенрик Вангер.— Дай-ка я тебе покажу...

Старик подошел к стеллажу и вытащил с одной из нижних полок фотоальбом. Микаэль заметил, что ему явно было трудно нагибаться и, чтобы распрямиться, пришлось опереться о стеллаж. Хенрик Вангер знаком предложил Микаэлю сесть на диван, а сам стал перелистывать альбом. Он знал, что ищет, и вскоре, положив альбом на журнальный столик, указал на черно-белую любительскую фотографию, в нижнем углу которой виднелась тень фотографа. На переднем плане стоял маленький светловолосый мальчуган в коротких штанишках, растерянно и с некоторой опаской таращившийся прямо в камеру.

— Это ты в то лето. Твои родители сидят на заднем плане. Харриет немного закрыта твоей мамой, а мальчик слева от твоего отца — это брат Харриет, Мартин Вангер, который сегодня руководит концерном «Вангер».

Микаэль без труда узнал своих родителей. Мать явно находилась в положении — значит, сестра уже была в проекте. Он со смешанными чувствами разглядывал фотографию, а Хенрик Вангер тем временем налил кофе и пододвинул тарелку с булочками.

— Я знаю, что твой отец умер. А мать жива?

— Нет,— ответил Микаэль.— Она умерла три года назад.

— Приятная была женщина. Я ее очень хорошо помню.

— Но я уверен, что вы попросили меня приехать не для того, чтобы вспоминать моих родителей.

— Ты совершенно прав. Я готовился к разговору с тобой несколько дней, но сейчас, когда ты наконец сидишь передо мной, я толком не знаю, с какого конца начать. Вероятно, перед поездкой сюда ты кое-что обо мне прочел. Тогда тебе известно, что когда-то я имел большое влияние на шведскую промышленность и рынок труда. Теперь я старик, которому, разумеется, вскоре предстоит умереть, и, пожалуй, смерть как раз будет прекрасной исходной точкой для нашего разговора.

Микаэль сделал глоток кофе — заваренного кофе — и задумался о том, к чему же эта история приведет.

— У меня болит бедро, и мне трудно совершать долгие прогулки. В один прекрасный день ты на себе почувствуешь, как у стариков иссякают силы, но я не болен и не страдаю старческим слабоумием. Я не думаю о смерти постоянно, но в моем возрасте уже приходится иметь в виду, что мое время на исходе. Наступает такой момент, когда хочется подвести черту и завершить все неоконченные дела. Ты понимаешь, о чем я говорю?

Микаэль кивнул. Хенрик Вангер изъяснялся четким и твердым голосом, и Микаэль уже отметил, что старик вовсе не слабоумен и отличается трезвостью мышления.

— Меня больше всего интересует, зачем я здесь,— повторил он.

— Я пригласил тебя приехать, потому что хочу попросить тебя помочь мне подвести эту самую черту. У меня осталось несколько незавершенных дел.

— Почему именно меня? Я хочу сказать... почему вы думаете, что я смогу вам помочь?

— Потому что, как раз когда я стал подумывать о том, чтобы кого-нибудь нанять, твое имя громко прозвучало в связи с делом Веннерстрёма. Я ведь знал, кто ты. Возможно, еще и потому, что когда-то в раннем детстве ты сидел у меня на коленях.— Он протестующе замахал рукой.— Нет, пойми меня правильно. Я не рассчитываю, что ты будешь помогать мне из сентиментальных соображений. Я просто объясняю, почему у меня возникло побуждение связаться именно с тобой.

Микаэль дружелюбно рассмеялся:

— М-да, на коленях, которых я совершенно не помню. Но откуда вы узнали, кто я такой? Я хочу сказать, что дело ведь было в начале шестидесятых.

— Извини, но ты меня неправильно понял. Вы переехали в Стокгольм, когда твой отец получил должность руководителя мастерской на заводе «Зариндерс меканиска». Это было одно из многих предприятий, входивших в концерн «Вангер», и на эту работу его устроил я. У него не было образования, но я знал, на что он способен. В те годы мы с твоим отцом неоднократно встречались, когда у меня бывали дела на «Зариндерс». Близкими друзьями мы не были, однако всегда останавливались побеседовать. В последний раз я видел его за год до кончины, и тогда он рассказал мне, что ты поступил в Высшую школу журналистики. Он очень тобой гордился. Вскоре после этого ты прославился на всю страну в связи с бандой грабителей — Калле Блумквист и все такое. Я следил за тобой и за эти годы прочел много твоих статей. Кстати, я довольно часто читаю «Миллениум».

— Хорошо, понятно. Но что именно вы хотите, чтобы я сделал?

Хенрик Вангер опустил взгляд на руки и затем сделал несколько глотков кофе, словно ему требовалась маленькая передышка, прежде чем наконец подойти к сути дела.

— Микаэль, перед тем как начну рассказывать, я хотел бы заключить с тобой соглашение. Мне надо, чтобы ты сделал для меня две вещи. Одна из них является скорее предлогом, вторая — собственно делом.

— Какое соглашение?

— Я расскажу тебе историю в двух частях. В первой речь пойдет о семье Вангер. Это предлог. История будет длинной и мрачной, но я постараюсь придерживаться только чистой правды. Вторая часть представляет собой непосредственно мое дело. Думаю, что временами мой рассказ будет казаться тебе... безумным. Мне надо, чтобы ты выслушал мою историю до конца — все то, что я от тебя хочу и что я тебе предлагаю,— прежде чем примешь решение, возьмешься ты за эту работу или нет.

Микаэль вздохнул. Было очевидно, что Хенрик Вангер не намерен кратко и четко изложить свое дело и отпустить его на вечерний поезд. Можно не сомневаться, что если он позвонит Дирку Фруде с просьбой отвезти его на станцию, машина не заведется из-за мороза.

Старик, должно быть, потратил много времени, обдумывая, как поймать его на крючок. Микаэль заподозрил, что все происходившее с момента, когда он ступил в кабинет, было хорошо срежиссированным спектаклем. Для начала пускается в ход неожиданность: он, оказывается, встречался с Хенриком Вангером в детстве, потом ему показывают фотографию родителей, упирая на то, что его отец и Хенрик Вангер были друзьями, произносят лестные слова о том, что старик знал, кто такой Микаэль Блумквист, и годами издали следил за его карьерой... Все это, возможно, и содержало зерно истины, но вместе с тем соответствовало элементарному психологическому расчету. Иными словами, Хенрик Вангер был прекрасным манипулятором с многолетним опытом общения за закрытыми дверьми с куда более крутыми людьми. Не случайно он стал одним из ведущих промышленных магнатов Швеции.

Микаэль пришел к выводу, что Хенрик Вангер желает от него чего-то такого, чего ему, вероятно, делать совершенно не захочется. Оставалось только выведать, о чем идет речь, поблагодарить и отказаться. И постараться успеть на вечерний поезд.

— Извините, так дело не пойдет,— сказал он и взглянул на часы.— Я пробыл здесь уже двадцать минут. Даю вам ровно тридцать минут, чтобы рассказать все, что сочтете нужным. Затем я вызываю такси и еду домой.

На мгновение Хенрик Вангер выбился из роли добросердечного патриарха, и Микаэль почувствовал в нем того беспощадного руководителя производства, каким он бывал в годы своего величия, когда ему приходилось одолевать сопротивление или разбираться с каким-нибудь строптивым новым членом правления. Его рот скривился в горькой усмешке:

— Понятно.

— Все очень просто. Не надо ходить вокруг да около. Скажите, что вы хотите, чтобы я сделал, и я решу, возьмусь я за это или нет.

— Вы хотите сказать, что если я не сумею уговорить вас за тридцать минут, то не смогу это сделать и за тридцать дней.

— Что-то в этом роде.

— Но мой рассказ долог и сложен.

— Сократите и упростите. В журналистике так принято. Двадцать девять минут.

Хенрик Вангер поднял руку:

— Хватит. Ваша мысль мне ясна. Но преувеличение — это всегда психологический просчет. Мне нужен человек, умеющий проводить исследования и критически мыслить, и к тому же независимый. Думаю, вы именно такой человек, и это не лесть. Хороший журналист, разумеется, должен обладать этими качествами, а я прочел вашу книгу «Тамплиеры» с большим интересом. Другое дело, что я остановил свой выбор на вас, поскольку был знаком с вашим отцом и знаю, кто вы такой. Если я правильно понимаю, после дела Веннерстрёма вы оказались уволенным из журнала или, во всяком случае, ушли по собственному желанию. Это означает, что в настоящее время у вас нет постоянной работы, и не требуется большого ума, чтобы понять, что вы, по всей видимости, испытываете финансовые затруднения.

— И вам предоставляется удобный случай воспользоваться моим положением, вы это хотите сказать?

— Может, и так. Но, Микаэль,— можно, я буду называть вас Микаэлем? — я не намерен вам лгать или выискивать ложные причины. Для такого я слишком стар. Если вам не по душе то, что я говорю, можете послать меня подальше. Тогда мне придется подыскать кого-нибудь другого, кто захочет на меня поработать.

— Хорошо, но в чем заключается работа, которую вы хотите мне предложить?

— Что вам известно о семье Вангер?

Микаэль развел руками:

— Ну, в основном то, что я успел прочесть в Интернете, после того как в понедельник мне позвонил Фруде. В ваше время «Вангер» был одним из мощнейших промышленных

— К сожалению, мы с Мартином являем собой редкое исключение в нашей семье,— продолжал Хенрик Вангер.— Существует много причин того, что сегодня концерн висит на волоске, но одна из важнейших — недальновидная алчность, проявлявшаяся многими моими родственниками. Если вы возьметесь за это дело, я подробно объясню, каким образом поведение родственников потопило концерн.

Микаэль ненадолго задумался.

— Хорошо. Я тоже буду с вами честен. Написание такой книги потребует месяцев. У меня нет ни желания, ни сил браться за эту работу.

— Думаю, я смогу вас уговорить.

— Сомневаюсь. Но вы сказали, что вам нужны от меня две вещи. Это, следовательно, был предлог. В чем же состоит ваша истинная цель?

Хенрик Вангер поднялся, вновь с большим трудом, принес с письменного стола фотографию Харриет Вангер и поставил ее перед Микаэлем.

— Я хочу, чтобы этих индивидов исследовали глазами журналиста, и потому предлагаю написать историю семейства Вангер именно вам. Это также послужит вам оправданием для копания в истории семьи. На самом же деле мне надо, чтобы вы разгадали одну загадку. В этом и заключается задание.

— Загадку?

— Значит, Харриет приходилась внучкой моему брату Рикарду. Нас было пять братьев. Старший, Рикард, родился в тысяча девятьсот седьмом году. Я был младшим и родился в двадцатом. Не понимаю, как Господь мог создать выводок, который...

На несколько секунд Хенрик Вангер потерял нить рассуждений и, казалось, погрузился в собственные мысли. Потом обратился к Микаэлю с новой решимостью в голосе:

— Позвольте мне рассказать вам о брате Рикарде. Это будет хорошим примером из семейной хроники, которую я предлагаю вам написать.

Он налил себе кофе и предложил добавить Микаэлю.

— В двадцать четвертом году, в семнадцатилетнем возрасте Рикард, который был фанатичным националистом и ненавидел евреев, вступил в Шведский националистический союз борцов за свободу — одно из первых нацистских объединений Швеции. Не правда ли, мило, что нацисты всегда умудряются вставить в свою пропаганду слово «свобода»?

Хенрик Вангер достал еще один фотоальбом и нашел нужную страницу.

— Вот Рикард в компании ветеринара Биргера Фуругорда, который вскоре стал лидером так называемого движения Фуругорда — нацистского движения, получившего большой размах в начале тридцатых годов. Но Рикард с ним не остался. Где-то через год он вступил в «Фашистскую боевую организацию Швеции». Там он познакомился с Пером Энгдалем и другими личностями, которые с годами стали политическим позором нации.

Он перевернул одну страницу альбома и показал портрет Рикарда Вангера в форме.

— В двадцать седьмом году он — наперекор воле отца — завербовался в армию и в тридцатые годы подвизался во многих нацистских подразделениях страны. Если бы у них существовало какое-нибудь дурацкое тайное объединение, будьте уверены, что в списке членов значилось бы его имя. В тридцать третьем году образовалось движение Линдхольма, то есть национал-социалистическая рабочая партия. Насколько хорошо вы ориентируетесь в истории шведского нацизма?

— Я не историк, но кое-какие книги читал.

— В тридцать девятом году началась Вторая мировая война, а затем финская зимняя война. Многие активисты движения Линдхольма в числе других добровольцев отправились в Финляндию. Рикард стал одним из них; к тому времени он был капитаном шведской армии. Он погиб в феврале сорок четвертого, незадолго до заключения мира с Советским Союзом. Нацистское движение провозгласило его мучеником и назвало его именем боевое подразделение. Отдельные болваны по сей день собираются на кладбище в

Стокгольме в годовщину смерти Рикарда Вангера, чтобы почтить его память.

— Понятно.

— В двадцать шестом году, когда ему было девятнадцать лет, он водил компанию с дочерью учителя из Фалуна по имени Маргарета. Они встречались на политической почве, и у них возникли отношения, в результате которых в двадцать седьмом году родился сын Готфрид. После его появления Рикард женился на Маргарете. В первой половине тридцатых годов мой брат поселил жену с ребенком здесь, в Хедестаде, а полк, к которому он был приписан, размещался в Евле. В свободное время Рикард разъезжал по округе, агитируя за нацистов. В тридцать шестом у него произошла крупная стычка с отцом, после чего отец полностью лишил Рикарда материальной поддержки. Тогда ему пришлось обеспечивать себя самому. Он переехал с семьей в Стокгольм и жил довольно бедно.

— А своих средств у него не было?

— Его наследство было вложено в концерн на безотзывных условиях. Он мог его продать только членам семьи. Стоит еще добавить, что Рикард был жестоким домашним тираном, почти полностью лишенным каких-либо положительных качеств. Он бил жену и истязал ребенка. Готфрид рос забитым и затравленным мальчиком. Когда Рикард погиб, ему было тринадцать лет; думаю, на тот момент для Готфрида это был самый счастливый день в жизни. Мой отец сжалился над вдовой и ребенком, перевез их в Хедестад, дал им квартиру и следил за тем, чтобы у Маргареты были средства к существованию.

Если Рикард являлся представителем темной и фанатичной стороны семьи, то Готфрид отражал ленивую сторону. Когда ему было около восемнадцати, заботу о нем взял на себя я — все-таки сын умершего брата,— однако не забывайте, что разница в возрасте между нами была не особенно велика. Я был только на семь лет старше. К тому времени я уже входил в правление концерна, и никто не сомневался, что впоследствии пост отца перейдет ко мне. Готфрида же семья считала чужаком.

Хенрик Вангер на мгновение задумался.

— Отец толком не знал, как вести себя с внуком, и на том, что какие-то меры принимать необходимо, настоял я. Я дал ему работу в концерне. Дело было после войны. Готфрид старался работать достойно, но ему с трудом удавалось сосредоточиться на делах. Он был красавцем, кутилой и бездельником по натуре, пользовался успехом у женщин, и бывали периоды, когда он излишне много пил. Мне трудно описать свое к нему отношение... он был человеком не то чтобы совсем никчемным, но ненадежным и часто меня огорчал. С годами он сделался алкоголиком и в шестьдесят пятом году утонул... Несчастный случай... Это произошло здесь, в Хедебю, он построил себе домик и там напивался.

— Значит, он и есть отец Харриет и Мартина? — спросил Микаэль, показав на портрет девушки.

Он должен был признать, что, сам того не желая, заинтересовался рассказом старика.

— Правильно. В конце сороковых годов Готфрид встретил женщину, Изабеллу Кёнинг, молодую немку, переехавшую в Швецию после войны. Изабелла была настоящей красавицей — я хочу сказать, что она была прекрасна, как Грета Гарбо или Ингрид Бергман. Внешностью Харриет удалась скорее в Изабеллу, чем в Готфрида. Как вы видите по фотографии, она уже в четырнадцать лет отличалась красотой.

Некоторое время Микаэль и Хенрик Вангер молча смотрели на фотопортрет.

— Но позвольте мне продолжить. Изабелла родилась в двадцать восьмом году и еще жива. К началу войны ей было одиннадцать лет, и представляете, каково приходилось девочке в Берлине, когда бомбардировщики сбрасывали там свой груз. Когда она сошла на берег в Швеции, ей, вероятно, показалось, что она попала в рай земной. К сожалению, она разделяла многие пороки Готфрида; отличалась расточительностью, постоянно кутила, и они с Готфридом иногда больше походили на собутыльников, чем на супругов. К тому же она часто ездила по Швеции и за границу, и у нее полностью отсутствовало чувство ответственности. Это, разумеется, отражалось на детях. Мартин родился в сорок восьмом, Харриет в пятидесятом. Они росли в обстановке хаоса, с матерью, которая их постоянно покидала, и отцом, который постепенно спивался.

В пятьдесят восьмом году вмешался я. Готфрид с Изабеллой жили тогда в Хедестаде — я заставил их переехать сюда. С меня уже хватило, и я решил попытаться разорвать этот порочный круг. Мартин с Харриет были к тому времени практически брошены на произвол судьбы.

Хенрик Вангер посмотрел на часы.

— Мои тридцать минут скоро истекут, но я уже приближаюсь к концу рассказа. Вы дадите мне еще немного времени?

Микаэль кивнул:

— Продолжайте.

— Тогда кратко. У меня детей не было — в противовес братьям и остальным членам семьи, которые, казалось, были просто одержимы нелепой потребностью продолжать род Вангеров. Готфрид с Изабеллой переехали сюда, но их брак явно начинал распадаться. Уже через год Готфрид перебрался в свой домик. Он подолгу жил там и возвращался к Изабелле, только когда становилось слишком холодно. О Мартине и Харриет заботился я, и они стали для меня все равно что родные дети.

Мартин был... По правде говоря, во время его молодости я порой опасался, что он пойдет по стопам отца. Он рос вялым, замкнутым и задумчивым, но иногда становился очаровательным и полным энтузиазма. Будучи подростком, он доставлял неприятности, но, поступив в университет, выправился. Он... ну, он все-таки генеральный директор остатков концерна «Вангер», это говорит в его пользу.

— А Харриет?

— Харриет стала для меня зеницей ока. Я старался обеспечить ей опору в жизни, воспитать в ней уверенность в себе, и мы с ней прекрасно ладили. Я относился к ней как к собственной дочери и был ей значительно ближе, чем родители. Понимаете, Харриет — это совершенно особый случай. Она была замкнутой — в точности как ее брат,— а в подростковом возрасте увлеклась религией, что выделяло ее среди всех остальных членов нашей семьи. Она отличалась одаренностью и острым умом. В ней сочетались высокая нравственность и твердость характера. Когда ей исполнилось четырнадцать лет, я был совершенно уверен в том, что не ее брат и не окружавшие меня посредственности в лице двоюродных братьев и племянников, а именно она ниспослана для того, чтобы в один прекрасный день возглавить концерн «Вангер» или, по крайней мере, играть в нем главную роль.

— И что случилось?

— Вот теперь мы подошли к истинной причине, по которой я хочу вас нанять. Мне хочется, чтобы вы узнали, кто из нашей семьи убил Харриет Вангер и уже почти сорок лет пытается свести меня с ума.

Глава
05

Четверг, 26 декабря

Впервые с того момента, как Хенрик Вангер начал свой рассказ, ему удалось поразить Микаэля. Тому пришлось попросить старика повторить только что сказанное, чтобы убедиться, что он не ослышался. Ни в одной из прочитанных им статей не имелось даже намека на то, что в самом сердце семейства Вангер было совершено убийство.

— Это произошло двадцать второго сентября шестьдесят шестого года. Харриет было шестнадцать лет, и она только-только начала учиться во втором классе гимназии. Та суббота стала самым страшным днем в моей жизни. Я перебирал весь ход событий столько раз, что могу по минутам проследить произошедшее в тот день — все, кроме самого главного.

Он повел рукой.

— Здесь, в этом доме, тогда собралось большинство моих родственников. Должен был состояться ежегодный омерзительный парадный обед, за которым совладельцы концерна «Вангер» встречались, чтобы обсудить положение дел семьи. Эту традицию ввел в свое время мой отец, и мероприятия эти чаще всего проходили более или менее отвратительно. Обеды прекратились в восьмидесятых годах, когда Мартин просто-напросто решил, что все связанные с концерном дискуссии должны вестись на обычных заседаниях правления или собраниях акционеров. Это лучшее из принятых им решений. Семья не устраивает подобных встреч уже двадцать лет.

— Вы сказали, что Харриет убили...

— Не спешите. Дайте мне рассказать о том, что произошло. Значит, была суббота и к тому же праздник с карнавальным шествием для детей, которое организовал в Хедестаде спортивный клуб. Харриет отправилась туда вместе с несколькими одноклассниками, чтобы посмотреть на праздничное шествие. Обратно в Хедебю она вернулась сразу после двух; обед должен был начаться в пять часов, и ожидалось, что она вместе с остальной молодежью семьи примет в нем участие.

Хенрик Вангер поднялся и подошел к окну. Жестом подозвал Микаэля и стал показывать:

— В четырнадцать пятнадцать, через несколько минут после возвращения Харриет, там, на мосту, произошла ужасная авария. Мужчина по имени Густав Аронссон, брат крестьянина из Эстергорда — усадьбы на краю острова Хедебю,— выворачивал на мост и лоб в лоб столкнулся с автоцистерной, направлявшейся сюда с топочным мазутом. Почему именно произошла авария, так до конца и не выяснили — обзор в обе стороны там прекрасный,— но оба ехали с превышением скорости, и то, что могло бы стать небольшим инцидентом, вылилось в катастрофу. Водитель автоцистерны, пытаясь избежать столкновения, вероятно, инстинктивно повернул руль. Он угодил в перила, и цистерна, свалившись набок, нависла над краем моста, с дальней стороны... Металлический столб вонзился в нее, точно копье, и оттуда забил легко воспламеняющийся мазут. Густав Аронссон сидел в это время, намертво зажатый в своей машине, и непрерывно кричал от страшной боли. Водитель автоцистерны тоже пострадал, но сумел выбраться наружу.

Старик на минуту задумался и снова сел.

— Харриет это несчастье непосредственно не коснулось. Однако оно сыграло особую и чрезвычайно важную роль. Когда подоспевшие люди стали пытаться помочь пострадавшим, возник полнейший хаос. Нависла угроза пожара, и поднялась страшная паника. Быстро стали прибывать полиция, «скорая помощь», служба спасения, пожарные, пресса и просто любопытные. Все собрались, естественно, с материковой стороны; здесь, на острове, мы изо всех сил старались вытащить Аронссона из разбитой машины, но это оказалось чертовски сложным делом. Он был накрепко зажат и серьезно травмирован.

Мы пытались высвободить его вручную, но ничего не получалось, кабину нужно было разрезать или распилить. Проблема заключалась в том, что нам нельзя было предпринимать никаких действий, способных вызвать хоть одну искру: мы находились посреди озера мазута, вплотную к перевернутой цистерне. Если бы она взорвалась, нам бы пришел конец. Кроме того, помощь с материковой стороны к нам подоспела не скоро: грузовик перекрывал мост, а перелезать через цистерну было все равно что перелезать через бомбу.

Микаэлю по-прежнему казалось, что рассказ старика хорошо отрепетирован и обдуман с целью его заинтересовать. Однако он не мог не признать, что Хенрик Вангер был отличным рассказчиком, способным увлечь слушателя. Зато он все еще не имел ни малейшего понятия о том, к чему эта история может привести.

— Особое значение этой аварии придает то, что следующие сутки мост был закрыт. Только в воскресенье вечером удалось выкачать оставшееся топливо, убрать автоцистерну и снова открыть мост для движения. В течение неполных двадцати четырех часов остров Хедебю был практически отрезан от внешнего мира. Перебраться на материк можно было только с помощью пожарного катера, который спустили на воду, чтобы перевозить народ из лодочной гавани на этой стороне в старую рыболовецкую гавань возле церкви. Несколько часов катер использовался исключительно спасателями — частных лиц начали перевозить только поздним вечером в субботу. Вы понимаете, что это означает?

Микаэль кивнул:

— Вероятно, что-то случилось с Харриет тут, на острове, и круг подозреваемых ограничивается находившимися здесь людьми. Своего рода загадка запертой комнаты в формате острова?

Хенрик Вангер иронично усмехнулся:

— Микаэль, вы даже не представляете, насколько вы правы. Я тоже читал Дороти Сейерс. Факты выглядят следующим образом: Харриет приехала сюда, на остров, примерно в десять минут третьего. Включая даже детей и неофициальные «половины», всего за день прибыло около сорока гостей. Вместе с персоналом и постоянными жителями здесь или поблизости от усадьбы находились шестьдесят четыре человека. Некоторые — те, кто собирался ночевать,— устраивались в близлежащих домах или гостевых комнатах.

Харриет раньше жила в доме через дорогу, но, как я уже говорил, ее отец Готфрид и ее мать Изабелла вели безалаберный образ жизни, и я видел, как она страдает. Харриет не могла сосредоточиться на учебе, и в шестьдесят четвертом году, когда ей исполнилось четырнадцать, я разрешил ей переехать сюда, ко мне. Изабелла увидела в этом удобный случай избавиться от ответственности за девочку. Харриет выделили комнату наверху, где она и прожила последние два года. Следовательно, сюда она и пришла в тот день. Мы знаем, что она встретилась с Харальдом Вангером — одним из моих старших братьев — и обменялась с ним несколькими словами. Потом она поднялась сюда, в эту комнату, и поздоровалась со мной, сказав, что хочет о чем-то поговорить. В тот момент у меня сидели несколько других членов семьи, и я не мог уделить ей время. Однако для нее это явно было очень важно, и я пообещал вскоре зайти к ней в комнату. Она кивнула и вышла через эту дверь. Больше я ее не видел. Буквально через минуту раздался грохот на мосту, и начавшийся хаос перевернул все планы на день.

— Как она умерла?

— Не торопитесь. Все гораздо сложнее, и необходимо рассказывать историю в хронологическом порядке. Когда произошло столкновение, люди все побросали и помчались к месту происшествия. Я был... полагаю, что я взял руководство на себя и в последующие часы был страшно занят. Нам известно, что Харриет тоже спускалась к мосту — несколько человек ее видели,— но из-за опасности взрыва я велел уходить всем, кто не помогал вытаскивать Аронссона из разбитой машины. На месте катастрофы нас осталось пять человек: мы с братом Харальдом, Магнус Нильссон — дворник из моей усадьбы, рабочий с лесопилки Сикстен Нурдландер, у которого был дом возле рыболовецкой гавани, и парень по имени Йеркер Аронссон. Последнему было всего шестнадцать лет, и мне по-хорошему следовало бы отправить его домой, но он приходился застрявшему в машине Аронссону племянником и как раз направлялся в город, поэтому подъехал на велосипеде буквально через минуту после происшествия.

Приблизительно в четырнадцать сорок Харриет была на кухне у нас в доме. Она выпила стакан молока и перекинулась несколькими словами с кухаркой Астрид. Они вместе смотрели из окна на неразбериху на мосту.

В четырнадцать пятьдесят пять Харриет прошла через двор. Она, в частности, повстречалась со своей матерью, Изабеллой, но они не разговаривали. Буквально через минуту ей встретился тогдашний пастор местной церкви, Отто Фальк. В то время пасторская усадьба находилась на том месте, где сейчас вилла Мартина Вангера, и, следовательно, пастор жил по эту сторону моста. Отто Фальк был простужен и спал у себя дома, когда произошло столкновение; он пропустил само драматическое событие, но его разбудил шум, и он как раз направлялся к мосту. Харриет остановила его и хотела с ним поговорить, но он отмахнулся от нее и поспешил дальше. Отто Фальк был последним, кто видел ее живой.

— Как она умерла? — повторил Микаэль.

— Не знаю,— ответил Хенрик Вангер, подняв на него измученный взгляд.— Только около пяти нам удалось вытащить Аронссона из машины — он, кстати, выжил, хоть и здорово пострадал,— и вскоре после шести мы сочли, что опасности пожара больше нет. Остров был по-прежнему отрезан, но все начало успокаиваться. Только когда мы где-то около восьми часов вечера сели наконец за обеденный стол, обнаружилось, что Харриет отсутствует. Я послал одну из ее двоюродных сестер к ней в комнату, но та вернулась и сказала, что ее там нет. Я не придал этому значения; решил, что она пошла прогуляться или что ей просто не сообщили о начале обеда. Вечером мне пришлось по разным поводам выяснять отношения с семьей. И только на следующее утро, когда Изабелла попыталась разыскать Харриет, мы осознали, что никто понятия не имеет, где она, и что никто не видел ее со вчерашнего дня.

Он развел руками:

— В тот день Харриет Вангер бесследно исчезла.

— Исчезла? — эхом отозвался Микаэль.

— За все эти годы нам не удалось найти ни малейшего ее следа.

— Но раз она пропала, то вы не можете утверждать, что ее кто-то убил.

— Ваше возражение понятно. Я рассуждал таким же образом. Когда человек бесследно исчезает, есть четыре возможности. Он мог исчезнуть добровольно и скрываться. Он мог стать жертвой несчастного случая и погибнуть. Он мог совершить самоубийство. И наконец, он мог стать жертвой преступления. Все эти возможности я взвешивал.

— Значит, вы полагаете, что кто-то лишил ее жизни. Почему же?

— Потому, что это единственный обоснованный вывод.— Хенрик Вангер поднял палец.— Сначала я надеялся, что она сбежала. Но чем больше проходило времени, тем больше мы убеждались в том, что это не так. Подумайте сами, как шестнадцатилетняя девушка из довольно благополучной среды, пусть даже и очень смышленая, смогла бы самостоятельно устроиться и скрываться, да так, чтобы ее не обнаружили? Откуда бы она взяла деньги? А если бы даже ее где-нибудь приняли на работу, то ей понадобилось бы заполнять налоговую декларацию и указывать какой-то адрес.

Он поднял два пальца:

— Моей следующей мыслью, естественно, было, что с ней произошло какое-то несчастье. Окажите мне услугу — подойдите к письменному столу и откройте верхний ящик. Там лежит карта.

Микаэль выполнил просьбу и развернул карту на журнальном столике. Остров Хедебю представлял собой кусок земли неправильной формы, вытянутый километров на десять в длину и в самом широком месте едва достигавший полутора километров. Бо́льшую часть острова занимал лес. Постройки располагались поблизости от моста и вокруг маленькой лодочной гавани; на дальней стороне острова имелось только одно хозяйство, Эстергорд, откуда и отправился на машине несчастный Аронссон.

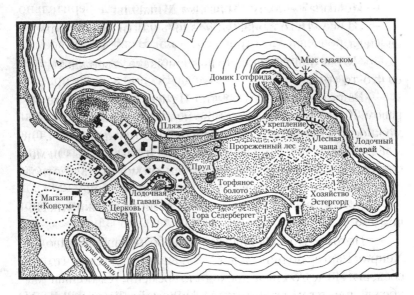

— Помните, что покинуть остров она не могла,— подчеркнул Хенрик Вангер.— Здесь, на острове, можно оказаться жертвой несчастного случая, как и в любом другом месте. Человека может поразить молния, но в тот день грозы не было. Человек может угодить под лошадь, упасть в колодец или провалиться в расщелину. Здесь наверняка существуют сотни возможностей попасть в беду. Я обдумал большинство из них.

Он показал три пальца:

— Тут есть одна загвоздка, которая касается и третьей возможности,— что девушка, вопреки ожиданиям, покончила с собой. Где-нибудь на этом ограниченном участке обязательно должно было находиться ее тело.

Хенрик Вангер хлопнул ладонью по карте.

— После ее исчезновения мы целыми днями прочесывали остров вдоль и поперек. Обследовали каждую канаву, каждый клочок пашни, горной расщелины и ветровала. Мы проверили каждое здание, каждую трубу, каждый колодец, сарай и чердак.

Старик оторвал взгляд от Микаэля и уставился в темноту за окном. Его голос стал тише и звучал более доверительно:

— Я искал ее всю осень, даже после того, как народ отчаялся и прочесывать остров перестали. В свободное время я ходил по острову взад и вперед. Наступила зима, а мне так и не удалось обнаружить ни следа. Весной я вновь принялся за поиски, пока не понял, что они бесполезны. Летом я нанял троих опытных лесников, которые еще раз обыскали все со специально обученными собаками. Они тщательно обследовали каждый квадратный метр острова. К тому времени я уже начал подозревать, что ее убили. То есть они искали место, где закопали ее тело. Лесники продолжали поиски три месяца, но мы не обнаружили никаких следов Харриет. Она словно бы растворилась в воздухе.

— Существует еще ряд возможностей,— возразил Микаэль.

— Например?

— Она могла утонуть или утопиться. Это остров, и вода способна скрыть многое.

— Что правда, то правда. Но вероятность не слишком велика. Подумайте: если с Харриет что-то случилось и она утонула, то логично предположить, что это произошло где-то поблизости от селения. Не забывайте, что переполох на мосту был самым драматическим событием, произошедшим в Хедебю за несколько десятилетий, и нормальная любопытная шестнадцатилетняя девушка едва ли пойдет в такой момент гулять на другую сторону острова.

— Но еще важнее другое,— продолжал он,— течение здесь не слишком сильное, а ветра в это время года бывают северными или северо-восточными. Если что-нибудь попадает в воду, то потом всегда всплывает где-нибудь у берега материка, а там почти всюду имеются постройки. Не думайте, что нам это не приходило в голову; мы, естественно, обследовали «кошкой» все те места, где она могла утонуть. Я нанял молодых ребят из местного клуба ныряльщиков. Они посвятили целое лето тому, что тщательно обыскали дно пролива и вдоль берега... ничего. Я совершенно уверен, что она не лежит в воде, иначе бы мы ее нашли.

— А не могло с ней что-нибудь случиться в другом месте? Мост, конечно, был перекрыт, но до материка совсем недалеко. Она могла переплыть туда или перебраться на лодке.

— Стоял конец сентября, и вода была настолько холодной, что Харриет едва ли отправилась бы купаться посреди всего этого переполоха. Но если бы она вдруг решила переплыть на материк, ее бы обязательно заметили и поднялся бы большой шум. На мосту находилась далеко не одна дюжина глаз, а на материке вдоль воды стояли две-три сотни людей и наблюдали за разворачивавшейся драмой.

— А лодка?

— Нет. В тот день на острове насчитывалось ровно тринадцать лодок. Большинство прогулочных лодок уже вытащили на берег. В старой лодочной гавани на воде оставались только два катера. Там были еще семь плоскодонок, пять из которых уже находились на берегу. Под пасторской усадьбой одна плоскодонка лежала на суше и одна на воде. Около хозяйства Эстергорд были еще моторная лодка и плоскодонка. Все эти суда проверяли, и они оказались на своих местах. Если бы Харриет переплыла на лодке и сбежала, ей бы пришлось оставить лодку на другой стороне.

Хенрик Вангер поднял четвертый палец:

— Тем самым остается только одна реальная возможность: Харриет исчезла не по собственной воле. Кто-то убил ее и спрятал тело.

Лисбет Саландер провела второй день Рождества за чтением полемической книги Микаэля Блумквиста об экономической журналистике. Книга состояла из двухсот десяти страниц, называлась «Тамплиеры» и имела подзаголовок «Повторение пройденного для журналистов-экономистов». На обложке, стильно оформленной Кристером Мальмом, была помещена фотография Стокгольмской биржи. Кристер Мальм поработал в «Фотошопе», и зритель не сразу осознавал, что здание биржи парит в воздухе, а фундамент у него отсутствует. Трудно представить себе более говорящую обложку, способную сразу настолько ясно задать тон повествованию.

Саландер отметила, что Блумквист является прекрасным стилистом. Книга отличалась прямотой и увлекательностью изложения материала, и даже не посвященный в тонкости экономической журналистики человек мог многое из нее почерпнуть. Тон книги был язвительным и саркастическим, но главное, убедительным.

Первая глава напоминала своего рода объявление войны, и Блумквист заявлял об этом прямо, без обиняков. За последние двадцать лет шведские журналисты, специализирующиеся на экономике, постепенно превратились в группу некомпетентных мальчиков на побегушках, преисполненных чувства собственного величия и утративших способность к критическому мышлению. Сделать последний вывод автора побудил тот факт, что многие из них раз за разом довольствовались передачей высказываний директоров предприятий и биржевых спекулянтов, без малейших возражений даже в тех случаях, когда сообщались ложные сведения. Подобные репортеры либо столь наивны и доверчивы, что их следовало бы отстранить от работы, либо — и это гораздо хуже — сознательно изменяют долгу журналиста критически исследовать материал и снабжать общественность правдивой информацией. Блумквист утверждал, что ему часто бывает стыдно, когда его называют экономическим журналистом, поскольку при этом его ставят на одну доску с людьми, которых он вообще отказывается причислять к журналистам.

Блумквист сравнивал деятельность «экономистов» с работой репортеров, специализирующихся на уголовном праве, или корреспондентов-международников. Он описывал, какой бы поднялся шум, если бы правовой журналист дневной газеты во время, например, процесса по обвинению в убийстве стал выдавать полученные от прокурора сведения за истину в последней инстанции, не получив информации у стороны защиты, не побеседовав с семьей жертвы и не составив представления о том, что справедливо, а что нет. Блумквист полагал, что необходимо следовать тем же правилам и когда работаешь в области экономики.

В книге приводилась цепь доказательств, призванных подтвердить вступительные рассуждения. В длинной главе разбирались репортажи об известном дот-коме, напечатанные в шести ведущих дневных газетах, а также в «Финанстиднинген», «Дагенс индастри» и использованные в ежедневной программе экономических новостей на телевидении. Для начала он цитировал и суммировал сказанное журналистами, а затем сравнивал с тем, как ситуация выглядела на самом деле. Описывая ход дел на предприятии, он раз за разом упоминал простые вопросы, которые «серьезный журналист» обязательно бы задал, а все эти «экономисты» дружно задавать не стали. Красивый ход.

В другой главе говорилось о распространении акций компании «Телия» — это был самый издевательский и ироничный раздел книги. Несколько названных поименно журналистов, пишущих об экономике, буквально подвергались публичной порке, и среди них некий Уильям Борг, на которого Микаэль, похоже, был особо зол. В одной из последних глав сравнивался уровень компетентности шведских и зарубежных экономических журналистов. Блумквист описывал, как «серьезные журналисты» «Файнэншл таймс», журнала «Экономист» и ряда немецких экономических газет комментировали аналогичные вещи в своих странах. Сравнение оказывалось не в пользу шведских журналистов. Самая последняя глава содержала предложения по выходу из этой печальной ситуации. Заключительные слова книги возвращали читателя к введению:

Если бы парламентский репортер выполнял свою работу таким же образом, необдуманно ломая копья в защиту каждого принятого решения, каким бы нелепым оно ни было, или если бы политический журналист уклонялся от оценки ситуации, такого репортера уволили бы или, по крайней мере, перевели в отдел, где он не смог бы причинить большого вреда. Однако в мире репортеров-экономистов не действуют правила работы нормального журналиста — критически оценивать ситуацию и объективно доводить полученные данные до читателя. Вместо этого здесь превозносят самых успешных мошенников. Здесь также закладывается основа Швеции будущего и подрывается последнее доверие к журналистам как к профессионалам.

Обвинения выдвигались нешуточные. Тон был язвительным, и Саландер без труда поняла, почему за этим последовали возмущенные дебаты как в профессиональном издании «Журналист» и некоторых экономических журналах, так и на главных страницах дневных газет. Лишь несколько человек были названы в книге поименно, но Лисбет Саландер полагала, что данная профессиональная группа достаточно мала и все прекрасно понимают, чьи именно газетные статьи цитировались. Блумквист приобрел злейших врагов, что и породило множество злорадных комментариев к решению суда по делу Веннерстрёма.

Она закрыла книгу и посмотрела на фотографию автора на задней стороне обложки. Микаэль Блумквист был снят чуть сбоку. Русая челка несколько небрежно падала на лоб, словно непосредственно перед тем, как фотограф нажал на кнопку, подул ветер или как будто (что было более вероятным) фотограф Кристер Мальм подобрал ему такой имидж. Он смотрел в камеру с ироничной улыбкой, придав взгляду мальчишеское и чарующее выражение.

«Весьма красивый мужчина,— отметила про себя Лисбет.— Которому тем не менее предстоят три месяца в тюрьме».

— Привет, Калле Блумквист,— произнесла она вслух.— Ты ведь довольно самоуверен?

Ближе к обеду Лисбет Саландер включила свой ноутбук и открыла почтовую программу «Эудора». Набранный ею текст состоял из одной строчки:

У тебя есть время?

Лисбет подписалась «Оса» и отправила письмо на адрес: «Plague_xyz_666@hotmail.com»*. На всякий случай она пропустила свое простое сообщение через шифрующую программу PGP.

Затем она надела черные джинсы, массивные зимние ботинки, теплый свитер, темную короткую куртку, а также комплект из перчаток, шапочки и шарфа светло-желтого цвета. Вынула кольца из бровей и носа, накрасила губы розоватой помадой и посмотрела на себя в зеркало. Теперь она походила на любого бесцельно гуляющего в праздник человека и сочла, что неплохо замаскировалась для вылазки в тыл противника.

Лисбет доехала на метро до станции «Эстермальмсторг» и двинулась по направлению к набережной. Она шла по центральной аллее, глядя на номера домов. Дойдя почти до моста, ведущего на остров Юргорден, Лисбет остановилась и посмотрела на нужный ей подъезд. Затем перешла улицу и стала ждать в нескольких метрах от двери.

Она отметила, что большинство людей, прогуливавшихся в этот холодный праздничный день, шли вдоль берега и лишь немногие шагали по тротуару возле домов.

---

* Plague — чума *(англ.). (Прим. перев.)*

Ей пришлось терпеливо прождать почти полчаса, пока со стороны Юргордена не появилась пожилая дама с палкой. Дама остановилась и стала с подозрением рассматривать Саландер, а та приветливо улыбнулась и поздоровалась почтительным кивком. Дама с палкой ответила на приветствие, явно пытаясь вспомнить, откуда она знает эту девушку. Саландер развернулась и отошла на несколько шагов от подъезда, сделав вид, что просто кого-то поджидает и от нетерпения бродит взад и вперед. Когда она обернулась, дама с палкой уже добралась до двери и обстоятельно нажимала кнопки кодового замка. Саландер без труда заметила комбинацию цифр: 1260.

Подождав пять минут, она подошла к двери, потыкала в кнопки, и замок щелкнул. Она открыла дверь, вошла и огляделась. Почти у самого входа висела камера наблюдения. Девушка взглянула на нее и поняла, что опасаться нечего: камера была из тех, что продавались «Милтон секьюрити», и автоматически включалась, только если при взломе квартиры в здании срабатывала охранная сигнализация. В глубине, слева от старомодного лифта, имелась дверь еще с одним кодовым замком; Саландер для пробы набрала те же цифры «1260» и убедилась, что код подъезда открывает также вход в подвал и в помещение с мусорными контейнерами.

«Ну и халтура»,— мысленно оценила Лисбет.

Ровно три минуты она посвятила осмотру подвала, в ходе чего обнаружила там незапертую прачечную и кладовку для крупногабаритного хлама. Затем она воспользовалась набором отмычек, одолженным в «Милтон секьюрити» у специалистов по замкам, и открыла запертую дверь, которая вела в помещение, похоже предназначенное для собраний кондоминиума. В глубине подвала находилась комната для занятий разными хобби. Наконец Саландер нашла то, что искала,— маленькую каморку, выполнявшую в доме роль электроподстанции. Она осмотрела счетчики, шкаф с пробками и соединительные коробки, а затем достала цифровой аппарат «Кэнон» размером с пачку сигарет и сделала три фотографии того, что ее интересовало.

По пути на улицу она на секунду бросила взгляд на доску у лифта и прочла имя жильца верхнего этажа. Веннерстрём.

Покинув здание, Саландер быстро дошла до Национального музея, где заглянула в кафе, чтобы отогреться и выпить кофе. Примерно через полчаса она уже поднималась к себе в квартиру. Тем временем ей пришел ответ с адреса «Plague_xyz_666@hotmail.com». Когда она расшифровала его с помощью PGP, оказалось, что он состоит просто-напросто из числа: 20.

Глава

06

Четверг, 26 декабря

Установленный Микаэлем Блумквистом временной предел в тридцать минут был давно превышен. Часы показывали половину пятого, и о первом вечернем поезде думать
уже не приходилось. Правда, у него оставалась возможность
успеть на поезд, уходивший в половине десятого. Микаэль
стоял у окна и, потирая шею, рассматривал освещенный фа-
сад церкви по другую сторону моста. Хенрик Вангер показал ему альбом со статьями о происшествии, вырезанными
из местных и центральных газет. Оно явно какое-то время
очень занимало прессу — бесследно исчезла девушка из известной семьи промышленников. Но поскольку тело не обнаружили, а поиски так ничего и не дали, интерес постепенно угас. Хоть речь и шла о близкой родственнице ведущего
промышленного магната, по прошествии более чем тридцати шести лет дело Харриет Вангер оказалось преданным заб-
вению. В статьях конца шестидесятых годов, похоже, преоб-
ладала версия, согласно которой девушка утонула и тело
унесло в море — подобная трагедия может произойти в любой семье.

Против своей воли Микаэль увлекся повествованием старика, но когда Хенрик Вангер попросил сделать перерыв,
чтобы сходить в туалет, к нему вернулся скептический на-

строй. Однако хозяин еще не завершил свой рассказ, а Микаэль, как ни крути, обещал выслушать историю до конца.

— А как вы сами думаете, что с ней случилось? — спросил Микаэль, когда Хенрик Вангер вернулся в комнату.

— Обычно здесь жило человек двадцать пять, но в связи с семейной встречей в тот день на острове находилось порядка шестидесяти человек. Из них можно более или менее исключить двадцать — двадцать пять. Я полагаю, что кто-то из оставшихся — с большой долей вероятности, это был кто-то из членов семьи — убил Харриет и спрятал тело.

— Могу привести дюжину возражений.

— Давайте.

— Ну, прежде всего: если поиски проводились с такой тщательностью, как вы говорите, тело бы обязательно нашли, даже если его кто-то и спрятал.

— По правде говоря, поиски были еще более масштабными, чем я рассказал. Я стал думать, что Харриет убили, только когда уяснил для себя несколько возможностей, как могло исчезнуть ее тело. Доказательств у меня нет, но такое вполне реально.

— Хорошо, расскажите.

— Харриет исчезла около пятнадцати часов. Примерно в четырнадцать пятьдесят пять ее видел пастор Отто Фальк, спешивший к месту трагедии. Приблизительно в это же время прибыл фотограф из местной газеты, который в последующий час сделал множество снимков аварии. Мы — то есть полиция — просмотрели пленки и смогли убедиться, что ни на одном снимке Харриет нет; зато все остальные люди, находившиеся в селении, за исключением самых маленьких детей, присутствуют хотя бы на одном кадре.

Хенрик Вангер принес новый фотоальбом и положил на стол перед Микаэлем.

— Это фотографии того дня. Первый снимок сделан в Хедестаде во время детского шествия тем же фотографом примерно в тринадцать пятнадцать, и на нем видно Харриет.

Фотограф снимал со второго этажа дома, и снимок изображал праздничную улицу, по которой только что проследовала вереница грузовиков с клоунами и красотками в купальных костюмах. На тротуаре толпились зрители. Хенрик Вангер показал на стоящую среди них девушку.

— Это Харриет. До ее исчезновения остается около двух часов, и она гуляет по городу вместе с одноклассниками. Это ее последняя фотография. Но тут имеется еще один интересный снимок.

Хенрик Вангер стал листать дальше. На оставшихся страницах альбома содержалось около ста восьмидесяти фотографий — шесть пленок — катастрофы на мосту. После прослушанного рассказа было даже несколько жутковато вдруг увидеть Харриет запечатленной на четких черно-белых снимках. Фотограф хорошо знал свое дело и уловил царивший хаос. Многие снимки изображали происходившее вокруг перевернутой автоцистерны. Микаэль без труда различил жестикулирующего сорокашестилетнего Хенрика Вангера, перепачканного мазутом.

— Это мой брат Харальд.— Старик указал на мужчину в пиджаке, нагнувшегося вперед и показывавшего на что-то в разбитой машине, где сидел зажатый Аронссон.— Мой брат Харальд неприятный человек, но, думаю, его можно вычеркнуть из списка подозреваемых. За исключением нескольких минут, когда ему пришлось сбегать в усадьбу, чтобы переобуться, он все время находился на мосту.

Хенрик Вангер продолжил листать альбом. Одни снимки сменялись другими. Вот автоцистерна. Зеваки возле берега. Аронссон в разбитой машине. Обзорные снимки. Крупные планы.

— Вот интересный снимок,— сказал Хенрик Вангер.— Насколько нам удалось установить, он сделан приблизительно в пятнадцать сорок — пятнадцать сорок пять, то есть где-то через сорок пять минут после того, как Харриет встретилась с Отто Фальком. Взгляните на наш дом, на среднее окно второго этажа. Это комната Харриет. На предыдущем снимке окно закрыто. Здесь же оно открыто.

— Кто-то в этот момент находился в комнате Харриет.

— Я опросил всех; никто не признался, что открывал окно.

— Следовательно, либо его открыла сама Харриет, и, значит, в этот момент она была еще жива, либо кто-то вам солгал. Но зачем убийце заходить к ней в комнату и открывать окно? И зачем кому-то понадобилось лгать?

Хенрик Вангер покачал головой. Ответов у него не нашлось.

— Харриет исчезла в пятнадцать ноль-ноль или чуть позже. Эти фотографии дают некоторое представление о том, где в это время находился народ. Поэтому-то я и могу снять подозрение с части присутствовавших. Замечу, что по той же причине люди, отсутствующие на снимках, должны быть включены в число подозреваемых.

— Вы не ответили на вопрос о том, как, по вашему мнению, могло исчезнуть тело. Думаю, что существует вполне очевидный ответ. Обычный трюк из арсенала иллюзионистов.

— На самом деле имеется несколько вполне реальных вариантов. Убийца решается где-то около пятнадцати ноль-ноль. Он или она едва ли использовали какое-нибудь оружие — иначе могли бы остаться следы крови. Я предполагаю, что Харриет задушили и произошло это здесь во дворе, за стеной; это место не видно фотографу и не просматривается из дома. Там имеется удобная тропинка, ведущая кратчайшим путем от пасторской усадьбы, где ее видели в последний раз, обратно к дому. Сейчас там газон и кое-какие посадки, а в шестидесятых годах там была усыпанная гравием площадка, на которой парковали автомобили. Убийце требовалось лишь открыть багажник и засунуть туда тело. Когда мы на следующий день начали поиски, никто не думал, что совершено преступление,— мы бросили все силы на осмотр берегов, построек и ближайшей к дому части леса.

— Значит, багажники машин никто не проверял.

— А следующим вечером убийца мог беспрепятственно взять машину, переехать через мост и спрятать тело где-то в другом месте.

Микаэль кивнул:

— Прямо под носом у тех, кто занимался поисками. В таком случае речь идет об очень хладнокровном мерзавце.

Хенрик Вангер горько усмехнулся:

— Под ваше меткое определение подходят многие члены семьи Вангер.

В шесть часов они продолжили беседу за обедом. Анна поставила на стол жареного зайца со смородиновым желе и картошку. Хенрик Вангер принес выдержанное красное вино. У Микаэля по-прежнему оставалось много времени, чтобы успеть на последний поезд.

«Пора закругляться»,— подумал он.

— Я признаю, что вы рассказали захватывающую историю. Но никак не пойму, зачем вы мне ее рассказали.

— Я ведь уже объяснил. Мне надо узнать, какая скотина убила мою внучатую племянницу. И для этого я хочу использовать вас.

— Как?

Хенрик Вангер опустил нож и вилку:

— Микаэль, скоро тридцать семь лет, как я мучительно размышляю над тем, что произошло с Харриет. С годами я стал посвящать ее поискам все больше свободного времени.

Он умолк, снял очки и стал рассматривать какое-то невидимое пятнышко на стекле. Потом обратил взгляд к Микаэлю:

— Если быть до конца честным, исчезновение Харриет явилось причиной того, что я постепенно выпустил из рук бразды правления в концерне. Я утратил интерес. Я знал, что в моем окружении находится убийца, и размышления и поиски правды стали мешать работе. Самое ужасное, что с годами это бремя не стало легче, напротив. Где-то году в семидесятом был период, когда мне хотелось только одного: чтобы меня оставили в покое. К тому времени Мартин уже вошел в правление, и ему приходилось все больше и больше брать на себя мои обязанности. В семьдесят шестом году я удалился от дел, и Мартин стал генеральным директором. Я по-прежнему сохраняю место в правлении, но после моего пятидесятилетия мне мало в чем удалось преуспеть. За последние тридцать шесть лет не было дня, чтобы я не думал об исчезновении Харриет. Вам может показаться, что у меня это стало навязчивой идеей — так, во всяком случае, считают большинство моих родственников. Так, вероятно, оно и есть.

— Это было кошмарное происшествие.

— Более того. Оно сломало мне жизнь. Чем больше проходит времени, тем лучше я это понимаю. У вас хорошо обстоит дело с самопознанием?

— Надеюсь, что да.

— У меня тоже. Случившееся никак не дает мне покоя. Однако причины с годами меняются. Поначалу это, вероятно, была скорбь. Я хотел найти ее и хотя бы похоронить, чтобы душа ее успокоилась.

— Что же изменилось?

— Теперь для меня, пожалуй, важнее найти этого хладнокровного мерзавца. Самое странное, что чем старше я становлюсь, тем больше это приобретает характер всепоглощающего хобби.

— Хобби?

— Да. Я сознательно употребляю именно это слово. Когда полицейское расследование зашло в тупик, я не остановился. Попытался подойти к делу систематично и по-научному. Я собрал все источники и сведения, какие только оказались доступны,— фотографии там, наверху, результаты полицейского расследования, записал все рассказы людей о том, что они делали в тот день. То есть почти половину своей жизни я посвятил сбору информации об одном-единственном дне.

— Но вы понимаете, что за тридцать шесть лет убийца, возможно, уже сам давно умер и благополучно похоронен?

— Думаю, что это не так.

Услышав такое утверждение, Микаэль удивленно поднял брови.

— Давайте закончим обед и поднимемся обратно наверх. Для завершения моей истории не хватает одной детали. Она самая невероятная из всего.

Лисбет Саландер припарковала «тойоту короллу» с автоматическим переключением скоростей возле железнодорожной станции в Сундбюберге*. Она взяла ее в гараже «Милтон секьюрити». Специального разрешения Саландер не спрашивала, но, с другой стороны, Арманский никогда напрямую не запрещал ей пользоваться машинами фирмы.

«Рано или поздно придется обзавестись собственным транспортом»,— подумала она.

Машины у нее не было, но зато имелся мотоцикл — старый «кавасаки» с двигателем в сто двадцать пять «кубов», которым она пользовалась летом. Зимой мотоцикл хранился в подвале.

Она прошла до Хёгклинтавеген и позвонила в домофон ровно в восемь часов вечера. Через несколько секунд замок запиликал, и она поднялась по лестнице на второй этаж, где на табличке значилась непритязательная фамилия: «Свенссон». Саландер понятия не имела, кто такой Свенссон и существовал ли вообще в квартире человек с такой фамилией.

— Привет, Чума,— поздоровалась она.

— Оса, ты приходишь в гости, только когда тебе что-то надо.

Мужчина, бывший на три года старше Лисбет Саландер, имел рост 189 сантиметров и весил 152 килограмма. Ее собственный рост был 154 сантиметра, а вес — 42 килограмма, и рядом с Чумой она чувствовала себя карликом. Как всегда, у него в квартире было темно; свет от единственной зажженной лампочки просачивался в прихожую из спальни, которую он использовал как рабочий кабинет. Воздух казался спертым и затхлым.

— Это потому, Чума, что ты никогда не моешься и у тебя пахнет, как в обезьяннике. Если когда-нибудь соберешь-

---

* Сундбюберг — удаленный район Стокгольма. (*Прим. перев.*)

ся выйти на улицу, я могу порекомендовать тебе сорт мыла. Продается в «Консуме».

Он слабо улыбнулся, но не ответил и жестом пригласил ее за собой на кухню. Там он уселся за стол, не зажигая света, и освещением в основном служил уличный фонарь за окном.

— Я хочу сказать, что сама не большая любительница уборки, но когда из старых пакетов из-под молока начинает пахнуть трупными червями, я их сгребаю и выкидываю.

— Я пенсионер по нетрудоспособности,— сказал он,— и не приспособлен к жизни.

— Именно поэтому государство снабдило тебя жильем и благополучно о тебе забыло. А ты не боишься, что соседи пожалуются и социальная служба нагрянет с инспекцией? Тогда тебя могут отправить в дурдом.

— У тебя для меня что-нибудь есть?

Лисбет Саландер расстегнула молнию на куртке и достала пять тысяч крон.

— Это все, что я могу дать. Это мои личные деньги, и мне не очень хочется заносить тебя в декларации в статью служебных расходов.

— Что тебе надо?

— Манжетку, о которой ты рассказывал два месяца назад. Ты ее собрал?

Он улыбнулся и положил перед ней на стол некий предмет.

— Расскажи, как она работает.

В течение последующего часа Саландер напряженно слушала. Потом опробовала манжетку. Возможно, к жизни Чума приспособлен и не был. Но в некоторых других отношениях он, без сомнения, являлся гением.

Хенрик Вангер стоял возле письменного стола, выжидая, пока Микаэль снова обратит на него внимание. Тот посмотрел на часы:

— Вы говорили о невероятной детали?

Хозяин кивнул:

— Мой день рождения приходится на первое ноября. Когда Харриет было восемь лет, она приготовила мне в подарок картинку — засушенный цветок в простенькой застекленной рамке.

Хенрик Вангер обошел вокруг стола и показал на первый цветок. Это был колокольчик, вставленный в рамку по-любительски неуклюже.

— Это была первая картинка. Я получил ее в пятьдесят восьмом году.

Он показал на следующую рамку:

— Пятьдесят девятый год — лютик. Шестидесятый год — маргаритка. Это стало традицией. Она изготовляла картинку летом и приберегала до моего дня рождения. Я всегда вешал их здесь на стене. В шестьдесят шестом году она исчезла, и традиция прервалась.

Хенрик Вангер молча показал на пустое место в ряду картин. Микаэль вдруг почувствовал, как у него поднимаются волосы на затылке. Вся стена была заполнена засушенными цветами в рамках.

— В шестьдесят седьмом, через год после ее исчезновения, я получил на день рождения вот этот цветок. Фиалку.

— Как вы получили цветок? — тихо спросил Микаэль.

— Завернутым в подарочную бумагу, в уплотненном конверте, по почте. Из Стокгольма. Без обратного адреса и без какой-либо записки.

— Вы хотите сказать...— Микаэль повел рукой.

— Вот именно. На мой день рождения, каждый чертов год. Представляете, каково мне? Это направлено против меня, убийца словно бы пытается меня извести. Я мучительно размышляю над тем, что, возможно, Харриет убрали с дороги, потому что кто-то хотел добраться до меня. Все знали, что у нас с Харриет были особые отношения и что я видел в ней родную дочь.

— Что вы хотите, чтобы я сделал? — спросил Микаэль.

———————

Вернув «короллу» обратно в гараж под зданием «Милтон секьюрити», Лисбет Саландер решила заодно зайти в туалет в офисе. Она воспользовалась своим магнитным пропуском и поднялась на лифте прямо на третий этаж, минуя главный вход на втором этаже, где были дежурные. Посетив туалет, она сходила за чашкой кофе к автомату, который Драган Арманский поставил, когда наконец понял, что Лисбет не станет варить кофе только потому, что от нее этого ждут. Затем она зашла к себе в кабинет и повесила кожаную куртку на спинку стула.

Кабинет представлял собой прямоугольное помещение размером два на три метра, отделенное от соседнего стеклянной стеной. Тут имелись: письменный стол со стареньким компьютером «Делл», офисный стул, корзина для бумаг, телефон и книжная полка. На полке располагался набор телефонных справочников и три пустых блокнота. В двух ящиках письменного стола лежали скрепки, несколько использованных шариковых ручек и блокнот. На окне стоял завядший цветок с коричневыми поникшими листьями. Лисбет Саландер внимательно осмотрела цветок, словно увидела его впервые, потом решительно взяла его и отправила в корзину для бумаг.

Свой кабинет Лисбет посещала редко, возможно, раз шесть в год, в основном когда ей требовалось посидеть одной и довести до ума какой-нибудь отчет непосредственно перед подачей. Драган Арманский настоял на том, чтобы у нее было собственное рабочее место. Он мотивировал это тем, что тогда она будет чувствовать себя частью предприятия, даже работая по собственному графику. Лисбет подозревала, что Арманский надеялся получить таким образом возможность приглядывать за ней и вмешиваться в ее личные дела. Сначала ее поместили дальше по коридору, в комнату побольше, которую она должна была делить с коллегой. Но поскольку Лисбет там никогда не появлялась, ее в конце концов перевели в эту пустовавшую каморку.

Саландер достала полученную от Чумы манжетку, положила ее перед собой на стол и принялась разглядывать, прикусив губу и размышляя. Шел уже двенадцатый час ночи, и, кроме нее, на всем этаже никого не было. Ей вдруг стало очень скучно.

Спустя некоторое время Саландер встала, прошла в конец коридора и подергала дверь в кабинет Арманского. Заперто. Она огляделась. Вероятность того, что кто-нибудь появится в коридоре в полночь на второй день Рождества, была практически равна нулю. Саландер отперла дверь нелегальной копией главного ключа предприятия, которой предусмотрительно обзавелась несколькими годами раньше.

В просторном кабинете Арманского помимо письменного стола и кресел для посетителей в углу помещался стол для заседаний, рассчитанный на восемь человек. Здесь царил безупречный порядок. Саландер уже давно не копалась в бумагах Арманского, и раз уж она все равно в офисе...

Проведя час у его письменного стола, она пополнила свой багаж сведениями об охоте на человека, подозреваемого в промышленном шпионаже, о том, кто из ее коллег под прикрытием внедрился на предприятие, где орудовала банда воров, а также о принятых в строжайшей тайне мерах по защите клиентки, опасавшейся, что ее детей может похитить их отец.

Под конец Саландер аккуратно вернула все бумаги на места, заперла дверь кабинета и отправилась пешком домой на Лундагатан. День был прожит не зря.

Микаэль Блумквист снова отрицательно покачал головой. Хенрик Вангер сидел за письменным столом и спокойно наблюдал за ним, словно заранее подготовился к любым возражениям.

— Я не знаю, доберемся ли мы когда-нибудь до правды, но не хочу сойти в могилу, не предприняв последней попытки,— сказал старик.— Я хочу нанять вас просто для того, чтобы в последний раз изучить весь имеющийся материал.

— Это откровенное безумие,— заключил Микаэль.

— Почему безумие?

— Я выслушал достаточно. Хенрик, мне понятно ваше горе, но я должен быть с вами честен. То, о чем вы меня просите, это пустая трата времени и денег. Вы хотите, чтобы я каким-то волшебным образом разгадал загадку, над которой годами бились уголовная полиция и профессиональные следователи, обладавшие куда большими возможностями. Вы просите меня раскрыть преступление, совершенное почти сорок лет назад. Как же я могу это сделать?

— Мы не обсудили ваш гонорар,— произнес Хенрик Вангер.

— В этом нет необходимости.

— Если вы откажетесь, заставить вас я не смогу. Но послушайте, что я предлагаю. Дирк Фруде уже составил контракт. Мы можем обсудить детали, но контракт прост, и там не хватает только вашей подписи.

— Хенрик, это бессмысленно. Я не могу разгадать загадку исчезновения Харриет.

— Согласно контракту, от вас этого не требуется. Я хочу лишь, чтобы вы приложили максимум усилий. Если у вас не получится, значит, такова воля Господня или — если вы в Него не верите — судьба.

Микаэль вздохнул. Он чувствовал себя все более неуютно и хотел поскорее завершить свой визит в Хедебю, но все-таки уступил:

— Рассказывайте.

— Я хочу, чтобы вы в течение года жили и работали здесь, в Хедебю. Я хочу, чтобы вы изучили все материалы по исчезновению Харриет, бумагу за бумагой, просмотрели все свежим глазом. Я хочу, чтобы вы подвергали сомнению все прежде сделанные выводы, как и должен работающий по делу журналист. Я хочу, чтобы вы искали упущенное мной, полицией и другими людьми, которые занимались расследованием.

— Вы просите меня забросить жизнь и карьеру, чтобы год заниматься пустой тратой времени.

Хенрик Вангер внезапно улыбнулся.

— Что до вашей карьеры, то вы, вероятно, согласитесь, что на данный момент приходится не самый лучший ее период.

Микаэль не нашелся что ответить.

— Я хочу купить год вашей жизни и вашей работы. Зарплата будет выше, чем вы когда-либо можете рассчитывать получить. Я буду платить вам двести тысяч крон в месяц, то есть вы получите два миллиона четыреста тысяч крон, если согласитесь и останетесь на целый год.

Микаэль утратил дар речи.

— Никаких иллюзий я не строю. Я знаю, что шансы на удачу минимальны, но если вам, вопреки ожиданиям, удастся разгадать загадку, вас ждет бонус — двойное вознаграждение, то есть четыре миллиона восемьсот тысяч крон. Давайте не будем мелочиться и округлим до пяти миллионов.

Хенрик Вангер откинулся на спинку кресла и склонил голову набок.

— Я могу переводить деньги на любой указанный вами банковский счет в любой точке мира. Вы можете также получать деньги наличными, в сумке, и сами решать, вносить ли их в налоговую декларацию.

— Это... безумие,— выдавил из себя Микаэль.

— Почему же? — спокойно спросил Хенрик Вангер.— Мне за восемьдесят, и я по-прежнему пребываю в здравом рассудке. У меня огромный личный капитал, которым я распоряжаюсь по собственному усмотрению. Детей у меня нет, равно как нет и ни малейшего желания дарить деньги родственникам, которых я ненавижу. У меня составлено завещание; бóльшую часть средств я подарю Всемирному фонду дикой природы. Несколько близких мне людей получат приличные суммы — в частности, живущая здесь Анна.

Микаэль Блумквист покачал головой.

— Постарайтесь меня понять. Я стар и скоро умру. Есть только одна вещь в мире, которая мне нужна,— ответ на вопрос, мучающий меня уже почти четыре десятилетия. Я не уверен, что смогу его получить, но у меня достаточно личных средств, чтобы предпринять последнюю попытку. Что же странного, если я хочу истратить часть своего состояния во имя такой цели? Это мой долг перед Харриет. И перед самим собой.

— Вы собираетесь заплатить несколько миллионов крон ни за что. Мне надо только подписать контракт, а потом я смогу плевать в потолок целый год.

— Плевать в потолок вы не станете. Напротив — вы будете работать так, как в жизни не работали.

— Почему вы так в этом уверены?

— Потому что я могу предложить вам нечто такое, чего вам не купить за деньги, но хочется больше всего на свете.

— Что же это может быть?

Глаза Хенрика Вангера сузились:

— Я могу сдать вам Ханса Эрика Веннерстрёма. Могу доказать, что он мошенник. Он ведь тридцать пять лет назад начинал свою карьеру у меня, и я могу преподнести вам на блюде его голову. Разгадайте загадку, и из своего поражения в суде вы сможете сделать главный репортаж года.

Глава
07

Пятница, 3 января

Эрика поставила кофейную чашку на стол и повернулась к Микаэлю спиной. Она стояла у окна в его квартире и смотрела на панораму Старого города. Было девять утра третьего января. После новогодних праздников весь снег смыло дождем.

— Мне всегда нравился этот вид,— сказала она.— Ради такой квартиры я могла бы покинуть Сальтшёбаден.

— У тебя есть ключи. Пожалуйста, переезжай сюда из своего привилегированного района,— откликнулся Микаэль.

Он закрыл чемодан и поставил его у входной двери. Эрика обернулась и посмотрела на Микаэля с сомнением.

— Не может быть, что ты это всерьез,— произнесла она.— Мы пребываем в жутчайшем кризисе, а ты собираешь два чемодана и отправляешься жить к черту на кулички.

— В Хедестад. Это в нескольких часах езды на поезде. И к тому же не навсегда.

— Ты мог бы с таким же успехом отправиться в Улан-Батор. Разве ты не понимаешь, что это будет выглядеть, будто ты сбегаешь, поджав хвост?

— Именно это я и делаю. Кроме того, мне еще предстоит в этом году отсидеть срок в тюрьме.

Кристер Мальм расположился тут же на диване. Ему было не по себе. Впервые со времен создания «Миллениума»

Микаэль и Эрика так непримиримо ссорились у него на глазах. Все эти годы они были неразлейвода. Конечно, иногда они яростно сцеплялись, но поводом всегда служили рабочие моменты, и, устранив все вопросительные знаки, они обычно обнимались и отправлялись в ресторан. Или в постель. Последняя осень и так выдалась невеселой, а теперь казалось, что просто разверзлась преисподняя. Кристер Мальм задумался, уж не наблюдает ли он начало конца «Миллениума».

— У меня нет выбора,— сказал Микаэль.— У *нас* нет выбора.

Он налил себе кофе и сел за кухонный стол. Эрика покачала головой и устроилась напротив.

— Кристер, а ты что думаешь? — спросила она.

Кристер Мальм развел руками. Он ждал этого вопроса и опасался мгновения, когда ему придется занять какую-то позицию. Кристер являлся третьим совладельцем, но все трое знали, что «Миллениум» — это Микаэль и Эрика. Они спрашивали у него совета исключительно тогда, когда всерьез расходились во мнениях.

— Честно говоря,— начал Кристер,— вы оба знаете, что мое мнение роли не играет.

Он умолк. Ему нравилось создавать образы и работать с графической формой. Он никогда не считал себя художником, но знал, что является дизайнером от бога. Зато в интригах и решениях принципиальных вопросов он силен никогда не был.

«Это не просто ссора,— подумал Кристер Мальм.— Это развод».

Молчание нарушил Микаэль:

— Хорошо, давайте я в последний раз приведу свои аргументы.— Он не сводил глаз с Эрики.— Это не означает, что я бросаю «Миллениум». Мы слишком много вкалывали, чтобы все бросить.

— Но теперь тебя в редакции больше не будет — воз придется везти нам с Кристером. Ты хоть понимаешь, что по собственной инициативе отправляешься в ссылку?

— Это второй момент. Эрика, мне необходим перерыв. Я выдохся и сейчас просто ни на что не гожусь. Может быть, оплаченный отпуск в Хедестаде — это как раз то, что мне надо.

— Вся эта история — чистое сумасшествие, Микаэль. Ты мог бы с таким же успехом начать работать на уфологов.

— Знаю. Но мне платят чуть ли не два с половиной миллиона, чтобы я год просиживал штаны, и бездействовать я не собираюсь. Это третий момент. Первый раунд против Веннерстрёма окончен — он победил, послав меня в нокаут. Второй раунд уже начался — он будет стараться окончательно потопить «Миллениум», поскольку понимает, что пока существует журнал, существует и редакция, осведомленная о его проделках.

— Я это знаю. Вижу это по ежемесячным изменениям доходов от рекламы в последние полгода.

— Вот именно. Поэтому мне *необходимо* уйти из редакции. Я для него — красная тряпка. У него насчет меня крыша поехала. Пока я на месте, он свою кампанию не прекратит. Наша задача — подготовиться к третьему раунду. Чтобы иметь хоть малейший шанс в борьбе против Веннерстрёма, мы должны отступить и выработать совершенно новую стратегию. Нам необходимо найти некое орудие борьбы. Это и станет моей задачей на ближайший год.

— Все это я понимаю,— произнесла Эрика.— Возьми отпуск. Поезжай за границу, поваляйся месяц на испанском побережье. Поизучай личную жизнь испанок, отдохни, посиди у себя в Сандхамне и посмотри на волны.

— Но когда я вернусь, ничего не изменится. Веннерстрём добьет «Миллениум», ты же понимаешь. Мы сможем ему помешать только в том случае, если разузнаем о нем что-то полезное для нас.

— И такую информацию ты предполагаешь найти в Хедестаде.

— Я просмотрел газетные статьи. Веннерстрём работал на Вангера с шестьдесят девятого по семьдесят второй год.

Он сидел в штабе концерна и отвечал за стратегические капиталовложения. Ушел он очень поспешно. Мы не можем исключить того, что у Хенрика Вангера на него действительно что-то есть.

— Но если он что-то сделал тридцать лет назад, мы едва ли сможем сейчас это доказать.

— Хенрик Вангер обещал дать интервью и рассказать все, что знает. Он одержим мыслями о своей исчезнувшей родственнице — похоже, это единственное, что его вообще интересует, и если ему потребуется сдать Веннерстрёма, вполне вероятно, что он это сделает. Мы в любом случае не можем упускать такой шанс — он первый, кто сказал, что готов публично облить Веннерстрёма грязью.

— Даже если ты вернешься с доказательствами того, что девушку задушил Веннерстрём, мы не сможем их использовать. Прошло слишком много времени. Он уничтожит нас в суде.

— Такая мысль приходила мне в голову, но, увы! — в то время, когда она исчезла, он учился в Стокгольмском институте торговли и не имел никакого отношения к концерну «Вангер».— Микаэль помолчал.— Эрика, я не брошу «Миллениум», но нам важно представить дело так, будто я его бросил. Вы с Кристером должны продолжать выпускать журнал. Если удастся... если вам представится возможность заключить мир с Веннерстрёмом, сделайте это. А это получится, только если меня не будет в редакции.

— Ладно. Положение поганое, но я думаю, что ехать в Хедестад для тебя все равно что хвататься за соломинку.

— А у тебя есть идея получше?

Эрика пожала плечами:

— Нам бы следовало сейчас взяться за поиски источников. Выстраивать материал заново и на этот раз делать все по уму.

— Рикки, об этом материале надо забыть.

Эрика сидела, положив руки на стол, и теперь в отчаянии уткнулась в них головой.

Снова заговорив, она поначалу старалась не встречаться с Микаэлем взглядом:

— Я чертовски зла на тебя. Не за то, что написанный тобой материал оказался ошибочным — тут моя вина не меньше. Не за то, что ты оставляешь должность ответственного редактора — в настоящей ситуации это разумное решение. Я могу принять то, что мы представляем это как разрыв или борьбу за власть между тобой и мной — это логично, если нам надо заставить Веннерстрёма поверить в то, что я безобидная фифочка, а вся угроза исходит от тебя.

Она сделала паузу и решительно посмотрела ему в глаза:

— Но я думаю, что ты ошибаешься. Веннерстрём не поддастся на блеф. Он будет и дальше стараться потопить «Миллениум». Разница заключается лишь в том, что с этого момента сражаться с ним мне придется одной, и ты знаешь, что сейчас ты нужен в редакции больше, чем когда-либо. Хорошо, я готова воевать с Веннерстрёмом, но меня ужасно злит то, что ты с легкостью покидаешь корабль. Ты бросаешь меня в самый трудный момент.

Микаэль протянул руку и погладил ее по волосам:

— Ты не одна. У тебя есть Кристер и остальные.

— Янне Дальмана можешь исключить. Кстати, думаю, мы напрасно взяли его на постоянную работу. Он знающий сотрудник, но от него больше неприятностей, чем пользы. Я ему не доверяю. Всю осень он злорадствовал. Не знаю, надеялся ли он занять твое место или просто у него психологическая несовместимость с остальными сотрудниками.

— Боюсь, что ты права,— сказал Микаэль.

— Что же делать? Выгнать его?

— Эрика, ты главный редактор и основной владелец «Миллениума». Если его надо выгнать, гони.

— Мы еще никого не увольняли, Микке. А теперь ты даже это решение перекладываешь на меня. Мне стало неприятно приходить по утрам в редакцию.

Тут Кристер Мальм неожиданно поднялся с дивана:

— Если ты хочешь успеть на поезд, нам надо шевелиться.

Эрика запротестовала, но он поднял руку:

— Подожди, Эрика, ты спрашивала мое мнение. Я считаю, что ситуация у нас хуже некуда. Но если дело обстоит так, как говорит Микаэль,— что он слишком устал от всего этого,— то ему действительно надо ехать, ради самого себя. И мы должны его отпустить.

Микаэль и Эрика смотрели на Кристера с изумлением, а он смущенно косился на Микаэля.

— Вы оба знаете, что «Миллениум» — это вы. Я совладелец, и вы всегда были со мной честны. Я очень люблю журнал и все с ним связанное, но вы ведь могли бы запросто заменить меня любым другим главным художником. Однако вас интересовало мое мнение. Вы с ним считались. Что же касается Янне Дальмана, то я с вами согласен. Если тебе, Эрика, надо его выгнать, я возьму это на себя. Надо только найти вескую причину.

Сделав паузу, он продолжил:

— Я согласен с тобой: очень неудачно, что Микаэль исчезает именно сейчас. Но думаю, у нас нет выбора.— Он посмотрел на Микаэля.— Я отвезу тебя на вокзал. Мы с Эрикой продержимся, пока ты не вернешься.

Микаэль медленно кивнул.

— Я боюсь того, что Микаэль не вернется,— тихо произнесла Эрика Бергер.

Драган Арманский разбудил Лисбет Саландер, позвонив ей в два часа дня.

— В чем дело? — сонно спросила она.

Во рту у нее ощущался привкус смолы.

— Речь идет о Микаэле Блумквисте. Я только что говорил с нашим заказчиком, адвокатом Фруде.

— И что?

— Он позвонил и сказал, что мы можем бросить дело Веннерстрёма.

— Бросить? Я ведь уже начала этим заниматься.

— Хорошо, но Фруде в этом больше не заинтересован.

— Так просто?

— Ему решать. Не хочет продолжать, значит, не хочет.

— Мы же договорились о вознаграждении.

— Сколько ты потратила времени?

Лисбет Саландер задумалась.

— Около трех праздничных дней.

— Мы договаривались о потолке в сорок тысяч крон. Я выставлю ему счет на десять тысяч; ты получишь половину, этого вполне достаточно за потраченные напрасно три дня. Ему придется заплатить за то, что он все это затеял.

— Что мне делать с собранным материалом?

— Там есть что-нибудь серьезное?

Она снова задумалась.

— Нет.

— Никакого отчета Фруде не просил. Придержи пока материал, на случай, если он одумается. А если нет, то просто выбросишь. На следующей неделе у меня для тебя будет новая работа.

После того как Арманский положил трубку, Лисбет Саландер еще некоторое время посидела с телефоном в руках. Потом она вышла в гостиную, подошла к рабочему углу, посмотрела на записи, прикрепленные булавками к стене, и на кипу бумаг, которая собралась на письменном столе. Пока что ей удалось раздобыть в основном газетные статьи и тексты, скачанные из Интернета. Лисбет взяла бумаги и швырнула их в ящик стола.

Брови ее хмурились. Жалкое поведение Микаэля Блумквиста в суде представляло интересную загадку, а бросать начатое дело Лисбет Саландер не любила.

Тайны у людей есть всегда. Надо только выведать, какие именно.

ЧАСТЬ 2

АНАЛИЗЫ ПОСЛЕДСТВИЙ

3 ЯНВАРЯ – 17 МАРТА

48 процентов женщин Швеции подвергались насилию со стороны какого-нибудь мужчины

Глава
08

Пятница 3 января — воскресенье 5 января

Когда Микаэль Блумквист вторично сошел с поезда в Хедестаде, небо было пастельно-голубым, а воздух — леденящим. Термометр на фасаде здания вокзала показывал восемнадцать градусов мороза, а на Микаэле по-прежнему были неподходящие тонкие прогулочные ботинки. В отличие от прошлого раза, адвокат Фруде с теплой машиной его не ждал: Микаэль сообщил лишь, в какой день приедет, но не назвал точное время. Вероятно, в Хедебю ходил какой-нибудь автобус, но у него не было желания таскаться с двумя чемоданами и сумкой на плече в поисках автобусной остановки. Вместо этого он перешел через привокзальную площадь к стоянке такси.

Между Рождеством и Новым годом вдоль всего побережья Норрланда шли сильные снегопады, и, судя по расчищенным краям дорог и собранным горам снега, уборочные работы велись в Хедестаде полным ходом. Шофер такси, которого, как следовало из удостоверения на ветровом стекле, звали Хусейном, только покачал головой, когда Микаэль спросил, суровая ли была погода. На чистейшем норрландском диалекте он рассказал о том, как тут бушевала сильнейшая за несколько десятилетий снежная буря, и горько пожалел, что не уехал на Рождество отдохнуть в Грецию.

Все время указывая дорогу, Микаэль добрался на такси до свежерасчищенного двора Хенрика Вангера и, поставив чемоданы на лестнице, проводил взглядом скрывавшуюся в направлении Хедестада машину. Он сразу почувствовал себя одиноким и растерянным. Возможно, Эрика была права, утверждая, что весь проект — чистейшее сумасшествие.

Услышав, что сзади открывается дверь, он обернулся и увидел основательно утеплившегося Хенрика Вангера — в толстом кожаном пальто, грубых ботинках и шапке с опущенными ушами. Сам Микаэль стоял в джинсах и тонкой кожаной куртке.

— Если собираешься жить в северных краях, надо научиться лучше одеваться в такое время года.— Они пожали друг другу руки.— Ты уверен, что не хочешь жить в большом доме? Точно? Тогда, пожалуй, начнем с того, что устроим тебя на новом месте.

Микаэль кивнул. На переговорах с Хенриком Вангером и Дирком Фруде он выдвинул требование, чтобы его поселили отдельно и он мог сам вести хозяйство и иметь полную свободу передвижения. Хенрик Вангер вывел Микаэля обратно на дорогу, прошел в сторону моста и свернул в калитку, за которой оказался расчищенный двор перед маленьким бревенчатым домиком, стоящим неподалеку от опоры моста. Дверь была незаперта, старик открыл ее и придержал. Они вошли в маленькую прихожую, где Микаэль со вздохом облегчения поставил чемоданы.

— Этот домик мы называем гостевым, у нас тут обычно останавливаются те, кто приезжает на длительное время. Здесь-то вы с родителями и жили в шестьдесят третьем году. Собственно говоря, это одна из самых старых построек в селении, но она модернизирована. Я позаботился о том, чтобы Гуннар Нильссон — он работает у меня в усадьбе дворником — с утра прогрел дом.

Весь дом — общей площадью около пятидесяти квадратных метров — состоял из просторной кухни и двух небольших комнат. Кухня, занимавшая половину дома, была вполне современной, с электрической плитой, маленьким холодильником и водопроводом, а около стены, отделявшей ее от прихожей, имелась также старая железная печка, которую сегодня и протапливали.

— Железную печку придется топить, только если грянут сильные морозы. В тамбуре есть ящик для дров, а за домом — дровяной сарай. Тут с осени никто не жил, и мы с утра протопили, чтобы дом прогрелся. А так обычно хватает электрообогревателей. Только смотри не клади на них одежду, а то может начаться пожар.

Микаэль кивнул и огляделся. Окна выходили в три стороны; от кухонного стола открывался вид на опору моста, расположенную метрах в тридцати. Из мебели на кухне имелись также несколько больших шкафов, стулья, старый диван и полка с журналами. Наверху стопки лежал номер журнала «Се» за 1967 год. В углу, около кухонного стола, стоял приставной столик, который можно было использовать как письменный.

По одну сторону от железной печки находилась входная дверь на кухню, по другую две узкие двери вели в комнаты. Правая, ближайшая к наружной стене комната представляла собой скорее узкую каморку с маленьким письменным столом, стулом и прикрепленным к длинной стене стеллажом; ее использовали в качестве кабинета. Вторая комната, между тамбуром и кабинетом, явно служила маленькой спальней. Ее обстановка состояла из двуспальной кровати, ночного столика и платяного шкафа. На стенах висело несколько пейзажей. Мебель и обои в доме были старыми и выцветшими, но всюду приятно пахло чистотой. Кто-то явно надраил полы, не жалея моющих средств. В спальне имелась еще боковая дверь, ведущая обратно в тамбур, где старый чулан был переоборудован под туалет с маленьким душем.

— Могут возникнуть проблемы с водой,— сказал Хенрик Вангер.— Сегодня утром мы проверили, что водопровод работает, но трубы расположены очень неглубоко, и, если холода продержатся долго, они могут замерзнуть. В тамбуре есть ведро; при необходимости ты сможешь приходить за водой к нам.

— Мне потребуется телефон,— сказал Микаэль.

— Я уже заказал. Послезавтра его установят. Ну, как тебе? Если передумаешь, можешь перебраться в большой дом в любой момент.

— Здесь просто замечательно,— ответил Микаэль.

Однако он был далеко не уверен в том, что поступил разумно, поставив себя в такую ситуацию.

— Отлично. Еще где-то час будет светло. Может, пройдемся, чтобы ты познакомился с окрестностями? Я бы посоветовал тебе надеть сапоги и толстые носки. Они в шкафу, в тамбуре.

Микаэль последовал совету, решив, что завтра же пройдется по магазинам и купит кальсоны и основательную зимнюю обувь.

Старик начал экскурсию с объяснения, что соседом Микаэля через дорогу является Гуннар Нильссон — помощник, которого Хенрик Вангер упорно называл «мой дворник», но который, как вскоре понял Микаэль, обслуживал все дома острова и, кроме того, отвечал еще за несколько зданий в Хедестаде.

— Он сын Магнуса Нильссона, который работал у меня дворником в шестидесятых годах и был одним из тех, кто помогал во время автомобильной аварии на мосту. Магнус еще жив, но он на пенсии и живет в Хедестаде. В этом доме живут Гуннар с женой; ее зовут Хелен. Их дети отсюда уже переехали.

Хенрик Вангер сделал паузу и, немного поразмыслив, снова заговорил:

— Микаэль, мы сказали всем, что ты находишься здесь, чтобы помогать мне писать автобиографию. Это даст тебе повод заглядывать во все темные углы и задавать людям вопросы. Твоя истинная задача останется между тобой, мной и Дирком Фруде. Кроме нас троих, об этом никому не известно.

— Понимаю. И повторю то, что говорил раньше: это пустая трата времени. Я не смогу разгадать эту загадку.

— Мне надо только, чтобы ты предпринял попытку. Но мы должны следить за тем, что говорим, когда поблизости будут люди.

— Хорошо.

— Гуннару сейчас пятьдесят шесть лет и, соответственно, было девятнадцать, когда пропала Харриет. Имеется один вопрос, на который я так и не получил ответа,— Харриет с Гуннаром очень дружили, и я думаю, у них было что-то вроде детского романа, по крайней мере, он проявлял к ней большой интерес. В день ее исчезновения он, однако, находился в Хедестаде и оказался одним из тех, кого отрезало на материковой стороне, когда перекрыли мост. Из-за их отношений его, естественно, допрашивали с особым пристрастием. Ему это было довольно неприятно, но полиция проверила его алиби, и оно подтвердилось. Он весь день провел с друзьями и вернулся сюда только поздно вечером.

— Полагаю, у вас имеется полный перечень находившихся на острове людей с указанием, чем они занимались в течение дня.

— Верно. Пойдем дальше?

Они остановились у перекрестка, на холме перед усадьбой Вангеров, и Хенрик Вангер показал в сторону старой рыбачьей гавани:

— Земля на всем острове принадлежит семье Вангер или, точнее, мне. Исключение составляют хозяйство Эстергорд и несколько отдельных домов в селении. Сараи в рыбачьей гавани находятся в частном владении, но их используют как дачи, а в зимнее время там почти никто не живет. Обитаем только самый дальний дом — видишь, там идет дым из трубы.

Микаэль кивнул. Он уже успел промерзнуть до костей.

— Эта несчастная хибара стоит на самом ветру, но ею пользуются круглый год. Там живет Эушен Норман. Ему семьдесят семь лет, и он вроде как художник. По-моему, его картины напоминают китч, но его считают довольно известным пейзажистом. Он из числа тех чудаков, какие непременно имеются в каждом селении.

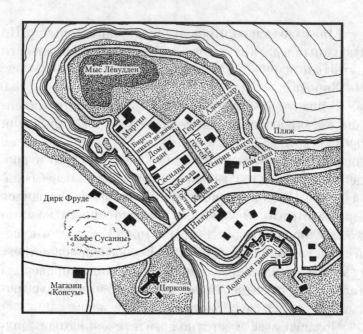

Хенрик Вангер повел Микаэля вдоль дороги в сторону мыса, показывая дом за домом. Селение состояло из шести домов к западу от дороги и четырех к востоку. Ближе всего к гостевому домику Микаэля и усадьбе Вангера располагался дом, принадлежавший брату Хенрика Вангера, Харальду. Это было четырехугольное двухэтажное каменное здание, на первый взгляд казавшееся необитаемым; занавески на окнах задернуты, а тропинка к крыльцу не расчищена и покрыта полуметровым слоем снега. Приглядевшись повнимательнее, можно было заметить следы, указывавшие на то, что кто-то ходил по снегу между дорогой и входной дверью.

— Харальд — отшельник. Мы с ним никогда не могли найти общий язык. Помимо ссор по поводу концерна — он ведь совладелец,— мы почти не разговариваем последние лет шестьдесят. Он старше меня, ему девяносто один год, и он единственный из моих пяти братьев, кто еще жив. Подробности я расскажу потом, но он учился на врача и работал в основном в Уппсале. Когда ему исполнилось семьдесят, он переехал обратно в Хедебю.

— Насколько я понимаю, любви между вами нет, хоть вы и соседи.

— Я считаю его отвратительным человеком и предпочел бы, чтобы он оставался в Уппсале, но этот дом принадлежит ему. Я говорю как подлец?

— Вы говорите как человек, который не любит своего брата.

— Первые двадцать пять — тридцать лет своей жизни я извинял и прощал таких, как Харальд, поскольку мы родственники. Потом я обнаружил, что родство еще не гарантирует любви и что у меня крайне мало причин брать Харальда под свою защиту.

Следующий дом принадлежал Изабелле, матери Харриет Вангер.

— Ей в этом году исполняется семьдесят пять, и она по-прежнему элегантна и тщеславна. К тому же она единственная в селении разговаривает с Харальдом и иногда навещает его, но у них не слишком много общего.

— Какие отношения были у нее с Харриет?

— Правильно мыслишь. Женщины тоже должны входить в круг подозреваемых. Я уже рассказывал, что она частенько бросала детей на произвол судьбы. Точно не знаю, но думаю, что у нее были благие намерения при полной неспособности отвечать за что-то. Близки они с Харриет не были, но всерьез никогда не ссорились. Она может быть резкой, и иногда кажется, что у нее не все дома. Когда встретишься с ней, поймешь, что я имею в виду.

Соседкой Изабеллы была некая Сесилия Вангер, дочь Харальда Вангера.

— Раньше она была замужем и жила в Хедестаде, но разъехалась с мужем лет двадцать назад. Дом принадлежит мне, и я предложил ей переехать сюда. Сесилия — учительница и во многих отношениях полная противоположность своему отцу. Пожалуй, следует добавить, что она тоже разговаривает с Харальдом только при необходимости.

— Сколько ей лет?

— Она родилась в сорок шестом году. То есть ей было двадцать, когда исчезла Харриет. Да, еще — она была в числе гостей на острове в тот день.

Он ненадолго призадумался.

— Сесилия может показаться легкомысленной, но на самом деле обладает цепким умом. Ее не следует недооценивать. Если кто и догадается, чем ты занимаешься, так это она. Я могу, пожалуй, сказать, что она принадлежит к тем родственникам, кого я больше всего ценю.

— Означает ли это, что вы ее не подозреваете?

— Я бы так не сказал. Мне хочется, чтобы ты обдумывал все это совершенно непредвзято и независимо от того, что думаю я.

Ближайший к жилищу Сесилии дом принадлежал Хенрику Вангеру, но был сдан пожилой паре, раньше работавшей в руководстве концерна. Они переехали на остров в 80-х годах и, следовательно, не имели никакого отношения к исчезновению Харриет. Следующим стоял дом Биргера Вангера, брата Сесилии Вангер, но пустовал уже несколько лет, с тех пор как хозяин поселился на современной вилле в Хедестаде.

Большинство домов вдоль дороги были основательными каменными зданиями постройки начала прошлого века. Последний же дом сильно от них отличался: это оказалась сооруженная современным архитектором по индивидуальному проекту вилла из белого кирпича и с темными простенками между оконными проемами. Вилла была красиво расположена, и Микаэль отметил, что с верхнего этажа наверняка открывается великолепный вид на море с восточной стороны и на Хедестад с северной.

— Здесь живет Мартин Вангер, брат Харриет и генеральный директор концерна. На этом участке раньше находилась пасторская усадьба, но в семидесятых годах она пострадала при пожаре, и, став в семьдесят восьмом генеральным директором, Мартин построил тут себе виллу.

В последнем доме с восточной стороны дороги жили Герда Вангер, вдова брата Хенрика Грегера, и ее сын Александр Вангер.

— Герда болезненная, страдает ревматизмом. Александру принадлежит небольшая часть акций концерна, но у него имеются и собственные предприятия, в частности рестораны. Он обычно проводит несколько месяцев в году на Барбадосе, в Вест-Индии, где у него кое-какие средства вложены в туризм.

Между домами Герды и Хенрика Вангера имелся участок с двумя небольшими зданиями, которые пустовали и предназначались для приезжающих погостить разных членов семьи. По другую сторону от усадьбы Хенрика располагался дом, купленный еще одним вышедшим на пенсию сотрудником концерна, но сейчас он стоял пустым, так как хозяин с женой всегда проводили зиму в Испании.

Они вернулись обратно к перекрестку, и экскурсия закончилась. Уже начинало смеркаться. Микаэль заговорил первым:

— Хенрик, я могу лишь повторить, что это дело едва ли даст результаты, но я буду выполнять работу, ради которой меня наняли. Буду писать вашу биографию и ради вашего удовлетворения критически и с максимальной тщательностью прочту все материалы о Харриет Вангер. Мне только важно, чтобы вы понимали, что я не какой-нибудь частный детектив, и не возлагали на меня слишком больших надежд.

— Я не питаю никаких надежд. Я хочу лишь предпринять последнюю попытку добраться до правды.

— Хорошо.

— Я человек вечерний,— заявил Хенрик Вангер,— и буду доступен начиная с обеда и дальше. Я приготовлю у себя в доме рабочий кабинет, которым ты сможешь пользоваться в любое время.

— Спасибо, не надо. У меня уже есть кабинет в гостевом домике, там я и буду работать.

— Как угодно.

— Когда мне понадобится поговорить с вами, мы сможем сидеть в вашем кабинете, но я не собираюсь набрасываться на вас с расспросами прямо сегодня вечером.

— Это понятно.

Старик казался подозрительно сговорчивым.

— Чтение материала займет у меня недели две. Мы будем работать на два фронта. Будем встречаться на несколько часов в день, чтобы я мог расспрашивать вас и собирать материал для биографии. Когда у меня появятся вопросы о Харриет, которые мне захочется обсудить, я их вам буду задавать.

— Звучит разумно.

— Работать я буду по свободному графику, без фиксированного рабочего времени.

— Это решать тебе.

— Вы, конечно, в курсе, что мне месяца через два предстоит сесть в тюрьму. Не знаю, когда именно это случится, но обжаловать приговор я не собираюсь. Следовательно, это, по всей видимости, произойдет где-то в течение года.

Хенрик Вангер нахмурил брови:

— Как неудачно получилось. Попробуем к тому времени что-нибудь придумать. Ты можешь попросить отсрочку.

— Если все пойдет хорошо и у меня уже наберется достаточно материала, я смогу работать над книгой о вашей семье в тюрьме. Мы вернемся к этому, когда придет время. Еще одно: я по-прежнему совладелец «Миллениума», а журнал сейчас пребывает в кризисе. Если произойдет что-нибудь, что потребует моего присутствия в Стокгольме, мне придется все оставить и поехать туда.

— Я не пытаюсь сделать из тебя своего раба. Мне надо, чтобы ты основательно и последовательно занимался порученным делом, но порядок работы ты, естественно, определяешь сам, по собственному усмотрению. Если тебе потребуется свободное время — пожалуйста, но если я замечу, что ты пренебрегаешь работой, то буду считать это нарушением контракта.

Микаэль кивнул.

Хенрик Вангер смотрел куда-то в сторону моста. Он был худощав, и Микаэлю вдруг показалось, что он похож на несчастное огородное пугало.

— Что до «Миллениума», то надо будет поговорить о том, в чем проявляется кризис и могу ли я чем-нибудь помочь.

— Лучшее, чем вы можете помочь, это выдать мне голову Веннерстрёма на блюде прямо сегодня.

— О нет, этого я делать не намерен.— Старик бросил на Микаэля суровый взгляд.— Ты взялся за эту работу только потому, что я пообещал тебе сдать Веннерстрёма. Сделай я это сейчас, ты можешь бросить работу в любой момент. Ты получишь от меня информацию только через год.

— Хенрик, извините, что я это говорю, но у меня даже нет полной уверенности в том, что через год вы еще будете в живых.

Хенрик Вангер вздохнул и задумчиво посмотрел в сторону рыбачьей гавани.

— Понимаю. Я поговорю с Дирком Фруде, и, возможно, мы что-нибудь придумаем. Но в отношении «Миллениума» не исключено, что я смогу помочь иным образом. Насколько я понимаю, журнал покидают рекламодатели.

Микаэль медленно кивнул:

— Рекламодатели — это сиюминутная проблема, но кризис куда глубже. Вопрос в доверии. Если народ перестанет покупать журнал, то станет все равно, сколько у нас рекламодателей.

— Это понятно. Однако я по-прежнему являюсь членом правления, хоть и пассивным, довольно крупного концерна. Нам тоже надо где-то размещать рекламу. Давай поговорим об этом позже. Если хочешь поужинать...

— Нет. Я хочу устроиться, сходить в магазин и осмотреться. Завтра съезжу в Хедестад и куплю себе зимнюю одежду.

— Хорошая мысль.

— Мне бы хотелось, чтобы вы перенесли архив с материалами о Харриет ко мне.

— Обращаться...

— С величайшей осторожностью — я понимаю.

Микаэль вернулся в гостевой домик, стуча зубами от холода. Закрыв за собой дверь, он посмотрел на термометр за окном. Тот показывал минус пятнадцать градусов, но Микаэль не мог припомнить, чтобы когда-либо так промерзал, как после этой двадцатиминутной прогулки.

Следующий час он посвятил обустройству в комнатах, которым на ближайший год предстояло стать его домом. Одежду из чемодана он развесил и разложил в шкафу спальни, туалетные принадлежности отправились в чулан-ванную. Из второго чемодана, на колесиках, он извлек книги, компакт-диски и проигрыватель, блокноты, миниатюрный портативный диктофон «саньо», маленький сканер «микротек», цифровой фотоаппарат «минолта» и все остальное, что могло понадобиться в этой годичной ссылке.

Книги и компакт-диски Микаэль поместил на книжной полке в кабинете, рядом с двумя толстыми папками, содержавшими материалы о Хансе Эрике Веннерстрёме. Толку от этих материалов не было, но расстаться с ними он не мог. Этим двум папкам предстояло каким-то образом непременно сыграть роль кирпичиков в строительстве его дальнейшей карьеры.

Под конец он открыл сумку на ремне и выложил на письменный стол свой ноутбук. Затем замер и огляделся с идиотским выражением лица. Вот они, прелести сельской жизни. До него внезапно дошло, что ему неоткуда взять интернетовский кабель. Тут не было даже телефонной розетки, чтобы подсоединить старенький модем.

Микаэль вернулся на кухню и со своего мобильного телефона позвонил в компанию «Телия». После недолгого разбирательства ему удалось заставить кого-то поднять заказ, сделанный Хенриком Вангером на адрес гостевого домика. Он спросил, позволяет ли мощность проводки установить ADSL, и получил ответ, что это можно сделать через реле в Хедебю и что установка займет несколько дней.

К тому моменту, когда Микаэль привел все в порядок, часы показывали уже начало пятого. Он снова надел толстые шерстяные носки, обул сапоги и натянул дополнительный свитер. У дверей он остановился; ключей от дома ему не дали, а его стокгольмские инстинкты восставали против того, чтобы оставить входную дверь незапертой. Он вернулся на кухню и принялся открывать ящики. Под конец ему удалось найти ключ на гвоздике в кладовке.

Столбик термометра опустился до минус семнадцати градусов. Микаэль быстро перешел через мост, миновал церковь и поднялся в гору. Магазин «Консум» располагался удобно, метрах в трехстах. Микаэль доверху наполнил большие бумажные пакеты основными продуктами и, оттащив их домой, снова перешел через мост. На этот раз он остановился возле «Кафе Сусанны». Женщине за прилавком было лет пятьдесят. Поинтересовавшись, ее ли зовут Сусанной, Микаэль представился и пояснил, что в дальнейшем, вероятно, станет тут постоянным посетителем. Кроме него, в кафе никого не было, и, когда он заказал бутерброд и купил хлеб и плетенку, Сусанна угостила его кофе за счет заведения. Прихватив с газетной стойки «Хедестадс-куририен», он сел за столик с видом на мост и подсвеченную церковь. В темноте это зрелище напоминало рождественскую открытку.

Чтение газеты заняло примерно четыре минуты. Единственной интересной новостью оказалось краткое сообщение о том, что местный политик по имени Биргер Вангер (Народная партия) хочет создать в Хедестаде «ИТ-Техцентр» — центр развития информационных технологий. Микаэль просидел в кафе полчаса, пока в шесть часов не пришла пора закрывать заведение.

В половине восьмого Микаэль позвонил Эрике, но услышал лишь, что абонент недоступен. Он сел на кухонный диван и попробовал читать роман, являвшийся, согласно тексту на обратной стороне обложки, сенсационным дебютом какой-то юной феминистки. Произведение рассказывало о попытках писательницы разобраться в своей сексуальной жизни во время поездки в Париж, и Микаэль задумался, стали бы его называть феминистом, если бы он в свойственном гимназистам тоне написал роман о собственной сексуальной жизни. Вероятно, нет. Микаэль купил этот роман, потому что издательство превозносило дебютантку, называя ее новой Кариной Рюдберг*, но быстро убедился в том, что восторженные характеристики не соответствуют действительности, как в отношении стиля, так и содержания. Через некоторое время он отложил книгу и стал вместо нее читать приключенческую повесть о Хопалонге Кассиди**, напечатанную в журнале 50-х годов.

Каждые полчаса доносился краткий приглушенный удар церковного колокола. По другую сторону дороги светились окна дворника Гуннара Нильссона, но разглядеть в доме кого-нибудь из людей Микаэлю не удавалось. У Харальда Вангера было темно. Около девяти часов через мост проехала машина и скрылась в стороне мыса. В полночь подсветку фасада церкви погасили. В этом явно и заключалась вся ночная жизнь Хедебю в пятницу в начале января. Кругом царило поразительное безмолвие.

Микаэль вновь попытался позвонить Эрике, но попал на ее автоответчик, предлагавший оставить сообщение, что Микаэль и сделал. А потом погасил свет и лег спать. Последнее, о чем он подумал, перед тем как заснуть, это что в Хедебю ему грозит опасность совершенно одичать.

Удивительно было проснуться в абсолютной тишине. Микаэль полностью очнулся от глубокого сна буквально за долю секунды, после чего просто лежал и прислушивался. В комнате было холодно. Повернув голову, он посмотрел на часы, которые положил на табуретку возле кровати. Они показывали восемь минут восьмого — он никогда не был «жаворонком» и обычно с большим трудом выплывал из сонных грез с помощью как минимум двух будильников. Теперь же он проснулся сам и чувствовал себя совершенно отдохнувшим.

---

* Карина Рюдберг — современная шведская писательница, автор скандального романа «Высшая каста». (*Прим. перев.*)

** Персонаж романов Луиса Ламура (псевдоним — Текс Бернс), американского писателя, автора вестернов. (*Прим. ред.*)

Микаэль поставил воду для кофе, а затем встал под душ. Забавно было представить, как он сейчас выглядит со стороны. Неплохой бы получился заголовок: «Калле Блумквист — ученый-путешественник в глуши».

При малейшем прикосновении смеситель переключался с подачи ледяной воды на кипяток. На кухонном столе не хватало утренней газеты. Масло полностью замерзло. В ящике с ножами и вилками отсутствовала сырорезка. На улице по-прежнему была кромешная тьма. Термометр показывал минус двадцать один градус. Начиналась суббота.

Остановка автобуса, идущего в Хедестад, находилась прямо напротив «Консума», и Микаэль начал свою деятельность в ссылке с задуманного вчера похода по магазинам. Выйдя из автобуса напротив вокзала, он прогулялся по центру города и купил теплые зимние ботинки, две пары кальсон, несколько теплых фланелевых рубашек, добротную удлиненную зимнюю куртку, теплую шапку и утепленные перчатки. В «Магазине техники» он нашел маленький переносный телевизор с телескопической антенной. Продавец заверил, что ему удается ловить в Хедебю, по крайней мере, центральные шведские каналы, и Микаэль пригрозил, что потребует деньги обратно, если у него ничего не выйдет.

Он зашел в библиотеку, обзавелся читательским билетом и выбрал себе два детектива Элизабет Джордж. В канцелярском магазине он купил ручки и блокноты. А еще приобрел спортивную сумку, чтобы было в чем донести покупки.

Под конец он взял пачку сигарет и, не открывая, сунул в карман куртки. Курить Микаэль бросил десять лет назад, но иногда в нем просыпалась тяга к никотину. Напоследок он посетил оптика, у которого заказал новые контактные линзы и раздобыл жидкость для их хранения.

Около двух часов он вернулся в Хедебю и как раз занимался отрыванием ценников от новой одежды, когда услышал, что открывается входная дверь. Светловолосая женщина лет пятидесяти, переступая через порог, постучала о дверной косяк кухни. В руках она держала поднос с бисквитом.

— Здравствуйте, я хотела только вас поприветствовать. Меня зовут Хелен Нильссон, и я живу через дорогу. Значит, мы будем соседями.

Микаэль пожал ей руку и представился.

— Я видела вас по телевизору. Так приятно, что в гостевом домике теперь по вечерам будет гореть свет.

Микаэль поставил кофе — Хелен запротестовала, но тем не менее уселась за кухонный стол. Она покосилась в окно:

— Вон идет Хенрик с моим мужем. Вижу, вам понадобились какие-то коробки.

Снаружи как раз остановились Хенрик Вангер и Гуннар Нильссон с тележкой, и Микаэль поспешил на улицу, чтобы поздороваться и помочь занести в дом четыре большие коробки. Затем их оставили на полу возле железной печки, а Микаэль достал кофейные чашки и разрезал принесенный Хелен бисквит.

Гуннар и его жена были приятными людьми. Их, казалось, не слишком занимало, зачем Микаэль находится в Хедестаде,— похоже, им хватало объяснения, что он работает на Хенрика Вангера. Микаэль понаблюдал за отношениями между Нильссонами и Хенриком Вангером и отметил, что в них нет натянутости и незаметно резкой грани между господами и слугами. Гости спокойно беседовали о делах в селении, вспоминали человека, построившего нынешнее жилище Микаэля. Супруги Нильссон поправляли Вангера, когда ему изменяла память, а тот за это рассказал смешную историю о том, как Гуннар Нильссон однажды вечером по пути домой обнаружил, что местный недоумок с другой стороны моста пытается вломиться в гостевой домик через окно; он подошел и спросил недоразвитого взломщика, почему бы ему не воспользоваться незапертой дверью. Гуннар недоверчиво оглядел новый маленький телевизор и пригласил Микаэля приходить к ним по вечерам, если ему захочется посмотреть какую-нибудь программу — у них имеется спутниковая антенна.

После ухода Нильссонов Хенрик Вангер задержался не долго. Старик хотел предоставить Микаэлю возможность самому разбираться с архивом и пригласил приходить и задавать вопросы, если возникнут проблемы. Микаэль поблагодарил и заверил, что все образуется.

Снова оставшись в одиночестве, Микаэль занес коробки в кабинет и приступил к изучению их содержимого.

Хенрик Вангер проводил частное расследование исчезновения внучки своего брата в течение тридцати шести лет. Микаэлю было трудно определить, являлся ли такой интерес результатом одержимости или же с годами это стало для старика чем-то вроде интеллектуальной игры. Однако было совершенно очевидно, что старый патриарх подошел к делу с систематичностью археолога-любителя — документы почти полностью заняли семь метровых полок.

Основу собрания составляли двадцать шесть толстых папок, содержавших материалы полицейского дела об исчезновении Харриет Вангер. Микаэлю было трудно себе представить, чтобы исчезновение обычного человека породило такой объемистый следственный материал. С другой стороны, Хенрик Вангер, несомненно, обладал достаточным влиянием, чтобы заставить полицию Хедестада отработать каждый мыслимый и немыслимый след.

Помимо полицейских материалов имелись еще подборки статей, фотоальбомы, карты, сувениры, информационные брошюры о Хедестаде и предприятиях концерна «Вангер», дневник самой Харриет Вангер (в котором, однако, было не слишком много страниц), школьные тетради, медицинские справки и разное другое. Тут присутствовало также по меньшей мере шестнадцать переплетенных томов формата А4, по сотне страниц в каждом. Эти тома составляли журнал хода расследования, принадлежащий руке Хенрика Вангера. Здесь патриарх аккуратным почерком записывал собственные размышления, бесплодные идеи, тупиковые концепции и наблюдения. Микаэль немного полистал тома наугад. Текст напоминал художественное произведение, и

Микаэлю пришло в голову, что перед ним чистовик, написанный на основе многочисленных старых блокнотов. Под конец он дошел до десятков папок с материалами о разных членах семейства Вангер; здесь страницы были машинописными и явно собирались в течение долгого времени.

Хенрик Вангер вел дело против собственной семьи.

Около семи Микаэль услышал настойчивое мяуканье и открыл входную дверь. Рыжевато-коричневая кошка стремительно проскользнула мимо него в тепло.

— Я тебя понимаю,— сказал Микаэль.

Некоторое время кошка обнюхивала дом. Микаэль налил в блюдечко немного молока, которое гостья не без удовольствия вылакала. Затем она запрыгнула на кухонный диван и свернулась в клубочек, явно не собираясь отсюда уходить.

Когда Микаэль разобрался в материале и расставил все по полкам в понятном ему порядке, на часах было уже начало одиннадцатого. Он вышел на кухню, поставил вариться кофе и сделал два бутерброда. Кошку он угостил кусочком колбасы и печеночным паштетом. За весь день Микаэль ни разу толком не поел, но почему-то не чувствовал особого аппетита. Выпив кофе, он достал из кармана куртки сигареты и вскрыл пачку.

Потом он прослушал сообщения на мобильнике; Эрика на связь не выходила, и он попробовал ей позвонить, но снова услышал только автоответчик.

В качестве одного из первых шагов своего частного расследования Микаэль отсканировал карту острова Хедебю, которую одолжил у Хенрика Вангера. Пока в памяти еще сохранились имена, услышанные от Хенрика во время вчерашней экскурсии, Микаэль вписал на свою карту, кто в каком доме живет. Он быстро обнаружил, что клан Вангеров представляет собой весьма обширную галерею образов и потребуется время, чтобы выучить, кто есть кто.

Около полуночи Микаэль надел теплую одежду и новые ботинки и пошел прогуляться через мост. Он свернул на дорогу вдоль берега, пониже церкви. Пролив и старая гавань были покрыты льдом, но немного дальше Микаэль увидел темную полосу открытой воды. Пока он там находился, подсветку фасада церкви погасили, и его окружила темнота. Стоял мороз, и все небо было усыпано звездами.

Внезапно Микаэля охватило страшное уныние. Он просто не мог понять, как умудрился позволить Хенрику Вангеру уговорить себя взяться за это дурацкое дело. Эрика была права: это пустая трата времени. Ему следовало бы сейчас находиться в Стокгольме — например, в постели с Эрикой — и вовсю строить планы войны против Ханса Эрика Веннерстрёма. Но и тут он не чувствовал особого энтузиазма, поскольку не имел ни малейшего понятия, как браться за это дело. Случись это днем, он пошел бы к Хенрику Вангеру, разорвал контракт и уехал домой. Но с холма возле церкви он мог убедиться, что в усадьбе Вангера уже темно и тихо. От церкви ему были видны все строения этой стороны острова. В доме Харальда Вангера тоже было темно, зато горел свет у Сесилии Вангер, на ближайшей к мысу вилле Мартина Вангера и в доме, который сдавался. В лодочной гавани светился продуваемый домик художника Эушена Нормана, и из его трубы бил мощный фонтан искр. Горел свет и на верхнем этаже кафе, и Микаэль подумал с интересом, живет ли там сама Сусанна и если да, то есть ли с ней кто-нибудь.

В воскресное утро Микаэль спал долго и проснулся в полной панике оттого, что гостевой домик содрогался от невероятного гула. Через секунду он пришел в себя и сообразил, что слышит церковные колокола, зовущие к мессе, и, следовательно, уже почти одиннадцать часов. Он чувствовал себя вяло и потому еще немного полежал. Только когда возле двери раздалось требовательное мяуканье, он вылез из постели и выпустил кошку на улицу.

К двенадцати он уже принял душ и позавтракал, а потом решительно прошел в кабинет и достал первую папку полицейского дела. Но вдруг заколебался, глядя через окно на рекламную вывеску «Кафе Сусанны». Сунув папку в сумку, Микаэль надел куртку.

Кафе, когда он до него добрался, оказалось до отказа заполнено посетителями, и Микаэль сразу получил ответ на отложившийся в голове вопрос: как заведению удается не прогореть в такой дыре, как Хедебю? Теперь выяснилось, что основной доход Сусанне приносят посетители церкви, а также желающие выпить кофе после похорон и других подобных мероприятий.

Вместо посещения кафе он решил прогуляться. «Консум» по воскресеньям не работал, но Микаэль прошел еще несколько сотен метров по дороге, ведущей в Хедестад, и купил газеты на открытой по выходным бензоколонке. Еще час он посвятил прогулке по Хедебю и знакомству с материковой стороной селения. Район неподалеку от церкви и «Консума» считался центром городка и был застроен двухэтажными каменными домами, которые возводились, как прикинул Микаэль, в 1910-х или 20-х годах и образовывали короткую улицу. К северу от въезда в селение возвышались многоквартирные дома для семей с детьми. Вдоль воды, с южной стороны от церкви, располагались преимущественно виллы. Хедебю, несомненно, являлось респектабельным местом, подходящим для проживания представителей власти и чиновников Хедестада.

Когда он вернулся к мосту, наплыв посетителей в кафе Сусанны уже миновал, но она еще хлопотала, убирая со столов грязную посуду.

— Воскресный ажиотаж? — спросил он вместо приветствия.

Она кивнула, убрав выбившуюся прядь волос за ухо:

— Здравствуйте, Микаэль.

— Вижу, вы меня запомнили.

— Трудно было бы не запомнить,— ответила она.— Я видела вас по телевизору на судебном процессе перед Рождеством.

Микаэль вдруг смутился.

— Им просто надо чем-нибудь заполнять выпуски новостей,— пробормотал он и пошел к угловому столику с видом на мост.

Когда они с Сусанной встретились взглядами, она улыбнулась.

В три часа дня Сусанна сообщила, что заведение закрывается: после того как схлынуло нашествие публики из церкви, в кафе заходили только отдельные посетители. Микаэль успел прочесть примерно пятую часть первой папки полицейского дела об исчезновении Харриет Вангер. Захлопнув папку, он сунул ее вместе со своим блокнотом в сумку и быстрым шагом двинулся через мост домой.

Кошка ждала его на ступеньках, и Микаэль огляделся, недоумевая, кому же она, собственно, принадлежит. Тем не менее он впустил ее в дом — все-таки какая-то компания.

Он снова попытался позвонить Эрике, но опять попал только на автоответчик. Было совершенно очевидно, что Эрика на него злится. Микаэль мог бы позвонить на ее номер в редакции или домой, но решил, что не станет,— он уже и так оставил ей достаточно много сообщений. Вместо этого он сварил себе кофе, подвинул кошку на диване, сел за кухонный стол и открыл папку.

Читал Микаэль медленно и очень внимательно, чтобы не упустить какую-нибудь деталь. Когда поздно вечером он отложил бумаги, несколько страниц его блокнота были заполнены записями — заметками на память и вопросами, ответы на которые он надеялся получить в следующих папках. Материал располагался в хронологическом порядке: то ли его пересортировал Хенрик Вангер, то ли сами полицейские в 60-е годы придерживались этой системы.

Самая первая страница представляла собой фотокопию записанного от руки звонка в отдел охраны полиции Хедестада. Принявший звонок полицейский подписался «Н. о. Рюттингер»; «н. о.» Микаэль истолковал как «начальник охраны». В качестве заявителя был указан Хенрик Вангер, имелись его адрес и телефон. Рапорт был датирован: 11.14, воскресенье, 23 сентября 1966 года. Текст отличался краткостью и сухостью:

Звонок от Хрк. Вангера, сообщ., что его племянница (?) Харриет Ульрика ВАНГЕР, рожд. 15 янв. 1950 г. (16 лет), исчезла из своего дома на о-ве Хедебю во 2-й полов. дня в субботу. Заявит. выражает большое беспокойство.

В 11.20 имеется запись о распоряжении направить на место «П-014» (Полицейскую машину? Патруль? Полицейский катер?)

В 11.35 еще более неразборчивым, чем у Рюттингера, почерком вписано:

Конст-ль Магнуссон долож., что мост на о-в еще закрыт. Трансп. катером.

На полях имелась нечитаемая подпись. В 12.14 снова Рюттингер:

Телсвязь: конст-ль Магнуссон долож., что Харриет Вангер (16 л.) пропала днем в субб. Семья крайне обеспокоена. Считает, что д-ка не ночевала дома. Не могла покинуть о-в из-за аварии. Никто из опрошен. членов семьи не знает о месте нахожд. Х. В.

В 12.19:

Г. М. доложили о происшеств. по тел.

Последняя запись, сделанная в 13.42, гласила:

Г. М. на месте в Х-бю; принял дело.

При чтении следующего листа стало ясно, что за таинственными инициалами «Г. М.» скрывался Густав Морелль, который на катере прибыл на остров, где принял на себя командование и составил заявление об исчезновении Харриет Вангер по всей форме. В отличие от первых записей, пестрящих неоправданными сокращениями, рапорты Морелля были напечатаны на машинке и написаны вполне нормальным языком. На дальнейших страницах с поразившей Микаэля скрупулезностью и обилием деталей сообщалось о принятых мерах.

Морелль подошел к делу систематично. Сначала он опросил Хенрика Вангера вместе с Изабеллой Вангер, матерью Харриет. Потом по очереди побеседовал с Ульрикой Вангер, Харальдом Вангером, Грегером Вангером, братом Харриет Мартином Вангером, а также с некой Анитой Вангер. Микаэль пришел к выводу, что их опрашивали в определенном порядке, по убывающей степени важности.

Ульрика Вангер приходилась матерью Хенрику Вангеру и явно считалась в семействе кем-то вроде вдовствующей королевы. Престарелая дама жила в усадьбе Вангеров и никаких сведений не имела. Накануне вечером она рано отправилась спать и вообще не видела Харриет в течение нескольких дней. Похоже, она настояла на встрече с инспектором уголовной полиции Мореллем с единственной целью — выразить свою точку зрения, заключавшуюся в том, что полиция обязана немедленно принять меры.

Харальд Вангер был братом Хенрика и значился в списке влиятельных членов семьи под номером два. Он заявил, что мельком повстречался с Харриет Вангер, когда та вернулась с праздника в Хедестаде, но что он «не видел ее с момента аварии на мосту и не располагает сведениями о том, где она в настоящее время находится».

Грегер Вангер, брат Хенрика и Харальда, сообщил, что видел пропавшую девушку, когда она после посещения Хедестада заходила в кабинет Хенрика Вангера с просьбой о разговоре. Сам Грегер Вангер с ней не разговаривал, только поздоровался. Он не знал, где она может находиться, но высказал предположение, что она, вероятно, никому не сказав, беспечно поехала к кому-нибудь из друзей и наверняка скоро появится. На вопрос о том, как она в таком случае могла покинуть остров, он не нашел ответа.

Мартина Вангера опрашивали наспех. Он учился в последнем классе гимназии в Уппсале, где жил у Харальда Вангера. Ему не хватило места в машине Харальда, поэтому он отправился в Хедебю на велосипеде и прибыл так поздно, что застрял по другую сторону моста и сумел перебраться на катере только поздно вечером. Его опрашивали в надежде на то, что он общался с сестрой и она могла намекнуть ему о своем намерении бежать. Услышав такой вопрос, мать Харриет запротестовала, хотя комиссар Морелль на тот момент рассматривал версию побега как самую обнадеживающую. Однако Мартин не виделся с сестрой с летних каникул и никакими ценными сведениями не располагал.

Анита Вангер была дочерью Харальда Вангера, и на самом деле Харриет приходилась ей двоюродной племянницей, но ошибочно их назвали кузинами. Она училась на первом курсе университета в Стокгольме, но прошедшее лето провела в Хедебю. Они с Харриет были почти ровесницами и очень сдружились. Анита сообщила, что прибыла на остров вместе с отцом в субботу и мечтала о встрече с Харриет, но так и не успела с ней повидаться. Она сказала, что беспокоится, поскольку куда-нибудь исчезнуть, не предупредив семью,— это на Харриет не похоже. В этом ее поддержали Хенрик и Изабелла Вангер.

Пока он сам опрашивал членов семьи, констебли Магнуссон и Бергман — они и составляли патруль 014 — по приказанию инспектора Морелля до наступления темноты организовали первое прочесывание местности. Поскольку мост по-прежнему оставался перекрытым, получить подкрепление с материковой стороны было трудно; первая цепочка состояла примерно из тридцати попавшихся под руку людей разного пола и возраста. В тот день обыскали пустующие домики рыбачьей гавани, побережье у мыса и вдоль пролива, ближайшую к селению часть леса и так называемую гору Сёдербергет, над рыбачьей гаванью. Последнее место стали обыскивать после того, как возникла мысль, что Харриет могла забраться туда, чтобы лучше видеть происходившее на мосту. Патрули направили также в Эстергорд и на другую сторону острова, в дом Готфрида, куда Харриет иногда наведывалась.

Однако поиски Харриет Вангер оказались тщетными и прекратились уже значительно позже наступления темноты, около десяти часов вечера. Ночью температура опустилась до нуля градусов.

Еще днем инспектор Морелль устроил штаб в салоне на первом этаже усадьбы, который Хенрик Вангер предоставил в его распоряжение, и провел ряд мероприятий.

В сопровождении Изабеллы Вангер он обследовал комнату Харриет, пытаясь выяснить, все ли на месте: недостающая одежда, сумка или что-нибудь в этом роде могли бы свидетельствовать о том, что девушка сбежала из дома. Изабелла Вангер помогала ему без особой охоты и, казалось, плохо представляла себе гардероб дочери. «Она часто носила джинсы, но они все похожи друг на друга» — вот все, что она смогла сказать. Сумочка Харриет лежала на письменном столе. В ней обнаружилось удостоверение личности, бумажник с десятью кронами и пятьюдесятью эре, расческа, зеркальце и носовой платок. После осмотра комнату Харриет опечатали.

Морелль провел допрос нескольких членов семьи и слуг. Все показания были тщательно записаны.

После того как участники первого прочесывания вернулись без результатов, инспектор принял решение о необходимости проведения более систематичных поисков. Вечером и ночью вызывали подкрепление; Морелль, в частности, связался с председателем местного клуба спортивного ориентирования, попросив оказать помощь и вызвать по телефону членов клуба для обследования местности. Около полуночи он получил сообщение о том, что пятьдесят три спортсмена, в основном из юниорской секции, прибудут в усадьбу Вангеров к семи часам утра. Хенрик Вангер внес свой вклад, просто-напросто вызвав часть утренней смены — пятьдесят человек — с расположенной поблизости целлюлозно-бумажной фабрики своего концерна. Хенрик Вангер позаботился также о еде и напитках.

Микаэль Блумквист живо представлял себе сцены, которые, вероятно, разыгрывались в усадьбе Вангеров в те богатые событиями сутки. Было очевидно, что авария на мосту способствовала всеобщей растерянности в первые часы. С одной стороны, она затруднила возможность быстро получить подкрепление с материка, а с другой, внушила всем убеждение, что два драматических события, произошедшие в том же месте и в то же время, непременно должны быть как-то связаны друг с другом. Когда цистерну подняли, инспектор Морелль даже сходил на мост, желая убедиться в том, что Харриет Вангер не очутилась каким-то непостижимым образом под ней. Это был единственный нерациональный поступок, который Микаэлю удалось обнаружить в действиях комиссара — ведь имелись свидетели, видевшие исчезнувшую девушку на острове уже после катастрофы. Однако руководителю расследования было трудно отделаться от мысли, что одно происшествие каким-то образом вытекает из другого, хотя никаких разумных оснований для этого не имелось.

В течение первых суток надежды на быстрое и счастливое разрешение дела стали таять. Им на смену пришли и постепенно утвердились два предположения. Незаметное исчезновение с острова явно было сопряжено с большими трудностями, однако Морелль не хотел списывать со счетов возможность, что Харриет Вангер сбежала. Он решил, что ее следует объявить в розыск, и велел патрулирующим в Хедестаде полицейским проявлять бдительность, чтобы не пропустить пропавшую девушку. Он даже поручил коллеге из уголовной полиции опросить шоферов автобусов и служащих железнодорожного вокзала, чтобы узнать, не видел ли ее кто-нибудь из них.

По мере поступления отрицательных сообщений возрастала вероятность того, что с Харриет Вангер приключилась беда. Эта теория определила план поисков в следующие сутки.

Масштабное прочесывание местности через два дня после исчезновения девушки было — насколько мог судить Микаэль Блумквист — проведено весьма тщательно и грамотно. Поиски организовывали полицейские и пожарные, обладавшие опытом в делах такого рода. Конечно, на острове имелись труднодоступные участки, но его территория все-таки была ограниченна, и в течение дня его тщательно проверили целиком. Один полицейский катер и два катера с добровольцами, насколько было возможно, обыскали акваторию вокруг острова.

На следующий день поиски продолжились уже уменьшенным составом участников. В этот раз патрули получили распоряжение по второму кругу прочесать наиболее труднопроходимые участки местности, а также территорию, именуемую Укреплением, — заброшенную систему бункеров, возведенную береговой охраной во время Второй мировой войны. В тот день обыскали также укромные уголки, колодцы, земляные погреба, надворные постройки и чердаки селения.

На третий день после исчезновения, когда масштабные поиски прекратились, в служебных записях сквозило известное раздражение. Густав Морелль, естественно, еще не знал, что на самом деле к тому моменту достиг в своем расследовании максимума и большего ему добиться не суждено. Он испытывал растерянность, затрудняясь предложить сколько-нибудь логичный следующий шаг или указать место, где следовало продолжать поиски. Харриет Вангер растворилась в пространстве, и начались почти сорокалетние муки Хенрика Вангера.

Глава
09

Понедельник, 6 января — среда, 8 января

Микаэль засиделся за чтением бумаг далеко за полночь и в Крещение встал поздно. Прямо перед входом в дом Хенрика Вангера стояла почти новая темно-синяя машина «вольво». В тот момент, когда Микаэль взялся за ручку двери, ее распахнул выходивший из дома мужчина лет пятидесяти. Они почти столкнулись — мужчина, похоже, спешил.

— Что вам угодно?

— Мне надо повидать Хенрика Вангера,— ответил Микаэль.

Во взгляде мужчины появилось понимание. Он улыбнулся и протянул руку:

— Вы, вероятно, Микаэль Блумквист, который будет помогать Хенрику с семейной хроникой?

Микаэль кивнул и пожал его руку. Хенрик Вангер явно начал распространять «легенду» Микаэля, чтобы объяснить его пребывание в Хедестаде. Мужчина отличался полнотой, которая возникает как результат многолетнего сидения в офисе и на совещаниях, но Микаэль сразу заметил в чертах его лица сходство с Харриет Вангер.

— Меня зовут Мартин Вангер,— подтвердил тот его догадку.— Добро пожаловать в Хедестад.

— Спасибо.

— Я некоторое время назад видел вас по телевизору.

— Похоже, все видели меня по телевизору.

— Веннерстрём... не пользуется симпатиями в этом доме.

— Хенрик об этом упоминал. Я жду продолжения истории.

— Он несколько дней назад рассказал, что нанял вас.— Мартин Вангер внезапно рассмеялся.— Он сказал, что вы, вероятно, согласились на эту работу из-за Веннерстрёма.

Секунду поколебавшись, Микаэль решил сказать правду:

— Это было веской причиной. Но, честно говоря, мне надо было уехать из Стокгольма, и в Хедестад меня пригласили очень вовремя, как мне кажется. Я не могу сделать вид, что суда не было,— мне ведь придется посидеть в тюрьме.

Мартин Вангер кивнул, внезапно став серьезным:

— Вы можете подать апелляцию?

— В данном случае это не поможет.

Толстяк посмотрел на часы:

— Вечером мне надо быть в Стокгольме, поэтому я должен бежать. Вернусь через несколько дней. Приходите к нам как-нибудь на ужин. Мне очень хочется услышать, что происходило на суде на самом деле.

Они снова обменялись рукопожатием, и Мартин Вангер, подойдя к «вольво», открыл дверцу. Обернувшись, он крикнул Микаэлю:

— Хенрик на втором этаже. Заходите.

Хенрик Вангер сидел на диване в своем кабинете, на столе перед ним лежали «Хедестадс-курирен», «Дагенс индастри», «Свенска дагбладет» и обе вечерние газеты.

— У входа я встретился с Мартином.

— Он помчался спасать империю,— произнес Хенрик Вангер и приподнял стоявший на столе термос.— Кофе?

— Спасибо, с удовольствием,— ответил Микаэль.

Он сел и задумался, отчего это Хенрик Вангер так развеселился.

— Вижу, о тебе пишут в газетах.

Хенрик Вангер протянул вечернюю газету, открытую на заголовке «Медийное короткое замыкание». Текст был написан колумнистом* в полосатом пиджаке, который раньше работал в журнале «Финансмагасинет монополь» и приобрел известность как мастер высмеивать любого, кто принимает в чем-нибудь активное участие или горячо отстаивает свою позицию,— феминисты, антирасисты и защитники окружающей среды всегда могли рассчитывать на свою порцию его иронии. Правда, в высказывании собственных спорных взглядов колумнист не был когда-либо замечен. Теперь он, судя по всему, переключился на критику СМИ; через четыре недели после процесса по делу Веннерстрёма он всю свою энергию сконцентрировал на Микаэле Блумквисте, который — с указанием имени — описывался как полный идиот. Эрика Бергер изображалась ничего не понимающей в деле фифочкой от журналистики:

Ходят слухи, что журнал «Миллениум» движется к катастрофе, несмотря на то что его главный редактор — феминистка в мини-юбке, которая надувает губки на телеэкране. В течение нескольких лет журнал выживал за счет разрекламированного редакцией имиджа: молодые журналисты, занимающиеся журналистскими расследованиями и выводящие на чистую воду мошенников в сфере предпринимательства. Подобный рекламный трюк, возможно, и проходит у юных анархистов, жаждущих именно такой информации, но он не проходит в суде, что и пришлось недавно испытать на себе Калле Блумквисту.

Микаэль включил мобильный телефон и проверил, не звонила ли Эрика. Никаких сообщений не приходило. Хенрик Вангер молча ждал; Микаэль вдруг понял, что право первым взять слово старик предоставляет ему.

— Он идиот,— сказал Микаэль.

Хенрик Вангер засмеялся, но отозвался без особого сочувствия:

— Пусть так. Однако осудили-то не его.

---

* Колумнист (*англ.* column — колонка) — журналист, который пишет постоянные колонки. (*Прим. ред.*)

— Верно. Ему это не грозит. Своего мнения он не имеет, но с большим удовольствием бросает последний камень в осужденного, не скупясь при этом на самые уничижительные выражения.

— Я много таких повидал за свою жизнь. Могу дать хороший совет, если только ты захочешь его от меня принять: делай вид, будто не замечаешь его ругани, но запомни и, как только представится случай, отплати за старые обиды. Но только не сейчас, когда он бьет из более выгодного положения.

Микаэль посмотрел на него вопросительно.

— У меня в жизни было много врагов,— продолжал Хенрик Вангер.— Я научился не лезть в драку, если обречен на поражение. В то же время, никогда нельзя давать оскорбившему тебя человеку уйти от ответа. Выбери подходящее время и нанеси ответный удар, когда сам будешь в выгодной позиции,— даже если у тебя уже не будет необходимости в этом ударе.

— Спасибо за урок философии. Теперь мне хочется, чтобы вы рассказали мне о своей семье.

Микаэль поставил диктофон на стол между ними и включил запись.

— Что ты хочешь узнать?

— Я прочел первую папку, где говорится об исчезновении Харриет и первых днях поисков. Но там всплывает такое бесконечное количество Вангеров, что мне трудно в них разобраться.

Перед тем как позвонить, Лисбет Саландер минут десять простояла на пустой лестнице, не отрывая взгляда от латунной таблички с надписью: «Адвокат Н. Э. Бьюрман». Дверной замок щелкнул.

Был вторник. Ей предстояла вторая встреча с этим человеком, и Лисбет переполняли недобрые предчувствия.

Она не боялась адвоката Бьюрмана — Лисбет Саландер редко боялась кого-либо или чего-либо. Но она испытывала инстинктивную неприязнь к новому опекуну. Предшественник Бьюрмана, адвокат Хольгер Пальмгрен, был человеком другой породы: корректным, вежливым и дружелюбным. Их отношения прервались три месяца назад, когда с Пальмгреном случился удар и ее, вследствие каких-то неведомых ей бюрократических порядков, унаследовал Нильс Эрик Бьюрман.

Примерно за двенадцать лет, в течение которых Лисбет Саландер являлась объектом социальной и психиатрической помощи, включая два года, проведенные в детской клинике, она никогда — ни единого раза — не ответила даже на простейший вопрос: «Как ты себя сегодня чувствуешь?»

Когда ей исполнилось тринадцать лет, суд, в соответствии с законом об опеке над несовершеннолетними, постановил, что Лисбет Саландер следует направить для стационарного лечения в детскую психиатрическую клинику Святого Стефана в Уппсале. Решение суда основывалось в основном на предположении, что у нее имеются психические отклонения, выражающиеся в проявлении опасной жестокости по отношению к одноклассникам, а возможно, и к себе самой.

Такое предположение опиралось скорее на эмпирические оценки, чем на тщательно взвешенный анализ. Любые попытки врачей или представителей власти завести разговор о ее чувствах, внутреннем мире или состоянии здоровья успеха не имели: она лишь угрюмо молчала в ответ, разглядывая пол, потолок и стены Она скрещивала руки на груди и отказывалась проходить психологические тесты. Откровенное сопротивление любым попыткам ее измерять, взвешивать, исследовать, анализировать и воспитывать распространялось и на школьные занятия — власти могли отвезти ее в класс и приковать цепью к парте, но были не в силах помешать ей затыкать уши и отказываться браться за ручку. Она так и не получила аттестата об окончании школы.

Уже само диагностирование ее умственных способностей было, следовательно, сопряжено с большими трудностями. Короче говоря, Лисбет Саландер не относилась к открытым натурам, и общаться с ней было чрезвычайно трудно.

В том же году, то есть когда ей исполнилось тринадцать, было также решено, что следует выделить наставника, который следил бы за соблюдением ее интересов, пока она не достигнет совершеннолетия. Таким наставником стал адвокат Хольгер Пальмгрен, который, несмотря на первоначальные трудности, сумел-таки добиться результатов там, где потерпели поражение психологи и врачи. Со временем ему удалось завоевать не только определенное доверие, но даже толику теплых чувств со стороны трудной девочки.

Когда она достигла возраста пятнадцати лет, врачи более или менее единодушно сошлись на том, что она, во всяком случае, не проявляет жестокости по отношению к окружающим и не представляет непосредственной опасности для самой себя. Поскольку ее семью признали неблагополучной, а родственников, способных о ней позаботиться, у нее не имелось, было решено, что путь Лисбет Саландер из детской психиатрической клиники Уппсалы к обществу должен пролечь через приемную семью.

Путь этот, однако, оказался непростым. Из первой приемной семьи она сбежала уже через две недели. Семьи номер два и три отпали с невероятной быстротой. После чего Пальмгрен провел с ней серьезную беседу, со всей прямотой объяснив, что если она будет продолжать в том же духе, то наверняка вновь окажется в каком-нибудь детском учреждении. Завуалированная угроза возымела воздействие, и Лисбет приняла семью номер четыре — пожилую пару, проживавшую в районе Мидсоммаркрансен.

Это, однако, не означало, что она исправилась. Семнадцатилетнюю Лисбет Саландер четыре раза забирали в полицию: дважды настолько пьяной, что ей требовалась срочная медицинская помощь, и один раз под несомненным воздействием наркотиков. В одном из этих случаев она, в стельку пьяная и полураздетая, находилась на заднем сиденье машины, припаркованной на набережной Стокгольма, причем в обществе столь же пьяного мужчины значительно старше ее.

В последний раз ее забрали за три недели до того, как ей должно было исполниться восемнадцать: будучи трезвой, она перед турникетами станции метро в Старом городе ударила некоего мужчину ногой по голове, и ее арестовали за причинение физического ущерба. Свои действия Саландер объяснила тем, что мужчина ее лапал, а поскольку на вид ей можно было дать скорее двенадцать лет, чем восемнадцать, она посчитала, что у мужчины имелись наклонности педофила. Конечно, если считать, что она вообще что-то объяснила. Ее слова, однако, нашли поддержку у свидетеля, в результате чего прокурор прекратил дело.

Тем не менее ее биография в целом носила такой характер, что суд вынес решение о проведении судебно-медицинской экспертизы. Поскольку Саландер, верная своей привычке, отказывалась отвечать на вопросы и участвовать в обследованиях, врачи, с которыми консультировалось Управление здравоохранения и социального обеспечения, вынесли под конец вердикт, основанный на «наблюдениях за пациенткой». Правда, немного неясно, что именно могли дать наблюдения за молодой женщиной, которая молча сидела на стуле, скрестив руки и выпятив нижнюю губу. Определенно было лишь то, что она страдает психическими отклонениями и требуется принимать меры. Заключение судебных медиков предписывало лечение в закрытом психиатрическом учреждении, а параллельно с этим исполняющий обязанности руководителя муниципальной социальной службы написал отзыв, в котором полностью соглашался с результатами экспертизы.

Принимая во внимание ее послужной список, автор отзыва утверждал, что существует «большой риск злоупотребления алкоголем и наркотиками» и что она явно страдает «отсутствием способности к самоанализу». Журнал ее поведения был к этому времени полон отягощающих определений, таких как «интроверт», «социальная заторможенность», «отсутствие сопереживания», «эгоцентризм», «психопатическое асоциальное поведение», «неконтактность» и «неспособность усваивать учебный материал». Человек, прочитавший ее журнал, мог легко прийти к ошибочному выводу, что она серьезно отстает в умственном развитии. Против нее говорил и тот факт, что уличный патруль социальной службы неоднократно наблюдал ее с разными мужчинами в квартале вокруг площади Мариаторгет, и, кроме того, она однажды была замечена в парке Тантулунден, опять-таки в компании мужчины значительно старше ее. Предположили, что Лисбет Саландер, возможно, занимается или рискует начать заниматься какой-то формой проституции.

Когда окружной суд — инстанция, которой предстояло определить ее будущее,— собрался для принятия решения, результат казался предопределенным. Она, несомненно, являлась проблемным подростком, и представлялось маловероятным, чтобы суд принял решение, отличное от рекомендаций судебно-психиатрической и социальной комиссий.

Утром того дня, когда должен был заседать суд, Лисбет Саландер забрали из детской психиатрической клиники, где ее держали взаперти с момента происшествия в Старом городе. Она ощущала себя лагерным узником и даже не надеялась пережить этот день. Первым в зале суда она увидела Хольгера Пальмгрена и далеко не сразу поняла, что он присутствует там не в качестве наставника, а выступает как ее адвокат и защитник ее прав. Он открылся ей совершенно с новой стороны.

К удивлению Лисбет, Пальмгрен, несомненно, находился в ее углу ринга и убедительно выступал против помещения ее в закрытый интернат. Она даже бровью не повела, никак не выказав своего удивления, но напряженно прислушивалась к каждому слову. Пальмгрен был неподражаем, когда в течение двух часов вел перекрестный допрос врача, некоего доктора Йеспера Х. Лёдермана, который поставил свое имя под рекомендацией запереть Саландер в интернате. Проверялась каждая деталь заключения, и врача просили дать научное обоснование каждому утверждению. Постепенно становилось очевидно, что поскольку пациентка полностью отказалась проходить тесты, заключение врачей было на самом деле построено на догадках, а не на научных данных.

Под конец судебного разбирательства Пальмгрен указал на то, что принудительное помещение в интернат не только откровенно противоречит постановлению риксдага в отношении подобных дел, но в данном случае даже сможет послужить поводом к санкциям политического характера и жесткой критике в прессе. Следовательно, все должны быть заинтересованы в поисках приемлемого альтернативного решения. Такие слова при рассмотрении подобных дел были из ряда вон выходящими, и члены суда беспокойно заерзали.

В конце концов было принято компромиссное решение. Суд постановил, что Лисбет Саландер психически больна, но не в такой степени, чтобы ее обязательно требовалось помещать в соответствующее учреждение. В то же время суд принял во внимание рекомендацию руководителя социальной службы об установлении опекунства. После чего председатель суда с ехидной улыбкой обратился к Хольгеру Пальмгрену, который вплоть до этого момента оставался ее наставником, с вопросом, хочет ли он взять на себя такую роль. Председатель, несомненно, полагал, что Хольгер Пальмгрен даст задний ход и постарается переложить ответственность на кого-нибудь другого, но тот, напротив, добродушно заявил, что с удовольствием возьмет на себя обязанность опекуна фрёкен Саландер, только с одним условием.

— Это, естественно, предполагает, что фрёкен Саландер питает ко мне доверие и согласна, чтобы я стал ее опекуном,— сказал он, обращаясь прямо к ней.

Лисбет Саландер была немного сбита с толку обменом репликами, происходившим в течение дня над ее головой. Вплоть до этого мгновения ее мнения никто не спрашивал. Она долго смотрела на Хольгера Пальмгрена, а потом кивнула.

В личности Пальмгрена удивительным образом соединились черты юриста и социального работника старой школы. Когда-то давным-давно он был избран своей политической партией членом муниципальной комиссии по социальной помощи и почти всю свою жизнь посвятил работе с трудными подростками. Между адвокатом и самой сложной из его подопечных, как ни странно, возникли уважительные отношения, граничащие с дружбой.

Их общение продолжалось в общей сложности одиннадцать лет, с того года, когда ей исполнилось тринадцать, до прошлой зимы, когда за несколько недель до Рождества Пальмгрен не пришел на одну из запланированных ежемесячных встреч и она отправилась к нему домой. Из квартиры доносились какие-то звуки, но дверь никто не открыл, и тогда Саландер проникла внутрь, забравшись на балкон третьего этажа по водосточной трубе. Пальмгрена она обнаружила на полу прихожей, в сознании, но неспособным говорить и шевелиться по причине внезапного инсульта. Ему тогда было всего шестьдесят четыре года. Она вызвала «скорую помощь» и поехала с ним в больницу, слабея от нарастающей паники. В течение трех суток Саландер почти не покидала коридора перед реанимационным отделением. Будто преданная сторожевая собака, она следила за каждым шагом входивших и выходивших врачей и медсестер. Бродила словно неприкаянная взад и вперед по коридору, не пропуская взглядом ни одного оказывавшегося поблизости медика. Наконец какой-то доктор, имени которого она так и не удосужилась узнать, завел ее в кабинет и объяснил всю серьезность ситуации. После тяжелого кровоизлияния в мозг положение Хольгера Пальмгрена было критическим. Врачи склонялись к тому, что он уже не придет в сознание. Саландер не заплакала, на ее лице не дрогнул ни единый мускул. Она встала, покинула больницу и больше туда не возвращалась.

Пятью неделями позже Лисбет Саландер вызвали в опекунский совет муниципалитета для первой встречи с ее новым опекуном. Первым побуждением Саландер было проигнорировать вызов, но Хольгер Пальмгрен сумел внушить ей, что каждый поступок имеет последствия. К этому времени она уже научилась сначала анализировать последствия, а только потом действовать и, по зрелом размышлении, пришла к выводу, что наиболее безобидным решением будет пойти навстречу опекунскому совету, сделав вид, будто она прислушивается к его распоряжениям.

В результате в декабре — во время короткой паузы в сборе материала о Микаэле Блумквисте — она послушно явилась в офис Бьюрмана на площади Санкт-Эриксплан, где пожилая представительница совета вручила адвокату Бьюрману объемистую папку с бумагами Саландер. Дама любезно поинтересовалась самочувствием подопечной и, похоже, вполне удовлетворилась ответом в виде глухого молчания. Примерно через полчаса она передала заботу о Саландер адвокату Бьюрману.

Лисбет Саландер невзлюбила адвоката Бьюрмана в течение первых пяти секунд после того, как они пожали друг другу руки.

Она краем глаза смотрела на него, пока он изучал ее журнал. Возраст — за пятьдесят. Хорошо тренированное тело; теннис по вторникам и пятницам. Блондин, начинает лысеть. На подбородке ямочка. Пахнет одеколоном «Босс». Синий костюм, красный галстук с золотой булавкой и претенциозные запонки с его инициалами. Очки в стальной оправе. Серые глаза. Судя по журналам на приставном столе, интересуется охотой и стрельбой.

В течение предыдущего десятилетия Пальмгрен при встречах угощал ее кофе, и они немного беседовали. Даже самые скверные ее поступки, побеги из приемных семей и систематические прогулы школы не выводили его из себя. По-настоящему Пальмгрен рассердился только один-единственный раз, когда ее забрали за причинение физического ущерба тому слизняку, который лапал ее в Старом городе. «Понимаешь, что ты наделала? Лисбет, ты причинила вред другому человеку». Он говорил как старый учитель, и она терпеливо игнорировала выговор от первого до последнего слова.

Бьюрман не был особенно расположен к беседам. Он сразу отметил несоответствие между обязанностями, предписанными Хольгеру Пальмгрену законом об опекунстве, и тем фактом, что тот явно позволял Лисбет Саландер самостоятельно вести хозяйство и распоряжаться деньгами. Бьюрман устроил своего рода допрос. «Сколько ты зарабатываешь? Мне нужна копия учета твоих расходов. С кем ты общаешься? Своевременно ли ты вносишь плату за квартиру? Ты употребляешь спиртное? Пальмгрен одобрял кольца, которые у тебя на лице? Ты справляешься с личной гигиеной?»

Пошел ты...

Пальмгрен стал ее наставником сразу после того, как приключился «Весь Этот Кошмар». Он настоял на том, чтобы встречаться с ней по плану, минимум один раз в месяц, а иногда чаще. После того как она переехала обратно на Лундагатан, они к тому же оказались почти соседями; он жил на Хурнсгатан, всего в двух кварталах от нее, и они регулярно, просто сталкиваясь на улице, ходили вместе пить кофе в «Гриффи» или в какое-нибудь другое кафе поблизости. Пальмгрен никогда не навязывал ей свое общество, но иногда навещал ее с маленьким подарком на день рождения. Он приглашал ее заходить в любое время. Правда, этой привилегией она пользовалась редко, но после переезда начала праздновать у него Рождество, предварительно посетив мать. Они ели рождественский окорок и играли в шахматы. Игра ее совершенно не интересовала, но, освоив правила, она не проиграла ни одной партии. Он был вдовцом, и Лисбет Саландер считала себя обязанной скрашивать ему одиночество в праздники.

Она рассматривала это как долг по отношению к нему, а свои долги она всегда возвращала.

Именно Пальмгрен сдавал квартиру, принадлежащую ее матери, пока Лисбет не понадобилось собственное жилье.

Квартира была маленькой — сорок девять квадратных метров — и давно требовала ремонта, но все-таки это была крыша над головой.

Теперь Лисбет осталась без Пальмгрена, и еще одна ее связь с окружающим миром оборвалась. Нильс Бьюрман был человеком совершенно иного склада. Проводить у него дома сочельник она не намеревалась. Самым первым его шагом стало введение новых правил пользования банковским счетом, на который ей переводили зарплату. Пальмгрен спокойно вышел за рамки закона об опекунстве, позволив ей распоряжаться своими средствами самой. Она оплачивала счета, а сэкономленные деньги могла тратить по собственному усмотрению.

Когда за неделю до Рождества Бьюрман пригласил ее на встречу, она заранее подготовилась и попыталась объяснить ему, что его предшественник доверял ей и не имел причин об этом сожалеть. Пальмгрен позволял ей самой разбираться со своими делами, не вмешиваясь в ее личную жизнь.

— Это как раз одна из проблем,— ответил Бьюрман, постучав по ее журналу.

Он прочел целую лекцию о правилах и государственных постановлениях, касавшихся опекунства, а затем объявил об установлении нового порядка.

— Значит, он предоставлял тебе полную свободу? Любопытно, почему ему это сходило с рук?

«Потому что он был чокнутым социал-демократом, посвятившим трудным детям почти сорок лет»,— мысленно ответила Лисбет.

— Я уже не ребенок,— сказала она вслух, словно это все объясняло.

— Да, ты не ребенок. Но меня назначили твоим опекуном, и пока я являюсь таковым, я несу за тебя юридическую и экономическую ответственность.

Первым делом он открыл на ее имя новый счет, о котором ей предстояло сообщить в расчетный отдел «Милтон секьюрити» и в дальнейшем пользоваться только им. Саландер поняла, что настали черные времена: адвокат Бьюрман будет оплачивать ее счета и выдавать ей каждый месяц определенную сумму на карманные расходы. К тому же за эти свои расходы она должна отчитываться, предъявляя чеки. «На еду, одежду, походы в кино и тому подобное» он решил выдавать ей тысячу четыреста крон в неделю.

В зависимости от того, сколько она брала работы, Лисбет Саландер получала около ста шестидесяти тысяч крон в год. Она легко могла бы удвоить эту сумму, перейдя на полный рабочий день и берясь за все поручения, которые ей предлагал Драган Арманский, но потребностей у нее было мало, и она тратила не особенно много денег. Квартплата составляла около двух тысяч в месяц, и, несмотря на скромные доходы, у нее на счету накопилось девяносто тысяч крон. И теперь она, следовательно, лишалась к ним доступа.

— Дело в том, что я отвечаю за твои деньги,— объяснил адвокат.— Ты должна делать сбережения на будущее. Но не волнуйся, я всем этим займусь.

«Сволочь, я всем этим занимаюсь сама с тех пор, как мне исполнилось десять!»

— В социальном плане ты ведешь себя достаточно хорошо, чтобы тебя не требовалось помещать в интернат, но общество несет за тебя ответственность.

Он подробно расспросил, в чем состоят ее рабочие обязанности в «Милтон секьюрити». Чутье побудило ее солгать о роде своих занятий: Саландер описала свои самые первые недели в офисе, и у адвоката Бьюрмана сложилось впечатление, что она варит кофе и сортирует почту. Ответы его, похоже, устроили — он счел все это вполне подходящими занятиями для человека с некоторым приветом.

Почему она скрыла правду, она не знала, но осталась при убеждении, что решение было мудрым. Если бы адвокат Бьюрман значился в списке насекомых, пребывающих на грани исчезновения, она бы, не раздумывая, раздавила его каблуком.

Проведя в обществе Хенрика Вангера пять часов, Микаэль Блумквист посвятил бо́льшую часть ночи понедельника и весь вторник переписыванию начисто своих заметок и приведению родословной Вангеров в сколько-нибудь понятный вид. Рассказанная Хенриком история семьи кардинальным образом отличалась от общеизвестных представлений об этом клане. Микаэль знал, что у каждой семьи имеются «скелеты в шкафу» — у Вангеров их было целое кладбище.

К тому времени Микаэлю уже приходилось напоминать самому себе, что его задача вообще-то состоит не в написании истории семьи Вангер, а в решении загадки Харриет Вангер. Он согласился на это задание в полной уверенности, что будет год просиживать штаны и работа, которую он станет выполнять для Хенрика Вангера, — на самом деле просто игра на публику. Через год ему выдадут абсурдную зарплату: составленный Дирком Фруде контракт был подписан. Настоящей же платой за работу, как он надеялся, станет информация о Хансе Эрике Веннерстрёме, которой, по словам Хенрика, тот обладал.

Послушав своего нанимателя, Микаэль начал думать, что этот год совсем не обязательно должен пройти впустую. Уже сама по себе книга о семье Вангер обладала определенной ценностью — можно сказать, что это будет хороший материал.

Он ни секунды не сомневался в том, что найти убийцу Харриет Вангер ему не удастся — если даже ее действительно убили, а она не погибла в результате какого-нибудь нелепого несчастного случая или не исчезла каким-то иным образом. Как и Хенрик, Микаэль считал невероятным, чтобы девушка, сбежав, в течение тридцати шести лет сумела скрываться от всех государственных систем контроля. Зато он не исключал того, что Харриет Вангер могла направиться, например, в Стокгольм и по пути ее подстерегла какая-то опасность, она стала жертвой нападения или еще каких-то злосчастных обстоятельств.

А вот Хенрик Вангер был убежден, что Харриет убили и что ответственность лежит на ком-то из членов семьи — возможно, наряду с неким посторонним лицом. Его уверенность строилась на том, что Харриет Вангер пропала в те драматические часы, когда остров был отрезан от мира, а все взгляды были прикованы к катастрофе.

Эрика права: если его действительно нанимали, чтобы раскрыть загадочное убийство, то это было лишено здравого смысла. В то же время Микаэль Блумквист начинал понимать, что судьба Харриет Вангер сильно повлияла на жизнь семьи и прежде всего — Хенрика Вангера. Прав Хенрик или нет, но его подозрения по адресу родственников, которые он питал в течение более тридцати лет, почти не скрывая этого, наложили отпечаток на семейные сборища и создали нездоровое противостояние, что привело к развалу всего концерна. Следовательно, изучение обстоятельств исчезновения Харриет должно было стать самой важной главой книги и даже сыграть роль основного стержня в истории семьи, а материал имелся в изобилии. Считал ли он загадку Харриет Вангер своим главным заданием или же довольствовался написанием семейной хроники, логично было начать с того, чтобы разобраться в действующих лицах. Именно о них он и беседовал с Хенриком Вангером в течение дня.

Считая внучатых племянников и троюродных братьев и сестер по всем линиям, клан Вангеров состоял из сотни людей. Семья оказалась настолько огромной, что Микаэлю пришлось создать у себя в ноутбуке отдельную базу данных. Он использовал программу «Ноутпэд» (www.ibrium.se) — превосходное творение двух парней из стокгольмского Королевского технологического института, которое те распространяли через Интернет как программное обеспечение для музыкальных композиций. По мнению Микаэля, эта программа была из числа совершенно незаменимых при проведении журналистского расследования. Каждому из многочисленных Вангеров в базе данных отводился отдельный документ.

Генеалогическое древо семьи достоверно прослеживалось до начала XVI века, когда предки Хенрика носили фамилию Вангеерсад. По его мнению, она, возможно, происходила от голландской фамилии ван Геерстад; если это верно, то их родословная начиналась аж с XII века.

В более поздние времена семья проживала в Северной Франции и оказалась в Швеции вместе с Жаном Батистом Бернадотом* в начале XIX века. Александр Вангеерсад был военным и хоть лично короля не знал, но прославился как талантливый начальник гарнизона и в 1818 году получил имение Хедебю в благодарность за долгую и верную службу. У него имелись также собственные средства, которые он использовал на покупку в Норрланде крупных лесных массивов. Его сын Адриан родился во Франции, но по просьбе отца переехал в находившийся далеко от парижских салонов провинциальный норрландский городишко Хедебю, чтобы управлять имением. Он занимался сельским и лесным хозяйством, используя новые методы, поступавшие с континента, и заложил целлюлозную фабрику, вокруг которой вырос город Хедестад.

Внука Александра звали Хенриком, и он сократил фамилию до Вангер. Он развивал торговлю с Россией и создал маленький торговый флот, чьи шхуны в середине XIX века ходили в Балтию, Германию и центр сталелитейной промышленности — Англию. Хенрик Вангер-старший внес разнообразие в семейное дело, основав достаточно скромный горный промысел и некоторые из первых в Норрланде металлургических заводов. Он оставил после себя двух сыновей, Биргера и Готфрида, которые и основали клан Вангеров-финансистов.

— Ты знаком со старыми законами насчет наследования? — спросил во время беседы Хенрик Вангер.

— Целенаправленно я этим никогда не занимался.

---

* Маршал Франции, в 1818–1844 гг. занимал престол Швеции под именем короля Карла XIV Юхана, основатель династии Бернадотов. (*Прим. ред.*)

— Я тебя прекрасно понимаю и тоже вечно путаюсь. Биргер и Готфрид, в духе родовой традиции, жили как кошка с собакой и ожесточенно боролись за власть и влияние на семейных предприятиях. Борьба эта сделалась во многих отношениях обузой, потенциально угрожавшей перспективам всего дела. По этой причине их отец перед самой смертью решил создать систему, при которой бы каждый член семьи наследовал некую долю всего предприятия. Задумано наверняка было правильно, но привело это к ситуации, когда мы, вместо того чтобы подключать компетентных людей и партнеров извне, получили правление концерна, состоящее из родственников с одним или несколькими процентами голосов.

— Это правило действует и по сей день?

— Вот именно. Если кто-нибудь из членов семьи хочет продать свою часть, сделать это можно только внутри клана. На ежегодное собрание акционеров сейчас съезжается около пятидесяти Вангеров и их потомков. У Мартина примерно десять процентов акций; у меня — пять процентов, поскольку я много акций продал, в частности Мартину. Мой брат Харальд имеет семь процентов, а большинство остальных владеют только одним процентом или половиной.

— По правде говоря, я об этом ничего не знал. Как-то даже отдает средневековьем.

— Просто чистейшее безумие. На деле это означает, что любым своим действиям на предприятии Мартин должен сначала обеспечить поддержку по крайней мере двадцати — двадцати пяти процентов совладельцев, а это не так легко.

Хенрик Вангер продолжил рассказ о семействе:

— Готфрид Вангер умер без наследников в тысяча девятьсот первом году. То есть у него имелись четыре дочери, но в то время женщин в расчет не принимали. Им выделялась доля дохода, но делами занимались мужчины. Только когда женщинам предоставили право голоса на выборах, уже в двадцатом веке, они смогли участвовать и в собраниях акционеров.

— Как либерально.

— Не иронизируй. Тогда было другое время. Как бы то ни было, у брата Готфрида, Биргера Вангера, имелось три сына — Юхан, Фредрик и Гидеон Вангеры, и все они родились в конце девятнадцатого века. Гидеона можно не считать; он продал свою долю и эмигрировал в Америку, где у нас по-прежнему имеется ветвь семьи. Но Фредрик и Юхан управляли акционерным обществом вплоть до создания современного концерна «Вангер».

Хозяин снова достал свой альбом и показал фотографии. На снимках начала прошлого века были запечатлены двое мужчин с массивными подбородками и прилизанными волосами; со строгим выражением на лицах они смотрели прямо в объектив.

— Юхана Вангера в семье считали гением, он выучился на инженера и внедрил в производство ряд собственных запатентованных изобретений. Концерн базировался на стали и железе, но предприятие расширялось и за счет других отраслей, например текстиля. Юхан Вангер умер в пятьдесят шестом, оставив трех дочерей — Софию, Мэрит и Ингрид, которые стали первыми женщинами, автоматически получившими право принимать участие в собраниях акционеров.

Второй брат, Фредрик Вангер,— это мой отец. Будучи бизнесменом и руководителем производства, он использовал изобретения Юхана для увеличения доходов. Отец дожил до шестьдесят четвертого года. До самой смерти он активно участвовал в руководстве концерном, хотя еще в пятидесятые годы передал повседневное ведение дел мне.

Получилось в точности как с предыдущим поколением, только наоборот. У Юхана Вангера были только дочери.— Хенрик Вангер показал фотографии женщин с внушительными бюстами, в широкополых шляпах и с зонтиками от солнца в руках.— А у Фредрика — моего отца — рождались одни сыновья. В общей сложности нас было пять братьев: Рикард, Харальд, Грегер, Густав и я.

—————

Чтобы получить хоть небольшую надежду разобраться во всех ветвях рода, Микаэль склеил скотчем несколько листов формата А-4 и принялся чертить генеалогическое древо. Он особо выделил имена членов семьи, находившихся на острове во время встречи 1966 года и тем самым хотя бы теоретически имевших возможность быть причастными к исчезновению Харриет Вангер.

ФРЕДРИК ВАНГЕР
(1886–1964)
жена Ульрика (1885–1969)

Рикард (1907–1940)
жена Маргарета (1906–1959)

   Готфрид (1927–1965)
   жена Изабелла (1928–)

    Мартин (1948–)
    Харриет (1950–?)

Харальд (1911–)
жена Ингрид (1925–1992)

   Биргер (1939–)
   Сесилия (1946–)
   Анита (1948–)

Грегер (1912–1974)
жена Герда (1922–)

   Александр (1946–)

Густав (1918–1955)
Неженат, бездетен

   Хенрик (1920–)
   жена Эдит (1921–1958)
   бездетен

ЮХАН ВАНГЕР
(1884–1956)
жена Герда (1888–1960)

София (1909–1977)
муж Оке Шёгрен (1906–1967)

Магнус Шёгрен (1929–1994)
Сара Шёгрен (1931–)

   Эрик Шёгрен (1951–)
   Хокан Шёгрен (1955–)

Мэрит (1911–1988)
муж Альгот Гюнтер (1904–1987)

   Оссиан Гюнтер (1930–)
   жена Агнес (1933–)

    Якоб Гюнтер (1952–)

Ингрид (1916–1990)
муж Харри Карлман (1912–1984)

   Гуннар Карлман (1942–)
   Мария Карлман (1944–)

Детей до двенадцати лет Микаэль отбросил — с Харриет Вангер могло случиться что угодно, но все же опираться следовало на здравый смысл. Немного подумав, он вычеркнул и Хенрика Вангера — если патриарх имел какое-то отношение к исчезновению внучки брата, то его действия в последние тридцать шесть лет попадали в сферу психопатологии. Следовало также исключить мать Хенрика, которая в 1966 году пребывала в почтенном возрасте восьмидесяти одного года. Оставались двадцать три члена семейства, которых, по мнению Хенрика, стоило отнести к группе «подозреваемых». Семеро из них с тех пор умерли, а несколько человек достигли достойного восхищения возраста.

Однако Микаэль был не готов разделить убеждение Хенрика Вангера, что за исчезновением Харриет стоял непременно кто-то из членов семьи. К списку подозреваемых следовало добавить еще ряд посторонних людей.

Дирк Фруде вступил в должность адвоката Хенрика Вангера весной 1962 года. А если из находящихся в доме принимать во внимание не только господ, то кто входил в число прислуги в то время, когда пропала Харриет? Нынешний «дворник» Гуннар Нильссон — пусть даже у него алиби,— которому тогда было девятнадцать лет, и его отец Магнус Нильссон имели к острову самое непосредственное отношение, равно как художник Эушен Норман и пастор Отто Фальк. Был ли Фальк женат? Хозяин Эстергорда Мартин Аронссон и его сын Йеркер Аронссон жили на острове и к тому же общались с Харриет все ее детство — какие у них были отношения? Имелась ли у Мартина Аронссона жена? Были ли еще люди в имении?

Когда Микаэль начал записывать все имена, группа увеличилась примерно до сорока человек. Под конец он с раздражением отбросил фломастер. Стрелки часов уже успели добраться до половины четвертого утра, а термометр стабильно показывал двадцать один градус ниже нуля. Похоже, установился продолжительный период холодов. Ему ужасно хотелось в свою кровать на Беллмансгатан.

В среду Микаэля Блумквиста в девять часов утра разбудил стук в дверь — пришли из компании «Телия», чтобы устанавливать телефонную розетку и модем ADSL. В одиннадцать он наконец имел доступ к Сети и теперь чувствовал себя во всеоружии. Мобильный же телефон по-прежнему молчал. Эрика не отвечала на его звонки в течение целой недели: должно быть, она разозлилась всерьез. У него тоже начинало прорезаться упрямство — звонить ей в офис категорически не хотелось. Когда он звонит на мобильный, ей видно, что это он, и она имеет возможность выбирать, хочется ей отвечать или нет. Значит, не хочется.

Микаэль запустил почтовую программу и просмотрел около трехсот пятидесяти сообщений, присланных ему за последнюю неделю. Штук двенадцать он сохранил, остальные оказались спамом или рассылками, на которые он подписывался. Открытое первым письмо пришло с адреса «demokrat88@yahoo.com» и содержало следующий текст:

НАДЕЮСЬ, В ТЮРЯГЕ ТЕБЯ ОПУУУСТЯТ, ПРОКЛЯТАЯ КОММУНИСТИЧЕСКАЯ СКОТИНА.

Микаэль сохранил послание в папке с названием «Интеллигентная критика».

Сам он послал короткий текст на адрес: «erika.berger@ millenium.se».

Привет, Рикки. Вероятно, ты на меня смертельно зла, поскольку не отвечаешь на звонки. Я хочу только сообщить, что у меня теперь есть доступ к Сети, и когда ты созреешь, чтобы меня простить, можешь связаться со мной по мейлу. Кстати, Хедебю — жуткое местечко, но побывать здесь стоит. М.

Когда подошло время обеда, Микаэль положил ноутбук в сумку и прогулялся до «Кафе Сусанны», где приземлился за свой любимый угловой столик. Подавая ему кофе с бутербродом, Сусанна с любопытством посмотрела на компьютер и спросила, над чем он работает. Микаэль впервые воспользовался своей «легендой», объяснив, что нанят Хенриком Вангером для написания истории его рода. Они обменялись любезностями, и Сусанна предложила Микаэлю обратиться к ней, когда он будет готов к настоящим разоблачениям.

— Я прислуживала у Вангеров за столом в течение тридцати пяти лет и знаю большинство сплетен об этой семье,— сказала она и походкой от бедра удалилась на кухню.

Выстроенная Микаэлем таблица показывала, что род Вангеров упорно стремился размножаться. Включая детей, внуков и правнуков — которых он вносить в таблицу не стал,— потомство братьев Фредрика и Юхана Вангеров насчитывало около пятидесяти человек. Микаэль также отметил, что члены семейства отличались долголетием. Фредрик Вангер дожил до семидесяти восьми лет, а его брат Юхан — до семидесяти двух. Ульрика Вангер умерла в восемьдесят четыре года. Из оставшихся в живых братьев Харальду Вангеру был девяносто один год, а Хенрику Вангеру восемьдесят два.

Единственным исключением являлся брат Хенрика Густав, который умер от болезни легких в возрасте тридцати семи лет. Хенрик говорил, что Густав всегда был болезненным и держался немного в стороне от родни. Он остался холостяком и не имел детей.

В остальных случаях ранняя смерть членов семьи обусловливалась не болезнью, а другими причинами. Рикард Вангер отправился добровольцем на финскую зимнюю войну и погиб на Карельском фронте, когда ему было тридцать три года. Готфрид Вангер, отец Харриет, утонул за год до ее исчезновения. Сама Харриет пропала в шестнадцать. Микаэль отметил странную закономерность: именно эту ветвь рода в трех поколениях — дед, отец и дочь — постигали несчастья. После Рикарда остался только Мартин Вангер, который к пятидесяти пяти годам был еще неженат и бездетен. Правда, Хенрик Вангер поведал Микаэлю, что у Мартина имеется сожительница, проживающая отдельно от него в Хедестаде.

Когда исчезла сестра, Мартину Вангеру было восемнадцать лет. Он принадлежал к небольшому числу близких родственников, которых с определенной долей уверенности можно было вычеркнуть из списка подозреваемых. В ту осень Мартин жил в Уппсале, где учился в последнем классе гимназии. Его ждали на семейную встречу, но он прибыл только ближе к вечеру и в тот роковой час, когда сестра растворилась в воздухе, находился среди наблюдавших аварию с другой стороны моста.

Микаэль отметил еще две особенности родового древа. Во-первых, браки у Вангеров заключались один раз и на всю жизнь; никто из клана не разводился и не вступал в повторный брак, даже овдовев еще в молодости. Микаэль задумался о том, насколько это соответствует обычной статистике. Сесилия Вангер разъехалась со своим мужем несколько лет назад, но, насколько мог понять Микаэль, официально по-прежнему оставалась замужем.

Во-вторых, мужская и женская половины семейства оказались разделены и в географическом отношении. Потомки Фредрика Вангера, к которым принадлежал Хенрик Вангер, традиционно играли ведущую роль в концерне и в основном жили в Хедестаде или его окрестностях. Юхан Вангер производил на свет исключительно наследниц, которые выходили замуж и перебирались в другие части страны, и теперь представители его ветви жили в основном в Стокгольме, Мальмё и Гётеборге или за границей и приезжали в Хедестад только на летние каникулы или на важные для концерна встречи. Единственное исключение составляла Ингрид Вангер, чей сын Гуннар Карлман проживал в Хедестаде и был главным редактором местной газеты «Хедестадс-курирен».

Проводя свое частное расследование, Хенрик исходил из того, что «скрытый мотив убийства Харриет» следует искать в недрах семейного предприятия. Во-первых, он очень рано начал говорить о выдающихся способностях Харриет; а во-вторых, мотивом могло стать желание нанести удар по самому Хенрику. Кроме того, нельзя исключить то, что Харриет, например, получила какую-то щекотливую информацию, касающуюся концерна, и тем самым стала представлять для кого-то угрозу. Все это были лишь предположения, однако они позволили выделить группу из тринадцати человек, которых Хенрик объявил «особо интересными».

Вчерашняя беседа с патриархом прояснила Микаэлю еще один момент. С самого начала старик рассказывал ему о своем семействе с таким презрением, что это казалось странным. Микаэлю подумалось, что виной тому подозрения, питаемые Хенриком насчет причастности семьи к исчезновению Харриет, но теперь он стал приходить к выводу, что бывший глава концерна, в общем-то, оценивает родственников на удивление трезво.

Постепенно складывался образ семейства, которое на финансовом и общественном поприщах добивалось успехов, но в частной жизни выглядело откровенно неблагополучным.

Отец Хенрика Вангера был человеком холодным и бесчувственным, который производил детей на свет и полностью перекладывал заботу об их воспитании и благополучии на плечи жены. До шестнадцатилетнего возраста дети почти не встречались со своим отцом, кроме как на особых семейных сборищах, где им надлежало присутствовать, но держаться тише воды ниже травы. Хенрик Вангер не мог припомнить ни одного случая малейшего проявления любви со стороны отца; зато тот никогда не упускал случая указать сыну на его просчеты, которые критиковал беспощадно. До телесных наказаний дело доходило редко, да этого и не требовалось. Уважение отца ему удалось отчасти заслужить, но гораздо позже, когда он стал приносить пользу концерну.

Старший брат, Рикард, взбунтовался. После ссоры, причины которой в семье никогда не обсуждались, он уехал учиться в Уппсалу. Там он примкнул к нацистам, что в конце концов привело его в окопы Карельского фронта.

Правда, о том, что аналогичную политическую карьеру сделали еще два брата, старик тогда не упомянул.

Харальд и Грегер Вангеры оба в 1930 году отправились вслед за старшим братом в Уппсалу. Между собой эти двое были очень близки, но насколько тесно они общались с Рикардом, Хенрик Вангер точно не знал. Известно, что братья присоединились к фашистскому движению Пера Энгдаля «Новая Швеция». Харальд Вангер потом все годы преданно следовал за Пером Энгдалем: сначала в Шведский национальный союз, затем в «Шведскую оппозицию» и наконец — в «Новошведское движение», организовавшееся после окончания войны. Его членом Харальд оставался вплоть до смерти Пера Энгдаля в 90-х годах и временами являлся главным спонсором уцелевшего шведского фашизма.

В Уппсале Харальд Вангер получил медицинское образование и почти сразу попал в круги, проявлявшие большой интерес к евгенике. В течение некоторого времени он работал в Шведском институте евгеники и, будучи врачом, стал одним из инициаторов кампании за стерилизацию представителей нежелательного населения.

Цитата, Хенрик Вангер, том 2:

Харальд пошел дальше. В 1937 году он стал соавтором — слава богу, под псевдонимом — книги «Новая Европа народов». Я об этом узнал только в 70-х годах. У меня имеется копия, которую вы можете почитать. Вероятно, это одна из самых омерзительных книг на шведском языке. Харальд выступал не только за стерилизацию, но еще и за эвтаназию — активную помощь в отправлении на тот свет людям, которые претили его эстетическому вкусу и не вписывались в его представление об идеальном шведском народе. Иными словами, он ратовал за массовые убийства в книге, написанной безупречным академическим языком и содержащей все необходимые аргументы. Упраздните инвалидов. Не допускайте распространения саамского населения; там присутствует монгольское влияние. Душевнобольные воспримут смерть как избавление. Беспутные женщины, бродяги, цыгане и евреи... Можете продолжить сами. В фантазии моего брата Освенцим вполне мог располагаться в Даларне.

Грегер Вангер стал после войны преподавателем, а со временем и директором гимназии в Хедестаде. Хенрик тогда полагал, что после войны брат вышел из партии и расстался с идеями нацизма. Умер Грегер в 1974 году, и, только разбирая его наследие, Хенрик из его переписки узнал, что в 50-х годах Грегер примкнул к не имевшей никакого политического значения, но совершенно идиотской секте — Северной рейхспартии (NRP). Ее членом он оставался до самой смерти.

Цитата, Хенрик Вангер, том 2:

Следовательно, трое из моих братьев были в политическом отношении психически больными. Насколько больными они были в других отношениях?

Единственным братом, к которому Хенрик Вангер относился хоть в какой-то степени с симпатием, был слабый здоровьем Густав, скончавшийся от болезни легких в 1955 году. Густав не интересовался политикой и представал этакой отрешенной художественной натурой, не проявлявшей ни малейшего интереса к бизнесу и работе в концерне.

Микаэль спросил Хенрика Вангера:

— Значит, в живых остались только вы с Харальдом. Почему он переехал обратно в Хедебю?

— Он вернулся домой в семьдесят девятом году, незадолго до того, как ему исполнилось семьдесят. У него здесь есть дом.

— Но ведь странно жить в непосредственной близости от брата, которого ненавидишь.

Хенрик Вангер посмотрел на Микаэля с удивлением:

— Ты меня неправильно понял. Я скорее жалею своего брата, чем ненавижу. Он полный идиот, и это он меня ненавидит.

— Он ненавидит вас?

— Именно. Думаю, поэтому он и вернулся — чтобы иметь возможность провести последние годы, ненавидя меня на близком расстоянии.

— Почему он так к вам относится?

— Из-за моей женитьбы.

— А в чем там было дело?

Хенрик Вангер с детства не был близок со старшими братьями. Он единственный из всех проявлял деловые способности и стал последней надеждой отца. Не интересуясь политикой и не стремясь в Уппсалу, он предпочел изучать экономику в Стокгольме. Начиная с восемнадцати лет Хенрик проводил каждые каникулы на должности практиканта в каком-нибудь из многочисленных офисов или правлений концерна «Вангер», благодаря чему изучил все закоулки семейного предприятия.

10 июня 1941 года — посреди разгорающейся мировой войны — Хенрика на шесть недель послали в Германию, в торговое представительство концерна «Вангер» в Гамбурге. Ему был только двадцать один год, и в качестве компаньона и ментора к нему приставили немецкого агента концерна, стареющего ветерана предприятия Хермана Лобака.

— Не хочу утомлять вас деталями, но, когда я отправлялся в путь, Гитлер со Сталиным считались добрыми друзьями и никакого Восточного фронта не существовало. Все еще полагали, что Гитлер непобедим. В воздухе витало чувство... думаю, правильнее сказать, оптимизма и отчаяния. Даже более полувека спустя по-прежнему трудно подобрать слова для тех настроений. Поймите меня правильно — нацистом я никогда не был, и Гитлер представлялся мне нелепым опереточным персонажем. Но было трудно не заразиться надеждами на счастливое будущее, наполнявшими простых людей Гамбурга. Война подступала все ближе, и за то время, что я там провел, Гамбург несколько раз подвергался налетам бомбардировщиков, но народ, казалось, считал это временной неприятностью, ждал, что скоро наступит мир и Гитлер создаст свою Neuropa — новую Европу. Пропаганда внушила людям, что Гитлер — бог, и им хотелось в это верить.

Хенрик Вангер открыл один из многочисленных фото-альбомов.

— Это Херман Лобак. Он пропал без вести в сорок четвертом году; вероятно, погиб при какой-нибудь бомбежке. О его судьбе мы так и не узнали. За проведенные в Гамбурге недели мы с ним сблизились. Я жил вместе с ним и его семьей в прекрасной квартире, расположенной в богатых кварталах Гамбурга, и мы ежедневно общались. Он был так же далек от нацизма, как и я, но для удобства вступил в нацистскую партию. Членский билет открывал ему двери и облегчал возможность заниматься бизнесом от имени концерна «Вангер» — а бизнесом-то мы как раз и занимались. Мы строили для их поездов товарные вагоны — меня всегда интересовало, не отправляли ли часть этих вагонов в Польшу. Мы продавали ткань для их формы и лампы для их радиоприемников — хотя официально мы, разумеется, не знали, для чего эти товары использовались. Херман Лобак хорошо умел заключать контракты, он был веселым и приятным человеком. Безупречным нацистом. Впоследствии я понял, что все это время ему приходилось тщательно скрывать тайну.

В ночь на двадцать второе июня Херман Лобак внезапно постучался ко мне в спальню и разбудил меня. Моя комната располагалась по соседству со спальней его жены, и он знаками предложил мне молча одеться и следовать за ним. Мы спустились на один этаж и уселись в курительном салоне. Лобак явно не смыкал глаз всю ночь. Радио было включено, и я понял, что произошло нечто ужасное. Началась операция «Барбаросса». Германия напала на Советский Союз в праздник летнего солнцестояния.

Хенрик Вангер с отчаянием всплеснул руками.

— Херман Лобак достал две рюмки и налил нам по основательной порции шнапса. Он явно был потрясен. Когда я спросил его, что это значит, он прозорливо ответил, что это означает конец Германии и нацизма. Я не слишком поверил ему — Гитлер ведь казался непобедимым,— но Лобак выпил со мной за погибель Германии. Потом он перешел к делу.

Микаэль кивнул, показав, что внимательно следит за рассказом.

— Во-первых, он не мог связаться с моим отцом для получения инструкций, но по собственной инициативе решил прервать мое пребывание в Германии и отправить меня домой как можно скорее. Во-вторых, он хотел попросить меня кое-что для него сделать.

Хенрик Вангер указал на пожелтевшую и обтрепанную фотографию темноволосой женщины в полупрофиль.

— Херман Лобак был женат уже сорок лет, но в девятнадцатом году он встретил женщину потрясающей красоты и вдвое моложе себя и до смерти влюбился. Она была простой бедной швеей. Лобак стал за ней ухаживать; как и у многих других состоятельных мужчин, у него хватало средств, чтобы поселить ее в квартире, расположенной на удобном расстоянии от офиса. Она стала его любовницей, а в двадцать первом году родила ему дочь, которую назвали Эдит.

— Богатый пожилой человек, бедная молоденькая женщина и дитя любви — такое едва ли могло вызвать скандал даже в сороковые годы,— заметил Микаэль.

— Совершенно верно. Если бы не одна деталь. Женщина была еврейкой, а Лобак, соответственно, являлся отцом дочери-еврейки. А ведь дело было в самом центре нацистской Германии, где таких, как он, считали предателями расы.

— А-а, это, безусловно, меняет дело. И что дальше?

— Мать Эдит взяли в тридцать девятом году. Она исчезла, и о ее дальнейшей судьбе мы можем только догадываться. Было известно, что у нее осталась дочь, которая пока не значилась в списках для транспортировки, и ее разыскивал отдел гестапо, занимавшийся выслеживанием скрывающихся евреев. Летом сорок первого года, на той же неделе, когда я прибыл в Гамбург, всплыла связь матери Эдит с Херманом Лобаком, и его вызвали на допрос. Он признался в любовной связи и отцовстве, но заявил, что не общался с дочерью уже десять лет и не имеет понятия о ее местонахождении.

— А где же находилась дочь?

— Я ежедневно встречался с ней в доме Лобака. Это была симпатичная и молчаливая двадцатилетняя девушка, которая убирала мою комнату и помогала подавать ужин. В тридцать седьмом году, когда преследования евреев продолжались уже несколько лет, мать Эдит стала умолять Лобака о помощи. И он помог — Лобак любил своего внебрачного ребенка так же сильно, как и детей от законного брака. Он спрятал девушку в самом невероятном месте — прямо под носом у всех. Раздобыл для нее фальшивые документы и нанял ее в качестве экономки.

— Его жена знала, кто она такая на самом деле?

— Нет, она не имела об этом ни малейшего понятия.

— И что из этого вышло?

— Четыре года все шло хорошо, но теперь Лобак почувствовал, что петля затягивается. Появление гестаповцев на его пороге стало вопросом времени. Итак, он рассказал мне обо всем этом ночью, недели за две до моего возвращения в Швецию. Потом привел дочь и познакомил нас. Она очень робела и даже не смела встретиться со мной взглядом. Лобак стал умолять меня спасти ей жизнь.

— Как?

— Он все устроил. По первоначальному плану я должен был остаться еще на три недели, а потом доехать поездом до Копенгагена и пересечь пролив на корабле — такая поездка даже во время войны была относительно безопасной. Однако всего через два дня после нашего разговора из Гамбурга в Швецию отправлялся грузовой пароход, принадлежавший концерну «Вангер». Лобак хотел, чтобы я без проволочек покинул Германию на этом пароходе. Изменение планов поездки требовало одобрения службы безопасности, но вопрос с этими бюрократами можно было решить. А Лобаку было важно, чтобы я оказался на борту.

— Полагаю, вместе с Эдит.

— Эдит должна была попасть на корабль, спрятавшись в одном из трех сотен ящиков с оборудованием. Моей задачей было защитить ее, если девушку обнаружат, пока мы не покинем немецкие территориальные воды, и помешать капитану совершить какую-нибудь глупость. При благополучном развитии событий мне следовало дождаться, пока мы отойдем подальше от Германии, и выпустить ее из ящика.

— Отличный план.

— Звучало все просто, но поездка обернулась кошмаром. Капитана корабля звали Оскар Гранат, и он отнюдь не пришел в восторг, когда на него внезапно возложили ответственность за высокомерного наследника его работодателя. Мы покинули Гамбург в конце июня, около девяти часов вечера. Корабль как раз выходил из внутренней гавани, когда зазвучал сигнал воздушной тревоги. Начался налет английских бомбардировщиков — мощнейший из тех, что мне довелось пережить, и гавань, естественно, была их главной целью. Я не преувеличу, если скажу, что чуть не наложил в штаны, когда бомбы начали рваться поблизости от нас. Однако мы каким-то чудом уцелели, перенесли с поврежденным двигателем жуткий шторм, ночью, среди установленных в воде мин, и на следующий день прибыли в Карлскруну. Вы, наверное, собираетесь спросить, что произошло с девушкой.

— Думаю, я уже знаю.

— Мой отец, разумеется, был вне себя. Своей идиотской выходкой я поставил под угрозу все. Девушку могли в любой момент депортировать — помните, что шел сорок первый год. Но к этому времени я уже был так же до смерти влюблен в нее, как когда-то Лобак в ее мать. Я посватался и поставил отца перед ультиматумом: либо он соглашается на этот брак, либо пусть ищет для семейного предприятия другого подающего надежды наследника. Он сдался.

— Но она умерла?

— Да, до нелепости рано. Уже в пятьдесят восьмом году. Мы прожили вместе около шестнадцати лет. У нее была врожденная болезнь сердца. И оказалось, что я бесплоден — дети у нас так и не появились. Из-за всего этого мой брат меня и ненавидит.

— Из-за того, что вы на ней женились?

— Из-за того, что я — используя его терминологию — женился на грязной жидовке. Для него это было предательством по отношению к народу и морали, ко всем принципам, которые он отстаивал.

— Да он просто чокнутый.

— Думаю, лучше не скажешь.

Глава
10

Четверг, 9 января — пятница, 31 января

Согласно сообщениям газеты «Хедестадс-курирен», первый месяц, проведенный Микаэлем в глуши, оказался рекордно холодным или (о чем ему сообщил Хенрик Вангер), по крайней мере, самым холодным с военной зимы 1942 года. Микаэль был склонен считать эти сведения достоверными. Уже в первую неделю жизни в Хедебю он свел близкое знакомство с кальсонами, толстыми носками и футболками в два слоя.

В середине января на его долю выпало несколько кошмарных дней, когда температура опускалась до невероятной отметки тридцать семь градусов мороза. Ничего подобного ему прежде переживать не доводилось, даже в тот год, который он прослужил в армии в Кируне. Как-то утром в домике замерз водопровод. Гуннар Нильссон снабдил Микаэля двумя большими пластиковыми канистрами, чтобы он мог готовить еду и мыться, но холод сковывал все и вся. С внутренней стороны окон образовались ледяные цветы, Микаэль постоянно мерз, сколько бы ни топил печку, для чего ему ежедневно приходилось подолгу колоть дрова в сарае за домом.

Временами его охватывало отчаяние и он подумывал о том, чтобы вызвать такси, доехать до города и сесть на ближайший поезд, идущий к югу. Но вместо этого он надевал дополнительный свитер и, завернувшись в одеяло, усаживался за кухонный стол, пил кофе и читал старые полицейские протоколы.

Потом погода переменилась и температура поднялась до минус десяти градусов, при которых уже можно было чувствовать себя вполне комфортно.

В это время Микаэль начал знакомиться с обитателями Хедебю. Мартин Вангер сдержал обещание и пригласил его на собственноручно приготовленный ужин: его составляли жаркое из лосятины и итальянское красное вино. Не состоящий в браке генеральный директор водил дружбу с некой Эвой Хассель, которая тоже была приглашена на ужин. Она оказалась душевной женщиной, с которой было интересно общаться, и Микаэль нашел ее исключительно привлекательной. Она работала зубным врачом и жила в Хедестаде, но выходные проводила у Мартина Вангера. Постепенно Микаэль выяснил, что они знали друг друга много лет, но встречаться начали только в зрелом возрасте и не видели смысла вступать в брак.

— Вообще-то она мой зубной врач,— со смехом пояснил Мартин Вангер.

— А породниться с этим чокнутым кланом не является пределом моих мечтаний,— заметила Эва Хассель, ласково похлопав своего друга по колену.

Вилла генерального директора выглядела как воплощенная архитектором мечта холостяка — с черной, белой и хромированной мебелью, дорогостоящими дизайнерскими изделиями, способными пленить даже ценителя Кристера Мальма. На кухне присутствовало оборудование для профессионального повара, а в гостиной имелись первоклассный проигрыватель и потрясающее собрание джаза, от Томми Дорси до Джона Колтрейна. Мартин Вангер имел средства, его дом был дорогим и удобным, но довольно безликим. Микаэль отметил, что в качестве картин на стенах висят репродукции и постеры, какими торгует «ИКЕА»,— красивые, но бессодержательные. Книжные полки, по крайней мере в той части дома, которую видел Микаэль, были далеко не забиты — на них свободно размещались Национальная энциклопедия и несколько подарочных изданий из тех, какие, за неимением лучшей идеи, преподносят на Рождество. В общей сложности Микаэлю удалось обнаружить два пристрастия Мартина Вангера: музыка и приготовление пищи. Первое породило приблизительно три тысячи LP-дисков, а второе выдавал нависавший над ремнем живот.

В личности Мартина Вангера причудливым образом сочетались ограниченность, резкость и обходительность. Не требовалось особых аналитических способностей, чтобы прийти к выводу, что у генерального директора имелись определенные странности. Пока они слушали «Ночь в Тунисе», разговор шел в основном о концерне «Вангер». Мартин не скрывал, что борется за выживание своей компании, и выбор темы Микаэля озадачил. Глава предприятия прекрасно сознавал, что у него в гостях находится малознакомый журналист-экономист, и тем не менее обсуждал внутренние проблемы концерна столь откровенно, что это выглядело с его стороны по меньшей мере беспечно. Микаэль работал на Хенрика Вангера, и этого было достаточно, чтобы Мартин посчитал его «своим». Так же как и бывший генеральный директор, его преемник полагал, что в современном положении концерна семья должна винить только себя. Правда, в отличие от старика он относился к этому легче и не питал непримиримой вражды к родственникам. Казалось, неисправимый идиотизм семьи Мартина Вангера почти забавлял. Эва Хассель кивала, не вставляя никаких замечаний: они явно обсуждали этот вопрос раньше.

Уже зная, что Микаэлю поручено написать семейную хронику, Мартин Вангер спросил, как продвигается работа. Микаэль с улыбкой ответил, что с трудом разбирается даже в именах многочисленных родственников, и попросил разрешения зайти еще раз и задать ряд вопросов, когда это будет удобно. Он не раз прикидывал, не завести ли разговор о навязчивой идее старика относительно исчезновения Харриет Вангер — скорее всего, Хенрик Вангер неоднократно мучил брата пропавшей девушки своими теориями. Кроме того, Мартин и сам должен понимать, что раз Микаэль пишет семейную хронику, то от него едва ли укроется бесследное исчезновение одного из членов семьи. Однако Мартин, похоже, не собирался касаться этой темы, и Микаэль решил подождать. Рано или поздно повод поговорить о Харриет непременно появится.

Выпив по несколько рюмок водки, они расстались около двух часов ночи. Триста метров по скользкой дороге до своего дома Микаэлю пришлось одолевать в некотором подпитии, но в целом он находил, что вечер получился приятным.

Как-то раз во время второй недели пребывания Микаэля в Хедебю, уже в сумерках, в дверь его жилища постучали. Он отложил только что раскрытую папку с полицейскими протоколами — шестую по счету — и, предварительно прикрыв дверь в кабинет, впустил в дом тщательно укутанную блондинку лет пятидесяти.

— Здравствуйте. Я просто хотела познакомиться. Меня зовут Сесилия Вангер.

Они пожали друг другу руки, и Микаэль достал кофейные чашки.

Сесилия Вангер, дочь нациста Харальда Вангера, оказалась открытой и во многих отношениях интересной женщиной. Микаэль припомнил, что Хенрик Вангер хорошо о ней отзывался и упоминал, что она не общается с отцом, хоть и живет по соседству. Они немного поболтали, после чего гостья перешла к цели своего визита.

— Насколько я понимаю, вы должны написать книгу о нашей семье. Не уверена, что мне нравится эта идея,— сказала она.— По крайней мере, я хотела бы знать, что вы за человек.

— Меня нанял Хенрик Вангер. Собственно, я должен написать историю его жизни.

— Добрейший Хенрик не вполне нормально относится к собственной семье.

Микаэль посмотрел на нее, не очень понимая, что она хотела сказать:

— Вы возражаете против книги о семье Вангер?

— Я этого не говорила. Да и мое мнение, вероятно, не играет никакой роли. Но думаю, вы уже поняли, что быть членом этого семейства не во все времена бывало легко.

Микаэль не имел представления о том, что ей говорил Хенрик и насколько Сесилия осведомлена о его задании. Он развел руками:

— Хенрик Вангер заключил со мной контракт по поводу написания семейной хроники. У него сложилось твердое мнение по поводу некоторых членов семьи, но я для своих выводов буду опираться на документы.

Сесилия холодно улыбнулась:

— Я хочу знать, не придется ли мне, когда выйдет эта книга, отправиться в ссылку или эмигрировать?

— Думаю, нет,— ответил Микаэль.— Люди в состоянии оценить, чего стоит каждый человек сам по себе.

— Такой, например, как мой отец?

— Ваш отец — нацист? — спросил Микаэль.

Сесилия Вангер закатила глаза:

— Мой отец — сумасшедший. Я встречаюсь с ним где-то раз в год, хотя мы и живем стена к стене.

— Почему вы не хотите с ним встречаться?

— Подождите. Прежде чем вы обрушите на меня массу вопросов... Вы собираетесь цитировать мои слова? Или же я могу разговаривать с вами нормально, не боясь, что меня изобразят идиоткой?

Микаэль немного поколебался, не зная, как лучше выразить свою мысль:

— Мне поручено написать книгу, в которой жизнь семьи будет описана начиная с того момента, как Александр Вангеерсад вместе с Бернадотом сошел на берег в Швеции, и заканчивая сегодняшним днем. В ней будет рассказываться о промышленной империи, просуществовавшей много десятилетий, но, естественно, и о том, почему эта империя рушится, и об имеющихся в семье противоречиях. В таком повествовании невозможно обойтись без того, чтобы наружу не выплыла разная грязь. Однако это не означает, что я ставлю своей целью очернять семейство или рисовать оскорбительные портреты. Например, я уже встречался с Мартином Вангером, которого нахожу симпатичным человеком, и в таком ключе я и собираюсь о нем писать.

Сесилия Вангер не ответила.

— О вас я знаю, что вы учительница...

— На самом деле даже хуже того, я директор гимназии в Хедестаде.

— Извините. Я знаю, что Хенрик Вангер к вам хорошо относится и что вы замужем, но живете отдельно от мужа... вот, собственно, и все. Конечно, вы можете разговаривать со мной, не боясь, что вас процитируют или выставят в нежелательном свете. Но когда-нибудь я наверняка приду к вам и попрошу ответить на вопросы, касающиеся того или иного конкретного события, на которое вы можете пролить свет. Тогда уже речь пойдет об интервью, и вы сами будете решать, отвечать вам или нет. Но я заранее дам вам понять, когда наша беседа примет официальный характер.

— Значит, я могу разговаривать с вами... не для печати, как это у вас обычно называется?

— Конечно.

— А этот наш разговор не для печати?

— Сейчас вы просто соседка, которая зашла познакомиться и выпить чашечку кофе, только и всего.

— Хорошо. Тогда можно задать вам один вопрос?

— Пожалуйста.

— Какая часть этой книги будет посвящена Харриет Вангер?

Микаэль прикусил нижнюю губу и, подумав, постарался ответить непринужденно:

— Честно говоря, понятия не имею. Конечно, из этого вполне может получиться глава. Все-таки такое драматическое событие, и на Хенрика Вангера, по крайней мере, оно оказало большое влияние.

— Но вы здесь не для того, чтобы разбираться в ее исчезновении?

— Почему вы так подумали?

— Я знаю, что Гуннар Нильссон приволок сюда четыре огромные коробки. Это очень похоже на архив частного расследования Хенрика за все годы. А когда я заглянула в бывшую комнату Харриет, где Хенрик обычно хранит свое собрание бумаг, их там не оказалось.

Сесилия Вангер была явно неглупа.

— На самом деле это вам надо обсуждать с Хенриком Вангером, а не со мной,— ответил Микаэль.— Разумеется, Хенрик рассказывал мне кое-что об исчезновении Харриет, и мне показалось интересным ознакомиться с этим материалом.

Гостья изобразила еще одну безрадостную улыбку:

— Иногда меня занимает вопрос, кто из них более сумасшедший — мой отец или дядя. Я обсуждала с ним случай с Харриет, вероятно, уже тысячу раз.

— А что, вы думаете, с ней произошло?

— Это уже вопрос в порядке интервью?

— Нет,— засмеялся Микаэль.— Из чистого любопытства.

— А мне любопытно, неужели вы тоже чокнутый. Вы купились на рассуждения Хенрика или же он опять завелся на сей раз благодаря вам?

— По-вашему, Хенрик чокнутый?

— Поймите меня правильно. Хенрик — один из самых душевных и заботливых людей, кого я знаю. Я к нему очень хорошо отношусь. Однако в отношении Харриет он просто сумасшедший.

— Но у него была веская причина сойти с ума. Ведь Харриет действительно исчезла.

— Мне просто чертовски надоела эта история. Она уже много лет отравляет жизнь нам всем и никак не может закончиться.

Внезапно Сесилия поднялась и стала натягивать меховую куртку.

— Мне надо идти. Вы действительно приятный человек. Мартину тоже так показалось, но на его мнение не всегда можно полагаться. Если будет желание, заходите ко мне на кофе в любое время. По вечерам я почти всегда дома.

— Спасибо,— ответил Микаэль.

Когда она уже подходила к входной двери, он крикнул ей вслед:

— Вы не ответили на вопрос, не относящийся к интервью!

Она задержалась в дверях и произнесла, не глядя на него:

— Я не имею представления о том, что случилось с Харриет. Но думаю, что у этого есть столь простое и будничное объяснение, что мы поразимся, если когда-нибудь узнаем правду.

Она обернулась, улыбаясь, и впервые в ее улыбке появилась теплота. Потом Сесилия помахала рукой и исчезла.

Микаэль остался сидеть за кухонным столом. Наряду с некоторыми другими, в перечне членов семьи, находившихся на острове в день исчезновения Харриет, имя Сесилии Вангер было выделено жирным шрифтом.

Если знакомство с Сесилией Вангер в целом оказалось приятным, то встреча с Изабеллой Вангер оставила противоположное впечатление. Матери Харриет теперь было семьдесят пять лет; как и предупреждал Хенрик, она оказалась очень стильной женщиной, немного напоминавшей Лорен Бэколл* в старости. Микаэль столкнулся с ней однажды утром, направляясь в «Кафе Сусанны». Худенькая, в каракулевой шубе и соответствующей шляпе, с черной тростью в руке, она походила на стареющего вампира; по-прежнему красивая, но ядовитая, словно змея. Изабелла Вангер явно возвращалась домой с прогулки. Она окликнула его с перекрестка:

— Послушайте-ка, молодой человек. Подойдите сюда.

---

* Американская актриса театра и кино. (Прим. ред.)

Микаэль огляделся по сторонам, пришел к выводу, что этот призыв в приказном тоне обращен именно к нему, и подошел.

— Я Изабелла Вангер,— объявила женщина.

— Здравствуйте, меня зовут Микаэль Блумквист.

Он протянул руку, но дама ее будто не заметила.

— Вы тот тип, что копается в наших семейных делах?

— Я тот тип, с которым Хенрик Вангер заключил контракт, чтобы я помог ему с книгой о семье Вангер.

— Это не ваше дело.

— Что вы имеете в виду? То, что Хенрик Вангер предложил мне контракт, или то, что я его подписал? В первом случае, полагаю, решать Хенрику, а во втором — это мое дело.

— Вы прекрасно понимаете, что я имею в виду. Мне не нравится, когда кто-то копается в моей жизни.

— Хорошо, я не буду копаться конкретно в вашей жизни. Об остальном вам придется договариваться с Хенриком Вангером.

Изабелла Вангер внезапно подняла трость и ткнула наконечником в грудь Микаэля. Толчок был несильным, но от удивления он отступил на шаг.

— Держитесь от меня подальше.

Изабелла Вангер развернулась и проследовала к своему дому. Микаэль остался стоять с ощущением, будто только что встретил персонажа из комиксов. Подняв взгляд, он увидел в окне кабинета Хенрика Вангера. В руке у того была кофейная чашка, которую он тут же иронически приподнял, показывая, что пьет за здоровье Микаэля. Микаэль удрученно развел руками, покачал головой и направился в кафе.

За первый месяц в Хедебю Микаэль предпринял только одну поездку — в бухту озера Сильян. Он одолжил у Дирка Фруде «мерседес» и отправился через снежные завалы, чтобы навестить инспектора уголовной полиции Густава Морелля. Микаэль пытался составить себе представление о Морелле, основываясь на материалах полицейского расследования; встретил же его жилистый старик, который передвигался очень неторопливо, а говорил еще медленнее.

В блокноте, который Микаэль привез с собой, было записано около десятка вопросов, всплывших за время чтения полицейских материалов. Морелль подробно ответил на все. Под конец Микаэль отложил блокнот и признался, что вопросы были лишь предлогом для встречи с вышедшим на пенсию комиссаром. На самом деле ему хотелось поговорить с ним и задать единственный важный вопрос: было ли в полицейском расследовании что-нибудь, что не отразилось в материалах дела? Может быть, у Морелля тогда возникала какая-нибудь мысль или интуитивное ощущение, которыми ему хотелось бы поделиться?

Поскольку Морелль, как и Хенрик Вангер, все эти тридцать шесть лет размышлял над загадкой исчезновения Харриет, Микаэль ожидал, что его розыски будут приняты без восторга — вот еще, какой-то новый парень приехал и топчется в зарослях, в которых Морелль когда-то заблудился. Однако старый полицейский выслушал его без малейшего неудовольствия. Аккуратно набив трубку и чиркнув спичкой, Морелль спокойно кивнул:

— Да, мысли у меня, конечно, имеются. Но они такие неотчетливые и расплывчатые, что даже не знаю, как их лучше передать.

— Что, вы полагаете, произошло с Харриет?

— Думаю, ее убили. Тут мы с Хенриком сходимся. Это единственное возможное объяснение. Но мы так и не додумались до мотива. Я считаю, что ее убили по какой-то конкретной причине — убийцей не был сумасшедший, насильник или кто-то в этом роде. Знай мы мотив, мы бы поняли, кто ее убил.

Морелль ненадолго задумался.

— Убийство могли совершить спонтанно. Я имею в виду, кто-то мог воспользоваться случаем, когда посреди возникшего после аварии хаоса ему вдруг представилась такая возможность. Убийца спрятал тело и вывез его позже, пока мы прочесывали окрестности.

— Тогда мы имеем дело с очень хладнокровным человеком.

— Есть одна деталь. Харриет приходила к Хенрику в кабинет и хотела с ним поговорить. Уже задним числом ее поведение показалось мне странным — она прекрасно знала, что у Хенрика полно родственников, которые слоняются по дому. Я думаю, что Харриет представляла для кого-то угрозу — ведь она хотела Хенрику что-то рассказать, и убийца понял, что она... ну, насплетничает.

— Хенрик был занят с другими членами семьи...

— Помимо Хенрика в комнате находились четыре человека. Его брат Грегер, сын двоюродной сестры Магнус Шёгрен и двое детей Харальда Вангера — Биргер и Сесилия. Но это ничего не значит. Допустим, Харриет обнаружила, что кто-то похитил деньги компании — чисто гипотетически. Она знает об этом уже несколько месяцев и даже неоднократно обсуждает дело с виновником. Пытается, например, его шантажировать или жалеет его и сомневается, надо ли его выдавать. Внезапно она решается и сообщает об этом виновному, и тот в отчаянии ее убивает.

— Вы употребляете слово «его».

— По статистике, большинство убийц — мужчины. Правда, в клане Вангеров имеется несколько сущих ведьм.

— Я уже встречался с Изабеллой.

— Она одна из них. Но есть и еще. Сесилия Вангер может быть очень резкой. А Сару Шёгрен вы видели?

Микаэль помотал головой.

— Она дочь Софии Вангер, двоюродной сестры Хенрика. Вот уж действительно неприятная и безжалостная женщина. Но она жила в Мальмё и, насколько я смог выяснить, не имела мотива убивать Харриет.

— Ну и что же?

— Проблема заключается в том, что с какой стороны мы на все это ни смотрим, нам никак не удается уловить мотив. А это самое главное. Если станет ясен мотив, мы будем знать, что произошло и кто за это в ответе.

— Вы очень тщательно поработали с этим случаем. Осталось ли что-нибудь недоведенным до конца?

Густав Морелль усмехнулся:

— Нет, Микаэль. Я посвятил этому делу бесконечное количество времени и не могу припомнить, чтобы не довел чего-нибудь до конца, насколько это было возможно. Даже после того, как меня повысили и я смог уехать из Хедестада.

— Смогли уехать?

— Да, я родом не из Хедестада. Я находился там на службе с шестьдесят третьего по шестьдесят восьмой год. Потом меня сделали комиссаром, я перебрался в Евле, где и прослужил в местной полиции до завершения карьеры. Но даже там я продолжал думать над исчезновением Харриет.

— Вероятно, вам не давал покоя Хенрик Вангер.

— Разумеется. Но не только поэтому. Загадка Харриет не отпускает меня и по сей день. Я хочу сказать... Знаете ли, у каждого полицейского имеется своя неразгаданная тайна. Когда я служил в Хедестаде, старшие коллеги рассказывали за кофе о случае с Ребеккой. Особенно один полицейский, которого звали Торстенссон — он уже много лет как умер,— год за годом возвращался к этому делу, посвящал ему свободное время и все отпуска. Когда у местных хулиганов наступал период затишья, он обычно вынимал те папки и думал.

— Еще одна исчезнувшая девушка?

Комиссар Морелль не сразу понял, а потом улыбнулся, сообразив, что Микаэль ищет какую-то взаимосвязь.

— Нет, я привел этот пример по другой причине. Я говорю о душе полицейского. Дело Ребекки возникло еще до рождения Харриет и много лет как закрыто за давностью. Где-то в сороковых годах в Хедестаде напали на женщину, изнасиловали и убили. В этом нет ничего необычного. Каждому полицейскому за его карьеру рано или поздно приходится расследовать такие дела, но я хочу сказать, что некоторые из них врезаются в память, проникают в душу следователей. Ту девушку убили самым зверским образом. Убийца связал ее и сунул головой в догорающие угли костра. Трудно представить себе, сколько времени бедняжка умирала и какие мучения ей пришлось испытать.

— Вот дьявол!

— Именно. Дикая жестокость. Бедняга Торстенссон первым оказался на месте преступления, когда ее обнаружили, и убийство осталось нераскрытым, хотя привлекались и эксперты из Стокгольма. Он так и не смог расстаться с этим делом.

— Понимаю.

— Моим «делом Ребекки» является дело Харриет. В ее случае мы не знаем даже, как она умерла. Технически мы, собственно, даже не можем доказать, что было совершено убийство. Но меня это дело не отпускает.

Он немного помолчал.

— Расследование убийств, возможно, самое одинокое занятие на свете. Друзья жертвы приходят в волнение и отчаяние, но рано или поздно — через несколько недель или месяцев — их жизнь возвращается в нормальное русло. Ближайшим родственникам требуется больше времени, но даже они преодолевают горе и тоску. Их жизнь продолжается. Но нераскрытые убийства гложут, и под конец только один человек думает о жертве и пытается восстановить справедливость — полицейский, остающийся один на один с расследованием.

Из семьи Вангер на острове проживали еще три человека. Сын третьего брата, Грегера, Александр Вангер, родившийся в 1946 году, жил в отремонтированном деревянном доме начала XX века. От Хенрика Микаэль узнал, что в настоящее время Александр Вангер находится в Вест-Индии, где предается своему любимому занятию — ходит на яхте и коротает время в полном безделье. Хенрик отзывался о племяннике столь резко, что Микаэль сделал вывод: Александр Вангер замешан в каких-то серьезных разногласиях. Он удовольствовался сведениями о том, что Александру было двадцать лет, когда пропала Харриет, и что он вместе с другими родственниками находился в тот день на острове.

Вместе с Александром проживала его восьмидесятилетняя мать Герда, вдова Грегера Вангера. Микаэль ее не видел; она болела и в основном лежала в постели.

Третьим членом семьи был, естественно, Харальд Вангер. За первый месяц Микаэлю не удалось даже мельком увидеть старого приверженца евгеники. Жилище Харальда, стоявшее поблизости от домика Микаэля, из-за своих плотно зашторенных окон производило мрачное и зловещее впечатление. Несколько раз Микаэль, проходя мимо, примечал, что занавески шевелятся, а однажды, очень поздно, собираясь идти спать, он заметил свет в комнате верхнего этажа — шторы были чуть-чуть раздвинуты. Микаэль минут двадцать стоял у кухонного окна как завороженный, наблюдая за светом, а потом плюнул на все и лег спать. Утром все было по-прежнему.

Харальд Вангер казался каким-то местным духом и своим невидимым присутствием накладывал определенный отпечаток на жизнь селения. В воображении Микаэля Харальд все больше походил на злобного Голлума, который шпионит за окружающими из-за занавесок и занимается в своем заколоченном логове каким-то черным колдовством.

Раз в день пожилая женщина из социальной службы приносила Харальду Вангеру еду. Расчищать дорогу к дому он отказывался, и к его двери она с трудом пробиралась через сугробы. Когда Микаэль попытался расспросить «дворника» Гуннара Нильссона, тот только покачал головой. По его словам, он пробовал предлагать свои услуги, но Харальд Вангер явно не хотел, чтобы кто-то заходил на его участок. В первую зиму, когда старик вернулся в Хедебю, Гуннар Нильссон единственный раз автоматически завернул к его дому на тракторе, чтобы расчистить двор, как он это всегда делал у других, но Харальд Вангер вылетел на улицу и скандалил до тех пор, пока Нильссон не убрался.

К сожалению, расчищать двор у Микаэля Гуннар Нильссон не мог, поскольку ворота были слишком узки для трактора, и приходилось браться за лопату.

В середине января Микаэль Блумквист поручил своему адвокату узнать, когда ему предстоит отбывать трехмесячное наказание в тюрьме. Ему хотелось покончить с этим делом как можно скорее. Попасть за решетку оказалось легче, чем он предполагал. После недельного разбирательства было решено, что 17 марта Микаэль сядет в тюрьму Рулльокер под Эстерсундом — в пенитенциарное учреждение общего режима для лиц, совершивших не особо тяжкие преступления. Адвокат также сообщил Микаэлю, что срок его пребывания в заключении, скорее всего, будет немного сокращен.

— Отлично,— ответил Микаэль без большого энтузиазма.

В это время он сидел за кухонным столом и ласкал пятнистую кошку, которая взяла за привычку раз в несколько дней появляться и ночевать у Микаэля. От живущей через дорогу Хелен Нильссон он узнал, что кошку зовут Чёрвен и она никому не принадлежит, а просто бродит от дома к дому.

Со своим работодателем Микаэль встречался почти ежедневно. Иногда разговор был кратким, а иногда они часами обсуждали исчезновение Харриет Вангер и всевозможные детали в частном расследовании Хенрика.

Порой беседа состояла в том, что Микаэль выдвигал какую-нибудь теорию, а Хенрик ее опровергал. Микаэль пытался оставаться беспристрастным, но вместе с тем чувствовал, что в какие-то моменты его страшно увлекала головоломка, в которую вылилось событие почти сорокалетней давности.

Перед приездом сюда Микаэль заверял Эрику, что будет параллельно вырабатывать стратегию борьбы с Хансом Эриком Веннерстрёмом, но за месяц пребывания в Хедестаде ни разу не открыл старые папки, содержимое которых привело его в суд. Напротив, обо всем этом он старался забыть. Начиная думать о Веннерстрёме и своем собственном положении, он каждый раз приходил в глубочайшее уныние и полностью утрачивал интерес к жизни. Между приступами увлечения он даже беспокоился, уж не становится ли и сам таким же чокнутым, как старик. Его профессиональная карьера рассыпалась, как карточный домик, а он засел в глуши и посвятил себя охоте за призраками. Кроме того, ему не хватало Эрики.

Хенрик Вангер присматривался к своему помощнику со сдержанным беспокойством. Он чувствовал, что временами Микаэль Блумквист бывает не в себе. В конце января старик принял решение, удивившее его самого. Он поднял трубку и позвонил в Стокгольм. Разговор затянулся на двадцать минут, и речь шла в основном о Микаэле Блумквисте.

Потребовался почти месяц, чтобы Эрика перестала злиться. Она позвонила в один из последних дней января, в десять часов вечера.

— Сколько еще ты собираешься там сидеть? — спросила она вместо приветствия.

Ее голос из телефонной трубки раздался так неожиданно, что Микаэль сразу не нашелся с ответом. Потом он улыбнулся и поплотнее закутался в одеяло.

— Привет, Рикки. Тебе стоило бы побывать здесь самой.

— Это еще зачем? Жизнь у черта на куличках обладает особым очарованием?

— Я только что почистил зубы ледяной водой. Все пломбы зудят.

— Сам виноват. Но в Стокгольме тоже собачий холод.

— Рассказывай.

— Мы лишились двух третей постоянных рекламодателей. Никто прямо ничего не говорит, но...

— Знаю. Составляй список тех, кто откалывается. Когда-нибудь мы расскажем о них в соответствующем репортаже.

— Микке... я все подсчитала, и если у нас не появятся новые рекламодатели, к осени мы обанкротимся. Только и всего.

— Скоро все изменится к лучшему.

Она устало усмехнулась на другом конце провода:

— Тебе хорошо это утверждать, сидя в лапландской дыре.

— Послушай, до ближайшей саамской деревни по меньшей мере километров пятьсот.

Эрика молчала.

— Эрика, я...

— Знаю, знаю. Мужчина должен делать то, что должен, и прочая лажа. Не надо ничего объяснять. Извини, что я вела себя как последняя дрянь и не отвечала на твои звонки. Может, начнем все сначала? Не отважиться ли мне тебя навестить?

— Приезжай в любой момент.

— Мне надо брать с собой ружье и патроны на волков?

— Пока не стоит. Мы наймем несколько лопарей с собачьей упряжкой. Когда ты приедешь?

— В пятницу вечером. Подойдет?

И жизнь сразу показалась Микаэлю значительно светлее.

Не считая узкой расчищенной тропинки, участок Микаэля был покрыт метровым слоем снега. Окинув лопату долгим критическим взглядом, Микаэль пошел к Гуннару Нильссону и спросил, нельзя ли Эрике на время своего визита поставить «БМВ» у них. Тот ничего не имел против — в гараже много места, и они даже могут предложить обогреватель для двигателя.

Эрика отправилась в путь в середине дня и прибыла в Хедебю около шести часов вечера. Встретившись наконец, они несколько секунд выжидающе рассматривали друг друга, а обнимались значительно дольше.

За исключением подсвеченного здания церкви, осматривать на улице в вечерней темноте было почти нечего, «Консум» и «Кафе Сусанны» как раз закрывались, поэтому они отправились прямо домой. Пока Микаэль готовил ужин, Эрика оглядывала его жилье, отпускала замечания по адресу журнала «Рекордмагазинет» 50-х годов и изучала лежавшие в кабинете папки. Потом они ели бараньи отбивные с тушеной картошкой — чересчур много калорий — и пили красное вино. Микаэль попытался вернуться к начатому по телефону разговору, но у Эрики не было настроения обсуждать дела «Миллениума». Вместо этого они два часа говорили о своих собственных делах и о том, как продвигается работа Микаэля, а потом пришла пора проверить, достаточно ли широка кровать для них двоих.

Третья встреча с адвокатом Нильсом Бьюрманом была отменена, перенесена и наконец назначена на ту же пятницу, но в пять часов. Во время предыдущих визитов Лисбет Саландер встречала женщина лет пятидесяти пяти, пахнущая мускусом и выполняющая в офисе роль секретаря. На этот раз рабочий день сотрудницы уже закончился, а от адвоката Бьюрмана попахивало спиртным. Он жестом велел Саландер сесть в кресло для посетителей, а сам продолжал с отсутствующим видом листать бумаги, пока, казалось, вдруг не вспомнил о ее присутствии.

Состоялся новый допрос. На этот раз он расспрашивал Лисбет Саландер о ее сексуальной жизни, которую она твердо считала своим личным делом и вообще ни с кем обсуждать не намеревалась.

По окончании визита Лисбет Саландер поняла, что повела себя неправильно. Сперва она молчала, уклоняясь от его вопросов; он истолковал это как застенчивость, отсталость или желание что-то скрыть и принялся вытягивать из нее ответы. Саландер убедилась, что он не отстанет, и начала выдавать немногословные и безобидные реплики, которые, как ей казалось, соответствовали ее психологической характеристике. Она упомянула Магнуса, которого изобразила как своего ровесника, увлеченного программиста по профессии: он вел себя с ней по-джентльменски, водил в кино и иногда ложился с ней в постель. Магнус был чистейшим вымыслом, который по мере ее рассказа обретал все новые краски, но Бьюрман использовал его как повод для того, чтобы в течение последующего часа подробно разбираться в сексуальной жизни подопечной.

— Как часто вы занимаетесь сексом?

— Время от времени.

— Кто бывает инициатором — ты или он?

— Я.

— Вы используете презервативы?

— Естественно.— Она слышала о СПИДе.

— Какое положение ты предпочитаешь?

— Ну, обычно на спине.

— Ты любишь оральный секс?

— Ой, подождите минутку...

— Ты когда-нибудь занималась анальным сексом?

— Нет, мне не доставляет особой радости, когда трахают в зад,— но, черт возьми, вам-то какое до этого дело?

Это был единственный раз, когда она вспылила в обществе Бьюрмана. Сознавая, что знать об этом ему не следует, она уставилась в пол, чтобы глаза не выдали ее чувств. Когда она вновь посмотрела на адвоката, сидевшего по другую сторону письменного стола, он ухмылялся. Лисбет Саландер тут же поняла, что в ее жизни грядут решительные и неприятные перемены.

Она покинула адвоката Бьюрмана с чувством отвращения. К такому повороту она оказалась не готова. Пальмгрену никогда бы в голову не пришло задавать подобные вопросы, зато он всегда охотно шел навстречу, если ей требовалось что-нибудь обсудить. Правда, такая потребность возникала у нее редко.

Бьюрман с самого начала был ее головной болью, но теперь она осознала, что он стал превращаться в серьезную проблему.

Глава
11

Суббота, 1 февраля — вторник, 18 февраля

В субботу, пока не кончился короткий зимний день, Микаэль и Эрика отправились на прогулку мимо маленькой гавани по дороге, ведущей к хозяйству Эстергорд. Хоть Микаэль и прожил в Хедебю месяц, он прежде никогда не ходил в глубь острова: холод и частые метели не располагали к подобным вылазкам. Но суббота выдалась ясной и приятной, будто вместе с Эрикой в Норрланд явились первые предвестия подступающей весны. Было всего пять градусов мороза, но расчищенную дорогу обрамляли метровой высоты сугробы. Миновав рыбачьи домики, путники сразу оказались в густом еловом лесу. Микаэля поразило, насколько выше и неприступнее оказалась вблизи гора Сёдерберрет, возвышавшаяся над домиками, чем это представлялось из селения. На миг он задумался о том, сколько раз Харриет Вангер играла здесь в детстве, но потом выбросил это из головы. Через несколько километров лес внезапно кончился и тропа уперлась в изгородь, за которой начиналась территория хозяйства Эстергорд. Микаэль и Эрика увидели белый деревянный дом и большое темно-красное здание скотного двора. Решив на хутор не заходить, они повернули и тем же путем двинулись обратно.

Когда они проходили мимо въезда в усадьбу Вангеров, Хенрик стал сильно стучать в окно на втором этаже и настойчиво махать рукой, приглашая их зайти. Микаэль и Эрика переглянулись.

— Хочешь познакомиться с легендой промышленности? — спросил Микаэль.

— А он кусается?

— По субботам нет.

Хенрик Вангер встретил их в дверях кабинета и пожал гостям руки.

— Я вас знаю. Вы, должно быть, фрёкен Бергер,— сказал он вместо приветствия.— Микаэль и словом не обмолвился о том, что вы собираетесь посетить Хедебю.

Одним из главных достоинств Эрики была ее удивительная способность с ходу завязывать дружеские отношения буквально с кем угодно. Микаэлю доводилось наблюдать, как она обращала свое обаяние на пятилетних мальчиков и те через пять минут уже были готовы бросить ради нее родную мать. Старички за восемьдесят, похоже, исключения не составляли. Через две минуты Эрика с Хенриком Вангером, полностью позабыв про Микаэля, болтали так, будто знали друг друга с детства — ну, учитывая разницу в возрасте, по крайней мере с детства Эрики.

Для начала Эрика принялась беззастенчиво ругать Хенрика Вангера за то, что тот заманил в глушь ее ответственного редактора. Старик ответил, что, насколько он понял из разных сообщений в прессе, она его уже уволила, а если нет, то, возможно, самое время освободить редакцию от балласта. Сделав театральную паузу, Эрика обдумывала это утверждение и критически разглядывала Микаэля. В любом случае, заявил Хенрик Вангер, временное приобщение к сельской жизни, вероятно, пойдет молодому Блумквисту на пользу. Против этого Эрика не возражала.

Минут пять они в самых язвительных выражениях обсуждали его недостатки. Микаэль откинулся в кресле, притворяясь обиженным, однако по-настоящему нахмурился, лишь когда Эрика отпустила несколько завуалированных двусмысленных замечаний, которые могли относиться к его минусам как журналиста, но с таким же успехом намекать на некоторую ущербность в сексуальном отношении. Хенрик Вангер хохотал, запрокинув голову.

Микаэль изумился; никогда прежде он не видел Хенрика Вангера таким непринужденным и расслабленным. Теперь легко было представить Хенрика на пятьдесят — пусть даже на тридцать — лет моложе, и Микаэль подумал, что тот был, вероятно, обаятельным мужчиной, который очаровывал и притягивал женщин. А между тем он ведь так и не женился снова. Женщины на его пути, несомненно, попадались, однако он вот уже почти полвека оставался холостяком.

Глотнув кофе, Микаэль снова навострил уши: разговор вдруг сделался серьезным и перешел на дела «Миллениума».

— Я узнал от Микаэля, что у вас возникли проблемы с журналом.

Эрика покосилась на Микаэля.

— Нет, он не обсуждал со мной служебных дел, но надо быть слепым и глухим, чтобы не понять, что ваш журнал, как и концерн «Вангер», движется к закату.

— Думаю, мы как-нибудь выправим положение,— осторожно сказала Эрика.

— Я в этом сомневаюсь,— возразил Хенрик Вангер.

— Почему?

— Давайте прикинем, сколько у вас сотрудников. Шесть? Издание тиражом двадцать одна тысяча экземпляров, которое выходит раз в месяц, печать, распространение, помещения... Ваш годовой оборот должен составлять где-то около десяти миллионов. Примерно половину суммы должны давать поступления от рекламы.

— И что из этого?

— Ханс Эрик Веннерстрём — злопамятный и мелочный дьявол, который оставит вас в покое не скоро. Сколько рекламодателей вы потеряли за последние месяцы?

Эрика выжидала, наблюдая за Хенриком Вангером. Микаэль поймал себя на том, что сидит, затаив дыхание. Ранее, когда они со стариком касались темы «Миллениума», тот либо отпускал язвительные замечания, либо прикидывал, насколько продуктивно Микаэль сможет работать для него в Хедестаде. И хотя Микаэль и Эрика оба являлись основателями и совладельцами журнала, сейчас старик обращался исключительно к Эрике, как руководитель к руководителю. Они посылали друг другу сигналы, которые Микаэль не мог ни уловить, ни истолковать. Возможно, всему виной его происхождение из бедной рабочей семьи Норрланда, в то время как она была девушкой из высших слоев, с самой разнообразной наследственностью.

— Можно мне еще кофе? — спросила Эрика.

Хенрик Вангер тут же взялся за термос.

— Ладно, вы хорошо подготовились,— признала она.— Мы истекаем кровью. Что дальше?

— Сколько вы можете протянуть?

— У нас есть полгода, чтобы переломить ситуацию. Максимум восемь-девять месяцев. На большее у нас просто-напросто не хватит капитала.

Старик смотрел в окно, сохраняя непроницаемое выражение лица. Церковь по-прежнему стояла на своем месте.

— Вы знали, что я когда-то был владельцем газет?

Микаэль с Эрикой замотали головами. Хенрик Вангер вдруг рассмеялся:

— В пятидесятых — шестидесятых годах мы владели шестью местными ежедневными газетами. Идея принадлежала моему отцу — он полагал, что наличие СМИ за спиной выгодно в политическом отношении. И нам по-прежнему принадлежит газета «Хедестадс-курирен», а Биргер Вангер является у нас председателем правления. Он сын Харальда,— уточнил старик для Микаэля.

— И кроме того, политик муниципального уровня,— добавил Микаэль.

— Мартин тоже входит в правление. Он присматривает за Биргером.

— Почему вы оставили себе только одну газету? — спросил Микаэль.

— В шестидесятые годы мы провели рационализацию структуры концерна. Издание газет было для нас скорее хобби, чем бизнесом. Когда в семидесятых годах пришлось урезать бюджет, мы среди первых активов продали газеты. Но я знаю, что значит владеть периодическим изданием... Можно задать личный вопрос?

Вопрос был обращен к Эрике. Она приподняла одну бровь и кивнула.

— Микаэля я об этом не спрашивал, и если не хотите, можете ничего не отвечать. Меня интересует, почему вы угодили в эту историю. Был у вас материал или нет?

Микаэль и Эрика переглянулись. Теперь настала очередь Микаэля сидеть с непроницаемым лицом. Секунду поколебавшись, Эрика заговорила:

— Материал у нас был. Но на деле он оказался вовсе не таким, как мы ожидали.

Хенрик Вангер кивнул, словно бы ему все стало ясно, хотя даже сам Микаэль ничего не понял.

— Я не хочу это обсуждать,— вмешался он.— Я изучил материал и написал текст. У меня имелись все необходимые источники. А потом все пошло к черту.

— Но у вас был изначальный источник информации?

Микаэль кивнул.

— Не стану притворяться и говорить, что понимаю, как вас угораздило налететь на такую мину. Я не могу припомнить подобной истории, разве что дело Лундаля в «Экспрессен» в шестидесятых годах, если вы, молодежь, о таком слыхали. Ваш источник тоже был законченным мифоманом?

Хенрик Вангер покачал головой и, понизив голос, обратился к Эрике:

— Я уже был издателем и могу сделаться им снова. Не нужен ли вам еще один партнер?

Для Микаэля этот вопрос прозвучал как гром с ясного неба, но Эрика, похоже, вовсе не удивилась.

— Что вы имеете в виду? — спросила она.

— Как долго вы пробудете в Хедестаде? — вопросом на вопрос ответил Хенрик Вангер.

— До завтра.

— Вы могли бы — конечно, вместе с Микаэлем — доставить удовольствие старику и прийти сегодня ко мне на ужин? В семь часов?

— Отлично. Мы с удовольствием придем. Но вы уклоняетесь от моего вопроса. Почему вам хочется стать совладельцем «Миллениума»?

— Я не уклоняюсь от вопроса. Но думаю, что лучше нам будет обсудить его за едой. Прежде чем принять решение, мне необходимо переговорить с моим адвокатом Дирком Фруде. Если в двух словах, то я могу сказать, что у меня имеются свободные деньги. Если журнал выживет и начнет снова приносить прибыль, я выгадаю. Если нет — ну, в свое время я терял куда большее.

Микаэль уже собирался открыть рот, когда Эрика опустила руку ему на колено.

— Мы с Микаэлем долго боролись за то, чтобы быть совершенно независимыми.

— Ерунда. Полностью независимых людей не бывает. Но я не стремлюсь отнять у вас журнал и плевать хотел на его содержание. Раз уж этот паразит Стенбек заработал очки, издавая «Модерна тидер», то я вполне могу стоять за «Миллениумом». Тем более что журнал хороший.

— Это как-то связано с Веннерстрёмом? — вдруг спросил Микаэль.

Хенрик Вангер улыбнулся:

— Микаэль, мне уже за восемьдесят. Я сожалею, что есть дела, которые остались несделанными, и люди, с которыми я не свел счеты по-крупному. Кстати,— снова обратился он к Эрике,— я вложу сюда капитал при одном по крайней мере непременном условии.

— Говорите,— предложила Эрика.

— Микаэль Блумквист должен вновь занять должность ответственного редактора.

— Нет,— тут же возразил Микаэль.

— Да,— сказал Хенрик Вангер столь же резко.— Веннерстрёма хватит удар, если мы выйдем с сообщением пресс-службы о том, что концерн «Вангер» начинает поддерживать «Миллениум» и одновременно ты снова становишься ответственным редактором. Этим мы яснее всего дадим понять: о смене власти речь не идет и редакционная политика остается прежней. И уже одно это даст рекламодателям, обдумывающим, уходить ли из журнала, повод взвесить все еще раз. Веннерстрём не всемогущ. Враги у него тоже имеются, и есть предприятия, которые захотят разместить свою рекламу у вас.

— О чем, черт побери, шла речь? — спросил Микаэль, как только они с Эрикой оказались на улице.

— Думаю, это называется зондированием почвы перед заключением сделки,— ответила она.— А ты не рассказывал мне, что Хенрик Вангер такая душка.

Микаэль преградил ей дорогу:

— Рикки, ты с самого начала прекрасно знала, во что выльется этот разговор.

— Привет, малыш. Сейчас только три часа, и я хочу, чтобы до ужина меня хорошенько развлекли.

Микаэль Блумквист кипел от злости. Но долго злиться на Эрику ему никогда не удавалось.

Эрика надела черное платье, короткий жакет и лодочки, которые на всякий случай привезла в дорожной сумке. Она настояла на том, чтобы Микаэль был в костюме и при галстуке, и он облачился в черные брюки, серую рубашку, темный галстук и серый пиджак. Когда они точно в назначенное время появились у Хенрика Вангера, оказалось, что в гости приглашены еще Дирк Фруде и Мартин Вангер. Все были в костюмах и при галстуках, кроме Хенрика, который щеголял в коричневой кофте и с галстуком-бабочкой.

— Преимущество девятого десятка в том, что никто не может придираться к твоей одежде,— заявил он.

На протяжении всего ужина Эрика была в превосходном настроении.

Только когда они позднее перешли в салон с камином и уселись с рюмками коньяка, началось серьезное обсуждение. Они проговорили почти два часа, прежде чем на стол лег проект соглашения.

Дирку Фруде поручалось создать компанию, полностью принадлежащую Хенрику Вангеру, с правлением, в которое входили он сам, Фруде и Мартин Вангер. Компания должна была в течение четырех лет вкладывать сумму, покрывавшую разницу между доходами и расходами «Миллениума». Деньги перечислялись из личных средств Хенрика Вангера. Взамен Хенрик получал заметный пост в руководстве журналом. Договор заключался на четыре года, но «Миллениум» получал право его расторгнуть через два года. Однако досрочное расторжение договора требовало значительных средств, поскольку выкупить долю Хенрика можно было, только выплатив ему всю вложенную им сумму.

В случае внезапной смерти Хенрика Вангера Мартин Вангер заменял его в правлении на остаток срока действия соглашения. По истечении срока Мартину предоставлялось право самому решать, продлевать ли ему участие в деятельности журнала. Мартина, казалось, радовала возможность свести счеты с Хансом Эриком Веннерстрёмом, и Микаэля очень интересовало, что же такое между ними произошло.

Когда предварительный вариант соглашения был готов, Мартин стал доливать всем коньяк. Хенрик, воспользовавшись случаем, склонился к Микаэлю и тихим голосом заявил, что этот договор никоим образом не влияет на уговор между ними двоими.

Было также решено объявить о грядущих переменах в тот день, когда Микаэль Блумквист сядет в тюрьму в середине марта, — тогда это произведет на СМИ наибольшее впечатление. Объединение этого печального факта с переменами в правлении являлось настолько неправильным с точки зрения пиара, что неизбежно должно было озадачить недоброжелателей Микаэля и привлечь к выходящему на сцену Хенрику Вангеру самое пристальное внимание. А на самом деле все было логично: эти шаги подчеркивали, что развевающийся над редакцией «Миллениума» флаг эпидемии чумы поехал вниз и что у журнала появляются новые покровители, готовые к решительным действиям. Предприятия Вангера, пусть даже переживая не лучшие времена, по-прежнему обладали большим весом в промышленности, и при необходимости он мог перейти в наступление.

В обсуждениях с одной стороны участвовала Эрика, а с другой Хенрик и Мартин. Мнения Микаэля никто не спрашивал.

Поздно ночью Микаэль лежал, склонив голову Эрике на грудь и глядя ей в глаза.

— Сколько времени вы с Хенриком Вангером обсуждали это соглашение? — спросил он.

— Примерно неделю,— ответила она с улыбкой.

— Кристер в курсе?

— Разумеется.

— Почему ничего не говорили мне?

— С какой стати мне было обсуждать это с тобой? Ты ушел с поста ответственного редактора, бросил редакцию и правление и поселился в лесу.

Микаэль немного подумал.

— Ты считаешь, что я заслужил, чтобы со мной обходились как с идиотом?

— О да,— многозначительно сказала она.

— Ты действительно на меня разозлилась.

— Микаэль, я никогда не чувствовала себя настолько взбешенной, обманутой и покинутой, как в тот день, когда ты ушел из редакции. Никогда прежде я на тебя так не злилась.

Она крепко ухватила его за волосы и сбросила с себя его голову.

В воскресенье Эрика уехала, а на Хенрика Вангера Микаэль был настолько зол, что встречаться с ним или с кем-нибудь другим из членов клана было бы рискованно. Он поехал в Хедестад и всю вторую половину дня гулял по городу, зайдя по пути в библиотеку и кондитерскую. Вечером он отправился в кино и посмотрел «Властелина колец», с которым так и не удосужился ознакомиться раньше, хотя премьера состоялась уже год назад. Ему вдруг подумалось, что орки — гораздо более простые и понятные существа, чем люди.

Завершил он этот вечер посещением «Макдоналдса» в Хедестаде и вернулся на остров только с последним автобусом, около полуночи. Дома он заварил кофе, уселся за кухонный стол и достал папку. И читал до четырех утра.

В деле Харриет Вангер имелось некоторое количество странностей, которые, по мере того как Микаэль углублялся в документацию, все более привлекали его внимание. Сам он никаких революционных открытий не сделал, и проблемы эти занимали комиссара Густава Морелля в течение долгого времени, особенно на досуге.

В последний год перед своим исчезновением Харриет Вангер изменилась. В какой-то степени это могло объясняться сложностями переходного периода, через который так или иначе проходят все. Харриет взрослела, и опрошенные одноклассники, учителя и члены семьи утверждали, что она постепенно становилась все более скрытной и замкнутой.

Девушка, которая двумя годами раньше была обычным веселым подростком, явно отдалилась от своего окружения. В школе она по-прежнему общалась с друзьями, но, по словам одной из ее подруг, как-то «безразлично». Выбранное подругой слово оказалось достаточно необычным, чтобы Морелль его записал и стал расспрашивать дальше. Ему объяснили, что Харриет прекратила говорить о себе, утратила интерес к сплетням и мелким житейским секретам.

В детстве религиозная жизнь Харриет Вангер, как у всех детей, сводилась к посещению воскресной школы, вечерней молитве и конфирмации. В последний же год она, похоже, сделалась верующей, читала Библию и регулярно ходила в церковь. Однако к местному пастору Отто Фальку — другу семьи Вангеров, она не обращалась, а ездила в Хедестад, в общину пятидесятников. Правда, интерес к пятидесятникам продолжался недолго. Уже через два месяца она покинула общину и стала читать книги о католицизме.

Было ли это религиозной одержимостью, свойственной некоторым подросткам? Возможно. Однако в семье Вангер никто особой набожностью не отличался, и осталось непонятным, что именно таким образом на нее повлияло. Конечно, направить мысли Харриет к Богу могла внезапная смерть ее отца, утонувшего за год перед этим. Во всяком случае, Густав Морелль сделал вывод, что некие события в жизни Харриет угнетали ее и влияли на ее поведение, но установить, какие именно, ему было трудно. Как и Хенрик Вангер, Морелль посвятил много времени разговорам с ее подругами, пытаясь найти кого-нибудь, кому Харриет доверяла.

Определенные надежды возлагались на Аниту Вангер, ту самую дочь Харальда Вангера, бывшую на два года старше Харриет, которая провела лето 1966 года в Хедебю и считала, что очень сблизилась с девушкой. Но Анита Вангер тоже не смогла ничего прояснить. Они общались все лето — купались, гуляли, болтали о фильмах, поп-группах и книгах. Харриет часто сопровождала Аниту на уроки вождения. Однажды они стащили из дома бутылку вина и здорово напились, а как-то они несколько недель прожили одни на краю острова, в хижине Готфрида — бревенчатом домишке, который отец Харриет построил в 50-х годах.

Вопросы о тайных мыслях и чувствах Харриет остались без ответа. Микаэль, однако, отметил одно несоответствие в этом описании: скрытной ее называли школьные друзья и некоторые родственники, в то время как Анита Вангер отнюдь не считала подругу замкнутой. Он взял это на заметку, чтобы при случае обсудить с Хенриком.

Более конкретную пищу для размышлений дала Мореллю страничка из ежедневника Харриет Вангер, тетради в красивом переплете, которую девушка получила в подарок на Рождество за год до исчезновения. В нем она записывала дела на каждый день, встречи, разные планы, даты контрольных работ в гимназии, домашние задания и прочее. В ежедневнике имелось много места для дневниковых записей, но Харриет вела дневник крайне нерегулярно. В январе она взялась было за дело основательно: отметила, с кем встречалась в рождественские каникулы и какие фильмы посмотрела. Потом она не писала ничего личного до окончания учебного года, а новые записи давали некоторые основания думать, что в этот период Харриет серьезно увлеклась каким-то мальчиком, чье имя не было названо.

Страницы с номерами телефонов тоже содержали некую загадку. Здесь аккуратно и в алфавитном порядке были переписаны члены семьи, одноклассники, некоторые учителя, несколько членов общины пятидесятников и другие, легко устанавливаемые лица из ее окружения. На последней страничке, чистой и уже, собственно, не относящейся к телефонной книжке, имелось пять имен и столько же номеров телефонов. Три женских имени и два инициала.

Магда – 32016
Сара – 32109
РЯ – 30112
РЛ – 32027
Мари – 32018

Пятизначные номера, начинавшиеся на «32», в 60-е годы принадлежали Хедестаду. Затесавшийся между ними номер на «30» указывал на селение Норрбю, за пределами Хедестада. Проблема заключалась в том, что, систематично опросив весь круг знакомых Харриет, инспектор Морелль так и не выяснил, кому эти номера телефонов принадлежат.

Первый, номер некой Магды, казался многообещающим. Он привел к магазину тканей и швейных принадлежностей на Паркгатан, 12, и принадлежал Маргот Лундмарк. Магдой звали ее мать, которая иногда подрабатывала в магазине. Однако этой Магде было шестьдесят девять лет, и она не имела представления о том, кто такая Харриет Вангер. Шитьем девушка не увлекалась, и не нашлось никаких доказательств того, что она когда-либо посещала этот магазин.

Второй номер, по которому должна была находиться Сара, привел в семью по фамилии Турессон, которая жила в западной части города, по другую сторону от железной дороги. Семья состояла из супругов Андерса и Моники, а также их сыновей Юнаса и Петера, в то время еще дошкольников. Никакой Сары в семье не было, и о Харриет Вангер они узнали только тогда, когда о ее исчезновении сообщили в средствах массовой информации. Единственная связь между Харриет и семьей Турессон, которую удалось нащупать, состояла в том, что Андерс, по профессии кровельщик, годом раньше в течение нескольких недель менял черепицу на здании школы, где Харриет тогда училась в девятом классе. Значит, все же существовала теоретическая возможность, что они встречались, правда, крайне небольшая.

Оставшиеся три номера также привели в тупики. Номер 32027, сопровождаемый инициалами «РЛ», действительно когда-то принадлежал Розмари Ларссон, но, к сожалению, она уже несколько лет как скончалась.

В течение зимы 1966–1967 года инспектор Морелль значительную часть своих усилий направил на попытки объяснить, почему Харриет записала эти имена и телефоны.

Первым ему пришло в голову вполне логичное соображение, что телефонные номера были записаны с использованием некоего личного кода. Морелль старался следовать ходу рассуждений шестнадцатилетней девушки. Поскольку число «32» явно указывало на Хедестад, он поэкспериментировал с перестановкой остальных цифр. Варианты «32601» и «32160» ни к какой Магде его не привели. Правда, по ходу изучения таинственных номеров Морелль обнаружил, что если менять достаточно много цифр, то какая-то связь с Харриет рано или поздно появляется. Например, когда он пытался увеличивать на единицу каждую из последних трех цифр в номере «32016», получался номер «32127», принадлежавший адвокатской конторе Дирка Фруде в Хедестаде. Проблема заключалась лишь в том, что выявленные связи такого рода абсолютно ничего не объясняли. Кроме того, ему так и не удалось найти код, подходивший ко всем пяти номерам одновременно.

Морелль пошел в своих рассуждениях дальше. А не могли ли цифры означать нечто другое? Ну например, автомобильные номера 60-х годов включали букву из названия лена и пять цифр — опять тупик.

Потом комиссар оставил цифры и сосредоточил внимание на именах. Он даже составил список всех жительниц Хедестада, носивших имена Мари, Магда и Сара, а также людей, имевших инициалы «РЛ» и «РЯ». В общей сложности получилось триста семь человек. Среди них двадцать девять человек были как-то связаны с Харриет; например, одного юношу, который вместе с ней учился в девятом классе, звали Роланд Якобсон, то есть инициалы «РЯ» ему подходили. Однако они были знакомы поверхностно и совсем не общались после того, как Харриет перешла в гимназию. И к тому же парень не имел никакого отношения к указанному номеру телефона.

Загадка телефонной книжки так и осталась неразгаданной.

Четвертая встреча с адвокатом Бьюрманом не относилась к плановым: Лисбет Саландер оказалась вынуждена с ним связаться.

На второй неделе февраля ее ноутбук погиб в результате несчастного случая, настолько нелепого, что ей от отчаяния хотелось кого-нибудь убить. Саландер приехала на встречу в «Милтон секьюрити» на велосипеде и в гараже закатила его за столб. Когда она поставила рюкзак на пол, чтобы добраться до велосипедного замка, какой-то темно-красный «сааб» сдал назад. Она стояла к нему спиной и не обнаружила опасности, пока не услышала хруст. Шофер автомобиля ничего не заметил и спокойно выехал из гаража.

В рюкзаке находился ее белый ноутбук «Эппл ай-бук-600» с жестким диском объемом в 25 гигабайт и с RAM-диском в 420 мегабайт, произведенный в январе 2002 года и снабженный четырнадцатидюймовым экраном. На момент покупки он представлял собой последнее слово техники фирмы «Эппл». Свои компьютеры Лисбет Саландер всегда оснащала последними, а иногда и самыми дорогими деталями — компьютерное обеспечение было у нее по большому счету самой крупной статьей расхода.

Открыв рюкзак, она увидела, что крышка компьютера сломана. Саландер воткнула сетевой шнур и попыталась запустить устройство, однако то не подавало ни малейших признаков жизни. Она отнесла останки в мастерскую Тимми на Бреннчюркагатан в надежде, что хоть какую-то часть жесткого диска удастся спасти. Немного повозившись, Тимми покачал головой.

— Извини. Безнадежно,— констатировал он.— Тебе остается только организовать пышные похороны.

Потеря компьютера удручала — в течение года они с ним отлично ладили,— но катастрофой еще не являлась. Дома у Лисбет имелись резервные копии всех документов, а также более старый стационарный «Мак Джи-3» и еще купленный пять лет назад ноутбук «Тошиба ПК», которыми вполне можно было пользоваться. Но ей, черт побери, требовался быстрый и современный комп.

Легко догадаться, что ее интересовал самый лучший вариант: только что появившийся «Эппл пауэрбук Джи-4/1.0» в алюминиевом корпусе, с процессором «Пауэр ПК-7451» и «Алтивек вилосити инджин» на 960 мегабайт и жестким диском в 60 гигабайт. К нему прилагались гарнитура «Блю тус» и встроенный CD- и DVD-плеер.

Этот ноутбук, первый в мире, имел семнадцатидюймовый экран с графикой NVIDIA и разрешение 1440 на 900 пикселей, которое потрясало сторонников «ПК» и превосходило все имеющееся на рынке.

В мире «компьютерного железа» он был все равно что новейшая модель «роллс-ройса» среди автомобилей. Но по-настоящему Лисбет Саландер поразило то, что клавиши подсвечивались изнутри и, следовательно, буквы были видны даже в полной темноте. Это же так просто, почему никто не додумался раньше?

Это была любовь с первого взгляда.

Ноутбук стоил тридцать восемь тысяч крон плюс НДС.

А вот это уже составляло проблему.

Она все-таки оставила заказ в фирме «Макджизас», где обычно покупала технику и поэтому имела приличную скидку. Через несколько дней Лисбет Саландер прикинула свои возможности. Страховка за ставший жертвой несчастного случая компьютер покрывала значительную часть стоимости нового, но ей все равно не хватало восемнадцати тысяч крон. В банке из-под кофе дома у Лисбет было припрятано десять тысяч крон, чтобы всегда иметь под рукой наличные, но этого не хватало. Она помянула адвоката Бьюрмана недобрым словом, но, как это было ни противно, позвонила своему опекуну и объяснила, что ей требуются деньги на непредвиденные расходы. Бьюрман ответил, что в течение дня у него нет на нее времени. Саландер сказала, что выписать чек на десять тысяч крон займет у него двадцать секунд. Он заявил, что не может выдавать деньги без достаточно веских оснований, но потом уступил и, немного поразмыслив, велел ей прийти после окончания рабочего дня, в половине восьмого вечера.

Насколько мог судить Микаэль, не будучи в этих делах профессионалом, инспектор Морелль при проведении расследования проявил исключительную добросовестность и сделал куда больше, чем требовал его служебный долг. Когда Микаэль уже отложил материалы дела, имя Морелля продолжало нередко встречаться в личных записях Хенрика. Между ними возникли дружеские отношения, и Микаэль задумался над тем, не заразился ли Морелль одержимостью от своего нового друга. Так или иначе, но Морелль едва ли что-нибудь упустил. Полиция провела расследование почти идеально, но ответа загадка Харриет Вангер так и не получила. Все мыслимые вопросы были заданы, все зацепки использованы, все предположения проверены, даже откровенно абсурдные.

Микаэль прочел еще не все материалы дела, но чем дальше он продвигался, изучая проверявшиеся следы и версии, тем большее сомнение ощущал. Он ожидал найти что-нибудь упущенное его предшественником и совершенно не представлял, как ему самому подступиться к этому делу. В конце концов решение созрело. Единственный путь для себя он видел в том, чтобы попытаться выяснить психологические мотивы замешанных в эту историю людей.

Наиболее очевидный вопрос касался самой Харриет. Что за человек она была на самом деле?

Из своего окна Микаэль видел, что около пяти часов на верхнем этаже дома Сесилии Вангер зажегся свет. Он позвонил в ее дверь примерно в половине восьмого, как раз когда по телевидению начиналась программа новостей. Открывшая дверь хозяйка была в халате, с желтым махровым полотенцем на мокрых волосах. Микаэль сразу же попросил прощения за то, что пришел не вовремя, и сделал попытку уйти, но она жестом пригласила его на кухню.

Поставив кофе, Сесилия на несколько минут скрылась на втором этаже. Когда она вновь спустилась, на ней были джинсы и клетчатая фланелевая рубашка.

— Я уже думала, что вы так и не зайдете ко мне в гости.

— Мне следовало сперва позвонить, но я увидел свет и поддался импульсу.

— Я вижу, что у вас по ночам горит свет. И вы частенько гуляете после полуночи. Вы «сова»?

Микаэль пожал плечами:

— Так вышло.

Он посмотрел на лежащую на кухонном столе стопку школьных учебников.

— Вы по-прежнему преподаете, директор?

— Нет, в качестве директора я не успеваю. Но я была учителем истории, Закона Божьего и обществоведения. И мне осталось еще несколько лет.

— Осталось до чего?

Она улыбнулась:

— Мне пятьдесят шесть. Скоро на пенсию.

— Никогда не скажешь, что вам за пятьдесят, скорее можно дать сорок с чем-то.

— Не льстите. А вам сколько лет?

— Сорок с хвостиком,— улыбнулся Микаэль.

— А ведь совсем недавно было двадцать. Как быстро жизнь проходит, правда?

Сесилия Вангер разлила кофе по чашкам и спросила, не голоден ли Микаэль. Слегка погрешив против истины, тот ответил, что недавно поел. Он ленился готовить и перебивался бутербродами, но настоящего голода не ощущал.

— Так зачем вы пришли? Настало время тех самых вопросов?

— Честно говоря... я пришел не для того, чтобы задавать вопросы. Просто захотелось заглянуть на огонек.

Сесилия Вангер вновь улыбнулась:

— Вас ожидает тюрьма, вы переезжаете в Хедебю, копаетесь в содержимом главного хобби Хенрика, не спите по ночам, совершаете долгие ночные прогулки в собачий холод... Я ничего не упустила?

— Моя жизнь разваливается,— улыбнулся в ответ Микаэль.

— Кто была эта женщина, что приезжала к вам на выходных?

— Эрика... она главный редактор «Миллениума».

— Герлфренд?

— Не совсем. Она замужем. Я ей больше друг и occasional lover*.

Сесилия Вангер захохотала.

— Что вас так рассмешило?

— То, как вы это сказали. «Occasional lover». Хорошее выражение.

---

* Любовник по случаю *(англ.). (Прим. перев.)*

Микаэль тоже засмеялся. Сесилия Вангер вдруг стала ему нравиться.

— Мне бы тоже не помешал occasional lover,— сказала она.

Она сбросила тапочки и положила ногу ему на колено. Микаэль автоматически опустил руку на ее ногу и коснулся кожи. Он на секунду заколебался, чувствуя, что попал в совершенно неожиданные и незнакомые воды, однако стал осторожно массировать большим пальцем ее ступню.

— Я тоже замужем,— сказала Сесилия Вангер.

— Знаю. В клане Вангеров не разводятся.

— Я не встречалась с мужем уже почти двадцать лет.

— Что у вас случилось?

— Это вас не касается. Я не занималась сексом... хмм, уже три года.

— Не может быть.

— Почему? Это вопрос спроса и предложения. Мне совершенно не нужен бойфренд, законный муж или сожитель. Я вполне самодостаточна. А с кем прикажете заниматься сексом? С кем-нибудь из школьных учителей? Едва ли. Ученики? Вот была бы сенсация для сплетниц. С людей по фамилии Вангер они глаз не спускают. А все жители острова либо мои родственники, либо женатые люди.

Она наклонилась и поцеловала его в шею.

— Я вас шокирую?

— Нет. Но я не уверен, что это хорошая идея. Я ведь работаю на вашего дядю.

— Уж я-то последняя, кто ему наплетничает. Но, честно говоря, Хенрик едва ли стал бы возражать.

Она уселась к нему на колени и поцеловала в губы. Ее волосы были по-прежнему влажными и пахли шампунем. Немного повозившись с пуговицами, Микаэль стянул фланелевую рубашку с ее плеч и убедился, что Сесилия не позаботилась надеть бюстгальтер. Когда он стал целовать ее грудь, она крепко прижалась к нему.

———————

Адвокат Бьюрман обошел вокруг стола и показал балансовый отчет по ее счету, который она и так знала до последнего эре, но которым больше не могла распоряжаться сама. Он стоял у нее за спиной. Внезапно он начал массировать ей шею, его рука скользнула через левое плечо ей на грудь и там застыла. Предупреждая ее протест, он сдавил грудь. Лисбет Саландер сидела абсолютно неподвижно. Чувствуя у себя на затылке его дыхание, она изучала лежавший на письменном столе нож для разрезания конвертов; она легко могла дотянуться до него свободной рукой.

Однако она ничего не предпринимала. Хольгеру Пальмгрену удалось четко внушить ей одно: необдуманные действия приводят к осложнениям, а осложнения могут иметь неприятные последствия. Она никогда ничего не делала, предварительно не взвесив, к чему это может привести.

То, что он делал сейчас, называлось вступлением к половому принуждению, которое, в свою очередь, на юридическом языке определялось как развратные действия и использование зависимого положения человека. Теоретически одно это могло принести Бьюрману до двух лет тюрьмы, хотя и продолжалось всего лишь несколько секунд. Но этого было достаточно, чтобы граница оказалась безвозвратно пройденной. Для Лисбет Саландер это означало демонстрацию военных сил вражеской группировки. Помимо их четко определенных юридических отношений, она сейчас находилась в полной его власти, причем была безоружной. Когда через несколько секунд их глаза вновь встретились, его рот был приоткрыт, а на лице читалось вожделение. Лицо самой Саландер никаких чувств не выражало.

Бьюрман перешел обратно на свою сторону стола и опустился в удобное кожаное кресло.

— Я не могу просто так выписывать тебе деньги,— внезапно сказал он.— Зачем тебе такой дорогой компьютер? Есть значительно более дешевые машины, на которых можно играть в компьютерные игры.

— Я хочу распоряжаться своими деньгами, как раньше.

Адвокат Бьюрман смерил ее сочувствующим взглядом:

— Это еще надо посмотреть. Сначала ты должна научиться общаться и договариваться с людьми.

Ее глаза ничего не выражали, но если бы адвокат Бьюрман смог прочесть ее мысли, его улыбка, возможно, немного бы поблекла.

— Думаю, нам с тобой предстоит стать добрыми друзьями,— сказал он.— Мы должны доверять друг другу.

Не дождавшись ответа, он пояснил:

— Ты ведь уже взрослая женщина, Лисбет.

Она кивнула.

— Подойди сюда,— сказал он, протягивая руку.

Лисбет Саландер на несколько секунд задержала взгляд на ноже, а потом встала и подошла к нему. *Все имеет последствия.*

Он схватил ее руку и прижал к своей промежности. Сквозь темные габардиновые брюки Саландер почувствовала его член.

— Если ты будешь добра ко мне, то и я буду добр к тебе,— произнес он.

Она словно окаменела, а он, обвив ее свободной рукой за шею, вынудил встать на колени, лицом к промежности.

— Тебе ведь это уже знакомо,— сказал он, расстегивая ширинку.

От него пахло так, словно он только что помылся с мылом.

Лисбет Саландер отвернула лицо и попыталась встать, но он крепко держал ее. В чисто физическом отношении она ему безнадежно уступала, поскольку весила около сорока килограммов против его девяноста пяти. Он обеими руками схватил ее за голову и повернул лицо так, что их глаза встретились.

— Если будешь добра ко мне, то и я буду добр к тебе,— повторил он.— А будешь брыкаться, я упрячу тебя в дурдом до конца жизни. Тебе бы этого хотелось?

Она не ответила.

Он выждал, пока она опустила взгляд, как ему показалось, покорившись. Потом подтащил ее поближе. Лисбет Саландер открыла рот и впустила его член. Бьюрман все время крепко держал ее за шею, с силой прижимая к себе. В течение десяти минут, пока он вихлял тазом, ее непрерывно подташнивало; наконец кончив, он притиснул ее с такой силой, что она едва не задохнулась.

Он позволил ей воспользоваться маленьким туалетом, находившимся прямо в офисе. Пока Лисбет Саландер умывалась и пыталась стереть пятна со свитера, ее всю трясло. Она пожевала его зубную пасту, чтобы избавиться от вкусовых ощущений. Когда она вернулась в комнату, он преспокойно сидел за письменным столом и перелистывал бумаги.

— Сядь, Лисбет,— пригласил он, не глядя на нее.

Она села. Наконец он поднял взгляд и улыбнулся:

— Ты ведь уже взрослая, правда, Лисбет?

Она кивнула.

— Тогда ты должна уметь играть во взрослые игры,— сказал он таким тоном, будто разговаривал с ребенком.

Она не ответила. У него на лбу появилась небольшая морщинка.

— Полагаю, будет лучше, если ты никому не станешь рассказывать о наших играх. Подумай сама — кто тебе поверит? Ведь по документам ты невменяемая.

Снова не дождавшись ответа, он продолжил:

— Будет твое слово против моего. Чье, как ты думаешь, окажется весомее?

Когда она опять ничего не ответила, Бьюрман вздохнул. Его внезапно разозлило то, что она сидит словно воды в рот набрала и просто смотрит на него, но он сдержался.

— Мы с тобой будем добрыми друзьями,— сказал он.— Ты правильно поступила, придя ко мне сегодня. Можешь обращаться ко мне когда угодно.

— Мне нужны десять тысяч крон на компьютер,— вдруг тихо произнесла она, словно продолжая начатый до перерыва разговор.

Адвокат Бьюрман поднял брови.

«Крепкий орешек,— подумал он.— Она же недоразвитая, черт возьми».

Он протянул ей чек, который выписал, пока она была в туалете.

«С ней лучше, чем со шлюхой, можно расплачиваться ее же деньгами».

Он улыбнулся снисходительной улыбкой. Лисбет Саландер взяла чек и ушла.

Глава

12

Пятница, 19 февраля

Будь Лисбет Саландер обычной гражданкой, она бы, едва покинув офис адвоката Бьюрмана, скорее всего, позвонила в полицию и заявила об изнасиловании. Синяки на затылке и шее, а также автограф насильника, оставленный в виде пятен спермы с его ДНК на ее теле и одежде, явились бы веским доказательством. Даже если бы адвокат Бьюрман стал увиливать, утверждая, что «она не протестовала», или «она меня спровоцировала», или «она сама рвалась сделать мне минет», или приводя другие обычные аргументы насильников, он все равно столько раз нарушил закон об опекунстве, что его немедленно лишили бы права вмешиваться в ее дела. Благодаря заявлению в полицию, вероятно, Лисбет Саландер предоставили бы настоящего адвоката, хорошо разбирающегося в вопросах посягательства на женщин, а это, в свою очередь, могло привести к обсуждению корня проблемы — то есть к тому, что она была признана недееспособной.

С 1989 года понятие «недееспособный» по отношению к взрослым больше не применяется.

Есть два вида попечительства — наставничество и опекунство.

Наставник выступает в качестве добровольного помощника тем людям, которые по разным причинам не могут справляться с проблемами повседневной жизни, оплатой счетов или собственной гигиеной. Таким наставником часто назначают кого-нибудь из родственников или близких знакомых. Если таких близких людей не имеется, наставника могут выделить органы социальной опеки. Наставничество является мягкой формой попечительства, при которой индивидуум, объявленный недееспособным, по-прежнему сам распоряжается своими доходами, а решения принимаются совместно.

Опекунство представляет собой значительно более жесткую форму контроля, при которой подопечный лишается права самостоятельно распоряжаться своими деньгами и принимать решения по разным вопросам. Точная формулировка гласит, что опекун берет на себя всю «правовую дееспособность» опекаемого. В Швеции опекунству подлежат около четырех тысяч человек. Наиболее обычной причиной опекунства является ярко выраженное психическое заболевание, порой в сочетании с сильной алкогольной или наркотической зависимостью. Незначительную часть составляют люди, страдающие старческим слабоумием, но поразительно большую группу людей, подлежащих опекунству, образует молодежь в возрасте до тридцати пяти лет. Лисбет Саландер была одной из этой группы.

Лишение человека контроля над собственной жизнью, то есть над банковским счетом, является одной из самых унизительных мер, какие только может применить демократия, особенно когда речь идет о молодежи. Это позорно, даже если цель такой меры считается благой и социально оправданной. Поэтому вопросы опекунства относятся к потенциально уязвимым политическим делам, которые регулируются строгими рамками постановлений и контролируются опекунским советом муниципалитета. Тот подчиняется правлению лена и, в свою очередь, отчитывается перед парламентским уполномоченным по делам юстиции.

Как правило, опекунский совет муниципалитета осуществляет свою деятельность в тяжелых условиях. Однако, принимая во внимание деликатность вопросов, которыми он занимается, в СМИ просачивается на удивление мало жалоб или скандалов.

Изредка появляются сообщения о том, что возбуждено дело против какого-нибудь наставника или опекуна, который похищал деньги или продал без разрешения жилье клиента, положив деньги себе в карман. Но такие случаи относительно редки, что, в свою очередь, может объясняться двумя причинами: либо тем, что совет делает свое дело исключительно хорошо, либо тем, что клиенты не имеют возможности жаловаться и убедить в своей правоте журналистов и власти.

Опекунский совет муниципалитета обязан ежегодно рассматривать наличие оснований для отмены опекунства. Поскольку Лисбет Саландер упорно отказывалась проходить психиатрические обследования — она не обменивалась даже вежливым «доброе утро» со своими врачами,— у совета никогда не появлялось повода изменить решение. Следовательно, сохранялся статус-кво, и она год за годом продолжала находиться под опекой.

Законом, однако, предписывается, что необходимость в опекунстве «должна в каждом отдельном случае рассматриваться индивидуально». Хольгер Пальмгрен толковал это таким образом, что позволял Лисбет Саландер самой распоряжаться своими деньгами и жизнью. Он скрупулезно выполнял требования совета, подавая ежемесячные докладные и ежегодные отчеты, но в остальном обходился с Лисбет Саландер как с любой другой молодой женщиной и не пытался определять ее стиль жизни и круг общения. Пальмгрен полагал, что ни его, ни общество не касается, если молодая дама хочет носить кольцо в носу и татуировку на шее. Такой несколько своеобразный подход к решению суда являлся одной из причин того, что они с подопечной так хорошо ладили.

Пока ее опекуном был Хольгер Пальмгрен, Лисбет Саландер не слишком задумывалась о своем юридическом статусе. Однако адвокат Нильс Бьюрман толковал закон об опекунстве совсем по-другому.

Лисбет Саландер решительно отличалась от нормальных людей. В юриспруденции она обладала самыми поверхностными знаниями — углубляться в эту область у нее просто не было повода — и не питала никакого доверия к полицейской власти. Полиция представлялась ей некой неопределенной враждебной силой, которая за все годы лишь задерживала и унижала ее. В последний раз она имела дело с полицией в мае прошлого года, когда, направляясь в «Милтон секьюрити», проходила по Гётгатан и вдруг оказалась лицом к лицу с полицейским, вооруженным для борьбы с уличными беспорядками, который, без всякого повода с ее стороны, нанес ей удар дубинкой по плечу. Первым побуждением Саландер было немедленно дать ему сдачи бутылкой кока-колы, которую она держала в руке. К счастью, прежде чем она успела что-либо предпринять, полицейский развернулся и помчался дальше. Потом она узнала, что неподалеку проходила демонстрация «За свободу улиц от автомобилей».

Мысль о посещении ставки вооруженных полицейских для подачи заявления о сексуальных домогательствах Нильса Бьюрмана даже не приходила ей в голову. И кстати — что ей заявлять? Бьюрман взял ее за грудь. Любой полицейский, бросив взгляд на ее миниатюрные бугорки, констатировал бы, что это маловероятно, а если уж такое произошло, то ей бы следовало скорее радоваться тому, что кто-то вообще стал затрудняться. А история с минетом — тут ее слову будет противостоять его слово, а слова других обычно оказывались весомее. Полиция — это не вариант.

Покинув офис Бьюрмана, она вместо этого поехала домой, приняла душ, съела два бутерброда с сыром и соленым огурцом и уселась на старый потрепанный диван в гостиной, чтобы подумать.

Обычный человек посчитал бы равнодушие, с которым она отнеслась к совершенному над ней насилию, еще одним доказательством отклонения от нормы.

Круг ее знакомых был небольшим и состоял не из представителей защищенного среднего класса с пригородных вилл. К восемнадцатилетнему возрасту Лисбет Саландер не знала ни одной девчонки, которую бы по крайней мере раз не принуждали к каким-либо сексуальным действиям. В большинстве случаев речь шла о чуть более старших бойфрендах, которые добивались своего с применением некоторой физической силы. Насколько Лисбет Саландер знала, подобные инциденты иногда приводили к слезам и возмущению, но не к заявлениям в полицию.

В ее мире это было в порядке вещей. Девушку считали доступной, особенно если она была в потертой кожаной куртке, с пирсингом на бровях, татуировкой и нулевым социальным статусом.

И реветь тут было не над чем.

Зато не могло быть и речи о том, чтобы адвокат Бьюрман мог безнаказанно заставлять ее делать ему минет. Обид Лисбет Саландер не забывала и прощать не умела в принципе.

Однако с юридическим статусом ситуация у нее была сложной. Сколько она себя помнила, ее считали трудной и немотивированно агрессивной. Первые записи в журнале появились из карточки медсестры начальной школы. Лисбет Саландер отправили домой, потому что она затолкала одноклассника в раздевалку и избила до крови. Свою тогдашнюю жертву она по-прежнему вспоминала с раздражением: раскормленный мальчик по имени Давид Густафссон вечно дразнился, кидал в нее разными предметами и явно обещал вырасти в большого любителя всех травить. Что означает слово «травля», она в то время даже не знала, но когда на следующий день вернулась в школу и Давид грозно пообещал ей отомстить, она уложила его на пол прямым ударом справа, утяжелив руку мячиком для гольфа, что привело к новой кровавой ране и новой записи в карточке.

Правила, по которым были устроены взаимоотношения в школе, всегда вызывали у нее недоумение. Она занималась своими делами и не вмешивалась в чужие. Тем не менее вечно находился кто-нибудь, кто никак не хотел оставлять ее в покое.

В средних классах ее неоднократно отправляли домой после бурных ссор с одноклассниками. Значительно более сильные мальчики из ее класса быстро поняли, что драка с этой тощей девчонкой может иметь неприятные последствия — в отличие от других девочек класса она никогда не отступала и, ни секунды не колеблясь, использовала для обороны кулаки или что попадется. Она пребывала в убеждении, что лучше оказаться избитой до смерти, чем терпеть это дерьмо.

А еще она мстила.

В шестом классе Лисбет Саландер подралась с парнем, бывшим значительно крупнее и сильнее ее. Она была ему не ровней чисто физически. Сперва он несколько раз играючи сбил ее с ног, потом, когда она попыталась перейти в наступление, отвесил оплеуху. Однако ничего не помогало: какой бы превосходящей силой он ни обладал, глупая девчонка все продолжала нападать, и через некоторое время даже одноклассникам стало казаться, что это уже чересчур. Она выглядела столь откровенно беззащитной, что делалось неловко. Под конец парень так врезал ей кулаком, что у нее треснула губа и потемнело в глазах. Одноклассники оставили ее лежать на земле за гимнастическим залом. Два дня она в школу не ходила, а на третье утро подстерегла своего мучителя и битой для игры в лапту съездила ему по уху. За эту выходку ее вызвали к директору, который решил заявить на нее в полицию, обвинив в причинении физического вреда, что и вылилось в создание особой социальной комиссии.

Одноклассники считали ее ненормальной и относились к ней соответственно. Не вызывала она симпатии и у учителей, которые временами воспринимали ее как наказание. Она была неразговорчивой и относилась к тем ученикам, которые никогда не поднимают руку и часто не отвечают на вопрос учителя. Это отражалось на ее оценках, хотя никто не мог бы сказать, молчит она по причине незнания урока или по какой-то другой. Ее неоднократно обсуждали на педсовете, и все сознавали, что у нее имеются проблемы, но почему-то никому не хотелось брать на себя ответственность за эту трудную девочку. Тем самым она оказалась в ситуации, когда даже учителя махнули на нее рукой, предоставив ей возможность просто сидеть и мрачно молчать.

Когда однажды новый учитель, не знавший особенностей ее поведения, заставил ее отвечать на вопрос по математике, у нее случился истерический припадок и она стала отбиваться руками и ногами. Потом она перешла в другую школу, не оставив в старой ни единого товарища, с которым бы ей захотелось попрощаться. Это была странная девочка, которую никто не любил.

Затем приключился «Весь Этот Кошмар», о котором ей думать не хотелось,— она как раз тогда вступала в подростковый возраст. Последняя вспышка, завершившая картину и приведшая к тому, что на свет извлекли записи карточки из начальной школы. После этого с юридической точки зрения она стала считаться... ненормальной. Выродком. Лисбет Саландер и без бумаг знала, что отличается от других. С другой стороны, пока ее опекуном был Хольгер Пальмгрен, которого она при необходимости могла обвести вокруг пальца, это ее ничуть не волновало.

С приходом Бьюрмана статус недееспособной начал чрезвычайно осложнять ей жизнь. К кому бы она ни обратилась, везде могла ждать западня, а что произойдет, если она проиграет борьбу? Поместят в интернат? Запрут в дурдоме? Это уж точно не вариант.

Позже, ночью, когда они уже спокойно лежали, переплетя ноги, и грудь Сесилии уютно устроилась под боком у Микаэля, женщина вдруг подняла на него глаза.

— Спасибо. Давненько со мной такого не бывало. А ты в постели молодцом.

Микаэль улыбнулся. Он всегда по-детски радовался, когда женщины восхищались его сексуальными способностями.

— Мне было хорошо,— сказал он.— Неожиданно, но приятно.

— Я не прочь повторить,— отозвалась Сесилия Вангер.— Если у тебя будет желание.

Микаэль посмотрел на нее:

— Не хочешь ли ты сказать, что тебе нужен любовник?

— Occasional lover,— уточнила Сесилия Вангер.— Но я хочу, чтобы ты шел домой, пока не заснул. Тебе незачем видеть меня рано утром, пока я не привела в порядок мышцы и лицо. И потом, будет лучше, если ты не станешь рассказывать всему селению о наших отношениях.

— Я, в общем-то, и не собирался,— ответил Микаэль.

— Особенно я не хочу, чтобы об этом узнала Изабелла. Она такая скотина.

— И твоя ближайшая соседка... я с ней уже познакомился.

— Да, но, к счастью, из ее дома моя входная дверь не видна. Микаэль, пожалуйста, проявляй осмотрительность.

— Я буду осмотрительным.

— Спасибо. Ты пьешь?

— Иногда.

— Мне хочется чего-нибудь фруктового с джином. Ты будешь?

— С удовольствием.

Она завернулась в простыню и спустилась на первый этаж. Микаэль воспользовался случаем, сходил в туалет и сполоснулся. Он стоял голым, разглядывая книжную полку, когда она вернулась с графином ледяной воды, двумя порциями джина и лаймом. Они выпили.

— Зачем ты сюда пришел? — спросила она.

— Без особой причины. Я просто...

— Ты сидишь дома и читаешь бумаги Хенрика, а потом приходишь ко мне. Не надо быть семи пядей во лбу, чтобы понять, чем ты занялся.

— Ты читала эти бумаги?

— Только отчасти. Это дело продолжается почти всю мою сознательную жизнь. Если общаешься с Хенриком, невозможно уклониться от загадки Харриет.

— Эта история действительно увлекает. Я хочу сказать, что это загадка запертой комнаты в масштабе целого острова. И дело развивалось как-то нелогично. Каждый вопрос остается без ответа, каждая нить приводит в тупик.

— М-да, от такого можно сойти с ума.

— Ты была на острове в тот день.

— Да. Я была здесь и хлебнула всей этой суматохи. Вообще-то я жила в Стокгольме и училась в университете. Очень жалею, что не осталась в тот день дома.

— Какой она на самом деле была? Люди, похоже, воспринимали ее совершенно по-разному.

— Это не для печати или...

— Не для печати.

— Представления не имею, что творилось у Харриет в голове. Тебя, конечно, интересует последний год. Один день она была религиозной психопаткой. А на следующий день красилась, как шлюха, и отправлялась в школу в самом обтягивающем свитере. Не надо быть психологом, чтобы понять, что она была глубоко несчастна. Но я, как уже сказала, здесь не жила и слышала только сплетни.

— В чем был корень ее проблем?

— В Готфриде с Изабеллой, разумеется. Их брак был чистейшим сумасшествием. Они пили или воевали между собой. Не физически — Готфрид был не из тех, кто может ударить, он чуть ли не сам боялся Изабеллы. У нее жуткий характер. Где-то в начале шестидесятых он стал более или менее постоянно жить в домике на краю острова, а Изабелла никогда туда не показывалась. Бывали периоды, когда он ходил по селению натуральным оборванцем. А потом переставал пить, снова одевался аккуратно и даже пытался работать.

— Неужели никто не хотел помочь Харриет?

— Хенрик, разумеется, хотел. И в конце концов она переехала к нему. Но не забудь, что он был поглощен ролью великого промышленника. Частенько бывал в разъездах и не мог уделять Харриет и Мартину много времени. Я многое из этого пропустила, поскольку жила сначала в Уппсале, а потом в Стокгольме — могу заверить, что с таким отцом, как Харальд, у меня детство тоже было не из легких. Однако задним числом я поняла: главная проблема заключалась в том, что Харриет никогда никому не открывала душу. Она, напротив, старалась поддерживать видимость того, что у них счастливая семья.

— Вероятно, она пыталась обманывать саму себя.

— Естественно. Но когда утонул ее отец, она изменилась. Делать вид, что все отлично, стало невозможно. До этого она была... даже не знаю, как объяснить,— вполне обычной девочкой-подростком, хотя и невероятно талантливой и не по годам развитой. В последний же год она по-прежнему выделялась умственными способностями — пятерки по всем тестам и тому подобное,— но словно бы лишилась собственной души.

— Как утонул ее отец?

— Готфрид? Самым прозаическим образом. Он выпал из лодки прямо под домом. У него была расстегнута ширинка, а содержание алкоголя в крови превышало любые нормы, так что сам можешь догадаться, как все произошло. Обнаружил его Мартин.

— Я этого не знал.

— Забавно. Из Мартина получился по-настоящему хороший человек. А ведь если бы ты спросил меня лет тридцать пять назад, я бы сказала, что из этой семьи в психологе нуждается именно он.

— Что это значит?

— От всего этого страдала не только Харриет. На протяжении многих лет Мартин был настолько молчаливым и замкнутым, что его даже можно было назвать нелюдимым. Трудно приходилось обоим детям. Да, в общем-то, нам всем. У меня были проблемы с моим отцом — думаю, ты уже понял, что он абсолютно ненормальный. От таких же сложностей страдали и моя сестра Анита, и кузен Александр. Счастливого детства в семействе Вангер не досталось никому.

— А куда делась твоя сестра?

— Анита живет в Лондоне. Она поехала туда в семидесятых годах работать в шведской турфирме и осталась. Вышла замуж за какого-то типа, с которым разъехалась, так и не успев представить его семье. Сейчас занимает руководящую должность на одной из авиалиний «Бритиш эруэйз». Мы с ней хорошо ладим, но тесной связи не поддерживаем и встречаемся где-то раз в два года. Она никогда не приезжает домой в Хедестад.

— Почему?

— Наш отец — сумасшедший. Это достаточное объяснение?

— Но ты же осталась.

— Я и Биргер, мой брат.

— Это который политик?

— Издеваешься? Биргер старше нас с Анитой. Мы никогда не были особенно близки. В собственных глазах он чрезвычайно значительный политик, которому светит место в риксдаге или министерский пост, если правые придут к власти. На самом же деле он посредственный муниципальный советник в захолустье, и похоже, что дальше этого его карьера не пойдет.

— Что меня восхищает в семействе Вангер, так это то, что все друг друга не любят.

— Не совсем так. Я очень хорошо отношусь к Мартину и Хенрику. И всегда с удовольствием общаюсь с сестрой, хоть мы не слишком часто встречаемся. Я терпеть не могу Изабеллу и не слишком люблю Александра. А с отцом мы не разговариваем. Получается примерно пятьдесят на пятьдесят. Биргер... хм, скорее он напыщенный дурак, чем плохой человек. Но я понимаю, что ты имеешь в виду. Смотри на это так: члены клана Вангеров очень рано приобретают манеру говорить напрямую. Мы говорим то, что думаем.

— Да, я заметил, что вы действуете довольно решительно.— Микаэль протянул руку и коснулся ее груди.— Не успел я пробыть здесь и пятнадцати минут, как ты на меня напала.

— Честно говоря, я раздумывала над тем, каков ты в постели, с нашей первой встречи. И мне показалось, что стоило бы проверить это на деле.

Впервые в жизни Лисбет Саландер испытывала сильную потребность с кем-нибудь посоветоваться. Однако для того, чтобы попросить совета, надо было кому-то довериться, а это означало, что она должна раскрыть все карты и рассказать о своих тайнах. Но кому ей рассказывать? Она просто-напросто не умела общаться с другими людьми.

Ставя в уме галочки в адресной книжке, Лисбет Саландер насчитала десять человек, которых в каком-то смысле могла назвать своими знакомыми. Это если брать по максимуму.

Можно было поговорить с Чумой, занимавшим достаточно прочное место в ее жизни. Однако он точно не являлся другом и был самым последним человеком, кто мог бы помочь в решении ее проблемы. Это не вариант.

Сексуальный опыт Лисбет Саландер был не столь скромным, как она его представила адвокату Бьюрману. Правда, секс всегда (или, во всяком случае, довольно часто) происходил по ее инициативе и на ее условиях. Если подсчитать, то выйдет, что начиная с пятнадцатилетнего возраста у нее было порядка пятидесяти партнеров. В среднем по пять партнеров в год — вполне нормально для одинокой девушки, которая с годами стала рассматривать секс как способ приятно провести время.

Однако подавляющее большинство этих связей выпало на период около двух лет в самом конце подросткового возраста, в те бурные годы, когда ей как раз следовало бы обрести самостоятельность. Тогда Лисбет Саландер находилась на распутье, по сути дела пустив жизнь на самотек, и ее будущее вполне могло вылиться еще в одну серию журнальных записей о наркотиках, алкоголе и помещении в различные лечебницы. Но с тех пор, как ей исполнилось двадцать и она начала работать в «Милтон секьюрити», Лисбет Саландер значительно остепенилась и — как сама считала — разобралась в своей жизни.

Ей больше не приходилось угождать кому-нибудь, кто заказывал ей в кабаке три кружки пива, и появление дома пьяницы, едва знавшего ее по имени, ничуть не делало ее взрослее в собственных глазах. В последний год у нее был один-единственный постоянный сексуальный партнер, и она едва ли соответствовала записи в журнале о ней как о человеке, который с семнадцати лет ведет беспорядочную половую жизнь.

Помимо этого, нередко она занималась сексом с кем-нибудь из сборной компании друзей, к которой она вообще-то не принадлежала, но где ее признавали, поскольку она знала Силлу Нурен. Лисбет Саландер встретилась с Силлой в девятнадцать лет, когда по настоятельному требованию Хольгера Пальмгрена пыталась получить недостающие для аттестата оценки в школе для взрослых. У Силлы были сине-красные волосы с отдельными черными прядями, черные кожаные брюки, кольцо в носу и столько же заклепок на поясе, как у самой Лисбет. На первом уроке они с подозрением пялились друг на друга.

По какой-то не совсем понятной Лисбет причине они начали общаться. Дружить с Лисбет было далеко не просто, особенно в те годы, но Силла игнорировала ее молчание и таскала с собой по кабакам. Через нее Лисбет стала членом группы «Персты дьявола», которая первоначально объединяла четырех девчонок из пригорода, любивших хард-рок, а десятью годами позже превратилась в более крупную компанию, которая по вторникам встречалась в кафе «Мельница», чтобы позлословить о парнях, пообсуждать феминизм, пентаграммы, музыку и политиков и вволю оттянуться пивом средней крепости. Они полностью оправдывали свое название.

В костяк этой компании Саландер не входила и в разговорах участвовала редко, но ее принимали такой, какая она есть,— она могла появляться в любое время и целый вечер молча пить пиво. Они также приглашали ее в гости на дни рождения, рождественский глинтвейн и тому подобное; правда, она чаще всего не приходила.

За те пять лет, что она общалась с «Перстами дьявола», девушки изменились. Цвет их волос сделался менее вызывающим, а одежда чаще происходила из универмага «H&M», чем из секонд-хенда. Они учились или работали, а одна девушка стала мамой. Лисбет казалось, что только она ни капельки не изменилась, и можно было подумать, что она топчется на одном месте.

Однако они по-прежнему получали удовольствие от встреч. Если Лисбет где-нибудь и ощущала принадлежность к коллективу, так это в компании «Перстов дьявола», а также среди парней, составлявших круг знакомых девичьей группы.

«Персты дьявола» ее бы выслушали и даже стали бы ей помогать. Но они понятия не имели о том, что Лисбет Саландер по решению суда является юридически неполноценной, а ей не хотелось, чтобы они тоже начали смотреть на нее косо.

А значит, пришлось сделать вывод, что и это не вариант.

В адресной книжке Лисбет не значилось никого из бывших одноклассников. У нее не было практически никакого круга знакомств, групп поддержки или контактов в сфере политики. Так к кому же ей было обращаться, чтобы рассказать о своих проблемах с адвокатом Нильсом Бьюрманом?

Один человек, пожалуй, имелся. Она долго и тщательно взвешивала возможность довериться Драгану Арманскому; зайти к нему и объяснить свою ситуацию. Он говорил, что если ей потребуется помощь, она должна, не раздумывая, обращаться к нему. Лисбет не сомневалась, что он говорил это всерьез.

Арманский тоже однажды ее лапал, но по-доброму, без злого умысла и не пытаясь ее подчинить. Однако просить его о помощи ей претило. Он был ее начальником, и она окажется у него в долгу. Лисбет Саландер поразмыслила о том, как преобразилась бы ее жизнь, будь Арманский ее опекуном вместо Бьюрмана. Внезапно она улыбнулась. Мысль была отнюдь не противной, правда, Арманский, вероятно, взялся бы за поручение с такой ответственностью, что задушил бы ее своей заботой.

«Хм... а это, возможно, и вариант...» — с некоторым колебанием отметила она.

Хотя Лисбет прекрасно знала, для чего существует женский кризисный центр, ей никогда и в голову не приходило обращаться туда самой. В ее глазах женские кризисные центры предназначались для жертв, а к таковым она себя никогда не относила. Следовательно, оставалось сделать то, чего ей прежде делать не приходилось, — взять решение в свои руки и разобраться со своими проблемами самой.

И это точно был вариант.

Адвокату Нильсу Бьюрману это ничего хорошего не предвещало.

Глава
13

Четверг, 20 февраля — пятница, 7 марта

В последнюю неделю февраля Лисбет Саландер сама себе дала первоочередное особое задание: адвокат Нильс Бьюрман, 1950 года рождения. Она работала примерно по шестнадцать часов в сутки, проводя изучение личных обстоятельств тщательнее, чем когда-либо. Она задействовала все доступные архивы и официальные документы, исследовала все его ближайшее окружение, ознакомилась с его финансовым положением и детально изучила карьеру и конкретные дела.

Результат оказался убийственным.

Он был юристом, членом Коллегии адвокатов и автором впечатляюще многословной и исключительно скучной диссертации по торговому праву. Он обладал безупречной репутацией. Адвокат Бьюрман ни разу не прокололся. Один-единственный раз на него заявляли в Коллегию адвокатов — около десяти лет назад его обвиняли в посредничестве при нелегальной покупке квартиры, но ему удалось доказать свою невиновность, и дело закрыли. С финансовым положением все было в порядке; адвокат Бьюрман был человеком со средствами, его состояние исчислялось как минимум десятью миллионами. Налогов он вносил больше, чем требовалось, являлся членом «Гринписа» и «Международной амнистии», а также жертвовал деньги в Фонд помощи страдающим сердечными и легочными заболеваниями. В СМИ он фигурировал редко, но несколько раз подписывал официальные воззвания в поддержку политических заключенных стран третьего мира. Он жил в пятикомнатной квартире на Уппландсгатан, неподалеку от площади Уденплан, и являлся секретарем своего жилищного кооператива. Был разведен и бездетен.

Лисбет Саландер уделила пристальное внимание его бывшей жене Елене. Та была родом из Польши, но всю жизнь прожила в Швеции. Работала в реабилитационном центре и, похоже, удачно повторно вышла замуж за коллегу Бьюрмана. Зацепиться не за что. Брак с Бьюрманом продолжался четырнадцать лет, и развод прошел бесконфликтно.

Адвокат Бьюрман регулярно работал с молодежью, не ладившей с правосудием. До того как стать опекуном Лисбет Саландер, он был наставником четырех молодых людей. Во всех этих случаях речь шла о малолетках, и по достижении ими совершеннолетия решение суда освобождало его от этой роли. Один из его бывших подопечных по-прежнему пользовался услугами Бьюрмана как адвоката, так что и здесь, похоже, никаких конфликтов не просматривалось. Если использование подзащитных и вошло у Бьюрмана в привычку, то он это хорошо скрывал, и сколько Лисбет ни копала, ей так и не удалось обнаружить никаких признаков чего-либо противозаконного. Все четверо благополучно устроили свою жизнь, имели бойфрендов или, соответственно, герлфрендов, работу, жилье и кредитные карточки.

Она позвонила каждому из четырех клиентов, представившись социальным работником, занимающимся изучением того, как дети, ранее имевшие наставника, организуют свою жизнь по сравнению с другими детьми. При этом она заверила, что гарантируется полная анонимность. Она составила анкету из десяти вопросов, которые и задавала по телефону. Несколько вопросов было сформулировано так, что клиентам приходилось рассказывать о пользе наставничества,— имей они что-то против Бьюрмана, это бы обязательно всплыло. Но никто не сказал о нем ничего плохого.

Закончив обследование, Лисбет Саландер собрала всю документацию в бумажный пакет из супермаркета и выставила его в прихожую к двадцати другим мешкам с газетами. Внешне адвокат Бьюрман оказался безупречен. В его прошлом не было вообще ничего такого, что Лисбет Саландер смогла бы использовать в качестве рычага. Она твердо знала, что он ничтожество и мерзавец, но не нашла ни одного факта, который помог бы ей это доказать.

Пришла пора искать другие варианты. Когда она проанализировала все, осталась одна возможность, казавшаяся все более и более привлекательной или, по крайней мере, вполне осуществимой. Проще всего было бы, если бы Бьюрман попросту исчез из ее жизни. Внезапный инфаркт положил бы конец этой проблеме. Загвоздка заключалась лишь в том, что у омерзительных пятидесятипятилетних мужиков инфаркты по заказу не делаются.

Но тут ведь можно принять меры.

Микаэль Блумквист продолжал свою связь с Сесилией Вангер с величайшей осмотрительностью. Сесилия поставила три условия: она не хотела, чтобы кто-нибудь знал об их встречах, ему следовало приходить только по ее звонку, когда она бывала в настроении, и ночевать он был должен у себя.

Ее страсть поражала и озадачивала Микаэля. Когда они сталкивались в «Кафе Сусанны», она держалась дружелюбно, но прохладно и соблюдала дистанцию. У себя же в спальне она просто безумствовала.

Микаэлю, в общем-то, не хотелось копаться в ее личной жизни, но его ведь наняли именно для того, чтобы копаться в личной жизни всего семейства Вангер. Ощущения у него были неоднозначные, но вместе с тем он испытывал любопытство. Однажды он спросил у Хенрика Вангера, за кем Сесилия была замужем и что у них произошло. Свой вопрос он задал, когда выяснял прошлое Александра, Биргера и других членов семьи, находившихся на острове в день исчезновения Харриет.

— Сесилия? Не думаю, чтобы она имела к Харриет какое-нибудь отношение.

— Расскажите о ее прошлом.

— Она вернулась сюда после учебы и стала работать учительницей. Познакомилась с мужчиной по имени Джерри Карлссон, который, к сожалению, работал в концерне «Вангер». Они поженились. Я думал, что брак был счастливым, по крайней мере, поначалу. Однако через пару лет я стал замечать, что все далеко не так безоблачно. Он ее избивал. Обычная история — он ее бил, а она терпела и защищала его. Под конец он переусердствовал, и она попала в больницу с тяжелыми травмами. Я поговорил с ней и предложил помощь. Она переехала сюда, на остров, и с тех пор отказывается встречаться с мужем. Я позаботился о том, чтобы его уволили.

— Но она ведь так и не развелась с ним.

— Не знаю, почему она не развелась официально. Но поскольку она так и не собралась снова выйти замуж, это, вероятно, не имело значения.

— А этот Джерри Карлссон, он имел какое-то отношение к...

— ...к Харриет? Нет, в шестьдесят шестом году он в Хедестаде не жил и в концерне еще не работал.

— Понятно.

— Микаэль, Сесилию я люблю. С ней не всегда легко, но она одна из самых хороших людей в нашем семействе.

Целую неделю Лисбет Саландер с бюрократической скрупулезностью планировала устранение адвоката Нильса Бьюрмана. Она взвешивала — и отбрасывала — разные методы до тех пор, пока не отобрала несколько вполне реальных сценариев. Никаких необдуманных действий. Первой ее мыслью было попытаться организовать несчастный случай, но вскоре она додумалась до того, что это с таким же успехом может быть и откровенное убийство.

Требовалось выполнить лишь одно условие. Адвокат Бьюрман должен умереть таким образом, чтобы его смерть никак нельзя было связать с ней самой. То, что ей придется фигурировать в предстоящем полицейском расследовании, она считала более или менее неизбежным: когда будут изучать деятельность Бьюрмана, ее имя рано или поздно всплывет. Однако она была лишь одним из целого моря его нынешних и прежних клиентов и встречалась с ним всего несколько раз, и если только сам Бьюрман не записал у себя в ежедневнике, что принудил ее делать ему минет — а это казалось ей маловероятным,— то мотив убивать его у нее отсутствовал. Не должно быть ни малейших доказательств, что его смерть как-то связана с клиентами; имеются бывшие подруги, родственники, случайные знакомые, коллеги и прочие. Случается даже то, что принято называть хулиганским нападением, когда преступник и жертва друг друга вообще не знают.

Если о ней зайдет речь, то выяснится, что она всего лишь беспомощная недееспособная девушка с документами об умственной неполноценности. Значит, было бы очень хорошо, если бы Бьюрмана убили таким сложным способом, что умственно отсталую девушку никак нельзя было бы в этом заподозрить.

Стрелковое оружие она отвергла сразу. Раздобыть его не составило бы для нее большого труда, но полиция как раз очень хорошо умеет разбираться в делах, касающихся оружия, и таким образом сможет напасть на ее след.

Она подумала о ноже, который можно было бы купить в ближайшем хозяйственном магазине, но отвергла и его. Даже если она внезапно появится и вонзит нож ему в спину, нет никакой гарантии, что он умрет сразу и беззвучно или что умрет вообще. А значит, может подняться шум, который привлечет внимание, и на ее одежде может остаться кровь, грозящая стать веским доказательством ее участия.

Она даже подумывала о какой-нибудь бомбе, но это казалось чересчур сложным. Изготовить бомбу самой не проблема — в Интернете полно руководств по производству самых смертоносных орудий. Однако взрывное устройство трудно установить так, чтобы не подвергать риску невинных людей, случайно оказавшихся поблизости. Кроме того, опять-таки нет гарантии, что он действительно погибнет.

Зазвонил телефон.

— Здравствуй, Лисбет, это Драган. У меня есть для тебя работа.

— У меня нет времени.

— Это важно.

— Я занята,— сказала она и положила трубку.

В конце концов она остановилась на неожиданном варианте — яд. Эта идея поначалу удивила ее саму, но при ближайшем рассмотрении Лисбет посчитала ее наилучшей.

Несколько суток Лисбет Саландер провела, прочесывая Интернет в поисках подходящего яда. Выбор оказался большой. Например, можно взять один из самых смертельных ядов, известных науке,— цианистый водород, чаще именуемый синильной кислотой.

Цианистый водород используется в качестве компонента в ряде химических производств, например для изготовления красителей. Чтобы убить человека, достаточно нескольких миллиграммов; один литр в резервуаре воды вполне может уничтожить среднего размера город.

По понятным причинам такое смертоносное вещество держат под строжайшим контролем. Однако если политический фанатик, замысливший убийство, не может зайти в ближайшую аптеку и попросить десять миллилитров цианистого водорода, то произвести этот яд на обычной кухне можно почти в неограниченных количествах. Требуется лишь нехитрое лабораторное оборудование, что продается в составе детских химических наборов за пару сотен крон, и несколько ингредиентов, которые легко найти среди обычных хозяйственных товаров. Инструкция по изготовлению лежит в Интернете.

Другим вариантом был никотин. Из одного блока сигарет можно извлечь достаточное количество миллиграммов, а потом сварить сироп. Еще лучшим веществом, правда более сложным в производстве, является сульфат никотина, обладающий свойством впитываться через кожу; то есть достаточно надеть резиновые перчатки, наполнить водяной пистолет и выстрелить адвокату Бьюрману в лицо. В течение двадцати секунд он потеряет сознание, а через несколько минут умрет.

До этого момента Лисбет Саландер представления не имела о том, что так много самых обычных вещей из ближайшего магазина бытовой химии можно обратить в смертоносное оружие. Посвятив несколько дней изучению данной темы, она убедилась, что нет никаких особенных технических препятствий для того, чтобы разобраться с опекуном в кратчайшие сроки.

Оставалось только две проблемы: смерть Бьюрмана не принесет ей возможности распоряжаться своей жизнью самой и нет никаких гарантий, что преемник Бьюрмана не окажется в сто раз хуже.

Требовалось провести анализ последствий.

Ей нужно было найти способ *управлять* своим опекуном и тем самым собственным положением. Она просидела на старом диване в гостиной целый вечер, заново прокручивая ситуацию в голове. К концу вечера она отбросила идею убийства с помощью яда и выработала альтернативный план.

Особо привлекательным он, однако, не был и предполагал, что она вновь позволит Бьюрману на нее наброситься. Но если у нее все получится, она победит.

Так ей казалось.

К концу февраля жизнь Микаэля в Хедебю уже шла по сложившемуся распорядку. Каждое утро он вставал в девять часов, завтракал и работал до двенадцати, изучая новый материал. Потом, невзирая на погоду, совершал часовую прогулку. Во второй половине дня он продолжал работать дома или в «Кафе Сусанны», либо обрабатывая прочитанное утром, либо записывая фрагменты будущей биографии Хенрика. Между тремя и шестью у него всегда было свободное время. Он делал покупки, стирал, ездил в Хедестад и занимался другими хозяйственными делами. Около семи он ходил к Хенрику Вангеру и задавал накопившиеся за день вопросы. Часам к десяти он возвращался домой и читал до часу или двух ночи, систематично изучая собранные Хенриком документы.

К собственному удивлению, Микаэль обнаружил, что работа над биографией Хенрика идет как по маслу. У него уже набралось около ста двадцати страниц чернового варианта семейной хроники, охватывающей период от прибытия Жана Батиста Бернадота в Швецию и приблизительно до 1920 годов. После этого продвижение замедлилось, и теперь ему приходилось тщательно выбирать слова.

Через библиотеку в Хедестаде Микаэль заказал книги, описывающие эпоху возникновения шведского нацизма, в частности, докторскую диссертацию Хелены Лёв «Свастика и сноп Васы». Он написал еще около сорока страниц о Хенрике и его братьях, поставив своего работодателя в центр всего повествования. Микаэль составил обширный план будущих исследований с целью понять, как выглядело и работало в то время семейное предприятие, и обнаружил, что клан Вангеров был к тому же прочно связан с империей Ивара Крюгера. Это была еще одна побочная линия, которой требовалось уделить внимание. Он прикинул, что в общей сложности ему остается написать страниц триста. У него имелся график, согласно которому он намеревался к первому сентября представить на суд Хенрика Вангера полный черновой вариант, а осенью заняться доработкой текста.

Зато в деле Харриет Вангер Микаэль не продвинулся ни на миллиметр. Сколько он ни читал объемистый материал и ни размышлял над деталями, у него не появлялось ни единого повода заподозрить, что расследование следовало вести иными путями.

Как-то субботним вечером в конце февраля у него состоялся долгий разговор с Хенриком Вангером, в котором он отчитывался о полном отсутствии успехов. Старик терпеливо слушал, пока Микаэль перечислял все тупики, в какие заходил.

— Короче говоря, Хенрик, я не нахожу в расследовании никаких упущений.

— Я понимаю, что ты имеешь в виду. Сам бился до потери сознания. И вместе с тем я уверен, что мы наверняка что-то упустили. Идеальных преступлений не бывает.

— Мы ведь даже не можем утверждать, что преступление действительно было совершено.

Хенрик Вангер вздохнул и огорченно развел руками.

— Продолжай,— попросил он.— Доведи работу до конца.

— Это бессмысленно.

— Возможно. Но не сдавайся.

Микаэль вздохнул.

— Номера телефонов,— произнес он наконец.

— Да.

— Они должны что-то означать.

— Да.

— Они записаны намеренно.

— Да.

— Но мы не можем их понять.

— Да.

— Или понимаем неправильно.

— Именно.

— Это не номера телефонов. Они означают нечто другое.

— Возможно.

Микаэль снова вздохнул и отправился домой, чтобы читать дальше.

Когда Лисбет Саландер вновь позвонила и заявила, что ей нужны деньги, адвокат Нильс Бьюрман вздохнул с облегчением. От последней плановой встречи она отговорилась, сославшись на то, что должна работать, и в его душу закралось смутное беспокойство. Неужели она превращается в неуправляемого проблемного ребенка? Но поскольку, не явившись на встречу, она не получила карманных денег, рано или поздно ей все равно придется к нему обратиться. Также адвоката беспокоила мысль о том, что она могла рассказать кому-нибудь о его выходке.

Ее звонок по поводу денег убедил опекуна, что ситуация находится под контролем. Но ее необходимо приструнить, решил Нильс Бьюрман. Она должна понять, кто тут главный, и только тогда у них смогут сложиться более конструктивные отношения. Поэтому на этот раз он назначил ей встречу не в офисе, а у себя дома. Услышав такое требование, Лисбет Саландер на другом конце провода надолго замолчала — проклятая тупоумная сука,— а потом все-таки согласилась.

Она планировала встретиться с ним так же, как и в прошлый раз, у него в офисе. Теперь же ей приходилось вступать на незнакомую территорию. Встреча была назначена на вечер пятницы. Код подъезда Лисбет Саландер получила по телефону, но позвонила в дверь квартиры только в половине девятого, на полчаса позже назначенного времени. Эти полчаса на темной лестнице потребовались ей для того, чтобы в последний раз проверить план, взвесить альтернативные варианты, окончательно решиться и собраться с духом.

Около восьми часов вечера Микаэль закрыл ноутбук и надел куртку. Свет в кабинете он выключать не стал. Небо было усыпано звездами, а температура держалась около нуля. Микаэль быстрым шагом направился в гору по дороге, ведущей в Эстергорд. Миновав дом Хенрика Вангера, он свернул налево и пошел по нерасчищенной, но протоптанной дорожке вдоль берега. На воде мигали бакены, и в темноте красиво светился огнями Хедестад. Микаэлю требовался свежий воздух, но главное, хотелось избежать бдительных глаз Изабеллы Вангер. Возле дома Мартина Вангера он опять вышел на дорогу и в самом начале десятого оказался у Сесилии Вангер. Они сразу направились в ее спальню.

Встречались они раз или два в неделю. В этом захолустье Сесилия стала для Микаэля не только любовницей, но и человеком, которому он начал доверять. Ему гораздо больше пользы приносило обсуждение проблемы Харриет Вангер с ней, чем с Хенриком.

План почти сразу пошел наперекосяк.

Адвокат Нильс Бьюрман открыл дверь квартиры, одетый в халат. Он уже успел разозлиться на ее опоздание и просто махнул рукой, чтобы она заходила. На ней были джинсы, черная футболка и непременная кожаная куртка. На ногах черные ботинки, а на груди, на перекинутом через плечо ремне, висел маленький рюкзачок.

— Ты что, даже на часы не научилась смотреть? — раздраженно поприветствовал ее Бьюрман.

Саландер не ответила. Она осматривалась. Квартира выглядела приблизительно так, как она и представляла себе после изучения ее планировки в архиве Управления жилищного строительства. Мебель у него была светлая, из березы и бука.

— Заходи,— сказал Бьюрман уже приветливее.

Приобняв Саландер за плечи, он повел ее через холл в глубь квартиры и без лишних разговоров открыл дверь в спальню. Не оставалось никаких сомнений в том, какие именно услуги от нее ожидаются.

Лисбет Саландер поспешно огляделась. Холостяцкая обстановка, двуспальная кровать с высокой спинкой из нержавеющей стали, комод, выполняющий одновременно роль ночного столика. Прикроватные лампы с неярким светом, платяной шкаф с зеркальной стенкой, ротанговый стул и маленький столик в углу, возле двери.

Бьюрман взял ее за руку и подвел к кровати.

— Расскажи, зачем тебе понадобились деньги на этот раз. Опять на компьютерные штучки?

— На еду.

— Конечно. Как же я не догадался, ты ведь пропустила нашу последнюю встречу.

Он взял ее за подбородок и поднял лицо так, что их взгляды встретились.

— Как ты себя чувствуешь?

Она пожала плечами.

— Ты обдумала то, что я сказал в прошлый раз?

— Что именно?

— Лисбет, не строй из себя бо́льшую дурочку, чем ты есть. Я хочу, чтобы мы с тобой были друзьями и помогали друг другу.

Она не ответила, и адвокат Бьюрман поборол желание дать ей пощечину, чтобы немного оживить.

— Тебе в прошлый раз понравилась наша игра для взрослых?

— Нет.

Он поднял брови:

— Лисбет, не глупи.

— Мне нужны деньги, чтобы купить еду.

— Именно об этом мы в прошлый раз и говорили. Если ты будешь добра ко мне, я буду добр к тебе. Но если ты начнешь со мной ссориться, то...

Его рука еще крепче сжала ее подбородок, но она высвободилась.

— Мне нужны мои деньги. Что вы хотите, чтобы я сделала?

— Ты прекрасно знаешь.

Он схватил ее за плечо и потащил к кровати.

— Подождите,— быстро сказала Лисбет.

Бросив на него покорный взгляд, она коротко кивнула. Потом сняла рюкзачок и кожаную куртку с заклепками и огляделась. Положила куртку на ротанговый стул, поставила рюкзак на круглый столик и сделала несколько нерешительных шагов в сторону кровати. И остановилась, словно призадумавшись.

Бьюрман подошел ближе.

— Подождите,— снова произнесла она таким тоном, будто пыталась его образумить.— Я не хочу, чтобы меня заставляли делать минет каждый раз, когда мне понадобятся деньги.

Бьюрман побагровел и внезапно ударил ее ладонью по лицу. Саландер вытаращила глаза, но прежде чем она успела хоть как-то отреагировать, он схватил ее за плечо и швырнул на кровать, лицом вниз. Такое неожиданное нападение застигло ее врасплох. Она попыталась перевернуться, но он придавил ее к кровати и сел на нее верхом.

Все шло в точности как и в прошлый раз: она безнадежно уступала ему в физической силе. Оказывать сопротивление она могла, только пытаясь ударить его в глаза ногтями или каким-нибудь предметом. Выработанный ею сценарий уже приказал долго жить.

«Дьявол!» — подумала Лисбет Саландер, когда он сорвал с нее футболку. Она с ужасом поняла, что переоценила свои возможности.

Потом услышала, как он открыл ящик стоявшего возле кровати комода. Раздалось звяканье металла. Сначала она не поняла, что происходит, но потом увидела, что на ее запястье защелкивается кольцо наручников. Он вытянул ей руки вверх, пропустил цепь второго кольца вокруг одного из столбиков спинки кровати и замкнул его на другом запястье. Ему не составило большого труда стянуть с нее обувь и джинсы. Наконец он сдернул с нее трусики и выпрямился, держа их в руке.

— Лисбет, ты должна научиться доверять мне,— сказал он.— Я научу тебя, как играть в эту игру для взрослых. Будешь вести себя плохо, я тебя накажу. А будешь паинькой, мы станем друзьями.

Он вновь уселся на нее верхом:

— Значит, анальный секс тебе не нравится.

Лисбет Саландер открыла рот, чтобы закричать. Бьюрман схватил ее за волосы и затолкал в рот трусы. Она почувствовала, как он чем-то обматывает ей щиколотки, раздвигает ноги и крепко привязывает — она оказалась в его полной власти. Лисбет слышала, как он перемещается по комнате, но видеть его не могла, поскольку лицо ей закрывала футболка. Несколько минут он медлил. Ей едва удавалось дышать. Потом она ощутила дикую боль, когда он яростно вонзил ей что-то в зад.

Сесилия Вангер по-прежнему придерживалась правила, что ночевать Микаэль должен у себя дома. В начале третьего ночи он стал одеваться, а она продолжала лежать голой на кровати, тихонько ему улыбаясь.

— Ты мне нравишься, Микаэль. Мне с тобой хорошо.

— Ты мне тоже нравишься.

Она притянула его обратно к кровати и стащила с него рубашку, которую он только что надел. Он задержался еще на час.

Проходя в конце концов мимо дома Харальда Вангера, Микаэль заметил, как ему показалось, шевеление одной из занавесок на втором этаже. Правда, было слишком темно, чтобы сказать наверняка.

Только около четырех утра субботы Лисбет Саландер получила возможность одеться. Она взяла кожаную куртку и рюкзак и поплелась к выходу, где ее уже поджидал только что принявший душ и аккуратно одетый Бьюрман. Он протянул ей чек на две с половиной тысячи крон.

— Я отвезу тебя домой,— сказал он, открывая дверь.

Переступив порог квартиры, она обернулась. Ее тело выглядело раздавленным, лицо опухло от слез, и, когда их взгляды встретились, он отпрянул. Ему никогда еще не приходилось сталкиваться с такой неприкрытой жгучей ненавистью. Лисбет Саландер производила впечатление именно такой сумасшедшей, как ее описывал журнал.

— Нет,— произнесла она так тихо, что он едва расслышал.— Я доберусь сама.

Он положил руку ей на плечо:

— Точно?

Она кивнула. Рука у нее на плече сжалась.

— Ты ведь помнишь, о чем мы договорились. Ты придешь сюда в следующую субботу.

Она снова кивнула. Покорно.

Он ее отпустил.

Глава
14

Суббота, 8 марта — понедельник, 17 марта

Неделю Лисбет Саландер провела в постели, страдая болями в низу живота, кровотечениями из прямой кишки и менее заметными повреждениями, которые предстояло долго залечивать. На этот раз она претерпела нечто совершенно иное по сравнению с первым изнасилованием в его офисе; теперь речь шла уже не о принуждении и унижении, а о систематической жестокости.

Слишком поздно она поняла, что совершенно неправильно оценивала Бьюрмана.

Она воспринимала его как представителя власти, люби́вшего диктовать свою волю, а он оказался законченным садистом. Он продержал ее закованной в наручники целую ночь. Несколько раз ей казалось, что он собирается ее убить, а в один момент он прижимал к ее лицу подушку до тех пор, пока она не перестала ощущать хоть что-либо и чуть не потеряла сознание.

Она не плакала.

Помимо слез, вызванных чисто физической болью в процессе насилия, она не проронила не единой слезинки. Покинув квартиру Бьюрмана, она доплелась до стоянки такси у площади Уденплан, доехала до дома и с большим трудом поднялась к себе. Там она приняла душ, смыла с себя кровь, потом выпила пол-литра воды, приняла две таблетки снотворного, дотащилась до кровати и с головой накрылась одеялом.

В воскресенье Лисбет проснулась ближе к обеду, без каких-либо мыслей и с непрекращающейся болью в голове, мышцах и в низу живота. Она выбралась из постели, выпила два стакана молока и съела яблоко. Потом приняла еще две таблетки снотворного и снова легла.

Встать с постели она смогла только во вторник. Она вышла на улицу, купила большую упаковку пиццы, сунула две штуки в микроволновку и наполнила термос кофе. Ночь она провела за чтением в Интернете статей и диссертаций о психопатологии садизма.

Ее внимание привлекла статья, опубликованная женской группой из США, где автор утверждал, что садист точно угадывает подходящие жертвы и самой желанной для него является та, которая сама идет ему навстречу, полагая, будто у нее нет выбора. Садист предпочитает несамостоятельных людей, пребывающих в зависимом положении, и обладает интуитивной способностью вычислять подходящие кандидатуры.

Адвокат Бьюрман выбрал в качестве жертвы ее.

Это ее озадачило.

Она вдруг стала понимать, как ее воспринимает окружающий мир.

В пятницу, через неделю после второго изнасилования, Лисбет Саландер прогулялась от своего дома до лавочки татуировщика. Она заранее позвонила и записалась на определенное время, но других посетителей в магазинчике не было. Владелец ее узнал и приветственно кивнул.

Она выбрала простенькую татуировку в виде узкой цепочки и попросила нанести ее на голеностопный сустав.

— Тут тонкая кожа. Здесь будет очень больно,— сказал татуировщик.

— Ничего,— ответила Лисбет Саландер, сняла брюки и подняла ногу.

— Значит, цепочку. У тебя уже много татуировок. Ты уверена, что хочешь еще одну?

— Она мне будет кое о чем напоминать,— ответила Саландер.

По субботам «Кафе Сусанны» закрывалось в два часа дня, и Микаэлю Блумквисту пришлось уйти. До этого он занимался тем, что вносил свои заметки в компьютер, а потом прошелся до магазина, купил еду и сигареты и пошел домой. Он пристрастился к жареным потрохам с картошкой и свеклой — раньше это блюдо его совершенно не привлекало, но на деревенском воздухе почему-то шло на удивление хорошо.

Около семи вечера он стоял возле кухонного окна и размышлял. Сесилия Вангер не звонила. Микаэль мельком видел ее днем, когда она покупала в кафе хлеб, но она была погружена в собственные мысли. Похоже, сегодня она звонить не собирается. Он покосился на маленький телевизор, которым почти не пользовался, но потом передумал, уселся на кухонный диван и открыл детектив Сью Графтон.

В субботу вечером, в назначенное время, Лисбет Саландер вернулась в квартиру Нильса Бьюрмана. Он впустил ее с любезной приглашающей улыбкой.

— Ну, как ты себя чувствуешь сегодня, дорогая Лисбет? — спросил он вместо приветствия.

Она не ответила. Он приобнял ее за плечи.

— В прошлый раз я, возможно, немного переусердствовал,— сказал он.— У тебя был несколько пришибленный вид.

Она одарила его кривой улыбкой, и он вдруг на мгновение ощутил неуверенность.

«Эта телка ненормальная,— напомнил он себе.— Об этом нельзя забывать».

Он задумался, сумеет ли она привыкнуть.

— Пошли в спальню? — спросила Лисбет Саландер.

«С другой стороны, может, она и уловила...»

Он повел ее, обнимая за плечи, как и во время предыдущей встречи.

«Сегодня буду с ней поосторожнее. Надо укреплять доверие».

На комоде уже лежали приготовленные наручники. Только подойдя к кровати, адвокат Бьюрман понял: что-то не так.

К кровати его подвела она, а не наоборот. Он остановился, растерянно глядя, как она что-то вынимает из кармана куртки; сначала ему показалось, что это мобильный телефон. Потом он увидел ее глаза.

— Скажи: «Спокойной ночи»,— велела она.

Лисбет Саландер приставила к его левой подмышке электрошокер и выпустила заряд в семьдесят пять тысяч вольт. Когда у него начали слабеть ноги, она уперлась в него плечом и, используя всю силу, толкнула его на кровать.

Сесилия Вангер ощущала легкое опьянение. Она решила не звонить Микаэлю Блумквисту. Их отношения развились в дурацкий фарс с постельными сценами: Микаэлю приходилось красться закоулками, чтобы проникнуть к ней незамеченным, а сама она выступала в роли влюбленной школьницы, которая не в силах побороть свою страсть. В последние недели ее поведение выходило за всякие рамки приличия.

«Проблема в том, что он мне слишком нравится,— подумала она.— Он причинит мне боль».

Она долго сидела, желая, чтобы Микаэль никогда не приезжал в Хедебю.

Потом Сесилия откупорила бутылку вина и выпила в одиночестве два бокала. Включила «Новости» и попыталась ознакомиться с положением в мире, но ей сразу наскучили убедительные доказательства того, что президенту Бушу совершенно необходимо разбомбить Ирак. Тогда она уселась на диван в гостиной и достала книгу Геллерта Тамаса «Человек-лазер», но, прочитав несколько страниц, отложила. Книга навела Сесилию на мысли об отце, и ей стало интересно, на какие темы фантазирует он.

В последний раз им случилось пообщаться в 1984 году, когда она отправилась вместе с ним и братом Биргером охотиться на зайцев к северу от Хедестада. Биргер хотел испытать новую собаку — гончую по кличке Гамильтон, которую только что приобрел. Харальду Вангеру было семьдесят три года, и она изо всех сил старалась смириться с его безумием, которое превратило в кошмар ее детство и наложило отпечаток на всю ее взрослую жизнь.

Никогда еще Сесилия не ощущала себя такой слабой, как в то время. Тремя месяцами ранее ее браку пришел конец. Жестокое обращение с женщинами — как это банально звучит. Ее избивали не так чтобы сильно, но постоянно: ей доставались пощечины, яростные пинки, периодические угрозы; время от времени ее валили на пол в кухне. Его приступы ярости всегда бывали необъяснимыми, однако он редко обходился с ней настолько жестоко, чтобы она получала физические увечья. Кулаками он старался не бить. Сесилия терпела.

Все изменилось в тот день, когда она вдруг дала ему сдачи и он полностью утратил над собой контроль. Окончательно выйдя из себя, он бросил ножницы, и те застряли у нее в лопатке.

Он тут же раскаялся, ударился в панику, отвез ее в больницу и сочинил историю о несчастном случае, в правдивость которой никто из персонала не верил уже во время его рассказа. Ей было стыдно. Наложив двенадцать швов, ее оставили в больнице на два дня. Потом Хенрик Вангер забрал ее и отвез к себе домой. С тех пор она ни разу с мужем не разговаривала.

В тот солнечный осенний день, через три месяца после крушения ее брака, Харальд Вангер пребывал в прекрасном настроении и держался почти дружелюбно. Но совершенно внезапно, прямо посреди леса, он обрушил на дочь град оскорблений и грубых замечаний по поводу ее сексуальных привычек и бросил ей в лицо, что такая шлюха, естественно, не могла удержать мужчину.

Брат даже не заметил, что каждое слово отца поражает ее, как удар кнута. Биргер Вангер вдруг засмеялся, обхватил отца рукой и высказался в таком духе, что «уж ему ли не знать, каковы бабы». Он беззаботно подмигнул Сесилии и предложил Харальду пойти посидеть в засаде на горке.

В оцепенении глядя на отца с братом, Сесилия в какую-то секунду вдруг осознала, что держит в руках заряженное охотничье ружье, и закрыла глаза. Ей хотелось вскинуть ружье и выстрелить из обоих стволов, чтобы убить этих двоих. Но вместо этого Сесилия положила ружье на землю, под ноги, развернулась и пошла обратно к машине. Она бросила их в лесу и уехала домой одна. С того дня она разговаривала с отцом лишь в отдельных случаях, по необходимости. К себе домой она его не пускала и сама никогда не ходила к нему.

«Ты испортил мне жизнь,— подумала Сесилия.— Ты испортил мне жизнь еще в детстве».

В половине девятого вечера Сесилия подняла трубку, позвонила Микаэлю Блумквисту и попросила его прийти.

Адвокат Нильс Бьюрман чувствовал боль. Мышцы не слушались. Тело казалось парализованным. Он не был уверен, что терял сознание, но ощущал растерянность и никак не мог вспомнить, что произошло. Когда он потихоньку вновь начал ощущать собственное тело, то обнаружил, что в голом виде лежит на спине в своей постели, с наручниками на запястьях и до предела растянутыми в разные стороны ногами. В тех местах, где электроды соприкоснулись с телом, болезненно ныли ожоги.

Лисбет Саландер сидела на придвинутом к кровати ротанговом стуле и терпеливо ждала, закинув ноги в ботинках на матрас и покуривая сигарету. Попытавшись заговорить, Бьюрман понял, что его рот заклеен широкой изоляционной лентой. Он завертел головой и увидел, что Лисбет успела повытаскивать и перевернуть ящики его комода.

— Я нашла твои игрушки,— сказала Саландер.

Она подняла хлыст и указала им на коллекцию пенисов, уздечек и резиновых масок на полу.

— Для чего это предназначено?

Она приподняла здоровенную анальную затычку.

— Нет, говорить и не пытайся — я все равно тебя не услышу. Это ее ты испробовал на мне на прошлой неделе? Тебе достаточно кивнуть.

Она склонилась над ним, выжидая.

Нильс Бьюрман вдруг ощутил разрывающий грудь холодный страх и, потеряв самообладание, заметался в кандалах.

«Она захватила власть! — пронзила его паническая мысль.— Это невозможно!»

Он ничего не мог поделать, когда Лисбет Саландер подалась вперед и поместила анальную затычку между его ягодиц.

— Значит, ты садист,— констатировала она.— Тебе нравится втыкать в людей разные штуки.— Она не сводила с него глаз, а ее лицо было неподвижно, как маска.— Без смазки.

Когда Лисбет Саландер грубо раздвинула ему ягодицы и применила затычку по назначению, Бьюрман дико заорал сквозь изоляционную ленту.

— Прекрати скулить,— сказала Лисбет Саландер, подражая ему.— Если будешь брыкаться, мне придется тебя наказать.

Она встала и обошла вокруг кровати.

«Какого черта?» — только и мог подумать он, провожая ее беспомощным взглядом.

Оказывается, Лисбет Саландер прикатила сюда из гостиной его тридцатидвухдюймовый телевизор, а на полу пристроила его DVD-проигрыватель. Она посмотрела на него, по-прежнему держа в руках хлыст:

— Ты внимательно меня слушаешь? Не пытайся говорить — тебе достаточно кивнуть. Слышишь, что я говорю?

Он кивнул.

— Отлично.— Она наклонилась и подняла рюкзачок.— Узнаешь?

Он вновь кивнул.

— Этот рюкзак был у меня с собой, когда я приходила к тебе в прошлый раз. Практичная штука. Я позаимствовала ее в «Милтон секьюрити».— Она расстегнула молнию в самом низу.— Это цифровая видеокамера. Ты смотришь

«Инсайдер» по ТВ-три? Именно такие рюкзачки используют грязные репортеры, когда снимают что-нибудь скрытой камерой.

Она застегнула молнию.

— Тебе интересно, где объектив? В этом-то и заключается хитрость. Широкоугольный объектив с волоконной оптикой. Он выглядит как пуговица и спрятан в пряжке ремня. Ты, может, помнишь, что я поставила рюкзачок тут, на стол, прежде чем ты начал меня лапать. Я повернула его так, чтобы объектив был направлен на кровать.

Она взяла CD-диск и сунула в DVD-проигрыватель. Затем развернула ротанговый стул и уселась так, чтобы ей был виден экран телевизора. Закурила новую сигарету и нажала на пультик дистанционного управления. Адвокат Бьюрман увидел на экране себя, открывающего дверь перед Лисбет Саландер.

«Ты что, даже на часы не научилась смотреть?» — приветствовал он ее раздраженно.

Она прокрутила ему весь фильм. Запись закончилась через девяносто минут посреди сцены, когда голый адвокат Бьюрман сидит, откинувшись на спинку кровати, пьет вино и наблюдает за Лисбет Саландер, которая лежит скрючившись со сцепленными за спиной руками.

Она выключила телевизор и минут десять молча сидела на ротанговом стуле, не глядя на него. Бьюрман не смел даже шелохнуться. Потом она встала и вышла в ванную. Вернувшись, Лисбет Саландер вновь села на стул. Ее голос был сухим и жестким, как наждачная бумага.

— На прошлой неделе я совершила ошибку,— сказала она.— Я думала, что ты снова заставишь меня делать минет, что совершенно омерзительно в твоем случае, но не настолько омерзительно, чтобы я не могла это стерпеть. Я надеялась малой кровью добыть достаточно веское доказательство, что ты гнусный старый слизняк. Однако я тебя недооценила. Не поняла, какой ты чертов извращенец.

Я буду выражаться предельно ясно. На этой записи видно, как ты насилуешь умственно отсталую двадцатичетырехлетнюю девушку, к которой тебя приставили опекуном. Ты даже не представляешь, насколько умственно отсталой я могу оказаться, если будет нужно. Любой, кто посмотрит эту пленку, поймет, что ты не только подонок, но и чокнутый садист. Этот фильм я смотрела во второй и, надеюсь, в последний раз. Он требует принятия мер. Думаю, что в соответствующее учреждение посадят тебя, а не меня. Согласен?

Она подождала. Он не реагировал, но было видно, как он дрожит. Она схватила хлыст и стегнула его по половому члену.

— Ты согласен со мной? — повторила она значительно громче.

Он кивнул.

— Отлично. Тогда здесь у нас полная ясность.

Она подтащила ротанговый стул поближе и села так, чтобы видеть его глаза.

— И как ты думаешь, что нам с этим делать?

Отвечать он не мог.

— У тебя есть какие-нибудь хорошие идеи?

Не дождавшись ответа, она протянула руку, ухватилась за мошонку и стала тянуть, пока его лицо не перекосилось от боли.

— У тебя есть хорошие идеи? — повторила она.

Он замотал головой.

— Отлично. Я чертовски разозлюсь, если тебе вдруг что-нибудь придет в голову в будущем.

Она откинулась на стуле и зажгла новую сигарету.

— Наши действия будут выглядеть вот как. На следующей неделе, как только тебе удастся выковырять эту здоровую резиновую пробку из своей задницы, ты известишь мой банк о том, что я — и только я — буду иметь доступ к своему счету. Ты меня понимаешь?

Адвокат Бьюрман кивнул.

— Молодец. Ты больше никогда не будешь со мной связываться. Встречаться мы теперь будем, только если мне вдруг этого захочется. То есть тебе запрещается меня посещать.

Он несколько раз кивнул и вдруг выдохнул, поняв, что убивать его она не собирается.

— Если ты хоть раз попробуешь приставать ко мне, копии этого диска появятся в редакциях всех стокгольмских газет. Ты понял?

Он несколько раз кивнул, держа в уме: «Мне необходимо раздобыть эту пленку».

— Раз в год ты будешь подавать отчет о моем хорошем самочувствии в опекунский совет муниципалитета. Ты должен сообщать, что я веду вполне нормальный образ жизни, имею постоянную работу, со всем справляюсь и что ты не замечаешь абсолютно никаких отклонений в моем поведении. Понял?

Он кивнул.

— Каждый месяц ты будешь составлять фиктивный письменный отчет о наших встречах. Ты должен подробно рассказывать о том, какая я положительная и как у меня все хорошо идет. Копию будешь присылать мне по почте. Понятно?

Он снова кивнул. Лисбет Саландер отсутствующим взглядом отметила выступившие у него на лбу капли пота.

— Через несколько лет, скажем, через два года, ты начнешь переговоры в суде об отмене решения о моей недееспособности. Ты раздобудешь невропатолога, который поклянется в том, что я совершенно нормальная. Ты будешь очень стараться и сделаешь все, что в твоих силах, чтобы меня объявили дееспособной.

Он кивнул.

— Знаешь, почему ты станешь стараться изо всех сил? Потому что у тебя имеется на то серьезная причина. Если тебе не удастся, то я ведь обнародую пленку.

Он вслушивался буквально в каждый слог, произносимый Лисбет Саландер. Внезапно в его глазах вспыхнула ненависть. Он решил, что она совершила ошибку, оставив его в живых.

«Тебе это откликнется, проклятая сука. Рано или поздно. Я тебя изничтожу»,— думал он, однако продолжал с энтузиазмом кивать в ответ на каждый вопрос.

— То же произойдет, если ты попробуешь опять меня ла- пать.— Она обхватила себя за горло ладонью.— Прощай эта квартирка, твой замечательный титул и твои миллионы на международном счете.

Когда она упомянула о деньгах, у него расширились глаза. «Откуда, черт возьми, ей известно, что...»

Лисбет Саландер улыбнулась и сделала глубокую затяж- ку. Потом загасила сигарету, бросив ее на ковровое покрытие и раздавив каблуком.

— Мне нужны запасные ключи отсюда и от твоего офиса.

Он нахмурил брови.

Она склонилась над ним и благодушно улыбнулась:

— В дальнейшем я стану держать твою жизнь под конт- ролем. Когда ты меньше всего этого ожидаешь, например когда мирно спишь, я вдруг буду возникать в спальне с этой штукой в руке.— Она подняла электрошокер.— Я буду за то- бой приглядывать. Если я хоть раз обнаружу тебя с девуш- кой — независимо от того, добровольно она сюда придет или нет,— если я вообще хоть раз застану тебя с женщиной...

Лисбет Саландер опять обхватила шею пальцами.

— Если я умру... стану жертвой несчастного случая — по- паду под машину и тому подобное... копии пленки отправят в газеты по почте. Вместе с текстом, где я подробно расска- зываю, каково иметь тебя опекуном.

— И еще одно.— Она склонилась так низко, что ее лицо оказалось буквально в нескольких сантиметрах от его ли- ца.— Если ты еще хоть раз ко мне прикоснешься, я тебя убью. Поверь мне на слово.

Адвокат Бьюрман вдруг действительно ей поверил. Ее взгляд не оставлял никакой надежды на то, что это блеф.

— Помни, что я сумасшедшая.

Он кивнул.

Она окинула его задумчивым взглядом и серьезным то- ном сказала:

— Не думаю, чтобы мы с тобой стали добрыми друзьями. Сейчас ты лежишь и поздравляешь себя с тем, что я по ту- пости оставляю тебя в живых. Тебе кажется, что, даже будучи моим пленником, ты сохраняешь надо мной контроль, поскольку раз уж я тебя не убиваю, то мне остается только тебя отпустить. Следовательно, ты полон надежд, что сумеешь сразу снова захватить надо мной власть.

Он замотал головой, внезапно охваченный недобрыми предчувствиями.

— Ты получишь от меня подарок, который будет все время напоминать тебе о нашем соглашении.

С кривой усмешкой она залезла на кровать и встала на колени у него между ногами. Адвокат Бьюрман не понимал, что она собирается делать, но внезапно испугался.

Потом он увидел у нее в руке иголку.

Он затряс головой и извивался до тех пор, пока она не приставила колено к его промежности и предупреждающе не надавила.

— Лежи спокойно. Я никогда раньше этим инструментом не пользовалась.

Она сосредоточенно работала в течение двух часов. Когда она заканчивала, он уже больше не выл, пребывая в полуобморочном состоянии.

Лисбет Саландер слезла с кровати, склонила голову и критически осмотрела свое произведение. Ее художественные способности оставляли желать лучшего. Извивающийся шрифт напоминал стиль импрессионистов. Большими красно-синими буквами, в пять рядов, полностью покрывая его живот от сосков почти до самого полового члена, был вытатуирован текст: «Я САДИСТСКАЯ СВИНЬЯ, ПОДОНОК И НАСИЛЬНИК».

Она собрала иголки и положила тюбики с краской в рюкзак. Потом пошла в ванную и вымыла руки. Вернувшись обратно в спальню, она обнаружила, что чувствует себя значительно лучше.

— Спокойной ночи,— сказала она.

Перед уходом она отстегнула один наручник и положила ключ ему на живот. Свой фильм и его связку ключей она забрала с собой.

————

Чуть за полночь, когда они курили одну сигарету на двоих, Микаэль сообщил ей, что некоторое время они не смогут видеться. Сесилия удивленно повернулась к нему.

— Что ты хочешь сказать? — спросила она.

У него был пристыженный вид.

— В понедельник я на три месяца сажусь в тюрьму.

Больше ничего объяснять не требовалось. Сесилия надолго замолчала: она вдруг почувствовала, что вот-вот разрыдается.

Драган Арманский уже начал отчаиваться, но во второй половине дня в понедельник Лисбет Саландер вдруг постучалась в его дверь. О ней не было ни слуху ни духу с тех пор, как он в начале января отменил расследование дела Веннерстрёма, а каждый раз, когда он пытался ей позвонить, она либо не отвечала, либо говорила, что занята, и бросала трубку.

— У тебя есть для меня работа? — спросила она, не тратя слов на приветствие.

— Здравствуй. Рад тебя видеть. Я уже думал, что ты умерла или что-то в этом роде.

— Мне нужно было кое с чем разобраться.

— У тебя довольно часто возникают дела, с которыми надо разбираться.

— Это было срочно. Теперь я вернулась. У тебя есть для меня работа?

Арманский покачал головой:

— Прости. В данный момент нет.

Лисбет Саландер смотрела на него застывшим взглядом. Через некоторое время он собрался с духом и снова заговорил:

— Лисбет, ты знаешь, что я люблю тебя и с удовольствием даю тебе работу. Но ты отсутствовала два месяца, а у меня было полно дел. На тебя просто невозможно полагаться. Чтобы заменить тебя, мне пришлось перекладывать работу на других, а сейчас у меня ничего нет.

— Ты можешь сделать погромче?

— Что?

— Радио.

— ...журнал «Миллениум». Сообщение о том, что промышленник-ветеран Хенрик Вангер становится совладельцем и членом правления «Миллениума», появилось в тот же день, когда бывший ответственный редактор Микаэль Блумквист начал отбывать трехмесячное тюремное наказание за клевету на бизнесмена Ханса Эрика Веннерстрёма. На пресс-конференции главный редактор «Миллениума» Эрика Бергер сообщила, что по окончании срока Микаэль Блумквист вновь займет пост ответственного редактора.

— Черт побери,— произнесла Лисбет Саландер, но так тихо, что Арманский заметил лишь, как у нее шевельнулись губы.

Она внезапно встала и направилась к двери.

— Подожди. Куда ты?

— Домой. Мне надо кое-что проверить. Позвони, когда у тебя что-нибудь появится.

Новость о том, что «Миллениум» получил подкрепление в лице Хенрика Вангера, стала куда более крупным событием, чем ожидала Лисбет Саландер. Интернетовский вариант газеты «Афтонбладет» уже предлагал развернутую телеграмму Телеграфного агентства, в которой описывалась карьера Хенрика Вангера и отмечалось, что это публичное выступление старого промышленного магната — первое за последние двадцать лет. Известие о том, что он становится совладельцем «Миллениума», выглядело столь же невероятным, как если бы Петер Валленберг или Эрик Пенсер* вдруг появились в качестве совладельцев газеты «ЭТС» или спонсоров журнала «Урдфронт магазин».

Событие приобрело такой масштаб, что телевизионная программа новостей, выходящая в эфир в 19.30, отвела ему третье место и посвятила целых три минуты. Эрика Бергер давала интервью, сидя за столом для пресс-конференций в

---

*. Первый — крупный шведский промышленник, второй — финансист. *(Прим. перев.)*

редакции «Миллениума». Совершенно внезапно дело Веннерстрёма снова сделалось актуальным.

— В прошлом году мы совершили серьезную ошибку, которая привела к тому, что журнал осудили за клевету. Естественно, мы об этом сожалеем... и при удобном случае снова вернемся к этой истории.

— Что вы имеете в виду, говоря, что вернетесь к этой истории? — спросил репортер.

— Я хочу сказать, что мы изложим свою версию происшедшего, чего мы пока ведь не делали.

— Но вы могли выступить в суде.

— Мы предпочли этого не делать. Но мы, разумеется, продолжим заниматься журналистскими расследованиями.

— Означает ли это, что вы по-прежнему уверены в том материале, за который вас осудили?

— Сегодня я воздержусь от комментариев по этому вопросу.

— После решения суда вы уволили Микаэля Блумквиста.

— Вы ошибаетесь. Прочтите наше пресс-сообщение. Ему требовался тайм-аут и был совершенно необходим перерыв в работе. Он вновь займет должность ответственного редактора в этом году, только чуть позже.

Камера обводила помещение редакции, а репортер быстро пересказывал бурную историю «Миллениума» как необычного и дерзкого журнала. Микаэль Блумквист никаких комментариев давать не мог: его только что заключили в тюрьму Руллёкер, расположенную возле маленького озера, прямо посреди леса, километрах в десяти от Эстерсунда.

Зато Лисбет Саландер заметила, как в самом углу телевизионной картинки, в дверях редакции вдруг промелькнул Дирк Фруде. Она нахмурила брови и задумчиво прикусила нижнюю губу.

В этот понедельник произошло мало событий, и в девятичасовом выпуске «Новостей» Хенрику Вангеру отвели целых четыре минуты. Его пригласили дать интервью в студии местного телевидения в Хедестаде. Репортер начал с заявления о том, что «после двух десятилетий молчания легенда промышленности Хенрик Вангер вновь появился в лучах рампы». Репортаж предварялся рассказом о жизни Хенрика Вангера, сопровождавшимся кадрами черно-белой хроники, где тот выступал вместе с Таге Эрландером на открытии фабрик в 60-х годах. Потом в фокусе камеры оказался стоявший в студии диван, на котором, спокойно откинувшись на спинку и скрестив ноги, расположился Хенрик Вангер. На нем была желтая рубашка, узкий зеленый галстук и свободный темно-коричневый пиджак. Внешне он походил на худенькое престарелое огородное пугало, но говорил четким и твердым голосом. И к тому же искренне. Прежде всего репортер спросил о причинах, побудивших его стать совладельцем «Миллениума».

— «Миллениум» — хороший журнал, за которым я уже несколько лет слежу с большим интересом. В настоящий момент на журнал ведется целенаправленная атака. У него имеются могущественные враги, которые организуют бойкот со стороны рекламодателей с целью его окончательного разорения.

Репортер был явно не готов к такому ответу, но сразу сообразил, что и без того странная история приобретает совершенно неожиданный размах.

— Кто стоит за этим бойкотом?

— Это один из тех вопросов, в которых «Миллениуму» предстоит тщательно разобраться. Но разрешите мне воспользоваться случаем и заявить, что «Миллениум» не позволит так легко себя потопить.

— Поэтому вы и стали совладельцем журнала?

— Если заинтересованные круги получат возможность заставить умолкнуть неугодные голоса из средств массовой информации, это может крайне негативно сказаться на свободе слова.

Хенрик Вангер говорил так, словно всю жизнь был культурным радикалом и борцом за открытое общество. Микаэль Блумквист, впервые появившийся в этот вечер в телевизионной комнате тюрьмы, внезапно расхохотался. Остальные заключенные покосились на него с беспокойством.

Позже, лежа на кровати у себя в камере, напоминавшей тесный номер мотеля, с маленьким столиком, стулом и прикрепленной к стене полкой, он признал правоту Хенрика и Эрики в отношении того, как именно следовало представить эту новость. Даже не обсудив ее ни с единым человеком, он понимал, что в отношении к «Миллениуму» кое-что уже изменилось.

Выступление Хенрика Вангера означало объявление войны Хансу Эрику Веннерстрёму. Смысл выступления был кристально ясен — в дальнейшем ты будешь сражаться не против журнала с шестью сотрудниками и годовым бюджетом, равным представительскому обеду компании «Веннерстрём груп». Теперь тебе предстоит бороться с концерном Вангеров, который хоть и представляет собой лишь остатки былого величия, но все-таки является значительно более мощным противником. Веннерстрём очутился перед выбором: отступиться или взять на себя задачу уничтожить заодно и предприятия Вангеров.

Хенрик Вангер, по сути дела, заявил по телевидению, что готов драться. Возможно, шансов против Веннерстрёма у него и нет, но война обойдется тому недешево.

Эрика тщательно обдумала свое выступление. Она, в общем-то, не сказала ничего конкретного, но слова о том, что журнал «еще не изложил свою версию», создали впечатление: им есть что излагать. Несмотря на то что Микаэль был привлечен к ответственности, осужден и в настоящее время сидел в тюрьме, она взяла и заявила — не говоря этого прямо,— что на самом деле он невиновен и что существует другая правда.

Слово «невиновный» открыто не прозвучало, но именно благодаря этому невиновность Микаэля становилась еще более очевидной. То, что его возвращение на должность ответственного редактора считалось само собой разумеющимся, подчеркивало: «Миллениуму» нечего стыдиться. Убедить общественность труда не составляло — заговоры интересны всем, и вполне понятно, на чьей стороне окажутся симпатии публики, когда придется выбирать между страшно богатым бизнесменом и дерзким красивым главным редактором. Правда, СМИ столь же легко на эту историю не купятся, но Эрика, возможно, обезвредила часть критиков, которые теперь не осмелятся открыть рот.

По большому счету ни одно из событий дня ситуацию не изменило, но они выиграли время и чуть-чуть изменили соотношение сил. Микаэль догадывался, что для Веннерстрёма этот вечер стал не самым приятным. Их противник не мог знать, насколько много — или мало — им известно, и, прежде чем сделать следующий ход, ему придется это выяснить.

Посмотрев сначала собственное выступление, а затем запись интервью Хенрика Вангера, Эрика с мрачным выражением лица выключила телевизор и видео. Она взглянула на часы — без четверти три ночи — и подавила желание позвонить Микаэлю. Он сидит в тюрьме, и маловероятно, чтобы ему разрешили держать в камере мобильный телефон. К себе на пригородную виллу Эрика вернулась поздно, ее муж уже спал. Она встала, подошла к бару и, налив себе приличную порцию «Аберлюра»* — спиртное она пила примерно раз в год,— села у окна и стала смотреть на залив Сальтшён и маяк у выхода в пролив.

Составив договор с Хенриком Вангером, она осталась с Микаэлем наедине, и между ними произошла крупная ссора. За прошедшие годы они много раз бурно ругались и спорили из-за того, как следует подавать материал, каким должен быть лейаут, достоверны ли источники и из-за тысячи других вещей, касавшихся «кухни» создания журнала. Но ссора в гостевом домике Хенрика Вангера касалась принципиальных вопросов, и позиция Эрики, как она сама понимала, была уязвимой.

— Не знаю, что мне теперь делать,— сказал Микаэль.— Хенрик Вангер нанял меня, чтобы писать его биографию.

---

* Сорт виски. (*Прим. ред.*)

До сих пор я мог все бросить, если бы он попытался заставить меня написать о том, чего не было, или склонить к тому, чтобы как-то исказить историю. А теперь он один из совладельцев нашего журнала и к тому же единственный, у кого достаточно денег, чтобы журнал спасти. И я вдруг оказался в западне, а эта позиция едва ли понравится комиссии по профессиональной этике.

— У тебя есть идея лучше? — спросила Эрика.— Тогда самое время ее выложить, пока мы не переписали договор набело и не поставили подписи.

— Рикки, Вангер использует нас для сведения каких-то личных счетов с Хансом Эриком Веннерстрёмом.

— Ну и что нам за дело до их вендетты?

Микаэль отвернулся от нее и сердито закурил сигарету. Перебранка продолжалась довольно долго, пока Эрика не пошла в его спальню, не разделась и не заползла в постель. Когда Микаэль двумя часами позже присоединился к ней, она притворилась спящей.

Этим вечером репортер из «Дагенс нюхетер» задал ей тот же вопрос:

— Как же теперь «Миллениум» сможет всерьез говорить о своей независимости?

— Что вы имеете в виду?

Репортер удивленно поднял брови. Он считал, что вопрос достаточно понятен, но все-таки пояснил:

— В задачи «Миллениума» входит, в частности, обследование предприятий. Как теперь журнал сможет убедить общественность в том, что он объективно подходит к предприятиям Вангеров?

Эрика посмотрела на него с таким удивлением, будто вопрос оказался совершенно неожиданным:

— Вы утверждаете, что объективность «Миллениума» пострадает оттого, что он обретает поддержку известного крупного финансиста?

— Да, ведь совершенно очевидно, что вы не сможете объективно оценивать деятельность предприятий Вангеров.

— В отношении «Миллениума» существуют особые правила?

— Простите?

— Я хочу сказать, что вы, например, работаете для газеты, которая в полном смысле этого слова принадлежит людям с крупным интересом в экономике. Означает ли это, что ни одна из газет, выпускаемых холдингом «Бонниер», не является объективной? «Афтонбладет» принадлежит крупному норвежскому предприятию, которое, в свою очередь, играет важную роль в сфере компьютерных коммуникаций,— означает ли это, что проводимый «Афтонбладет» мониторинг предприятий, занимающихся электроникой, необъективен? «Метро» принадлежит концерну Стенбека. Неужели вы хотите сказать, что все шведские газеты, за которыми стоят финансовые магнаты, не заслуживают доверия?

— Нет, конечно не хочу.

— В таком случае почему же вы полагаете, что объективность «Миллениума» пострадает оттого, что за нами тоже встанут финансисты?

Репортер поднял руки:

— Ладно, я снимаю этот вопрос.

— Нет, не надо. Я хочу, чтобы вы точно отразили мои слова. И можете добавить, что если «Дагенс нюхетер» пообещает уделять дополнительное внимание предприятиям Вангера, то мы будем тщательнее присматриваться к холдингу «Бонниер».

Однако этическая дилемма все-таки существовала.

Микаэль работает на Хенрика Вангера, который, в свою очередь, имеет возможность потопить «Миллениум» одним росчерком пера. А что произойдет, если Микаэль с Хенриком Вангером из-за чего-нибудь поссорятся?

И прежде всего — какова цена ее собственной объективности и в какой момент она из независимого главного редактора превратилась в редактора купленного? Ни сами эти вопросы, ни вероятные ответы на них Эрике не нравились.

Лисбет Саландер вышла из Интернета и закрыла ноутбук. У нее не было работы, зато проснулось чувство голода. Первое обстоятельство ее особенно не смущало, с тех пор как она вновь получила доступ к своему банковскому счету, а адвокат Бьюрман перешел в разряд небольших неприятностей, оставшихся в прошлом. С чувством голода она разобралась, пойдя на кухню и включив кофеварку. Перед этим она много часов ничего не ела и теперь сделала себе три больших бутерброда с сыром, икрой и яйцами вкрутую. Свои бутерброды она жевала на диване в гостиной, а тем временем обрабатывала добытую информацию.

Дирк Фруде из Хедестада нанял ее для изучения личных обстоятельств Микаэля Блумквиста, которого отправили в тюрьму за клевету на Ханса Эрика Веннерстрёма. Через несколько месяцев в правлении «Миллениума» возникает Хенрик Вангер, тоже из Хедестада, и утверждает, что существует некий заговор, направленный на уничтожение журнала. И это происходит в тот же день, когда за Микаэлем Блумквистом захлопывается дверь тюрьмы. Самым любопытным из всего была двухлетней давности статейка под названием «С пустыми руками», посвященная Хансу Эрику Веннерстрёму и найденная ею в интернетовской версии журнала «Финансмагазинет монополь». Там отмечалось, что Веннерстрём начинал свой aufmarsch* в финансовой сфере в 60-х годах именно на предприятиях Вангера.

Не требовалось особых талантов, чтобы сделать вывод, что эти события как-то между собой связаны. Тут явно была зарыта какая-то собака, а Лисбет Саландер любила раскапывать зарытых собак. К тому же у нее сейчас не было ничего поинтереснее.

---

* Развертывание (нем., военный термин). (Прим. перев.)

ЧАСТЬ 3

ОБЪЕДИНЕНИЯ

16 МАЯ – 14 ИЮЛЯ

*13 процентов женщин Швеции подвергались грубым фор-
мам сексуального насилия за рамками сексуальных отношений*

Глава
15

Пятница, 16 мая — суббота, 31 мая

Микаэля Блумквиста освободили из тюрьмы в пятницу 16 мая, через два месяца после заключения. Оказавшись в этом учреждении, он в тот же день подал прошение о сокращении срока наказания, правда не особо на него надеясь. Причины, по которым его прошение было удовлетворено, так и остались ему неизвестны, но, вероятно, сыграло роль, во-первых, то, что он ни разу не воспользовался правом покидать тюрьму на выходные, а во-вторых, то, что в камерах, рассчитанных на тридцать одно место, находились сорок два заключенных. Так или иначе, но директор тюрьмы — сорокалетний польский эмигрант Петер Саровский, с которым Микаэль отлично ладил,— написал письмо с рекомендацией сократить его срок.

Время в Рулльокер проходило спокойно и приятно. Эта тюрьма, как выражался Саровский, была предназначена для возмутителей спокойствия и севших за руль в нетрезвом виде, а не для настоящих преступников. Распорядком дня она напоминала турбазу. Среди прочих заключенных половину составляли иммигранты во втором поколении; Микаэля они воспринимали как чужеродный элемент, каковым он, собственно, и являлся. Он был единственной среди них важной птицей, о которой даже сообщали по телевидению, однако серьезным преступником его никто из заключенных не считал.

Не считал так и директор тюрьмы. В первый же день Микаэля пригласили на беседу и предложили ему помощь психотерапевта, образовательные курсы для взрослых или другие варианты обучения, а также содействие в профориентации. Микаэль ответил, что не нуждается в социальной адаптации, что он закончил учебу несколько десятилетий назад и уже имеет работу. Зато он попросил разрешения держать в камере ноутбук, чтобы продолжать работу над книгой, которую обязался написать. Его желание не вызвало никаких возражений, и Саровский даже предоставил ему запирающийся шкаф, чтобы он мог оставлять компьютер в камере без присмотра и не бояться, что его украдут или испортят. Едва ли кто-нибудь из заключенных стал бы такое делать — они относились к Микаэлю скорее покровительственно.

Таким образом, Микаэль провел два довольно приятных месяца, примерно по шесть часов в день работая над семейной хроникой Вангеров. Лишь на несколько часов ему приходилось делать перерыв для ежедневной уборки и отдыха. Вместе с двумя заключенными, один из которых оказался из шведского городка Шёвде, а второй родом из Чили, Микаэлю полагалось каждый день убирать гимнастический зал тюрьмы. Отдых состоял из просмотра телепередач, игры в карты или занятий на тренажерах. Микаэль обнаружил, что вполне прилично играет в покер, но стабильно проигрывает по несколько монеток в пятьдесят эре ежедневно. Тюремные правила разрешали игру на деньги только при общем банке менее пяти крон.

О том, что его выпускают досрочно, Микаэль узнал накануне освобождения, когда Саровский пригласил его к себе в кабинет и угостил рюмкой водки. Остаток вечера Микаэль посвятил упаковыванию вещей и рабочих блокнотов.

Вновь оказавшись на свободе, Микаэль поехал прямо к себе в Хедебю. Поднявшись на крыльцо домика, он услышал мяуканье и обнаружил рыже-коричневую кошку, которая приветственно потерлась о его ноги.

— Ладно, заходи,— сказал он.— Только я еще не успел купить молока.

Распаковывая багаж, Микаэль не мог отделаться от ощущения, будто он побывал в отпуске. Ему даже как-то не хватало Саровского и собратьев-заключенных. Каким бы нелепым это ни показалось, но в тюрьме ему было хорошо. Известие об освобождении пришло настолько неожиданно, что он даже не успел никого предупредить.

Было начало седьмого вечера. Микаэль быстро сходил в магазин, пока тот не успел закрыться, и купил основные продукты. Вернувшись домой, он включил мобильный телефон и позвонил Эрике, но услышал в ответ, что в данный момент абонент недоступен. Микаэль оставил сообщение, предложив созвониться на следующий день.

Потом он прогулялся до Хенрика Вангера, который обнаружился на первом этаже своего дома и при виде Микаэля с удивлением поднял брови.

— Ты сбежал? — первым делом спросил старик.

— Законно освобожден досрочно.

— Вот это сюрприз.

— Для меня тоже. Мне сообщили только вчера вечером.

Несколько секунд они смотрели друг на друга. Потом старик, к удивлению Микаэля, обхватил его руками и заключил в крепкие объятия.

— Я как раз собирался поесть. Составь мне компанию.

Анна подала запеканку со шкварками и брусникой. Они просидели в столовой за разговорами почти два часа. Микаэль доложил о том, как далеко он продвинулся с семейной хроникой и где остались пробелы. О Харриет Вангер они не говорили, зато подробно обсуждали дела «Миллениума».

— У нас прошло три заседания правления. Фрёкен Бергер и ваш партнер Кристер Мальм были столь любезны, что перенесли два заседания сюда, а на третьем, в Стокгольме, меня представлял Дирк. Хотел бы я быть на несколько лет помоложе, а то, по правде говоря, ездить в такую даль для меня слишком утомительно. Попробую выбраться в Стокгольм летом.

— Думаю, они вполне могут проводить заседания здесь,— ответил Микаэль.— А как вам роль совладельца журнала?

Хенрик Вангер криво усмехнулся:

— Это самое приятное из моих занятий за многие годы. Я проверил финансовую сторону, и она выглядит вполне прилично. Мне не придется добавлять столько денег, сколько я предполагал,— разрыв между доходами и расходами сокращается.

— Мы с Эрикой разговаривали пару раз в неделю. Насколько я понимаю, ситуация с рекламой улучшается.

Старик кивнул:

— Перелом наметился, но требуется время. Сначала предприятия концерна «Вангер» внесли свою лепту, закупив рекламные страницы. Но уже двое прежних рекламодателей — мобильные телефоны и одно турбюро — вернулись обратно.— Он широко улыбнулся.— Мы проводим также небольшую работу среди старых врагов Веннерстрёма, с каждым индивидуально. И поверь мне, их список велик.

— А от самого Веннерстрёма что-нибудь слышно?

— Ну, напрямую нет. Но мы обвинили Веннерстрёма в том, что он организует бойкот «Миллениума», и в результате он выглядит мелочным. Говорят, журналист из «Дагенс нюхетер» пытался его расспросить и получил в ответ колкости.

— Вам это доставляет удовольствие?

— Удовольствие — неподходящее слово. Мне следовало бы заняться этим много лет назад.

— Что же все-таки произошло между вами и Веннерстрёмом?

— И не пытайся. Об этом ты узнаешь ближе к Новому году.

В воздухе приятно пахло весной. Около девяти часов, когда Микаэль вышел от Хенрика, уже начинало темнеть. Он немного поколебался, а потом пошел и постучался к Сесилии Вангер.

Он и сам не знал, чего ожидал. Сесилия Вангер вытаращила глаза, тут же изобразила недоумение, однако впустила Микаэля в прихожую. Там они и остались стоять, обоим было как-то неловко. Она тоже спросила, не сбежал ли он, и Микаэль объяснил, как обстояло дело.

— Я хотел просто поздороваться. Я не вовремя?

Она старалась не встречаться с ним глазами, и Микаэль сразу заметил, что женщина ему не слишком рада.

— Нет... нет, заходи. Хочешь кофе?

— С удовольствием.

Приведя его на кухню, она повернулась спиной и стала наливать в кофеварку воду. Микаэль подошел к ней и положил руку ей на плечо; она застыла.

— Сесилия, по-моему, тебе не хочется поить меня кофе.

— Я ждала тебя только через месяц,— сказала она.— Ты застал меня врасплох.

В ее голосе слышалось недовольство, и он развернул ее так, чтобы видеть лицо. Они немного постояли молча. Она по-прежнему не смотрела ему в глаза.

— Сесилия, к черту кофе. Что случилось?

Она покачала головой и сделала глубокий вдох:

— Микаэль, я хочу, чтобы ты ушел. Ничего не спрашивай. Просто уходи.

Микаэль пошел было к себе домой, но у калитки в нерешительности остановился. Вместо того чтобы войти, он спустился к воде возле моста и присел на камень. Закурил, пытаясь разобраться в своих мыслях и понять, отчего же так резко изменилось отношение к нему Сесилии Вангер.

Вдруг он услышал звук мотора и увидел, как под мостом проскальзывает в пролив большое белое судно. Когда оно проплывало мимо, Микаэль заметил, что у штурвала стоит Мартин Вангер и сосредоточенно следит, чтобы не наскочить на мель. Двенадцатиметровая крейсерская яхта — это впечатляет. Микаэль встал и пошел по дорожке вдоль воды. Вдруг он обнаружил, что возле причалов уже качается довольно много разных корабликов — катеров и парусников.

Среди них было несколько катеров фирмы «Петерссон», а около одной пристани подпрыгивала на волне от прошедшего судна яхта спортивного общества. Остальные суда были более крупными и дорогими. Он отметил одну круизную парусную яхту, фирмы «Халлберг Рэсси». Приближалось лето, и сразу стали видны классовые различия между мореходами Хедебю — у Мартина Вангера была, без сомнения, самая большая и самая дорогая яхта в округе.

Микаэль остановился возле дома Сесилии Вангер и покосился на светящееся окно второго этажа. Потом пошел домой и поставил кофе, а тем временем заглянул в свой кабинет.

Перед отъездом в тюрьму он бо́льшую часть документов, связанных с Харриет, перенес обратно к Хенрику. Ему показалось разумным не бросать надолго документацию в безлюдном доме, и теперь полки зияли пустотой. Из всех материалов расследования у него остались только пять блокнотов с собственноручными записями Хенрика Вангера, которые он брал с собой в тюрьму и к этому моменту уже знал наизусть. И, как выяснилось, один фотоальбом, забытый на верхней полке.

Микаэль достал его и взял с собой на кухню. Налив кофе, он сел и стал перелистывать альбом.

Там были фотографии, сделанные в день исчезновения Харриет. Начинался альбом с последнего снимка Харриет, где девушка была запечатлена во время праздничного шествия в Хедестаде. За ним следовало более ста восьмидесяти четких фотографий с изображением аварии на мосту. Микаэль уже многократно разглядывал альбом с лупой, снимок за снимком. Теперь же он просматривал его рассеянно, в полной уверенности, что ничего здесь уже не даст ему толчок для дальнейших размышлений. Внезапно он почувствовал, что устал от загадки Харриет Вангер, и с шумом захлопнул альбом.

Не находя себе места, Микаэль подошел к кухонному окну и уставился в темноту.

Потом вновь взглянул на альбом. У него было неясное ощущение, будто он только что видел нечто важное; какая-то догадка мелькала и ускользала. Даже волосы на затылке приподнялись от предчувствия, словно какое-то невидимое существо осторожно подуло ему в ухо.

Он сел и снова раскрыл альбом. Проглядел его, страницу за страницей, задерживаясь на каждом снимке моста. Взглянул на тогдашнего Хенрика Вангера, забрызганного мазутом и почти на сорок лет моложе нынешнего, потом на такого же Харальда Вангера — человека, которого пока лишь угадывал за едва заметным шевелением занавески и ни разу не видел даже его следов на снегу. На снимках были запечатлены сломанные перила моста, дома, окна и транспортные средства. В толпе зрителей Микаэль без труда различил двадцатилетнюю Сесилию Вангер, в светлом платье под темным жакетом; ее можно было найти фотографиях на двадцати.

Внезапно Микаэль разволновался. За многие годы он научился доверять своей интуиции. В этом альбоме что-то было, только он не мог сказать, что именно.

Он по-прежнему сидел за кухонным столом, уставившись на фотографии, когда около одиннадцати часов вдруг услышал, как открывается входная дверь.

— Можно мне войти? — спросила Сесилия Вангер.

Не дожидаясь ответа, она уселась напротив него, по другую сторону стола. У Микаэля возникло странное ощущение дежавю. Она была одета в широкое тонкое светлое платье и серо-синий жакет — почти так же, как на фотографиях 1966 года.

— Проблема в тебе,— сказала она.

Микаэль поднял брови.

— Извини, но ты застиг меня врасплох, когда появился сегодня вечером. Теперь я так несчастна, что просто не могу спать.

— Почему же ты несчастна?

— Ты разве не понимаешь?

Он помотал головой.

— Ты не будешь смеяться, если я расскажу?

— Обещаю не смеяться.

— Когда зимой я тебя совратила, это был безумный порыв с моей стороны. Мне хотелось развлечься. В тот первый вечер я воспринимала это как шутку и отнюдь не собиралась завязывать с тобой длительные отношения. Потом все пошло по-другому. Те недели, когда ты был моим occasional lover, стали одними из самых приятных в моей жизни. Я хочу, чтобы ты это знал.

— Мне тоже это казалось очень приятным.

— Микаэль, я все время лгала тебе и самой себе. Я никогда не отличалась сексуальной распущенностью. За всю жизнь у меня было пять партнеров. Я «дебютировала» в двадцать один год. Затем появился муж, мы познакомились, когда мне было двадцать пять, но он оказался подонком. А потом я несколько раз встречалась еще с тремя мужчинами, с перерывом в несколько лет. Но ты что-то во мне пробудил, я просто не могла насытиться. Возможно, это было связано с твоей непритязательностью.

— Сесилия, не надо...

— Шш, не перебивай меня. Иначе я не сумею все рассказать.

Микаэль решил помолчать.

— В тот день, когда ты отправился в тюрьму, я почувствовала себя такой несчастной. Ты вдруг исчез, как будто тебя никогда и не было. В моей постели стало холодно и пусто, и я внезапно вновь превратилась в пятидесятишестилетнюю тетку.

Она ненадолго замолчала и посмотрела Микаэлю в глаза.

— Зимой я в тебя влюбилась. Никак не думала, что так получится, но это факт. И я вдруг осознала, что ты здесь только на время и в один прекрасный день уедешь навсегда, а я останусь тут до конца своих дней. Мне стало так безумно больно, что я решила не подпускать тебя близко, когда ты вернешься из тюрьмы.

— Мне очень жаль.

— Я сама виновата.

Они немного посидели молча.

— Когда ты сегодня ушел, я разревелась. Как бы мне хотелось прожить жизнь заново. Потом я кое-что для себя решила.

— Что именно?

Она опустила глаза.

— Что надо быть полной идиоткой, чтобы прекратить с тобой встречаться только потому, что ты однажды отсюда уедешь. Микаэль, мы можем начать все сначала? Ты сможешь забыть то, что сегодня произошло?

— Уже забыто,— сказал Микаэль.— Спасибо, что рассказала.

Она по-прежнему не отрывала глаз от стола.

— Если ты хочешь меня, то я с большим удовольствием.

Внезапно она вновь посмотрела на него. Потом встала и направилась в спальню. Бросила на пол жакет, стягивая по пути платье через голову.

Микаэль с Сесилией проснулись одновременно, услышав, как открывается входная дверь и кто-то проходит в кухню. Хлопнула поставленная на пол сумка. Потом внезапно в дверях спальни возникла Эрика с улыбкой на лице, которая немедленно сменилась выражением ужаса.

— О господи.— Она отступила назад.

— Привет, Эрика,— сказал Микаэль.

— Привет. Простите. Тысяча извинений за то, что я ворвалась. Мне следовало постучать.

— Нам надо было запереть входную дверь. Эрика, это Сесилия Вангер. Сесилия — Эрика Бергер, главный редактор «Миллениума».

— Здравствуйте,— сказала Сесилия.

— Здравствуйте,— отозвалась Эрика. Похоже, она не могла решить, следует ей подойти и вежливо пожать руку или просто уйти.— Э-э, я... я могу пойти прогуляться...

— А может, ты лучше поставишь кофе? — Микаэль посмотрел на будильник на ночном столике: начало первого.

Эрика кивнула и закрыла дверь спальни. Микаэль с Сесилией посмотрели друг на друга. У Сесилии был встревоженный вид. Они занимались любовью и болтали до четырех часов утра, а потом Сесилия сказала, что останется у него до завтра и ей наплевать, если кто-то узнает, что она трахается с Микаэлем. Она спала, повернувшись к нему спиной, но все время чувствуя его руки у себя на груди.

— Послушай, все нормально,— сказал Микаэль.— Эрика замужняя женщина, а не моя подружка. Мы иногда встречаемся, но ее совершенно не волнуют мои отношения с кем-то другим. Вероятно, она просто смутилась от неожиданности.

Когда они чуть позже вышли на кухню, Эрика уже поставила на стол кофе, сок, апельсиновый джем, сыр и тосты. Витали вкусные запахи. Сесилия сразу направилась к Эрике и протянула руку:

— Мы там толком не поздоровались. Здравствуйте.

— Дорогая Сесилия, извините, что я вломилась как слон,— произнесла глубоко несчастная Эрика.

— Ради бога, забудьте об этом. Давайте пить кофе.

— Привет,— сказал Микаэль и обнял Эрику, перед тем как сесть.— Как ты тут оказалась?

— Разумеется, приехала сегодня утром на машине. Я около двух ночи получила твое сообщение и пыталась позвонить.

— Я отключил телефон,— объяснил Микаэль и улыбнулся Сесилии Вангер.

После завтрака Эрика оставила Микаэля с Сесилией вдвоем, сославшись на то, что должна повидать Хенрика Вангера. Сесилия убирала со стола, повернувшись к Микаэлю спиной. Он подошел и обнял ее.

— Что теперь будет? — спросила Сесилия.

— Ничего. Эрика ведь мой лучший друг. Мы с ней периодически спим уже двадцать лет и, надеюсь, будем вместе еще двадцать. Но мы никогда не были парой и не препятствуем романам друг друга.

— А у нас с тобой роман?

— Не знаю, что это, но нам явно хорошо вместе.

— Где она сегодня будет ночевать?

— Мы ее где-нибудь устроим. У Хенрика, например, есть комнаты для гостей. В моей постели она спать не будет.

Сесилия на минуту задумалась.

— Не знаю, переживу ли я это. Может, у вас с ней так заведено, но я не знаю... я никогда...— Она покачала головой.— Я пойду к себе домой. Мне надо над этим немного поразмыслить.

— Сесилия, ты ведь меня уже спрашивала, и я рассказывал тебе о наших с Эрикой отношениях. Ее существование не могло оказаться для тебя сюрпризом.

— Это правда. Но пока она пребывала на удобном расстоянии, в Стокгольме, я могла о ней не думать.

Сесилия надела жакет.

— Забавная ситуация,— усмехнулась она.— Приходи ко мне вечером ужинать и бери Эрику с собой. Думаю, она мне понравится.

Вопрос с ночевкой Эрика уже решила самостоятельно. Приезжая в Хедебю для встреч с Хенриком Вангером, она ночевала в одной из его гостевых комнат и теперь напрямую спросила, не сможет ли он вновь ее приютить. Не скрывая своей радости, Хенрик заверил, что она для него всегда желанная гостья.

Когда все устроилось, Микаэль и Эрика прогулялись через мост и уселись на террасе «Кафе Сусанны», хотя до закрытия оставалось всего ничего.

— Я очень расстроилась,— сказала Эрика.— Я ехала сюда, чтобы поздравить тебя с возвращением на свободу, а нашла тебя в постели с местной femme fatale*.

— Прости.

— Как долго вы с мисс Большие титьки...— Эрика покрутила указательным пальцем.

— Примерно с тех пор, как Хенрик стал совладельцем.

_____
* Роковой женщиной *(фр.)*. *(Прим. перев.)*

— Ага.

— Что «ага»?

— Просто любопытно.

— Сесилия хорошая женщина. Она мне нравится.

— Я вас не осуждаю. Просто расстроилась. Конфетка лежит перед носом, но мне придется сесть на диету. Как было в тюрьме?

— Все равно что в приличном рабочем отпуске. А как идут дела в журнале?

— Уже получше. Мы по-прежнему с трудом сводим концы с концами, но впервые за этот год объем рекламы стал увеличиваться. До прошлогоднего уровня еще далеко, но мы, во всяком случае, набираем силу. Это заслуга Хенрика. Самое удивительное, что стало увеличиваться количество подписчиков.

— Оно всегда колеблется туда-сюда.

— В пределах несколько сотен. Но за последние три месяца их стало больше на три тысячи. Рост идет довольно стабильно, примерно по двести пятьдесят человек в неделю. Сперва я думала, что это случайность, но новые подписчики продолжают появляться. Такого заметного увеличения тиража у нас никогда не было. Это важнее доходов от рекламы. И наши прежние читатели, похоже, повсюду довольно последовательно продлевают подписку.

— Чем это объясняется? — озадаченно спросил Микаэль.

— Не знаю. Никто из нас не понимает. Мы не проводили никакой рекламной кампании. Кристер целую неделю посвятил выборочному обследованию тех людей, которые у нас появляются. Во-первых, это совершенно новые подписчики. Во-вторых, семьдесят процентов из них женщины, хотя обычно семьдесят процентов подписчиков — мужчины. В-третьих, они почти все относятся к жителям пригородов, со средними доходами и квалифицированной работой: учителя, младшие руководители и чиновники.

— Бунт среднего класса против крупного капитала?

— Не знаю. Однако если так будет продолжаться дальше, состав подписчиков претерпит кардинальное изменение. Две недели назад мы проводили редакционное совещание и решили частично добавлять в журнал новый материал; я хочу больше статей, посвященных профсоюзным вопросам, с привязкой к Центральному объединению профсоюзов служащих, и тому подобных, а также больше исследовательских репортажей, например о женских проблемах.

— Только осторожно, не меняй слишком многое,— посоветовал Микаэль.— Если у нас появляются новые подписчики, значит, им, вероятно, нравится журнал в его нынешнем виде.

К себе на ужин Сесилия Вангер пригласила также Хенрика Вангера, возможно, чтобы его присутствие не давало разговору свернуть на неприятные темы. Она приготовила жаркое из дичи и подала красное вино. Эрика с Хенриком в основном обсуждали развитие «Миллениума» и приток новых подписчиков, но постепенно зашла речь и о других вещах. Эрика вдруг обратилась к Микаэлю и спросила, как продвигается его работа.

— Я рассчитываю закончить черновой вариант семейной хроники примерно через месяц и представить на суд Хенрика.

— Хроника в духе семейства Адамс,— усмехнулась Сесилия.

— Она включает некоторые исторические аспекты,— признался Микаэль.

Сесилия покосилась на Хенрика Вангера.

— Микаэль, на самом деле семейная хроника Хенрика не интересует. Он хочет, чтобы ты разгадал загадку исчезновения Харриет.

Микаэль ничего не ответил. С самого начала их отношений с Сесилией он говорил с ней о Харриет совершенно открыто. Сесилия уже догадалась, в чем заключалось его истинное задание, хотя он прямо в этом не признавался. Но и Хенрику он никогда не рассказывал о том, что обсуждает данную тему с Сесилией. Густые брови Хенрика немного сдвинулись. Эрика молчала.

— Послушай,— сказала Сесилия Хенрику.— Я ведь не совсем тупая. Я не знаю точно, какой у вас с Микаэлем договор, но в Хедебю он находится из-за Харриет.

Хенрик кивнул и покосился на Микаэля:

— Я же говорил, что она соображает.

Потом он обратился к Эрике:

— Думаю, Микаэль объяснил вам, чем он занимается в Хедебю?

Она кивнула.

— И думаю, вы считаете, что это бессмысленное занятие. Нет, не отвечайте. Это глупое и бессмысленное занятие. Но мне необходимо все узнать.

— Я не вникаю в эти дела,— дипломатично сказала Эрика.

— Разумеется, вникаете.

Он взглянул на Микаэля:

— Прошло уже почти полгода. Расскажи, тебе удалось найти что-нибудь, чего мы еще не проверили?

Микаэль избегал взгляда Хенрика. Ему сразу вспомнилось странное чувство, возникшее у него накануне, когда он рассматривал альбом. Это чувство не отпускало его весь день, но у него не было времени снова вернуться к фотографиям. Возможно, это все его фантазии, но какая-то зацепка там промелькнула. Еще немного — и он поймает ускользающую догадку. Наконец он поднял глаза на Хенрика Вангера и покачал головой:

— Я не продвинулся ни на йоту.

Внезапно старик устремил на него пристальный, внимательный взгляд. На слова Микаэля он ничего не ответил и в конце концов кивнул:

— Не знаю, как вы, молодежь, но мне пора. Спасибо за ужин, Сесилия. Спокойной ночи, Эрика. Зайдите ко мне утром перед отъездом.

Когда Хенрик Вангер закрыл за собой входную дверь, в комнате воцарилось молчание. Его нарушила Сесилия:

— Микаэль, что все это значит?

— Это значит, что Хенрик Вангер так же чутко улавливает чужие колебания, как сейсмограф — сейсмические волны. Вчера вечером, когда ты пришла, я рассматривал фото-альбом.

— И что?

— Я что-то увидел. Сам не знаю, что именно, и не могу толком объяснить. Оно почти обрело форму мысли, но мне не удалось ее поймать.

— Но о чем ты думал?

— Даже не знаю. А потом пришла ты, и у меня... хм... появились более приятные темы для размышления.

Сесилия покраснела. Стараясь не встретиться взглядом с Эрикой, она заспешила на кухню, чтобы поставить кофе.

Стоял теплый и солнечный майский день. Зелень стала набирать силу, и Микаэль поймал себя на том, что напевает «Цветенья время наступает».

Эрика провела ночь в гостевой комнате Хенрика Вангера. После ужина Микаэль спросил Сесилию, нужна ли ей компания, но та ответила, что занята подготовкой к обсуждению оценок, а кроме того, устала и хочет спать. Эрика поцеловала Микаэля в щеку и рано утром в понедельник покинула Хедебю.

Когда Микаэль в середине марта отправился в тюрьму, еще повсюду толстым слоем лежал снег. А теперь уже зазеленели березы, и вокруг его домика образовался пышный сочный газон.

Впервые у Микаэля появилась возможность осмотреть остров целиком. Около восьми утра он пошел в усадьбу, чтобы одолжить у Анны термос, а заодно перекинулся несколькими словами с только что вставшим Хенриком и взял у него карту острова. Особенно его интересовал домик Готфрида, который несколько раз упоминался в полицейских протоколах, поскольку Харриет там бывала много раз. Хенрик объяснил, что домик принадлежит Мартину Вангеру, но все эти годы в основном пустовал, и лишь несколько раз им пользовался кто-нибудь из родственников.

Мартина Вангера Микаэль успел перехватить, когда тот направлялся на работу в Хедестад. Изложив свое дело, он попросил разрешения взять ключи. Мартин посмотрел на него с веселой улыбкой:

— Полагаю, семейная хроника дошла до главы о Харриет.

— Я просто хочу поосмотреться...

Мартин Вангер попросил подождать и быстро вернулся с ключами.

— Значит, я могу туда заглянуть?

— Что до меня, так если захотите, можете хоть поселиться там. В общем-то, он приятнее места, где вы сейчас живете, разве что располагается на другом конце острова.

Микаэль сварил кофе и сделал несколько бутербродов, набрал в бутылку воды, засунул еду в рюкзак и перекинул его через плечо. Путь пролегал вдоль бухты, по узкой и наполовину заросшей дорожке, огибавшей остров с северной стороны. Домик Готфрида находился на мысе, примерно в двух километрах от селения, и Микаэль неспешным шагом преодолел это расстояние всего за полчаса.

Мартин Вангер оказался прав. Когда дорожка обогнула мыс, перед Микаэлем открылось утопавшее в зелени местечко возле самой воды. Вид был превосходным: налево — устье реки Хедеэльвен и гостевая гавань, направо — промышленная гавань.

Казалось странным, что в домике Готфрида так никто и не поселился. Это была сложенная из пропитанных темной морилкой бревен изба в деревенском стиле, с черепичной крышей, зелеными оконными рамами и маленькой солнечной террасой перед входом. Однако за домиком и участком явно никто давно не ухаживал; краска на дверных и оконных косяках отслоилась, а на месте бывшего газона выросли метровые кусты. Для его расчистки требовалось денек хорошенько поработать косой и кусторезной пилой.

Микаэль отпер дверь и отвинтил изнутри оконные ставни. Первоначальная постройка, похоже, представляла собой старый сарай площадью около тридцати пяти квадратных метров. Изнутри он был обшит досками и состоял из одной-единственной большой комнаты с широкими, выходящими на воду окнами по обе стороны от входной двери. В глубине имелась лестница, которая вела к открытой спальной антресоли под самой крышей, растянувшейся на половину дома. Под лестницей располагалась маленькая ниша с газовой плиткой, раковиной и душевой кабиной. Обстановка дома была простой; вдоль длинной стены слева от двери находились прикрученная к стене скамья, потертый письменный стол и металлический стеллаж с полками из тикового дерева. Чуть подальше у той же стены стояли три платяных шкафа. Справа от двери располагался круглый обеденный стол с пятью стульями, а посреди короткой стены — камин.

Электричества в доме не было, зато имелось несколько керосиновых ламп. На окне стоял старенький транзистор фирмы «Грюндиг» с отломанной антенной. Микаэль включил его, но батарейки не работали.

Поднявшись по узкой лестнице, Микаэль осмотрелся в «спальне»: здесь обнаружились двуспальная кровать, матрас без простыней, ночной столик и комод.

Некоторое время он посвятил обследованию дома. В комоде лежало лишь несколько полотенец и маек, чуть припахивающих плесенью. В шкафах обнаружились кое-какая рабочая одежда, комбинезон, пара резиновых сапог, стоптанные спортивные тапочки и керосиновый обогреватель. В ящиках письменного стола лежали карандаши, бумага, чистый блокнот для рисования, колода карт и несколько закладок для книг. Кухонный шкаф содержал посуду, кофейные чашки, стаканы, свечи, а также несколько пачек соли, пакетиков с чаем и тому подобное. В одном из ящиков кухонного стола имелись ножи, вилки и ложки.

Кое-что из сферы интеллектуальной деятельности обнаружилось лишь на стеллаже над письменным столом. Чтобы обследовать стеллаж, Микаэлю пришлось поставить на стол кухонный стул и залезть на него. На нижней полке лежали старые номера самых разных журналов конца 50-х годов и начала 60-х, а также сборники комиксов. Микаэль открыл номер мужского журнала «Лектюр» за 1964 год и нашел, что изображенная там красотка выглядит вполне невинно.

На полках было расставлено порядка пятидесяти книг. Примерно половину составляли детективы в мягких обложках из «Манхэттенской серии»: Микки Спиллейн с названиями типа «Не жди милости» и классическими обложками Бертиля Хегланда. Микаэль нашел также с полдюжины книжек из серии «Китти», несколько книг Энид Блайтон и детективы Сивара Альрюда. Он улыбнулся старым знакомым. Три книги Астрид Линдгрен: «Мы все из Бюллербю», «Калле Блумквист и Расмус» и «Пеппи Длинныйчулок». На верхней полке стояли: книжка о коротковолновом радио, две книги по астрономии, справочник о птицах, книга под названием «Империя зла» о Советском Союзе, книга о финской зимней войне, катехизис Лютера, Псалтырь и Библия.

Микаэль открыл Библию и прочел на внутренней стороне обложки: «Харриет Вангер, 12/5 1963». Конфирмационная Библия Харриет. Он нахмурился и вернул книгу на место.

Прямо за домом находился дровяной сарай, в котором также хранился разный инвентарь: коса, грабли, молоток, коробка с кучей разных гвоздей, рубанки, пила и другие инструменты. Туалет располагался в лесу, метрах в двадцати к востоку. Микаэль немного походил вокруг и вернулся в дом. Вытащив стул на террасу, он уселся и налил из термоса кофе, потом закурил сигарету и стал сквозь пелену зеленых побегов смотреть на бухту Хедестада.

Домик Готфрида оказался значительно более скромным, чем он предполагал. Значит, сюда перебрался отец Харриет и Мартина, когда в конце 50-х годов их с Изабеллой брак стал разваливаться. Здесь он жил и спивался. А потом утонул где-то внизу, возле пристани, имея высокое содержание алкоголя в крови. Летом в домике, вероятно, жилось приятно, но когда температура начинала приближаться к нулю, наверняка становилось промозгло и паршиво. По словам Хенрика, Готфрид продолжал работать в концерне — с перерывами на периоды запоев — вплоть до 1964 года. То, что при более или менее постоянном проживании в домике ему удавалось тем не менее появляться на работе свежевыбритым, помытым, в пиджаке и при галстуке, все-таки свидетельствовало об определенной самодисциплине.

В то же время Харриет Вангер бывала здесь настолько часто, что это место осматривали среди первых. Хенрик рассказывал, что в последний год Харриет часто уходила сюда на выходных или во время каникул, чтобы никто ее не беспокоил. В последнее лето она прожила здесь несколько месяцев, хоть и появлялась в селении каждый день. Здесь у нее в течение шести недель гостила подруга Анита Вангер, сестра Сесилии Вангер.

Чем же она тут занималась в одиночестве? Сборники комиксов и романы из серии «Китти» говорили сами за себя. Возможно, ей принадлежал блокнот для рисования. Однако тут находилась и ее Библия.

Может, она хотела быть поближе к утонувшему отцу — ей требовалось пережить горе? Неужели все объясняется так просто? Или дело в ее религиозных наклонностях? Домик примитивен и аскетичен; может, она воображала, что живет в монастыре?

Микаэль хотел пройтись вдоль берега на юго-восток, но там было так много расщелин и кустов можжевельника, что местность оказалась непроходимой. Он вернулся к домику и прошел немного в сторону Хедебю. Судя по карте, через лес должна была вести тропинка к чему-то, что называлось Укреплением, и через двадцать минут он ее все-таки отыскал.

Укрепление оказалось остатками береговых оборонительных сооружений времен Второй мировой войны — здесь были бетонные бункеры с траншеями, разбросанные вокруг командного пункта, сплошь заросшие густым лесом.

На поляне возле моря виднелся лодочный сарай, и Микаэль прошел к нему по тропинке. Возле сарая обнаружились обломки катера фирмы «Петерссон». Вернувшись обратно к Укреплению, Микаэль двинулся по дорожке, которая привела его к изгороди,— он подошел к хозяйству Эстергорд с задней стороны.

Далее петляющая тропа через лес провела его вдоль поля, принадлежавшего тому же хозяйству. Она оказалась труднопроходимой и кое-где пролегала по таким топким местам, что ему приходилось пробираться стороной. В конце концов он добрался до торфяного болота с сараем. Похоже, тропинка тут заканчивалась, хотя Микаэль находился всего в ста метрах от дороги на Эстергорд.

По другую сторону дороги возвышалась гора Сёдербергет. Он поднялся по крутому склону, а последний кусок пути ему даже пришлось карабкаться. Гору венчала почти отвесная скала, обращенная к воде. Оттуда Микаэль пошел по горному хребту обратно в Хедебю. Над селением он остановился и полюбовался видом на старую рыбацкую гавань, церковь и собственный домик, потом уселся на скале и вылил в чашку остаток теплого кофе.

Микаэль понятия не имел, зачем находится в Хедебю, но этот вид ему нравился.

Сесилия Вангер держалась от него на расстоянии, и Микаэлю не хотелось ей навязываться, но через неделю он все-таки пошел и постучался к ней. Она впустила его и поставила кофе.

— Ты, вероятно, считаешь меня очень смешной пятидесятишестилетней почтенной учительницей, которая ведет себя как девчонка.

— Сесилия, ты взрослый человек и имеешь право поступать, как хочешь.

— Я знаю. Поэтому я решила прекратить с тобой встречаться. Мне не выдержать того, что...

— Ты не обязана мне ничего объяснять. Я надеюсь, мы по-прежнему друзья.

— Мне очень хочется, чтобы мы оставались друзьями. Но связи с тобой я не выдержу. Со связями у меня всегда получалось плохо. Мне надо, пожалуй, немного побыть одной.

Глава
16

Воскресенье, 1 июня — вторник, 10 июня

После шести месяцев бесплодных размышлений в деле Харриет Вангер наметился сдвиг. В течение нескольких дней первой недели июня Микаэль нашел три совершенно новых кусочка мозаики. Обнаружение двух из них было его собственной заслугой, а с третьим ему помогли.

После отъезда Эрики он раскрыл альбом и несколько часов рассматривал фотографию за фотографией, пытаясь понять, что же тогда привлекло его внимание. Под конец он отложил альбом в сторону и продолжил работу над семейной хроникой.

В первых числах июня Микаэль поехал в Хедестад. Он сидел, размышляя о чем-то другом, когда автобус свернул на Йернвегсгатан, и вдруг понял, что именно в последнее время созревало у него в голове. Эта мысль поразила его как гром с ясного неба. Оцепенев от неожиданности, Микаэль проехал до конечной остановки у вокзала и, не выходя из автобуса, отправился обратно в Хедебю, чтобы проверить, не ошибается ли он.

Ему нужен был самый первый снимок в альбоме.

Последняя фотография Харриет Вангер, сделанная в тот роковой день в Хедестаде, на Йернвегсгатан, когда девушка смотрела на карнавальное шествие детского праздника.

Этот снимок был в альбоме единственным в своем роде. Он один примерно из ста восьмидесяти не был связан с аварией на мосту и попал в альбом просто потому, что относился к тому же дню. Внимание Микаэля и, вероятно, всех его предшественников, изучавших эти страницы, было обращено на людей и детали снимков с моста, а изображения праздничной толпы в Хедестаде, сделанные за несколько часов до решающих событий, ничего драматического не содержали.

Хенрик Вангер, очевидно, рассматривал эту фотографию тысячу раз, сокрушаясь, что больше никогда не увидит Харриет. Ему, вероятно, было досадно, что снимок был сделан с такого дальнего расстояния и что девушка оказалась на нем лишь одной из многих.

Однако Микаэля зацепило не это.

Фотограф снимал с другой стороны улицы, возможно, из окна второго этажа. Объектив выхватил кабину и часть кузова одного из грузовиков колонны. В кузове стояли девушки в блестящих купальниках и шелковых шароварах и бросали в публику конфеты. Кое-кто из них, похоже, танцевал. Перед грузовиком прыгали три клоуна.

Харриет стояла в первом ряду публики, на тротуаре. Рядом с ней находились три одноклассницы, а вокруг них толпилось не меньше сотни других жителей Хедестада.

Эта картинка и застряла у Микаэля в подсознании и внезапно всплыла, когда автобус проезжал то самое место, которое он видел на снимке.

Публика вела себя, как и подобает в таких случаях. Взгляды зрителей на матчах всегда следуют за теннисным мячиком или за хоккейной шайбой. Люди на левом краю фотографии смотрели на находившихся прямо перед ними клоунов. Взгляды стоявших ближе к грузовику сосредоточились на кузове с полуобнаженными девушками. На лицах в толпе читалось восхищение, дети показывали пальцами, кое-кто смеялся, все казались веселыми.

Все, кроме одного человека.

Харриет Вангер смотрела в сторону. Ее одноклассницы и все остальные вокруг глазели на клоунов, но Харриет повернула лицо градусов на тридцать или тридцать пять направо. Ее взгляд, казалось, был прикован к чему-то на другой стороне улицы, находившемуся уже за нижним левым углом фотографии.

Микаэль достал лупу и попробовал рассмотреть детали. Снимок был сделан со слишком далекого расстояния, чтобы утверждать с уверенностью, однако, в отличие от остальных лиц поблизости, лицо Харриет радости не выражало. Ее губы были сжаты в узкую полоску, глаза широко раскрыты, руки бессильно опущены.

У нее был испуганный вид. Испуганный или сердитый.

Микаэль вынул фотографию из альбома, сунул в пластиковый конверт и на следующем автобусе снова поехал в Хедестад. На Йернвегсгатан он вышел и встал примерно на том месте, откуда, вероятно, был сделан снимок. В те времена здесь заканчивался центр Хедестада. Тут находилось двухэтажное деревянное здание, вмещавшее магазин видео и «Бутик мужской модной одежды Сундстрёма», основанный, согласно табличке у входа, в 1932 году. Микаэль зашел в бутик и сразу отметил, что он размещается на двух уровнях — винтовая лестница вела на второй этаж.

На верхней площадке винтовой лестницы имелись два окна, выходившие на улицу. Здесь-то и стоял в тот день фотограф.

— Я могу вам чем-нибудь помочь? — спросил пожилой продавец, когда Микаэль достал конверт с фотографией.

Народу в магазине почти не было.

— Мне бы, собственно, хотелось только посмотреть, откуда сделан этот снимок. Можно, я на секунду открою окно?

Получив разрешение, Микаэль распахнул створку, держа перед собой фотографию. Отсюда ему было прекрасно видно место, где когда-то стояла Харриет Вангер. Одно из двух видневшихся за ней деревянных зданий к этому времени исчезло, его место занял четырехугольный кирпичный дом. В сохранившемся деревянном здании в 1966 году торговали канцелярскими принадлежностями; теперь же там разместились магазин продуктов здорового питания и солярий. Микаэль закрыл окно и извинился за причиненное беспокойство.

Выйдя на улицу, он встал на то место, где тогда стояла Харриет. Окно бутика и дверь солярия служили ему удобными ориентирами. Микаэль повернул голову так же, как Харриет на фотографии. Получалось, что она смотрела на угол здания, где помещался «Бутик Сундстрёма». Самый обычный угол дома, за который уходит поперечная улица.

«Что же ты там увидела, Харриет?» — мысленно спрашивал он.

Микаэль убрал фотографию в висевшую на плече сумку, дошел до привокзального парка, сел в открытом кафе и заказал кофе латте. Он вдруг почувствовал, что произошедшее его сильно потрясло.

По-английски это называется «new evidence»*, что звучит несколько иначе, чем шведское выражение «новые вещественные доказательства». Он вдруг увидел нечто новое, на что не обратил внимания никто из тех, кто проводил расследование и топтался на одном месте в течение тридцати семи лет.

Проблема заключалась лишь в том, что он не был уверен в степени ценности своего открытия, но тем не менее ему оно казалось важным.

Тот сентябрьский день, когда пропала Харриет, был исключительным в нескольких отношениях. В Хедестаде проходил праздник, и на улицы наверняка высыпало несколько тысяч человек, от молодежи до стариков. В Хедебю, на острове, собрались на ежегодную встречу родственники. Уже эти два события для большинства жителей окрестностей нарушили привычный ритм жизни. В довершение всего на мосту произошла авария с автоцистерной и заслонила все остальное.

Инспектор Морелль, Хенрик Вангер и все другие, кто размышлял над исчезновением Харриет, сосредоточили внима-

---

* Новые обстоятельства, факты *(англ.). (Прим. перев.)*

ние на событиях на острове. Морелль даже записал, что не мог отделаться от подозрения, будто авария и исчезновение Харриет имели какую-то взаимосвязь. Микаэль тут же преисполнился уверенности, что эти подозрения Морелль питал напрасно.

События начали развиваться не на острове, а в Хедестаде, за несколько часов до аварии. Харриет Вангер увидела на улице кого-то или что-то, о чем захотела немедленно поведать Хенрику Вангеру, у которого, к сожалению, не нашлось времени с ней поговорить. Потом произошло несчастье на мосту. И тогда убийца нанес свой удар.

Микаэль сделал паузу. Он впервые осознанно сформулировал предположение, что Харриет убили. Он заколебался, однако быстро понял, что наконец начал разделять убеждение Хенрика Вангера. Харриет мертва, и теперь он ищет убийцу.

Он вновь обратился к документам огромного дела. Среди информации, запечатленной на тысячах страниц, лишь мизерная часть касалась часов, проведенных Харриет в Хедестаде. Она была там вместе с тремя одноклассницами, каждую из которых подробно допросили об их наблюдениях. В тот день они встретились у привокзального парка в девять часов утра. Одной из девушек требовалось купить джинсы, и остальные составили ей компанию. Они выпили кофе в ресторане универмага «ЭПА», а потом отправились на стадион, где, бродя между павильонами луна-парка и прудами, столкнулись с другими одноклассниками. После двенадцати они двинулись обратно к центру города, чтобы посмотреть карнавальное шествие детского праздника. Незадолго до двух часов дня Харриет вдруг сказала, что ей надо ехать домой, и рассталась с компанией на автобусной остановке около Йернвегсгатан.

Никто из подруг ничего необычного не заметил. Одна из них, Ингер Стенберг, была той самой девушкой, которая отмечала «безразличие» Харриет в последний год. По словам Ингер, в течение того дня Харриет, как обычно, помалкивала и в основном просто следовала за остальными.

Инспектор Морелль опросил всех людей, встречавшихся с Харриет в роковой день, даже если они лишь поздоровались с ней на празднике. Когда она исчезла и начались поиски, ее фотографию напечатали в местной газете. Многие жители Хедестада связывались с полицией, сообщая, что вроде видели ее тем днем, но никто из них не заметил ничего необычного.

Микаэль целый вечер обдумывал, как лучше развивать только что возникшую идею. Следующим утром он отправился к Хенрику Вангеру и застал его за завтраком.

— Вы говорили, что семья Вангер по-прежнему имеет самое непосредственное отношение к «Хедестадс-курирен».

— Верно.

— Мне надо получить доступ к фотоархиву газеты за шестьдесят шестой год.

Хенрик Вангер поставил на стол стакан с молоком и вытер верхнюю губу.

— Микаэль, что ты обнаружил?

Микаэль посмотрел старику в глаза:

— Ничего конкретного. Но я подозреваю, что мы могли неверно истолковывать ход событий.

Он показал фотографию и рассказал о своих выводах. Хенрик Вангер надолго замолчал.

— Если я прав, то надо сосредоточить внимание на том, что произошло в тот день в Хедестаде, а не замыкаться на событиях, происходивших на острове,— сказал Микаэль.— Не знаю, как лучше за это взяться по прошествии стольких лет, но во время праздника наверняка было сделано много снимков, которые никогда не публиковались. На них-то я и хочу посмотреть.

С телефона, висевшего на стене кухни, Хенрик Вангер позвонил Мартину Вангеру, объяснил свое дело и спросил, кто теперь отвечает в газете за иллюстрации. В течение десяти минут нужные люди были выявлены и разрешение получено.

Руководителя фотоотдела «Хедестадс-курирен» звали Мадлен Блумберг или попросту Майя, и ей было лет шестьдесят. За многие годы работы в области, где фотосъемка по-прежнему считалась прерогативой мужчин, женщину на этой должности Микаэль повстречал впервые.

По случаю субботы редакция не работала, но оказалось, что Майя Блумберг живет всего в пяти минутах ходьбы и уже поджидает Микаэля у входа. Она посвятила газете «Хедестадс-курирен» бо́льшую часть жизни. Начинала в 1964 году корректором, потом перешла в копировщики и не один год провела в темной комнате. Параллельно с этим ее периодически направляли снимать, когда не хватало штатных фотографов. Впоследствии она получила должность редактора, а когда старый начальник ушел на пенсию, ее сделали главой всего фотоотдела. Особенно обширным руководимое ею хозяйство не было: несмотря на то что десять лет назад к ее отделу присоединили отдел рекламы, он и теперь состоял всего из шести человек, которые по очереди выполняли всю необходимую работу.

Микаэль поинтересовался, по какому принципу организован фотоархив.

— По правде говоря, он несколько беспорядочен. С того времени, как у нас появились компьютеры и цифровые снимки, архив хранится на CD-дисках. У нас был практикант, который сканировал наиболее важные старые фотографии, но успел обработать лишь небольшой процент от всех занесенных в каталог архива снимков. Старые фотографии рассортированы по датам в папках с негативами. Они находятся либо тут, в редакции, либо в хранилище на чердаке.

— Меня интересуют фотографии шествия с детского праздника шестьдесят шестого года, а также все снимки, сделанные в ту неделю.

Майя Блумберг посмотрела на Микаэля изучающим взглядом:

— Значит, нужна та неделя, когда пропала Харриет Вангер?

— Вам знакома эта история?

— Проработать всю жизнь в «Хедестадс-курирен» и не знать о ней невозможно, а когда Мартин Вангер звонит мне рано утром в выходной день, я, естественно, делаю выводы. Я в шестидесятых годах читала корректуру статей, которые были написаны об этом деле. Почему вы копаетесь в этой истории? Появилось что-то новое?

Майя Блумберг явно обладала чутьем на новости. Микаэль с улыбкой покачал головой и изложил свою «легенду»:

— Нет, и я сомневаюсь, что мы когда-нибудь получим ответ на вопрос, что с ней случилось. Мы не особенно это афишируем, но я просто пишу биографию Хенрика Вангера. История об исчезновении Харриет — отдельная тема, но обойти ее молчанием едва ли возможно. Я ищу снимки, иллюстрирующие тот день, где есть Харриет и ее подруги.

На лице Майи Блумберг читалось сомнение, но сказанное звучало убедительно, и она не нашла причин ему не верить.

Газетный фотограф в среднем снимает от двух до десяти пленок в день. Во время крупных мероприятий это количество легко может удваиваться. Каждая пленка содержит тридцать шесть негативов; следовательно, в газете нередко скапливается за день более трехсот снимков, из которых публикуются лишь единицы. В дисциплинированных редакциях пленки разрезают и укладывают негативы в специальные кармашки, по шесть штук в каждый. Одна пленка занимает примерно страницу папки для негативов, а в папку помещается около ста десяти пленок, итого за год получается от двадцати до тридцати папок. С течением лет их накапливается безумное множество; в большинстве случаев эти материалы не имеют никакой коммерческой ценности, но постепенно перестают умещаться на редакционных полках. Вместе с тем каждый фотограф и отдел фотографии твердо убеждены в том, что снимки являются историческими документами чрезвычайной важности, и поэтому ничего не выбрасывают.

Газета «Хедестадс-курирен» была основана в 1922 году, и фотоотдел существовал в ней с 1937 года. Чердачное хранилище газеты содержало около тысячи двухсот папок с негативами, рассортированных по датам. Снимки за сентябрь 1966 года помещались в четырех дешевых картонных папках.

— Как мы поступим? — спросил Микаэль.— Мне бы надо сидеть за столом с подсветкой и иметь возможность копировать то, что покажется интересным.

— Темной комнаты у нас больше нет. Теперь все сканируется. Вы умеете пользоваться сканером для негативов?

— Да, мне приходилось работать с фотографиями, и у меня самого есть сканер «Агфа» для негативов. Я часто пользуюсь «Фотошопом».

— Значит, вы используете то же оборудование, что и мы.

Майя Блумберг быстро провела для Микаэля экскурсию по их маленькой редакции, выделила ему место за столом с подсветкой и включила компьютер и сканер. Она также показала, где стоит кофейный автомат. Они договорились, что Микаэль будет работать самостоятельно, но обязательно позвонит Майе, когда соберется уходить, чтобы она пришла, заперла редакцию и включила сигнализацию. Затем она покинула Микаэля, весело пожелав «приятно провести время».

Чтобы просмотреть папки, Микаэлю потребовалось несколько часов. В интересующий его период в газете работали два фотографа. В нужный Микаэлю день съемку проводил Курт Нюлунд, с которым он вообще-то был знаком. В 1966 году Курту Нюлунду было около двадцати лет. Позднее он переехал в Стокгольм и стал признанным профессионалом, работавшим как в качестве независимого фотографа, так и в качестве сотрудника фотоагентства «Прессенс бильд» в Мариеберге. В 90-х годах их пути неоднократно пересекались, когда «Миллениум» покупал в «Прессенс бильд» фотографии. Микаэль запомнил его как худого, начинающего лысеть мужчину. Курт Нюлунд пользовался пленкой для дневного света, которая была достаточно мелкозернистой, и ее любили многие фоторепортеры.

Достав лист с работами юного Нюлунда и поместив его на стол с подсветкой, Микаэль стал при помощи лупы изучать негатив за негативом. Чтение негативов — это искусство, требующее известного навыка, а Микаэль таким навыком не обладал. Он понял, что для того, чтобы определить, содержат ли снимки какую-нибудь ценную информацию, ему придется сканировать каждую фотографию, а потом рассматривать их на экране компьютера. Это заняло бы уйму времени. Поэтому он решил сначала приблизительно прикинуть, какие снимки могут представлять интерес.

Микаэль начал выбирать все снимки, сделанные на месте аварии. Он убедился в том, что папка Хенрика Вангера со ста восемьюдесятью фотографиями включала не все: тот, кто делал Хенрику копии — возможно, это был сам Нюлунд,— отбраковал около тридцати снимков, бывших нерезкими или плохого качества и считавшихся непригодными для публикации. Отсоединив редакционный компьютер, Микаэль подключил сканер к своему ноутбуку. На сканирование оставшихся снимков у него ушло два часа.

Одна фотография его сразу заинтересовала. Где-то в промежутке между 15.10 и 15.15, в тот самый момент, когда исчезла Харриет, кто-то открыл окно в ее комнате, и Хенрик Вангер тщетно пытался выяснить, кто это был. И вот на экране компьютера внезапно возникла фотография, снятая, вероятно, именно в тот миг, когда окно открывали. На ней были видны фигура и лицо, правда, не в фокусе. Микаэль решил отложить анализ снимка до тех пор, пока не переместит в компьютер все фотографии.

В последующие часы Микаэль разглядывал снимки с детского праздника. Курт Нюлунд отснял шесть пленок, в общей сложности около двухсот кадров. На них была бесконечная череда снимков ребятни с шариками, взрослых, толп вокруг торговцев хот-догами, самого шествия, местного артиста на сцене и раздачи каких-то призов.

Под конец Микаэль решил сканировать все. Через шесть часов у него получилась папка с девятью десятками фотографий. Стало ясно, что в редакцию все равно придется наведаться еще раз. Около девяти вечера он позвонил Майе Блумберг, поблагодарил ее и поехал домой на остров.

_____

Вернулся он в воскресенье, в девять утра. Когда Майя Блумберг впускала его, редакция была по-прежнему пуста. Микаэль совсем забыл о том, что сейчас Троица и газета должна выйти только во вторник. Ему вновь разрешили занять тот же рабочий стол, что и накануне, и он весь день посвятил сканированию. К шести часам вечера ему оставалось обработать около сорока снимков с Детского дня. Просмотрев негативы, Микаэль решил, что крупные планы милых ребячих лиц или снимки выступавшего на сцене артиста для его целей интереса не представляют. Зато он отсканировал происходившее на улице и скопление народа.

Во второй день Троицы Микаэль занимался изучением нового иллюстративного материала. Он сделал два открытия: первое его неприятно удивило, а второе заставило пульс биться чаще.

Первым открытием стало лицо в окне Харриет Вангер. Снимок отличался некоторой нечеткостью изображения, и поэтому его не включили в первоначальное собрание. Фотограф стоял на холме возле церкви и снимал мост. На заднем плане виднелись здания. Микаэль обрезал фотографию так, что осталось только интересующее его окно, и стал экспериментировать, меняя контрастность и увеличивая резкость до тех пор, пока не выбрал максимально качественный, по его мнению, вариант.

В результате получился зернистый снимок с минимальным затемнением, показывавший четырехугольное окно, занавеску, часть руки и нечеткий полумесяц видневшегося внутри комнаты лица.

Микаэль смог удостовериться, что это была не Харриет Вангер, имевшая иссиня-черные волосы, а некто светловолосый.

Он убедился также, что различает более темные фрагменты на месте глаз, носа и рта, но придать четкость чертам лица оказалось невозможным. Однако он не сомневался, что видит женщину; светлое пятно продолжалось от лица до уровня плеч, указывая на распущенные женские волосы. К тому же эта личность была одета во что-то светлое.

Микаэль прикинул рост загадочной фигуры в сравнении с окном; значит, это была женщина ростом примерно 170 сантиметров.

Просмотрев в компьютере остальные фотографии с места аварии, он смог сделать вывод, что один человек очень хорошо подходит под составленное им описание — двадцатилетняя Сесилия Вангер.

Курт Нюлунд сделал в общей сложности восемнадцать снимков из окна бутика Сундстрёма. Харриет Вангер была видна на семнадцати из них.

В компании одноклассниц она подошла к Йернвегсгатан как раз в тот момент, когда Курт Нюлунд начал снимать. Микаэль прикинул, что съемка продолжалась минут пять. На первой фотографии Харриет с подругами шла по улице по направлению к фотографу. На снимках со второго по седьмой девушки стояли неподвижно, глядя на шествие. Затем они переместились по улице метров на шесть. На самой последней фотографии, возможно снятой чуть позже, всей группы уже не было.

Микаэль сделал серию изображений, на которых он обрезал портрет Харриет по пояс, и обработал их так, чтобы получить наилучшую контрастность. Поместив снимки в отдельную папку, он открыл программу «График конвертер» и запустил слайд-шоу. Получился фрагментарный немой фильм, в котором каждый снимок демонстрировался две секунды.

Харриет появляется, снимок в профиль — останавливается и смотрит вдоль улицы — поворачивается лицом к улице — открывает рот, чтобы что-то сказать подруге,— смеется — касается уха левой рукой — улыбается... Внезапно у Харриет делается удивленный вид, лицо развернуто градусов на двадцать влево от фотоаппарата. Девушка распахивает глаза и перестает улыбаться, губы сжимаются в узкую черточку. Харриет всматривается. В ее лице читается... что?

Печаль, потрясение, злость? Харриет опускает взгляд. Исчезает.

Микаэль раз за разом прокручивал свое слайд-шоу.

Снимки со всей очевидностью подтверждали выстроенную им теорию. На Йернвегсгатан в Хедестаде что-то произошло. Все получалось очень логично.

Она видит что-то — кого-то — на другой стороне улицы. Она потрясена. Потом направляется к Хенрику Вангеру для личной беседы, из которой ничего не получается. После этого она бесследно исчезает.

Что-то в тот день произошло. Но что именно, снимки не объясняли.

В два часа в ночь на вторник Микаэль, сварив кофе и сделав бутерброды, уселся на кухонный диван. Он был подавлен и вместе с тем возбужден. Вопреки собственным ожиданиям, он открыл новые обстоятельства. Правда, они лишь бросали неожиданный свет на развитие событий, но ни на миллиметр не приближали его к разгадке.

Он глубоко задумался о том, какую роль в этой драме сыграла Сесилия Вангер. Хенрик Вангер, невзирая на лица, тщательно исследовал, чем занимались в течение дня все замешанные в эту историю, и Сесилия не явилась исключением. В 1966 году она жила в Уппсале, но за два дня до злосчастной субботы приехала в Хедестад. Остановилась Сесилия в гостевой комнате у Изабеллы Вангер. Она утверждала, что, возможно, рано утром и видела Харриет, но не разговаривала с ней. В субботу она ездила в Хедестад по делам. Харриет там она не встречала и вернулась на остров около часа дня, приблизительно в то время, когда Курт Нюлунд вел съемку на Йернвегсгатан. Сесилия переоделась и около двух помогала накрывать столы для обеда.

В качестве алиби это было слабовато. Время каждый раз указывалось приблизительно, особенно в отношении ее возвращения на остров, однако Хенрик Вангер не обнаружил никакого повода заподозрить ее во лжи. Сесилия принадлежала к числу самых любимых родственников Хенрика. Кроме того, она была любовницей Микаэля. Поэтому ему было трудно сохранять объективность и почти невозможно представить себе ее в роли убийцы.

Теперь же забракованный ранее снимок уличал ее во лжи — вопреки собственным утверждениям, в комнату Харриет она заходила. Микаэль пытался определить, что это могло означать.

«Если ты солгала в этом, то в чем ты солгала еще?» — мысленно спрашивал он ее.

Микаэль обобщил в уме все, что было известно ему о Сесилии. Она производила впечатление глубоко замкнутого человека, несущего груз своего прошлого, вследствие чего она жила одна, не вела сексуальную жизнь и трудно сходилась с людьми. Она никого не подпускала к себе близко, а когда однажды, поддавшись порыву, дала волю чувствам и кинулась на шею мужчине, то выбрала Микаэля — чужака, оказавшегося тут на время. Потом Сесилия пожелала порвать с ним, поскольку не может жить с мыслью, что он столь же внезапно исчезнет из ее жизни. По предположениям Микаэля, его грядущий отъезд и предопределил ее выбор: раз он здесь ненадолго, она может не бояться, что он как-то круто изменит ее жизнь. Микаэль вздохнул и бросил заниматься психоанализом.

Второе открытие он сделал глубокой ночью. Ключом к разгадке — в этом он не сомневался — являлось то, что увидела Харриет в Хедестаде на Йернвегсгатан. Но чтобы узнать, что это было, ему пришлось бы изобрести машину времени, встать позади Харриет и посмотреть через ее плечо.

Дойдя до этой мысли, Микаэль хлопнул себя по лбу и кинулся обратно к ноутбуку. Он вывел на экран необрезанные снимки, относившиеся к Йернвегсгатан, посмотрел и... вот оно!

Позади Харриет Вангер, примерно на метр вправо от нее, стояла молодая пара: мужчина в полосатом свитере и женщина в светлой куртке. Она держала в руке фотоаппарат. Увеличив снимок, Микаэль увидел, что это, похоже, «Кодак»-

автомат со встроенной вспышкой — дешевый аппарат для отпускников, не умеющих фотографировать.

Женщина держала аппарат на уровне подбородка. Потом подняла его и сфотографировала клоунов именно в тот момент, когда Харриет изменилась в лице.

Микаэль сравнил положение аппарата с направлением взгляда Харриет. Женщина снимала практически то, на что смотрела Харриет.

Внезапно Микаэль почувствовал, что у него сильно стучит в висках. Он откинулся на спинку стула и вытащил из нагрудного кармана пачку сигарет.

Кто-то заснял именно то, что он так хочет увидеть.

Но как узнать, кто эта женщина? Как раздобыть сделанные ею фотографии? Проявляли ли вообще эту пленку и сохранился ли в таком случае этот снимок?

Микаэль открыл папку со снимками толпы на празднике. В последующий час он увеличивал каждую фотографию и вглядывался в каждый квадратный сантиметр. Только на самом последнем снимке он вновь обнаружил ту пару. Курт Нюлунд сфотографировал другого клоуна, с шариками в руке, который со смехом позировал перед камерой. Съемка велась на стоянке у входа на стадион, где проходил праздник. Было, вероятно, начало второго — потом Нюлунда известили об аварии на мосту, и он прервал работу на празднике.

Женщина была почти совсем заслонена, но зато отчетливо виднелся профиль мужчины в полосатом свитере. Он держал в руке ключи и склонился, чтобы открыть дверцу машины. Фокус наводился на клоуна на переднем плане, и машина получилась слегка размытой. Номерной знак был частично скрыт, но начинался на «АСЗ» плюс что-то еще.

В 60-е годы номерные знаки начинались с буквы, обозначавшей лен, и в детстве Микаэль научился распознавать, откуда приехала машина. На «АСЗ» начинались номера Вестерботтена*.

---

* Вестерботтен — северо-восточная провинция Швеции. (Прим. перев.)

Потом Микаэль заметил кое-что другое. На заднем стекле имелась какая-то наклейка. Он увеличил масштаб, но текст совершенно расплылся. Микаэль вырезал наклейку и долго бился над контрастностью и резкостью. Он по-прежнему не мог прочитать текст, но пытался в расплывчатых линиях угадать, какие буквы там могут быть. Многие буквы были обманчиво похожи. «О» легко путалось с «D», а «В» походило на «Е» и некоторые другие. Повозившись с бумагой и ручкой и исключив ряд букв, он получил непонятный текст.

R JÖ NI K RIFA RIK

Микаэль всматривался в картинку, пока глаза не начали слезиться. И вдруг ясно увидел текст:

NORSJÖ SNICKERIFABRIK —
ДЕРЕВООБДЕЛОЧНАЯ ФАБРИКА НУРШЁ.

Далее следовали мелкие значки, совершенно нечитаемые, но, вероятно, представлявшие собой номер телефона.

Глава

17

Среда 11 июня — суббота 14 июня

Третьим кусочком мозаики он был обязан помощи с совершенно неожиданной стороны.

Проработав всю ночь с фотографиями, Микаэль проспал тяжелым сном до середины дня. Проснулся он со смутной головной болью, принял душ и отправился завтракать в «Кафе Сусанны». Собраться с мыслями удавалось с трудом. Надо было бы сходить к Хенрику Вангеру и доложить о своих открытиях. Однако вместо этого он пошел и позвонил в дверь Сесилии Вангер. Ему хотелось спросить у нее, что она делала в комнате Харриет и почему солгала, будто туда не заходила.

Никто не открыл.

Микаэль уже собрался уходить, но тут услышал голос:

— Твоей шлюхи нет дома.

Голлум выбрался из своего логова. Он оказался высоким, почти два метра ростом, правда, его так согнуло от возраста, что глаза теперь были на уровне глаз Микаэля. Всю кожу покрывали темные пигментные пятна. Он стоял в коричневом халате, надетом поверх пижамы, и опирался на палку. Типичный голливудский злой старик.

— Что вы сказали?

— Я сказал, что твоей шлюхи нет дома.

Микаэль подошел так близко, что почти уткнулся носом в Харальда Вангера.

— Ты говоришь о своей собственной дочери, грязная свинья.

— Это не я шастаю сюда по ночам,— ответил Харальд Вангер, улыбаясь беззубым ртом.

От него дурно пахло. Микаэль обогнул его и, не оборачиваясь, двинулся дальше.

Хенрика Вангера он застал в кабинете.

— Я только что встретил вашего брата,— сказал Микаэль с плохо скрываемой злостью.

— Харальда? Вот как... Значит, он отважился высунуться. Он проделывает это разок-другой в году.

— Он возник, когда я звонил в дверь Сесилии. И сказал, цитирую: «Твоей шлюхи нет дома». Конец цитаты.

— Это вполне в духе Харальда,— спокойно ответил Хенрик Вангер.

— Он назвал собственную дочь шлюхой.

— Он так ее называет уже много лет. Поэтому они и не разговаривают.

— Почему?

— Сесилия утратила невинность, когда ей был двадцать один год. Это произошло здесь, в Хедестаде, после романа, который у нее приключился летом, через год после исчезновения Харриет.

— И что из этого?

— Мужчину, которого она любила, звали Петер Самуэльссон, и он работал младшим экономистом на нашем предприятии. Толковый парень. Сейчас служит в компании «АВВ». Будь она моей дочерью, я бы ухватился за возможность заполучить такого в зятья. Но у него имелся некий минус.

— Только не говорите, что это то, о чем я подумал.

— Харальд измерил его голову, или проверил его родословную, или что-то в этом роде и обнаружил, что он на четверть еврей.

— Господи боже.

— С тех пор он называет ее шлюхой.

— Он знал, что мы с Сесилией...

— Об этом, вероятно, знает все селение, кроме разве что Изабеллы, поскольку никто, будучи в здравом уме, не станет ей ничего рассказывать, а у нее, слава богу, есть одно приятное свойство — она засыпает около восьми вечера. Харальд, вероятно, следит за каждым твоим шагом.

Микаэль сел, вид у него был довольно глупый.

— Вы хотите сказать, что всем известно...

— Разумеется.

— А вы не против?

— Дорогой Микаэль, меня это совершенно не касается.

— Где Сесилия?

— Учебный год закончился. Она в субботу улетела в Лондон, чтобы навестить сестру, а потом поедет в отпуск в... хм, кажется, во Флориду. Вернется примерно через месяц.

Микаэль почувствовал себя еще глупее.

— Мы вроде как сделали перерыв в наших отношениях.

— Понимаю, но это по-прежнему не мое дело. Как продвигается работа?

Микаэль налил себе кофе из стоявшего на столе термоса и взглянул на старика:

— Я нашел новый материал и думаю, мне надо одолжить у кого-нибудь машину.

О своих выводах Микаэль рассказывал довольно долго. Достав из сумки ноутбук, он запустил слайд-шоу, дававшее возможность увидеть Харриет на Йернвегсгатан и ее реакцию. Он показал также, как обнаружил зрителей с туристским фотоаппаратом и их машину с наклейкой деревообделочной фабрики в Нуршё. Когда он закончил, Хенрик Вангер попросил запустить слайд-шоу еще раз, и Микаэль выполнил его просьбу.

Когда Хенрик Вангер оторвался от экрана компьютера, его лицо было серым. Микаэль вдруг испугался и придержал его за плечо. Хенрик Вангер жестом показал, что все в порядке, и некоторое время сидел молча.

— Черт возьми, ты сделал то, что считалось невозможным. Ты обнаружил нечто совершенно новое. Что ты собираешься делать дальше?

— Я должен найти этот снимок, если он еще существует.

О лице в окне и своих подозрениях относительно Сесилии Вангер Микаэль не упомянул. Вероятно, это свидетельствовало о том, что он был далеко не беспристрастным частным детективом.

Когда Микаэль снова вышел на улицу, Харальд Вангер уже убрался, вероятно, назад в свое логово. Завернув за угол, Микаэль обнаружил, что на крыльце его домика кто-то сидит спиной к нему и читает газету. На какую-то долю секунды ему померещилось, что это Сесилия Вангер; правда, он сразу же понял, что это не так.

На ступеньках пристроилась темноволосая девушка, и, подойдя ближе, он ее узнал.

— Привет, папа,— сказала Пернилла Абрахамссон.

Микаэль крепко обнял дочку.

— Откуда, скажи на милость, ты взялась?

— Естественно, из дома. По дороге в Шеллефтео. Я только переночую.

— А как ты меня нашла?

— Мама знала, куда ты уехал. Я спросила в кафе, где ты живешь, и меня направили сюда. Ты мне рад?

— Конечно. Заходи. Если бы ты предупредила, я бы купил чего-нибудь вкусного.

— Я чисто спонтанно решила сделать здесь остановку. Мне хотелось поздравить тебя с выходом из тюрьмы, но ты так и не позвонил.

— Прости.

— Ничего страшного. Мама говорит, что ты вечно занят только своими мыслями.

— Значит, она обо мне такого мнения?

— Более или менее. Но это не имеет значения. Я тебя все равно люблю.

— Я тоже тебя люблю, но, знаешь ли...

— Знаю. Я думаю, что уже достаточно взрослая.

Микаэль приготовил чай и достал печенье. Внезапно он понял, что дочь действительно права. Она уже не маленькая, ей почти семнадцать лет, еще немного — и она станет взрослой женщиной. Ему надо отвыкать обращаться с ней как с ребенком.

— Ну и как тебе?

— Что?

— Тюрьма.

Микаэль рассмеялся:

— Ты поверишь, если я скажу, что это было нечто вроде оплаченного отпуска, во время которого я имел возможность думать и писать?

— Безусловно. Я не думаю, что тюрьма сильно отличается от монастыря, а в монастырь люди всегда уходили, чтобы развиваться.

— Ну, можно, вероятно, и так сказать. Надеюсь, у тебя не возникло проблем из-за того, что твой папа сидел в тюрьме?

— Отнюдь нет. Я тобой горжусь и не упускаю случая похвастаться тем, что ты сидел за свои убеждения.

— Убеждения?

— Я видела по телевизору Эрику Бергер.

Микаэль побледнел. Он даже не подумал о дочери, когда Эрика излагала их стратегию, и Пернилла явно полагала, что он чист, как свежевыпавший снег.

— Пернилла, я не был невиновен. К сожалению, я не могу обсудить с тобой произошедшее, но меня осудили не ошибочно. Суд исходил из того, что услышал во время процесса.

— Но ты никогда не рассказывал своей версии.

— Нет, потому что не могу ее доказать. Я совершил колоссальную оплошность и поэтому был вынужден сесть в тюрьму.

— Ладно. Тогда ответь мне — мерзавец Веннерстрём или нет?

— Он один из самых грязных мерзавцев, с какими мне доводилось иметь дело.

— Отлично. Мне этого достаточно. У меня есть для тебя подарок.

Она достала из сумки пакет. Микаэль открыл его и обнаружил CD-диск с лучшими записями «Юритмикс»*. Она знала, что он давно любит эту группу. Микаэль обнял дочку, немедленно подключил ноутбук, и они вместе послушали «Приятные сновидения».

— Что ты собираешься делать в Шеллефтео? — спросил Микаэль.

— Там в летнем лагере библейская школа общины «Свет жизни»,— ответила Пернилла, будто ничего естественнее и быть не могло.

Микаэль вдруг почувствовал, как у него зашевелились волосы на голове.

Он осознал, насколько похожи его дочь и Харриет Вангер. Пернилле шестнадцать лет, столько же было и Харриет, когда та исчезла. Обе росли без отцов, обеих потянуло к религиозным сектам: Харриет — к местной общине пятидесятников, а Перниллу — к ответвлению чего-то, примерно столь же нелепого, как «Слово жизни».

Микаэль толком не знал, что ему делать с внезапно проснувшимся у дочери интересом к религии. Он боялся вмешиваться, чтобы не нарушить ее право самой выбирать себе путь. В то же время «Свет жизни», несомненно, принадлежал к такого рода общинам, о которых они с Эрикой, не задумываясь, с удовольствием опубликовали бы в «Миллениуме» уничижительный репортаж. Пожалуй, ему стоит при первом же удобном случае обсудить этот вопрос с матерью Перниллы.

Пернилла спала в постели Микаэля, а он сам устроился на ночь на кухонном диване, после чего проснулся с ноющей шеей и болью в мышцах. Пернилла рвалась продолжать свой

---

* Британский музыкальный дуэт. (*Прим. ред.*)

путь, поэтому Микаэль накормил ее завтраком и проводил к поезду. У них образовалось немного времени, и, купив на вокзале кофе, они уселись на скамейке в конце перрона и стали болтать о самых разных вещах. Перед самым прибытием поезда Пернилла вдруг сменила тему.

— Тебе не нравится, что я еду в Шеллефтео,— отметила она.

Микаэль не знал, что отвечать.

— В этом нет ничего страшного. Но ты ведь не христианин?

— Нет, во всяком случае, добропорядочным христианином меня назвать нельзя.

— Ты не веришь в Бога?

— Да, в Бога я не верю, но уважаю твою веру. Все люди должны во что-то верить.

Когда подошел ее поезд, они обнимались до тех пор, пока Пернилле не настало время заходить в вагон. На полпути она обернулась:

— Папа, я не стану тебя агитировать. По мне, ты можешь верить, во что хочешь, я все равно буду тебя любить. Но я считаю, что тебе следует продолжать самостоятельно изучать Библию.

— Что ты имеешь в виду?

— Я видела цитаты у тебя на стенке,— сказала она.— Только почему ты выбрал такие мрачные и невротические? Целую. Пока.

Она помахала рукой и исчезла. Микаэль остался стоять в полной растерянности, глядя вслед удаляющемуся на север поезду. Только когда состав скрылся за поворотом, до него дошел смысл ее прощального замечания, и от этого похолодело в груди.

Микаэль выскочил с вокзала и посмотрел на часы. До автобуса в Хедебю оставалось сорок минут. Ждать так долго Микаэль просто не мог. Он побежал через площадь к стоянке такси и отыскал Хусейна, водителя с норрландским диалектом.

Десятью минутами позже Микаэль расплатился за проезд и прошел прямо в кабинет. Над письменным столом у него была скотчем прикреплена записка:

Магда — 32016
Сара — 32109
РЯ — 30112
РЛ — 32027
Мари — 32018

Он оглядел комнату и понял, что тут ему Библии не найти. Тогда он взял с собой записку, нашел ключи, которые оставил в мисочке на окне, и пробежал трусцой всю дорогу до домика Готфрида. Почти дрожащими руками он снял с полки Библию Харриет.

Девушка записала не номера телефонов. Цифры указывали на главы и стихи из Левита, Третьей книги Моисеевой. Законы о наказаниях.

(Магда) Третья книга Моисеева, глава 20, стих 16:
Если женщина пойдет к какой-нибудь скотине, чтобы совокупиться с нею, то убей женщину и скотину: да будут они преданы смерти, кровь их на них.

(Сара) Третья книга Моисеева, глава 21, стих 9:
Если дочь священника осквернит себя блудодеянием, то она бесчестит отца своего: огнем должно сжечь ее.

(РЯ) Третья книга Моисеева, глава 1, стих 12:
И рассекут ее на части, отделив голову ее и тук ее; и разложит их священник на дровах, которые на огне, на жертвеннике.

(РЛ) Третья книга Моисеева, глава 20, стих 27:
Мужчина ли или женщина, если будут они вызывать мертвых или волхвовать, да будут преданы смерти: камнями должно побить их, кровь их на них.

(Мари) Третья книга Моисеева, глава 20, стих 18:
Если кто ляжет с женою во время болезни кровоочищения и откроет наготу ее, то он обнажил истечения ее, и она открыла течение кровей своих: оба они да будут истреблены из народа своего.

Микаэль вышел из дома и уселся на крыльце. Не приходилось сомневаться, что, записывая цифры в телефонную книжку, Харриет имела в виду именно это: каждая из указанных цитат была в ее Библии тщательно подчеркнута. Микаэль закурил сигарету и прислушался к пению птиц поблизости.

Значения цифр он разгадал, но имена по-прежнему оставались загадкой. При чем здесь Магда, Сара, Мари, РЯ и РЛ?

Мысль перескочила по ассоциации, и внезапно перед Микаэлем разверзлась преисподняя. Ему вспомнилась сожженная в Хедестаде жертва, о которой рассказывал Густав Морелль. Дело Ребекки — девушки, которую где-то в конце 40-х годов изнасиловали и убили, положив ее голову на раскаленные угли. *«И рассекут ее на части, отделивши голову ее и тук ее; и разложит их священник на дровах, которые на огне, на жертвеннике».* Ребекка. Инициалы «РЯ». Как же была ее фамилия?

Господи, помилуй, во что же была втянута Харриет?

У Хенрика Вангера вдруг обнаружилось недомогание, и, придя к нему ближе к вечеру, Микаэль узнал, что тот уже в постели. Анна все-таки впустила Микаэля, позволив поговорить со стариком несколько минут.

— Летняя простуда,— шмыгая носом, заявил Хенрик.— Что тебе надо?

— У меня есть вопрос.

— Ну?

— Вы слышали об убийстве, которое вроде произошло в Хедестаде где-то в сороковых годах? Девушку по имени «Ребекка какая-то» убили, сунув головой в костер.

— Ребекка Якобссон,— ни секунды не колеблясь, сказал Хенрик Вангер.— Ее имя не из тех, что быстро забываются, правда, слышать о ней мне не доводилось уже много лет.

— Но об убийстве вам известно?

— Еще как известно. Ребекке Якобссон было двадцать три или двадцать четыре, когда ее убили. Это, должно быть, случилось... да, точно, в сорок девятом году. Проводилось очень обстоятельное расследование, в котором я даже сам немного участвовал.

— Вы? — удивленно воскликнул Микаэль.

— Да. Ребекка Якобссон работала в нашем концерне секретаршей. Она была очень красивой и пользовалась большим успехом. Но почему ты вдруг о ней спрашиваешь?

Микаэль не знал, что говорить. Он встал и подошел к окну.

— Сам толком не знаю. Хенрик, возможно, я кое-что обнаружил, но мне необходимо сперва все хорошенько обдумать.

— Ты намекаешь на то, что между Ребеккой и Харриет может иметься какая-то связь? Между их случаями прошло около семнадцати лет.

— Дайте мне подумать. Я загляну завтра, если вам станет получше.

Но на следующий день Микаэль с Хенриком Вангером не встретился. Около часа ночи он все еще сидел за кухонным столом, читая Библию Харриет, и вдруг услышал шум машины, спешащей через мост. Покосившись в кухонное окно, он увидел, как мелькнули голубые огни «скорой помощи».

Полный недобрых предчувствий, Микаэль выскочил на улицу и кинулся вслед за ней. Машина остановилась у дома Хенрика Вангера. На первом этаже повсюду горел свет, и Микаэль сразу понял: что-то случилось. Он в два прыжка преодолел ведущую в дом лестницу и столкнулся с взволнованной Анной Нюгрен.

— Сердце,— сказала она.— Он разбудил меня и пожаловался на боли в груди, а потом упал.

Микаэль обнял добрую домоправительницу, и тут из дома вынесли носилки, на которых лежал на вид уже бездыханный Хенрик Вангер. Следом появился сильно обеспокоенный Мартин Вангер. Он уже успел лечь спать, когда ему позвонила Анна, и теперь был в тапочках на босу ногу и с незастегнутой ширинкой. Мартин бегло поздоровался с Микаэлем и обратился к Анне:

— Я поеду в больницу. Позвоните Биргеру и Сесилии. И сообщите Дирку Фруде.

— Я могу сходить к Фруде,— предложил Микаэль.

Анна благодарно кивнула.

После полуночи обычно приходят не с добрыми вестями, думал Микаэль, приставляя палец к звонку. Прошло несколько минут, прежде чем в дверях появился заспанный адвокат.

— У меня плохие новости. Хенрика Вангера только что увезли в больницу. Похоже, инфаркт. Мартин просил сообщить вам.

— О господи,— произнес Дирк Фруде.

Он взглянул на наручные часы и растерянно добавил:

— Пятница, тринадцатое...

Когда Микаэль вернулся к себе домой, было половина третьего ночи. Он немного поколебался, но решил отложить разговор с Эрикой.

Только в десять утра, предварительно переговорив по мобильному телефону с Дирком Фруде и убедившись в том, что Хенрик Вангер по-прежнему жив, он позвонил Эрике и сообщил, что новый совладелец «Миллениума» отвезен в больницу с инфарктом. Как и следовало ожидать, эту новость она восприняла с большим огорчением и беспокойством.

А поздно вечером к Микаэлю пришел Дирк Фруде и подробно рассказал о состоянии Хенрика Вангера.

— Он жив, но дела его плохи. Он перенес серьезный инфаркт, а кроме того, подхватил какую-то инфекцию.

— Вы его видели?

— Нет. Он лежит в реанимации, при нем сидят Мартин и Биргер.

— Шанс есть?

Дирк Фруде неопределенно повел рукой:

— Инфаркт он пережил, а это всегда хороший признак. Хенрик, в общем-то, довольно крепкого здоровья. Но он стар. Посмотрим.

Они немного посидели молча, раздумывая над тем, как хрупка человеческая жизнь. Микаэль налил кофе. Дирк Фруде выглядел подавленным.

— Я вынужден спросить, что же теперь будет,— произнес Микаэль.

Фруде поднял на него глаза:

— Условия вашей работы не меняются. Они оговорены в контракте, который действует до конца года, независимо от того, будет ли жив Хенрик Вангер. Вам не о чем беспокоиться.

— Я не беспокоюсь об условиях и имел в виду совсем другое. Меня интересует, перед кем мне отчитываться в его отсутствие.

Дирк Фруде вздохнул:

— Микаэль, вы не хуже меня знаете, что вся эта история с Харриет для Хенрика была чем-то вроде хобби.

— Не скажите.

— Что вы имеете в виду?

— Я обнаружил новые обстоятельства,— сказал Микаэль.— Частично я вчера проинформировал о них Хенрика. Боюсь, что это могло спровоцировать инфаркт.

Дирк Фруде как-то странно посмотрел на Микаэля:

— Вы шутите.

Микаэль помотал головой.

— Дирк, за последние дни я раскопал больше данных об исчезновении Харриет, чем все официальное расследование лет за тридцать. Сейчас моя проблема заключается в том, что мы не обговорили, перед кем я должен отчитываться в отсутствие Хенрика.

— Вы можете рассказывать мне.

— Хорошо. Мне необходимо двигаться дальше. У вас есть немного времени?

Микаэль построил рассказ о своих открытиях как можно логичнее. Он продемонстрировал снимки с Йернвегсгатан и изложил свою теорию. Затем объяснил, как его дочка раскрыла тайну телефонной книжки, и под конец описал найденную связь с жестоким убийством Ребекки Якобссон в 1949 году.

Умолчал он лишь о том, что сумел разглядеть Сесилию Вангер в окне комнаты Харриет. Он предпочитал сам поговорить с ней, прежде чем бросить на женщину тень подозрения.

Лоб Дирка Фруде покрыли морщины озабоченности.

— Вы полагаете, что убийство Ребекки имеет отношение к исчезновению Харриет?

— Не знаю. На первый взгляд это выглядит невероятным. Вместе с тем нельзя закрывать глаза на тот факт, что Харриет записала в телефонной книжке инициалы «РЯ» рядом с указанием на закон о сожжении жертвы. Ребекку Якобссон сожгли. Связь с семьей Вангер несомненна — она работала в концерне «Вангер».

— А как вы все это объясните?

— Пока я не могу этого объяснить. Но я хочу двигаться дальше. Вы представитель интересов Хенрика, и вам придется принимать решения за него.

— Возможно, следует поставить в известность полицию.

— Нет. Во всяком случае, мы не станем этого делать без разрешения Хенрика. Дело об убийстве Ребекки давно закрыто за давностью, и полицейское расследование прекращено. Никто не начнет опять возиться с убийством, совершенным пятьдесят четыре года назад.

— Я понимаю. Что вы собираетесь делать?

Микаэль встал и прошелся по кухне.

— Во-первых, я хочу проверить зацепку с фотографией. Если мы узнаем, что увидела Харриет... думаю, это сможет стать ключом к дальнейшему развитию событий. Во-вторых, мне нужна машина, чтобы добраться до Нуршё и посмотреть, куда приведет этот след. И в-третьих, я хочу проверить цитаты из Библии. Мы уже привязали одну цитату к жуткому, отвратительному убийству. Остается еще четыре. Вот тут-то мне и понадобилась бы помощь.

— Помощь какого рода?

— Мне требуется помощник для расследования — человек, который сможет перерыть старые пресс-архивы и отыскать Магду, Сару и остальных, кого Харриет перечислила по именам. Если я прав, то Ребекка не единственная жертва.

— Вы хотите сказать, придется посвятить кого-то еще...

— Внезапно возникла необходимость провести разыскные работы колоссального объема. Будь я полицейским, проводящим расследование, я бы смог распределить людские ресурсы и отправить сотрудников рыться в бумагах. Мне нужен профессионал, который умеет работать в архивах и в то же время заслуживает доверия.

— Я понимаю... вообще-то я знаю одного компетентного исследователя,— сказал Дирк Фруде.— Она занималась изучением ваших личных обстоятельств,— вырвалось у него прежде, чем он успел подумать.

— Кто занимался и чем? — спросил Микаэль Блумквист с металлом в голосе.

Дирк Фруде внезапно понял, что сказал то, чего, вероятно, говорить не следовало.

«Я старею»,— подумал он.

— Я просто размышлял вслух. Не обращайте внимания.

— Вы заказывали на меня досье?

— Ничего страшного, Микаэль. Мы хотели нанять вас и проверяли, что вы за человек.

— Значит, вот почему мне всегда казалось, что Хенрик Вангер видит меня насквозь. Насколько подробным оно было?

— Довольно подробным.

— Включая проблемы «Миллениума»?

Дирк Фруде пожал плечами:

— Это было актуальным в то время.

Микаэль зажег сигарету, пятую за этот день. Он понял, что курение снова начинает входить у него в привычку.

— Вы получили письменный отчет?

— Микаэль, там нет ничего особенного.

— Я хочу его прочитать,— сказал он.

— Мой дорогой, в этом нет ничего странного. Мы хотели проверить вас, прежде чем нанять на работу.

— Я хочу прочесть отчет,— повторил Микаэль.

— Дать на это разрешение может только Хенрик.

— В самом деле? Тогда я скажу так: отчет должен быть у меня в руках в течение часа. Если я его не получу, я незамедлительно отказываюсь от работы и уезжаю в Стокгольм ночным поездом. Где отчет?

Дирк Фруде и Микаэль Блумквист смерили друг друга взглядами. Потом старый адвокат вздохнул и опустил глаза.

— В кабинете, у меня дома.

Дело Харриет Вангер было, безусловно, самой странной историей из всех, в какие доводилось ввязываться Микаэлю Блумквисту. Вообще его жизнь за весь последний год, начиная с того момента, как он опубликовал материал о Хансе Эрике Веннерстрёме, напоминала сплошные американские горки, преимущественно состоящие из участков со свободным падением. И конца этому, похоже, пока не было видно.

Дирк Фруде копался очень долго, и произведение Лисбет Саландер оказалось в руках у Микаэля только в шесть часов вечера. Оно состояло примерно из восьмидесяти страниц собственно отчета и ста страниц копий статей, аттестатов и прочих документов, касавшихся жизни Микаэля.

Было очень странно читать о самом себе то, что при ближайшем рассмотрении оказывалось некой компиляцией из биографии и служебного донесения. Микаэль чувствовал, как все больше поражается подробности отчета. Лисбет Саландер отметила детали, которые, как он думал, были навсегда похоронены в компосте истории. Она раскопала его юношескую связь с женщиной, которая тогда была пламенной синдикалисткой, а теперь стала профессиональным политиком.

«С кем, скажите на милость, она разговаривала?» — недоумевал он.

Она разыскала его рок-группу «Бутстрэп», которую сегодня уже едва ли помнит хоть одна живая душа, и до тонкости изучила его финансовые дела.

Как, черт побери, ей это удалось?

Будучи журналистом, Микаэль много лет посвятил добыванию информации о разных людях и мог оценить качество ее работы с чисто профессиональной точки зрения. В его глазах Лисбет Саландер, безусловно, была первоклассным изыскателем. Он сомневался, что сам смог бы создать отчет такого качества о совершенно неизвестном ему человеке.

Микаэль отметил также, что им с Эрикой вовсе не было необходимости соблюдать конспирацию, общаясь с Хенриком Вангером; тот уже во всех подробностях знал об их многолетней связи и треугольнике с участием Грегера Бекмана. Лисбет Саландер сумела еще и поразительно точно оценить состояние «Миллениума»; связываясь с Эрикой и предлагая свое участие, Хенрик Вангер прекрасно знал, насколько плохо у них обстоят дела. И Микаэль не мог не задать себе вопроса: что же за игру тот на самом деле ведет?

Дело Веннерстрёма рассматривалось лишь поверхностно, но исследовательница, несомненно, сидела среди публики на одном из судебных заседаний. И у нее возникли вопросы по поводу странного поведения Микаэля, когда тот отказался выступать на процессе.

«Умная девица, кем бы она там ни была»,— не мог не признать Микаэль.

А в следующую секунду он просто не поверил своим глазам. Лисбет Саландер коротко изложила свои предположения насчет того, как события будут, с ее точки зрения, развиваться после суда. Она почти дословно передала пресс-сообщение, которое они с Эрикой разослали, когда он оставил пост ответственного редактора «Миллениума». Лисбет Саландер использовала его собственный черновик.

Он посмотрел на обложку отчета. Тот был датирован тремя днями раньше, чем Микаэль получил на руки постановление суда.

Этого просто не могло быть.

На тот день пресс-сообщение существовало в одном-единственном месте на свете — в личном компьютере Микаэля. Не в рабочем компьютере в редакции, а в его ноутбуке. Этот текст никогда не распечатывался. Копии не имела даже Эрика Бергер, хоть они и обсуждали его в общих чертах.

Микаэль медленно опустил отчет Лисбет Саландер. Он решил больше не закуривать. Вместо этого надел куртку и вышел в светлую ночь — до дня летнего солнцестояния оставалась неделя. Он медленно шел вдоль берега пролива, мимо участка Сесилии Вангер и шикарной яхты рядом с виллой Мартина Вангера и все время размышлял. Под конец он присел на камень и стал смотреть на огни бакенов в бухте Хедестада. Напрашивался только один вывод.

— Вы побывали в моем компьютере, фрёкен Саландер,— сказал он вслух.— Вы гнусный хакер.

Глава
18

Среда, 18 июня

Лисбет Саландер резко очнулась от тяжелого сна. Ее слегка подташнивало. Не поворачивая головы, она поняла, что Мимми уже ушла на работу, но в спертом воздухе спальни еще висел ее запах. Накануне в кафе, на еженедельной встрече с «Перстами дьявола», Лисбет выпила слишком много пива. Перед самым закрытием появилась Мимми и отправилась вместе с ней домой и в постель.

В отличие от Мимми Лисбет Саландер никогда всерьез не считала себя лесбиянкой. Ей и в голову не приходило задуматься о том, относится она к гетеросексуалам, гомосексуалам или бисексуалам. Она просто плевала на этикет и считала, что никого не касается, с кем она проводит ночи. Если бы ей непременно пришлось расставлять сексуальные приоритеты, то она бы отдала предпочтение парням — они, во всяком случае, лидировали в статистике. Проблема заключалась лишь в том, чтобы найти парня, который не был бы недотепой и еще, желательно, годился бы на что-нибудь в постели, а Мимми удавалось ее зажечь, и связь с ней Лисбет рассматривала как приятный компромисс. Мимми она встретила год назад в пивной палатке на фестивале геев и лесбиянок «Европрайд», и та была единственным человеком, которого Лисбет сама привела к «Перстам дьявола». В прошлом году они время от времени встречались, но их отношения по-прежнему оставались для обеих лишь способом хорошо провести время. К теплому и мягкому телу Мимми было приятно прижиматься, а кроме того, Лисбет не претило вместе с ней просыпаться и завтракать.

Часы на ночном столике показывали половину десятого утра. Лисбет попыталась понять, что же ее разбудило, как вдруг в дверь снова позвонили. Лисбет озадаченно села. Никто никогда не звонил к ней в такое время суток. Да и вообще крайне редко хоть кто-то звонил в ее дверь. Еще до конца не проснувшись, она завернулась в простыню, вышла нетвердыми шагами в прихожую и открыла. И тут же встретилась взглядом с Микаэлем Блумквистом. Чувствуя, как внутри нарастает паника, Лисбет невольно отступила назад.

— Доброе утро, фрёкен Саландер,— весело поздоровался он.— Я понимаю, что вчерашний вечер затянулся. Можно войти?

Не дожидаясь приглашения, он переступил через порог и закрыл за собой дверь. Пока он с любопытством осматривал кучу одежды на полу прихожей и пакеты с газетами и косился на дверь спальни, весь мир Лисбет Саландер вращался в обратном направлении — как, что, кто? Микаэль Блумквист с улыбкой смотрел на ее широко открытый рот.

— Полагаю, ты еще не завтракала, поэтому я прихватил с собой бейглы. Один с ростбифом, один с индейкой с дижонской горчицей и один вегетарианский с авокадо. Я не знаю, что ты любишь. Ростбиф?

Он исчез на кухне и тут же нашел ее кофеварку.

— Где у тебя кофе? — прокричал он.

Саландер стояла в прихожей как парализованная, пока не услышала звук льющейся воды, и быстро сделала три огромных шага.

— Стой! — Она почувствовала, что кричит, и понизила голос.— Какое, черт побери, ты имеешь право тут разгуливать, будто здесь живешь. Мы ведь даже не знакомы.

Микаэль Блумквист остановился, держа кувшин над кофеваркой, и повернул к ней голову. И ответил серьезным голосом:

— Неправда! Ты знаешь меня лучше, чем большинство других людей.

Повернувшись к ней спиной, он долил воду, а затем принялся заглядывать в банки на столе.

— Кстати, я знаю, какими методами ты действуешь. Твои тайны мне известны.

Лисбет Саландер прикрыла глаза, мечтая о том, чтобы пол перестал раскачиваться у нее под ногами. Она пребывала в состоянии умственного паралича. Сказывалось похмелье, а к тому же никогда прежде она не сталкивалась ни с кем из своих объектов лицом к лицу. Ситуация была совершенно нереальной, а ее мозг отказывался работать.

«Он знает, где я живу!» — билась в голове паническая мысль.

Он стоит посреди ее кухни. Это невозможно. Такого просто не может быть.

«Ему известно, кто я!»

Вдруг она поняла, что простыня сползает, и обмотала ее потуже. Он что-то сказал, но она не сразу его поняла.

— Нам надо поговорить,— повторил он.— Но думаю, тебе сперва стоит встать под душ.

— Послушай, если ты собираешься устраивать скандал, то обратился не по адресу,— сказала она, пытаясь разобраться в ситуации.— Я только выполняла работу. Тебе надо разговаривать с моим шефом.

Он повернулся к ней и поднял руки ладонями вперед, показывая свой мирный настрой: дескать, я безоружен.

— С Драганом Арманским я уже разговаривал. Он, кстати, просил, чтобы ты ему позвонила,— вчера вечером твой мобильный не отвечал.

Он подошел к ней. Никакой угрозы она при этом не почувствовала, но все же отступила на несколько сантиметров, когда он, коснувшись ее руки, указал на дверь ванной. Ей не нравилось, когда ее трогают без разрешения, пусть даже с добрыми намерениями.

— Никаких скандалов,— сказал он спокойным голосом.— Но мне бы очень хотелось с тобой поговорить. Я имею в виду, когда ты проснешься. Пока ты что-нибудь наденешь, кофе как раз подоспеет. Прими душ. Марш!

Она безвольно подчинилась.

«Лисбет Саландер безвольной не бывает»,— подумала она.

В ванной комнате она прислонилась к двери и попробовала собраться с мыслями. Лисбет даже не думала, что может испытать такое потрясение. Потом до нее постепенно дошло, что у нее прямо лопается мочевой пузырь и что после беспорядочно проведенной ночи душ не просто хорошая идея, а прямо-таки необходимость. Приведя себя в порядок, она проскользнула в спальню и натянула трусы, джинсы и футболку с текстом: «Armageddon was yesterday — today we have a serious problem»*.

Секунду подумав, она отыскала брошенную на стул кожаную куртку, достала из кармана электрошокер, убедилась, что он заряжен, и сунула в задний карман джинсов. В квартире уже запахло кофе. Лисбет сделала глубокий вдох и снова вышла на кухню.

— Ты здесь вообще убираешь? — произнес он, снова увидев ее.

Он составил в раковину грязную посуду, вытряхнул пепельницы, выбросил старые пакеты из-под молока, очистил стол от скопившихся за пять недель газет, вытер и поставил на него кофейные чашки и разложил бейглы, которые действительно, как оказалось, принес. Все это выглядело заманчиво, а после ночи с Мимми она и впрямь здорово проголодалась.

«Хорошо, поглядим, во что это выльется»,— подумала она, уселась напротив и выжидательно уставилась на него.

— Ты мне так и не ответила. Ростбиф, индейка или вегетарианский вариант?

— Ростбиф.

— Тогда я возьму индейку.

Они завтракали молча, рассматривая друг друга с обоюдным интересом. Съев свой бейгл, она добавила еще остав-

_____

* «Армагеддон был вчера — сегодня перед нами серьезная проблема» *(англ.). (Прим. перев.)*

шуюся половину вегетарианского. Потом взяла с подоконника мятую пачку и вытащила сигарету.

— Ладно, кое-что мне теперь известно,— сказал он, нарушив молчание.— Я, возможно, не так хорошо умею изучать личные обстоятельства, как ты, но тем не менее теперь знаю, что ты не относишься к веганам* и не страдаешь анорексией, как полагал Дирк Фруде. Я занесу эти сведения в свой отчет о тебе.

Саландер изумленно раскрыла глаза, но, взглянув на его лицо, поняла, что он над ней подтрунивает. У него был настолько веселый вид, что она не удержалась и ответила ему кривой улыбкой. Ситуация выглядела на редкость дико. Саландер отодвинула тарелку. Взгляд его казался дружелюбным, и она решила, что он, вероятно, не злой человек, кем бы он там ни был. В проведенном ею исследовании его личности тоже ничто не указывало на то, что он злодей, способный жестоко обращаться со своими подружками, или что-нибудь подобное. Ведь это она знает о нем все, а не наоборот, вспомнила она. А знание — это власть.

— Чего ты ухмыляешься? — спросила она.

— Прости. Я, в общем-то, не планировал появиться здесь именно таким образом и не собирался тебя пугать. Но ты бы видела свое лицо, когда открыла мне дверь. Оно было бесподобным, и я не устоял перед искушением немного тебя подколоть.

Повисло молчание. К собственному удивлению Лисбет Саландер вдруг почувствовала, что общество незваного гостя кажется ей приемлемым — или, во всяком случае, не противным.

— Рассматривай это как жуткую месть за то, что ты копалась в моей личной жизни,— весело сказал он.— Ты меня боишься?

— Нет,— ответила Саландер.

— Отлично. Я здесь не для того, чтобы причинить тебе боль или устроить скандал.

_____
* Строгие вегетарианцы. *(Прим. ред.)*

— Если ты попытаешься причинить мне боль, я тебя покалечу. Серьезно.

Микаэль оглядел ее. Роста в ней было чуть более полутора метров, и едва ли она смогла бы что-то противопоставить ему, если бы он ворвался к ней в квартиру с целью учинить насилие. Однако в ее глазах читалось одно лишь спокойствие.

— Это неактуально,— сказал он наконец.— У меня нет никакого злого умысла. Мне надо с тобой поговорить. Если хочешь, чтобы я ушел, только скажи.— Он на секунду задумался.— Все это кажется забавным до... тьфу.— Он оборвал фразу.

— Что?

— Не знаю, насколько разумно это прозвучит, но еще четыре дня назад я даже не знал о твоем существовании. Потом я прочел то, что ты обо мне написала.— Он покопался в сумке и нашел отчет.— Это далеко не только развлекательное чтение.

Он замолчал и некоторое время смотрел в кухонное окно.

— Можно попросить у тебя сигарету?

Она кинула ему пачку.

— Ты сказала, что мы друг друга не знаем, а я ответил, что, конечно, знаем.— Он указал на отчет.— Я пока не смог за тобой угнаться — провел лишь маленькую рутинную проверку, чтобы добыть твой адрес, год рождения и тому подобное,— но ты обо мне определенно знаешь более чем достаточно. Причем много такого, что носит сугубо личный характер и известно только моим ближайшим друзьям. А теперь я сижу у тебя на кухне и ем с тобой бейглы. Мы познакомились только полчаса назад, а у меня вдруг возникло ощущение, что мы знакомы уже несколько лет. Ты понимаешь, что я хочу сказать?

Она кивнула.

— У тебя красивые глаза,— сказал он.

— А у тебя добрые глаза,— ответила она.

Он не мог понять, иронизирует она или нет.

Снова воцарилось молчание.

— Для чего ты здесь? — наконец спросила она.

Калле Блумквист — она вспомнила его прозвище и подавила в себе желание произнести его вслух — вдруг сделался серьезным. В его взгляде появилась усталость. Самоуверенность, с которой он к ней ворвался, исчезла, и Саландер сделала вывод, что дуракаваляние кончилось или, по крайней мере, отброшено в сторону. Теперь он внимательно рассматривал ее, серьезно и вдумчиво. Ей было неведомо, что делается у него в голове, но она сразу почувствовала, когда его визит приобрел более серьезный оттенок.

Лисбет Саландер сознавала, что спокойной только притворяется и не полностью владеет собой. Абсолютно неожиданный визит Блумквиста заставил ее пережить потрясение, какого она никогда прежде не испытывала в связи со своей работой. Она зарабатывала себе на хлеб, шпионя за людьми. То, что она делала для Драгана Арманского, она, собственно говоря, не считала настоящей работой, скорее неким достаточно трудоемким хобби.

Как она уже давно установила, все дело было в том, что ей нравилось копаться в жизни других людей и раскрывать тайны, которые те пытаются скрывать. В той или иной форме она занималась этим столько, сколько себя помнила. И продолжала этим заниматься по сей день, и не только по заданиям Арманского, но порой и просто для собственного удовольствия. Это приносило ей пьянящее чувство внутреннего удовлетворения — как в сложной компьютерной игре, лишь с той разницей, что тут речь шла о живых людях. А теперь вдруг ее хобби сидело на кухне и угощало ее бейглами. Ситуация казалась верхом абсурда.

— У меня есть интересная проблема,— сказал Микаэль.— Скажи, когда ты собирала обо мне материал для Дирка Фруде... ты знала, для чего его собираются использовать?

— Нет.

— Информация обо мне потребовалась потому, что Фруде, или, вернее, его клиент, хотел нанять меня на временную работу.

— Вот оно что.

Он ей слегка улыбнулся.

— Когда-нибудь мы с тобой поговорим о моральном аспекте копания в чужой личной жизни. Но сейчас у меня совершенно другая проблема... Работа, которую я получил и за которую по какой-то необъяснимой причине взялся, безусловно, является самой странной из всех, какие мне доводилось выполнять. Лисбет, я могу тебе доверять?

— Как это?

— Драган Арманский говорит, что на тебя можно полностью полагаться. Но я все-таки хочу спросить тебя саму. Могу я открывать тебе тайны и быть уверенным в том, что ты о них никому не расскажешь?

— Подожди. Значит, ты говорил с Драганом. Это он послал тебя сюда?

«Я убью тебя, безмозглый армянин»,— мысленно пообещала она.

— Ну, не совсем. Ты не единственная, кто умеет добывать чужие адреса, и я проделал это совершенно самостоятельно. Я поискал тебя в разделе регистрации по месту жительства. Там имеются три женщины по имени Лисбет Саландер, и две другие мне явно не подходили. Но вчера я связался с Арманским, и мы имели долгую беседу. Он тоже поначалу подумал, что я собираюсь скандалить из-за того, что ты копалась в моей личной жизни, но в конце концов убедился, что у меня совершенно законное дело.

— Какое?

— Как я сказал, клиент Дирка Фруде нанял меня для работы. Я дошел до той стадии, когда мне потребовалась помощь компетентного изыскателя, быстрого, как дьявол. Фруде рассказал мне о тебе, утверждая, что ты именно такая. Он просто проговорился, и так я узнал о том, что ты изучала мои личные обстоятельства. Вчера я побеседовал с Арманским и объяснил, что мне надо. Он дал добро и попытался до тебя дозвониться, но ты так и не ответила, поэтому... я здесь. Если хочешь, можешь позвонить Арманскому и проверить.

Некоторое время ушло на то, чтобы разыскать мобильный телефон под кучей одежды, которую Мимми накануне помогла ей с себя стянуть. Микаэль Блумквист наблюдал за поисками смущенной Лисбет, разгуливая по квартире. Вся ее мебель производила такое впечатление, будто была принесена с помойки, зато на маленьком рабочем столике в гостиной он заметил впечатляющий ноутбук, последнее слово техники. На полке стоял CD-проигрыватель, но ее собрание дисков было скромным — жалкий десяток альбомов каких-то групп, о которых Микаэль даже не слышал, а музыканты на обложках напоминали вампиров из космического пространства. Он подумал, что музыкой она не слишком увлекается.

Найдя телефон, Лисбет убедилась, что Арманский звонил ей как минимум семь раз накануне вечером и два раза утром. Она вызвала его номер, а Микаэль прислонился к дверному косяку и стал прислушиваться к разговору.

— Это я... Извини, но он был отключен... Я знаю, что он хочет меня нанять... Нет, он стоит у меня в гостиной...— Она повысила голос.— Драган, у меня похмелье, и болит голова, кончай трепаться; ты дал добро на работу или нет?.. Спасибо.

Щелк.

Через дверь гостиной Лисбет Саландер покосилась на Микаэля Блумквиста. Тот перебирал ее пластинки, снимал с полки книги и как раз обнаружил коричневый медицинский пузырек без этикетки и с любопытством поднес его к свету. Когда Микаэль собрался открутить пробку, Лисбет отобрала у него пузырек. Она вернулась на кухню, села на стул и начала массировать себе лоб. И остановилась только тогда, когда Микаэль снова уселся напротив.

— Правила просты,— сказала она.— То, о чем ты будешь говорить со мной или с Драганом Арманским, не станет достоянием окружающих. Мы подпишем контракт, в котором «Милтон секьюрити» обяжется хранить молчание. Прежде чем решить, возьмусь я за работу или нет, я хочу знать, в чем она состоит. Я сохраню в тайне все, о чем ты мне расскажешь, независимо от того, возьмусь ли я за эту работу, при условии, что это не имеет отношения к криминалу. В этом случае я доложу Драгану, а он, в свою очередь, известит полицию.

— Отлично.— Он поколебался.— Арманский, возможно, не совсем понимает, для чего я хочу тебя нанять...

— Он сказал, что тебе надо, чтобы я помогла с историческим расследованием.

— Да, верно. Но я хочу, чтобы ты помогла мне вычислить убийцу.

Микаэлю потребовалось больше часа, чтобы изложить все детали запутанного дела Харриет Вангер. Он ничего не утаил. Фруде разрешил ему ее нанять, а чтобы сделать это, он должен был ей полностью довериться.

Микаэль рассказал даже о своей связи с Сесилией Вангер и о том, как обнаружил ее лицо в окне Харриет. Он передал Лисбет все, что знал об этой женщине. В глубине души он сам уже начал ощущать, что Сесилия переместилась к началу списка подозреваемых. Правда, он пока никак не мог понять, какая связь могла быть у Сесилии с тем первым убийством, совершенным в то время, когда она была еще маленьким ребенком.

Закончив, он дал Лисбет Саландер копию списка из телефонной книжки.

Магда – 32016
Сара – 32109
РЯ – 30112
РЛ – 32027
Мари – 32018

— Что ты хочешь, чтобы я сделала?

— Я вычислил Ребекку Якобссон и связал ее смерть с библейской цитатой, где говорится о сожженной жертве. Ее убили, сунув головой в догорающий огонь, что очень напоминает описанное в цитате. Если все обстоит так, как я думаю, то мы обнаружим еще четыре жертвы: Магду, Сару, Мари и РЛ.

— Ты думаешь, что они мертвы? Убиты?

— Да, и это случилось в пятидесятых и, возможно, в шестидесятых годах. И каким-то образом все это связанно с Харриет Вангер. Я просмотрел старые номера газеты «Хедестадс-курирен». Единственное жуткое преступление с привязкой к Хедестаду, которое мне удалось обнаружить, это убийство Ребекки. Я хочу, чтобы ты продолжила поиски в остальной части Швеции.

Лисбет Саландер так долго молчала, что Микаэль нетерпеливо заерзал на стуле. Он уже начал подозревать, что сделал неверный выбор, когда она наконец подняла взгляд.

— Хорошо. Я берусь за эту работу. Но ты должен подписать контракт с Арманским.

Драган Арманский распечатал контракт, который Микаэлю Блумквисту предстояло отвезти в Хедестад на подпись Дирку Фруде. Вернувшись к кабинету Лисбет Саландер, он через стекло увидел, что они с Микаэлем Блумквистом стоят, склонившись над ее ноутбуком. Микаэль положил руку ей на плечо — *он ее коснулся* — и что-то показывал. Арманский приостановился.

Микаэль сказал что-то, похоже поразившее Саландер. Потом она громко засмеялась.

Арманский никогда прежде не слышал ее смеха, хотя пытался завоевать ее доверие несколько лет. Микаэль Блумквист знал ее всего пять минут, а она уже вместе с ним смеялась.

Внезапно Арманский почувствовал такую жгучую ненависть к Микаэлю Блумквисту, что сам удивился. Он предупредительно кашлянул, проходя в дверь, и положил перед ними пластиковую папку с контрактом.

Во второй половине дня Микаэль успел ненадолго заскочить в редакцию «Миллениума». Он шел туда впервые после того, как перед Рождеством забрал отсюда свои личные вещи, и столь хорошо знакомая лестница вдруг почему-то показалась ему чужой. Код замка не изменили, и Микаэль смог незамеченным проскользнуть в дверь редакции и немного постоять, озираясь.

Офис «Миллениума» имел форму буквы «L». Прямо при входе располагался просторный холл, для которого не находилось почти никакого применения, и они поставили в холле диван и два кресла, чтобы принимать в нем посетителей. Позади дивана находились столовая с мини-кухней, туалеты и два чулана с книжными полками и архивом. Там имелся также письменный стол для сменяющих друг друга практикантов. Справа от входа шла стеклянная стена, отделявшая мастерскую Кристера Мальма; у него была собственная фирма, занимавшая восемьдесят квадратных метров и имевшая отдельный вход с лестницы. Слева приблизительно на ста пятидесяти квадратных метрах располагалось помещение собственно редакции, со стеклянной стеной, выходившей на Гётгатан.

Интерьер спланировала Эрика, установив застекленные перегородки, которыми отделялись три персональных кабинета. Для остальных сотрудников, таким образом, осталось общее офисное помещение. Себе Эрика выбрала самый большой, в глубине редакции, а Микаэля поместила в другом конце офиса. Его логово оказалось единственным, куда можно было заглянуть прямо от входа. Микаэль отметил, что его рабочее пространство так никто и не занял.

Третий кабинет находился немного в стороне, и его занимал шестидесятилетний Сонни Магнуссон, несколько лет с успехом руководивший в «Миллениуме» распределением рекламных площадей. В компании, где он проработал бо́льшую часть жизни, произошло сокращение, и Сонни остался без работы; тогда-то Эрика его и нашла. К тому времени Сонни пребывал в таком возрасте, что уже не рассчитывал на получение постоянной должности. Эрика его подобрала, предложила небольшую ежемесячную зарплату и проценты с доходов от рекламы. Сонни согласился, и ни одна из сторон не раскаялась. Однако в последний год его опыт не помогал, и доходы от рекламы резко упали, а вместе с ними и зарплата Сонни. Но он не стал подыскивать себе другую работу, а потуже затянул пояс и благородно держался на тонущем корабле.

«В отличие от меня, вызвавшего эту катастрофу», — подумал Микаэль.

Наконец он собрался с духом и вошел в полупустую редакцию. Эрика сидела в своем кабинете, прижав к уху телефонную трубку. Кроме нее на рабочих местах находились еще двое. Моника Нильссон, тридцати семи лет, была журналистом общего профиля, специализировавшимся на освещении политических событий, и являлась, вероятно, самым искушенным циником из всех известных Микаэлю людей. Она проработала в «Миллениуме» девять лет, и ей тут очень нравилось. Хенри Кортез, двадцати четырех лет, был самым молодым в редакции; он два года назад появился у них в качестве практиканта, прямо после Высшей школы журналистики, и заявил, что хочет работать только в «Миллениуме». Взять его в штат Эрике не позволял бюджет, но она предложила ему стол в одном из углов и постоянно снабжала работой.

При виде Микаэля оба издали радостные возгласы. Его поцеловали в щеку и похлопали по спине. Они сразу спросили, не собирается ли он возвращаться на работу, и разочарованно вздохнули, когда он объяснил, что его командировка в Норрланд продлится еще полгода и что он зашел только повидаться и поговорить с Эрикой.

Эрика тоже была рада его видеть, налила кофе и закрыла дверь кабинета. Первым делом она спросила о состоянии Хенрика Вангера. Микаэль объяснил, что получает сведения исключительно от Дирка Фруде; по словам адвоката, состояние старика тяжелое, но пока он жив.

— Что ты делаешь в городе?

Микаэль вдруг смутился. Он был в «Милтон секьюрити», всего в нескольких кварталах от редакции, и зашел сюда, просто поддавшись порыву. Как он стал бы объяснять Эрике, что нанял частного консультанта, который не так давно взламывал его компьютер? Поэтому Микаэль пожал плечами и сказал, что ему пришлось приехать в Стокгольм по делу, связанному с Вангером, и что он должен сразу возвращаться обратно. Он спросил, как идут дела в редакции.

— Есть приятные новости — объем рекламы и число подписчиков продолжают возрастать. Но наряду с этим на небосклоне разрастается одно неприятное облачко.

— То есть?

— Я беспокоюсь по поводу Янне Дальмана.

— Ну, естественно.

— Мне пришлось провести с ним беседу в апреле, сразу после того, как мы сообщили, что Хенрик Вангер стал совладельцем. Не знаю, то ли он плохо ко всему относится просто в силу характера, то ли тут что-то более серьезное. Уж не ведет ли он какую-то игру?

— Что случилось?

— Я ему больше не доверяю. Когда мы подписали соглашение с Хенриком Вангером, нам с Кристером предстояло выбрать: либо тотчас информировать всю редакцию о том, что теперь мы уже точно не закроемся к осени, либо...

— Либо информировать сотрудников избирательно.

— Именно. Возможно, я ненормальная, но мне не захотелось рисковать тем, что Дальман может проболтаться. Поэтому мы решили информировать всю редакцию в тот же день, когда о соглашении будет объявлено официально. То есть мы молчали больше месяца.

— И что потом?

— Ну, это была первая хорошая новость за год. Все ликовали, кроме Дальмана. Понимаешь, мы ведь не самая крупная редакция в мире. В результате три человека радовались, плюс практикант, а один страшно разозлился на то, что мы не сообщили о соглашении раньше.

— Кое-какое основание у него имелось...

— Я знаю. Но дело в том, что он продолжал день за днем ныть на эту тему, и настроение в редакции резко упало. Через две недели я вызвала его к себе в кабинет и объяснила, что не доверяла ему и не хотела, чтобы он проболтался, и именно поэтому не информировала всю редакцию.

— Как он это воспринял?

— Конечно, очень обиделся и рассердился. Я не пошла на попятный и выдвинула ультиматум: либо он возьмет себя в руки, либо пусть начинает искать другую работу.

— И что он?

— Он взял себя в руки. Но держится особняком, между ним и остальной редакцией ощущается напряженность. Кристер его терпеть не может и не скрывает этого.

— В чем ты подозреваешь Дальмана?

Эрика вздохнула:

— Не знаю. Мы приняли его на работу год назад, когда уже начали склоку с Веннерстрёмом. Доказать я ничего не могу, но мне кажется, что он работает не на нас.

Микаэль кивнул:

— Возможно, ты и права.

— Возможно, он просто попавший не на свое место засранец, который воняет на всю редакцию.

— Может, и так. Но я согласен с тобой — мы напрасно взяли его на работу.

Двадцатью минутами позже Микаэль уже ехал к северу на машине, которую одолжил у супруги Дирка Фруде. Своим «вольво» двадцатилетней давности она все равно не пользовалась, и Микаэлю предложили брать его когда угодно.

Будь Микаэль не столь внимательным, он мог бы и не заметить этих мелких, едва уловимых деталей. Пачка бумаг чуть перекосилась с тех пор, как он ушел. Одна папка на полке слегка торчала из ряда. Ящик письменного стола был полностью задвинут, а Микаэль точно помнил, что тот оставался немного приоткрытым, когда он накануне покидал остров, чтобы ехать в Стокгольм.

Минуту он сидел неподвижно, прикидывая, может ли доверять собственной памяти, и все больше укреплялся в мысли, что кто-то побывал в его доме.

Микаэль вышел на крыльцо и осмотрелся. Дверь он запирал, но у нее был обычный старый замок, который, вероятно, легко вскрыть маленькой отверткой, да и неизвестно, сколько ключей от него где-то гуляет. Он вернулся в дом и систематично проверил кабинет, стараясь выяснить, не пропало ли что-нибудь, и в результате убедился, что все как будто на месте.

Однако факт оставался фактом — кто-то заходил в дом, сидел в его кабинете, просматривал бумаги и папки. Компьютер он возил с собой, так что до него они не добрались. Возникало два вопроса: кто это был и как много этому загадочному посетителю удалось узнать?

Стоявшие на полке папки были из собрания Хенрика Вангера — Микаэль перенес их обратно в домик, когда вернулся из тюрьмы. Ничего нового в них не содержалось. В записях из блокнотов, оставленных на письменном столе, непосвященный ничего бы не понял — но был ли рывшийся здесь человек непосвященным?

Из серьезного тут было только одно: посреди письменного стола лежала маленькая пластиковая папка, а в ней список «телефонов» и аккуратно переписанные, в соответствии с цифрами, цитаты из Библии. Человек, обыскивавший кабинет, теперь знал о том, что Микаэль раскрыл библейский код.

Кто это был?

Хенрик Вангер лежал в больнице. Домоправительницу Анну Микаэль не подозревал. Дирк Фруде? Но тому он уже и так рассказал все детали. Сесилия Вангер, которая отменила поездку во Флориду и вместе с сестрой вернулась из Лондона? После ее приезда Микаэль с ней не встречался, но видел, как она накануне ехала на машине через мост. Мартин Вангер? Харальд Вангер? Биргер Вангер? Он присутствовал на семейном совете, куда Микаэля не пригласили, через день после того, как у Хенрика случился инфаркт. Александр Вангер? Изабелла Вангер, вызывавшая любые чувства, кроме симпатии?

С кем из них разговаривал Фруде? Какую информацию выдал? Скольким из ближайших родственников теперь известно о том, что Микаэль совершил прорыв в расследовании?

Часы показывали начало девятого вечера. Микаэль позвонил в круглосуточную ремонтную мастерскую в Хедестаде и заказал новый замок для дома. Слесарь объяснил, что сможет приехать только на следующий день. Микаэль пообещал заплатить вдвойне, если тот приедет немедленно. Они договорились, что слесарь появится около половины одиннадцатого и вставит новый цилиндровый замок.

В ожидании слесаря Микаэль около половины девятого отправился к Дирку Фруде. Жена хозяина направила его в сад за домом и предложила холодного пива, которое Микаэль с благодарностью принял. Ему хотелось узнать, как дела у Хенрика Вангера.

Адвокат покачал головой:

— Его прооперировали. У него обызвествление коронарных сосудов. Врач говорит, что тот факт, что он вообще жив, вселяет надежду, но в ближайшее время он едва ли выйдет из критического состояния.

Некоторое время они молча пили пиво, обдумывая ситуацию.

— Вы с ним разговаривали?

— Нет. Он не может разговаривать. Как все прошло в Стокгольме?

— Лисбет Саландер согласилась. Вот контракт от Драгана Арманского. Подпишите и бросьте в почтовый ящик.

Фруде развернул бумагу.

— Ее услуги стоят недешево,— заметил он.

— Деньги у Хенрика есть.

Адвокат кивнул, достал из нагрудного кармана ручку и вывел свою подпись.

— Лучше подписать, пока Хенрик еще жив. Вы не сходите к почтовому ящику у «Консума»?

———

Микаэль лег спать уже около полуночи, но заснуть ему никак не удавалось. До сих пор его деятельность в Хедебю была посвящена исследованию странностей, оставшихся в далеком прошлом. Но если кто-то настолько заинтересовался его достижениями, что вторгся к нему в кабинет, то это прошлое, возможно, значительно ближе к настоящему, чем он предполагал.

Внезапно Микаэлю пришло в голову, что его работа на семью Вангер могла заинтересовать самых разных людей. Неожиданное появление Хенрика Вангера в правлении «Миллениума» едва ли ускользнуло от внимания Ханса Эрика Веннерстрёма. Или такие мысли означают лишь то, что у него начинает ехать крыша?

Микаэль вылез из постели, встал нагишом возле кухонного окна и задумчиво посмотрел на церковь на другой стороне моста. Вытащил сигарету и закурил.

Ему не давали покоя мысли о Лисбет Саландер. У нее был своеобразный стиль поведения и общения, с долгими паузами посреди разговора. В ее доме царил беспорядок, граничащий с хаосом: гора мешков с газетами в прихожей и грязь на кухне, которую уже год не убирали. Одежда кучами валялась на полу, и весь предыдущий вечер девушка явно просидела в кабаке, да и ночь провела не в одиночку, судя по засосам на шее. У нее имелись многочисленные татуировки, на лице присутствовал пирсинг, а вероятно, и в других местах, которых он не видел. Короче говоря, личность она явно неординарная.

С другой стороны, по заверениям Арманского, она самый лучший его исследователь, и ее подробнейший отчет о самом Микаэле, безусловно, свидетельствовал о том, что работать она умеет. Короче, интересная девица.

Лисбет Саландер сидела за компьютером и обдумывала впечатления, оставленные встречей с Микаэлем Блумквистом. За свою взрослую жизнь она никогда прежде никому не позволяла переступать порог своего дома без специального приглашения, а удостоенных такового можно было пересчитать по пальцам одной руки. Микаэль же беззастенчиво ворвался прямо в ее жизнь, а она ответила всего лишь очень слабым протестом.

И мало того — он над ней посмеялся.

Как правило, в таких случаях она снимала пистолет с предохранителя, хотя бы мысленно. Однако с его стороны не чувствовалось ни малейшей угрозы или враждебности. У него была причина выдать ей по первое число, даже заявить на нее в полицию, раз он догадался, что она взламывала его компьютер. А он даже это свел к шутке.

Это была самая щекотливая часть их разговора. Микаэль, казалось, сознательно не стал развивать эту тему, и она в конце концов не удержалась и начала сама:

— Ты сказал, что знаешь, как я действовала.

— Ты — хакер и побывала в моем компьютере.

— Откуда тебе это известно?

Лисбет даже не сомневалась в том, что не оставила никаких следов и что ее вторжение можно было обнаружить только в том случае, если бы серьезный эксперт службы безопасности сканировал жесткий диск в тот самый момент, когда она входила в компьютер.

— Ты совершила ошибку.

Он объяснил, что она процитировала вариант текста, имевшийся исключительно в его компьютере, и нигде больше.

Лисбет Саландер долго сидела молча. Наконец она подняла на него ничего не выражавшие глаза.

— Как ты действовала? — спросил он.

— Это тайна. Что ты намерен предпринять?

Микаэль пожал плечами:

— Что я могу сделать? Возможно, мне следовало бы побеседовать с тобой об этике и морали, а также опасности копания в чужой личной жизни.

— А разве все журналисты не этим занимаются?

Он кивнул:

— Да, конечно. Именно поэтому у журналистов имеется комиссия по этике, которая блюдет моральные аспекты их работы. Когда я пишу о мерзавце из банковской сферы, я не касаюсь, например, его сексуальной жизни. Даже если женщина, которая подделывает чеки, лесбиянка или ловит кайф от секса со своей собакой, я не пишу об этом. Даже негодяи имеют право на частную жизнь, и вообще, людям очень легко навредить нападками на их стиль жизни. Ты понимаешь, что я имею в виду?

— Да.

— Следовательно, ты посягаешь на неприкосновенность личности. Моему работодателю незачем знать, с кем я занимаюсь сексом. Это мое личное дело.

Лицо Лисбет Саландер рассекла кривая усмешка:

— Ты считаешь, мне не следовало об этом упоминать.

— В моем случае это не играло особой роли. Про наши с Эрикой отношения знает полгорода. Дело в принципе.

— В таком случае тебе, возможно, будет любопытно узнать, что у меня тоже имеются принципы, играющие роль моей собственной комиссии по этике. Я называю их «принципы Саландер». Для меня мерзавец всегда остается мерзавцем, и если я могу навредить ему, раскопав о нем всякое дерьмо, то он только того и заслуживает. Я просто осуществляю возмездие.

— Хорошо,— улыбнулся Микаэль Блумквист.— Я рассуждаю почти подобным же образом, но...

— Но когда я составляю отчет о личных обстоятельствах, я еще учитываю то, какое впечатление на меня производит человек. Я не беспристрастна. Если человек кажется хорошим, я могу кое на что прикрыть глаза.

— Правда?

— В твоем случае так и было. О твоей сексуальной жизни можно было написать целую книгу. Я, например, могла бы рассказать Фруде, что Эрика Бергер в прошлом входила в «Клаб экстрим» и в восьмидесятые годы баловалась БДСМ*. А учитывая вашу с ней сексуальную связь, это могло бы навести на кое-какие мысли.

---

* Психосексуальная субкультура, основанная на эротическом обмене властью и иных формах сексуальных отношений, затрагивающих ролевые игры в господство и подчинение. (Прим. ред.)

Микаэль Блумквист встретился с Лисбет Саландер взглядом. Чуть погодя он посмотрел в окно и рассмеялся:

— Ты действительно работаешь обстоятельно. Почему же ты не включила это в отчет?

— Вы с Эрикой Бергер взрослые люди и явно хорошо друг к другу относитесь. То, что вы делаете в постели, никого не касается, а расскажи я такое о ней, это могло бы лишь навредить вам или снабдить кого-нибудь материалом для шантажа. Кто знает — с Дирком Фруде я не знакома, и материал вполне мог попасть в руки Веннерстрёма.

— А тебе не хотелось снабжать Веннерстрёма информацией?

— Если бы мне пришлось выбирать, за кого болеть в матче между ним и тобой, я бы, пожалуй, оказалась на твоей стороне.

— У нас с Эрикой... наши отношения...

— Мне наплевать на ваши отношения. Но ты не ответил мне, как собираешься поступить с информацией о том, что я взломала твой компьютер.

Он выдержал почти такую же долгую паузу, какую обычно выдерживала она, и лишь потом сказал:

— Лисбет, я здесь не для того, чтобы выяснять с тобой отношения. И не собираюсь тебя шантажировать. Я здесь для того, чтобы просить тебя помочь мне с расследованием. Ты можешь ответить «да» или «нет». Если ты откажешься, я найду кого-нибудь другого и ты больше никогда обо мне не услышишь.

Он немного подумал и улыбнулся ей:

— При условии, что я не поймаю тебя снова в моем компьютере.

— И это означает?

— Ты знаешь обо мне очень многое — кое-что из этого личное и частное. Но урон уже нанесен. Я только надеюсь, что ты не собираешься использовать свою осведомленность во вред мне или Эрике Бергер.

Она ответила ему ничего не выражающим взглядом.

Глава
19

Четверг, 19 июня — воскресенье, 29 июня

Микаэль провел два дня, изучая свой материал и ожидая сообщения о том, выживет ли Хенрик Вангер. Он поддерживал постоянный контакт с Дирком Фруде. В четверг вечером адвокат пришел к нему домой и сообщил, что на данный момент кризис, похоже, миновал.

— Он слаб, но мне сегодня позволили с ним немного поговорить. Он хочет как можно скорее повидать вас.

В результате накануне праздника летнего солнцестояния, около часа дня, Микаэль поехал в больницу Хедестада и отыскал отделение, где лежал Хенрик Вангер. Тут путь ему преградил рассерженный Биргер Вангер и начальственным тоном заявил, что посетителей к Хенрику Вангеру не пускают. Микаэль спокойно остался стоять, разглядывая муниципального советника.

— Странно. Хенрик Вангер послал за мной и четко сообщил, что хочет со мной сегодня встретиться.

— Вы не являетесь членом семьи, и вам тут нечего делать.

— Вы правы, я действительно не являюсь членом семьи. Однако я действую по прямому указанию Хенрика Вангера и подчиняюсь исключительно его приказам.

Дело вполне могло дойти до бурной перепалки, но в этот момент из палаты Хенрика как раз вышел Дирк Фруде.

— О, вот и вы. Хенрик только что про вас спрашивал.

Фруде открыл дверь, и Микаэль мимо Биргера Вангера прошел в палату.

За эту неделю Хенрик Вангер, казалось, постарел лет на десять. Он лежал с полуприкрытыми глазами, из носа торчала кислородная трубка, волосы были в большем беспорядке, чем когда-либо. Медсестра придержала Микаэля за руку и предупредила:

— Две минуты. Не больше. И не волнуйте его.

Микаэль кивнул и сел на стул для посетителей так, чтобы видеть лицо Хенрика. Чувствуя странную нежность, он протянул руку и осторожно прикоснулся к бессильной кисти старика. Хенрик Вангер проговорил прерывисто, слабым голосом:

— Новости?

Микаэль кивнул:

— Я отчитаюсь, как только вам станет немного лучше. Загадку я пока не разгадал, но обнаружил новый материал и проверяю некоторые ниточки. Через неделю или две я смогу сказать, куда они ведут.

Хенрик попытался кивнуть, но скорее моргнул в знак того, что все понял.

— Мне надо на несколько дней уехать.

Брови Хенрика сдвинулись.

— Нет, я не покидаю корабль. Мне надо поехать, чтобы провести расследование. Я договорился с Дирком Фруде о том, что буду отчитываться ему. Вы не против?

— Дирк... мой поверенный... во всех отношениях.

Микаэль вновь кивнул.

— Микаэль... если я не... выберусь... я хочу, чтобы ты закончил... работу в любом случае.

— Я обещаю довести дело до конца.

— Дирк имеет все... полномочия.

— Хенрик, я очень хочу, чтобы вы поправились. Я на вас ужасно разозлюсь, если вы вздумаете умереть, когда я так далеко продвинулся в работе.

— Две минуты,— сказала медсестра.

— Я должен идти. Когда я зайду в следующий раз, мне бы хотелось поговорить с вами подольше.

В коридоре его поджидал Биргер Вангер. Когда Микаэль вышел, тот остановил его, положив руку ему на плечо:

— Я хочу, чтобы вы больше не беспокоили Хенрика. Он тяжело болен, и его нельзя тревожить и волновать.

— Я понимаю ваше беспокойство и разделяю его. Я не буду волновать Хенрика.

— Все понимают, что Хенрик нанял вас, чтобы посодействовать ему в его маленьком хобби... насчет Харриет. Дирк Фруде сказал, что перед тем, как у Хенрика случился инфаркт, он очень разволновался во время одного из разговоров с вами. Дирк сказал, будто вы думаете, что спровоцировали инфаркт.

— Больше я так не думаю. У Хенрика Вангера было сильное обызвествление сосудов. Он мог получить инфаркт, всего лишь посетив туалет. Вам ведь это сейчас тоже известно.

— Я хочу иметь полную информацию обо всех этих глупостях. Вы копаетесь в делах моего семейства.

— Как я уже говорил... я работаю на Хенрика. А не на семейство.

Биргер Вангер явно не привык к тому, чтобы ему показывали фигу. Он некоторое время смотрел на Микаэля взглядом, который должен был, вероятно, внушать трепет, но в основном делал его похожим на надутого лося. Потом Биргер Вангер развернулся и прошел в палату Хенрика.

Микаэлю стало смешно, но он сдержался. Было бы неуместным смеяться в коридоре больницы рядом с палатой, где Хенрик борется со смертью. Но Микаэлю вдруг вспомнилась книжка Леннарта Хюланда со стихами о каждой букве алфавита: в 60-х годах ее читали для детей по радио, и он, по какой-то непонятной причине, заучил ее наизусть, когда учился читать и писать. В памяти всплыла строфа о букве «Л»: «Лось один в лесу остался, он стоял и улыбался».

На выходе из больницы Микаэль столкнулся с Сесилией Вангер. Он многократно пытался звонить ей на мобильный телефон после ее возвращения из прерванного отпуска, но она не отвечала. Каждый раз, когда он пытался зайти к ней, ее не оказывалось дома.

— Привет, Сесилия,— сказал он.— Прими мое сочувствие по поводу Хенрика.

— Спасибо,— кивнув, ответила она.

Микаэль попытался понять, как она настроена, но не уловил с ее стороны ни тепла, ни холода.

— Нам надо поговорить,— сказал он.

— Извини, что я отсекла тебя таким образом. Я понимаю, что ты злишься, но сейчас я совершенно не в себе.

Микаэль удивленно заморгал, но потом понял, на что она намекает. Он поспешно взял ее за руку и улыбнулся:

— Подожди, ты меня неправильно поняла. Я вовсе не сержусь на тебя. Я надеюсь, что мы можем оставаться друзьями, но если ты не хочешь со мной общаться... если ты так решила, то я готов это принять.

— Я плохо умею сохранять отношения,— сказала она.

— Я тоже. Давай выпьем кофе? — Он кивнул в сторону больничного кафетерия.

Сесилия Вангер заколебалась:

— Нет, не сегодня. Я хочу навестить Хенрика.

— Ладно, но мне все-таки необходимо с тобой поговорить. Чисто по делу.

— Что ты имеешь в виду? — насторожилась она.

— Помнишь, когда мы впервые встретились, ну, когда ты пришла ко мне в январе? Я сказал, что тот наш разговор будет не для печати и что если мне придется задавать тебе настоящие вопросы, я предупрежу. Это касается Харриет.

Лицо Сесилии Вангер внезапно вспыхнуло злобой.

— Проклятый подонок!

— Сесилия, я обнаружил вещи, о которых мне просто необходимо с тобой поговорить.

Она отступила на шаг.

— Ты разве не понимаешь, что все эти идиотские поиски проклятой Харриет для Хенрика всего лишь трудотерапия? До тебя что, не доходит, что он там сейчас, может быть, умирает? И последнее, в чем он нуждается, так это чтобы его снова волновали и вдыхали в него ложные надежды...

Она умолкла.

— Возможно, для Хенрика это и хобби, но я сейчас обнаружил больше нового материала, чем кто-нибудь выкопал за последние тридцать пять лет. В расследовании существуют открытые вопросы, и я работаю над ними по заданию Хенрика.

— Если Хенрик умрет, всему этому проклятому расследованию моментально придет конец. Тогда тебя сразу же отсюда вышвырнут,— сказала Сесилия Вангер и прошла мимо него.

Все было закрыто. Хедестад практически полностью опустел, а население, похоже, разъехалось праздновать день летнего солнцестояния на свои дачи. Под конец Микаэль все же нашел работающее кафе при городской гостинице, где смог заказать кофе с бутербродом и почитать вечерние газеты. Ничего существенного в мире не произошло.

Он отложил газеты и задумался о Сесилии Вангер. Ни Хенрику, ни Дирку Фруде он не рассказывал о том, что окно в комнате Харриет открыла именно она. Он боялся навлечь на нее подозрение, и меньше всего ему хотелось навредить ей. Но рано или поздно этот вопрос нужно будет задать.

Просидев в кафе час, Микаэль решил отложить все проблемы в сторону и посвятить праздничный вечер чему-нибудь, не связанному с семейством Вангер. Его мобильный телефон молчал. Эрика куда-то уехала развлекаться со своим мужем, и поговорить ему было не с кем.

Он вернулся на остров около четырех часов и принял еще одно решение — бросить курить. Со времен службы в армии он регулярно тренировался как в спортзале, так и совершая пробежки по южному берегу озера Меларен, по забросил тренировки, когда начались проблемы с Хансом Эриком Веннерстрёмом. Только в тюрьме он снова начал качать мышцы, в основном чтобы отвлечься, но после освобождения опять расслабился. Пора было набирать форму. Он решительно надел тренировочный костюм и совершил медленную пробежку по дороге до домика Готфрида, свернул к Укреплению и усложнил себе задание бегом по пересеченной местности. Микаэль не занимался ориентированием со времен армии, но ему всегда больше нравилось бегать по лесу, чем по ровным дорожкам. От изгороди хозяйства Эстергорд он вернулся обратно в селение. На последних шагах к своему домику он уже тяжело дышал и чувствовал себя совершенно разбитым.

Где-то около шести он принял душ. Сварил картошку и вынес на шаткий столик возле дома селедку в горчичном соусе, зеленый лук и яйца. Он налил рюмку водки и за неимением компании выпил в одиночестве. Затем открыл детектив Вэл Макдермид «Поющие русалки».

В семь часов к нему пришел Дирк Фруде и тяжело опустился на садовый стул напротив. Микаэль налил ему водки.

— Кое-кто сегодня был вами возмущен,— сказал Фруде.

— Я это понял.

— Биргер Вангер — придурок.

— Я знаю.

— Но Сесилия Вангер далеко не глупа, а она вне себя.

Микаэль кивнул.

— Она требует от меня проследить за тем, чтобы вы прекратили копаться в семейных делах.

— Понятно. И ваш ответ?

Дирк Фруде посмотрел на рюмку с водкой и внезапно осушил ее.

— Мой ответ: Хенрик дал четкие инструкции относительно того, что он хочет, чтобы вы делали. Пока он их не изменил, вы работаете согласно составленному нами контракту. Я надеюсь, что вы будете изо всех сил стараться выполнить свою часть условий контракта.

Микаэль кивнул и взглянул на небо, которое начало затягиваться тучами.

— Надвигается гроза,— сказал Фруде.— Если будет штормить слишком сильно, я вас поддержу.

— Спасибо.

Они немного помолчали.

— Можно мне еще рюмку? — спросил адвокат.

Буквально через несколько минут после того, как Дирк Фруде отправился восвояси, перед домиком Микаэля затормозил автомобиль Мартина Вангера и припарковался у обочины. Мартин подошел и поздоровался, Микаэль пожелал ему приятного праздника и спросил, не хочет ли он рюмочку.

— Нет, мне лучше воздержаться. Я заехал только переодеться, а потом поеду обратно в город, чтобы провести вечер с Эвой.

Микаэль молча ждал продолжения.

— Я разговаривал с Сесилией. Она сейчас немного нервничает — они с Хенриком очень близки. Надеюсь, вы простите ее, если она наговорит чего-нибудь... неприятного.

— Я очень хорошо отношусь к Сесилии,— ответил Микаэль.

— Это понятно. Но с ней бывает трудно. Я только хочу, чтобы вы знали: она категорически против вашего копания в прошлом семьи.

Микаэль вздохнул. Похоже, все в Хедестаде уже поняли, для чего Хенрик его нанял.

— А вы?

Мартин Вангер развел руками:

— Хенрик одержим этой историей с Харриет уже не одно десятилетие. Я не знаю... Харриет была мне сестрой, но прошло столько лет, все это ушло уже так далеко. Дирк Фруде сказал, что у вас железный контракт, разорвать который может только сам Хенрик, но боюсь, что в его теперешнем состоянии это принесло бы больше вреда, чем пользы.

— Значит, вы хотите, чтобы я продолжал?

— Вам удалось что-нибудь сделать?

— Извините, Мартин, но если я что-нибудь расскажу вам без разрешения Хенрика, это будет нарушением контракта.

— Я понимаю.— Он вдруг улыбнулся.— В Хенрике есть что-то от заговорщика-теоретика. Но главное, я хочу, чтобы вы не вселяли в него ложных надежд.

— Это я обещаю. Я излагаю ему лишь факты, которые могу подтвердить документально.

— Отлично... Кстати, вот еще что — у нас ведь имеется другой контракт, о котором тоже надо подумать. Поскольку Хенрик заболел и не может выполнять свои обязанности в правлении «Миллениума», я должен его там заменить.

Микаэль ждал, что дальше.

— Нам, вероятно, надо созвать правление и обсудить ситуацию.

— Это хорошая мысль. Однако, насколько я понимаю, уже решено, что следующее заседание правления состоится только в августе.

— Я знаю, но, может быть, нам следует перенести его поближе.

Микаэль вежливо улыбнулся:

— Возможно, но вы обращаетесь не по адресу. В настоящий момент я в правление «Миллениума» не вхожу. Я покинул журнал в декабре и не имею никакого влияния на решения правления. По этому вопросу вам лучше обратиться к Эрике Бергер.

Такого ответа Мартин Вангер не ожидал. Немного подумав, он встал.

— Вы, конечно, правы. Я с ней поговорю.

На прощание он похлопал Микаэля по плечу и направился к машине.

Микаэль задумчиво смотрел ему вслед. Ничего конкретного сказано не было, но в воздухе явно нависла угроза. Мартин Вангер положил на чашу весов «Миллениум».

Через некоторое время Микаэль налил себе еще водки и взялся за книжку Вэл Макдермид.

Около девяти появилась пятнистая кошка и потерлась о его ноги. Он поднял ее к себе на колени и почесал за ушами.

— Значит, будем скучать в праздничный вечер вдвоем,— сказал он.

Когда начали падать первые капли дождя, он вошел в дом и лег спать. Кошка предпочла остаться на улице.

Лисбет Саландер извлекла из подвала свой мотоцикл и посвятила праздничный день его обстоятельной проверке. «Кавасаки» с двигателем в сто двадцать пять «кубов» был, возможно, не самым крутым мотоциклом на свете, но он принадлежал ей, и она умела с ним обращаться. Саландер собственноручно перебрала его гайку за гайкой, приведя в порядок до предела возможного и еще чуть-чуть сверх того.

После обеда она надела шлем и кожаный комбинезон и поехала в больницу «Эппельвикен», где провела вечер в парке вместе с матерью. Она ощущала некоторое беспокойство и угрызения совести. Мать казалась более рассеянной, чем когда-либо. За проведенные вместе три часа они обменялись лишь несколькими словами, и у нее осталось впечатление, что мать не понимает, с кем разговаривает.

Микаэль потратил несколько дней на то, чтобы вычислить машину, маркировка которой включала бы буквы «АС». Изрядно помучившись и в конце концов проконсультировавшись с бывшим автомехаником из Хедестада, он установил марку машины: «форд Англия» — посредственная модель, о которой он прежде и не слышал. Затем он связался со служащим из бюро регистрации автотранспорта и попробовал заказать список всех «фордов Англия», которые в 1966 году имели регистрационные номера «АС3» с чем-то. Но ему ответили, что подобные археологические раскопки в регистре, вероятно, возможны, однако потребовали бы слишком много времени и к тому же данная информация является в некотором роде закрытой.

Только через несколько дней после праздников Микаэль вновь одолжил «вольво» и двинулся на север по дороге Е-4. Он никогда не любил быстрой езды и вел машину спокойно. Перед самым хернёсандским мостом он остановился и выпил кофе в кондитерской Вестерлунда.

Следующую остановку он сделал в Умео, где заехал в мотель и съел комплексный обед. Купив автомобильный атлас, он добрался до Шеллефтео, откуда свернул налево, к Нуршё. К шести часам он был на месте и остановился в гостинице «Нуршё».

Поиски он начал прямо с раннего утра. В телефонном справочнике деревообделочной фабрики не оказалось, а девушка лет двадцати, сидевшая за стойкой администратора, о таком предприятии никогда не слышала.

— У кого бы мне спросить?

На секунду растерявшись, девушка просияла и сказала, что позвонит отцу. Через две минуты она вернулась с сообщением, что деревообделочную фабрику в Нуршё закрыли в 80-е годы. Если Микаэлю хочется поговорить с кем-нибудь, кто знает о предприятии больше, ему стоит обратиться к некоему Бурману, который работал там мастером, а теперь живет на улице Сульвендан.

Нуршё оказался маленьким городком, и главная улица, удачно названная Стургатан, то есть Большая улица, пронизывала его насквозь. Тут размещались магазины, а на параллельных улицах — жилые дома. На въезде в Нуршё с восточной стороны находились небольшой промышленный район и конюшня; на выезде на запад располагалась необыкновенно красивая церковь. Микаэль отметил, что свои храмы в городке имели миссионеры и пятидесятники. Афиша на доске объявлений автобусной остановки рекламировала музей охоты и лыжного спорта. Старая афиша сообщала о том, что на праздниках тут пела Вероника. Из конца в конец городок можно было пройти примерно за двадцать минут.

Улица Сульвендан находилась в пяти минутах ходьбы от гостиницы и состояла из частных домов. На звонок Микаэля Бурман не открыл. Была половина десятого, и Микаэль решил, что хозяин либо ушел на работу, либо — если он на пенсии — просто отправился по своим делам.

Следующим номером его программы стал хозяйственный магазин на Стургатан: Микаэль рассудил, что сюда время от времени приходят все живущие в Нуршё. В торговом зале было два продавца; Микаэль выбрал того, что постарше, лет пятидесяти на вид.

— Здравствуйте, я разыскиваю пару, которая, по всей видимости, жила в Нуршё в шестидесятых годах. Муж, возможно, работал на деревообделочной фабрике. Как их зовут, я не знаю, но у меня есть две фотографии, снятые в шестьдесят шестом году.

Продавец долго и внимательно изучал снимки, но в конце концов покачал головой, заявив, что не узнает ни мужчину, ни женщину.

Подошло время ланча, и Микаэль перекусил в киоске у автобусного вокзала. Он отбросил магазины и посетил муниципалитет, библиотеку и аптеку. В полицейском участке никого не оказалось, и он начал наудачу опрашивать пожилых людей. Часа в два ему встретились две молодые женщины, которые, разумеется, не знали пару на снимке, но высказали дельную мысль:

— Если снимок сделан в шестьдесят шестом году, этим людям должно быть около шестидесяти лет. Вы можете сходить в дом для престарелых возле Сульбакки и поспрашивать там пенсионеров.

В канцелярии дома престарелых Микаэль представился женщине лет тридцати и объяснил ей свое дело. Она с подозрением воззрилась на него, но под конец смилостивилась. Микаэль проследовал за ней в гостиную, где в течение получаса показывал фотографии множеству людей в возрасте от семидесяти и старше. Они изо всех сил пытались помочь, но никто из них не смог опознать пару, снятую в Хедестаде в 1966 году.

Около пяти он снова вернулся на улицу Сульвендан и позвонил к Бурману. На этот раз ему повезло больше. Супруги Бурман, оба пенсионеры, только что вернулись домой. Его пригласили на кухню, где жена тотчас поставила вариться кофе, а Микаэль тем временем изложил суть вопроса.

Как и при всех предыдущих попытках, ему выпал невыиг-
рышный билет. Бурман почесал в затылке, раскурил трубку
и немного погодя признался, что пары на снимке не знает.
Между собой супруги говорили на местном диалекте, и Микаэлю временами было трудно их понимать.

— Но вы совершенно правы, что эта наклейка с нашей
фабрики,— сказал муж.— Здорово вы ее опознали. Беда только в том, что мы раздавали их направо и налево — перевоз-
чикам, покупателям и поставщикам древесины, ремонтни-
кам, машинистам и многим другим.

— Найти эту пару оказалось сложнее, чем я думал.

— Зачем они вам нужны?

Микаэль заранее решил, что если его спросят, будет рассказывать правду. Любые придуманные истории о паре на
снимке звучали бы фальшиво и могли только все запутать.

— Это долго рассказывать. Я изучаю преступление, совершенное в Хедестаде в шестьдесят шестом году, и есть вероятность, хоть и микроскопическая, что люди на снимке
видели кое-что важное. Их ни в чем не обвиняют, и, скорее
всего, они сами даже не подозревают, что обладают информацией, способной помочь раскрыть это преступление.

— Преступление? Что за преступление?

— Извините, но больше я ничего сказать не могу. Разумеется, выглядит очень странным, что кто-то почти через
сорок лет приезжает и пытается разыскать этих людей, но
преступление не раскрыто, и только в последнее время вдруг
появились новые факты.

— Понимаю. Да, у вас действительно довольно необычное дело.

— Сколько людей работало на фабрике?

— Обычно в штате насчитывалось сорок человек. Я работал там с семнадцати лет, с середины пятидесятых, и до
самого закрытия фабрики. Потом я стал перевозчиком.

Бурман немного подумал.

— Могу сказать лишь, что парень со снимка у нас на фабрике никогда не работал. Впрочем, он мог бы быть из пере-
возчиков, но, думаю, я бы его тогда узнал. Но есть и другая

возможность. Например, на фабрике мог работать его отец или кто-то из родственников или это просто не его машина.

Микаэль кивнул:

— Я понимаю, что возможностей много. Нет ли у вас идеи, с кем бы еще мне стоило поговорить?

— Есть,-- кивнув, сказал Бурман.— Приходите завтра с утра, и мы съездим пообщаться с несколькими стариками.

Лисбет Саландер оказалась перед довольно серьезной методологической проблемой. Она была экспертом по сбору информации о ком угодно, но ее отправной точкой всегда являлись имя и персональный идентификационный номер конкретного человека. Если человек присутствовал в компьютерном регистре, а там непременно присутствуют все, то объект быстро попадал в ее паутину. Если человек имел компьютер, подключенный к Интернету, адрес электронной почты и, возможно, даже собственную страницу — а почти все люди, становившиеся объектами ее специфического исследования, таковую имели,— ей не составляло большого труда выведать его самые сокровенные тайны.

Задание от Микаэля Блумквиста требовало действовать противоположным образом. Проще говоря, нужно было идентифицировать четырех человек, исходя из крайне скудных данных о них. Кроме того, эти люди жили несколько десятилетий назад, а следовательно, ни в каком компьютерном регистре их, скорее всего, не было.

Опираясь на дело Ребекки Якобссон, Микаэль выдвинул предположение, что эти люди стали жертвами убийцы. То есть они должны были значиться в разного рода неоконченных полицейских расследованиях. Сведения о том, когда и где эти убийства были совершены, отсутствовали, известно лишь, что трагедии произошли до 1966 года. Ситуация требовала от Лисбет применить какие-то совершенно новые методы поиска.

«И как же мне поступить?» — призадумалась она, а потом включила компьютер, зашла на «www.google.com» и сделала запрос на: [Магда] + [убийство].

Это был самый примитивный из доступных вариантов поиска, но, к своему изумлению, Лисбет сразу получила неплохой результат. Первая же ссылка указывала на программу передач «ТВ Вермланд»* из Карлстада, которая представляла отрывок из сериала «Вермландские убийства», демонстрировавшегося в 1999 году. Потом она обнаружила короткую аннотацию в газете «Вермландс фолькблад», в которой говорилось следующее:

В сериале «Вермландские убийства» очередь дошла до Магды Лувисы Шёберг из Ранмутреска — жертвы жуткого загадочного преступления, которое несколько десятилетий назад занимало умы полиции Карлстада. В апреле 1960 года сорокашестилетнюю жену фермера Лувису Шёберг обнаружили жестоко убитой в собственном хлеву. Журналист Клас Гуннарс описывает последние часы ее жизни и тщетные поиски убийцы. В свое время эта смерть наделала много шума, и высказывалось множество версий в отношении личности преступника. В программе выступит младший родственник жертвы с рассказом о том, как обвинение испортило его жизнь. В 20.00.

Более полезную информацию она нашла в статье «Дело Лувисы потрясло весь край», опубликованной в журнале «Вермландскультур», материалы которого позднее полностью выкладывались в Интернете. Здесь в интригующей манере с упоением описывалось, как муж Лувисы Шёберг, лесоруб Хольгер Шёберг, вернувшись около пяти часов вечера с работы, нашел свою жену мертвой. Ее подвергли грубому сексуальному насилию, нанесли ей несколько ножевых ранений, а потом убили, заколов вилами. Убийство произошло в хлеву, но особое внимание привлекло то, что убийца, завершив свое дело, поставил тело жертвы на колени в стойло и крепко привязал.

Позже обнаружилось, что одно из их животных, корова, было ранено ножом в шею.

Первым в убийстве заподозрили мужа, но тот смог представить железное алиби. Он с шести утра вместе с коллегами находился на вырубке в сорока километрах от дома. А Лу-

---

* Вермланд — западная провинция Швеции. (*Прим. перев.*)

виса Шёберг была еще точно жива в десять часов, когда к ней заходила соседка. Никто ничего не видел и не слышал; их хутор располагался примерно в четырехстах метрах от ближайших соседей.

Перестав считать мужа главным подозреваемым, полицейские, проводившие расследование, сосредоточили внимание на племяннике убитой, юноше двадцати одного года от роду. Тот неоднократно вступал в конфликт с правосудием, очень нуждался в деньгах и несколько раз одалживал небольшие суммы у своей тети. Алиби племянника было значительно слабее, и он некоторое время просидел в тюрьме, пока его не выпустили, что называется, за отсутствием доказательств. В деревне, однако, многие считали виновником именно его.

Полиция проверила и ряд других версий. Много сил и внимания было отдано поискам таинственного бродячего торговца, замеченного в этих местах, а также слухам о компании «вороватых цыган», орудовавшей в окрестностях. Почему в таком случае они совершили жестокое убийство с сексуальным насилием, но так ничего и не украли, оставалось неясным.

Одно время под подозрением находился сосед из деревни, холостяк, в молодости обвинявшийся в преступлении гомосексуального характера — в то время гомосексуальность еще была уголовно наказуема — и, согласно многим высказываниям, имевший репутацию «странного». Зачем мужчине, который считался гомосексуалистом, было совершать половое насилие над женщиной, никто вопросом не задавался. Но ни одна из этих версий так и не способствовала задержанию кого-либо или вынесению обвинительного приговора.

Лисбет Саландер сочла связь со списком из телефонной книжки Харриет Вангер несомненной. Библейская цитата из Третьей книги Моисеевой, глава 20, стих 16 гласила: *«Если женщина пойдет к какой-нибудь скотине, чтобы совокупиться с нею, то убей женщину и скотину: да будут они преданы смерти, кровь их на них».*

Не могло быть случайностью, что хозяйку хутора по имени Магда обнаружили мертвой в хлеву, помещенной в стойло и там привязанной.

Возникал вопрос, почему Харриет Вангер записала имя Магда вместо Лувиса, ведь в быту жертва пользовалась только им. Не будь в аннотации к сериалу приведено ее полное имя, Лисбет едва ли вышла бы на этот случай.

Но естественно, самым главным оставался вопрос, имеется ли связь между убийством Ребекки в 1949 году, убийством Магды Лувисы в 1960-м и исчезновением Харриет Вангер в 1966-м. И откуда же в таком случае Харриет Вангер могла об этих делах узнать?

В компании Бурмана Микаэль совершил субботнюю прогулку по Нуршё, но результат оказался неутешительным. До обеда они посетили пятерых бывших работников фабрики, которые жили относительно неподалеку: трое в центре городка, а двое — на окраине, в Сёрбюн. Все угощали гостей кофе, изучали фотографии и мотали головами.

После легкого обеда дома у Бурманов они взяли машину, чтобы нанести визиты на более далеком расстоянии, и посетили четыре селения в окрестностях Нуршё, где жили бывшие работники деревообделочной фабрики. В каждом из домов хозяева тепло приветствовали Бурмана, но помочь ничем не могли. Микаэль уже начал отчаиваться и думать, что вся поездка в Нуршё оказалось напрасной и этот след ведет в тупик.

Около четырех часов Бурман привез Микаэля в окрестности селения Нуршёваллен, расположенного к северу от Нуршё. Здесь он остановил машину возле хутора с типичным для Вестерботтена темно-красным домом и представил гостя Хеннингу Форсману, бывшему мастеру столярного цеха.

— Да ведь это же сын Ассара Бреннлунда,— сказал Хеннинг Форсман, как только Микаэль показал ему фотографию.

Наконец-то удача!

— Вот как, сынок Ассара? — произнес Бурман.

И, обращаясь к Микаэлю, добавил:

— Он был закупщиком.

— Где я могу его увидеть?

— Парня? Ну, для этого вам придется заняться раскопками. Его звали Гуннаром, и он работал на фирму «Булиден». В середине семидесятых годов он погиб при взрыве.

Вот дьявол!

— Но жена его жива, вот эта, что на снимке. Ее зовут Милдред, и она живет в Бьюрселе.

— Что такое Бьюрселе?

— Надо проехать чуть больше десяти километров по дороге на Бастутреск. Она живет в продолговатой красной хибаре, по правую сторону, как въедешь в деревню. Третий дом. Я знаю эту семью довольно хорошо.

Здравствуйте!

Меня зовут Лисбет Саландер, и я пишу диссертацию по криминологии о насилии над женщинами в XX веке. Я бы хотела посетить полицейский округ Ландскруны и познакомиться с документами одного дела 1957 года. Речь идет об убийстве сорокапятилетней женщины по имени Ракель Лунде. Известно ли вам, где находятся данные документы в настоящее время?

Деревня Бьюрселе при ближайшем рассмотрении выглядела так, будто сошла с рекламной картинки сельской местности Вестерботтена. Она состояла примерно из двадцати домов, выстроившихся довольно компактным полукругом вдоль оконечности озера. В центре деревни находилась развилка с одним указателем на Хеммингeн, 11 км, и другим — на Бастутреск, 17 км. Возле развилки имелся маленький мост через речку — как предположил Микаэль, здесь находился тот самый плес — «сель» — на речке Бьюр, который и дал название деревне. Сейчас, в середине лета, тут было красиво, как на открытке.

Микаэль припарковался во дворе перед закрытым магазином «Консум», через дорогу от третьей хибары по правой стороне. Он позвонил в дверь, но дома никого не оказалось.

После этого он примерно час прогуливался по дороге на Хемминген, добрался до того места, где плес сменялся бурными порогами, встретил двух котов, понаблюдал за косулей и вернулся обратно, так и не увидев ни единого человека. Дверь Милдред Бреннлунд по-прежнему оставалась запертой.

На столбе возле моста Микаэль обнаружил потрепанную афишу за 2002 год, приглашавшую посетить ЧБУА, что расшифровывалось как Чемпионат Бьюрселе по укрощению автомобилей. «Укрощение» автомобиля, явно бывшее популярным зимним развлечением, заключалось в том, что транспортное средство портили, гоняя по скованному льдом озеру. Микаэль задумчиво оглядел афишу.

Прождав до десяти вечера, он отчаялся и поехал обратно в Нуршё, где съел поздний ужин и улегся в постель дочитывать детектив Вэл Макдермид.

Развязка книги оказалась жуткой.

Около десяти часов вечера Лисбет Саландер прибавила к списку Харриет Вангер еще одно имя. Сделала она это с большими сомнениями и после многочасового обдумывания.

Лисбет нашла кратчайший путь. Сведения о нераскрытых убийствах публиковались довольно регулярно, и в воскресном приложении к одной из вечерних газет она обнаружила статью 1999 года под заголовком «Многие убийцы женщин разгуливают на свободе». Статья носила обзорный характер, однако там имелись имена и фотографии нескольких жертв широко известных преступлений, в частности, Сольвейг из Норртелье, Аниты из Норрчёпинга, Маргареты из Хельсингборга и ряд других случаев.

Самыми старыми из включенных в обзор были убийства 60-х годов, и ни одно из них не сочеталось с данными перечня, полученного ею от Микаэля. Но один случай все-таки привлек внимание Лисбет.

В июне 1962 года тридцатидвухлетняя проститутка Леа Персон из Гётеборга поехала в Уддеваллу, чтобы навестить свою мать и проживавшего у той девятилетнего сына. Проведя с ними несколько дней, Леа воскресным вечером обняла маму, попрощалась и ушла на поезд, чтобы вернуться обратно в Гётеборг. Через два дня ее обнаружили за старым контейнером на заброшенном промышленном участке. Ее изнасиловали и с особой жестокостью надругались над телом.

Убийство Леа привлекло большое внимание, газета все лето, из номера в номер, давала о нем материалы, но убийцу так и не нашли. Имя Леа в списке Харриет Вангер не значилось. И убийство не соответствовало ни одной из выбранных ею библейских цитат.

Вместе с тем в нем присутствовало одно настолько странное обстоятельство, что чуткий приборчик в голове Лисбет немедленно на него отреагировал. Примерно в десяти метрах от тела Леа был обнаружен цветочный горшок, а внутри его голубь. Кто-то обвязал веревку вокруг шеи голубя и пропустил ее в дырочку на дне горшка. Затем горшок поместили на маленький костер, устроенный между двумя кирпичами. Не было никаких доказательств того, что издевательство над птицей как-то связано с убийством Леа; вполне возможно, что какие-то дети просто предавались жестоким и отвратительным летним забавам, однако в СМИ дело получило название «Убийство голубки».

Лисбет Саландер отнюдь не принадлежала к усердным читателям Библии и даже ее не имела, но этим вечером она сходила в ближайшую церковь и, приложив известные усилия, сумела одолжить нужный источник. Усевшись на скамейку в парке перед церковью, она стала читать Третью книгу Моисееву и, добравшись до главы 12, стиха 8, приподняла брови. Речь в 12-й главе шла об очищении рожениц. «*Если же она не в состоянии принести агнца, то пусть возьмет двух горлиц или двух молодых голубей, одного во всесожжение, а*

*другого в жертву за грех, и очистит ее священник, и она бу-
дет чиста».*

Леа вполне могла значиться в телефонной книжке Харриет Вангер как «Леа — 31208».

Вдруг Лисбет Саландер осознала, что ни одно из проведенных ею ранее изысканий по масштабу не шло ни в какое
сравнение с нынешним.

Около десяти утра в воскресенье Микаэль Блумквист
вновь появился у дома Милдред Бреннлунд, по второму мужу Милдред Берггрен, и на этот раз она открыла. Женщина
была теперь почти на сорок лет старше и примерно на столько же килограммов тяжелее, но Микаэль сразу узнал лицо с
фотографии.

— Здравствуйте, меня зовут Микаэль Блумквист. Вы, вероятно, Милдред Берггрен?

— Да, верно.

— Прошу прощения, что явился без предупреждения, но
я уже некоторое время разыскиваю вас по делу, которое довольно трудно объяснить.— Микаэль улыбнулся ей.— Можно мне войти и отнять у вас немного времени?

Муж и тридцатипятилетний сын Милдред были дома, и
она без особых колебаний пригласила Микаэля на кухню.
Он пожал всем руки. За последние несколько суток Микаэль выпил больше кофе, чем когда-либо, но к этому моменту он уже усвоил, что в Норрланде считается неприличным
отказываться. Наполнив всем чашки, Милдред уселась и с
любопытством спросила, чем она может быть полезна. Микаэль с трудом понимал местный диалект, и она перешла на
государственный вариант шведского языка.

Микаэль набрал в грудь воздуха:

— Это долгая и странная история. В сентябре шестьдесят шестого года вы вместе с тогдашним мужем, Гуннаром
Бреннлундом, приезжали в Хедестад.

Женщина явно пришла в изумление. Он подождал, пока она кивнула, и положил перед ней фотографию с Йернвегсгатан.

— Тогда был сделан этот снимок. Вы помните, что тогда происходило?

— О господи,— произнесла Милдред Бергтрен.— Это же было сто лет назад.

Ее нынешний муж с сыном встали позади нее и посмотрели на фотографию.

— У нас было свадебное путешествие. Мы ездили на машине в Стокгольм и Сигтуну, а на обратном пути просто где-то останавливались. Вы сказали, это Хедестад?

— Да, Хедестад. Снимок был сделан примерно в час дня. Я некоторое время пытался вас вычислить, и дело, доложу, оказалось не из легких.

— Вы обнаруживаете старую фотографию и находите меня по ней. Даже представить не могу, как вам это удалось.

Микаэль выложил фотографию с автостоянки.

— Я нашел вас благодаря этому снимку, сделанному чуть позже тем же днем.

Микаэль объяснил, как он через деревообделочную фабрику Нуршё нашел Бурмана, который, в свою очередь, вывел его на Хеннинга Форсмана из Нуршёваллен.

— Вероятно, для ваших странных поисков имеются веские причины.

— Да. Девушку, которая стоит на фотографии впереди вас, наискосок, звали Харриет. В тот день она исчезла, и все указывает на то, что она стала жертвой убийцы. Позвольте мне показать вам, что произошло.

Микаэль достал ноутбук и, пока компьютер запускался, объяснил ситуацию. Потом он прокрутил слайд-шоу и показал, как менялось выражение лица Харриет.

— Вас я обнаружил, когда просматривал эти старые снимки. Вы стоите с фотоаппаратом в руках позади Харриет и чуть сбоку и, похоже, фотографируете как раз то, на что она смотрит и что вызывает у нее такую реакцию. Я понимаю, что шансов у меня почти нет. Но я искал вас для того, чтобы спросить, не сохранились ли у вас фотографии с того дня.

Микаэль не удивился бы, если бы Милдред Бергтрен отмахнулась и сказала, что те снимки давно пропали, что пленки так и не проявили или что она их давно выбросила. Однако она посмотрела на него своими ярко-голубыми глазами и ответила, словно ничего естественнее быть и не могло, что, разумеется, она хранит все свои старые отпускные фотографии.

Милдред ушла в комнату и буквально через минуту вернулась с коробкой, в которой у нее были собраны альбомы с множеством фотографий. Некоторое время она искала нужное. В Хедестаде она сделала всего три снимка. Один был нечетким и показывал главную улицу. На втором оказался ее тогдашний муж. Третий запечатлел клоунов в праздничном шествии.

Микаэль с нетерпением склонился над этой фотографией. Он увидел на другой стороне улицы какую-то фигуру, но снимок абсолютно ничего ему не сказал.

Глава
20

Вторник, 1 июля — среда, 2 июля

Вернувшись в Хедестад, Микаэль первым делом прямо с утра наведался к Дирку Фруде, чтобы справиться о состоянии Хенрика Вангера. Он узнал, что за прошедшую неделю старику стало значительно лучше. Хенрик был по-прежнему слаб и далек от лучшей формы, но мог уже сидеть в постели, и его состояние больше не считалось критическим.

— Слава богу,— сказал Микаэль.— Я понял, что действительно привязался к нему.

Дирк Фруде кивнул:

— Я это знаю. Хенрик вас тоже полюбил. Как прошла поездка в Норрланд?

— Успешно, но неудовлетворительно. Я расскажу об этом попозже. У меня к вам есть один вопрос.

— Пожалуйста.

— Что случится с «Миллениумом», если Хенрик вдруг умрет?

— Ничего. Его место в правлении займет Мартин.

— Существует ли риск, чисто теоретически, что Мартин сможет создать проблемы для «Миллениума», если я не прекращу расследовать обстоятельства исчезновения Харриет?

Дирк Фруде вдруг насторожённо посмотрел на Микаэля:

— Что случилось?

— Собственно говоря, ничего.

Микаэль пересказал ему свой разговор с Мартином Вангером в праздничный вечер.

— Когда я ехал домой из Нуршё, мне позвонила Эрика и рассказала, что Мартин разговаривал с ней и просил подчеркнуть необходимость моего пребывания в редакции.

— Понимаю. Вероятно, на него надавила Сесилия. Но я не думаю, что Мартин начнет вас шантажировать. Он для этого слишком порядочен. И не забудьте, что я тоже вхожу в правление маленькой дочерней компании, которую мы образовали, когда покупали акции «Миллениума».

— А если ситуация осложнится, какую позицию займете вы?

— Условия контракта должны выполняться. Я работаю на Хенрика. Мы с Хенриком дружим сорок пять лет и в подобных ситуациях действуем одинаково. Если Хенрик умрет, то его долю в дочерней компании унаследую я, а не Мартин. У нас подписан жесткий контракт, согласно которому мы обязаны поддерживать «Миллениум» в течение четырех лет. Если Мартин захочет что-нибудь предпринять против вас — чего я не думаю,— он сможет, например, остановить небольшую часть новых рекламодателей.

— Рекламодатели являются основой существования «Миллениума».

— Да, но взгляните на это с другой стороны — такие мелочи требуют времени. Мартин сейчас борется за выживание своих предприятий и работает по четырнадцать часов в сутки. На другое у него просто нет времени.

Микаэль призадумался.

— Я знаю, что это не мое дело, но можно спросить — как обстоят дела концерна?

Дирк Фруде посерьезнел:

— У нас есть проблемы.

— Ну, это понятно даже такому простому смертному из числа экономических журналистов, как я. Я имею в виду, насколько они серьезны?

— Между нами?

— Сугубо между нами.

— За последние недели мы потеряли два крупных заказа в электронной промышленности, и нас пытаются вытеснить с российского рынка. В сентябре нам придется уволить тысячу шестьсот работников в Эребру и Тролльхеттане. Увольнение — не лучший подарок для людей, проработавших в концерне много лет. Каждый раз, когда мы закрываем какую-нибудь фабрику, доверие к концерну еще больше подрывается.

— Мартин Вангер в тяжелом положении.

— Он работает как вол и все время ходит по тонкому льду.

Микаэль пошел к себе домой и позвонил Эрике. Ее в редакции не оказалось, и он поговорил с Кристером Мальмом.

— Видишь ли, вчера, когда я возвращался из Нуршё, мне звонила Эрика. До нее добрался Мартин Вангер и, как бы это сказать, хотел с ее помощью заставить меня больше внимания уделять делам редакции.

— Я тоже думаю, что тебе следует ими заняться,— сказал Кристер.

— Понимаю. Но я подписал контракт с Хенриком Вангером и не могу его разорвать, а Мартин действует по поручению одного человека из местных, которому хочется, чтобы я прекратил тут копаться и уехал. То есть предложение Мартина — это просто попытка меня отсюда выпроводить.

— Ясно.

— Передай Эрике, что я вернусь в Стокгольм, когда все тут закончу. Не раньше.

— Понятно. Ты окончательно сошел с ума. Так я и передам.

— Кристер, послушай. Тут начинает происходить что-то важное, и я не намерен давать задний ход.

Кристер тяжело вздохнул.

Микаэль отправился к Мартину Вангеру. Дверь открыла Эва Хассель и приветливо поздоровалась.

— Здравствуйте. Мартин дома?

Ответ на его вопрос дал сам Мартин Вангер, появившись с портфелем в руке. Он поцеловал Эву в щеку и поприветствовал Микаэля.

— Я еду в офис. Вы хотите со мной поговорить?

— Если вы торопитесь, это может подождать.

— Выкладывайте.

— Я не уеду и не начну работать в «Миллениуме», пока не выполню задание, которое мне дал Хенрик. Я информирую вас об этом сейчас, чтобы вы не рассчитывали на мое участие в делах правления до конца года.

Мартин Вангер минуту покачался на каблуках.

— Ясно. Вы полагаете, что я хочу от вас отделаться? — Он сделал паузу.— Микаэль, мы поговорим об этом позже. У меня на самом деле нет времени на посторонние увлечения вроде «Миллениума», и я жалею, что согласился на предложение Хенрика войти в правление. Но верьте мне — я сделаю для выживания журнала все, что смогу.

— Я в этом никогда не сомневался,— вежливо ответил Микаэль.

— Если мы договоримся о времени на следующей неделе, то сможем рассмотреть финансовую сторону вопроса и я расскажу о своей позиции. Но главное заключается в следующем: я считаю, что «Миллениум» не может себе позволить, чтобы один из наиболее важных его сотрудников сидел в Хедебю и плевал в потолок. Я оказался перед моральным выбором: либо следовать пожеланиям Хенрика, либо всерьез выполнять обязанности в правлении «Миллениума».

Микаэль переоделся в спортивный костюм и пробежался по пересеченной местности до Укрепления и домика Готфрида, а потом, в более медленном темпе, вернулся обратно вдоль берега. За садовым столиком сидел Дирк Фруде. Он терпеливо подождал, пока Микаэль выпил бутылку воды и вытер пот со лба.

— Едва ли полезно бегать по такой жаре.

— Э-э,— отозвался Микаэль.

— Я ошибся. Больше всего на Мартина давит не Сесилия. Это Изабелла мобилизует весь клан, чтобы макнуть вас головой в смолу и перья*, а может, еще и сжечь па костре. Ее поддерживает Биргер.

— Изабелла?

— Она злобный и мелочный человек и по большому счету никого не любит. Сейчас ей, похоже, особенно ненавистны вы. Она распространяет слухи о том, что вы обманщик и сначала склонили Хенрика нанять вас на работу, а потом разволновали его настолько, что у него случился инфаркт.

— Кто-нибудь этому верит?

— Всегда находятся люди, охотно верящие злым языкам.

— Я пытаюсь разобраться в том, что произошло с ее дочерью, а она меня ненавидит. Касайся это моей дочери, я бы реагировал по-другому.

Около двух часов у Микаэля зазвонил мобильный телефон.

— Здравствуйте, меня зовут Конни Турссон, и я работаю в «Хедестадс-курирен». У вас найдется время ответить на мои вопросы? До нас дошли сведения, что вы живете в Хедебю.

— В таком случае сведения до вас доходят медленно. Я живу здесь уже с Нового года.

— Я не знал. Что вы делаете в Хедестаде?

— Пишу. Я взял что-то вроде творческого отпуска на год.

— Над чем вы работаете?

— Извините, но об этом вы узнаете, когда выйдет публикация.

— Вас только что выпустили из тюрьмы...

— Да?

— Как вы относитесь к журналистам, которые фальсифицируют материал?

— Журналисты, которые фальсифицируют материал, идиоты.

— Вы хотите сказать, что вы идиот?

— При чем здесь я? Я не занимаюсь фальсификацией материала.

---

* Способ наказания, описанный в древнешведских законах. *(Прим. перев.)*

— Но вас осудили за клевету.

— И что из этого?

Репортер Конни Турссон задумался так надолго, что Микаэлю пришлось прийти ему на помощь:

— Меня осудили за клевету, а не за фальсификацию материала.

— Но вы ведь опубликовали тот материал.

— Если вы звоните, чтобы обсуждать со мной приговор, то никаких комментариев не будет.

— Я хотел бы приехать и взять у вас интервью.

— Сожалею, но мне нечего сказать по этому поводу.

— Значит, вы не хотите обсуждать судебный процесс?

— Совершенно верно,— ответил Микаэль и прекратил разговор.

Он довольно долго сидел в раздумьях, а потом вернулся к компьютеру.

Следуя полученным инструкциям, Лисбет Саландер направила свой «кавасаки» через мост, к островной части Хедебю, и остановилась возле первого маленького домика на левой стороне. Здесь была настоящая глушь, но пока работодатель платит, она не отказалась бы поехать хоть на Северный полюс. Кроме того, было приятно с ветерком мчаться вдаль по дороге Е-4. Она припарковала мотоцикл и отстегнула с багажника сумку с вещами для ночевки. Микаэль Блумквист открыл дверь и помахал ей рукой. Потом он вышел и стал с откровенным изумлением изучать ее мотоцикл.

— Круто. Значит, водишь мотоцикл.

Лисбет Саландер ничего не ответила, но бдительно следила за тем, как он осматривает руль и пробует регулятор газа. Ей не нравилось, когда кто-нибудь прикасался к ее вещам. Потом она увидела его наивную, мальчишескую улыбку и сочла, что за эту улыбку ему можно простить все. Большинство байкеров обычно лишь фыркали при виде ее стодвадцатипятикубового «кавасаки».

— У меня был мотоцикл, когда мне было девятнадцать,— сказал он, оборачиваясь к ней.— Спасибо, что приехала. Заходи, и будем устраиваться.

У Нильссонов, живших через дорогу, Микаэль одолжил раскладушку и постелил Лисбет в кабинете. Она с подозрением прошлась по дому, но не обнаружила никаких явных признаков коварной ловушки и вроде бы расслабилась. Микаэль показал, где находится ванная комната.

— Если хочешь, можешь принять душ и освежиться.

— Мне надо переодеться. Я не собираюсь разгуливать в кожаном комбинезоне.

— Приведи себя в порядок, а я займусь ужином.

Микаэль приготовил бараньи отбивные в винном соусе и, пока Лисбет Саландер принимала душ и переодевалась, накрыл стол на улице, под лучами вечернего солнца. Она вышла босиком, в черной майке и короткой потертой джинсовой юбке. Еда пахла изумительно, и она проглотила две большие порции. Микаэль исподтишка косился на татуировки у нее на спине.

— Пять плюс три,— сказала Лисбет Саландер.— Пять случаев из списка твоей Харриет и три, которым, по-моему, следовало бы там находиться.

— Рассказывай.

— Я работала над этим только одиннадцать дней и просто не успела раскопать материалы всех дел. В нескольких случаях дела уже сданы в архив, а в нескольких — по-прежнему находятся в полицейском округе. Я три дня ездила по полицейским округам, но все объехать не успела. Однако пять нужных случаев идентифицированы.

Лисбет Саландер выложила на кухонный стол внушительную пачку бумаг, около пятисот листов формата А-4, и быстро рассортировала материал по разным кучкам.

— Давай пойдем в хронологическом порядке.— Она протянула Микаэлю список.

1949 — Ребекка (Ревекка) Якобссон, Хедестад (30112)
1954 — Мари (Мария) Хольмберг, Кальмар (32018)
1957 — Ракель (Рахиль) Лунде, Ландскруна (32027)
1960 — (Магда) Лувиса Шёберг, Карлстад (32016)
1960 — Лив Густавссон, Стокгольм (32016)

1962 — Леа (Лия) Персон, Уддевалла (31208)
1964 — Сара Витт, Роннебю (32109)
1966 — Лена Андерссон, Уппсала (30112)

— Первой в этой серии, похоже, идет Ребекка Якобссон, про которую тебе уже все подробно известно, сорок девятый год. Следующей я нашла Мари Хольмберг, тридцатидвухлетнюю проститутку из Кальмара, убитую у себя дома в октябре пятьдесят четвертого. Точная дата ее смерти неизвестна, поскольку она какое-то время пролежала, прежде чем ее нашли. Вероятно, дней девять-десять.

— А как ты ее привязываешь к списку Харриет?

— Она была связана и страшно избита, но причина смерти — удушение. Убийца засунул ей в горло женскую гигиеническую прокладку.

Немного помолчав, Микаэль открыл указанную под шифром страницу Библии — 20-ю главу, 18-й стих Третьей книги Моисеевой:

— «Если кто ляжет с женою во время болезни кровеочищения и откроет наготу ее, то он обнажил истечения ее, и она открыла течение кровей своих: оба они да будут истреблены из народа своего».

Лисбет кивнула.

— Харриет Вангер рассуждала так же,— сказал Микаэль.— Хорошо. Следующая.

— Май пятьдесят седьмого года, Ракель Лунде, сорок пять лет. Эта женщина работала уборщицей и была известна разными чудачествами. Она была гадалкой и увлекалась гаданием на картах, по руке и так далее. Ракель жила под Ландскруной, в доме на отшибе, где ее однажды ранним утром и убили. Ее нашли голой, привязанной к сушилке на заднем дворе, с заклеенным скотчем ртом. Смерть наступила в результате того, что ее забросали тяжелыми камнями. У нее было множество ссадин и переломов.

— Черт подери. Лисбет, какая мерзость.

— Дальше будет хуже. Инициалы «РЛ» соответствуют — видишь цитату?

— Более чем отчетливо. «Мужчина ли или женщина, если будут они вызывать мертвых или волхвовать, да будут преданы смерти: камнями должно побить их, кровь их на них».

— Дальше идет Лувиса Шёберг из Ранму, под Карлстадом. Ее Харриет записала Магдой. Ее полное имя Магда Лувиса, но звали ее просто Лувисой.

Микаэль внимательно слушал, пока Лисбет пересказывала странные детали убийства в Карлстаде. Когда она закурила, он вопросительно указал на пачку. Лисбет подтолкнула пачку к нему.

— Значит, убийца напал и на животное?

— В библейской цитате говорится, что если женщина занимается сексом с животным, то убить следует обоих.

— То, что эта женщина занималась сексом с коровой, звучит крайне малоправдоподобно.

— Цитату можно толковать и не буквально. Достаточно, чтобы она *тесно общалась* с животным, а этим любая фермерша, безусловно, занимается ежедневно.

— Ладно. Продолжай.

— Следующим в списке Харриет идет имя Сара. Я установила, что имеется в виду Сара Витт, тридцати семи лет, проживавшая в Роннебю. Ее убили в январе шестьдесят четвертого года. Она была найдена связанной в собственной постели. Ее подвергли грубому сексуальному насилию, но причина смерти — удушение. Ее задушили. Убийца также совершил поджог. Он, вероятно, хотел спалить весь дом дотла, но огонь отчасти потух сам, да и пожарные присхали очень быстро.

— А связь?

— А вот послушай. Сара Витт была дочерью пастора и женой пастора. В те выходные ее муж куда-то уехал.

— «Если дочь священника осквернит себя блудодеянием, то она бесчестит отца своего: огнем должно сжечь ее». Хорошо. Это отвечает нашему списку. Ты сказала, что нашла еще случаи.

— Я нашла еще трех женщин, убитых при столь странных обстоятельствах, что они должны бы были присутствовать в списке Харриет. Первый случай — это женщина по имени Лив Густавссон. Ей было тридцать два, и она жила в стокгольмском районе Фарста. Она увлекалась лошадьми — участвовала в соревнованиях и имела довольно хорошие перспективы. Они с сестрой держали также небольшой зоомагазин.

— Ясно.

— В магазине ее и нашли. Она задержалась там после работы с бухгалтерскими книгами и была одна. Убийцу она, вероятно, впустила добровольно. Ее изнасиловали и задушили.

— Звучит не совсем подходяще для списка Харриет?

— Не совсем, если бы не одна деталь. Убийца под конец засунул ей во влагалище попугая и выпустил всех имевшихся в магазине животных. Кошек, черепах, белых мышей, кроликов и птиц. Даже рыбок из аквариума выкинул. Так что ее сестра утром обнаружила довольно неприглядную картину.

Микаэль кивнул.

— Ее убили в августе шестидесятого года, через четыре месяца после убийства фермерши Магды Лувисы из Карлстада. В обоих случаях мы имеем дело с женщинами, работавшими с животными, и в обоих случаях жертвами также стали животные. Правда, корова из Карлстада выжила, но мне думается, что корову достаточно трудно убить колющим оружием. С попугаем будет проще. Кроме того, в качестве жертвы возникает еще одно животное.

— Какое?

Лисбет рассказала о странном «Убийстве голубки» — о деле Леа Персон из Уддеваллы. Микаэль задумался так надолго, что даже Лисбет начала терять терпение.

— Ладно,— сказал он наконец.— Я согласен с твоей теорией. Остается один случай.

— Один из тех, что я нашла. Не знаю, сколько случаев я могла упустить.

— Расскажи об этом.

— Февраль шестьдесят шестого года, Уппсала. Самой молодой жертвой оказалась семнадцатилетняя гимназистка

Лена Андерссон. Она пропала после встречи класса и была обнаружена в канаве на Уппсальской равнине, довольно далеко от города. Ее убили где-то в другом месте, а потом перетащили туда.

Микаэль кивнул.

— Об этом убийстве очень много писали, но о точных обстоятельствах смерти нигде не сообщалось. Девушку чудовищно истязали. Я читала отчет патологоанатома. Ее истязали огнем. У нее были сильно обожжены руки и грудь, и все тело раз за разом прижигали в самых разных местах. На ней обнаружили пятна стеарина, показывавшие, что использовали свечу, но руки у нее были настолько обуглены, что их, несомненно, держали на более сильном огне. Под конец убийца отпилил ей голову и бросил рядом с телом.

Микаэль побледнел.

— О господи,— произнес он.

— Я не нашла точно подходящей цитаты, однако во многих главах говорится о всесожжении и о принесении жертвы за грех, а в нескольких местах предписывается расчленять жертвенное животное — чаще всего тельца,— отделяя голову от тука. Использование огня напоминает также о первом убийстве — смерти Ребекки в Хедестаде.

Когда ближе к вечеру начали роиться комары, Микаэль с Лисбет убрали все с садового столика и перебрались для продолжения беседы на кухню.

— Отсутствие точно подходящих цитат особого значения не имеет, цитаты тут не главное. Это чудовищная пародия на библейский текст — скорее попытка вызвать ассоциацию с отдельными цитатами.

— Я знаю. Там отсутствует даже логика; взять, например, цитату о том, что надо уничтожить обоих, если кто-то занимается сексом с девушкой, у которой месячные. Если толковать ее буквально, преступнику следовало бы совершить самоубийство.

— И к чему же все это, по-твоему, ведет? — поинтересовался Микаэль.

— Либо у твоей Харриет было довольно странное хобби — подбирать подходящие цитаты из Библии к убийствам, о которых ей доводилось слышать... Либо она должна была знать о связи этих убийств между собой.

— Убийства совершены между сорок девятым и шестьдесят шестым годами, а возможно, еще были случаи до и после. Получается, что более семнадцати лет по Швеции разгуливал совершенно безумный серийный убийца-садист с Библией под мышкой и истреблял женщин, а никто эти преступления между собой не связал. Такого просто не может быть.

Лисбет Саландер задвинула стул и принесла с плиты еще кофе для них обоих. Она закурила, распространяя вокруг себя дым, и Микаэль, мысленно выругавшись, стрельнул у нее еще одну сигарету.

— Нет, в принципе это не так уж невероятно,— сказала Лисбет и подняла палец.— За двадцатый век в Швеции не раскрыто несколько десятков убийств женщин. Профессор Перссон, который ведет по телевидению программу «Разыскивается», как-то раз сказал, что серийные убийцы в Швеции большая редкость, но что некоторые из них наверняка просто не выявлены.

Микаэль кивнул. Она подняла второй палец.

— Эти убийства совершались в течение очень долгого времени и в самых разных местах страны. Два убийства произошли одно за другим в шестидесятом году, но обстоятельства были достаточно разными — фермерша в Карлстаде и тридцатидвухлетняя женщина в Стокгольме.

Она подняла третий палец.

— Отсутствует ярко выраженная схема. Убийства совершались разными способами, и единый почерк не прослеживается, однако в разных случаях имеются повторяющиеся детали. Животные. Огонь. Грубое сексуальное насилие. И, как ты отметил, некие намеки на библейский текст. Но никто из полицейских следователей явно не пытался истолковывать смысл всего этого, опираясь на Библию.

Микаэль кивнул и покосился на свою напарницу. Лисбет Саландер, с ее хрупким телосложением, черной майкой, татуировками и кольцами на лице, смотрелась в гостевом домике Хедебю по меньшей мере странно. Когда за ужином он пытался завязать беседу на общие темы, она отвечала односложно и почти не поддерживала разговор. Но о рабочих делах она говорила как прожженный профессионал. Ее квартира в Стокгольме выглядела как после бомбежки, однако Микаэль пришел к выводу, что с мозгами у Лисбет Саландер, безусловно, все в порядке. Странно!

— Трудно увидеть связь между проституткой из Удде-валлы,— начал он,— убитой за контейнером в промзоне, и женой пастора из Роннебю, которую задушили и пытались сжечь. Если, конечно, не иметь ключа, который дала нам Харриет.

— А отсюда возникает следующий вопрос,— заметила Лисбет.

— Как, черт возьми, Харриет оказалась в это втянутой? Шестнадцатилетняя девушка, жившая в достаточно благополучной среде, вдали от подобных вещей.

— Есть только один ответ,— произнесла она.

Микаэль снова кивнул:

— Должна иметься какая-то привязка к семье Вангер.

К одиннадцати часам вечера они успели настолько подробно разобраться в серии убийств, обсудить связь между ними и разные отдельные детали, что мысли в голове у Микаэля начали путаться. Он потер глаза, потянулся и спросил, не хочет ли она пойти прогуляться. По виду Лисбет Саландер было ясно, что она считает подобные променады пустой тратой времени, но после недолгого размышления она согласилась. Поскольку вечером было много комаров, Микаэль предложил ей надеть брюки.

Они прошли под мостом, мимо лодочной гавани, и направились в сторону мыса Мартина Вангера. Микаэль показывал по пути дома, рассказывая, кто в них живет. Дойдя до дома Сесилии Вангер, он заговорил как-то сбивчиво, и Лисбет покосилась на него.

Миновав щегольскую яхту Мартина Вангера, они вышли на мыс, уселись на камень и выкурили одну сигарету на двоих.

— У всех этих женщин есть еще кое-что общее,— внезапно сказал Микаэль.— Возможно, ты уже об этом подумала.

— Какая?

— Имена.

Лисбет Саландер задумалась, потом замотала головой.

— Все имена — библейские,— подсказал Микаэль.

— Это не так,— быстро ответила Лисбет.— Лив и Лена в Библии отсутствуют.

Микаэль покачал головой:

— На самом деле они там есть. Лив означает «жить», и именно это значение имеет библейское имя Ева. А теперь напрягись-ка, Салли: сокращением от чего у нас является имя Лена?

Лисбет Салландер зажмурилась от злости и выругалась про себя. Микаэль соображал быстрее ее, а этого она не любила.

— Магдалена,— сказала она.

— Блудница, первая женщина, Дева Мария... в этом собрании присутствует вся библейская компания. От этих диких загадок может, вероятно, обалдеть и психолог. Вообще-то, говоря об именах, я сейчас подумал о другом.

Лисбет терпеливо ждала.

— Это еще и традиционные еврейские имена. В семье Вангер антисемиты, нацисты и заговорщики-теоретики имеются в количестве, значительно превышающем норму. Живущий здесь Харальд Вангер, которому сейчас за девяносто, находился в шестидесятых годах в расцвете сил. Единственный раз, когда я его видел, он прошипел, что его собственная дочь шлюха. У него, несомненно, имеются проблемы с женщинами.

Вернувшись домой, они сделали бутерброды, чтобы перекусить на ночь, и подогрели кофе. Микаэль покосился на пятьсот страниц, приготовленных для него любимой сотрудницей Драгана Арманского.

— Ты проделала невероятно большую работу за рекордное время,— сказал он.— Спасибо. И спасибо за то, что ты так любезно согласилась приехать сюда, чтобы отчитаться.

— Что будет дальше? — спросила Лисбет.

— Завтра я поговорю с Дирком Фруде, и мы с тобой расплатимся.

— Я имела в виду не это.

Микаэль посмотрел на нее.

— Ну... разыскная работа, для которой я тебя нанимал, выполнена,— осторожно сказал он.

— Я еще не закончила.

Микаэль откинулся на спинку кухонного дивана и посмотрел в глаза Лисбет. Прочесть что-либо в ее взгляде было невозможно. Полгода он проработал над исчезновением Харриет в одиночку, и совершенно внезапно появился другой человек — опытный исследователь,— хорошо разбирающийся в ситуации. Он принял решение, поддавшись порыву.

— Я знаю. Мне эта ситуация тоже не дает покоя. Я поговорю завтра с Дирком Фруде. Мы наймем тебя еще на неделю-другую в качестве... ассистента-исследователя. Не знаю, захочет ли он платить по тем же расценкам, что платит Арманскому, но приличную месячную зарплату мы, пожалуй, из него выдавим.

Лисбет Саландер внезапно одарила его улыбкой. Ей совершенно не хотелось, чтобы ее отстранили, и она была готова работать даже бесплатно.

— У меня начинают слипаться глаза,— заявила она и без лишних слов ушла к себе, закрыв за собой дверь.

Через две минуты она снова открыла дверь и высунула голову:

— Думаю, ты ошибаешься. Это не сумасшедший серийный убийца, начитавшийся Библии. Это самая обычная скотина, которая ненавидит женщин.

Глава
21

Четверг, 3 июля — четверг, 10 июля

Лисбет Саландер поднялась раньше Микаэля, около шести утра. Она поставила воду для кофе и приняла душ. Когда в половине восьмого проснулся Микаэль, она сидела и читала с экрана ноутбука его соображения по делу Харриет Вангер. Он вышел на кухню, завернувшись в простыню и протирая сонные глаза.

— На плите есть кофе,— сказала Лисбет.

Микаэль заглянул через ее плечо:

— Этот документ защищен паролем.

Она повернула голову и подняла на него глаза:

— На то, чтобы загрузить из Интернета программу, которая взламывает пароли «Ворда», требуется тридцать секунд.

— Нам придется поговорить о том, где граница между твоим и моим,— произнес Микаэль и ушел в душ.

Когда он оттуда вышел, Лисбет уже закрыла его компьютер и вернула на место в кабинет. Ее ноутбук был включен. Микаэль почти не сомневался в том, что она уже перенесла содержимое его компьютера в свой собственный.

Лисбет Саландер была информационным наркоманом с предельно расплывчатым представлением о морали и этике.

———

Едва Микаэль уселся завтракать, как в наружную дверь постучали, и он пошел открывать. У стоявшего на пороге Мартина Вангера был мрачный вид, и Микаэль на секунду подумал, что тот пришел с известием о смерти Хенрика.

— Нет, Хенрик чувствует себя так же, как вчера,— заверил тот.— У меня совсем другое дело. Можно мне на минутку зайти?

Микаэль впустил его и представил своему «ассистенту-исследователю» Лисбет Саландер. Та взглянула на промышленника одним глазом, быстро кивнула и снова уткнулась в компьютер. Мартин Вангер автоматически поздоровался, но казался настолько рассеянным, что, похоже, вообще не обратил на нее внимания. Микаэль налил ему кофе и пригласил сесть.

— В чем дело?

— Вы выписываете «Хедестадс-курирен»?

— Нет. Я иногда читаю газету в «Кафе Сусанны».

— Значит, сегодняшний номер вы еще не читали.

— Судя по вашему тону, мне бы следовало его прочесть.

Мартин Вангер положил на стол перед Микаэлсм свежий номер «Хедестадс-курирен». Микаэлю там, для затравки, уделили два столбца на первой странице, с продолжением на четвертой. Он посмотрел на заголовок.

ЗДЕСЬ СКРЫВАЕТСЯ
ОСУЖДЕННЫЙ ЗА КЛЕВЕТУ ЖУРНАЛИСТ

К тексту прилагалась фотография, снятая телеобъективом с церковного холма по другую сторону моста, изображавшая Микаэля выходящим из дверей домика.

Репортер Конни Турссон неплохо поработал, составляя пасквиль на Микаэля. В статье кратко излагалось дело Веннерстрёма и подчеркивалось, что Микаэль с позором бежал из «Миллениума» и только что отбыл наказание в тюрьме. Текст завершался ожидаемым утверждением, что Микаэль отказался давать интервью «Хедестадс-курирен». Тон статьи явно давал понять жителям Хедестада: среди них разгуливает Стокгольмец с Чудовищно Темной Репутацией. Ни к одному слову нельзя было придраться, чтобы подать в суд за клевету; однако Микаэль был изображен как весьма подозрительная личность, и на образ его автор не пожалел черной краски. Статья по виду и содержанию напоминала те, в которых описываются политические террористы. «Миллениум» подавался как «агитационный журнал», мало заслуживающий доверия, а книгу Микаэля об экономической журналистике автор охарактеризовал как собрание противоречивых утверждений об уважаемых журналистах.

— Микаэль... мне не хватает слов, чтобы выразить мои чувства по поводу этой статьи. Она отвратительна.

— Это заказная работа,— спокойно сказал Микаэль, испытующе глядя на Мартина Вангера.

— Надеюсь, вы понимаете, что я не имею к этому ни малейшего отношения. Я чуть кофе не подавился, когда это увидел.

— Кто за этим стоит?

— Я сделал утром несколько звонков. Конни Турссон у них кого-то замещает на лето. Но статью он написал по заданию Биргера.

— Я не думал, что Биргер имеет влияние на редакцию — он ведь как-никак муниципальный советник и политик.

— Формально он никакого влияния не имеет. Но главным редактором газеты является Гуннар Карлман, сын Ингрид Вангер,— это ветвь Юхана Вангера. Биргера с Гуннаром связывает многолетняя дружба.

— Тогда понятно.

— Турссона незамедлительно уволят.

— Сколько ему лет?

— Честно говоря, не знаю. Я с ним никогда не встречался.

— Не увольняйте его. Он мне звонил, и, судя по голосу, это молодой и неопытный репортер.

— Такие вещи просто нельзя оставлять без последствий.

— Если хотите знать мое мнение, то ситуация, когда главный редактор газеты, принадлежащей семье Вангер, нападает на журнал, совладельцем и членом правления которого является Хенрик Вангер, представляется несколько абсурдной. Получается, что главный редактор Карлман нападает на вас с Хенриком.

Мартин Вангер подумал над словами Микаэля, но медленно покачал головой:

— Я понимаю, что вы хотите сказать. Однако я должен возлагать ответственность на действительного виновника. Карлман является совладельцем концерна и ведет против меня вечную войну, но этот случай гораздо больше похож на месть Биргера за то, что вы его осадили в коридоре больницы. Вы у него как бельмо на глазу.

— Я знаю. Поэтому-то и думаю, что Турссон особо не виноват. Молоденькому временному сотруднику чрезвычайно трудно сказать «нет», когда главный редактор велит ему писать определенным образом.

— Я могу потребовать, чтобы вам завтра принесли официальные извинения на первой странице.

— Не стоит. Это приведет к затяжной борьбе, которая только еще больше осложнит ситуацию.

— Значит, вы считаете, что мне не следует что-либо предпринимать?

— Это бессмысленно. Карлман будет оказывать сопротивление, и вас могут изобразить негодяем, который, будучи владельцем газеты, пытается незаконно влиять на свободу слова и формирование общественного мнения.

— Простите, Микаэль, но я с вами не согласен. У меня ведь тоже есть право формировать мнение. Я считаю, что от этой статьи дурно пахнет, и намерен открыто заявить о своей позиции. Я ведь как-никак замещаю Хенрика в правлении «Миллениума» и в этой роли не могу допустить, чтобы подобные нападки на наш журнал оставались без ответа.

— Хорошо.

— Я потребую опубликования моих комментариев и выставлю Карлмана идиотом. Пусть пеняет на себя.

— Что ж, вы имеете право поступать согласно собственным убеждениям.

— Для меня также важно убедить вас в том, что я не имею никакого отношения к этому позорному выпаду.

— Я вам верю,— сказал Микаэль.

— Кроме того, я не хочу сейчас касаться этой темы, но статья лишь подчеркивает актуальность того, что мы уже вскользь обсуждали. Вам необходимо вернуться в редакцию «Миллениума», чтобы мы могли выступать единым фронтом. Пока вас там нет, вся эта трепотня будет продолжаться. Я верю в «Миллениум» и убежден, что вместе мы в силах выиграть это сражение.

— Мне понятна ваша позиция, но теперь уже моя очередь не согласиться с вами. Я не могу разорвать контракт с Хенриком и на самом деле вовсе не хочу этого делать. Видите ли, я действительно привязался к Хенрику. А эта история с Харриет...

— Да?

— Я понимаю, что для вас это тяжело и что Хенрик возится с этой историей уже много лет...

— Между нами говоря, я очень люблю Хенрика, и он мой наставник, но в отношении Харриет он одержим настолько, что выходит за рамки здравого смысла.

— Начиная эту работу, я относился к ней как к пустой трате времени. Но дело в том, что вопреки ожиданиям мы обнаружили новые обстоятельства. Я думаю, что мы находимся на пороге прорыва и, возможно, сумеем-таки дать ответ на вопрос о том, что с ней произошло.

— Вы ведь не хотите рассказывать, что вы нашли?

— Согласно контракту, я не вправе с кем-либо обсуждать это без личного согласия Хенрика.

Мартин Вангер оперся подбородком о руку, и Микаэль видел в его глазах сомнение. В конце концов Мартин принял решение:

— Ладно, в таком случае наилучший выход — это как можно скорее разобраться с загадкой Харриет. Тогда договоримся так: я буду оказывать вам всяческую поддержку, чтобы вы в кратчайшие сроки смогли удовлетворительным образом завершить свою работу и затем вернуться в «Миллениум».

— Отлично. Мне бы не хотелось сражаться еще и с вами.

— Сражаться со мной вам не придется. Я буду вас целиком и полностью поддерживать. Если у вас возникнут проблемы, можете на меня рассчитывать. Я хорошенько прижму Биргера, чтобы он не чинил никаких препятствий. Попробую также поговорить с Сесилией и успокоить ее.

— Спасибо. Мне необходимо задать ей вопросы, а она уже месяц отвергает мои попытки с ней поговорить.

Мартин Вангер внезапно улыбнулся:

— Возможно, вам с ней надо выяснить кое-что другое. Но в это я вмешиваться не буду.

Они пожали друг другу руки.

Лисбет Саландер молча прислушивалась к разговору между Микаэлем и Мартином Вангером. Когда Мартин ушел, она подтянула к себе газету и пробежала глазами статью, но ее содержание комментировать не стала.

Микаэль сидел молча и размышлял. Гуннар Карлман родился в 1942 году, и, следовательно, в 1966-м ему было двадцать четыре. Он тоже находился на острове в тот день, когда исчезла Харриет.

После завтрака Микаэль посадил своего ассистента-исследователя читать документы: полицейские протоколы по поводу исчезновения Харриет, описание частного расследования Хенрика, а ко всему этому добавил все фотографии аварии на мосту.

Потом Микаэль сходил к Дирку Фруде и попросил его составить контракт, согласно которому они нанимали Лисбет сотрудником сроком на месяц.

Вернувшись обратно, он обнаружил, что девушка переместилась в сад и сидит, углубившись в полицейские протоколы. Микаэль зашел в дом и подогрел кофе, а тем временем немного понаблюдал за ней из окна кухни. Она, казалось, просто пролистывала дела, уделяя каждой странице не более десяти-пятнадцати секунд. Микаэля удивило, каким образом она при таком небрежном подходе к материалам умудряется давать такие подробные и точные заключения. Он взял с собой две чашки кофе и составил ей компанию за садовым столиком.

— То, что ты написал об исчезновении Харриет, писалось до того, как тебе пришло в голову, что мы ищем серийного убийцу? — спросила она.

— Верно. Я записывал то, что казалось существенным, вопросы, которые я хотел задать Хенрику Вангеру, и тому подобное. Ты наверняка заметила, что делалось это довольно бессистемно. Вплоть до настоящего времени я, по сути дела, просто двигался в потемках наугад, пытаясь написать некую историю — главу для биографии Хенрика Вангера.

— А теперь?

— Раньше все внимание исследователей было сосредоточено на острове и происходивших там событиях. Теперь же я убежден, что история началась в Хедестаде, несколькими часами раньше. Это позволяет взглянуть на все дело совершенно под другим углом.

Лисбет кивнула и немного поразмыслила.

— Это ты здорово сообразил насчет тех снимков,— сказала она.

Микаэль удивленно поднял брови. Лисбет Саландер производила впечатление человека, от которого не очень-то дождешься похвалы, и Микаэль почувствовал себя польщенным. С другой стороны, для журналиста он действительно достиг в этом деле небывалых успехов.

— Теперь твоя очередь добавлять детали,— продолжала она.— Чем кончилась история с тем снимком, за которым ты охотился в Нуршё?

— Ты хочешь сказать, что *не* посмотрела снимки в моем компьютере?

— Я не успела. Мне больше хотелось прочесть, как ты рассуждал и к каким пришел выводам.

Микаэль вздохнул, запустил ноутбук и открыл папку с фотографиями.

— Любопытное дело. В отношении конкретной цели поисков посещение Нуршё оказалось успешным, но результат меня полностью разочаровал. Иными словами, ту фотографию я нашел, но толку от нее мало. Та женщина, Милдред Берггрен, аккуратно вклеивала в альбом и хранила все до единой отпускные фотографии. Среди них была и эта, снятая на дешевой цветной пленке. За тридцать семь лет фотография порядком выцвела и местами сильно пожелтела, но у Милдред в коробке из-под туфель сохранились негативы. Она отдала мне их, чтобы я отсканировал все негативы из Хедестада. Вот то, что увидела Харриет.

Он кликнул на фотографию с номером документа [Harriet/bd-19.esp].

Лисбет поняла его разочарование. Она увидела снятую широким объективом немного нечеткую фотографию, на которой были изображены клоуны на детском празднике. На заднем плане просматривался угол магазина мужской модной одежды Сундстрёма. На тротуаре, тоже в отдалении, стояли человек десять, в просвете между клоунами и капотом следующего грузовика.

— Я считаю, что она смотрела вот на этого человека. Во-первых, потому, что пытался выяснить, на что она смотрит, при помощи триангуляции, руководствуясь углом поворота ее лица — я точно зарисовал этот перекресток, — а во-вторых, потому, что только этот человек, похоже, смотрит прямо в объектив, то есть на Харриет.

Лисбет увидела нечеткую фигуру человека, стоящего чуть позади зрителей, возле самого угла поперечной улицы. Одет он был в темную стеганую куртку с красными вставками на плечах и темные брюки, возможно, джинсы. Микаэль увеличил фотографию так, что верхняя часть фигуры заполнила весь экран. Изображение сразу расплылось еще больше.

— Это мужчина. Примерно метр восемьдесят ростом, обычного телосложения. У него средней длины русые волосы, бороды нет. Различить черты лица невозможно, равно как и прикинуть возраст — может быть от подросткового до среднего.

— С фотографией можно поработать...

— Я пробовал и даже посылал ее Кристеру Мальму из «Миллениума», а он в этом деле непревзойденный мастер.

Микаэль кликнул на другую фотографию.

— Это самый лучший вариант из тех, что удалось получить. Просто слишком плохой аппарат и слишком дальнее расстояние.

— Ты этот снимок кому-нибудь показывал? Народ может узнать осанку...

— Я показывал снимок Дирку Фруде. Он представления не имеет, кто это может быть.

— Дирк Фруде, наверное, не самый наблюдательный человек в Хедестаде.

— Да, но я работаю на него и Хенрика Вангера. Я хочу сперва показать снимок Хенрику, а потом уже идти дальше.

— Он может быть просто случайным человеком.

— Не исключено. Однако похоже, что именно он произвел на Харриет такое сильное впечатление.

В течение следующей недели Микаэль с Лисбет Саландер занимались делом Харриет практически все свободное от сна время. Лисбет продолжала читать материалы расследования и забрасывать Микаэля вопросами, на которые тот пытался отвечать. Требовалась одна правда, и любой уклончивый ответ или неясность приводили к продолжительному обсуждению. Целый день они убили на то, что изучали передвижения всех действующих лиц во время аварии на мосту.

Постепенно Микаэль открывал в натуре Лисбет все больше и больше удивительного. Всего лишь пролистывая материалы расследования, она в каждом эпизоде выхватывала самые сомнительные и не согласующиеся между собой детали.

Во второй половине дня, когда жара в саду становилась невыносимой, они делали перерыв. Несколько раз ходили купаться в канале или прогуливались до террасы «Кафе Сусанны». Сусанна вдруг стала обращаться с Микаэлем подчеркнуто холодно, вероятно, по причине того, что у него в доме поселилась Лисбет. Девушка выглядела намного моложе своих лет, и в глазах Сусанны он, похоже, превратился в типа, которого тянет к несовершеннолетним. Приятного в этом было мало.

Каждый вечер Микаэль совершал пробежки. Когда он, запыхавшись, возвращался домой, Лисбет воздерживалась от комментариев, но беготня по бездорожью явно не соответствовала ее представлениям о летних удовольствиях.

— Мне сорок с хвостиком, — объяснил ей Микаэль. — Чтобы моя талия не расползлась до жутких размеров, я должен двигаться.

— Угу.

— Ты никогда не тренируешься?

— Иногда боксирую.

— Боксируешь?

— Да, ну, знаешь, в перчатках.

Микаэль пошел в душ и попытался представить себе Лисбет на боксерском ринге. Она вполне могла над ним и подтрунивать, и это стоило уточнить.

— В каком весе ты боксируешь?

— Ни в каком. Просто иногда разминаюсь с парнями в боксерском клубе.

«Почему-то меня это не удивляет», — подумал Микаэль.

Однако он отметил, что она все-таки рассказала о себе хоть что-то. Ему по-прежнему оставались неизвестными основные факты ее биографии: как получилось, что она стала работать у Арманского, какое у нее образование или чем занимаются ее родители. Как только Микаэль пытался задавать ей вопросы о личной жизни, она сразу закрывалась, как ракушка, и отвечала односложно или попросту игнорировала его.

Однажды днем Лисбет Саландер вдруг отложила папку и взглянула на Микаэля, нахмурив брови:

— Что тебе известно об Отто Фальке? О пасторе?

— Почти ничего. Теперь здесь пастор — женщина. В начале года я несколько раз встречался с ней в церкви, и она рассказала, что Фальк еще жив, но живет в пансионате гериатрического центра, в Хедестаде. У него болезнь Альцгеймера.

— Откуда он взялся?

— Он сам родом из Хедестада, потом учился в Уппсале, а примерно в тридцатилетнем возрасте вернулся домой.

— Он не был женат. И Харриет с ним общалась.

— Почему ты спрашиваешь?

— Я просто отметила, что полицейский, этот Морелль, допрашивал его довольно мягко.

— В шестидесятые годы пасторы все еще занимали совершенно другое положение в обществе. То, что он жил на острове, так сказать, рядом с власть имущими, было вполне естественным.

— Меня интересует, насколько тщательно полиция обыскивала пасторскую усадьбу. На снимках видно, что там был большой деревянный дом, и наверняка имелось много мест, где можно было ненадолго спрятать тело.

— Верно. Однако ничто в материале не указывает на связь пастора с серийными убийствами или с исчезновением Харриет.

— Как раз напротив,— возразила Лисбет Саландер, подарив Микаэлю кривую улыбку.— Во-первых, он пастор, а у пасторов к Библии особое отношение. Во-вторых, он был последним человеком, который видел Харриет и разговаривал с ней.

— Но он ведь сразу же направился к месту аварии и оставался там в течение нескольких часов. Он виден на множестве снимков, особенно в то время, когда, вероятно, исчезла Харриет.

— А-а, я могу разрушить его алиби. Но вообще-то мне сейчас подумалось о другом. Тут речь идет о садисте, убивающем женщин.

— И что из этого?

— Я была... у меня весной образовалось немного свободного времени, и я кое-что почитала о садистах, в совершенно другой связи. Мне, в частности, попалось руководство, выпущенное ФБР, где утверждается, что подавляющее большинство пойманных серийных убийц происходят из проблемных семей и что они еще в детстве любили издеваться над животными. В Америке многие серийные убийцы были к тому же пойманы при поджогах.

— Ты имеешь в виду принесение в жертву животных и всесожжение?

— Да. Во всех отмеченных Харриет убийствах фигурируют издевательства над животными и огонь. Но я вообще-то имела в виду то, что пасторская усадьба в конце семидесятых годов сгорела.

Микаэль немного поразмыслил.

— Слабовато,— в конце концов сказал он.

Лисбет Саландер кивнула:

— Согласна. Но стоит взять на заметку. Я ничего не обнаружила в расследовании о причинах пожара, и было бы любопытно узнать, происходили ли в шестидесятых годах другие таинственные пожары. Кроме того, стоит проверить, не отмечались ли тогда в этих краях случаи издевательства над животными или нанесения им увечий.

Когда Лисбет на седьмой вечер своего пребывания в Хедебю отправилась спать, она была немного сердита на Микаэля Блумквиста. В течение недели она проводила с ним практически каждую свободную от сна минуту; в обычных случаях семи минут в обществе другого человека оказывалось достаточным, чтобы у нее возникала головная боль.

Лисбет давно установила, что общение с окружающими не является ее сильной стороной, и уже свыклась с жизнью отшельника. И она бы ее вполне удовлетворяла, если бы только люди оставляли ее в покое и не мешали заниматься своими делами. К сожалению, окружающие не проявляли достаточной мудрости и понимания. Ей приходилось отделываться от разных социальных структур, детских исправительных учреждений, опекунского совета муниципалитета, налоговых управлений, полиции, кураторов, психологов, психиатров, учителей и гардеробщиков, которые (за исключением уже знавших ее вахтеров кафе «Мельница») не хотели пускать ее в кабаки, хотя ей уже исполнилось двадцать пять лет. Существовала целая армия людей, которые, казалось, не могли найти себе других занятий, кроме как при малейшей возможности пытаться управлять ее жизнью и вносить свои коррективы в избранный ею способ существования.

Лисбет рано усвоила, что слезы ничему не помогают. Она также поняла, что каждая попытка привлечь чье-либо внимание к обстоятельствам ее жизни только усугубляет ситуацию. Следовательно, она должна была сама решать свои проблемы, пользуясь теми методами, которые сама считала необходимыми. Адвокату Нильсу Бьюрману довелось испробовать это на себе.

Микаэль Блумквист, как и остальные люди, обладал возмутительной склонностью копаться в ее личной жизни и задавать вопросы, на которые ей не хотелось отвечать. Зато реагировал он совершенно не так, как большинство знакомых ей людей.

Когда она игнорировала его вопросы, он только пожимал плечами, бросал эту тему и оставлял ее в покое. Поразительно!

Для начала, добравшись в первое утро пребывания у него дома до его ноутбука, Лисбет, разумеется, перекачала оттуда всю информацию в свой компьютер. Теперь стало не важно, отстранит он ее от дальнейшей работы или нет,— доступ к материалу у нее все равно имелся.

Потом она попыталась спровоцировать его, у него на глазах читая документы в его в компьютере. Она ожидала вспышки ярости. А он лишь посмотрел на нее с каким-то подавленным видом, пробормотал что-то ироническое, принял душ, а потом взялся обсуждать с ней то, что она прочла. Странный парень. Прямо-таки возникал соблазн поверить в то, что он ей доверяет.

Вместе с тем его осведомленность о ее талантах хакера представлялась делом серьезным. Лисбет Саландер знала, что на юридическом языке хакерство, которым она занималась по работе и ради собственного удовольствия, называлось незаконным проникновением в компьютер и могло привести к заключению в тюрьму сроком до двух лет. Это был уязвимый момент — сидеть взаперти ей не хотелось, а еще в тюрьме у нее, скорее всего, отнимут компьютер, лишив тем самым единственной работы, которая у нее действительно хорошо получалась. Ей даже в голову не приходило рассказывать Драгану Арманскому или кому-нибудь другому, каким образом она добывает информацию, за которую они платят.

За исключением Чумы и немногих людей в Сети, подобных ей профессиональных хакеров,— а большинство из них знали ее только как Осу и понятия не имело, кто она такая и где живет,— в ее тайну проник только Калле Блумквист. Он поймал ее, потому что она совершила ошибку, которой не сделает даже двенадцатилетний хакер-новичок, и это свидетельствовало лишь о том, что ее мозги расплавились и она заслуживает хорошей порки. Однако он не пришел в бешенство и не перевернул все вверх дном, а вместо этого нанял ее на работу.

По этой причине Лисбет на него уже немного злилась.

Когда они съели по бутерброду на ночь и собрались идти спать, он вдруг спросил ее, хороший ли она хакер. К собственному удивлению, она ему ответила, даже не подумав:

— Вероятно, лучший в Швеции. Возможно, есть еще два или три человека моего уровня.

В своей правоте она ничуть не сомневалась. Когда-то Чума был лучше ее, но она давно его обошла.

В то же время произносить эти слова вслух было странно, прежде ей этого делать не доводилось. Да собственно, и не с кем было вести подобные разговоры, и ей вдруг стало приятно, что он, похоже, восхищен ее возможностями. Но потом он все испортил, спросив, как она всему этому научилась.

Она не знала, что отвечать.

«Я всегда это умела»,— могла бы она сказать.

Но вместо ответа она просто ушла и легла спать, даже не пожелав ему спокойной ночи.

Микаэль никак не отреагировал на ее внезапный уход, наверное, чтобы еще больше разозлить ее. Она лежала, прислушиваясь к тому, как он перемещается по кухне, убирает и моет посуду. Он всегда ложился позже ее, но сейчас явно тоже направлялся спать. Она услышала, как он прошел в ванную, а потом отправился к себе в спальню и закрыл дверь. Через некоторое время до нее донесся скрип его кровати, находившейся в полуметре от нее, за стеной.

За неделю, которую она прожила у него, он ни разу не попытался с ней флиртовать. Он с ней работал, интересовался ее мнением, поправлял ее, когда она заблуждалась, признавал ее правоту, когда она его отчитывала. Черт побери, он относился к ней как к человеку.

Лисбет внезапно осознала, что ей нравится общество Микаэля Блумквиста и что, пожалуй, она ему даже доверяет. Раньше она никому не доверяла, разве что Хольгеру Пальмгрену. Правда, совершенно по другой причине: Пальмгрен был предсказуемым добрым дядей.

Лисбет вдруг встала, подошла к окну и в смятении уставилась в темноту. Самым трудным для нее всегда было впервые показаться голой другому человеку. Она не сомневалась в том, что ее худощавое тело производит отталкивающее впечатление. Грудь — жалкая, о бедрах и говорить не приходится. На ее взгляд, предлагать ей было особенно нечего. Но тем не менее она оставалась самой обычной женщиной, с тем же половым влечением и желанием, что и у других. Она простояла в раздумьях почти двадцать минут, а потом решилась.

Микаэль улегся и открыл роман Сары Парецки, как вдруг услышал скрип открывающейся двери и встретился взглядом с Лисбет Саландер, замотанной в простыню. Некоторое время она молча стояла в дверях, словно о чем-то размышляя.

— Что-нибудь случилось? — спросил Микаэль.

Она помотала головой.

— Что тебе надо?

Она подошла к нему, взяла книгу и положила на ночной столик. Потом наклонилась и поцеловала его в губы. Яснее выразить свои намерения было просто невозможно. Она быстро забралась к нему на кровать, уселась и посмотрела на него изучающим взглядом. Потом опустила руку на простыню у него на животе. Поскольку никакого протеста с его стороны не последовало, она склонилась и укусила его за сосок.

Микаэль совершенно растерялся. Через несколько секунд он схватил ее за плечи и отодвинул настолько, чтобы видеть лицо. Ее действия явно не оставили его равнодушным.

— Лисбет... я не уверен, что это хорошая идея. Нам ведь предстоит вместе работать.

— Я хочу заняться с тобой сексом. От этого у меня не возникнет никаких проблем при работе с тобой, но мне будет с тобой чертовски трудно, если ты меня отсюда выставишь.

— Но мы ведь едва знаем друг друга.

Она вдруг усмехнулась, коротко, словно кашлянула:

— Когда я собирала о тебе информацию, то убедилась, что прежде это тебе не мешало. Напротив, ты из тех, кто не пропускает ни одной юбки. В чем же дело? Я для тебя недостаточно сексуальна?

Микаэль помотал головой, пытаясь подобрать какие-нибудь убедительные доводы. Не дождавшись ответа, она стянула с него простыню и уселась на него верхом.

— У меня нет презервативов,— сказал Микаэль.

— Наплевать.

Когда Микаэль проснулся, Лисбет уже встала. Он услышал, как она возится с кофейником на кухне. На часах было около семи. Поскольку поспать ему удалось всего два часа, он еще немного полежал с закрытыми глазами.

Он совершенно не понимал Лисбет Саландер. До этого она ни разу даже взглядом не намекнула, что проявляет к нему хоть малейший интерес как к мужчине.

— Доброе утро,— сказала Лисбет, заглядывая в дверь и даже немного улыбаясь.

— Привет,— отозвался Микаэль.

— У нас кончилось молоко. Я съезжу на бензоколонку. Они открываются в семь.

Она развернулась так быстро, что Микаэль не успел ответить. Он слышал, как она надела туфли, взяла сумку и мотоциклетный шлем и вышла на улицу. Он закрыл глаза. Потом услышал, как входная дверь снова открылась, и буквально через несколько секунд Лисбет опять возникла в дверях. На этот раз она не улыбалась.

— Тебе лучше выйти и посмотреть,— сказала она довольно странным голосом.

Микаэль тут же вскочил и натянул джинсы.

Ночью кто-то посетил гостевой домик и принес неприятный подарок. На крыльце лежал наполовину обугленный труп расчлененной кошки. Ей отрезали голову и ноги, после чего с тела содрали шкуру и вытащили кишки и желудок; их куски валялись возле трупика, который, похоже, жгли на огне. Голову кошки оставили нетронутой и прикрепили к седлу мотоцикла Лисбет Саландер. Рыже-коричневую шкурку Микаэль узнал.

Глава

22

Четверг, 10 июля

Они завтракали в саду в полном молчании и пили кофе без молока. Лисбет достала маленький цифровой аппарат «Кэнон» и запечатлела жуткое зрелище, а потом Микаэль принес мешок для мусора и все убрал. Он поместил погибшую кошку в багажник одолженной машины, но толком не знал, что ему делать с останками. Вероятно, следовало заявить в полицию об издевательстве над животным и, возможно, об угрозе насилия, однако он плохо представлял себе, как сможет объяснить причину всего этого.

В половине девятого мимо них в сторону моста прошла Изабелла Вангер. Она их не увидела или сделала вид, что не заметила.

— Как ты себя чувствуешь? — наконец спросил Микаэль.

— Нормально.— Она посмотрела на него озадаченно.

«Ладно. Значит, ему хочется, чтобы я разволновалась»,— отметила она.

— Когда я найду скотину,— продолжала она вслух,— которая замучила невинную кошку только для того, чтобы нас предостеречь, я ее как следует обработаю бейсбольной битой.

— Ты думаешь, это предостережение?

— У тебя есть объяснение получше? И это означает еще кое-что.

Микаэль кивнул:

— Что бы ни крылось за этой историей, мы явно растревожили кого-то настолько, что толкнули его на безумный поступок. Но тут есть и другая проблема.

— Знаю. Это принесение в жертву животного в духе пятьдесят четвертого и шестидесятого годов. Но кажется маловероятным, чтобы убийца, орудовавший пятьдесят лет назад, теперь бегал тут и раскладывал на твоем пороге трупы замученных животных.

Микаэль согласился.

— В таком случае речь может идти только о Харальде Вангере и Изабелле Вангер. Имеется еще несколько пожилых родственников по линии Юхана Вангера, но никто из них в здешних местах не живет.

— Изабелла — злобная чертовка,— вздохнул Микаэль.— Она вполне способна убить кошку, но сомневаюсь, чтобы она носилась повсюду и пачками убивала женщин в пятидесятых годах. Харальд Вангер... не знаю, он кажется таким слабым, что едва ходит, и мне трудно себе представить, чтобы он выскользнул ночью, поймал кошку и сотворил все это.

— Если тут не действовали два человека. Старый и помоложе.

Вдруг Микаэль услышал шум мотора, поднял взгляд и увидел, что в сторону моста удаляется машина Сесилии.

«Харальд и Сесилия?»— подумал он.

Однако поверить в совместные действия этой пары он не мог: отец с дочерью не общаются и едва разговаривают друг с другом. И несмотря на обещание Мартина Вангера поговорить с Сесилией, она по-прежнему не отвечала на звонки Микаэля.

— Это должен быть кто-то, кому известно, чем мы занимаемся и что у нас есть успехи,— сказала Лисбет Саландер, встала и пошла в дом.

Когда она вернулась, на ней был кожаный комбинезон.

— Я еду в Стокгольм. Вернусь вечером.

— Что ты собираешься делать?

— Кое-что привезти. Если кто-то обезумел настолько, что расправился с кошкой, он или она может с таким же успехом напасть в следующий раз на нас самих. Или поджечь дом, пока мы будем спать. Я хочу, чтобы ты сегодня съездил в Хедестад и купил два огнетушителя и два пожарных извещателя. Один из огнетушителей должен быть хладоновым.

Не прощаясь, она надела шлем, завела мотоцикл и укатила через мост.

Микаэль выбросил останки кошки в мусорный бак у бензоколонки, а потом поехал в Хедестад и купил огнетушители и пожарные извещатели. Положив их в багажник машины, он отправился в больницу. Микаэль заранее созвонился с Дирком Фруде и договорился о встрече в больничном кафетерии, где рассказал ему о том, что случилось утром. Дирк Фруде побледнел.

— Микаэль, я никак не рассчитывал на то, что эта история может оказаться опасной.

— Почему же? Ведь наша задача — поиск убийцы.

— Но кто мог... это просто безумие. Если жизнь ваша и фрёкен Саландер оказывается под угрозой, мы должны все это прекратить. Хотите, я поговорю с Хенриком?

— Нет. Ни в коем случае. Я не хочу, чтобы у него случился еще один инфаркт.

— Он все время спрашивает, как у вас идут дела.

— Передайте ему, что я продолжаю распутывать историю дальше.

— Что вы собираетесь делать?

— У меня есть несколько вопросов. Первый инцидент произошел сразу после того, как у Хенрика случился инфаркт, когда я уезжал на день в Стокгольм. Кто-то обыскивал мой кабинет. К тому времени я как раз раскрыл библейский код и обнаружил снимки с Йернвегсгатан. Я рассказал об этом вам и Хенрику. Мартин оказался в курсе, поскольку помогал мне попасть в «Хедестадс-курирен». Кто еще мог об этом знать?

— Ну, я точно не знаю, с кем Мартин мог разговаривать на эту тему. Однако Биргер с Сесилией знали. Они обсуждали вашу охоту за снимками. Александр тоже знал. А еще Гуннар и Хелен Нильссон. Они тогда как раз навещали Хенрика и присутствовали при разговоре. И Анита Вангер.

— Анита? Та, что живет в Лондоне?

— Сестра Сесилии. Когда у Хенрика случился инфаркт, она прилетела домой вместе с Сесилией, но жила в гостинице и, насколько мне известно, на остров не выезжала. Анита, как и Сесилия, не хочет встречаться с отцом. Но она улетела обратно неделю назад, когда Хенрика перевели из реанимации.

— Где живет Сесилия? Я видел, как она утром переезжала через мост, но у нее в доме темно и заперто.

— Вы ее подозреваете?

— Нет, просто интересуюсь, где она находится.

— Она живет у своего брата, у Биргера. Оттуда можно прийти навестить Хенрика пешком.

— Вы знаете, где она сейчас?

— Нет. Но она, во всяком случае, не в больнице.

— Спасибо,— сказал Микаэль и поднялся.

В больнице и ее окрестностях от семейства Вангер просто не было прохода. Через холл, в сторону лифтов, направлялся Биргер Вангер. Микаэль не имел желания с ним сталкиваться и подождал, пока тот скрылся, а затем вышел в холл. Зато в дверях, почти на том же месте, где встретился с Сесилией Вангер во время прошлого посещения больницы, он столкнулся с Мартином Вангером. Они поздоровались и пожали друг другу руки.

— Вы навещали Хенрика?

— Нет, просто повидался с Дирком Фруде.

У Мартина Вангера был усталый вид, глаза ввалились. Микаэлю пришло в голову, что за полгода их знакомства Мартин значительно постарел. Борьба за спасение империи Вангеров давалась не просто, и внезапное несчастье с Хенриком тоже подействовало не лучшим образом.

— Как ваши дела? — спросил Мартин Вангер.

Микаэль не замедлил подчеркнуть, что не собирается прекращать работу и уезжать в Стокгольм.

— Спасибо, неплохо. Ситуация с каждым днем становится все интереснее. Я надеюсь, что когда Хенрик немного окрепнет, смогу удовлетворить его любопытство.

Биргер Вангер жил в доме из белого кирпича по другую сторону дороги, всего в пяти минутах ходьбы от больницы. Его окна выходили на море и гостевую гавань. Микаэль позвонил в дверь, но никто не открыл. Позвонил Сесилии на мобильный, но тоже безрезультатно. Он немного посидел в машине, постукивая пальцами по рулю. Биргер Вангер был в этой компании темной лошадкой; поскольку он родился в 1939 году, к моменту убийства Ребекки Якобссон ему было десять лет. Однако когда исчезла Харриет, ему уже сравнялось двадцать семь.

По мнению Хенрика Вангера, Биргер и Харриет почти не общались. Он вырос в Уппсале, где тогда жила его семья, и переехал в Хедестад, чтобы работать в концерне, но через пару лет переключился на политику. Правда, когда убили Лену Андерссон, он был в Уппсале.

Разобраться в этой истории Микаэль не мог, но инцидент с кошкой ясно показал, что над ним нависла угроза и необходимо поторопиться.

Прежнему пастору Хедебю Отто Фальку на момент исчезновения Харриет было тридцать шесть лет. Сейчас ему сравнялось семьдесят два года, меньше, чем Хенрику Вангеру, но в ясности рассудка он значительно уступал старому промышленнику. Микаэль обнаружил его в больничном пансионате «Ласточка» — желтом кирпичном здании, расположенном поблизости от реки Хедеон, в другом конце города. В регистратуре Микаэль представился и попросил разрешения поговорить с пастором Фальком. Он объяснил, что ему известно о характере заболевания пастора, и осведомился, насколько тот коммуникабелен. Старшая сестра ответила, что диагноз пастору Фальку поставили три года назад и что болезнь быстро прогрессирует. Общаться с ним вполне возможно, но он плохо помнит недавние события, не узнает некоторых родственников и вообще его сознание все больше затуманивается. Микаэля также предупредили, что у старика может начаться приступ страха, если на него давить или задавать вопросы, на которые он не в силах ответить.

Старый пастор сидел на скамейке в парке, вместе с тремя другими пациентами и санитаром. Микаэль провел целый час, пытаясь добиться от него толку.

Пастор Фальк утверждал, что прекрасно помнит Харриет Вангер. Он просиял и отозвался о ней как об очаровательной девушке. Однако Микаэль быстро понял, что пастору удалось забыть о том, что она пропала почти тридцать семь лет назад; он говорил о ней так, словно недавно с ней виделся, и просил Микаэля передать ей привет и уговорить ее как-нибудь его навестить. Микаэль пообещал выполнить его просьбу.

Когда Микаэль спросил о том, что произошло в день исчезновения Харриет, пастор растерялся. Он явно не помнил аварии на мосту. Только к концу беседы он упомянул нечто заставившее Микаэля насторожиться.

Когда Микаэль завел разговор об интересе Харриет к религии, пастор вдруг призадумался. На его лицо словно бы упала тень. Он немного посидел, раскачиваясь взад и вперед, а потом внезапно взглянул на Микаэля и спросил, кто он такой. Микаэль снова представился, и старик подумал еще немного. Затем он сердито покачал головой:

— Она еще пребывает в поиске. Ей надо проявлять осторожность, и вы должны ее предостеречь.

— От чего я должен ее предостеречь?

Пастор Фальк вдруг рассердился и вновь покачал головой, насупив брови:

— Она должна прочесть sola scriptura* и понять sufficientia scripturae**. Только так она сможет сохранить sola fide***,

---

* Только Писание (*лат.*) — один из важнейших тезисов Реформации. (*Прим. перев.*)
** Достаточность Писания (*лат.*). (*Прим. перев.*)
*** Только вера (*лат.*). (*Прим. перев.*)

Иосиф их решительно исключает. В каноне они всегда отсутствуют.

Микаэль абсолютно ничего не понял, но все аккуратно записал. Потом пастор Фальк склонился к нему и доверительно прошептал:

— Я думаю, она католичка. Она увлекается магией и еще не нашла своего Бога. Ее необходимо наставить на путь истинный.

Слово «католичка» пастор Фальк произнес с заметной неприязнью.

— Я думал, что ее интересовало движение пятидесятников.

— Нет-нет, не пятидесятники. Она ищет запретную истину. И не является доброй христианкой.

После этого пастор Фальк, казалось, забыл о Микаэле и теме их разговора и переключился на беседу с другим пациентом.

В начале третьего Микаэль вернулся на остров. Он сходил к дому Сесилии Вангер, но безрезультатно, потом опять позвонил ей на мобильный и вновь не услышал ответа.

Пожарные извещатели Микаэль установил на кухне и в сенях. Один огнетушитель он поставил возле железной печки, перед дверью в спальню, а второй — возле двери в туалет. Потом он приготовил себе обед, состоявший из кофе и бутербродов, уселся в саду и занес записанное во время разговора с пастором Фальком к себе в ноутбук. Он глубоко задумался, а потом посмотрел в сторону церкви.

Новой пасторской усадьбой Хедебю служила самая обычная современная вилла, стоявшая в нескольких минутах ходьбы от церкви. Около четырех часов Микаэль отправился к пастору Маргарете Странд и объяснил, что ему нужен совет по теологическому вопросу. Маргарета Странд была темноволосой женщиной его возраста, одетой в джинсы и фланелевую рубашку. Открывать она пришла босиком, и Микаэль отметил накрашенные ногти на ее ногах. Ранее он несколько раз сталкивался с ней в «Кафе Сусанны» и разговаривал о пасторе Фальке. Она приняла его любезно и пригласила пройти в сад.

Микаэль рассказал о своей беседе с пастором Фальком и передал им сказанное, признавшись, что не понял значения его слов. Маргарета Странд выслушала и попросила Микаэля повторить дословно. Потом она немного подумала.

— Я получила должность в Хедебю только три года назад и никогда не встречалась с пастором Фальком. Он вышел на пенсию несколькими годами раньше, но я поняла, что он был приверженцем старых церковных традиций. То, что он вам сказал, означает примерно следующее: надлежит придерживаться исключительно Священного Писания — sola scriptura — и что оно sufficientia scripturae. Последнее означает, что Писания достаточно для верующих, понимающих его буквально. Sola fide означает «одну лишь веру» или «чистую веру».

— Понятно.

— Все это, так сказать, основополагающие догмы. По большому счету это платформа церкви, и ничего необычного в этом нет. Иными словами, он хотел вам сказать лишь следующее: «Читайте Библию — она дает достаточное знание и гарантирует чистоту веры».

Микаэль испытал некоторое смущение.

— Теперь я должна спросить вас, в каком контексте возник этот разговор?

— Я беседовал с ним о человеке, с которым он встречался много лет назад и о котором я сейчас пишу.

— О человеке, искавшем путь к вере?

— Что-то в этом роде.

— Хорошо. Думаю, я понимаю контекст. Пастор Фальк сказал еще две вещи — что «Иосиф их решительно исключает» и что «в каноне они всегда отсутствуют». Может ли быть, что вы ослышались и он сказал Иосефус, а не Иосиф? Это, по сути дела, то же имя.

— Не исключено,— ответил Микаэль.— Я записал разговор на пленку, если хотите, можем послушать.

— Не нужно. Думаю, в этом нет необходимости. Эти две фразы довольно явно указывают на то, что он имел в виду. Иосефус, или Иосиф Флавий, был иудейским историком, и сентенция: «в каноне они всегда отсутствуют», вероятно, означает, что их никогда не включали в еврейский канон.

— И что это означает?

Она засмеялась:

— Пастор Фальк утверждает, что тот человек увлекался эзотерическими источниками, а точнее, апокрифами. Слово «апокрифос» означает «тайный, сокровенный», и апокрифы — это, следовательно, сокровенные книги, которые одни считают спорными, а другие полагают, что их следовало бы включить в Ветхий Завет. К ним относятся книги Товита, Юдифи, Эсфири, Варуха и Сираха, книги Маккавеев и некоторые другие.

— Простите мое невежество. Я слышал об апокрифах, но не читал их. Что в них такого особенного?

— В общем-то, ничего особенного в них нет, кроме того, что они возникли несколько позже остальной части Ветхого Завета. Поэтому апокрифы не включаются в еврейскую Библию — не из-за того, что иудейские книжники не доверяли их содержанию, а просто потому, что во время их написания Книга откровений Господа уже была закончена. Зато апокрифы присутствуют в старом греческом переводе Библии. Например, Римско-католическая церковь их признаёт.

— Понятно.

— Однако протестантская церковь считает их спорными. При Реформации теологи придерживались старой еврейской Библии. Мартин Лютер изъял апокрифы из реформационной Библии, а позднее Кальвин заявил, что апокрифы никак не могут быть положены в основу религиозных убеждений. То есть они содержат нечто противоречащее claritas scripturae — ясности Писания.

— Иными словами, подверг книги цензуре.

— Именно. В апокрифах, например, утверждается, что можно заниматься магией, что ложь в некоторых случаях допустима и тому подобное, а это, естественно, возмущает людей, толкующих Писание догматически.

— Ясно. Значит, если кто-то увлекается религией, то он вполне может читать апокрифы, а такого человека, как пастор Фальк, это должно возмущать.

— Точно. Если ты интересуешься Библией или католической верой, ты неизбежно сталкиваешься с апокрифами, и столь же вероятно, что их будет читать человек, просто интересующийся эзотерикой.

— А у вас, случайно, нет почитать чего-нибудь в этом роде?

Она снова засмеялась. Светло и по-дружески.

— Разумеется, есть. Апокрифы, кстати, были изданы в восьмидесятых годах в серии официальных государственных заключений как заключение Библейской комиссии.

Драгана Арманского очень заинтересовало, что происходит, когда Лисбет Саландер попросила его о личной беседе. Он закрыл дверь и указал ей на кресло для посетителей. Она объяснила, что работа на Микаэля Блумквиста окончена — Дирк Фруде заплатит до конца месяца,— но что она решила продолжать участвовать в расследовании, хотя Микаэль предложил ей существенно меньшую зарплату.

— У меня своя фирма,— сказала Лисбет Саландер.— До сих пор я не брала никакой работы, кроме той, что получала от тебя, согласно нашему договору. Мне хотелось бы знать, что произойдет, если я возьму работу без твоего участия.

Драган Арманский развел руками:

— Ты являешься индивидуальным предпринимателем и можешь сама выбирать себе задания и устанавливать оплату по своему усмотрению. Я только порадуюсь, если ты что-то заработаешь самостоятельно. Вместе с тем с твоей стороны будет неблаговидно переманивать к себе клиентов, которых ты получаешь через нас.

— Этого я делать не собираюсь. Я полностью выполнила задание в соответствии с контрактом, который мы заключили с Блумквистом. Эта работа закончена. Речь идет о том, что лично мне хочется продолжить расследование. Я согласилась бы работать даже бесплатно.

— Никогда ничего не делай бесплатно.

— Ты понимаешь, что я имею в виду. Мне хочется узнать, чем эта история закончится. Я уговорила Микаэля Блумквиста попросить Дирка Фруде нанять меня для дальнейшей работы в качестве ассистента-исследователя.

Она протянула Арманскому контракт, и он пробежал его глазами.

— При такой зарплате можно с таким же успехом работать бесплатно. Лисбет, у тебя есть талант. Тебе незачем работать за деньги на карманные расходы. Ты знаешь, что можешь зарабатывать у меня гораздо больше, если перейдешь на полный рабочий день.

— Я не хочу работать полный день. Но, Драган, мне важно, как ты на это смотришь. Ты хорошо отнесся ко мне с самого начала. Я хочу знать, не осложнит ли такой контракт наших отношений и не будет ли у нас потом каких-нибудь трений.

— Понятно.— Он немного подумал.— Все нормально. Спасибо, что спросила. Если в дальнейшем будут возникать подобные ситуации, я хотел бы, чтобы ты всегда меня спрашивала, тогда никаких недоразумений не возникнет.

Лисбет Саландер с минуту посидела молча, взвешивая, надо ли что-нибудь добавить. Она посмотрела на Драгана Арманского в упор, ничего не говоря. Потом только кивнула, встала и ушла, как всегда ничего не сказав на прощание. Получив ответ, который ей хотелось услышать, она полностью потеряла интерес к Арманскому.

Драган улыбнулся. То, что она вообще пришла к нему за одобрением, означало новую ступень на пути ее адаптации к жизни в обществе.

Он притянул к себе папку с отчетом об обеспечении безопасности в музее, где скоро должна была открыться большая выставка французских импрессионистов. Потом выпустил папку и взглянул на дверь, в которую только что вышла Саландер. Ему вспомнилось, как она смеялась вместе с Микаэлем Блумквистом у себя в кабинете, и он задумался: означает ли все это, что она начинает взрослеть, или тут дело в Блумквисте? Внезапно он забеспокоился. Ему никак не удавалось отделаться от ощущения, что Лисбет Саландер потенциально является идеальной жертвой, а теперь она еще уехала в глушь к какому-то психу.

По пути на север Лисбет Саландер спонтанно завернула в больницу «Эппельвикен» и навестила мать. Не считая визита в день летнего солнцестояния, она не виделась с матерью с Рождества и ощущала угрызения совести, потому что слишком редко выкраивала на нее время. Уже давно она не бывала здесь чаще чем один раз в несколько недель. Мать сидела в общей гостиной. Лисбет провела с ней примерно час, и они вместе прогулялись до пруда по парку, расположенному за пределами больницы. Мать продолжала путать Лисбет с сестрой. Ее разум, как обычно, в основном где-то витал, но, похоже, она была взволнована визитом.

Когда Лисбет стала прощаться, мать не хотела выпускать ее руку. Лисбет пообещала скоро приехать опять, но мать проводила ее обеспокоенным и несчастным взглядом.

Словно предчувствовала надвигающуюся катастрофу.

Микаэль провел два часа в саду за домом, просматривая апокрифы, но убедился лишь в том, что понапрасну тратит время.

Зато ему в голову пришла одна мысль. Насколько религиозной на самом деле была Харриет Вангер? Интерес к изучению Библии проснулся у нее в последний год перед исчезновением. Она подобрала несколько цитат к серии убийств, а потом внимательно прочла не только Библию, но и апокрифы и заинтересовалась католицизмом.

А что, если она провела то же исследование, что Микаэль Блумквист и Лисбет Саландер проделали на тридцать семь лет позже,— вдруг ее интерес к этим текстам был вызван больше поисками убийцы, чем религиозностью? Пастор Фальк дал понять, что она (в его глазах) скорее находилась в поиске, чем была истинной христианкой.

Его размышления прервал звонок Эрики.

— Я хочу только сказать, что мы с Грегером на следующей неделе уезжаем в отпуск. Меня не будет четыре недели.

— Куда вы едете?

— В Нью-Йорк. У Грегера там выставка, а потом мы собираемся поехать на Карибы. Один знакомый Грегера предоставляет нам свой дом на Антигуа, и мы пробудем там две недели.

— Звучит замечательно. Желаю вам хорошей поездки. И привет Грегеру.

— Я толком не отдыхала три года. Новый номер готов, и мы почти целиком собрали следующий. Мне бы, конечно, хотелось оставить на месте редактора тебя, но Кристер обещал, что все сделает сам.

— Если ему потребуется помощь, он всегда может мне позвонить. Как дела с Янне Дальманом?

Она немного поколебалась.

— Он тоже уходит в отпуск на следующей неделе. На должность ответственного секретаря я временно посадила Хенри. Они с Кристером останутся у руля.

— Хорошо.

— Я не доверяю Дальману. Но ведет он себя нормально. Я вернусь седьмого августа.

Около семи часов Микаэль предпринял пять попыток дозвониться до Сесилии Вангер. Потом послал ей сообщение с просьбой позвонить ему, но ответа не получил.

Решительно захлопнув книгу апокрифов, он надел тренировочный костюм, запер дверь дома и отправился на ежедневную пробежку.

Он пробежал сперва по узкой дорожке вдоль берега, а потом свернул в лес. С максимальной скоростью он преодолел заросли кустарника и бурелом и добрался до Укрепления, совершенно выбившись из сил и с невероятно учащенным пульсом. Он остановился возле одного из старых дотов и в течение нескольких минут делал растяжки.

Внезапно он услышал резкий хлопок, и в серую бетонную стену в нескольких сантиметрах от его головы вонзилась пуля. Потом он почувствовал боль у корней волос — осколки бетона глубоко вонзились в кожу.

Мгновение показалось вечностью. Микаэль стоял как парализованный, не в силах понять, что произошло. Потом он опрометью бросился на дно траншеи и ударился плечом о землю так сильно, что чуть не покалечился. Второй выстрел раздался в тот самый миг, когда он упал. Пуля попала в бетонный фундамент, в том месте, где он только что стоял.

Микаэль поднялся на ноги и огляделся. Он находился примерно в середине Укрепления. Вправо и влево расходились узкие, метровой глубины, заросшие проходы к траншеям, растянувшимся метров на двести пятьдесят. Пригнувшись, он побежал через лабиринт в южном направлении.

Внезапно ему вспомнились зимние учения стрелковой школы в Кируне, в памяти вновь зазвучал неподражаемый голос капитан Адольфссона:

«Черт подери, Блумквист, опусти башку, если не хочешь, чтобы тебе отстрелили задницу».

Двадцать лет спустя Микаэль по-прежнему помнил дополнительные учения, которыми командовал капитан Адольфссон.

Примерно через шестьдесят метров Микаэль, с колотящимся сердцем, остановился и перевел дух. Он не слышал ничего, кроме собственного дыхания.

«Человеческий глаз улавливает движение намного быстрее, чем формы и фигуры. Когда проводишь разведку, двигайся медленно».

Микаэль осторожно приподнялся, так что смог выглянуть поверх края траншеи. Солнце било в глаза и не давало разглядеть детали, но никакого движения он не заметил.

Снова опустив голову, Микаэль добежал до последней траншеи.

«Не важно, насколько хорошее у противника оружие. Если ему тебя не видно, он в тебя не попадет. Берегись! Следи за тем, чтобы не оказываться на виду».

Примерно метров триста отделяло его от границы хозяйства Эстергорд. В сорока метрах от него располагались труднопроходимые заросли разросшихся кустов. Однако чтобы добраться туда, ему надо было вылезти из траншеи и спуститься по отвесному склону, на котором он будет отлично виден. Но другого пути не было — за спиной у него находилось море. Присев на корточки, Микаэль задумался. Он вдруг ощутил боль в виске и заметил, что рана здорово кровоточит, так что футболка уже вся пропиталась кровью. Кусочки пули или осколки бетонного фундамента оставили глубокую резаную рану у самых корней волос.

«Раны в области скальпа кровоточат бесконечно»,— подумал Микаэль и попытался вновь сосредоточиться на своем положении.

Один выстрел мог оказаться случайным. Два выстрела означали, что кто-то намеренно пытался его убить. Стрелявший вполне мог не уйти, а перезарядить оружие и ждать, пока он высунется.

Он попытался успокоиться и подумать трезво. Надо было либо выжидать, либо как-то отсюда выбираться. Если противник не ушел, второй вариант решительно не подходит. Однако если он станет сидеть и ждать, тот сможет спокойно дойти до Укрепления, найти его и расстрелять с близкого расстояния.

«Ему (или ей?) неизвестно, пошел я направо или налево»,— прикинул Микаэль свои шансы.

Ружье, возможно, штуцер для охоты на лося. Вероятно, с оптическим прицелом. Если стрелявший следил за ним через линзу, значит, у него ограниченный обзор.

«Если ты в затруднительном положении — бери инициативу на себя».

Это лучше, чем ждать. Он высидел еще две минуты, прислушиваясь к звукам, затем вылез из траншеи и как мог быстро скатился с обрыва.

Третий выстрел раздался, когда он был уже на полпути к зарослям, но пуля прошла на большом расстоянии от него. В следующее мгновение Микаэль с размаху бросился сквозь занавес молодых побегов и прокатился через море крапивы. Потом сразу вскочил на ноги и, пригнувшись, побежал в сторону от стрелка. Метров через пятьдесят он остановился и прислушался. Где-то между ним и укреплениями хрустнула ветка. Он беззвучно прильнул к земле.

«Ползание посредством скольжения» было другим любимым выражением капитана Адольфссона. Микаэль преодолел следующие сто пятьдесят метров ползком, прячась в траве и кустах. Дважды он слышал в зарослях внезапное потрескивание. Первый раз оно вроде раздавалось в непосредственной близости, возможно, метров на двадцать правее того места, где он находился. Микаэль лежал совершенно неподвижно. Через минуту он осторожно поднял голову и огляделся, но никого не увидел. Он довольно долго пролежал не шевелясь, с напряженными до предела нервами, готовый к дальнейшему бегству или, возможно, к отчаянной схватке, если противник пойдет прямо на него. Но в следующий раз потрескивание донеслось с гораздо более дальнего расстояния. Потом наступила тишина.

«Он знает, что я здесь. Вопрос в том, устроился он где-нибудь здесь и ждет, когда я зашевелюсь, или же убрался восвояси».

Он продолжал двигаться ползком, пока не добрался до изгороди пастбища Эстергорда.

Это был следующий критический момент. Вдоль изгороди шла тропинка. Микаэль лежал плашмя и приглядывался. Впереди, метрах в сорока, на невысоком холме, виднелись дома, а справа от них паслась дюжина коров.

«Почему никто не услышал выстрелы и не заинтересовался? Сейчас лето, может быть, никого и нет дома».

О том, чтобы выйти на пастбище, не могло быть и речи — там он будет представлять собой отличную мишень. С другой стороны, соберись он сам пристрелить кого-нибудь, он бы расположился именно на прямой тропинке вдоль изгороди. Он осторожно продолжил путь сквозь кусты, пока они не закончились и не начался редкий сосновый лес.

Микаэль пошел домой в обход, вокруг хозяйства Эстергорд и горы Сёдербергет. Проходя мимо хутора, он отметил, что машины на месте нет. На вершине горы он остановился и взглянул на Хедебю. В старых рыбацких сараях возле лодочной гавани разместились дачники; на мостках сидели и беседовали несколько женщин в купальниках. В воздухе разносился запах гриля, в гавани возле мостков плескались ребятишки.

Он посмотрел на часы — было начало девятого. Стреляли пятьдесят минут назад. Гуннар Нильссон, обнаженный до пояса и в шортах, поливал у себя на участке газон.

«Сколько времени ты уже поливаешь?» — мысленно спросил Микаэль.

В доме Хенрика никого не было, кроме домоправительницы Анны Нюгрен. Дом Харальда, как всегда, казался необитаемым. Вдруг Микаэль увидел Изабеллу, сидевшую в саду, позади своего дома. Она, похоже, с кем-то разговаривала. Буквально через секунду Микаэль сообразил, что ее собеседница — болезненная Герда Вангер, 1922 года рождения, проживающая с сыном Александром Вангером в одном из домов, по другую сторону от Хенрика. Он никогда с ней не встречался, но несколько раз видел ее на участке возле дома. Дом Сесилии казался пустым, но вдруг Микаэль увидел, что у нее на кухне зажегся свет.

«Она дома,— отметил он.— Может, стреляла женщина?»

Он ни секунды не сомневался в том, что Сесилия умеет обращаться с ружьем. Вдали ему была видна машина Мартина Вангера, стоящая во дворе перед домом.

«Сколько времени ты уже дома?»

Или это кто-то, о ком он еще не подумал? Фруде? Александр? Слишком много возможностей.

Микаэль спустился с горы, прошел по ведущей в селение дороге и, никого не встретив, отправился прямо к себе домой. Первое, что он увидел, была приоткрытая входная дверь, и он невольно присел. Потом до него донесся запах кофе, а в окне кухни мелькнула Лисбет Саландер.

Лисбет услышала, как Микаэль вошел в прихожую, обернулась ему навстречу и застыла. Его лицо, перемазанное сохнущей кровью, выглядело жутко. Левая сторона белой футболки вся пропиталась красным. Он сразу взял и прижал к голове тряпку.

— Ничего страшного, это просто царапина, но под волосами они дьявольски кровоточат,— объяснил Микаэль, прежде чем она успела что-либо сказать.

Она повернулась и достала коробку с перевязочным материалом, но там нашлись лишь две упаковки пластыря, средство от комаров и маленький рулон хирургического пластыря. Микаэль стянул одежду, бросил ее на пол, а потом пошел в ванную и посмотрелся в зеркало.

Рана на виске оказалась приблизительно три сантиметра длиной и такой глубокой, что Микаэль мог приподнять большой кусок оторванной кожи. Рана продолжала кровоточить, и ее следовало бы зашить, но он подумал, что, если заклеить ее пластырем, она, вероятно, заживет. Он намочил полотенце и обтер лицо.

С полотенцем у виска он встал под душ и закрыл глаза. Потом ударил кулаком о кафель с такой силой, что поцарапал костяшки.

«Иди ты...— подумал он.— Я тебя поймаю».

Когда Лисбет коснулась его руки, он вздрогнул, как от удара током, и уставился на нее с такой злобой, что она невольно отступила. Она дала ему мыло и, ни слова не говоря, ушла обратно на кухню.

Закончив мыться, Микаэль наложил на рану три куска хирургического пластыря. Потом пошел в спальню, надел чистые голубые джинсы и новую футболку и прихватил папку с распечатанными фотографиями.

— Оставайся тут,— прорычал он Лисбет Саландер.

Он дошел до дома Сесилии Вангер и приставил руку к звонку. Звонил он минуты полторы, прежде чем она открыла.

— Я не желаю с тобой встречаться,— сказала она.

Потом взглянула на его голову, на которой сквозь пластырь снова выступила кровь.

— Что это у тебя?

— Впусти меня. Нам необходимо поговорить.

Она заколебалась:

— Нам не о чем разговаривать.

— Теперь нам есть о чем говорить, и тебе придется выбирать: либо беседовать со мной здесь, на ступеньках, либо на кухне.

В голосе Микаэля звучала такая решимость, что Сесилия отступила в сторону и впустила его. Он проследовал прямо к ее кухонному столу.

— Что это у тебя? — снова спросила она.

— Ты утверждаешь, что мои попытки докопаться до правды о Харриет Вангер являются для Хенрика бессмысленной трудотерапией. Возможно. Однако час назад кто-то попытался прострелить мне голову, а сегодня ночью кто-то подложил мне на крыльцо расчлененный кошачий трупик.

Сесилия открыла рот, но Микаэль опередил ее:

— Сесилия, мне наплевать на твои заморочки, и на то, что ты там выдумываешь, и что один мой вид приводит тебя в ярость. Я никогда больше близко не подойду к тебе, и тебе нечего бояться, что я стану тебя тревожить или преследовать. В данный момент я больше всего хотел бы никогда вообще не слышать ни о тебе, ни о ком другом из семейства Вангер. Но я хочу получить ответы на свои вопросы. Чем быстрее ты ответишь, тем скорее от меня избавишься.

— Что ты хочешь знать?

— Первое: где ты была час назад?

Лицо Сесилии потемнело.

— Час назад я была в Хедестаде. Я приехала сюда полчаса назад.

— Кто-нибудь может подтвердить, где ты находилась?

— Насколько мне известно, нет. Я не обязана перед тобой отчитываться.

— Второе: зачем ты открыла окно в комнате Харриет в день, когда она исчезла?

— Что?

— Ты слышала вопрос. Все эти годы Хенрик пытался узнать, кто открыл окно в комнате Харриет как раз в те критические минуты, когда она исчезла. Все говорят, что не прикасались к окну. Кто-то при этом лжет.

— И что, черт подери, наводит тебя на мысль, что это я?

— Эта фотография,— сказал Микаэль и бросил расплывчатый снимок на кухонный стол.

Сесилия подошла к столу и посмотрела на фотографию. На ее лице отразились удивление и испуг. Потом она подняла на него глаза. Микаэль вдруг почувствовал, как кровь маленьким ручейком потекла по его щеке и закапала на футболку.

— В тот день на острове было человек шестьдесят,— сказал он.— Из них двадцать восемь женщины. У пяти или шести были светлые волосы до плеч. И только одна была в светлом платье.

Она уставилась на фотографию.

— И ты думаешь, что это обязательно я?

— Если это не ты, то я бы очень хотел знать, кто же это, по твоему мнению. Этот снимок раньше никто не видел. Я держу его у себя уже несколько недель и пытаюсь с тобой поговорить. Вероятно, я идиот, но я не показывал его ни Хенрику, ни кому-либо другому, потому что безумно боялся бросить на тебя подозрение или навредить тебе. Но мне нужен ответ.

— Ты его получишь.— Она подняла фотографию и протянула ему.— В тот день в комнате Харриет меня не было. На снимке не я. Я не имею ни малейшего отношения к ее исчезновению.

Она подошла к входной двери.

— Ты получил ответ. Теперь я хочу, чтобы ты ушел. Думаю, тебе следует показаться врачу.

Лисбет Саландер отвезла Микаэля в больницу. Рану зашили в два стежка и основательно залепили пластырем, а еще ему дали кортизоновую мазь, чтобы мазать ожоги от крапивы на шее и руках.

Выйдя из больницы, Микаэль долго сидел и размышлял, не следует ли сходить в полицию. Вдруг перед его глазами всплыли заголовки. «Осужденный за клевету журналист в драме со стрельбой». Он покачал головой.

— Езжай домой,— сказал он Лисбет.

Когда они вернулись на остров, уже стемнело, что очень устраивало Лисбет Саландер. Она поставила на кухонный стол спортивную сумку.

— Я одолжила в «Милтон секьюрити» кое-какое оборудование, и сейчас самое время его задействовать. Поставь пока кофе.

Она разместила вокруг дома четыре детектора движения, работающие на батарейках, и объяснила, что, если кто-нибудь подойдет ближе чем на шесть-семь метров, радиосигнал вызовет писк небольшого сигнального устройства, которое она установила у Микаэля в спальне. Одновременно две светочувствительные видеокамеры, которые она пристроила на деревьях спереди и сзади дома, начнут посылать данные на ноутбук, стоящий в шкафу, в прихожей. Она замаскировала камеры темной тканью так, что свободными остались только объективы.

Третью камеру она установила в скворечнике над дверью. Чтобы завести в дом кабель, она просверлила в стене дырку. Объектив был направлен на дорогу и на тропинку, ведущую от калитки к входной двери. Камера каждую секунду делала снимки низкого разрешения, которые сохранялись на жестком диске еще одного ноутбука в гардеробе.

Потом она положила в сенях чувствительный к нажатию коврик. Если кому-то удастся проскользнуть мимо IR-детекторов и зайти в дом, то включится сирена в 115 децибел. Лисбет продемонстрировала, как ему следует отключать детекторы ключом от коробочки, которую она поместила в гардеробе. Она также запаслась биноклем ночного видения, который положила на столе в кабинете.

— Ты мало что оставляешь на волю случая,— сказал Микаэль, наливая ей кофе.

— Еще одно. Больше никаких пробежек, пока мы не разберемся с этим делом.

— Уж поверь, интерес к моциону я утратил.

— Это не шутка. Все начиналось с исторической загадки, но сегодня утром на крыльце лежала мертвая кошка, а вечером кто-то пытался отстрелить тебе башку. Мы всерьез прищемили кому-то хвост.

Они поужинали холодными закусками с картофельным салатом. Микаэль вдруг почувствовал смертельную усталость и резкую головную боль. Он был не в силах разговаривать и отправился спать.

Лисбет Саландер до двух часов ночи сидела и читала документы. Работа в Хедебю выросла в нечто сложное и весьма опасное для жизни.

Глава
23

Пятница, 11 июля

В шесть часов Микаэля разбудило солнце, бившее через щель в занавесках прямо ему в лицо. Голова гудела, касаться пластыря было больно. Лисбет Саландер лежала на животе, обхватив Микаэля рукой. Он посмотрел на дракона, растянувшегося у нее на спине от правой лопатки до ягодицы.

Микаэль посчитал ее татуировки. Помимо дракона на спине и осы на шее у нее имелись одна цепочка вокруг щиколотки, другая вокруг бицепса правой руки, какой-то китайский знак на бедре и розочка на голени. За исключением дракона, все татуировки были маленькими и неброскими.

Осторожно выбравшись из постели, Микаэль задернул занавески. Потом сходил в туалет, тихонько прокрался обратно и постарался залезть в постель, не разбудив Лисбет.

Часа через два они завтракали в саду. Лисбет Саландер посмотрела на Микаэля:

— Нам надо разгадать загадку. Как же к ней подступиться?

— Обобщить имеющиеся факты. Попытаться найти новые.

— Первый факт — кто-то совсем рядом с нами охотится за тобой.

— Вопрос только — почему? Потому что мы близки к разгадке дела Харриет или потому что мы нашли неизвестного серийного убийцу?

— Это должно быть взаимосвязано.

Микаэль кивнул:

— Если Харриет удалось узнать о существовании серийного убийцы, то им должен быть кто-то из ее окружения. Если взглянуть на весь список действующих лиц шестидесятых годов, то там имеется по меньшей мере два десятка кандидатов. Сегодня почти никого из них нет в живых, за исключением Харальда Вангера, но я просто не могу поверить в то, что он в свои почти девяносто два бегает по лесу с ружьем. У него едва ли хватит сил даже поднять штуцер. Эти люди либо слишком стары, чтобы представлять опасность сегодня, либо слишком молоды, чтобы они могли орудовать в пятидесятых годах. И мы возвращаемся к исходной точке.

— Если только тут не взаимодействуют два человека. Один старый, другой помоложе.

— Харальд и Сесилия. Не думаю. Я считаю, что она говорит правду, утверждая, что в окне стояла не она.

— Но тогда кто?

Они открыли ноутбук Микаэля и посвятили следующий час тому, что еще раз детально рассмотрели всех людей на фотографиях с места аварии.

— Я не могу себе представить, чтобы кто-то из жителей селения не пришел посмотреть на всеобщий переполох. Стоял сентябрь, большинство были одеты в куртки или свитера. Только у одного человека длинные светлые волосы и светлое платье.

— Сесилия Вангер присутствует на очень многих снимках. Похоже, она бегает туда-сюда между домами и людьми, наблюдающими за драмой. Вот она разговаривает с Изабеллой. Здесь она стоит с пастором Фальком. А тут — с Грегером Вангером, средним братом.

— Погоди,— вдруг сказал Микаэль.— А что у Грегера в руке?

— Что-то четырехугольное. Похоже на какую-то коробку.

— Это же камера «Хассельблад». У него тоже был фотоаппарат.

Они еще раз прокрутили снимки. Грегер был виден на нескольких фотографиях, но часто его кто-нибудь заслонял. На одном снимке было отчетливо видно, что у него в руках четырехугольная коробка.

— Думаю, ты прав. Это аппарат.

— А это означает, что нам надо вновь начинать погоню за снимками.

— Хорошо, но пока оставим это,— сказала Лисбет Саландер.— Я хочу выдвинуть гипотезу.

— Пожалуйста.

— А что, если кто-то из младшего поколения знает, что кто-то из старшего поколения был серийным убийцей, и не хочет, чтобы это вышло наружу. Честь семьи и тому подобное. В таком случае тут замешаны два человека, но они не сотрудничают. Убийца, возможно, давно умер, а наш мучитель хочет только того, чтобы мы все бросили и уехали домой.

— Я об этом думал,— ответил Микаэль.— Но зачем в таком случае класть расчлененную кошку нам на крыльцо? Это прямая отсылка к убийствам.— Микаэль постучал по Библии Харриет.— Вновь пародия на закон о всесожжении.

Лисбет Саландер откинулась на спинку стула и, обратив взгляд к церкви, стала цитировать Библию, словно разговаривая сама с собой.

— И заколет тельца перед Господом; сыны же Аароновы, священники, принесут кровь и покропят кровью со всех сторон на жертвенник, который у входа скинии собрания. И снимет кожу с жертвы всесожжения и рассечет ее на части.

Она умолкла и вдруг заметила, что Микаэль смотрит на нее напряженным взглядом. Он открыл Библию на книге «Левит».

— А двенадцатый стих ты тоже знаешь?

Лисбет молчала.

— И рассекут ее...— начал Микаэль и кивнул ей.

— И рассекут ее на части, отделивши голову ее и тук ее; и разложит их священник на дровах, которые на огне, на жертвеннике.

В ее голосе чувствовался лед.

— А следующий?

Она внезапно встала.

— Лисбет, у тебя фотографическая память! — удивленно воскликнул Микаэль.— Поэтому-то ты и читаешь страницы расследования за десять секунд.

Ее реакция была подобна взрыву. Она впилась в изумленного Микаэля яростным взглядом, потом в ее глазах появилось отчаяние, она внезапно развернулась и побежала к калитке.

— Лисбет! — закричал ей вслед Микаэль.

Но она уже исчезла.

Микаэль внес в дом компьютер Лисбет, включил сигнализацию, запер дверь и отправился ее искать. Двадцатью минутами позже он нашел ее на одном из причалов лодочной гавани: она сидела, свесив ноги в воду, и курила сигарету. Когда она услышала, как он ступил на причал, ее плечи немного напряглись. Он остановился в двух метрах от нее.

— Я не знаю, какую совершил ошибку, но я не хотел тебя рассердить.

Она не ответила.

Он подошел, сел рядом с ней и осторожно положил руку ей на плечо.

— Лисбет, пожалуйста, поговори со мной.

Она повернула голову и посмотрела на него:

— Тут не о чем разговаривать. Я просто выродок, только и всего.

— Я был бы рад иметь наполовину такую хорошую память, как у тебя.

Она выбросила окурок в воду.

Микаэль довольно долго сидел молча.

«Что я должен говорить? — думал он.— Ты совершенно нормальная девушка. Какая разница, что у тебя есть некоторые особенности. Что у тебя, в конце концов, творится с самооценкой?»

— С первого мгновения, как я тебя увидел, я понял, что в тебе есть нечто особенное,— наконец сказал он вслух.— И знаешь, что я тебе скажу? Мне уже очень давно никто так не нравился с первой же минуты.

Из домика на другой стороне гавани вышли несколько ребятишек и попрыгали в воду. Эушен Норман, художник, с которым Микаэль еще не успел перекинуться даже словом, сидел в кресле перед своим домом, покуривая трубку и наблюдая за Микаэлем и Лисбет.

— Я очень хочу быть твоим другом, если ты возьмешь меня в друзья,— сказал Микаэль.— Но это решать тебе. Приходи домой, когда будет настроение.

С этим он оставил ее в покое и ушел. Поднявшись до половины холма, он услышал позади ее шаги. Они пошли обратно вместе, не говоря ни слова.

Когда они подошли к дому, Лисбет его остановила:

— Я начала излагать мысль... Мы говорили о том, что все это пародия на Библию. Правда, он расчленил кошку, но где ему было взять быка? Однако он следует основному содержанию. Интересно...

Она посмотрела на церковь.

— И покропят кровью со всех сторон на жертвенник, который у входа скинии собрания...

Они перешли через мост, подошли к церкви и огляделись. Микаэль потрогал дверь, но она была заперта. Они побродили вокруг, посмотрели на разные могильные плиты и подошли к часовне, стоявшей чуть поодаль, ближе к воде. Микаэль вдруг вытаращил глаза. Оказалось, что это не часовня, а склеп. Над входом он смог прочесть высеченное имя Вангер и строфу на латыни, содержания которой ему было не понять.

— «Покоиться до скончания времен»,— подсказала Лисбет.

Встретив его взгляд, она пожала плечами:

— Я где-то видела эту строчку.

Микаэль вдруг захохотал. Она застыла и сперва явно разозлилась, но затем поняла, что он смеется не над ней, а над самой ситуацией, и расслабилась.

Склеп был заперт — Микаэль убедился в этом, потрогав дверь. Подумав минуту, он велел Лисбет сидеть и ждать его, а сам пошел к Анне Нюгрен.

Объяснив, что хочет осмотреть семейный склеп Вангеров, он спросил, где у Хенрика хранится ключ. Анна посмотрела на него с сомнением, но, когда Микаэль напомнил ей, что работает непосредственно на Хенрика, уступила и принесла ключ, лежавший на письменном столе.

Открыв дверь склепа, Микаэль с Лисбет сразу поняли, что их предположения верны. В воздухе висел тяжелый запах паленой падали и обугленных останков. Однако терзавший кошку костра не разводил. В углу стояла паяльная лампа из тех, что используют лыжники для подогрева смазки. Лисбет достала из кармана джинсовой юбки цифровой аппарат и сделала несколько снимков. Паяльную лампу она забрала с собой.

— Это может стать уликой. Тут могут быть отпечатки пальцев,— сказала она.

— Конечно, мы сможем попросить всех членов семьи Вангер предоставить отпечатки пальцев,— саркастически произнес Микаэль.— Было бы забавно посмотреть, как ты будешь пытаться получить их у Изабеллы.

— Для этого есть много способов,— ответила Лисбет.

На полу было полно крови и лежали болторезные кусачки, которые, как они решили, использовали, чтобы отрезать голову кошке.

Микаэль огляделся. Самое крупное погребение на возвышении принадлежало Александру Вангеерсаду, а в четырех захоронениях в полу покоились самые первые члены семьи. Потом клан явно перешел на кремацию. Почти три десятка ниш в стене было снабжено табличками с именами покойных Вангеров. Но здесь явно присутствовали не все, кого он знал, и Микаэль задумался: а где они хоронят тех членов семьи, кто не заслужил места в семейном склепе?

— Теперь мы знаем,— сказал Микаэль, когда они шли через мост.— Мы охотимся за полным психом.

— Что ты имеешь в виду?

Микаэль остановился и прислонился к перилам.

— Если бы это был обычный идиот, пытавшийся напугать нас, он бы отправился жечь кошку в гараж или даже в лес. Он же выбрал семейный склеп, и это уже выдает навязчивую идею. Подумай, как сильно он рисковал. Сейчас лето, и народ гуляет по ночам. Дорога через кладбище — кратчайший путь между северной и южной частями Хедебю. Даже если он закрыл дверь, кошка наверняка вопила, да и должно было пахнуть паленым.

— Он?

— Я не думаю, что Сесилия Вангер орудовала прошлой ночью паяльной лампой.

Лисбет пожала плечами:

— Я не доверяю никому из них, включая Фруде и Хенрика. Этот клан наверняка надует тебя, если только ему представится шанс.

Они немного помолчали. Потом Микаэль не выдержал и спросил:

— Я уже разузнал довольно много твоих тайн. Сколько народу знает о том, что ты хакер?

— Никто.

— Ты хочешь сказать, никто, кроме меня.

— К чему ты клонишь?

— Я хочу знать, нормально ли ты ко мне относишься. Доверяешь ли ты мне?

Она долго смотрела на него, а потом вновь пожала плечами:

— Я ничего не могу с этим поделать.

— Ты мне доверяешь? — упорствовал Микаэль.

— Пока да,— ответила она.

— Отлично. Пошли прогуляемся к Дирку Фруде.

Жена адвоката Фруде, видевшая Лисбет Саландер впервые, рассматривала ее с большим удивлением, но тем не менее с любезной улыбкой проводила их в сад позади дома. При виде Лисбет Фруде просиял, встал и почтительно поздоровался.

— Хорошо, что мы встретились,— сказал он.— Я испытывал угрызения совести, потому что не имел возможности выразить вам благодарность за великолепную работу, которую вы для нас проделали. И зимой, и сейчас, летом.

Лисбет уставилась на него с подозрением.

— Мне заплатили,— сказала она.

— Дело не в этом. При нашей первой встрече у меня сложилось предвзятое мнение о вас. Прошу меня за это простить.

Микаэль был поражен. Дирк Фруде оказался способен просить прощения у двадцатипятилетней девушки с пирсингом и татуировками за то, за что ему отнюдь не требовалось извиняться. В глазах Микаэля адвокат вдруг значительно вырос. Лисбет Саландер смотрела прямо перед собой, словно ничего не замечая.

Фруде взглянул на Микаэля:

— Что случилось с вашим лбом?

Они сели, и Микаэль рассказал о событиях последних суток. Услышав, что кто-то трижды стрелял в него возле Укрепления, Фруде подскочил. Он, казалось, действительно разволновался.

— Это же полное безумие! — Он сделал паузу и уставился на Микаэля.— Мне жаль, но этому необходимо положить конец. Я не могу рисковать вашими жизнями. Я должен поговорить с Хенриком и разорвать контракт.

— Сядьте,— сказал Микаэль.

— Вы не понимаете...

— Я понимаю только одно: мы с Лисбет подошли так близко, что виновный во всем этом впал в панику, близкую к помрачению рассудка. У нас есть к вам несколько вопросов. Во-первых: сколько существует ключей от склепа семьи Вангер и у кого они?

Фруде ненадолго задумался.

— По правде говоря, я не знаю. Полагаю, что доступ к склепу имеют несколько членов семьи. У Хенрика точно есть ключ, и Изабелла тоже там иногда бывает. Правда, мне неизвестно, имеется ли у нее собственный ключ или она берет его у Хенрика.

— Ладно. Вы ведь по-прежнему входите в правление концерна. Существует ли какой-нибудь архив предприятия? Библиотека или что-то подобное, где собираются газетные статьи и информация о предприятии за все годы?

— Да, существует. Все это находится в головном офисе, в Хедестаде.

— Нам нужно получить туда доступ. А старые журналы для персонала и тому подобное там тоже хранятся?

— Я опять вынужден ответить, что не знаю. Я сам не был в архиве по меньшей мере тридцать лет. Но вы сможете поговорить с дамой по имени Будиль Линдгрен, которая отвечает за хранение всех бумаг концерна.

— Вы не могли бы позвонить ей и договориться, чтобы Лисбет дали возможность посетить архив уже сегодня во второй половине дня? Она хочет прочесть все старые статьи о концерне. Чрезвычайно важно, чтобы она получила доступ ко всему, что может представлять интерес.

— Это я, пожалуй, могу устроить. Что-нибудь еще?

— Да. У Грегера Вангера в день аварии на мосту был в руках фотоаппарат. Это означает, что он тоже мог фотографировать. Куда эти снимки могли попасть после его смерти?

— Трудно сказать, но самое логичное предположить, что к его вдове или сыну.

— Не могли бы вы...

— Я позвоню Александру и спрошу.

— Что я должна искать? — спросила Лисбет Саландер, когда они, покинув Фруде, шли через мост обратно на остров.

— Газетные вырезки и журналы для персонала. Я хочу, чтобы ты прочла все, что сможешь найти, касающееся тех дат, когда совершались убийства в пятидесятых и шестидесятых годах. Записывай все, что привлечет внимание или покажется хоть сколько-нибудь странным. Думаю, этим следует заняться тебе. Насколько я понял, память у тебя лучше, чем у меня.

Она ударила его кулаком в бок.

Пятью минутами позже ее мотоцикл с тарахтением проехал через мост.

Микаэль и Александр Вангер пожали друг другу руки. Бо́льшую часть времени, проведенного Микаэлем в Хедебю, Александр находился в отъезде, и Микаэль прежде встречался с ним только на бегу. Когда исчезла Харриет, ему было двадцать лет.

— Дирк Фруде сказал, что вы хотите посмотреть старые фотографии.

— У вашего отца была камера «Хассельблад».

— Верно. Она сохранилась, но никто ею не пользуется.

— Вы, вероятно, знаете, что я по заданию Хенрика изучаю то, что произошло с Харриет.

— Я уже это понял. И многие этому не слишком рады.

— Что ж поделаешь. Вы, естественно, не обязаны мне ничего показывать.

— А-а. Что вы хотите посмотреть?

— Не сделал ли ваш отец каких-нибудь снимков в тот день, когда исчезла Харриет.

Они поднялись на чердак, и Александр довольно быстро отыскал коробку с множеством кое-как сваленных фотографий.

— Можете взять все домой,— сказал он.— Если что-то и есть, то здесь.

Микаэль провел час, разбирая фотографии в оставшейся после Грегера Вангера коробке. Там оказались истинные находки для иллюстраций к семейной хронике, в частности, множество фотографий Грегера Вангера вместе с главным лидером шведских нацистов 40-х годов Свеном Улофом Линдхольмом. Микаэль отложил их в сторону.

Он обнаружил несколько конвертов с фотографиями, сделанными явно самим Грегером Вангером и запечатлевшими разных людей и семейные встречи, а также массу типичных отпускных снимков с рыбалки и семейной поездки в Италию. Они, например, посещали Пизанскую башню.

Одну за другой Микаэль нашел четыре фотографии аварии на мосту. Несмотря на наличие профессиональной камеры, Грегер оказался плохим фотографом. На снимках были видны либо крупные планы автоцистерны, либо люди со спины. На одной-единственной фотографии просматривалась Сесилия Вангер в полупрофиль.

Микаэль отсканировал эти снимки и внес в компьютер, хотя и понимал, что они ничего не дадут. Он снова запаковал коробку и съел бутерброд, между делом размышляя. Около трех он пошел к Анне Нюгрен.

— Мне хотелось бы знать, есть ли у Хенрика еще фотоальбомы, помимо тех, что относятся к делу Харриет?

— Да, Хенрик, насколько я понимаю, уже с молодости увлекался фотографией. У него в кабинете много альбомов.

— Вы можете мне их показать?

Анна Нюгрен засомневалась. Одно дело дать ключ от склепа — там, в любом случае, хозяйничает Господь. А впустить Микаэля в кабинет Хенрика Вангера — это уже нечто другое, ведь там хозяйничает стоящий выше Господа. Микаэль предложил Анне, если она сомневается, позвонить Дирку Фруде, и в конце концов она с неохотой все-таки согласилась впустить Микаэля в кабинет.

Нижняя полка, возле самого пола, примерно на метр была уставлена исключительно папками с фотографиями. Микаэль уселся за рабочий стол Хенрика и открыл первый альбом.

Хенрик Вангер хранил всевозможные семейные фото. Многие из них были явно сняты задолго до его рождения. Несколько самых старых фотографий были датированы 1870-ми годами и изображали суровых мужчин в компании строгих женщин. Тут имелись фотографии родителей Хенрика и других родственников. Один снимок показывал, как отец Хенрика в 1906 году праздновал с друзьями день летнего солнцестояния в Сандхамне. Другой запечатлел Фредрика Вангера и его жену Ульрику вместе с Андерсом Цорном* и Альбертом Энгстрёмом** за столом с открытыми бутылками. Микаэль нашел одетого в костюм совсем юного Хенрика Вангера на велосипеде. Другие фотографии показывали людей на производстве и в помещениях дирекции. Он обнаружил капитана Оскара Граната, который в разгар войны перевозил Хенрика с его возлюбленной Эдит Лобак в безопасную Карлскруну.

Анна принесла ему в кабинет кофе. Микаэль поблагодарил. К этому времени он уже добрался до современности и просматривал снимки, изображавшие Хенрика в расцвете сил, на открытии фабрики или пожимающего руку Таге Эрландеру. На одной из фотографий начала 60-х годов Хенрик стоял с Маркусом Валленбергом. Капиталисты смотрели друг на друга мрачно — большой любви между ними явно не было.

Перелистывая альбом дальше, Микаэль вдруг остановился на развороте, где Хенрик карандашом написал: «Семейный совет, 1966». Две цветные фотографии изображали мужчин, беседующих и курящих сигары. Микаэль узнал Хенрика, Харальда, Грегера и нескольких из многочисленных зятьев по линии Юхана Вангера. Два снимка запечатлели ужин — человек сорок мужчин и женщин сидели за столом и смотрели в объектив. Микаэль вдруг сообразил, что фотография была сделана после завершения драматических событий на мосту, еще до того, как кто-нибудь понял, что Харриет исчезла. Он стал изучать лица. На этом ужине она тоже должна была присутствовать. Знал ли уже кто-то из мужчин о ее исчезновении? Фотографии ответа не давали.

Потом Микаэль поперхнулся кофе. Он откашлялся и резко выпрямился.

В конце стола сидела Сесилия Вангер в светлом платье и улыбалась в объектив. Рядом с ней — другая блондинка с

---

* Андерс Цорн (1860—1920) — знаменитый шведский художник. *(Прим. перев.)*

** Альберт Энгстрём (1869—1940) — известный шведский художник и писатель. *(Прим. перев.)*

длинными волосами и в точно таком же светлом платье. Они были настолько похожи, что вполне могли сойти за двойняшек. Внезапно кусочек мозаики улегся на свое место. В окне Харриет стояла не Сесилия Вангер, а ее младшая сестра Анита, живущая теперь в Лондоне.

Что там Лисбет говорила? «Сесилия Вангер видна на многих фотографиях. Она, похоже, бегает туда-сюда». Вовсе нет. Это два разных человека, которые по чистой случайности ни разу не попали в кадр вместе. На снятых издали черно-белых фотографиях они выглядели совершенно одинаково. Для Хенрика, вероятно, разница между сестрами была очевидна, но в глазах Микаэля и Лисбет сестры настолько походили одна на другую, что они принимали их за одно и то же лицо. И никто не указал им на ошибку, поскольку им не приходило в голову задавать такой вопрос.

Микаэль перевернул страницу и вдруг почувствовал, как у него поднялись волосы на затылке, будто от дуновения холодного ветра.

Тут находились фотографии, снятые на следующий день — когда начались поиски Харриет. Молодой инспектор Густав Морелль инструктировал группу из двух полицейских и десятка мужчин, которые собирались идти прочесывать местность. На Хенрике Вангере был плащ до колен и английская шляпа с маленькими полями.

На левом краю фотографии был виден молодой, чуть полноватый мужчина с длинными светлыми волосами. На нем была темная стеганая куртка с красными вставками на плечах. Снимок был четким, и Микаэль сразу же узнал его, но на всякий случай вынул фотографию, спустился к Анне Нюгрен и спросил, знает ли она, кто это.

— Да, разумеется, это Мартин,— ответила она.— Здесь ему около восемнадцати лет.

Лисбет Саландер читала вырезки о концерне «Вангер» в хронологическом порядке, год за годом. Она начала с 1949 года и двигалась вперед. Проблема заключалась в том, что собрание вырезок оказалось гигантским. В интересующий ее период концерн упоминался в прессе почти ежедневно, и не только в центральных СМИ, но и в местных изданиях. Перед ней проходили экономические анализы, профсоюзные дела, переговоры и угрозы с предостережениями, открытия фабрик, закрытия фабрик, годовые финансовые отчеты, смена директоров, представление новой продукции... целый поток новостей. Щелк. Щелк. Щелк. Ее мозг работал на полную мощность — она сконцентрировалась и впитывала информацию из пожелтевших вырезок.

Примерно через час ей пришла в голову идея. Она обратилась к заведующей архивом Будиль Линдгрен и спросила, имеется ли у них перечень мест, где в пятидесятых и шестидесятых годах располагались фабрики или предприятия концерна.

Будиль Линдгрен посмотрела на Лисбет Саландер холодным подозрительным взглядом. Ей отнюдь не нравилось, что совершенно постороннему человеку разрешили вторгаться в святая святых архива концерна и смотреть любые бумаги, да к тому же девчонке, выглядевшей как ненормальная пятнадцатилетняя анархистка. Однако Дирк Фруде дал ей совершенно четкие указания: Лисбет Саландер разрешено смотреть все, что ей будет угодно. И без задержек. Она принесла опубликованные годовые отчеты за те годы, о которых говорила Лисбет; в каждом отчете имелась карта распространения форпостов концерна по Швеции.

Лисбет взглянула на карту и отметила, что у концерна было много фабрик, офисов и торговых точек. В каждом месте, где совершалось убийство, имелась красная точка, а иногда и несколько точек, отмечавших присутствие там концерна «Вангер».

Первую привязку она обнаружила в 1957 году. Ракель Лунде из Ландскруны нашли мертвой на следующий день после того, как предприятие «V&C Строй» получило в этих краях многомиллионный заказ на строительство нового центра. За инициалами «V&C» стояли фамилии «Vanger & Carlén» — Вангер и Карлен, и предприятие входило в концерн

«Вангер». Местная газета взяла интервью у Готфрида Вангера, приезжавшего подписывать контракт.

Лисбет припомнила кое-что, вычитанное ею в пожелтевшем полицейском протоколе государственного архива Ландскруны. Гадалка Ракель Лунде по основному роду занятий была уборщицей. Работала она на «V&C Строй».

Около семи часов вечера Микаэль раз десять пытался позвонить Лисбет и каждый раз убеждался, что ее мобильный телефон отключен. Ей не хотелось, чтобы ее отрывали от работы в архиве.

Он бродил по дому, не находя себе места. Достал записи Хенрика о том, чем занимался Мартин в момент исчезновения Харриет.

В 1966 году Мартин Вангер учился в последнем классе гимназии в Уппсале.

Уппсала. Лена Андерссон, семнадцатилетняя ученица гимназии. Голова отделена от тука.

Хенрик как-то упоминал об этом, но Микаэлю пришлось обратиться к своим записям, чтобы найти этот фрагмент. Мартин рос замкнутым мальчиком. Они за него беспокоились. Когда отец утонул, Изабелла решила послать Мартина для смены обстановки в Уппсалу, где он поселился у Харальда Вангера.

Харальд и Мартин?

Это казалось маловероятным.

Мартину Вангеру не хватило места в машине, ехавшей в Хедестад. Направляясь на семейную встречу, он опоздал на поезд, прибыл во второй половине дня и остался по другую сторону моста. На остров он приехал на катере только после шести вечера; его встречали несколько человек, и в том числе сам Хенрик Вангер. По этой причине Хенрик поместил Мартина в самый конец списка людей, которые могли иметь отношение к исчезновению Харриет.

Мартин Вангер утверждал, что не встречался с Харриет в тот день. Он лгал. В Хедестад он тогда приехал раньше и на Йернвегсгатан лицом к лицу столкнулся со своей сестрой.

Микаэль мог документально подтвердить этот факт фотографиями, пролежавшими в забвении почти сорок лет.

Харриет Вангер увидела брата, и это потрясло ее. Она поехала на остров и попыталась поговорить с Хенриком, но пропала, так и не поговорив с ним.

«Что ты хотела рассказать? — мысленно спрашивал у нее Микаэль.— О случае в Уппсале? Но Лена Андерссон из Уппсалы в твоем списке не значилась. Ты об этом не знала».

У Микаэля по-прежнему что-то не складывалось. Харриет исчезла около трех часов дня. В это время Мартин точно находился по другую сторону моста. Его видно на фотографиях с церковного холма. Он в принципе не мог нанести удар Харриет на острове. Одного кусочка мозаики по-прежнему не хватало.

Соучастник? Анита Вангер?

Из архивных материалов Лисбет смогла заключить, что положение Готфрида Вангера в концерне с годами менялось. Он родился в 1927 году. В двадцатилетнем возрасте он встретился с Изабеллой, и та сразу забеременела; Мартин родился в 1948-м, и молодым, разумеется, пришлось пожениться.

Когда Годфриду исполнилось двадцать два, Хенрик забрал его в головной офис концерна. Парень был явно талантлив, и на него возлагались большие надежды. В двадцать пять он обеспечил себе место в правлении, став заместителем начальника отдела развития предприятия, и считался восходящей звездой.

Где-то в середине 50-х годов его карьера остановилась. Он запил, брак с Изабеллой разваливался, дети, Харриет и Мартин, страдали, и тогда вмешался Хенрик.

Карьера Готфрида достигла своего предела. В 1956 году создали еще одну должность заместителя начальника отдела развития, чтобы второй заместитель делал всю работу в те периоды, когда Готфрид будет пить и где-то пропадать.

Однако Готфрид продолжал оставаться Вангером и к тому же обаятельным и красноречивым человеком. С 1957 года его деятельность, похоже, сводилась к тому, чтобы разъезжать по стране и открывать фабрики, разрешать местные конфликты и создавать впечатление, что руководство концерна не остается равнодушным к проблемам на местах. Этим оно как бы говорило: «Мы посылаем одного из наших сыновей, чтобы помочь вам. Мы относимся к этому серьезно».

Вторую привязку она нашла в половине седьмого. Готфрид Вангер участвовал в переговорах в Карлстаде, где концерн покупал местное деревообрабатывающее предприятие. На следующий день фермершу Магду Лувису Шёберг нашли убитой.

Буквально через пятнадцать минут она обнаружила третью привязку. Уддевалла, 1962 год. В тот же день, когда исчезла Леа Персон, местная газета брала интервью у Готфрида Вангера по поводу возможности расширения порта.

Тремя часами позже Лисбет Саландер убедилась в том, что Готфрид Вангер по меньшей мере в пяти из семи случаев находился там, где происходило убийство, за несколько дней до того или несколькими днями позже. Ей не хватало информации об убийствах 1949 и 1954 годов. Она присмотрелась к его фотографии в одной из статей. Красивый, стройный мужчина с русыми волосами; он походил на Кларка Гейбла из «Унесенных ветром».

«В 1949 году Готфриду было двадцать два года. Первое убийство произошло дома, в Хедестаде. Ребекка Якобссон, секретарша из концерна. Где вы встречались? Что ты ей обещал?»

Когда Будиль Линдгрен хотела в семь часов закрыть архив и идти домой, Лисбет Саландер прошипела, что она еще не закончила. Заведующая может спокойно уходить, пусть только оставит ключ, чтобы Лисбет смогла запереть. Будиль Линдгрен, к этому времени уже очень злая из-за того, что эта девчонка на нее рычит, позвонила Дирку Фруде домой и затребовала указаний. Фруде с ходу сказал, что Лисбет может, если захочет, оставаться на всю ночь. Не будет ли фру Линдгрен так любезна сообщить охраннику офиса, чтобы тот выпустил ее, когда она соберется уходить?

Лисбет Саландер прикусила нижнюю губу. Конечно, проблема заключалась в том, что Готфрид Вангер утонул по пьянке в 1965 году, тогда как последнее убийство произошло в Уппсале в феврале 1966-го. Лисбет задумалась, не совершила ли она ошибку, включив семнадцатилетнюю гимназистку Лену Андерссон в список.

Но потом решила, что нет. Почерк, правда, немного отличается, но присутствует та же отсылка к Библии. Тут должна быть взаимосвязь.

В девять часов начало темнеть. На улице похолодало, заморосил дождик. Микаэль сидел за кухонным столом, постукивая по нему пальцами, когда через мост, в сторону мыса проехала машина Мартина Вангера. Это в каком-то смысле обострило ситуацию до предела.

Микаэль не знал, что ему делать. В нем бурлило горячее желание задавать вопросы, бороться... Конечно, это не самый разумный образ действий, раз уж он подозревает, что Мартин Вангер и есть тот сумасшедший убийца, который прикончил собственную сестру и девушку из Уппсалы и к тому же пытался застрелить его самого. В то же время Мартин Вангер притягивал его как магнит. Он ведь не знает, что Микаэлю все известно, и можно пойти к нему под предлогом... ну, скажем, чтобы вернуть ключ от домика Готфрида.

Микаэль запер за собой дверь и неторопливо направился в сторону мыса.

В доме Харальда, как всегда, было абсолютно темно. У Хенрика светилось окно только в комнате, выходящей во двор. Анна уже легла спать. Дом Изабеллы был погружен в темноту, Сесилии тоже. У Александра Вангера на втором этаже горел свет, а в двух домах, где жили люди, не принадлежавшие к упомянутому клану, света не было. Он не встретил ни одной живой души.

Перед домом Мартина Вангера он остановился в нерешительности, достал мобильник и набрал номер Лисбет. По-прежнему безрезультатно. Тогда он отключил телефон, чтобы тот не зазвонил не вовремя.

На первом этаже горел свет. Микаэль пересек газон и остановился в двух метрах от кухонного окна, но не заметил никакого движения. Он обошел вокруг дома, однако Мартина Вангера так и не увидел. Зато обнаружил, что ворота гаража приоткрыты.

«Не будь идиотом»,— мысленно призвал он себя к благоразумию, но не смог устоять перед искушением заглянуть туда.

Первым, что он увидел, была лежавшая на верстаке открытая коробка с патронами для штуцера. Затем ему на глаза попались стоявшие под скамейкой две канистры с бензином.

«Снова готовишься к ночному визиту, Мартин?» — мысленно спросил он.

— Заходите, Микаэль. Я видел, что вы сюда идете.

У Микаэля остановилось сердце. Он медленно повернул голову и в полумраке, возле двери, ведущей в дом, увидел Мартина Вангера.

— Вам было не удержаться, чтобы не прийти?

Голос у него был спокойный, почти дружелюбный.

— Здравствуйте, Мартин,— ответил Микаэль.

— Заходите,— повторил Мартин Вангер.— Сюда.

Шагнув вперед и в сторону, он сделал левой рукой приглашающий жест. Правую руку он держал перед собой согнутой, и Микаэль увидел матовый отблеск металла.

— У меня в руке «глок». Так что без глупостей. С такого расстояния я не промахнусь.

Микаэль медленно направился к нему. Приблизившись к Мартину Вангеру, он остановился и посмотрел тому в глаза.

— Мне пришлось прийти сюда. У меня имеется несколько вопросов.

— Понятно. Шагай в дверь.

Микаэль не спеша вошел в дом. Проход вел к холлу, в сторону кухни, но, прежде чем он успел дотуда дойти, Мартин Вангер остановил его легким прикосновением руки к плечу.

— Нет, не так далеко. Направо. Открывай боковую дверь.

Погреб. Когда Микаэль уже наполовину спустился по лестнице, хозяин повернул выключатель и зажглись лампы. Справа находилась котельная. Спереди доносился запах моющих средств. Мартин направил его налево, в кладовку со старой мебелью и коробками. В глубине имелась еще одна дверь. Стальная дверь с цилиндровым замком.

— Сюда,— сказал Мартин и бросил Микаэлю связку ключей.— Открывай.

Микаэль отпер дверь.

— Выключатель налево.

За дверью оказался ад.

Около девяти часов Лисбет вышла в коридор и купила в автомате кофе и завернутый в пленку бутерброд. Потом она продолжила перелистывать старые бумаги, стараясь найти какой-нибудь след Готфрида Вангера в Кальмаре в 1954 году. Но ей это так и не удалось.

Она подумала, не позвонить ли Микаэлю, но решила до ухода посмотреть еще журналы для персонала.

Комната была площадью пять на десять метров. Микаэль предположил, что в географическом отношении она располагается вдоль северной короткой стены дома.

Мартин Вангер обставил свою личную камеру пыток с большой тщательностью. Слева — цепи, металлические петли на потолке и полу, стол с кожаными ремнями, где он мог привязывать своих жертв. А еще видеооборудование. Студия записи. В глубине комнаты имелась стальная клетка, где он мог длительное время держать своих гостей взаперти. Справа от двери — кровать и телевизионный уголок. На полке Микаэль увидел множество видеофильмов.

Как только они вошли в комнату, Мартин Вангер направил на Микаэля пистолет и велел ему лечь животом на пол. Микаэль отказался.

— Ладно,— сказал Мартин Вангер.— Тогда я прострелю тебе коленную чашечку.

Он прицелился.

Микаэль сдался. Выбора у него не было.

Он надеялся, что Мартин хоть на десятую долю секунды утратит бдительность — в драке Микаэль имел бы все преимущества. У него был маленький шанс в проходе, наверху, когда Мартин положил руку ему на плечо, но он промедлил, а после этого Мартин к нему не приближался. С простреленной коленной чашечкой он шансов уже не получит, и Микаэль лег на пол.

Мартин подошел сзади, велел Микаэлю положить руки на спину и замкнул на них наручники. Затем пнул Микаэля в пах, потом еще и еще.

То, что происходило дальше, показалось Микаэлю кошмарным сном. Мартин Вангер то метался по погребу, словно зверь по клетке, то вроде бы успокаивался. Несколько раз он принимался бить Микаэля ногами; тот мог лишь пытаться защищать голову, принимая удары мягкими частями тела. Через несколько минут его тело уже болело от десятка ран.

За первые полчаса Мартин не произнес ни слова, и общаться с ним было невозможно. Потом он, похоже, успокоился. Принес цепь, обмотал ее вокруг шеи Микаэля и пристегнул висячим замком к петле в полу. Минут на пятнадцать он оставил Микаэля в одиночестве.

Вернувшись, Мартин принес с собой литровую бутылку питьевой воды. Он сел на стул и начал пить, глядя на Микаэля.

— Можно мне воды? — спросил Микаэль.

Мартин Вангер наклонился и щедро дал ему напиться из горлышка. Микаэль жадно глотал.

— Спасибо.

— Все столь же почтителен, Калле Блумквист.

— Зачем было так избивать? — спросил Микаэль.

— Ты меня слишком разозлил. И заслужил наказание. Почему ты не уехал домой? Ты ведь был нужен в «Миллениуме». Я говорил серьезно — мы могли бы превратить его в большой журнал и сотрудничать много лет.

Микаэль скорчил гримасу и попытался принять более удобное положение. Он был беззащитен и ничего не мог сделать — только говорить.

— Полагаю, ты считаешь, что этот шанс уже упущен,— сказал Микаэль.

Мартин Вангер захохотал.

— Мне жаль, Микаэль. Но ты, конечно, понимаешь, что тебе придется умереть тут.

Микаэль кивнул.

— Как, черт побери, вы на меня вышли, ты и эта анорексичка, которую ты вовлек в это дело?

— Ты солгал о том, что делал в день исчезновения Харриет. Я могу доказать, что ты был в Хедестаде во время карнавального шествия. Тебя сфотографировали, когда ты стоял и смотрел на Харриет.

— За этим ты и ездил в Нуршё?

— Да, чтобы забрать снимок. Его сделала пара, которая случайно оказалась в Хедестаде. Они там просто ненадолго останавливались.

Мартин Вангер покачал головой.

— Черт возьми, это вранье,— сказал он.

Микаэль задумался, что бы ему такое сказать, чтобы помешать казни или хотя бы отсрочить ее.

— Где этот снимок сейчас?

— Негатив? Лежит в моем сейфе в банке, здесь, в Хедестаде... ты ведь не знал, что я завел себе банковский сейф? — Микаэль беззастенчиво врал.— Копии имеются в разных местах. В наших с Лисбет компьютерах, на сервере «Миллениума» и на сервере «Милтон секьюрити», где работает Лисбет.

Мартин Вангер подождал, пытаясь понять, блефует Микаэль или нет.

— Как много знает Саландер?

Микаэль заколебался. Лисбет Саландер была в данный момент его единственной надеждой на спасение. Что она станет делать, когда вернется домой и обнаружит, что он исчез? Он положил роковой снимок Мартина Вангера на кухонный стол. Сообразит ли она? Поднимет ли тревогу? Она не из тех, кто звонит в полицию. Самое кошмарное — это если она отправится к Мартину, позвонит в дверь и потребует объяснений, где Микаэль.

— Отвечай,— произнес Мартин Вангер ледяным голосом.

— Я думаю. Лисбет знает примерно столько же, сколько и я, возможно, даже больше. Да, скорее всего, больше. Она сообразительная. Например, Лену Андерссон присоединила к этому делу она.

— Лену Андерссон? — Мартин Вангер был явно обескуражен.

— Семнадцатилетнюю девушку, которую ты замучил до смерти в Уппсале в феврале шестьдесят шестого года. Не говори, что ты ее забыл.

Взгляд Мартина Вангера прояснился, на лице отразилось потрясение, впервые за этот вечер. Он не предполагал, что кто-то раскопает тот случай,— Лена Андерссон не упоминалась в телефонной книжке Харриет.

— Мартин,— сказал Микаэль самым твердым голосом, на какой был способен.— Мартин, все кончено. Меня ты можешь убить, но для тебя все кончено. Слишком много людей уже в курсе, и на этот раз ты попался.

Мартин Вангер вскочил на ноги и снова принялся расхаживать по комнате. Вдруг он ударил кулаком о стену.

«Я должен помнить, что у него мозги набекрень,— напомнил себе Микаэль.— Кошка. Он мог принести кошку сюда, но отправился с ней в семейный склеп. Он действует не самым рациональным образом».

Мартин Вангер повернулся к нему:

— Я думаю, ты врешь. Что-нибудь знаете только вы с Саландер. Вы ни с кем не говорили, иначе полиция уже была бы здесь. Один хороший пожар в гостевом домике — и никаких доказательств не останется.

— А если ты ошибаешься?

Мартин вдруг улыбнулся:

— Если я ошибаюсь, тогда это действительно конец. Но я так не думаю. Я ставлю на то, что ты блефуешь. А какой у меня выбор? — Он задумался.— Слабым звеном является только эта чертова сучка. Мне необходимо ее найти.

— Она днем уехала в Стокгольм.

Мартин Вангер засмеялся:

— Вот как. Почему же она в таком случае просидела весь вечер в архиве концерна?

Сердце Микаэля забилось с удвоенной частотой.

«Он знал. Он все время знал».

— Верно. Она собиралась зайти в архив, а потом ехать в Стокгольм,— ответил Микаэль по возможности спокойно.— Я не думал, что она так надолго задержится.

— Кончай. Заведующая архивом сообщила мне, что Дирк Фруде разрешил Саландер сидеть там сколько угодно. Это значит, что ночью она вернется домой. Охранник должен позвонить мне, когда она выйдет из офиса.

ЧАСТЬ 4

HOSTILE TAKEOVER *

11 ИЮЛЯ — 30 ДЕКАБРЯ

92 процента женщин Швеции, подвергшихся сексуальному насилию, при последнем случае насилия не заявляли об этом в полицию

---

* Враждебное поглощение — скупка одним лицом или группой лиц контрольного пакета акций без согласия руководителей и акционеров компании *(англ.). (Прим. ред.)*

Глава
24

Мартин Вангер склонился и обыскал карманы Микаэля, в одном из которых нашелся ключ от домика.

— Это вы ловко придумали, поменять замок,— заметил он.— Я займусь твоей подружкой, когда она придет домой.

Микаэль не ответил. Он припомнил, что Мартин Вангер в ходе конкурентной борьбы приобрел большой опыт ведения переговоров, а значит, с блефом ему доводилось сталкиваться и раньше.

— Зачем?

— Зачем что?

— Зачем все это? — Микаэль обвел взглядом комнату.

Мартин Вангер наклонился, сунул руку Микаэлю под подбородок и приподнял голову так, что их взгляды встретились.

— Потому что это так легко,— сказал он.— Женщины исчезают все время. Они никому не нужны. Иммигрантки. Шлюхи из России. Через Швецию ежегодно проходят тысячи людей.

Он отпустил голову Микаэля и встал, почти гордясь тем, что может продемонстрировать. Слова Мартина Вангера поразили Микаэля, как удар кулаком.

«Господи. Эта загадка не осталась в прошлом. Мартин Вангер убивает женщин и сегодня. И я, в полном неведении, угодил прямо...»

— В данный момент у меня в гостях никого нет. Но тебе, возможно, любопытно будет узнать, что, пока вы с Хенриком зимой и весной занимались болтовней, здесь сидела девушка. Ее звали Ирина, она приехала из Беларуси. Когда ты у меня ужинал, она сидела запертой в этой клетке. Приятный был вечерок.

Мартин Вангер уселся на стол и принялся болтать ногами. Микаэль закрыл глаза. Он вдруг почувствовал изжогу и начал быстро глотать.

— Что ты делаешь с телами?

— У меня тут, прямо внизу, у пристани стоит яхта. Я отвожу их далеко в море. В отличие от отца я не оставляю после себя никаких следов. Но он тоже был ловкач. Он находил свои жертвы по всей Швеции.

Кусочки мозаики начали вставать на свои места. Готфрид Вангер. С сорок девятого по шестьдесят пятый. В шестьдесят шестом эстафету принял Мартин Вангер, в Уппсале.

— Ты восхищаешься отцом.

— Это он меня научил. Он подключил меня, когда мне было четырнадцать.

— Уддевалла. Леа Персон.

— Именно. Я присутствовал. Только смотрел, но присутствовал.

— Шестьдесят четвертый, Сара Витт из Роннебю.

— Мне было шестнадцать. Я тогда впервые обладал женщиной. Готфрид меня учил. И задушил ее я.

«Он хвастается. Господи помилуй, ну и семейка»,— подумал Микаэль.

— Ты же понимаешь, что это ненормально?

Мартин Вангер слегка пожал плечами:

— Думаю, тебе не понять божественности ощущения полной власти над жизнью и смертью человека.

— Мартин, ты получаешь наслаждение от того, что терзаешь и убиваешь женщин.

Руководитель концерна на минуту задумался, уставившись в одну точку на стене позади Микаэля, а потом улыбнулся своей очаровательной, сияющей улыбкой:

— Вообще-то я так не думаю. Если вдумчиво проанализировать мое состояние, то я скорее серийный насильник, чем серийный убийца. На самом деле я серийный похититель. Убийство становится, так сказать, неизбежным следствием, потому что мне же нужно замести следы. Ты меня понимаешь?

Микаэль не знал, что ему отвечать, и лишь кивнул.

— Разумеется, общество моих действий не одобряет, но мое преступление является в первую очередь преступлением против условностей общества. Мои гости умирают только в самом конце, когда они мне надоедают. Всегда увлекательно наблюдать их разочарование.

— Разочарование? — изумленно спросил Микаэль.

— Именно. Разочарование. Они думают, что выживут, если будут мне угождать. Они подстраиваются под мои правила. Начинают доверять мне, устанавливать со мной дружеские отношения и до последнего надеются, что дружба чего-то стоит. Разочарование возникает, когда они вдруг обнаруживают, что их обманули.

Мартин Вангер обошел вокруг стола и оперся о стальную клетку.

— Тебе, с твоими мещанскими условностями, никогда этого не понять, но главный интерес заключается в планировании похищения. Тут нельзя действовать импульсивно — кто так делает, всегда попадается. Это целая наука, в этом деле нужно учитывать тысячу деталей. Мне надо найти добычу и разузнать о ее жизни все. Кто она? Откуда? Как я могу до нее добраться? Как мне надо себя вести, чтобы оказаться с добычей наедине, не раскрыв своего имени, чтобы оно не всплыло потом в каком-нибудь полицейском расследовании?

«Прекрати»,— подумал Микаэль.

Мартин Вангер обсуждал похищения и убийства почти в академическом стиле, словно излагал свою особую точку зрения по какому-то эзотерическому теологическому вопросу.

— Тебя это действительно интересует, Микаэль?

Он наклонился и потрепал Микаэля по щеке. Его прикосновение показалось осторожным, почти нежным.

— Ты ведь понимаешь, что закончиться это может только одним. Ты не против, если я закурю?

Микаэль помотал головой.

— Можешь даже угостить меня сигаретой,— ответил он.

Мартин Вангер удовлетворил его желание. Он зажег две сигареты и осторожно поместил одну из них между губами Микаэля, дал ему затянуться и вынул.

— Спасибо,— автоматически сказал Микаэль.

Мартин Вангер снова засмеялся:

— Вот видишь. Ты уже начал приспосабливаться к принципам покорности. Я держу твою жизнь в своих руках, Микаэль. Ты знаешь, что я могу убить тебя в любую секунду. Ты умолял меня немного улучшить качество твоей жизни и прибег для этого к рациональному аргументу, добавив немного лести. И получил вознаграждение.

Микаэль кивнул. Его сердце колотилось почти невыносимо.

В четверть двенадцатого Лисбет Саландер, перелистывая страницы, пила воду из своей пластиковой бутылки. В отличие от Микаэля она не поперхнулась, а лишь вытаращила глаза, обнаружив еще одну привязку.

Щелк!

В течение двух часов она перерывала журналы, предназначенные для персонала концерна «Вангер» во всех концах света. Главный журнал назывался просто-напросто «Информация о предприятии» и был украшен логотипом концерна — развевающимся на ветру шведским флагом на флагштоке в виде стрелы. Журнал был явно выпущен рекламным отделом штаба концерна и внушал сотрудникам убеждение, что все они являются членами одной большой семьи.

Во время спортивных каникул, в феврале 1967 года, Хенрик Вангер сделал широкий жест, пригласив пятьдесят служащих головного офиса поехать с семьями на неделю покататься на лыжах в Херьедален*. Это было знаком благодарности за проделанную работу, поскольку в предыдущем году концерн добился рекордного результата. Группу сопровождал сотрудник PR-отдела, который подготовил репортаж со снятой для сотрудников лыжной базы.

Многие снимки с забавными подписями были сделаны во время катания с горы. Несколько штук запечатлело вечеринку в баре, где смеющиеся, румяные от мороза сотрудники поднимали первую или уже вторую кружку пива. Две фотографии были сняты во время маленького собрания, где Хенрик Вангер объявил сорокаоднолетнюю служащую офиса Уллу-Бритт Мугрен «Лучшим сотрудником года». Ей вручили премию в пятьсот крон и стеклянную вазу.

Вручение премии состоялось на террасе гостиницы, явно непосредственно перед тем, как народ собирался вновь рвануть в горы. На фотографии можно было увидеть человек двадцать.

С правого края, прямо за Хенриком Вангером, стоял мужчина со светлыми волосами. На нем была темная стеганая куртка, отчетливо выделялись вставки на плечах. Поскольку журнал был черно-белым, цвета оставались тайной, но Лисбет Саландер готова была биться об заклад, что плечи красные.

Подпись под фотографией поясняла ситуацию: «Крайний справа — девятнадцатилетний Мартин Вангер, который сейчас учится в Уппсале. О нем уже говорят как о надежде концерна».

— Ага, попался! — тихо сказала Лисбет Саландер.

Она погасила настольную лампу и оставила журналы разбросанными по столу — этой суке Будиль Линдгрен будет завтра чем заняться.

На стоянку Лисбет вышла через боковую дверь. На полпути к мотоциклу она вспомнила, что обещала сообщить охраннику, когда будет уходить. Она остановилась и огля-

---

* Северо-западная провинция Швеции. (*Прим. перев.*)

дела стоянку. Охранник сидел с другой стороны здания, а значит, обратно ей придется идти вокруг дома.

«Наплевать»,— решила она.

Подойдя к мотоциклу, она включила мобильный телефон и набрала номер Микаэля. Ей сообщили, что абонент находится вне пределов досягаемости. Зато она обнаружила, что Микаэль пытался звонить ей не меньше тринадцати раз между половиной четвертого и девятью. Последние два часа он не звонил.

Она набрала номер стационарного телефона гостевого домика, но никто не ответил. Она нахмурила брови, пристегнула сумку с компьютером, надела шлем и завела мотоцикл. Путь от головного офиса у въезда в промышленный район Хедестада до острова занял десять минут. На кухне горел свет, но в доме было пусто.

Лисбет Саландер вышла на улицу и осмотрелась. Первой ее мыслью было, что Микаэль отправился к Дирку Фруде, но уже с моста она смогла убедиться в том, что в доме Фруде, по другую сторону воды, свет погашен. Она посмотрела на часы: без двадцати двенадцать.

Вернувшись в дом, Лисбет открыла гардероб и достала компьютер, который сохранял данные с размещенных ею камер наружного наблюдения. Вскоре она уже знала, как развивались события.

В 15.32 Микаэль пришел домой.

В 16.03 он вышел в сад и пил кофе. С собой у него была папка, которую он изучал. За проведенный в саду час он сделал три коротких звонка. Все три до минуты соответствовали тем звонкам, на которые она не ответила.

В 17.21 Микаэль пошел пройтись и отсутствовал не более пятнадцати минут.

В 18.20 он подходил к калитке и смотрел на мост.

В 21.03 он вышел и больше не возвращался.

Лисбет быстро прокрутила снимки с другого компьютера, показывавшего калитку и дорогу перед входной дверью. Она увидела, кто проходил мимо в течение дня.

В 19.12 к своему дому прошел Гуннар Нильссон.

В 19.42 кто-то проехал в сторону Хедестада на «саабе», принадлежавшем хозяйству Эстергорд.

В 20.02 машина вернулась — она ездила в киоск или на бензоколонку?

Потом ничего не происходило вплоть до 21.00, когда проехал автомобиль Мартина Вангера. Тремя минутами позже Микаэль вышел из дома.

Чуть менее часа спустя, в 21.50, в поле зрения объектива вдруг оказался Мартин Вангер. Он с минуту постоял у калитки, осматривая дом и заглядывая в окно кухни. Потом поднялся на крыльцо, подергал дверь и достал ключ. Вероятно, обнаружив, что замок поменяли, он немного постоял на месте, а затем развернулся и покинул дом.

Лисбет Саландер вдруг почувствовала, как в груди распространяется холод.

Мартин Вангер вновь надолго оставил Микаэля одного. Тот неподвижно лежал в неудобном положении со сцепленными за спиной руками; шея его была тонкой цепью притянута к петле в полу. Он пощупал наручники, но понял, что расстегнуть их не сможет: они сидели настолько плотно, что его руки онемели.

Шансов не было. Микаэль закрыл глаза.

Он не знал, сколько прошло времени, как вдруг опять послышались шаги Мартина Вангера и перед его глазами появился руководитель предприятия. Вид у него был озабоченный.

— Неудобно? — спросил он.

— Да,— ответил Микаэль.

— Сам виноват. Надо было уезжать домой.

— Почему ты убиваешь?

— Это мой выбор. Мы с тобой могли бы обсуждать моральные и интеллектуальные аспекты моих действий целую ночь, но факт остается фактом. Попробуй взглянуть на это так: человек представляет собой оболочку из кожи, которая удерживает на местах клетки, кровь и химические компоненты. Единицы попадают в исторические книги. Большинство же погибают и бесследно исчезают.

— Ты убиваешь женщин.

— Мы, убивающие ради наслаждения,— такое хобби ведь имеется не только у меня — живем полной жизнью.

— Но зачем Харриет? Собственную сестру?

Лицо Мартина Вангера внезапно изменилось. Он одним махом оказался возле Микаэля и схватил его за волосы:

— Что с ней случилось?

— Что ты хочешь сказать? — с трудом произнес Микаэль.

Он попытался повернуть голову, чтобы уменьшить боль у корней волос. Цепь вокруг шеи тут же натянулась.

— Вы с Саландер. К чему вы пришли?

— Отпусти меня. Мы же разговариваем.

Мартин Вангер отпустил его волосы и уселся перед Микаэлем, скрестив ноги. Внезапно у него в руках возник нож. Он приставил кончик лезвия к коже прямо под глазом пленника. Микаэль заставил себя не опустить глаза под его взглядом.

— Что, черт подери, с ней случилось?

— Я не понимаю. Я думал, это ты ее убил.

Мартин Вангер долго смотрел на Микаэля, затем встал и принялся расхаживать по комнате, глубоко задумавшись. Потом бросил нож на пол, засмеялся и повернулся к Микаэлю:

— Харриет, Харриет, вечно эта Харриет. Мы пытались... разговаривать с ней. Готфрид пытался ее учить. Мы думали, что она одна из нас и смирится со своим долгом, но она оказалась всего лишь обычной... п...ой. Я полагал, что держу ее под контролем, но она собиралась рассказать Хенрику, и я понял, что не могу ей доверять. Рано или поздно она бы все обо мне рассказала.

— Ты убил ее.

— Я *хотел* ее убить. Я собирался это сделать, но опоздал. Мне было не перебраться через мост.

Мозг Микаэля пытался усвоить эту информацию, но возникало такое ощущение, будто выскакивает табличка с текстом: «Information overload»*. Мартин Вангер не знал, что случилось с его сестрой.

Внезапно Мартин Вангер вынул из пиджака мобильный телефон, посмотрел на дисплей и положил телефон рядом со стулом.

— Пора с этим заканчивать. Мне надо успеть еще заняться твоей стервой-анорексичкой.

Он открыл шкаф, достал узкий кожаный ремень и надел его, как удавку, на шею Микаэлю. Потом отстегнул цепь, которой Микаэль был привязан к полу, поднял его на ноги и толкнул к стене. Он продел ремень в петлю над головой Микаэля и затянул настолько, что тому пришлось встать на цыпочки.

— Не слишком туго? Дышать можешь? — Он ослабил ремень на какой-то сантиметр и пристегнул его конец к стене.— Я не хочу, чтобы ты сразу задохнулся.

Удавка так сильно врезалась Микаэлю в горло, что он был не в силах что-либо ответить. Мартин Вангер его внимательно осмотрел.

Внезапно он расстегнул на Микаэле брюки и стянул их вместе с трусами. Когда он стягивал брюки, Микаэль на секунду лишился точки опоры и повис на удавке, но потом его пальцы вновь коснулись пола. Мартин Вангер пошел к шкафу и принес ножницы. Он разрезал футболку пленника и бросил обрезки в кучу. Потом встал чуть поодаль и осмотрел свою жертву.

— Парней у меня тут еще не было,— сказал Мартин Вангер серьезным голосом.— Я никогда не прикасался к другому мужчине... за исключением отца. Это было моим долгом.

В висках у Микаэля стучало. Он не мог перенести тяжесть тела на ступни, не удавившись. Он попытался ухватиться пальцами за бетонную стену сзади, но зацепиться было не за что.

— Пора,— сказал Мартин Вангер.

---

* Информационная перегрузка *(англ.)*. *(Прим. перев.)*

Он положил руку на ремень и надавил. Микаэль почувствовал, как удавка тотчас же глубже впилась ему в горло.

— Меня всегда интересовало, каковы мужчины на вкус.

Он надавил на ремень сильнее и, внезапно нагнувшись, поцеловал Микаэля в губы. И в тот же самый миг в комнате раздался холодный голос:

— Эй ты, козел поганый, в вашей дыре у меня на эти дела монополия.

Микаэль слышал голос Лисбет сквозь красный туман. Ему удалось сфокусировать взгляд и разглядеть ее в дверях. Она смотрела на Мартина Вангера без всякого выражения.

— Нет... беги,— прохрипел Микаэль.

Лица Мартина Вангера Микаэлю видно не было, но он смог почти физически почувствовать его шок, когда тот обернулся. На секунду время остановилось. Потом Мартин Вангер потянулся за пистолетом, который оставил на табуретке.

Лисбет Саландер сделала три быстрых шага вперед и взмахнула клюшкой для гольфа, которую прятала сбоку. Описав большую дугу, та угодила Мартину Вангеру в ключицу, ближе к плечу. Удар был такой безумной силы, что Микаэль услышал хруст сломанной кости. Мартин Вангер взвыл.

— Тебе нравятся болевые ощущения? — спросила Лисбет Саландер.

Голос ее был жестким, как наждачная бумага. Микаэлю никогда в жизни не забыть ее лица, когда она перешла в наступление, оскалив зубы, будто дикий зверь. Глаза ее метали черные молнии, движения были стремительными, как у паука, нацеленного на добычу. Она вновь взмахнула клюшкой, и следующий удар пришелся Мартину Вангеру по ребрам.

Он наткнулся на стул и упал. Пистолет свалился на пол к ногам Лисбет, и она отпихнула его ногой подальше от Мартина.

Потом она ударила в третий раз, в тот момент, когда Мартин Вангер пытался подняться на ноги. С громким хлопком клюшка обрушилась на его бедро, и из горла Мартина Вангера вырвался жуткий вопль. Четвертый удар пришелся ему по лопатке.

— Лис...ет,— прохрипел Микаэль.

Он начинал терять сознание, и боль в висках становилась уже почти невыносимой.

Лисбет повернулась к нему и увидела, что у него лицо цвета помидора, глаза дико вытаращены, а язык начинает вываливаться изо рта.

Она быстро огляделась и увидела на полу нож. Потом бросила взгляд на Мартина Вангера — тот поднялся на колени и пытался отползти подальше от нее, рука его беспомощно болталась. В ближайшие секунды никаких проблем от него ждать не следовало. Она бросила клюшку и принесла нож. У него был острый конец, но тупое лезвие. Лисбет встала на цыпочки и принялась лихорадочно перепиливать ремень. Через несколько секунд Микаэль наконец рухнул на пол, однако удавка вокруг его шеи затянулась.

Лисбет Саландер бросила еще один взгляд на Мартина Вангера. Тот поднялся на ноги, но стоял, согнувшись пополам. Решив, что он пока неопасен, Лисбет повернулась к Микаэлю и попробовала засунуть пальцы под удавку. Резать она сперва не решалась, но потом всунула кончик ножа и, пытаясь ослабить петлю, поцарапала Микаэлю шею. В конце концов удавка поддалась, и Микаэль несколько раз хрипло вдохнул.

В течение короткого мгновения Микаэль испытывал неописуемое чувство: его тело воссоединялось с душой. Зрение необычайно обострилось, так что он мог различить в комнате каждую пылинку. Звук каждого вдоха в этой комнате или шуршание одежды доносились так ясно, словно раздавались из наушников, а еще он чувствовал запах кожаной куртки и пота Лисбет Саландер. Потом, когда кровь начала приливать к голове и его лицо вновь приобрело нормальный цвет, иллюзия рассеялась.

Лисбет Саландер повернула голову в тот миг, когда Мартин Вангер скрывался в дверях. Она быстро встала, взяла пистолет — проверила магазин и сняла с предохранителя.

Микаэль отметил, что ей, похоже, уже приходилось обращаться с оружием. Оглядевшись, она выхватила взглядом ключи от наручников, лежавшие на столе, прямо на виду.

— Я возьму его на себя,— сказала она и бросилась к двери.

По пути она схватила ключи и, не оборачиваясь, кинула их на пол возле Микаэля.

Микаэль попытался крикнуть ей, чтобы она подождала, но из горла вырвался только какой-то скрип, а она уже скрылась за дверью.

Лисбет не забыла о том, что у Мартина Вангера где-то имеется ружье, и, выйдя в проход между кухней и гаражом, остановилась, вскинув готовый к стрельбе пистолет. Она прислушалась, но не смогла различить ни звука, который подсказал бы, где находится ее добыча. Она инстинктивно двинулась в сторону кухни и уже почти дошла до нее, когда услышала, что во дворе заводится автомобиль.

Она помчалась обратно и через потайную дверь выскочила к воротам гаража. Со двора она увидела задние огни машины, проезжавшей мимо дома Хенрика Вангера и выворачивающей на мост. Лисбет со всех ног бросилась следом. Она сунула пистолет в карман куртки и, наплевав на шлем, завела свой мотоцикл. Через несколько секунд она уже мчалась через мост.

Когда она подъехала к кольцевой развязке у выезда на шоссе Е-4, его преимущество составляло секунд девяносто и он уже скрылся из виду. Она затормозила, заглушила мотор и прислушалась.

Небо было затянуто тяжелыми тучами, но у горизонта уже виднелся первый проблеск рассвета. Потом она услышала звук мотора и увидела, как на шоссе Е-4 мелькнула машина Мартина Вангера, удаляющаяся в южном направлении. Лисбет снова завела мотоцикл, нажала на газ и проскочила под виадуком. Поворот при выезде на шоссе она преодолела на скорости восемьдесят километров в час. Перед ней лежал прямой участок дороги. Транспорта видно не было, она до предела нажала на газ и понеслась вперед. Когда дорога начала извиваться вдоль длинного горного хребта, Лисбет гнала на скорости в сто семьдесят — почти максимальной, которую можно было выжать из ее собственноручно отрегулированного легкого мотоцикла на спуске. Через две минуты она увидела машину Мартина Вангера примерно в четырехстах метрах впереди себя.

«Анализ последствий,— вспомнила она.— Что мне теперь делать?»

Лисбет сбавила газ до приемлемых ста двадцати в час и поехала с ним на одной скорости. На крутых поворотах она на несколько секунд теряла его из виду, но потом они выбрались на длинный прямой участок. Теперь она отставала от него метров на двести.

Он, должно быть, увидел фару ее мотоцикла и, когда они проходили длинный поворот, увеличил скорость. Она до отказа нажала на газ, но на поворотах все равно отставала.

Огни грузовика Лисбет увидела издали. Мартин Вангер тоже. Внезапно он еще увеличил скорость и, когда до грузовика оставалось метров сто пятьдесят, скользнул на встречную полосу. Лисбет видела, как грузовик тормозит и отчаянно мигает фарами, но Мартин Вангер преодолел оставшееся расстояние за несколько секунд, и столкновение стало неизбежностью. Его автомобиль влетел прямо в грузовик, раздался звук страшного удара.

Лисбет Саландер инстинктивно притормозила. Потом увидела, что прицеп грузовика начинает падать, перегораживая ее полосу. При той скорости, на какой она мчалась, она бы преодолела расстояние до места аварии за две секунды. Лисбет нажала на газ, съехала на обочину и проскользнула где-то в метре от задней части прицепа. Уголком глаза она заметила взвившиеся перед капотом грузовика языки пламени.

Проехав еще сто пятьдесят метров, Лисбет остановилась и оглянулась. Она увидела, как из кабины грузовика, с пассажирской стороны, выпрыгнул водитель. Тогда она снова нажала на газ. Около Окербю, двумя километрами южнее, она свернула налево и поехала обратно на север по старой дороге, параллельно Е-4. Проезжая место аварии чуть повыше, она видела, как там остановились две легковые машины. Разбитый автомобиль пылал и был полностью придавлен и расплющен грузовиком. Какой-то мужчина пытался погасить пламя маленьким огнетушителем.

Лисбет нажала на газ и вскоре добралась до Хедебю. Не торопясь, она переехала через мост, оставила мотоцикл перед гостевым домиком и вернулась в жилище Мартина Вангера.

Микаэль по-прежнему боролся с наручниками: его руки настолько онемели, что он не мог взять ключ. Лисбет расстегнула ему наручники и подержала за руки, пока кровь в кистях снова не начала циркулировать.

— Мартин? — хриплым голосом спросил Микаэль.

— Мертв. Он направил машину прямо в грузовик на скорости полторы сотни километров в час, в нескольких километрах к югу по Е-четыре.

Микаэль непонимающе уставился на нее: она отсутствовала всего несколько минут.

— Мы должны... позвонить в полицию, — прохрипел он и вдруг сильно закашлялся.

— Зачем? — поинтересовалась Лисбет Саландер.

В течение десяти минут Микаэль никак не мог подняться. Он нагишом сидел на полу, прислонившись к стене. Помассировав шею, он поднял неловкими пальцами бутылку с водой. Лисбет терпеливо ждала, пока он снова сможет двигаться, а тем временем размышляла.

— Одевайся.

Обрывками футболки Микаэля она стерла отпечатки пальцев с наручников, ножа и клюшки для гольфа. Пластиковую бутылку она забрала с собой.

— Что ты делаешь?

— Одевайся. Уже светает. Поторапливайся.

Микаэль встал на непослушные ноги и с трудом натянул трусы и джинсы, потом кое-как влез в кроссовки. Лисбет засунула его носки в карман куртки и остановила его:

— Вспомни, что ты трогал в этом подвале?

Микаэль огляделся, пытаясь припомнить, и наконец сказал, что не прикасался ни к чему, кроме двери и ключей. Лисбет нашла ключи в пиджаке Мартина Вангера, который тот повесил на стул. Она тщательно обтерла ручку двери и выключатель и погасила свет. Потом провела Микаэля вверх по лестнице и попросила подождать, пока она положит на место клюшку. Когда она вернулась, у нее в руках была темная футболка, принадлежащая Мартину Вангеру.

— Надень. Я не хочу, чтобы кто-нибудь видел, что ты разгуливаешь по ночам полуголый.

Микаэль осознал, что пребывает в шоковом состоянии. Лисбет командовала, а он безвольно выполнял ее распоряжения.

Она вывела его из дома Мартина Вангера и поддерживала всю дорогу. Как только они переступили порог своего домика, Лисбет предупредила Микаэля:

— Если кто-нибудь видел нас и спросит, чем это мы ночью занимались, то мы ходили гулять на мыс и занимались там сексом.

— Лисбет, я не могу...

— Иди в душ. Немедленно.

Она помогла ему раздеться и отправила в ванную. Потом поставила кофейник и быстро сделала с полдюжины толстых бутербродов с сыром, печеночным паштетом и соленым огурцом. Когда Микаэль, хромая, вернулся в комнату, Лисбет сидела и напряженно размышляла. Она осмотрела кровоподтеки и царапины у него на теле. От удавки вокруг всей шеи остался темно-красный след, а с левой стороны к тому же виднелась кровавая отметина от ножа.

— Давай,— сказала Лисбет.— Ложись в постель.

Она принесла пластырь и наложила на рану компресс. Потом налила ему кофе и протянула бутерброд.

— Я не голоден,— сказал Микаэль.

— Ешь,— скомандовала Лисбет Саландер и откусила большой кусок бутерброда с сыром.

Микаэль на секунду закрыл глаза. Потом сел и тоже откусил от бутерброда. Горло болело так сильно, что глотать было очень трудно.

Лисбет сняла кожаную куртку и принесла из несессера баночку бальзама.

— Пусть кофе пока постынет, а ты ложись на живот.

В течение пяти минут она массировала ему спину и натирала его линиментом. Потом перевернула его и проделала то же самое спереди.

— У тебя через некоторое время появятся основательные синяки.

— Лисбет, нам надо позвонить в полицию.

— Нет,— ответила она с такой горячностью в голосе, что Микаэль удивленно открыл глаза и посмотрел на нее.— Если ты позвонишь в полицию, я уеду. Я не желаю иметь к этому никакого отношения. Мартин Вангер мертв, погиб в автокатастрофе. В машине он был один. Есть свидетели. Пусть полиция или кто-то другой обнаруживает его проклятую пыточную нору. Мы с тобой точно так же ничего о ней не знаем, как и все остальные.

— Почему?

Она будто не заметила вопроса и помассировала ему ноющий пах.

— Лисбет, мы не можем просто...

— Если будешь ныть, я отволоку тебя обратно в логово Мартина и снова посажу на цепь.

Пока она говорила, Микаэль заснул, так внезапно, будто потерял сознание.

Глава
25

Суббота, 12 июля — понедельник, 14 июля

Около пяти часов утра Микаэль вздрогнул, проснулся и тут же начал скрести шею, чтобы стянуть удавку. Лисбет зашла в спальню и схватила его за руки, не давая шевелиться. Он открыл глаза и посмотрел на нее рассеянным взглядом.

— Я не знал, что ты играешь в гольф,— пробормотал он и снова закрыл глаза.

Она посидела возле него несколько минут, пока не убедилась, что опять заснул. За время его сна Лисбет снова побывала в подвале Мартина Вангера и обследовала место преступления. Помимо орудий для пыток она нашла большое собрание порнографических журналов со сценами насилия и множество поляроидных снимков, вклеенных в альбомы.

Никакого дневника там не было, зато она обнаружила две папки формата А-4 с паспортными фотографиями и записанными от руки данными женщин. Лисбет унесла папки с собой, уложив их в нейлоновую сумку вместе с ноутбуком Мартина Вангера, который нашла на столе в холле, этажом выше. Когда Микаэль снова заснул, она продолжила изучать свою добычу. Часы показывали начало седьмого, когда она выключила ноутбук, закурила сигарету и задумчиво прикусила нижнюю губу.

Вместе с Микаэлем Блумквистом она включилась в поиски того, кого они считали серийным убийцей из далекого прошлого. Но нашли они нечто другое. Лисбет с трудом могла себе представить те ужасы, которые, должно быть, разыгрывались в подвале Мартина Вангера, прямо посреди хорошо организованной идиллии.

Она попыталась понять.

Мартин Вангер убивал женщин с 60-х годов, примерно по одной или две в год на протяжении последних пятнадцати лет. Убивал настолько тихо и так хорошо все продумав, что никто даже не подозревал о наличии серийного убийцы. Как же ему это удавалось?

Папки отчасти давали ответ на этот вопрос.

Его жертвами становились незаметные женщины, часто относительно недавно приехавшие иммигрантки, у которых не было друзей и знакомых в Швеции. Среди жертв имелись также проститутки и социально незащищенные женщины, злоупотреблявшие алкоголем и наркотиками или имевшие иные проблемы.

Изучая психологию сексуального садизма, Лисбет Саландер узнала, что убийцы такого рода охотно коллекционируют какие-то вещи своих жертв, используют их как сувениры, помогающие им вспомнить и вновь частично пережить испытанное наслаждение. Мартин Вангер с этой целью вел целую книгу смерти. Он аккуратно заносил своих жертв в каталог и выставлял им оценки, комментировал и описывал их страдания, фиксировал происходящее на видеофильмах и фотографиях.

Его целью являлись насилие и убийство, однако Лисбет пришла к выводу, что на самом деле главным интересом Мартина Вангера была охота. У себя в ноутбуке он создал базу данных, включавшую сотни женщин. Среди них встречались служащие концерна, официантки ресторанов, которые он часто посещал, администраторы отелей, персонал страховой кассы, секретарши знакомых по бизнесу и многие другие. Казалось, Мартин Вангер регистрировал и изучал буквально каждую встречавшуюся ему женщину.

Он убил только маленький процент этих женщин, но все женщины, оказывавшиеся поблизости от него, становились потенциальными жертвами — он заносил их в базу данных и изучал. Изучение носило характер страстного хобби, которому он, вероятно, уделял бесчисленное множество часов, задавая себе вопросы: она замужем или одиночка? У нее есть дети и семья? Где она работает? Где живет? На какой ездит машине? Какое у нее образование? Цвет волос? Цвет кожи? Формы тела?

Лисбет пришла к выводу, что сбор личных данных о кандидатках в будущие жертвы, несомненно, являлся важной составляющей сексуальных фантазий Мартина Вангера. Он был прежде всего охотником, а уж потом убийцей.

Закончив читать, Лисбет обнаружила в одной из папок маленький конверт и вытащила два выцветших поляроидных снимка. На первом снимке за столом сидела темноволосая девушка, одетая только в темные брюки; верхняя часть тела с маленькими торчащими грудями была обнажена. Девушка отвернула лицо от камеры и как раз собиралась поднять руку, чтобы защититься, будто фотограф вынул аппарат неожиданно для нее. На втором снимке она была уже полностью обнаженной и лежала на животе на кровати с голубым покрывалом, опять-таки отвернувшись от камеры.

Лисбет сунула конверт с фотографиями в карман куртки. Потом отнесла папки к железной печке и чиркнула спичкой. Когда все сгорело, она пошевелила золу. Потом она, невзирая на проливной дождь, совершила короткую прогулку и потихоньку утопила ноутбук Мартина Вангера под мостом.

Когда в половине восьмого утра Дирк Фруде распахнул дверь, Лисбет сидела за кухонным столом, курила сигарету и пила кофе. Лицо адвоката было пепельно-серым, и весь вид свидетельствовал о том, что разбудило его жуткое известие.

— Где Микаэль? — спросил он.

— Еще спит.

Дирк Фруде опустился на стул. Лисбет налила кофе и протянула ему чашку.

— Мартин... Мне сообщили, что Мартин ночью насмерть разбился на машине.

— Печально,— сказала Лисбет Саландер и отпила кофе.

Дирк Фруде поднял взгляд и поначалу смотрел на нее с явным непониманием, но потом его глаза расширились:

— Что?..

— Он попал в аварию. Так досадно.

— Вам известно, что произошло?

— Он направил машину прямо в лоб грузовика. Покончил с собой. Дела империи шли все хуже, и он не выдержал стресса. По крайней мере, я подозреваю, что так это будет подано в газетах.

У Дирка Фруде сделался такой вид, будто его сейчас хватит инсульт. Он быстро встал, прошел к спальне и открыл дверь.

— Дайте ему поспать,— сурово сказала Лисбет.

Фруде взглянул на спящего Микаэля. Он увидел синяки на лице и кровоподтеки на верхней половине туловища, потом заметил пылающую линию на горле, оставшуюся от удавки. Лисбет коснулась его руки и снова закрыла дверь. Адвокат попятился и медленно опустился на диван.

Лисбет Саландер кратко рассказала о том, что произошло ночью. Она подробно описала, как нашла Микаэля с удавкой на шее и директора концерна, стоявшего перед ним, и как выглядела камера ужасов Мартина Вангера. Потом она рассказала о том, что обнаружила накануне днем в архиве концерна, и о том, как установила связь отца Мартина с убийствами по крайней мере семи женщин.

Дирк Фруде ни разу не прервал ее. Когда она закончила, он несколько минут сидел онемев, потом тяжело выдохнул и медленно покачал головой.

— Что же нам делать?

— Это не моя проблема,— равнодушно сказала Лисбет.

— Но...

— Что до меня, то моей ноги тут никогда не было.

— Я не понимаю.

— Я не желаю ни при каких обстоятельствах фигурировать в полицейском протоколе. Я не имею к этому никакого отношения. Если мое имя упомянут в связи с этой историей, я стану отрицать, что была здесь, и не отвечу ни на один вопрос.

— Я не понимаю.— Старый адвокат испытующе посмотрел на нее.

— Вам незачем понимать.

— Что же мне тогда делать?

— Это решать вам, но мы с Микаэлем должны остаться в стороне.

Дирк Фруде мертвенно побледнел.

— Смотрите на это так: вам известно лишь, что Мартин Вангер погиб в автокатастрофе. Вы не имеете ни малейшего представления о том, что он был умалишенным убийцей, и никогда не слышали о комнате в его подвале.

Она положила ключ на стол между ними.

— У вас есть время до того, как кто-нибудь станет выносить вещи из погреба Мартина и обнаружит там камеру. Это, вероятно, произойдет не сразу.

— Мы должны пойти с этим в полицию.

— Не мы. Вы можете идти в полицию, если хотите. Это зависит от вас.

— Такое нельзя замалчивать.

— Я не предлагаю это замалчивать, а хочу, чтобы мы с Микаэлем остались в стороне. Когда вы обнаружите ту комнату, вы сделаете собственные выводы и решите, кому вам захочется об этом рассказать.

— Если то, что вы говорите, правда, значит, Мартин похищал и убивал женщин... наверняка есть семьи, пребывающие в отчаянии оттого, что не знают, где их дети. Мы не можем просто...

— Верно. Но есть одна проблема. Тела отсутствуют. Возможно, вы найдете в каком-нибудь ящике паспорта или удостоверения личности. Не исключено, что некоторые жертвы можно опознать по видеофильмам. Но вам незачем принимать решение сегодня. Сначала все обдумайте.

Адвокат пребывал в панике.

— О господи. Для концерна это будет смертельный удар. Сколько семей останется без хлеба, если выйдет наружу, что Мартин...— Он раскачивался взад и вперед, не в силах разобраться со вставшей перед ним моральной дилеммой.

— Это один аспект. Я предполагаю, что наследницей Мартина окажется Изабелла. Думаю, будет не самым удачным, если она узнает о хобби Мартина первой.

— Я должен пойти и посмотреть...

— Я считаю, что сегодня вам ходить туда не стоит,— строго сказала Лисбет.— У вас масса хлопот. Вам надо поехать сообщить Хенрику, и вы должны созвать экстренное заседание правления и сделать то, что вы сделали бы, погибни ваш генеральный директор при совершенно нормальных обстоятельствах.

Дирк Фруде обдумывал ее слова. Его сердце колотилось. Он был старым адвокатом и специалистом по решению разных проблем; от него ждали, что именно он всегда знает, как следует действовать при любых обстоятельствах. Но сейчас он был в полной растерянности и не мог принять никакого решения. Он вдруг осознал, что сидит и принимает указания от молоденькой девчонки. В каком-то смысле она владела ситуацией лучше его и предлагала пути решения, которые ему самому сейчас не приходили в голову.

— А Харриет?..

— Нам с Микаэлем еще не все ясно. Но вы можете передать Хенрику Вангеру, что мы в этом разберемся.

Когда в девять часов Микаэль проснулся, все программы новостей уже первым делом сообщали о неожиданной кончине Мартина Вангера. В них говорилось только то, что промышленник по неизвестным причинам выехал ночью на высокой скорости на встречную полосу шоссе.

В машине он был один. Местное радио выдало довольно пространную информацию, в которой сквозила тревога за будущее концерна «Вангер» и за экономические последствия для предприятия, которые повлечет за собой эта смерть.

Поспешно составленная днем телеграмма Телеграфного агентства Швеции вышла под заголовком «Край в шоке». В ней суммировались насущные проблемы концерна «Вангер»: ни для кого не было тайной, что только в Хедестаде три тысячи человек из двадцати одной тысячи населения города работали в концерне или каким-то иным образом находились в полной зависимости от его благополучия. Генеральный директор концерна «Вангер» мертв, а его предшественник — старик, с трудом оправляющийся от инфаркта. Естественный наследник отсутствует. И все это в период, когда предприятие переживает наиболее глубокий кризис за всю свою историю.

У Микаэля Блумквиста была возможность поехать в полицию Хедестада и изложить то, что произошло ночью, но Лисбет Саландер уже повернула развитие событий так, как ей хотелось. Поскольку он не позвонил в полицию немедленно, сделать это с каждым часом становилось все труднее. Первую половину дня он провел на кухонном диване в мрачном молчании, глядя на дождь и тяжелые тучи на улице. Около десяти прошла еще одна сильная гроза, но к обеду дождь прекратился и ветер немного стих. Микаэль вышел на улицу, обтер садовую мебель и уселся с кружкой кофе. Он был в рубашке с поднятым воротником.

Смерть Мартина, естественно, наложила отпечаток на дневной распорядок жизни Хедебю. По мере прибытия членов клана, к дому Изабеллы Вангер подъезжали машины, выражались соболезнования. Лисбет хладнокровно наблюдала за этой процессией, Микаэль сидел, не произнося ни слова.

— Как ты себя чувствуешь? — наконец спросила она.

Микаэль немного подумал над ответом.

— Думаю, я еще не оправился от шока,— решил он.— Я был беспомощен и в течение нескольких часов твердо верил, что мне предстоит умереть. Я с ужасом ждал смерти и совершенно ничего не мог предпринять.

Он протянул руку и положил ей на колено.

— Спасибо,— сказал он.— Если бы ты не появилась, он бы меня убил.

Лисбет одарила его кривой улыбкой.

— Правда... я не могу понять, как ты могла свалять такого дурака, что отправилась сражаться с ним в одиночку. Я лежал там на полу и молил Бога о том, чтобы ты увидела фотографию, сообразила и позвонила в полицию.

— Если бы я дожидалась полиции, ты бы, вероятно, не выжил. Я не могла позволить этой скотине тебя убить.

— Почему ты не хочешь общаться с полицией? — спросил Микаэль.

— Я не общаюсь с властями.

— Почему?

— Это мое дело. Но едва ли бы на твоей карьере как журналиста хорошо сказалось то, что тебя раздевал Мартин Вангер, известный серийный убийца. Если тебе не нравится кличка Калле Блумквист, то представь себе, какие к ней добавятся новые эпитеты.

Микаэль посмотрел на нее испытующе, но оставил эту тему.

— У нас есть задача,— сказала Лисбет.

Микаэль кивнул:

— Что случилось с Харриет?

Лисбет положила перед ним на стол два поляроидных снимка и объяснила, где нашла их. Микаэль некоторое время внимательно изучал фотографии, а потом поднял взгляд.

— Это может быть она,— сказал он.— Поручиться я не могу, но фигура и волосы похожи на то, что я видел на ее фотографиях.

Микаэль с Лисбет просидели в саду час, перебирая все детали. Приближаясь к разгадке с разных сторон, они оба вычислили, что Мартин Вангер является виновником всей истории.

Лисбет так и не заметила оставленную Микаэлем на столе фотографию. Изучив снимки камер наружного наблюдения, она поняла, что Микаэль совершил какую-то глупость. Подойдя к дому Мартина Вангера со стороны берега, она заглянула во все окна, но не увидела ни одной живой души. Потом осторожно потрогала все двери и окна на первом этаже. Под конец она залезла в дом через открытую балконную дверь второго этажа. У нее ушло много времени на то, чтобы с величайшей осторожностью осмотреть комнату за комнатой, но в конце концов она нашла лестницу в погреб. Мартин совершил оплошность: он оставил дверь в камеру пыток приоткрытой и она смогла получить полное представление о ситуации.

Микаэль спросил, много ли она слышала из того, что говорил Мартин.

— Не очень. Я пришла туда, когда он выспрашивал о том, что произошло с Харриет, перед тем как подвесить тебя на удавке. Я оставила вас на минутку, чтобы сходить наверх и поискать оружие. В гардеробе я нашла клюшки для гольфа.

— Мартин Вангер не имел ни малейшего представления о том, что случилось с Харриет,— сказал Микаэль.

— Ты ему веришь?

— Да,— твердо ответил Микаэль.— Мартин Вангер был безумнее глупого хорька... господи, откуда я беру такие сравнения... но он признал все совершенные им убийства. Он говорил свободно. Мне кажется, он хотел произвести на меня впечатление. Однако что касается Харриет, то он столь же отчаянно, как и Хенрик Вангер, хотел узнать, что же на самом деле с ней произошло.

— Ну... и к чему это нас приводит?

— Мы знаем, что за первую серию убийств, между сорок девятым и шестьдесят пятым годами, ответственен Готфрид Вангер.

— Так. И он научил Мартина Вангера.

— Тут речь идет о дисфункциональной семье,— сказал Микаэль.— У Мартина не было ни единого шанса стать нормальным человеком.

Лисбет Саландер бросила на Микаэля удивленный взгляд.

— Мартин рассказал мне — правда, по частям,— что отец учил его этому с тех пор, как он достиг половой зрелости. Он присутствовал при убийстве Леа в Уддевалле в шестьдесят втором году. Ему тогда было четырнадцать. Он участвовал в убийстве Сары в шестьдесят четвертом, на этот раз активно. Ему было шестнадцать.

— И?

— Он сказал, что не является гомосексуалистом и никогда не касался мужчины, за исключением своего отца. Это заставляет меня думать, что... ну, напрашивается вывод, что отец его изнасиловал. Половое принуждение, по всей видимости, продолжалось долгое время. Он был, так сказать, воспитан собственным отцом.

— Чушь,— сказала Лисбет Саландер.

Ее голос вдруг сделался твердым, как кремень. Микаэль смотрел на нее с изумлением. Ее взгляд был холодным, без капли сочувствия.

— У Мартина, как и у любого другого, был шанс дать сдачи. Он сделал свой выбор. Он убивал и насиловал, потому что ему это нравилось.

— Ладно, не буду возражать. Но Мартин был податливым мальчиком и подпал под влияние отца, так же как личность Готфрида в свое время сформировал его отец, нацист.

— Ага, значит, ты исходишь из того, что у Мартина не было собственной воли и что люди становятся такими, какими их воспитывают.

Микаэль осторожно улыбнулся:

— Это что, уязвимое место?

Глаза Лисбет Саландер вдруг вспыхнули отчаянной злобой. Микаэль поспешно продолжил:

— Я не утверждаю, что на людей влияет только воспитание, но думаю, что воспитание играет большую роль. Отец Готфрида избивал его на протяжении многих лет. Такое не может пройти бесследно.

— Чушь,— повторила Лисбет.— Годфрид не единственный ребенок, которого жестоко избивали. Это не дает ему права убивать женщин. Этот выбор он сделал сам. И то же относится к Мартину.

Микаэль поднял руку:

— Давай не будем ссориться.

— Я не ссорюсь. Мне просто кажется, что уж больно красиво получается — каждой сволочи всегда есть на кого все свалить.

— Хорошо. Они несут персональную ответственность. С этим мы разберемся потом. Суть в том, что Готфрид умер, когда Мартину было семнадцать лет, и руководить им стало некому. Он попытался идти по стопам отца и начал в феврале шестьдесят шестого года в Уппсале.

Микаэль потянулся к пачке Лисбет за сигаретой.

— Я даже не собираюсь вдумываться в то, какие потребности Готфрид пытался удовлетворять и как он сам оценивал то, что делал. Там замешана некая библейская тарабарщина, каким-то образом связанная с наказанием и очищением, в которой, вероятно, смог бы разобраться психиатр. На детали нам наплевать. Он был серийным убийцей.

Секунду подумав, он продолжил:

— Готфрид хотел убивать женщин и оправдывал свои действия некими псевдорелигиозными рассуждениями. Но Мартин даже не искал себе оправдания. Он действовал организованно и убивал систематично. К тому же он мог не жалеть на свое хобби денег и был сообразительнее отца. Каждый раз, когда Готфрид оставлял после себя труп, это приводило к полицейскому расследованию и возникал риск, что кто-нибудь нападет на его след или хотя бы свяжет совершенные им убийства между собой.

— Мартин Вангер построил свой дом в семидесятых годах,— задумчиво сказала Лисбет.

— Кажется, Хенрик упоминал, что это было в семьдесят восьмом. Вероятно, Мартин заказал надежный погреб для хранения важных архивов или чего-то подобного. Ему сделали комнату без окон, со звукоизоляцией и стальной дверью.

— И он пользовался ею в течение двадцати пяти лет.

Они ненадолго замолчали, и Микаэль задумался о том, какие ужасы, должно быть, происходили на острове, в атмосфере всеобщего благополучия, в течение четверти века. Лисбет размышлять об этом не требовалось — она видела собрание видеофильмов. Она отметила, как Микаэль непроизвольно потрогал шею.

— Готфрид ненавидел женщин и учил сына ненавидеть женщин, тем временем его насилуя. Но имелся еще и некий подтекст... Думаю, Готфрид мечтал о том, чтобы дети разделяли его, мягко говоря, извращенное представление о мире. Когда я спросил о Харриет, о его собственной сестре, Мартин сказал: «Мы пытались разговаривать с ней. Но она оказалась самой обычной п...ой. Она собиралась рассказать Хенрику».

Лисбет кивнула:

— Я слышала его слова. Примерно в это время я как раз спустилась в погреб. И следовательно, мы знаем, о чем должен был быть ее таинственный разговор с Хенриком.

Микаэль наморщил лоб.

— Не совсем.— Он немного помолчал.— Подумай о хронологии. Мы не знаем, когда Готфрид впервые изнасиловал сына, но он взял Мартина с собой, когда убивал Леа Персон в Уддевалле в шестьдесят втором году. Утонул он в шестьдесят пятом. До этого они с Мартином пытались разговаривать с Харриет. Что это нам подсказывает?

— Готфрид брался не только за Мартина. Он брался и за Харриет.

Микаэль кивнул:

— Готфрид был учителем. Мартин — учеником. Харриет была их... чем же, игрушкой?

— Готфрид учил Мартина трахать сестру.— Лисбет указала на поляроидные снимки.— По этим фото трудно определить ее отношение, поскольку не видно лица, но она пытается заслониться от камеры.

— Предположим, что все началось, когда ей было четырнадцать, в шестьдесят четвертом году. Она воспротивилась —

«не смирилась со своим долгом», как выразился Мартин. Об этом-то она и угрожала рассказать. Мартину же в свое время явно возразить было нечего, и он подчинился отцу. Они с Готфридом заключили своего рода... пакт и пытались привлечь к нему Харриет.

Лисбет кивнула:

— В твоих заметках записано, что Хенрик позволил Харриет переехать к нему зимой шестьдесят четвертого года.

— Хенрик видел, что в ее семье что-то не так. Он полагал, что причиной всему ссоры и разборки между Готфридом и Изабеллой, и взял ее к себе, чтобы она могла спокойно сосредоточиться на учебе.

— Это расстроило планы Готфрида и Мартина. Они больше не могли с такой легкостью добираться до нее и контролировать ее жизнь. Но периодически... где же совершалось насилие?

— Очевидно, в домике Готфрида. Я почти уверен, что эти снимки сделаны там,— это легко проверить. Домик расположен идеально — изолированно и далеко от селения. Потом Готфрид в последний раз напился и тихо утонул.

Лисбет задумчиво кивнула:

— Отец Харриет занимался или пытался заниматься с ней сексом, но, скорее всего, не посвящал ее в убийства.

Микаэль посчитал это уязвимым местом в их рассуждениях. Харриет записала имена жертв Готфрида и соединила их с библейскими цитатами, однако интерес к изучению Библии проявился у нее только в последний год, когда Готфрид был уже мертв. Микаэль немного подумал и попытался найти логическое объяснение.

— Харриет в какой-то момент обнаружила, что Готфрид не только предавался инцесту, но был еще и безумным серийным убийцей,— сказал он.

— Нам неизвестно, когда она узнала про убийства. Возможно, непосредственно перед тем, как Готфрид утонул. А может быть, уже после этого, если он вел дневник или хранил газетные статьи об убийствах. Что-то навело ее на след.

— Но она грозилась рассказать Хенрику не об этом,— вставил Микаэль.

— А о Мартине,— сказала Лисбет.— Ее отец умер, но Мартин продолжал к ней приставать.

— Именно,— кивнул Микаэль.

— Однако ей потребовался год, чтобы решиться.

— Что бы ты сделала, если бы вдруг обнаружила, что твой отец — серийный убийца, трахающий твоего же брата?

— Убила бы этого дьявола,— сказала Лисбет таким рассудительным тоном, что Микаэль подумал, что она шутит.

Ему вдруг вспомнилось ее лицо, когда она напала на Мартина Вангера, и он грустно улыбнулся.

— Хорошо, но Харриет была не такой, как ты. Готфрид умер в шестьдесят пятом году, прежде чем она успела что-либо предпринять. Это тоже логично. После смерти Готфрида Изабелла отправила Мартина в Уппсалу. Он, вероятно, приезжал домой на Рождество и на какие-нибудь каникулы, но в течение последующего года встречался с Харриет не особенно часто. Они оказались на большом расстоянии друг от друга.

— И она начала изучать Библию.

— И совсем не обязательно по религиозным соображениям, если исходить из того, что нам теперь известно. Возможно, она просто хотела понять то, чем занимался ее отец. Она размышляла вплоть до карнавального шествия шестьдесят шестого года. Там она вдруг увидела брата и поняла, что он вернулся. Мы не знаем, состоялся ли у них разговор и сказал ли Мартин ей что-нибудь. Но что бы там ни произошло, у Харриет возникло побуждение незамедлительно отправиться домой, чтобы поговорить с Хенриком.

— А потом она исчезла.

Когда они проследили всю цепь событий, стало нетрудно понять, как должен был выглядеть остаток мозаики.

Микаэль и Лисбет собрали вещи. Потом Микаэль позвонил Дирку Фруде и объявил, что им с Лисбет придется на некоторое время уехать, но перед отъездом он непременно хотел бы повидаться с Хенриком.

Микаэлю хотелось знать, что Фруде рассказал Хенрику. Адвокат говорил таким измученным голосом, что Микаэль начал за него беспокоиться. Постепенно Фруде объяснил, что рассказал только о гибели Мартина в результате аварии.

Пока Микаэль парковался возле больницы, снова прогремел гром и небо опять затянули тяжелые дождевые тучи. Он поспешно пересек стоянку в тот момент, когда уже начинал накрапывать дождь.

Хенрик Вангер, одетый в халат, сидел возле окна своей палаты. Болезнь, несомненно, наложила свой отпечаток на старика, но цвет его лица значительно улучшился, и Хенрик явно шел на поправку. Они пожали друг другу руки. Микаэль попросил сиделку оставить их на несколько минут.

— Ты давненько не появлялся,— сказал Хенрик.

Микаэль кивнул:

— И не случайно. Ваши родственники не хотят, чтобы я тут показывался, но сегодня они все у Изабеллы.

— Бедняга Мартин,— сказал Хенрик.

— Хенрик, вы поручили мне докопаться до правды о том, что случилось с Харриет. Вы не думали, что правда может причинить вам боль?

Старик посмотрел на него, потом его глаза расширились:

— Мартин?

— Он — часть этой истории.

Хенрик Вангер закрыл глаза.

— Сейчас я хочу задать вам один вопрос.

— Какой?

— Вы по-прежнему хотите узнать, что произошло? Даже если правда причинит боль и окажется страшнее, чем вы предполагали?

Хенрик Вангер посмотрел на Микаэля долгим взглядом, потом кивнул:

— Да, хочу. В этом заключалась суть твоего задания.

— Хорошо. Думаю, я знаю, что произошло с Харриет. Однако мне не хватает последнего кусочка мозаики.

— Расскажи.

— Нет. Не сегодня. Я хочу, чтобы вы еще немного отдохнули. Доктор говорит, что кризис миновал и что вы идете на поправку.

— Не обращайся со мной, как с ребенком.

— Я еще не закончил. Пока у меня есть только догадка. Я уезжаю, чтобы попытаться найти ей подтверждение. Когда я появлюсь в следующий раз, я расскажу вам всю историю целиком. Мне может потребоваться некоторое время. Но вы должны знать: я вернусь и вы обязательно узнаете правду.

Поставив мотоцикл с теневой стороны дома, Лисбет накрыла его брезентом, а сама уселась вместе с Микаэлем в одолженную им машину.

Гроза вернулась с новой силой, и к югу от Евле на них обрушился такой ливень, что Микаэль почти не различал дороги. Он предпочел не рисковать и свернул к бензоколонке. В ожидании, пока дождь немного стихнет, они выпили кофе и прибыли в Стокгольм только часам к семи вечера. Микаэль высадил Лисбет возле Центрального вокзала, сообщив ей код входной двери своего дома.

Когда он вошел в квартиру, она показалась ему чужой.

Пока Лисбет ездила по делу к Чуме в район Сундбюберг, Микаэль прошелся по квартире с пылесосом и тряпкой.

Лисбет появилась у Микаэля ближе к полуночи и в течение десяти минут осматривала его квартиру, заглядывая во все уголки. Довольно долго она стояла у окна и любовалась видом на Шлюз.

Потом Лисбет с Микаэлем разделись и несколько часов поспали в спальном отсеке, отделенном шкафами и книжными полками из магазина «ИКЕА».

На следующий день, около двенадцати часов, они приземлились в лондонском аэропорту Гатвик. Лондон встретил их дождем. Микаэль заказал номер в отеле «Джеймс» возле Гайд-парка — отличной гостинице по сравнению с отелем «Бейсуотер», куда он обычно попадал во время своих прежних визитов в Лондон. Оплата осуществлялась с текущего расходного счета Дирка Фруде.

В пять часов дня, когда они стояли в баре, к ним подошел мужчина лет тридцати. Он был почти лысым, со светлой бородой, в слишком просторном для него пиджаке, джинсах и мокасинах.

— Оса? — спросил он.

— Троица? — поинтересовалась она.

Они кивнули друг другу. Как зовут Микаэля, лысый не спрашивал.

Напарника Троицы представили как Боба Собаку. Он ждал их за углом в старом автофургоне «фольксваген». Они залезли через раздвижные дверцы и уселись на прикрепленные к стенкам откидные сиденья. Пока Боб пробирался по лондонским улицам, Оса с Троицей вели деловой разговор.

— Чума сказал, что речь идет о crash-bang job*.

— О прослушивании телефона и проверке электронной почты в одном компьютере. Все может получиться очень быстро или занять пару дней, в зависимости от того, насколько сильно ему удастся надавить.— Лисбет показала большим пальцем на Микаэля.— Справитесь?

— У собак есть блохи? — произнес вместо ответа Троица.

Анита Вангер жила в маленьком таунхаусе в симпатичном пригороде Сент-Олбанс, примерно в часе езды к северу. Из автофургона они увидели, как около семи часов вечера она пришла домой и отперла замок. Они дождались, пока она примет душ, поест и сядет перед телевизором, после чего Микаэль позвонил в дверь.

Женщина, открывшая ему, оказалась почти точной копией Сесилии Вангер. На лице ее было выражение вежливого недоумения.

---

* Временное внедрение *(англ.)*. *(Прим. перев.)*

— Здравствуйте, Анита. Меня зовут Микаэль Блумквист. Хенрик Вангер просил меня передать вам привет. Полагаю, вы уже слышали новости о Мартине.

Удивление на ее лице сменилось настороженностью. Услышав имя гостя, она сразу поняла, кто такой Микаэль Блумквист. Анита общалась с Сесилией Вангер, которая, вероятно, не скрывала своего раздражения относительно Микаэля. Однако имя Хенрика Вангера заставило ее впустить гостя. Она пригласила Микаэля в гостиную и предложила сесть. Он огляделся. Дом Аниты Вангер явно обставлял человек со вкусом, не стесненный в деньгах и имеющий хорошую работу, но ведущий спокойный образ жизни. Над камином, переделанным в газовый обогреватель, Микаэль отметил гравюру Андерса Цорна с автографом.

— Извините, что я побеспокоил вас столь неожиданно, но я оказался в Лондоне и пытался днем вам дозвониться.

— Ясно. В чем суть вашего дела? — По голосу чувствовалось, что она приготовилась к обороне.

— Вы собираетесь ехать на похороны?

— Нет, мы с Мартином не были близки, да и сейчас мне отсюда не уехать.

Микаэль кивнул. Анита Вангер старалась по возможности держаться подальше от Хедестада в течение тридцати лет. С тех пор как ее отец переселился обратно в Хедебю, она там практически не показывалась.

— Я хочу знать, что произошло с Харриет Вангер. Настало время открыть правду.

— С Харриет? Я не понимаю, что вы имеете в виду.

Микаэль усмехнулся ее наигранному удивлению.

— Из всей семьи вы были ближайшей подругой Харриет. Именно вам она рассказывала обо всех тех ужасах.

— Вы просто ненормальный,— сказала Анита Вангер.

— В этом вы, возможно, правы,— бесстрастным голосом ответил Микаэль.— Анита, вы были в комнате Харриет в тот день. У меня есть доказательство, фотография, на которой вас видно. Через несколько дней я доложу об этом Хенрику,

Глава 26

Вторник, 15 июля — четверг, 17 июля

Из Канберры Микаэль долетел до Алис-Спрингс на местном самолете, что оказалось для него единственной возможностью, поскольку он прибыл туда уже к вечеру. Дальше у него имелся выбор: либо зафрахтовать самолет, либо взять напрокат машину и на ней преодолеть остававшиеся четыреста километров пути на север. Микаэль предпочел последнее.

Незнакомая личность, подписавшаяся как Иисус Навин и входившая в таинственную международную сеть Чумы или, возможно, Троицы, оставила для Микаэля конверт на стойке информации в аэропорту Канберры.

Номер телефона, по которому звонила Анита, принадлежал какой-то ферме Кочран. В краткой записке имелось существенно больше информации. Речь шла о ферме по разведению овец.

Из собранных в Интернете сведений было составлено резюме об овцеводстве Австралии. Общее население континента — 18 миллионов человек. 53 тысячи из них являются фермерами-овцеводами и держат приблизительно 120 миллионов овец. Только экспорт шерсти имеет оборот около 3,5 миллиарда долларов в год. К этому добавляется экспорт 700 миллионов тонн баранины, а также кожи для швейной промышленности. Производство мяса и шерсти является одной из важнейших отраслей хозяйства страны.

и тогда ему придется разбираться с этим оттуда. Почему бы вам не рассказать мне, что произошло?

Анита Вангер встала.

— Немедленно покиньте мой дом.

Микаэль тоже поднялся.

— Хорошо, но рано или поздно вам придется со мной поговорить.

— Мне не о чем с вами разговаривать.

— Мартин мертв,— многозначительно сказал Микаэль.— Вы никогда его не любили. Я думаю, что вы переехали в Лондон, чтобы избегать встреч не только с отцом, но и с Мартином. Это значит, что вы тоже были в курсе, а рассказать вам могла только Харриет. Вопрос лишь в том, как вы воспользовались своим знанием.

Анита Вангер с грохотом закрыла за ним дверь.

Освобождая Микаэля от микрофона, находившегося у него под рубашкой, Лисбет Саландер улыбнулась с довольным видом:

— Она подняла телефонную трубку через тридцать секунд после того, как закрыла дверь.

— Код страны — Австралия,— доложил Троица, опуская наушники на маленький рабочий столик в автофургоне.— Посмотрим, что это за район.

Он застучал клавишами своего ноутбука.

— Так, она звонила на номер в городе Теннант-Крик, к северу от Алис-Спрингс в Северной территории. Хотите послушать разговор?

Микаэль кивнул и спросил:

— Сколько сейчас в Австралии времени?

— Приблизительно пять утра.

Троица запустил цифровой проигрыватель и присоединил его к звукоусилителю. Микаэль услышал восемь сигналов, прежде чем на другом конце подняли трубку. Разговор шел по-английски.

— Привет. Это я.

— Мм, я, конечно, ранняя пташка, но...

— Я собиралась позвонить вчера... Мартин мертв. Позавчера погиб в автокатастрофе.

Молчание. Потом послышалось что-то вроде откашливания, которое можно было истолковать как одобрение этой новости.

— Но у нас проблемы. Омерзительный журналист, которого нанял Хенрик, только что приходил ко мне. Он задает вопросы о том, что произошло в шестьдесят шестом году. И явно что-то знает.

Снова молчание. Потом раздалась команда:

— Анита, клади трубку. Нам какое-то время нельзя общаться.

— Но...

— Пиши письма и расскажи, что случилось.

Разговор оборвался.

— Толковая девица,— сказала Лисбет Саландер с восхищением.

Они вернулись в гостиницу ближе к одиннадцати вечера. Администратор помог им заказать билеты на ближайший рейс в Австралию, и через несколько минут у них уже были места на самолет, отправлявшийся на следующий день в 19.45 в Канберру, Новый Южный Уэльс.

Уладив все дела, они разделись и рухнули в постель.

Лисбет Саландер оказалась в Лондоне впервые, и они использовали первую половину дня для прогулки от Тоттнемкорт-роуд до Сохо. На Олд-Комптон-стрит они остановились и выпили кофе латте. Около трех часов они вернулись в гостиницу за багажом. Пока Микаэль оплачивал счет, Лисбет включила свой мобильный телефон и обнаружила, что ей пришло сообщение.

— Драган Арманский просит позвонить.

Она воспользовалась телефоном на ресепшен и позвонила своему начальнику. Микаэль стоял немного поодаль и вдруг увидел, как Лисбет повернулась к нему с застывшим лицом. Он тут же оказался рядом с ней:

— Что?

— Умерла моя мать. Мне надо ехать домой.

У Лисбет был такой расстроенный вид, что Микаэль заключил ее в объятия, но она оттолкнула его от себя.

Они взяли себе кофе в баре гостиницы. Когда Микаэль сказал, что аннулирует заказ билетов в Австралию и полетит с ней в Стокгольм, она замотала головой:

— Нет. Бросить работу сейчас мы не можем. Но ты отправишься в Австралию один.

Они расстались перед гостиницей, сев в автобусы, идущие в разные аэропорты.

Ферма Кочран, основанная в 1891 году Джереми Кочраном,— пятое по величине хозяйство, насчитывающее около 60 тысяч овец-мериносов, шерсть которых считается особо качественной. Помимо овец на ферме разводят также коров, свиней и кур.

Микаэль отметил, что ферма Кочран — крупное предприятие с впечатляющим годовым оборотом и вывозит свою продукцию, в частности, в США, Японию, Китай и Европу.

Приложенные биографии владельцев производили еще более сильное впечатление.

В 1972 году ферма Кочран перешла по наследству от Реймонда Кочрана к Спенсеру Кочрану, получившему образование в Оксфорде, в Англии. Спенсер скончался в 1994 году, и с тех пор фермой руководит его вдова. Она фигурировала на нечетком снимке с низким разрешением, который был взят с домашней странички фермы Кочран: коротко стриженная светловолосая женщина, чье лицо было видно только наполовину, гладила овцу. По сведениям Иисуса Навина, супруги поженились в Италии в 1971 году.

Звали ее Анита Кочран.

Микаэль переночевал в какой-то глухой дыре с многообещающим названием Воннаду*. В местном пабе он съел баранье жаркое и пропустил три пинты со здешними самородками, называвшими его mate** и говорившими с забавным акцентом. Ему казалось, что он попал на съемки фильма «Крокодил Данди».

Перед сном, поздно ночью, Микаэль позвонил Эрике Бергер в Нью-Йорк.

— Извини, Рикки, но я так закрутился, что просто не было времени связаться.

— Что за чертовщина происходит в Хедестаде? — взорвалась она.— Кристер позвонил и сообщил, что Мартин Вангер погиб в автокатастрофе.

---

* «Все дозволено» (англ.). (Прим. перев.)
** Приятель (австрал. англ.). (Прим. перев.)

— Это долгая история.

— И почему ты не отвечаешь по телефону? Я все последние дни названивала как ненормальная.

— Он тут не работает.

— Где ты находишься?

— В данный момент — километров на двести севернее Алис-Спрингс. То есть в Австралии.

Микаэлю редко удавалось чем-нибудь удивить Эрику, но на этот раз она замолчала почти на десять секунд.

— Позволь спросить, а что ты делаешь в Австралии?

— Я завершаю работу. Вернусь в Швецию через несколько дней. Я звоню только сообщить, что задание Хенрика Вангера скоро будет выполнено.

— Ты хочешь сказать, что разобрался в том, что произошло с Харриет?

— Похоже, что так.

На следующий день, около двенадцати часов, он прибыл на ферму Кочран, но выяснилось, что Анита Кочран находится в производственном районе, возле местечка Макавака, расположенного на сто двадцать километров западнее.

По бесчисленным проселочным дорогам Микаэль добрался до места, когда на часах было уже четыре. Он остановился у ворот, где стоял джип, а вокруг его капота собралась компания овцеводов, пьющих кофе. Микаэль вышел из машины, представился и объяснил, что ищет Аниту Кочран. Взгляды всей компании обратились к мускулистому мужчине лет тридцати, который явно принимал у них все решения. Он был голым до пояса, с красивым загаром, за исключением тех мест, которые обычно закрывала футболка. На голове у него красовалась ковбойская шляпа.

— Well mate, шеф километрах в десяти в ту сторону,— сказал он, указывая направление большим пальцем.

Он скептически посмотрел на машину Микаэля и добавил, что едва ли разумно ехать дальше на этой японской игрушке. Под конец загорелый атлет сказал, что ему все равно надо туда и он может отвезти Микаэля на своем джипе, который куда больше подходит для этих непроходимых мест. Микаэль поблагодарил и взял с собой сумку с компьютером.

Мужчина представился Джеффом и рассказал, что он «studs manager at the station». Микаэль попросил перевести. Покосившись на него, Джефф понял, что Микаэль не здешний, и объяснил: «studs manager» примерно соответствует главному кассиру в банке, хотя он командует овцами, а «station» — это австралийское слово для обозначения ранчо.

Они продолжали разговаривать, пока Джефф беспечно спускал джип в ущелье, по дороге с уклоном в двадцать градусов, на скорости двадцать километров в час. Микаэль возблагодарил свою счастливую звезду за то, что не попытался здесь проехать на взятой напрокат машине. Он спросил о том, что находится в ущелье,— оказалось, там пастбище для семисот овец.

— Как я понял, ферма Кочран — одна из крупных,— заметил он.

— Мы одна из самых крупных ферм Австралии,— подтвердил Джефф с некоторой гордостью в голосе.— У нас около девяти тысяч овец здесь, в районе Макавака, а еще stations в Новом Южном Уэльсе и в Западной Австралии. В общей сложности у нас около шестидесяти трех тысяч овец.

Они выехали из ущелья на холмистую, но более проходимую местность. Вдруг Микаэль услышал выстрел. В глаза ему бросились трупы овец, большие костры и дюжина работников фермы, каждый из которых, похоже, держал в руках ружье. Тут явно происходил забой овец.

У Микаэля непроизвольно возникла ассоциация с библейскими жертвенными агнцами.

Потом он увидел женщину с короткими светлыми волосами, в джинсах и рубашке в красно-белую клетку. Джефф остановился в нескольких метрах от нее.

— Привет, босс. К нам турист,— сказал он.

Микаэль вылез из джипа и посмотрел на нее. Она обратила к нему вопросительный взгляд.

— Здравствуйте, Харриет. Давненько мы не виделись,— сказал Микаэль по-шведски.

Никто из работавших на Аниту Кочран мужчин не понял его слов, но они смогли прочесть ее реакцию. Она в испуге отступила на шаг назад. Работники Аниты Кочран считали своим долгом защищать босса. Заметив ее испуг, они прекратили усмехаться и расправили плечи, готовые напасть на странного чужака, явно вызывавшего у их шефа беспокойство.

Дружелюбие Джеффа вдруг улетучилось, и он с угрожающим видом шагнул поближе.

Микаэль вдруг осознал, что находится в неприступном месте по другую сторону земного шара, в окружении потных работников фермы с ружьями в руках. Достаточно одного слова Аниты Кочран, и они разорвут его на части.

Потом это мгновение миновало. Харриет Вангер успокаивающе помахала рукой, и мужчины отступили на несколько шагов. Она подошла к Микаэлю и посмотрела ему в глаза. Ее лицо было потным и грязным, а светлые волосы темнели у корней, как заметил Микаэль. Она стала старше и немного осунулась, но выросла именно в такую красивую женщину, как обещала ее конфирмационная фотография.

— Разве мы раньше встречались? — спросила Харриет Вангер.

— Да. Меня зовут Микаэль Блумквист. Однажды летом вы присматривали за мной, когда мне было три года. А вам двенадцать или тринадцать.

Прошло несколько секунд, потом ее взгляд вдруг прояснился, и Микаэль увидел, что она его вспомнила. У нее сделался изумленный вид.

— Что вам надо?

— Харриет, я вам не враг. Я здесь не для того, чтобы навредить вам. Но нам необходимо поговорить.

Она повернулась к Джеффу, велела ему взять бразды правления в свои руки и знаком предложила Микаэлю следовать за ней. Пройдя метров двести, они оказались возле стоящих в маленькой роще белых парусиновых палаток.

Она указала на складной стул возле шаткого столика, налила в таз воды, сполоснула лицо и ушла в палатку сменить рубашку. Потом принесла из сумки-холодильника две бутылки пива и села напротив Микаэля.

— Так. Говорите.

— Почему вы убиваете овец?

— У нас эпидемия заразной болезни. Большинство из этих овец, вероятно, здоровы, но мы не можем рисковать, нужно подавить очаг заражения и не дать эпидемии распространиться. На ближайшей неделе нам придется забить более шестисот овец. Поэтому я не в лучшем настроении.

Микаэль кивнул.

— Ваш брат разбился на машине несколько дней назад.

— Я об этом слышала.

— От Аниты, когда она вам звонила.

Она окинула его долгим испытующим взглядом, потом кивнула, видимо сочтя бессмысленным отрицать очевидное.

— Как вы меня нашли?

— Мы прослушивали телефон Аниты.— Микаэль тоже решил, что лгать не стоит.— Я виделся с вашим братом за несколько минут до его смерти.

Харриет Вангер нахмурила брови. Он посмотрел ей в глаза, потом стащил нелепый шарфик, который все время носил, отогнул ворот и показал след от удавки. След был воспаленно-красным, так что у Микаэля, вероятно, на память о Мартине Вангере останется шрам.

— Ваш брат подвесил меня на удавке, но потом появилась моя коллега и избила его до полусмерти.

В глазах Харриет что-то вспыхнуло.

— Думаю, будет лучше, если вы расскажете все с самого начала.

На это ушло больше часа. Микаэль начал с того, что объяснил, кто он и чем занимается, потом описал, как получил задание от Хенрика Вангера и почему его устроило переселение в Хедебю. Он в общих чертах обрисовал, как полицейское расследование зашло в тупик, и рассказал о том, что

Хенрик все эти годы вел собственное расследование, пребывая в убеждении, будто Харриет убил кто-то из членов семьи. Микаэль включил свой компьютер и пояснил, как нашел снимки с Йернвегсгатан, как они с Лисбет начали искать серийного убийцу и обнаружили, что их было двое.

Пока он рассказывал, стало темнеть. Мужчины закончили работать, разожгли лагерные костры, и вскоре в котлах уже забулькало. Микаэль отметил, что Джефф держится поблизости от своего босса и подозрительно поглядывает на визитера. Повар подал Харриет и Микаэлю еду, и они открыли еще по бутылке пива.

Когда Микаэль закончил свой рассказ, Харриет немного посидела молча.

— О господи,— произнесла она.

— Вы пропустили убийство в Уппсале.

— Я его даже не искала. Я была так рада, что отец мертв и с насилием покончено. Мне и в голову не приходило, что Мартин...— Она умолкла.— Я рада, что он умер.

— Я вас понимаю.

— Но ваш рассказ не объясняет, как вы догадались, что я жива.

— Когда мы разобрались в том, что произошло, вычислить остальное было не так уж трудно. Чтобы исчезнуть, вам непременно требовалась помощь. Анита Вангер была вашей закадычной подругой, и обратиться вы явно могли только к ней. Вы подружились, когда она проводила с вами лето и вы жили в домике Готфрида. Если вы кому-то и доверились, то только ей, а она как раз получила водительские права.

Харриет Вангер посмотрела на него с непроницаемым лицом:

— А теперь, когда вам известно, что я жива, что вы намерены делать?

— Я расскажу Хенрику. Он заслуживает того, чтобы все узнать.

— А потом? Вы ведь журналист.

— Харриет, я не собираюсь выставлять вас напоказ. Во всей этой каше я совершил столько должностных преступлений, что, узнай о них Союз журналистов, меня, вероятно, попросту из него исключат. Одним больше, одним меньше — это уже не играет никакой роли, а мне бы не хотелось злить мою старую няню,— попытался пошутить он.

Она даже не улыбнулась в ответ и спросила:

— Сколько людей знает правду?

— Что вы живы? В настоящий момент только вы, я, Анита и моя коллега Лисбет. Дирк Фруде знает примерно две трети истории, правда, он по-прежнему верит, что вы умерли в шестидесятых годах.

Харриет Вангер, казалось, о чем-то размышляла, сидя молча и уставившись в темноту. У Микаэля вновь возникло неприятное ощущение близкой опасности, и он вспомнил о том, что в полуметре от Харриет Вангер, возле палатки, стоит дробовик. Потом он встряхнулся и прекратил фантазировать. И сменил тему разговора:

— А как же вам удалось стать овцеводом в Австралии? Я уже понял, что Анита Вангер вывезла вас из Хедебю, вероятно, в багажнике своей машины, когда на следующий день после аварии открыли мост.

— Я просто лежала на полу, перед задним сиденьем, накрывшись одеялом. Но никто даже не проверял машины. Когда Анита приехала на остров, я подошла к ней и сказала, что мне необходимо бежать. Вы правильно догадались, что я ей доверилась. Она помогла мне и все эти годы оставалась надежным другом.

— Как вы оказались в Австралии?

— Перед тем как покинуть Швецию, я несколько недель прожила в комнате Аниты, в студенческом общежитии, в Стокгольме. У Аниты имелись собственные деньги, которые она мне щедро одолжила. Я воспользовалась также ее паспортом. Мы были очень похожи, и мне требовалось лишь перекраситься в блондинку. Четыре года я прожила в монастыре, в Италии. Монахиней я не была — там есть такие монастыри, где можно дешево снимать комнату, чтобы остаться в одиночестве и думать. Потом я случайно встретилась со Спенсером Кочраном. Он был на несколько лет старше меня и как раз закончил учебу в Англии и бродяжничал по Европе. Я влюбилась. Он тоже. Только и всего. *Анита* Вангер вышла за него замуж в семьдесят первом году. Я ни разу об этом не пожалела. Он был прекрасным мужем. К сожалению, он восемь лет назад умер, и я вдруг сделалась хозяйкой фермы.

— А как же паспорт — кто-нибудь ведь должен был обнаружить, что существуют две Аниты Вангер?

— Нет, отчего же? Шведка по имени Анита Вангер замужем за Спенсером Кочраном. Какая разница, живет она в Лондоне или в Австралии? В Лондоне она — жена Спенсера Кочрана, живущая отдельно от мужа, а в Австралии — живущая вместе с мужем. Системы компьютерного учета Канберры и Лондона не пересекаются. Кроме того, я вскоре получила австралийский паспорт на фамилию Кочран. Все работает отлично. Проблемы могли бы возникнуть, только если бы Анита сама собралась замуж: мой брак зарегистрирован в шведском реестре записи актов гражданского состояния.

— Но она так и не собралась.

— Она утверждает, что никого не встретила. Но я знаю, что она отказалась от замужества ради меня. Она настоящий друг.

— Что она делала в вашей комнате?

— Я действовала в тот день не слишком рационально. Я боялась Мартина, но пока он находился в Уппсале, я могла закрыть глаза на эту проблему. Потом он внезапно оказался на улице в Хедестаде, и я поняла, что мне никогда не будет покоя. Я колебалась, не зная, как мне лучше поступить: рассказать все Хенрику или бежать. Когда у Хенрика не нашлось для меня времени, я принялась просто слоняться по селению. Я, разумеется, понимаю, что катастрофа на мосту для остальных заслонила все прочее, но только не для меня. У меня были свои проблемы, и на аварию я почти не обратила внимания. Все казалось каким-то нереальным. Потом я столкнулась с Анитой, жившей в маленьком домике во дворе у Герды и Александра. Вот тут-то я и решилась и попросила ее мне помочь. Я осталась у нее, не смея выйти на улицу. Но мне было необходимо взять с собой одну вещь — я записывала все, что происходило, в дневник, да и требовалось кое-что из одежды. Анита все мне принесла.

— Полагаю, она не смогла устоять перед искушением открыть окно и посмотреть на место аварии.

Микаэль ненадолго задумался.

— Я все-таки не понимаю, почему вы не пошли к Хенрику, как собирались.

— А как вы думаете?

— Толком не знаю. Я убежден, что Хенрик бы вам помог. Мартин был бы немедленно обезврежен, и Хенрик бы вас не выдал. Он организовал бы все тактично, при помощи какой-нибудь формы терапии или лечения.

— Вы не поняли, что произошло.

До этого момента Микаэль обсуждал только сексуальное насилие Готфрида над Мартином, оставляя вопрос о роли Харриет открытым.

— Готфрид посягал на Мартина,— осторожно сказал Микаэль.— Я подозреваю, что он посягал и на вас тоже.

Ни один мускул на лице Харриет Вангер не дрогнул. Потом она глубоко вздохнула и уткнулась лицом в ладони. Буквально через три секунды Джефф оказался рядом с ней и спросил, все ли в порядке. Харриет Вангер взглянула на него и слабо улыбнулась. Потом она удивила Микаэля: она встала, обняла своего studs manager и поцеловала его в щеку. По-прежнему держа руку на плече Джеффа, Харриет повернулась к Микаэлю:

— Джефф, это Микаэль, старый... друг из прошлого. Он приехал с проблемами и плохими новостями, но мы не станем расстреливать посыльного. Микаэль, это Джефф Кочран, мой старший сын. У меня есть еще один сын и дочка.

Микаэль кивнул. Джеффу было около тридцати; Харриет Вангер, вероятно, забеременела довольно скоро после замужества. Он встал и протянул Джеффу руку, сказав, что сожалеет о том, что разволновал его маму, но это было, увы, необходимо. Харриет обменялась с Джеффом несколькими словами, а потом услала его прочь. Она снова подсела к Микаэлю и, похоже, приняла решение.

— Хватит лжи. Я полагаю, с этим покончено. Я в каком-то смысле ждала этого дня с шестьдесят шестого года. В течение многих лет меня мучил страх, что однажды появится кто-то вроде вас и назовет меня по имени. И знаете, мне вдруг стало все равно. Срок давности по моему преступлению давно прошел. И мне наплевать на то, что подумают обо мне люди.

— Вашему преступлению? — переспросил Микаэль.

— Мне было шестнадцать лет. Я боялась, стыдилась, приходила в отчаяние. Я была одна. Правду знали только Анита и Мартин. Я рассказала Аните о сексуальном насилии, но была не в силах рассказать о том, что мой отец был еще и чокнутым убийцей женщин. Этого Анита так и не узнала. Зато я рассказала ей о своем собственном преступлении, которое было столь ужасным, что, когда дошло до дела, я не смогла признаться Хенрику. Я молилась, чтобы Господь простил меня, и на несколько лет скрылась в монастырь.

— Харриет, ваш отец был насильником и убийцей. Вашей вины в этом не было.

— Я знаю. Отец принуждал меня к сексу в течение года. Я делала все, чтобы уклониться от... но он был моим отцом, и я не могла вдруг отказаться общаться с ним, ничего не объясняя. Поэтому я улыбалась, играла комедию, пыталась делать вид, что все нормально, и старалась, чтобы кто-нибудь всегда был поблизости, когда я с ним встречалась. Мать, конечно, знала, чем он занимается, но ее это не волновало.

— Изабелла знала? — ошеломленно воскликнул Микаэль.

Голос Харриет стал еще жестче:

— Разумеется, знала. Изабелла знала обо всем, что происходило в нашей семье. Но она никогда не обращала внимания на то, что казалось неприятным или представляло ее в невыгодном свете. Отец мог насиловать меня в гостиной, прямо у нее под носом, а она ничего не замечала. Она была не в силах признать, что в моей или ее жизни что-то не так.

— Я встречался с ней. Она сука.

— И всегда ею была. Я часто размышляла над их с отцом отношениями. Я поняла, что они редко занимались сексом после моего рождения или даже вообще не занимались. Женщины у отца были, но Изабеллы он почему-то боялся. Он сторонился ее, но развестись не мог.

— В семействе Вангер не разводятся.

Она впервые засмеялась:

— Да, не разводятся. Но дело в том, что я была не в силах обо всем рассказать. Об этом узнал бы весь мир. Мои одноклассники, все родственники...

Микаэль накрыл рукой ее руку:

— Харриет, мне ужасно жаль.

— Мне было четырнадцать, когда он впервые меня изнасиловал. И в течение следующего года он водил меня к себе в домик. Несколько раз при этом присутствовал Мартин. Он заставлял нас с Мартином проделывать с ним разные вещи. Он крепко держал меня за руки, пока Мартин... получал от меня удовлетворение. А когда отец умер, Мартин был готов взять себе его роль. Он ожидал, что я стану его любовницей, и считал, что я, естественно, должна подчиниться. К тому моменту у меня не оставалось выбора. Мне приходилось выполнять требования Мартина. Я избавилась от одного мучителя и сразу попала в когти к следующему, и единственное, что я могла делать, это следить за тем, чтобы никогда не оставаться с ним наедине.

— Хенрик бы...

— Вы по-прежнему не понимаете,— повысила она голос.

Микаэль увидел, что несколько мужчин возле соседней палатки покосились на него.

Она снова понизила голос и склонилась к нему:

— Все карты открыты. Остальное додумывайте сами.

Она встала и принесла еще две бутылки пива. Когда она вернулась, Микаэль сказал ей одно-единственное слово:

— Готфрид?

Она кивнула.

— Седьмого августа шестьдесят пятого года отец заставил меня пойти с ним в домик. Хенрик был в отъезде. Отец пил и пытался наброситься на меня. У него даже не вставал член, и уже начиналась белая горячка. Он всегда бывал... груб и жесток со мной, когда мы оказывались одни, но в тот раз он перешел все границы. Он помочился на меня. Потом сообщил о том, что ему хочется со мной сделать, и стал рассказывать о женщинах, которых убивал. Он хвастался этим. Цитировал Библию. Так продолжалось несколько часов. Я не понимала половины того, что он говорил, но осознала, что он совершенно сумасшедший.

Она глотнула пива и продолжила:

— Ближе к полуночи у него начался приступ ярости. Он сделался совершенно безумным. Мы находились на спальной антресоли. Он обвязал мне шею футболкой и принялся ее изо всех сил затягивать. У меня потемнело в глазах. Я ничуть не сомневаюсь, что он действительно пытался меня убить, и впервые за ту ночь ему удалось-таки осуществить насилие.

Харриет Вангер посмотрела на Микаэля. В ее глазах читалась мольба.

— Но он был настолько пьян, что мне каким-то образом удалось вырваться. Я спрыгнула с антресоли на пол и в панике бросилась бежать. Голая, я мчалась, не помня себя, и угодила на мостки у воды. Он, шатаясь, меня преследовал.

Микаэлю вдруг захотелось, чтобы она прекратила рассказ.

— Я была достаточно сильной, чтобы столкнуть пьяного мужчину в воду. Я схватила весло и удерживала его под водой, пока он не перестал трепыхаться. Потребовалось всего несколько секунд.

Когда она сделала паузу, тишина вдруг показалась оглушающей.

— А когда я подняла глаза, на мостках стоял Мартин. Он был напуган и в то же время ухмылялся. Не знаю, как долго он находился возле домика и шпионил за нами. С этого мгновения я оказалась у него в руках. Он подошел ко мне, схватил за волосы и отвел в дом, обратно в постель Готфрида. Он привязал меня и насиловал, пока наш отец все еще плавал в воде, возле мостков, и я не могла даже сопротивляться.

Микаэль закрыл глаза. Он вдруг устыдился и пожалел, что не оставил Харриет Вангер в покое. Однако ее голос обрел новую силу:

— С того дня я оказалась в его власти. Я выполняла все его требования. Меня словно парализовало, и мой рассудок спасло только решение Изабеллы отправить Мартина в Уппсалу — поменять обстановку после трагической смерти отца. Она знала, что он со мной вытворяет, и для нее это был способ избавиться от проблемы. Можете не сомневаться, что Мартин был огорчен.

Микаэль кивнул.

— За весь следующий год он приезжал домой только на рождественские каникулы, и мне удавалось держаться от него подальше. Между Рождеством и Новым годом я поехала с Хенриком в Копенгаген. А во время летних каникул у нас была Анита. Я доверилась ей, она все время оставалась со мной и следила за тем, чтобы Мартин ко мне не приближался.

— А потом вы встретились на Йернвегсгатан.

Она кивнула:

— Мне сказали, что он не приедет на семейную встречу, а останется в Уппсале. Однако он, очевидно, передумал, внезапно возник на другой стороне улицы и уставился на меня. Он мне улыбнулся. У меня появилось ощущение кошмарного сна. Я убила отца, а теперь осознала, что мне никогда не избавиться от брата. До этого момента я подумывала покончить с собой. Но тут предпочла бежать.

Она обратила к Микаэлю почти веселый взгляд:

— Даже приятно наконец рассказать правду. Теперь вам известно все. Как же вы намерены воспользоваться своими знаниями?

Глава
27

В десять часов утра Микаэль подобрал Лисбет Саландер возле ее подъезда на Лундагатан и отвез в крематорий Северного кладбища. Он сопровождал ее и на церемонии прощания. Долгое время, кроме Лисбет с Микаэлем и женщины-пастора, там никого не было, но когда отпевание уже началось, в дверь вдруг проскользнул Драган Арманский. Он коротко кивнул Микаэлю и встал позади Лисбет, осторожно положив ей руку на плечо. Она кивнула, не глядя на него, словно знала, кто подошел к ней сзади, и после этого словно перестала замечать присутствие его и Микаэля.

Лисбет ничего не рассказывала о своей матери, но пастор, очевидно, побеседовала с кем-то из больницы, где та скончалась, и Микаэль понял, что причиной смерти стало кровоизлияние в мозг. За время всей церемонии Лисбет не произнесла ни слова. Пастор дважды сбивалась, когда, обращаясь непосредственно к смотревшей ей прямо в глаза Лисбет, не получала ответа. Когда все закончилось, Лисбет развернулась и пошла прочь, не поблагодарив и не попрощавшись. Микаэль с Драганом глубоко вздохнули и покосились друг на друга. Они представления не имели о том, что творится у нее в голове.

— Ей очень плохо,— сказал Драган.

— Это я уже понял,— ответил Микаэль.— Хорошо, что вы пришли.

— Я в этом далеко не уверен.

Арманский пристально посмотрел на Микаэля:

— Вы отправляетесь на север? Приглядывайте за ней.

Микаэль пообещал. Выйдя из церкви, они расстались. Лисбет уже сидела в машине и ждала.

Ей пришлось поехать с Микаэлем в Хедестад, чтобы забрать мотоцикл и оборудование, которое она одолжила в «Милтон секьюрити». Только когда они миновали Уппсалу, Лисбет нарушила молчание и спросила, как прошла поездка в Австралию. Микаэль вышел из самолета в стокгольмском аэропорту Арланда накануне поздно вечером и спал всего несколько часов. По пути он изложил ей рассказ Харриет Вангер. Лисбет Саландер сидела молча и открыла рот только через полчаса.

— Сука,— сказала она.

— Кто?

— Чертова Харриет Вангер. Если бы она что-нибудь предприняла в шестьдесят шестом году, Мартин Вангер не смог бы продолжать убивать и насиловать еще тридцать семь лет.

— Харриет знала об убийствах, совершенных отцом, но представления не имела о том, что Мартин принимал в них участие. Она бежала от брата, который ее насиловал и грозился, если она не будет подчиняться, рассказать о том, что она утопила отца.

— Бред собачий.

После этого они молчали до самого Хедестада. Лисбет пребывала в особенно мрачном настроении. Микаэль опаздывал на условленную встречу и высадил ее у поворота на остров, спросив, дождется ли она его возвращения.

— Ты собираешься тут ночевать? — спросила она.

— Думаю, да.

— Ты хочешь, чтобы я была дома, когда ты вернешься?

Он вылез из машины, подошел к Лисбет и обнял ее. Она оттолкнула его почти с яростью. Микаэль отпрянул.

— Лисбет, ты мой друг.

Она посмотрела на него без всякого выражения:

— Ты хочешь, чтобы я осталась, чтоб тебе было кого вечером трахать?

Микаэль окинул ее долгим взглядом. Потом развернулся, сел в машину и завел мотор. Он опустил стекло: она враждебно смотрела на него.

— Я хотел быть тебе другом,— сказал он.— Если ты думаешь иначе, тебе незачем дожидаться моего возвращения.

Когда Дирк Фруде ввел Микаэля в палату, Хенрик Вангер сидел полностью одетый. Микаэль сразу справился о его здоровье.

— Меня собираются завтра отпустить на похороны Мартина.

— Насколько много рассказал вам Дирк Фруде?

Хенрик опустил глаза:

— Он рассказал о том, чем занимались Мартин и Готфрид. Как я понял, все гораздо хуже, чем я мог себе представить.

— Я знаю, что произошло с Харриет.

— Как она умерла?

— Харриет не умерла. Она жива. И мечтает с вами повидаться, если вы этого захотите.

Хенрик Вангер и Дирк Фруде уставились на Микаэля так, словно весь их мир в эту минуту перевернулся.

— Пришлось потратить некоторое время, чтобы уговорить ее приехать сюда, но она жива, хорошо себя чувствует и находится здесь, в Хедестаде. Она приехала сегодня утром и может прийти сюда через час. Конечно, если вы захотите с ней встретиться.

Микаэлю пришлось вновь рассказать всю историю от начала до конца. Хенрик Вангер слушал так жадно, будто внимал новому варианту Нагорной проповеди. Лишь иногда он вставлял какой-нибудь вопрос или просил Микаэля что-нибудь повторить. Дирк Фруде не произнес ни слова.

Когда история подошла к концу, старик долго сидел молча. Хотя врачи и заверяли, что Хенрик Вангер оправился от инфаркта, Микаэль боялся рассказывать ему историю Харриет — он опасался, что для старика это будет слишком тяжелым испытанием. Однако Хенрик не обнаруживал никаких признаков душевного волнения, разве что его голос прозвучал несколько невнятно, когда он нарушил молчание.

— Бедная Харриет. Ей все-таки надо было прийти ко мне.

Микаэль посмотрел на часы. Они показывали без пяти четыре.

— Вы хотите с ней встретиться? Она по-прежнему боится, что вы отвернетесь от нее, когда узнаете всю правду до конца.

— А цветы? — спросил Хенрик.

— Я задал ей этот вопрос в самолете по пути домой. Из всей семьи она любила только одного человека — вас. Цветы, разумеется, посылала она. Харриет надеялась таким образом дать вам понять, что она жива и с ней все в порядке, не выходя из тени. Но о положении дел в Хедестаде она могла узнать только от Аниты, которая ни разу не показывалась здесь и, закончив учебу, сразу переехала за границу. Поэтому Харриет ничего не знала о том, что здесь происходило, и не имела понятия, как ужасно вы страдали, думая, будто над вами просто издевается ее убийца.

— Думаю, что цветы она отправляла при помощи Аниты.

— Та работала в авиакомпании и летала по всему миру — она посылала цветы из тех мест, куда попадала.

— Но как ты узнал о том, что помогла ей именно Анита?

— По фотографии, на которой она виднеется в окне комнаты Харриет.

— Но она ведь могла быть замешана в... она ведь могла оказаться убийцей. Как ты догадался, что Харриет жива?

Микаэль посмотрел на Хенрика Вангера долгим взглядом, а потом улыбнулся, впервые со времени возвращения в Хедестад:

— Анита была замешана в исчезновении Харриет, но убийцей она быть не могла.

— Почему ты был в этом так уверен?

— Потому что это не какой-нибудь дурацкий детектив. Если бы Анита убила Харриет, вы давным-давно нашли бы ее тело. Следовательно, единственное логическое объяснение заключалось в том, что Анита помогла ей бежать и скрываться. Так вы хотите встретиться с Харриет?

— Естественно, хочу.

Микаэль нашел Харриет в холле больницы, возле лифтов. Сначала он ее даже не узнал; с тех пор как они расстались накануне в аэропорту, она успела вернуть себе темный цвет волос. На ней были черные брюки, белая блузка и элегантный серый жакет. Выглядела она великолепно, и Микаэль, решив ее подбодрить, наклонился и поцеловал ее в щеку.

Когда Микаэль открыл перед Харриет Вангер дверь, Хенрик встал со своего кресла. Она сделала глубокий вдох:

— Здравствуй, Хенрик.

Старик оглядел ее с головы до ног. Харриет подошла и поцеловала его. Микаэль кивнул Дирку Фруде и закрыл дверь, оставив их наедине.

Когда Микаэль приехал на остров Хедебю, Лисбет Саландер в домике не было. Видеоаппаратура и ее мотоцикл исчезли, равно как и сумка с ее вещами и туалетные принадлежности из ванной комнаты. И домик сразу показался ему пустым.

Микаэль мрачно прошелся по дому, который вдруг сделался чужим и каким-то ненастоящим. Он взглянул на груды бумаг в кабинете, которые ему предстояло уложить в коробки и отнести обратно к Хенрику, но был не в силах начинать уборку. Сходив в магазин, он купил хлеба, молока, сыра и еще чего-то на ужин, а потом поставил кофейник, уселся в саду и принялся читать вечерние газеты, вообще ни о чем не думая. Около половины шестого через мост проехало такси. Через три минуты оно проследовало в обратном направлении. На заднем сиденье Микаэль различил Изабеллу Вангер.

Около семи он задремал в саду, но тут появился Дирк Фруде и разбудил его.

— Как идут дела у Хенрика с Харриет? — спросил Микаэль.

— У этой печальной истории есть свои забавные моменты,— ответил адвокат со сдержанной улыбкой.— В палату Хенрика внезапно ворвалась Изабелла. Она заметила, что вы вернулись обратно, и совершенно обезумела. Она кричала, что надо положить конец этой идиотской трепотне о Харриет и что вы своим копанием довели ее сына до смерти.

— Пожалуй, в этом она права.

— Она потребовала от Хенрика, чтобы он вас уволил и проследил за тем, чтобы вы отсюда исчезли, а также чтобы он прекратил поиски призраков.

— Опля.

— Она даже не удостоила взглядом женщину, с которой Хенрик разговаривал. Вероятно, подумала, что это кто-то из персонала. Я никогда не забуду мгновения, когда Харриет встала, посмотрела на Изабеллу и сказала: «Здравствуй, мама».

— И что дальше?

— Нам пришлось позвать врача, чтобы привести Изабеллу в чувство. В данный момент она отказывается узнавать Харриет и утверждает, что вы раздобыли где-то самозванку.

Теперь Дирк Фруде направлялся к Сесилии и Александру, чтобы сообщить им новость о воскрешении Харриет. Он поспешил дальше, снова оставив Микаэля в одиночестве.

Лисбет Саландер остановилась заправиться на бензоколонке на въезде в Уппсалу с северной стороны. Всю дорогу она мчалась, решительно глядя только вперед. Быстро расплатившись, она села на мотоцикл, завела мотор и подъехала к выезду на дорогу, а там снова остановилась в замешательстве.

Ей по-прежнему было не по себе. Покидая Хедебю, она пребывала в ярости, но за время пути злость постепенно утихла. Лисбет сама толком не знала, почему так разозлилась на Микаэля Блумквиста, да и вообще, он ли вызвал у нее такую злобу.

Она подумала о Мартине Вангере, чертовой Харриет, Дирке Фруде и всем этом проклятом клане Вангеров, который угнездился в Хедестаде и управлял оттуда своей империей, попутно все глубже увязая во внутренних интригах. Этим людям понадобилась ее помощь. Иначе они бы даже не стали с ней здороваться, не говоря уже о том, чтобы доверять ей свои тайны.

Чертов сброд.

Лисбет глубоко вздохнула и подумала о матери, которую утром похоронила. Ничего хорошего ждать не приходилось. Смерть матери означала, что ее рана никогда не затянется, поскольку Лисбет уже не удастся получить ответы на те вопросы, которые ей хотелось задать.

Она подумала о Драгане Арманском, стоявшем позади нее во время похорон. Ей следовало бы ему что-нибудь сказать. По крайней мере, подтвердить, что она знала о его присутствии. Но если она это сделает, он сразу решит, что отныне получает право вмешиваться в ее жизнь. А протяни она ему палец, он отхватит всю руку. Понять ее он все равно бы не смог.

Лисбет подумала о проклятом адвокате Нильсе Бьюрмане — ее опекуне, который хотя бы на данный момент был обезврежен и выполнял то, что ему было велено.

Она ощутила непримиримую ненависть и стиснула зубы.

Потом она подумала о Микаэле Блумквисте, и ей стало интересно: что бы он сказал, узнав о том, что у нее имеется опекун и что вообще-то жизнь у нее собачья. Она поняла, что на самом деле на него вовсе не злится. Он просто попался под руку и оказался человеком, на которого она выплеснула свою злобу, когда ей больше всего хотелось кого-нибудь убить. Злиться на него было бессмысленно.

Отношение к нему Лисбет было двойственным.

Он сунул нос не в свое дело, начал копаться в ее личной жизни и... Но в то же время ей нравилось работать вместе с ним. Уже само это чувство казалось странным — работать с кем-то *вместе*. Она к такому не привыкла, но ведь все прошло на удивление безболезненно. Он ее не лапал и не пытался учить жить.

В постель затянула его она, а не наоборот.

И к тому же все получилось вполне приятно.

Тогда почему же у нее возникло ощущение, будто ей хочется ударить его ногой в лицо?

Она вздохнула, подняла несчастные глаза и посмотрела на проезжавший мимо нее по шоссе Е-4 трейлер.

Часов в восемь вечера Микаэль по-прежнему сидел в саду, когда до него донесся треск мотоцикла и он увидел, что через мост едет Лисбет Саландер. Она припарковалась и сняла шлем. Потом подошла к садовому столику и потрогала кофейник, но тот оказался пустым и холодным. Микаэль смотрел на нее с изумлением. Она взяла кофейник и пошла на кухню. Когда она вернулась, вместо кожаного комбинезона на ней были джинсы и футболка с надписью: «I can be a regular bitch. Just try me»*.

— Я думал, ты уехала,— сказал Микаэль.

— Я повернула обратно от Уппсалы.

— Неплохо прогулялась.

— У меня болит задница.

— Почему ты вернулась?

Она не ответила. Микаэль не настаивал, выжидая, пока она заговорит сама. Они в молчании выпили кофе, и только через десять минут она подала голос.

— Мне нравится твоя компания,— неохотно призналась она.

Прежде ей таких слов произносить не доводилось.

---

* Я могу быть крутой сукой. Испробуй меня *(англ.)*. *(Прим. перев.)*

— Было... интересно работать вместе с тобой над этим делом.

— Мне тоже понравилось с тобой работать,— сказал Микаэль.

— Хм.

— Честно говоря, мне никогда не приходилось сотрудничать с таким классным поисковиком. Я, конечно, понимаю, что ты гнусный хакер и общаешься с сомнительной компанией. Но ты можешь просто поднять трубку и за двадцать четыре часа организовать нелегальное прослушивание телефона в Лондоне и поэтому действительно добиваешься результатов.

Она впервые взглянула на него с тех пор, как села за стол. Как же это получилось, что ему известно так много ее секретов?

— Все очень просто. Я разбираюсь в компьютерах. У меня никогда не возникает проблем с тем, чтобы прочесть текст и четко уловить его смысл.

— У тебя фотографическая память,— спокойно сказал он.

— Думаю, да. Я просто улавливаю механизм действия. И не только компьютеров и телефонной сети, но и мотора моего мотоцикла, телевизоров, пылесосов, химических процессов и астрофизических формул. Я чокнутая. Выродок.

Микаэль нахмурил брови и довольно долго сидел молча. «Синдром Аспбергера,— подумал он.— Или что-то подобное. Талант видеть рисунок и понимать абстрактные рассуждения там, где остальные видят только помехи».

Лисбет уставилась в стол.

— Большинство людей много бы дали, чтобы обладать таким даром.

— Я не хочу об этом говорить.

— Ладно, оставим это. Почему ты вернулась?

— Не знаю. Возможно, это ошибка.

Он посмотрел на нее испытующе.

— Лисбет, ты можешь объяснить мне, как ты понимаешь слово «дружба»?

— Когда хорошо к кому-то относишься.

— Да, а в силу чего человек к кому-то хорошо относится? Она пожала плечами.

— Дружба — в моем понимании — строится на двух вещах,— сказал он.— На уважении и доверии. Оба фактора обязательно должны присутствовать. И еще необходима взаимность. Можно уважать кого-то, но при отсутствии доверия дружба распадается.

Она продолжала молчать.

— Я понял, что ты не хочешь обсуждать со мной свою жизнь, но когда-нибудь тебе все-таки придется решить, доверяешь ты мне или нет. Я хочу, чтобы мы были друзьями, но это желание должно быть обоюдным.

— Мне нравится заниматься с тобой сексом.

— Секс не имеет к дружбе никакого отношения. Друзья, конечно, могут заниматься сексом, но, Лисбет, если мне придется выбирать между сексом и дружбой в отношениях с тобой, нет никакого сомнения в том, что я выберу.

— Я не понимаю. Ты хочешь заниматься со мной сексом или нет?

Микаэль прикусил губу. В конце концов он вздохнул.

— Не следует заниматься сексом с людьми, с которыми вместе работаешь,— пробормотал он.— Это создает проблемы.

— Я что-то не так поняла, и, может быть, ты не трахаешься с Эрикой Бергер при каждом удобном случае? А она к тому же замужем.

Микаэль немного помолчал.

— У нас с Эрикой... история началась задолго до того, как мы стали вместе работать. А то, что она замужем, тебя не касается.

— Вот как, теперь вдруг уже ты не хочешь говорить о себе. Разве дружба — это не вопрос доверия?

— Да, но дело в том, что я не обсуждаю друга за спиной. Тогда бы я обманул ее доверие. Я бы точно так же не стал обсуждать тебя с Эрикой за твоей спиной.

Лисбет Саландер задумалась над его словами. Разговор осложнился, а сложных разговоров она не любила.

— Мне нравится заниматься с тобой сексом,— снова сказала она.

— А мне с тобой... но я по-прежнему гожусь тебе в отцы.

— Мне наплевать на твой возраст.

— Ты не можешь плевать на нашу разницу в возрасте. Из-за нее у нас едва ли смогут возникнуть длительные отношения.

— А кто говорит о длительных отношениях? — сказала Лисбет.— Мы только что закончили дело, в котором главную роль играли мужчины с дьявольски извращенной сексуальностью. Что до меня, так я бы уничтожила их всех подряд.

— Да уж, понятие компромисса тебе неведомо.

— Да,— сказала она, улыбнувшись своей кривой невеселой улыбкой.— Но ведь ты-то не такой.

Она встала.

— Я иду в душ, а потом собираюсь голой улечься в твою постель. Если ты считаешь себя слишком старым, можешь отправляться спать на раскладушку.

Микаэль посмотрел ей вслед. Какие бы заморочки у Лисбет Саландер ни присутствовали, стыдливость к ним, во всяком случае, не относилась. Он постоянно проигрывал ей в спорах. Через некоторое время он поднялся, забрал в дом кофейные чашки и пошел в спальню.

Они встали около десяти, приняли вместе душ и сели завтракать в саду.

Около одиннадцати позвонил Дирк Фруде. Он сообщил, что похороны состоятся в два часа, и спросил, собираются ли они присутствовать.

— Не думаю,— ответил Микаэль.

Потом адвокат попросил разрешения зайти к ним часов в шесть, чтобы поговорить, и Микаэль охотно согласился.

Несколько часов у него ушло на то, чтобы разложить бумаги по коробкам и перенести их в кабинет Хенрика. Под конец остались только его собственные блокноты с записями и две папки с делом Ханса Эрика Веннерстрёма, которые он уже полгода не открывал. Микаэль вздохнул и сунул их в сумку.

Дирк Фруде опоздал и появился только ближе к восьми часам. Он был по-прежнему в траурном костюме и казался совершенно изможденным, когда опустился на кухонный диван и с благодарностью принял из рук Лисбет чашку кофе. Лисбет обосновалась за приставным столом и уткнулась в свой ноутбук, а Микаэль стал расспрашивать Фруде о том, как восприняли родственники воскрешение Харриет.

— Можно сказать, что оно затмило кончину Мартина. Сейчас уже о Харриет пронюхали и СМИ.

— И как вы объясняете ситуацию?

— Харриет побеседовала с журналистом из «Курирен». Она рассказала, что сбежала из дома, потому что не ладила с родственниками, но что у нее все сложилось удачно, поскольку теперь она возглавляет компанию с таким же оборотом, как у концерна «Вангер».

Микаэль присвистнул.

— Я понимал, что австралийские овцы приносят доход, но не знал, что ранчо настолько процветает.

— На ранчо все идет замечательно, но это не единственный источник ее доходов. Семья Кочран занимается разработкой месторождений, опалами, транспортировкой, электроникой, владеет предприятиями обрабатывающей промышленности и много чем еще.

— Опля. И что же теперь будет?

— Честно говоря, не знаю. Народ прибывал в течение всего дня — впервые за много лет семейство собирается вместе. Появились представители клана по линии Фредрика Вангера и Юхана Вангера, а также молодежь — те, кому от двадцати лет и больше. Сегодня вечером в Хедестаде находится около сорока Вангеров. Половина из них сидят в больнице и утомляют Хенрика, а другие беседуют в гостинице с Харриет.

— Харриет стала огромной сенсацией. А сколько народу знает правду про Мартина?

— Пока что только я, Хенрик и Харриет. Мы долго беседовали втроем. Вся эта история с Мартином и... его извращениями в данный момент многое отодвигает для нас на задний план. Концерн оказался в колоссальном кризисе.

— Это понятно.

— Естественный наследник отсутствует, но Харриет на некоторое время задержится в Хедестаде. Нам необходимо, в частности, выяснить, кому что принадлежит, как будет распределяться наследство и тому подобное. Харриет ведь имеет право на долю в наследстве, которая, находись она здесь все время, была бы достаточно большой. Это просто кошмар.

Микаэль засмеялся. Дирку Фруде было не до смеха.

— Изабелла окончательно сломалась. Ее положили в больницу, и Харриет отказывается ее навещать.

— Я ее понимаю.

— Зато из Лондона приезжает Анита. На следующей неделе мы созываем семейный совет, и впервые за двадцать пять лет она будет в нем участвовать.

— Кто станет новым генеральным директором?

— Пост стремится занять Биргер, но об этой кандидатуре не может быть и речи. Хенрик будет временно исполнять обязанности генерального директора, прямо из больницы, пока мы не назначим кого-нибудь либо со стороны, либо из членов семьи...

Он не закончил предложение. Микаэль вдруг поднял брови:

— Харриет? Вы шутите.

— Почему? Несомненно, она компетентная и уважаемая деловая женщина.

— Ей ведь надо заниматься предприятиями в Австралии.

— Да, но в ее отсутствие там прекрасно справляется ее сын Джефф Кочран.

— Он же studs manager на овечьей ферме. Если я правильно понял, он следит за тем, чтобы овцы правильно спаривались друг с другом.

— Он получил экономическое образование в Оксфорде и юридическое в Мельбурне.

Микаэль вспомнил потного, мускулистого, обнаженного до пояса мужчину, который вез его в ущелье, и попытался представить его в костюме в узкую белую полоску. Почему бы и нет?

— В мгновение ока всего этого не решить,— сказал Дирк Фруде.— Но из нее получился бы идеальный генеральный директор. При хорошей поддержке ее приход мог бы означать для концерна совершенно новую экономическую политику.

— У нее нет знаний...

— Это правда. Харриет, разумеется, не может сразу полностью взять на себя управление концерном, будто с неба свалившись после нескольких десятилетий отсутствия. Однако наш концерн международный, и мы могли бы пригласить сюда американского исполнительного директора, который ни слова не знает по-шведски... Это бизнес.

— Рано или поздно вам придется разбираться с проблемой, связанной с тем, что находится у Мартина в подвальной комнате.

— Я знаю. Но мы не сможем что-нибудь о ней сказать, полностью не уничтожив Харриет... Я рад, что принимать решение по этому вопросу придется не мне.

— Черт побери, Дирк, вы не можете просто взять и скрыть то, что Мартин был серийным убийцей.

Дирк Фруде молча заерзал на диване. Микаэль вдруг ощутил во рту неприятный привкус.

— Микаэль, я нахожусь в... очень неловком положении.

— В чем дело?

— У меня есть сообщение от Хенрика. Оно очень простое. Он благодарит за проделанную вами работу и считает условия контракта выполненными. Это означает, что он освобождает вас от остальных обязательств, вам больше нет необходимости жить и работать в Хедестаде и так далее. То есть вы можете незамедлительно переезжать в Стокгольм и заниматься другими делами.

— Он хочет, чтобы я исчез со сцены?

— Отнюдь нет. Хенрик хочет, чтобы вы пришли поговорить с ним о будущем. Он говорит, что надеется быть в силах по-прежнему выполнять свои обязанности в правлении «Миллениума» в полном объеме. Но...

На лице Дирка Фруде отразилась еще большая неловкость, хотя казалось бы, что больше уже некуда.

— Но он уже не хочет, чтобы я писал хронику семьи Вангер.

Дирк Фруде кивнул. Он достал блокнот, открыл его и протянул Микаэлю.

— Он написал вам письмо.

Дорогой Микаэль!

Я глубоко уважаю твою независимость и не собираюсь оскорблять тебя, пытаясь указывать тебе, что писать. Ты вправе писать и публиковать все, что захочешь, и я не намерен оказывать на тебя какое-либо давление.

Если ты будешь настаивать, наш контракт останется в силе. У тебя достаточно материала, чтобы завершить хронику семьи Вангер. Микаэль, за всю свою жизнь я никогда никого ни о чем не умолял. Я всегда полагал, что человек должен следовать своей морали и собственным убеждениям. В настоящий момент у меня нет выбора.

Я прошу тебя как друга и совладельца «Миллениума» воздержаться от раскрытия правды о Готфриде и Мартине. Я знаю, что это неправильно, но не вижу никакого выхода из этого мрака. Я вынужден выбирать между двумя отвратительными вещами, и в проигрыше при этом оказываются все.

Я прошу тебя не писать ничего такого, что причинило бы еще больший вред Харриет. Ты на себе испытал, что значит стать предметом кампании в СМИ. Кампания против тебя носила довольно умеренный характер, но ты, вероятно, можешь себе представить, чем это обернется для Харриет, если правда выйдет наружу. Она промучилась сорок лет, и ей

незачем еще больше страдать из-за действий ее отца и бра-
та. Я прошу тебя также подумать о том, какие последствия
эта история будет иметь для тысяч работников концерна.
Это добьет ее и уничтожит нас.

Хенрик.

— Хенрик говорит также, что если вы потребуете компенсации за финансовые потери, которые понесете, отказавшись от публикации этого материала, он готов это обсуждать. Вы можете выдвигать любые финансовые требования.

— Хенрик Вангер пытается меня подкупить. Передайте ему, что я предпочел бы, чтобы он не делал мне такого предложения.

— Для Хенрика эта ситуация мучительна точно так же, как и для вас. Он очень любит вас и относится к вам как к своему другу.

— Хенрик Вангер просто ловкий мерзавец,— сказал Микаэль. Он вдруг рассвирепел.— Он хочет замолчать эту историю. И играет на моих чувствах, зная, что я его тоже люблю. А то, что он говорит, на практике означает, что у меня развязаны руки. Правда, если я это опубликую, ему придется пересмотреть свое отношение к «Миллениуму».

— Все изменилось с появлением на сцене Харриет.

— И теперь Хенрик выясняет, сколько я стою. Я не собираюсь выставлять Харриет напоказ, но кто-то должен рассказать о тех женщинах, которые попадали в подвал Мартина. Дирк, мы ведь даже не знаем, сколько женщин он загубил. Кто собирается говорить от их имени?

Лисбет Саландер вдруг оторвала взгляд от компьютера и нежным до приторности голосом обратилась к Дирку Фруде:

— Неужели никто в вашем концерне не собирается предложить взятку мне?

Фруде растерялся: его снова угораздило не принять ее во внимание.

— Будь Мартин Вангер сейчас жив, я бы рассказала о нем все,— продолжала она.— Какое бы соглашение у вас с Микаэлем там ни было, я бы проинформировала о нем во всех подробностях первую попавшуюся вечернюю газету. А имей я такую возможность, я затащила бы Мартина в его собственную пыточную нору, привязала к столу и проткнула бы ему мошонку иголками. Но он мертв.

Она обратилась к Микаэлю:

— Я довольна таким исходом дела. Ничто уже не возместит ущерба, причиненного Мартином Вангером своим жертвам. Зато сложилась интересная ситуация. Ты пребываешь в таком положении, что можешь продолжать вредить невинным женщинам — прежде всего Харриет, которую ты так горячо защищал по пути сюда. Я спрашиваю тебя, что хуже — то, что Мартин Вангер насиловал ее, или если ты проделаешь с ней то же самое на страницах газет? Перед тобой симпатичная дилемма. Возможно, тебе сумеет помочь советом комиссия по этике Союза журналистов.

Она сделала паузу. Микаэль вдруг почувствовал, что не может взглянуть ей в глаза, и уставился в стол.

— Но я не журналистка,— наконец сказала она.

— Чего вы хотите? — спросил Дирк Фруде.

— Мартин снимал своих жертв на видео. Я хочу, чтобы вы попытались опознать всех, кого удастся, и проследили за тем, чтобы их семьи получили приличную компенсацию. И кроме того, я хочу, чтобы концерн «Вангер» впредь ежегодно выплачивал пожертвование в два миллиона крон государственной организации, объединяющей в Швеции кризисные центры для женщин и девушек.

Дирк Фруде с минуту обдумывал цену. Потом кивнул.

— Микаэль, ты сможешь с этим жить? — спросила Лисбет.

Микаэль вдруг ощутил приступ отчаяния. Всю свою профессиональную жизнь он посвятил разоблачениям того, что пытались скрыть другие, и его моральные принципы запрещали ему способствовать сокрытию кошмарных преступлений, совершенных Мартином Вангером. Его должностные обязанности заключались как раз в том, чтобы делать извест-

ность, он сумеет напустить достаточно тумана, чтобы никто пе отнесся к этой истории всерьез.

У Дирка Фруде был очень несчастный вид.

— Вы меня надули,— подвел итог Микаэль.

— Микаэль... мы этого не планировали.

— Я сам виноват. Ухватился за соломинку, хотя должен был предвидеть нечто подобное.— Он вдруг усмехнулся.— Хенрик — старая акула. Он продавал товар и говорил то, что мне хотелось услышать.

Микаэль встал и подошел к раковине. Свои чувства он выразил одним словом:

— Исчезните.

— Микаэль... Я сожалею, что...

— Дирк, уходите.

Лисбет Саландер не знала, подойти ли ей к Микаэлю или оставить его в покое. Он сам решил эту проблему: не говоря ни слова, схватил куртку и захлопнул за собой входную дверь.

Более часа Лисбет слонялась взад и вперед по кухне. Она чувствовала себя настолько неуютно, что собрала и помыла посуду, хотя обычно предоставляла это делать Микаэлю. Периодически она подходила к окну и высматривала его. Под конец она так заволновалась, что надела кожаную куртку и отправилась его искать.

Сначала она спустилась к лодочной гавани, где в домах по-прежнему горел свет, но Микаэля там видно не было. Лисбет пошла вдоль воды, по тропинке, по которой они обычно прогуливались по вечерам. Дом Мартина Вангера стоял темным и уже казался нежилым. Она вышла к камням на мысе, на которых они с Микаэлем когда-то сидели, а потом вернулась домой. Он еще не приходил.

Лисбет поднялась к церкви. Никого. Она немного постояла в нерешительности, не зная, что ей делать. Потом вернулась назад, к мотоциклу, вынула из-под седла фонарик и снова двинулась вдоль воды. Некоторое время она пробиралась по извилистой, наполовину заросшей дороге, а потом довольно долго искала тропинку к домику Готфрида. Домик позади редких деревьев внезапно возник из темноты, когда Лисбет уже подошла к нему почти вплотную. На террасе Микаэля не оказалось, дверь была заперта.

Лисбет уже было повернула обратно к селению, но остановилась и прошла обратно до самого мыса. Внезапно она увидела в темноте силуэт Микаэля, на мостках, где Харриет Вангер утопила своего отца, и впервые перевела дух.

Он услышал, как она вышла на мостки, и обернулся. Она села рядом с ним, ничего не говоря. В конце концов он нарушил молчание:

— Извини. Мне просто надо было немного побыть одному.

— Я знаю.

Она зажгла две сигареты и протянула одну Микаэлю. Он посмотрел на нее. Лисбет Саландер была самым асоциальным человеком из всех, кого ему доводилось встречать. Она обычно игнорировала любые его попытки поговорить на личные темы и никогда не принимала ни малейших проявлений симпатии. Но она же спасла ему жизнь, а теперь отправилась посреди ночи разыскивать его неизвестно где. Он обнял ее одной рукой.

— Теперь я знаю, какова мне цена. Мы предали тех девушек,— сказал он.— Обо всей этой истории никто не узнает. Содержимое погреба Мартина просто исчезнет.

Лисбет не ответила.

— Эрика была права,— продолжал он.— Мне было бы полезнее съездить в Испанию и позаниматься в течение месяца сексом с испанками, а потом вернуться домой и взяться за Веннерстрёма. А так я без толку потерял много месяцев.

— Если бы ты уехал в Испанию, Мартин Вангер по-прежнему продолжал бы пытки в погребе.

Он промолчал в ответ.

Они долго еще сидели вместе, потом Микаэль встал и предложил идти домой.

Заснул он раньше Лисбет, а она лежала без сна, прислушиваясь к его дыханию. Через некоторое время она отправилась на кухню, сварила кофе, уселась в темноте на кухонном диване и стала напряженно думать, куря одну сигарету за другой. То, что Вангер с Фруде должны были надуть Микаэля, она считала само собой разумеющимся. Это вполне в их духе. Но это проблема Микаэля, а не ее. Или нет?

В конце концов Лисбет приняла решение. Она потушила окурок, вошла к Микаэлю, зажгла прикроватную лампу и стала тормошить его, пока он не проснулся. Было половина третьего.

— Что?

— У меня есть вопрос. Сядь.

Микаэль сел и сонно уставился на нее.

— Когда тебя привлекли за клевету, почему ты не защищался?

Микаэль замотал головой и встретился с ней взглядом. Потом покосился на часы.

— Лисбет, это долгая история.

— Рассказывай. У меня есть время.

Он долго сидел молча, обдумывая, что ему говорить, и решил придерживаться правды.

— Мне было нечем защищаться. Содержание статьи оказалось ошибочным.

— Когда я влезла в твой компьютер и прочла твою переписку с Эрикой Бергер, там много говорилось о деле Веннерстрёма, но вы все время обсуждали практические детали суда и ни словом не обмолвились о том, что на самом деле произошло. Расскажи, где вышел прокол.

— Лисбет, я не могу открыть правду. Меня здорово надули. Мы с Эрикой сошлись на том, что попытайся я рассказать, как все было на самом деле, это бы еще больше подорвало к нам доверие.

— Послушай, Калле Блумквист, вчера днем ты тут что-то проповедовал о дружбе, доверии и прочих высоких материях. Я не собираюсь выкладывать твою историю в Сети.

Микаэль всячески пытался протестовать. Он напомнил Лисбет, что уже середина ночи, и заявил, что не в силах сейчас об этом думать. Однако она упорно продолжала сидеть, пока он не сдался. Он сходил в туалет, сполоснул лицо и снова поставил кофейник. Потом вернулся на кровать и рассказал, как два года назад старый школьный приятель Роберт Линдберг, сидя на яхте в гостевой гавани Архольма, пробудил у него любопытство.

— Ты думаешь, что твой приятель наврал?

— Нет, отнюдь. Он правдиво рассказал то, что знал,— я смог проверить каждое слово в документах ревизии УПП. Я даже съездил в Польшу и сфотографировал железный ангар, где когда-то помещалось крупное предприятие «Минос», потом взял интервью у нескольких бывших работников предприятия, и все сказали одно и то же.

— Я не понимаю.

Микаэль вздохнул. Немного помедлив, он продолжил:

— У меня получился чертовски хороший материал. С самим Веннерстрёмом я к тому времени еще не сталкивался, но история получилась железной, и опубликуй я ее тогда, мне бы действительно удалось его встряхнуть. До предъявления обвинения в мошенничестве дело, вероятно, не дошло бы — у него уже имелось одобрение ревизии,— но я бы испортил ему репутацию.

— Где случился прокол?

— Где-то по пути кто-то разузнал, в чем я копаюсь, и Веннерстрёму стало известно о моем существовании. Совершенно внезапно начало происходить множество странных вещей. Сперва мне стали угрожать. Пошли анонимные звонки с карточных таксофонов, которые не удавалось отследить. В адрес Эрики тоже посыпались угрозы — обычная чушь, типа: завязывай, иначе мы вывесим твои сиськи на дверях хлева, и тому подобное. Она, естественно, безумно злилась.

Он взял у Лисбет сигарету.

— Потом произошло нечто крайне неприятное. Однажды ночью, когда я выходил из редакции, на меня напали двое мужчин — просто подошли и пару раз врезали. Я был совершенно не подготовлен, мне дали в зубы, и я рухнул на землю. Вычислить их мне не удалось, но один походил на старого байкера.

— Так.

— Все эти действия вызвали, разумеется, лишь тот эффект, что Эрика рассвирепела, а я уперся рогом. Мы усилили охрану в «Миллениуме». Однако масштаб преследований был несоизмерим с содержанием моего материала. Мы никак не могли понять смысл происходящего.

— Но ведь опубликовал-то ты нечто совсем другое.

— Правильно. Мы внезапно сделали сенсационное открытие. У нас появился источник, deep throat* в окружении Веннерстрёма. Он буквально до смерти боялся, и нам приходилось встречаться с ним в анонимных гостиничных номерах. От него мы узнали, что деньги от аферы с «Миносом» использовались для торговли оружием во время войны в Югославии. Веннерстрём проворачивал дела с усташами. И мало того, в качестве доказательства источник предоставил нам копии письменных документов.

— Вы ему поверили?

— Он действовал ловко. Он предоставил нам достаточно информации, чтобы вывести нас еще на один источник, способный подтвердить его рассказ. Мы получили даже фотографию, на которой один из ближайших соратников Веннерстрёма пожимает руку покупателю. У нас получился великолепный детальный материал, в котором все казалось доказуемым. Мы его опубликовали.

— А он оказался сфабрикованным.

— От начала до конца,— подтвердил Микаэль.— Документы были ловко сфальсифицированы. Адвокат Веннерстрёма смог доказать даже, что фотография подручного Веннерстрёма с лидером усташей была смонтирована из двух разных снимков при помощи «Фотошопа».

---

* Анонимный источник информации *(англ.). (Прим. перев.)*

— Потрясающе,— деловым тоном сказала Лисбет Саландер, взяв что-то на заметку.

— Что правда, то правда. Задним числом стало совершенно очевидно, как нас подставили. Наш исходный материал навредил бы Веннерстрёму. А так эти истинные факты потонули в потоке фальсификаций — получилась самая жуткая подстава из всех, о каких мне доводилось слышать. Мы опубликовали статью, из которой Веннерстрём мог выдергивать факт за фактом и доказывать свою невиновность. Сработано было чертовски ловко.

— Вы не могли пойти на попятный и рассказать правду. У вас не было никаких доказательств того, что фальшивка является делом рук самого же Веннерстрёма.

— Хуже того. Если бы мы попытались рассказать правду и оказались такими идиотами, что обвинили бы Веннерстрёма в создании фальшивки, нам бы просто никто не поверил. Это выглядело бы как отчаянная попытка переложить вину на самого пострадавшего. Мы предстали бы как законченные заговорщики-теоретики и полные кретины.

— Я понимаю.

— Веннерстрём был неуязвим с любой стороны. Если бы фальсификация раскрылась, он смог бы утверждать, что его пытался опорочить кто-нибудь из его врагов. А мы, в «Миллениуме», все равно потеряли бы всякое доверие, поскольку клюнули на сведения, оказавшиеся ошибочными.

— И ты предпочел не защищаться, а согласиться на тюремное наказание.

— Я заслужил наказание,— с горечью сказал Микаэль.— Я совершил преступление против чести и достоинства личности. Теперь тебе все известно. Можно, я наконец посплю?

Микаэль погасил свет и закрыл глаза. Лисбет устроилась рядом и некоторое время лежала молча.

— Веннерстрём — бандит,— сказала она.

— Я это знаю.

— Нет, я имею в виду, мне точно известно, что он бандит. Он сотрудничает со всеми, от русской мафии до колумбийских картелей, занимающихся наркотиками.

— О чем ты говоришь?

— Когда я отдавала Фруде свой отчет, он дал мне дополнительное задание. Попросил попытаться выяснить, что на самом деле происходило на процессе. Я только начала над этим работать, как он позвонил Арманскому и отменил заказ.

— Вот как.

— Думаю, они отказались от исследования, как только ты принял предложение Хенрика Вангера. Им это больше не было нужно.

— И что же?

— Ну, я не люблю оставлять дела незаконченными. У меня весной выдалось... несколько свободных недель, когда у Арманского не было для меня работы, и я для развлечения начала копать вокруг Веннерстрёма.

— Ты что-нибудь нашла?

— У меня в компьютере имеется весь его жесткий диск. Если захочешь, ты сможешь получить сколько угодно доказательств того, что он настоящий бандит.

Глава
28

Вторник, 29 июля — пятница, 24 октября

На чтение распечаток из компьютера Лисбет — получились целые коробки бумаг — у Микаэля Блумквиста ушло три дня. Дело осложнялось тем, что картина складывалась очень неоднородная: то опционная сделка в Лондоне, то валютная сделка в Париже, через представителя, то офшорная компания в Гибралтаре, то внезапное удвоение счета в «Чейз Манхэттен банке» в Нью-Йорке.

К тому же всплывали многие странности, сбивающие с толку. Например, пять лет назад в Сантьяго, в Чили, было зарегистрировано торговое товарищество с нетронутым счетом на двести тысяч крон, одно из почти тридцати аналогичных предприятий в двенадцати разных странах,— и никакого намека на род его деятельности. Что это — замороженные компании? Замороженные в ожидании чего? Подставные компании для прикрытия какой-то другой деятельности? Вероятно, ответы на эти вопросы Веннерстрём держал не в компьютере, а в голове, и потому такая информация никогда не попадала в электронные документы.

Лисбет Саландер считала, что ответов на подобные вопросы им получить не удастся. Перед их глазами проходили факты, но они не могли проникнуть в их суть. Империя Веннерстрёма напоминала луковицу: снимешь один слой оболочки, а под ним уже другой, и разворачивается целый лабиринт компаний с чрезвычайно сложными взаимными связями. Компании, счета, фонды, ценные бумаги — едва ли хоть кто-нибудь, даже сам Веннерстрём, имел полное представление о состоянии дел. Эта империя жила собственной жизнью.

Существовала разве что некая схема или, по крайней мере, намек на нее: путаница компаний, принадлежавших одна другой. При попытке сделать оценку стоимости империи Веннерстрёма получались результаты с абсурдно большим разбросом: от ста до четырехсот миллиардов крон. Все зависело от того, кого спрашивали и как подсчитывали. Но если компании владеют доходами друг друга, какова же тогда их общая стоимость?

Когда Саландер задала этот вопрос, Микаэль Блумквист обратил к ней измученное лицо.

— Это эзотерика,— ответил он и продолжил сортировать банковские кредиты.

После того как Лисбет Саландер выпустила джинна, борьбе с которым Микаэль Блумквист теперь посвящал все свободное от сна время, они ранним утром поспешно покинули Хедебю. Они поехали прямо к Лисбет и провели перед ее компьютером двое суток, в течение которых она демонстрировала Микаэлю владения Веннерстрёма. У него возникло много вопросов, но один из них был вызван чистым любопытством.

— Лисбет, как тебе удается практически управлять его компьютером?

— Благодаря маленькому изобретению моего коллеги Чумы. У Веннерстрёма имеется лэптоп Ай-Би-Эм, на котором он работает и дома, и в офисе. Следовательно, вся информация собирается на одном-единственном жестком диске. У него в доме широкополосный Интернет. Чума изобрел своего рода манжетку, которая застегивается вокруг самого кабеля, и я ему сейчас ее тестирую; манжетка регистрирует все, что видит Веннерстрём, и пересылает информацию дальше, на какой-нибудь сервер.

— Разве у него нет персонального файрвола?

Лисбет улыбнулась:

— Разумеется, есть. Но вся соль в том, что манжетка работает и как своего рода файрвол. В результате его компьютер взламывается очень быстро. Скажем, если Веннерстрём получает мейл, то сообщение сначала попадает на манжетку Чумы и мы можем его прочесть еще до того, как оно проходит его файрвол. Хитрость заключается в том, что мейл переписывается и к нему добавляется исходный код в несколько байт. История повторяется каждый раз, когда Веннерстрём что-нибудь скачивает в свой компьютер. С фотографиями получается еще лучше. Он очень много ползает по Сети. Каждый раз, когда он открывает порноснимок или заводит новую домашнюю страницу, мы добавляем несколько строчек исходного кода. Через некоторое время — несколько часов или дней, в зависимости от того, как много он пользуется компьютером, Веннерстрём скачивает себе целую программу, примерно в три мегабайта, где каждый фрагмент присоединяется к следующему.

— И что из этого?

— Когда последние фрагменты встают на место, программа интегрируется с его интернетовской программой. Он воспринимает это как зависание своего компьютера и вынужден его перезагрузить. Во время перезагрузки инсталлируется совершенно новое программное обеспечение. Он использует «Майкрософт эксплорер». В следующий раз, когда он запускает «Эксплорер», он на самом деле запускает совершенно другую программу, которая незаметна на его рабочем столе, работает и выглядит как «Эксплорер», но делает еще много разных вещей. Первым делом она контролирует его файрвол и следит за тем, чтобы все работало. Потом она начинает сканировать компьютер и посылает фрагменты информации каждый раз, когда он, находясь в Сети, кликает мышкой. Через некоторое время, опять-таки в зависимости от того, как много он сидит в Сети, полная зеркальная копия содержимого его жесткого диска собирается на некоем сервере. И настает время для Эйч-ти.

— Эйч-ти?

— Сорри. Чума называет это Эйч-ти. Hostile Takeover.

— А-а.

— Главная хитрость заключается в том, что происходит дальше. Когда структура сформировалась, у Веннерстрёма получилось два полных жестких диска — один на собственном компе, а второй на нашем сервере. В дальнейшем, когда он запускает свой компьютер, он на самом деле запускает отраженный компьютер. Он работает уже не на собственном компьютере, а на нашем сервере. Его компьютер начинает слегка тормозить, но это почти незаметно. И когда я подключаюсь к серверу, я могу подсоединяться к его компьютеру в реальном времени. Каждый раз, когда Веннерстрём нажимает на клавишу своего компьютера, я вижу это у себя.

— Твой приятель, вероятно, тоже хакер.

— Это он организовал нам прослушку в Лондоне. Он немного странный и никогда не общается с людьми, но в Сети он легенда.

— Хорошо,— сказал Микаэль с покорной улыбкой.— Вопрос номер два: почему ты не рассказала о Веннерстрёме раньше?

— Ты меня не спрашивал.

— А если бы я так и не спросил — допустим, мы с тобой никогда бы не встретились,— ты бы так и молчала о том, что Веннерстрём бандит, а «Миллениум» бы тем временем обанкротился?

— Меня никто не просил разоблачать Веннерстрёма,— нравоучительным тоном ответила Лисбет.

— Но если бы?

— Я ведь рассказала,— отрезала она.

Микаэль оставил эту тему.

Содержимое компьютера Веннерстрёма полностью поглотило Микаэля. Лисбет переписала жесткий диск Веннерстрёма — около пяти гигабайт — на десятки CD, и ей уже начинало казаться, что она более или менее переехала в квартиру Микаэля. Она терпеливо ждала, пока он во всем разберется, и отвечала на постоянно возникающие у него вопросы.

— Я просто не понимаю, как он может быть таким кретином, что собирает весь материал о своем грязном белье на одном жестком диске,— сказал Микаэль.— Если это попадет в полицию...

— Люди вообще часто делают глупости. Вероятно, он попросту не думает, что полиции когда-нибудь придет в голову конфисковать его компьютер.

— Чувствует себя выше любых подозрений. Я согласен, что он высокомерный засранец, но должны же у него быть консультанты по безопасности, которые могут ему объяснить, как обращаться с компьютером. У него там хранится материал аж с девяносто третьего года.

— Компьютер довольно новый. Он произведен год назад, но Веннерстрём, похоже, перенес туда всю старую корреспонденцию и тому подобное, вместо того чтобы сохранить на CD-дисках. Однако он все же использует шифрующие программы.

— Что совершенно бессмысленно, если ты находишься прямо в его компьютере и читаешь пароли каждый раз, как он их вставляет.

Когда они пробыли в Стокгольме четыре дня, в три часа ночи Микаэлю на мобильный телефон вдруг позвонил Кристер Мальм.

— Хенри Кортез сегодня вечером ходил с подружкой в кабак.

— Вот как,— сонно произнес Микаэль.

— По пути домой они оказались в кафе на Центральном вокзале.

— Не лучшее место, чтобы кого-то соблазнять.

— Послушай. Янне Дальман у нас в отпуске. Хенри вдруг заметил его за столиком в компании другого мужчины.

— И что?

— Хенри узнал его спутника по фотографии под его статьями. Это Кристер Сёдер.

— Мне кажется, я знаю это имя, но...

— Он работает в журнале «Финансмагазинет монополь», которым владеет «Веннерстрём груп»,— продолжил Мальм.

Микаэль сел в постели.

— Ты слушаешь?

— Слушаю. Это ведь не обязательно что-то значит. Сёдер обычный журналист и может оказаться просто старым приятелем Дальмана.

— Хорошо, пусть у меня паранойя. Но три месяца назад «Миллениум» купил репортаж у независимого журналиста, а за неделю до нашей публикации Сёдер выпустил почти идентичное разоблачение. Это был тот же материал о производителе мобильных телефонов, который скрыл докладную о том, что они используют неправильный компонент, способный вызывать короткое замыкание.

— Я слышу, что ты говоришь. Но такое бывает. Ты говорил с Эрикой?

— Нет, она все еще в отъезде и вернется только на следующей неделе.

— Ничего не предпринимай. Я перезвоню позже,— сказал Микаэль и отключил телефон.

— Проблемы? — спросила Лисбет Саландер.

— Это связано с «Миллениумом»,— сказал Микаэль.— Мне надо туда ненадолго заскочить. Хочешь со мной?

В четыре часа утра редакция была пуста. Лисбет Саландер потребовалось примерно три минуты, чтобы взломать пароли в компьютере Янне Дальмана, и еще две минуты, чтобы перекачать его содержимое в ноутбук Микаэля.

Бо́льшая часть электронной почты, правда, находилась в личном компьютере Янне Дальмана, доступа к которому у них не было. Однако Лисбет Саландер смогла через его стационарный компьютер в редакции узнать, что помимо служебного адреса «millennium.se» Дальман имел личный hotmail-адрес в Интернете. Ей понадобилось шесть минут, чтобы взломать этот адрес и скачать его корреспонденцию за последний год. Через пять минут Микаэль располагал доказательствами того, что Янне Дальман выдавал информацию о ситуации в «Миллениуме» и держал редактора «Финансмагазинет монополь» в курсе того, какие репортажи Эрика Бергер планирует поместить в какие номера. Шпионская деятельность велась по крайней мере с прошлой осени.

Они выключили компьютеры, вернулись в квартиру Микаэля и несколько часов поспали. Около десяти часов утра Микаэль позвонил Кристеру Мальму.

— У меня есть доказательства того, что Дальман работает на Веннерстрёма.

— Я так и знал. Ладно, я сегодня же уволю эту гнусную скотину.

— Не надо. Ничего не предпринимай.

— Ничего?

— Кристер, положись на меня. До какого числа у Дальмана отпуск?

— Он выходит на работу в понедельник.

— Сколько сегодня в редакции народу?

— Ну, примерно половина.

— Ты можешь созвать совещание в два часа? О чем пойдет речь, не говори. Я на него приду.

За конференц-столом перед Микаэлем уселись шесть человек. Кристер Мальм выглядел усталым. Хенри Кортез был влюблен, что явно читалось по его лицу, как это бывает только с двадцатичетырехлетними. Моника Нильссон смотрела полными ожидания глазами; Кристер Мальм ни словом не обмолвился о цели собрания, но она проработала в редакции достаточно долго, чтобы уловить необычность ситуации, и сердилась на то, что ее не ввели в курс дела. Совершенно обычно выглядела лишь Ингела Оскарссон, которая работала только два дня в неделю, занимаясь организационными вопросами, регистрацией подписчиков и тому подобным и всегда казалась довольно задерганной с тех пор, как два года назад родила ребенка. Вторым человеком, работавшим неполную неделю, была независимая журналистка Лотта Карим, имевшая с журналом такой же контракт, как Хенри Кортез, и только что вышедшая из отпуска. Сонни Магнуссон еще отдыхал, но Кристеру удалось его вызвать.

Микаэль начал с того, что всех поприветствовал и попросил прощения за то, что отсутствовал в течение этого года.

— То, о чем сегодня пойдет речь, ни я, ни Кристер, не успели обсудить с Эрикой, но могу заверить вас, что в данном случае я говорю от ее имени. Сегодня нам предстоит решить судьбу «Миллениума».

Он сделал паузу, ожидая, пока все осознают его слова. Вопросов никто не задал.

— Последний год был тяжелым. Меня удивляет, что никто из вас не передумал и не занялся поисками другой работы. Приходится исходить из того, что вы либо совершенно сумасшедшие, либо исключительно преданны и вам почему-то нравится работать именно в нашем журнале. Поэтому я собираюсь раскрыть карты и попросить вас внести последний вклад.

— Последний вклад? — поинтересовалась Моника Нильсон.— Это звучит так, будто ты намерен закрыть журнал.

— Именно,— ответил Микаэль.— После отпуска Эрика соберет всех нас на мрачное редакционное собрание и объявит, что к Рождеству «Миллениум» закроется и вы все будете уволены.

Тут собравшихся охватило известное беспокойство. Даже Кристер Мальм на секунду поверил, что Микаэль говорит всерьез, но потом все заметили его довольную улыбку.

— В течение осени вам предстоит вести двойную игру. Дело в том, что наш дорогой ответственный секретарь Янне Дальман подрабатывает информатором у Ханса Эрика Веннерстрёма. В результате враг все время пребывает в курсе происходящего в редакции, и это объясняет многие из тех неудач, которые мы потерпели в последний год. Особенно насчет тебя, Сонни, когда часть рекламодателей, казавшихся положительно настроенными, вдруг нас покинули.

— Я все время это подозревала,— сказала Моника Нильссон.

Янне Дальман не пользовался в редакции особой популярностью, и разоблачение явно ни для кого не стало шоком. Микаэль прервал возникшее бормотание:

— Я вам рассказываю обо всем этом, потому что я вам полностью доверяю. Мы проработали вместе несколько лет, и я знаю, что головы у вас на плечах есть. Я также могу смело рассчитывать на вашу поддержку в том, что будет происходить осенью. Исключительно важно заставить Веннерстрёма поверить в то, что «Миллениум» находится на грани банкротства. В этом и будет заключаться ваша задача.

— Какая у нас ситуация на самом деле? — спросил Хенри Кортез.

— Дело обстоит следующим образом. Я знаю, что всем пришлось трудно и мы еще не выплыли. Исходя из здравого смысла, «Миллениум» должен был бы находиться на пути к могиле. Даю вам слово, что до похорон дело не дойдет. Сейчас «Миллениум» сильнее, чем год назад. Когда наша встреча закончится, я снова исчезну примерно на два месяца. К концу октября я вернусь. И тогда мы подрежем Хансу Эрику Веннерстрёму крылья.

— Каким образом? — поинтересовался Кортез.

— Извини, но эту информацию я вам выдавать не собираюсь. Я напишу новую статью о Веннерстрёме, и на этот раз мы все сделаем правильно. А потом начнем готовиться к празднованию Рождества. Я намерен на закуску предложить зажаренного целиком Веннерстрёма, а на десерт — разных мелких критиков.

Внезапно все развеселились. Микаэль задумался над тем, как бы ко всему этому отнесся он сам, если бы сидел за конференц-столом среди других и выслушивал подобную речь. С подозрением? Вероятно, да. Однако было очевидно, что горстка сотрудников «Миллениума» по-прежнему ему доверяют. Он опять поднял руку:

— Для успеха предприятия важно, чтобы Веннерстрём думал, будто «Миллениум» гибнет. Я не хочу, чтобы он изобрел какую-нибудь контрмеру или в последнюю минуту припрятал доказательства. Поэтому для начала мы составим сценарий, по которому вы будете осенью работать. Во-первых, важно, чтобы ничего из того, что мы сегодня обсуждаем, не фиксировалось на бумаге и не обсуждалось по электронной почте или с кем-либо, помимо сидящих в этой комнате. Нам неизвестно, насколько глубоко Дальман внедрился в наши компьютеры, а я установил, что читать личную почту сотрудников совсем не трудно. Следовательно, все обсуждения ведутся только устно. Если в ближайшие недели вам понадобится обсудить это, надо будет обращаться к Кристеру и встречаться у него дома, при соблюдении полной секретности.

Микаэль написал на доске:

«Никакой электронной почты».

— Во-вторых, вам надо ссориться. Для начала я хочу, чтобы вы поносили меня каждый раз, когда Янне Дальман окажется поблизости. Не переигрывайте, пускайте в ход только свою естественную стервозность. Кристер, мне надо, чтобы у вас с Эрикой произошел раскол. Используйте фантазию и темните по поводу причины, но нужно создать видимость, будто журнал разваливается и все между собой перессорились.

Он написал на доске:

«Склоки».

— В-третьих: Кристер, когда Эрика вернется, ты должен сообщить ей, что происходит. От нес потребуется внушить Янне Дальману, будто наш договор с концерном «Вангер», который сейчас поддерживает нас на плаву, пошел прахом из-за того, что Хенрик Вангер тяжело болен, а Мартин Вангер погиб.

Он написал на доске: «Дезинформация».

— Но договор остается в силе? — поинтересовалась Моника Нильссон.

— Можете мне поверить,— мрачно сказал Микаэль.— Ради выживания «Миллениума» концерн пойдет на многое.

Через несколько недель, скажем, в конце августа, Эрика должна созвать собрание и оповестить о предстоящих увольнениях. Важно, чтобы вы все понимали, что это блеф и что исчезнет отсюда только Янне Дальман. Но не забывайте подыгрывать. Начните разговоры о поисках новой работы и обсуждайте, как невыгодно иметь в своем резюме «Миллениум». И так далее.

— И ты полагаешь, что эта игра спасет «Миллениум»? — спросил Сонни Магнуссон.

— Я знаю, что спасет. Тебя, Сонни, я попрошу составить фальшивый месячный отчет, показывающий падение рынка рекламы в последние месяцы, а также сокращение количества подписчиков.

— Звучит забавно,— сказала Моника.— Нам следует держать это внутри редакции или надо выдать информацию другим СМИ?

— Держите это внутри редакции. Если материал появится где-то в другом месте, мы будем знать, кто его поместил. Если кто-нибудь спросит нас через несколько месяцев, мы спокойно ответим: о чем речь, до вас просто дошли беспочвенные слухи, «Миллениуму» никогда не угрожало закрытие. Лучше всего будет, если Дальман действительно выдаст информацию другим СМИ, тогда он потом будет выглядеть перед ними полным идиотом. Если вы сможете подсказать Дальману какую-нибудь правдоподобную, но совершенно нелепую историю, пожалуйста.

На составление сценария и распределение ролей у них ушло два часа.

После собрания Микаэль с Кристером Мальмом пили кофе в кафе «Ява» на Хурнсгатан.

— Кристер, невероятно важно, чтобы ты встретил Эрику прямо в аэропорту и ввел ее в курс дела. Ты должен убедить ее включиться в эту игру. Насколько я ее знаю, она захочет разобраться с Дальманом немедленно,— этого допускать нельзя. Я не хочу, чтобы Веннерстрём что-то почуял и успел провести какие-нибудь манипуляции с доказательной базой.

— Хорошо.

— И проследи за тем, чтобы Эрика не прикасалась к электронной почте, пока не установит шифрующую программу Пи-джи-пи и не научится ею пользоваться. Через Дальмана Веннерстрём с большой долей вероятности имеет возможность читать все, что мы друг другу пишем. Я хочу, чтобы ты и все остальные сотрудники установили себе Пи-джи-пи. Это должно быть сделано незаметно: я дам тебе координаты консультанта, ты свяжешься с ним, он придет проверить Сеть и компьютеры всех сотрудников редакции и незаметно установит программу.

— Я сделаю все, что смогу. Но, Микаэль, что у тебя на уме?

— Я собираюсь пригвоздить Веннерстрёма к двери хлева.

— Как?

— Извини, пока это секрет. Могу сказать лишь, что у меня имеется материал, на фоне которого наше предыдущее разоблачение покажется развлекательной историей для семейного чтения.

Кристер Мальм был явно встревожен.

— Я всегда доверял тебе, Микаэль. Означает ли все это, что ты не доверяешь мне?

Микаэль засмеялся.

— Нет. Но в данный момент я занимаюсь злостной криминальной деятельностью, за которую могу схлопотать два года тюрьмы. Методы исследования, так сказать, немного сомнительны... Я прибегаю почти к таким же классным методам, как Веннерстрём. И пе хочу, чтобы ты, или Эрика, или кто-нибудь другой из «Миллениума» оказался в этом как-то замешан.

— Ты умеешь заставлять меня волноваться.

— Не волнуйся. И можешь передать Эрике, что материал будет большим. Очень большим.

— Эрика захочет знать, что у тебя на уме...

Микаэль немного подумал. Потом улыбнулся:

— Передай ей — весной, подписав за моей спиной контракт с Хенриком Вангером, она ясно дала мне понять, что я теперь лишь простой независимый журналист, не входящий в правление и не имеющий никакого влияния на политику «Миллениума». Это должно означать, что я тоже больше не обязан ее информировать. Но я обещаю, что если она будет себя хорошо вести, то получит право первой опубликовать материал.

Кристер Мальм внезапно захохотал.

— Она рассвирепеет,— весело отметил он.

Микаэль понимал, что был не до конца откровенен с Кристером Мальмом. Эрику он избегал сознательно. Самым естественным было бы незамедлительно связаться с ней и посвятить ее в свои замыслы. Но ему не хотелось с ней разговаривать. Он не меньше десятка раз брался за мобильный телефон и набирал ее номер, но в последний момент передумывал.

В чем заключалась проблема, Микаэль знал. Он не смог бы сейчас посмотреть ей в глаза.

Там, в Хедестаде, согласившись скрывать известное ему, он совершил проступок, непростительный для журналиста. Он просто не представлял себе, как ей это объяснить, не солгав, а если существовало такое, чего он не собирался делать ни при каких условиях, так это лгать Эрике Бергер.

А главное, две эти проблемы — Эрика и Веннерстрём — одновременно были ему не по силам. В результате он отложил встречу, отключил мобильный телефон и отказался от разговора с Эрикой, хотя и понимал, что это лишь отсрочка.

Сразу после собрания в редакции Микаэль переехал в свой домик в Сандхамне, где не был больше года. Из багажа он прихватил с собой две коробки с распечатками материала и те CD-диски, которыми его снабдила Лисбет Саландер. Он запасся едой, заперся, открыл свой ноутбук и начал писать. Ежедневно он совершал короткую прогулку, покупал газеты и самое необходимое. В гостевой гавани было по-прежнему полно яхт, и молодежь, одолжившая «папину лодку», как всегда, безудержно пьянствовала в баре «Ныряльщик». Микаэль почти не замечал окружающих. Он сидел за компьютером практически с того момента, как открывал глаза, и до тех пор, пока вечером не валился с ног от усталости.

Зашифрованная электронная почта от главного редактора erika.berger@millenium.se пребывающему в длительном отпуске ответственному редактору mikael.blomkvist@millenium.se

Микаэль. Мне необходимо знать, что происходит,— господи, я возвращаюсь из отпуска и обнаруживаю полный хаос. Новость о Янне Дальмане и придуманная тобой двойная игра. Мартин Вангер мертв. Харриет Вангер жива. Что происходит в Хедебю? Где ты? Есть ли у тебя материал? Почему ты не отвечаешь по мобильному? Э.

P. S. Я поняла намек, который мне не без удовольствия передал Кристер. Ты мне за это еще ответишь. Неужели ты на меня всерьез разозлился?

От кого: mikael.blomkvist@millenium.se
Кому: erika.berger@millenium.se

Привет, Рикки. Нет, ради бога, не думай, я не сержусь. Прости, что я не успел ввести тебя в курс дела, но в последние месяцы моя жизнь напоминала американские горки. Расскажу при встрече, но не по электронной почте. В данный момент я в Сандхамне. Материал есть, но не о Харриет Вангер. В ближайшее время я буду сидеть здесь как приклеенный. Потом все закончится. Положись на меня. Целую. М.

От кого: erika.berger@millenium.se
Кому: mikael.blomkvist@millenium.se

В Сандхамне? Я немедленно к тебе приеду.

От кого: mikael.blomkvist@millenium.se
Кому: erika.berger@millenium.se

Сейчас не надо. Подожди пару недель, хотя бы пока я разберусь с текстом. Кроме того, я жду другого визита.

От кого: erika.berger@millenium.se
Кому: mikael.blomkvist@millenium.se

Тогда я, конечно, воздержусь. Но я должна знать, что происходит. Хенрик Вангер снова стал генеральным директором и не отвечает на мои звонки. Если договор с Вангером лопнул, мне необходимо это знать. В данный момент я просто не понимаю, что мне делать. Я должна знать, выживет журнал или нет. Рикки.

P. S. Кто она?

От кого: mikael.blomkvist@millenium.se
Кому: erika.berger@millenium.se

Во-первых: ты можешь быть совершенно уверена, что Хенрик не выйдет из игры. Но у него был тяжелый инфаркт, он каждый день работает понемногу, и думаю, что хаос, возникший после смерти Мартина и воскрешения Харриет, отнимает все его силы.

Во-вторых: «Миллениум» выживет. Я работаю над главным репортажем нашей жизни, и когда мы его опубликуем, мы навсегда потопим Веннерстрёма.

В третьих: моя жизнь сейчас перевернулась вверх тормашками, но в отношении тебя, меня и «Миллениума» ничего не изменилось. Верь мне. Целую. Микаэль.

P. S. Как только подвернется случай, я вас познакомлю. Она тебя здорово озадачит.

По приезде в Сандхамн Лисбет Саландер ее встретил небритый Микаэль Блумквист с ввалившимися глазами. Наскоро ее обняв, он попросил поставить кофе и подождать, пока он закончит какой-то текст.

Лисбет оглядела его дом и почти сразу сказала себе, что ей тут нравится. Дом стоял прямо на мостках, в двух метрах от воды. Размером он был всего шесть на пять метров, но оказался настолько высоким, что наверху помещалась спальня-антресоль, куда вела винтовая лестница. Лисбет могла стоять на антресоли во весь рост, а Микаэлю приходилось слегка пригибаться. Она проинспектировала кровать и убедилась, что места в ней хватит для них обоих.

Возле двери имелось большое окно, выходившее на воду. Около него находился кухонный стол Микаэля, служивший ему также письменным столом. На стене у стола висела полка с CD-проигрывателем и большим собранием Элвиса Пресли вперемешку с хард-роком — не самая любимая музыка Лисбет.

В углу стояла печка из стеатита, застекленная спереди. В остальном меблировка состояла только из прикрученного к стене шкафа для одежды и постельного белья и раковины для мытья посуды: ее отделяла занавеска для ванны, что позволяло также мыться в ней самому. Около раковины имелось маленькое окошко. Под винтовой лестницей Микаэль выгородил закуток для биотуалета. В целом дом напоминал большую каюту, где меблировкой служат в основном рундуки.

В своем отчете о личных обстоятельствах Микаэля Блумквиста Лисбет утверждала, что он отремонтировал дом и смастерил мебель самостоятельно — этот вывод она сделала, прочитав электронное письмо к Микаэлю одного приятеля, который когда-то посетил Сандхамн и потом восхищался его способностями. Дом выглядел прибранным, непритязательным, почти по-спартански простым, и ей стало понятно, почему Микаэль так любит свой домик у воды.

Через два часа Лисбет удалось настолько отвлечь Микаэля от работы, что он с неохотой выключил компьютер, побрился и повел ее на экскурсию. Погода была дождливой и ветреной, и они быстро завернули в местную гостиницу. Микаэль рассказал о том, что уже написал, а Лисбет дала ему диск с новостями из компьютера Веннерстрёма.

Когда они вернулись домой, она затащила его на антресоль, умудрилась раздеть и отвлекла еще больше.

Проснувшись поздно ночью, Лисбет почувствовала, что лежит в постели одна. Посмотрев с антресоли вниз, она увидела, что он сидит, склонившись над компьютером. Она долго лежала, подперев рукой голову, и наблюдала за ним. Он казался счастливым, и она сама вдруг осознала, что на удивление довольна жизнью.

Лисбет Саландер пробыла у Микаэля только пять дней и вернулась в Стокгольм, поскольку Драган Арманский отчаянно названивал ей по поводу работы. Она посвятила заданию одиннадцать дней, отчиталась и поехала обратно в Сандхамн. Гора распечатанных страниц возле ноутбука Микаэля успела вырасти.

На этот раз Лисбет осталась на четыре недели. За это время у них установился определенный распорядок дня. Они вставали в восемь часов, завтракали и около часа общались. Потом Микаэль интенсивно работал до вечера, когда они шли на прогулку и разговаривали.

Лисбет большую часть дня проводила в постели, читая книги или сидя в Интернете при помощи ADSL-модема. Днем она старалась Микаэля не беспокоить.

Ужинали они поздно, и только после ужина Лисбет брала инициативу в свои руки, заставляя Микаэля подниматься на спальную антресоль, где уже следила за тем, чтобы он уделял ей максимум внимания.

Лисбет казалось, что она впервые в жизни находится в отпуске.

Зашифрованная электронная почта от: erika.berger@ millenium.se
Кому: mikael.blomkvist@millenium.se

Привет, М. Посылаю тебе официальное сообщение. Янне Дальман увольняется и через три недели начинает работать в «Финансмагазинет монополь». Я пошла тебе навстречу и ничего не сказала, все остальные тоже разыгрывают дурацкий спектакль. Э.

P. S. По крайней мере, всем, похоже, весело. Пару дней назад Хенри с Лоттой, поссорившись, кидали друг в друга разными предметами. Народ разыгрывает для Дальмана настолько грубый фарс, что я не понимаю, как он может принимать это за чистую монету.

От кого: mikael.blomkvist@millenium.se
Кому: erika.berger@millenium.se
Пожелай ему удачи и отпусти. Но запри столовое серебро. Целую. М.

От кого: erika.berger@millenium.se
Кому: mikael.blomkvist@millenium.se
Я осталась без ответственного секретаря за две недели до выпуска, а мой журналист-исследователь сидит в Сандхамне и отказывается со мной разговаривать. Микке, я на коленях прошу тебя. Ты не можешь подключиться? Эрика.

От кого: mikael.blomkvist@millenium.se
Кому: erika.berger@millenium.se
Продержись пару недель, и мы у цели. И начинай планировать, потому что декабрьский номер будет отличаться от всего, что мы делали раньше. Мой текст займет в журнале около 40 страниц. М.

От кого: erika.berger@millenium.se
Кому: mikael.blomkvist@millenium.se
40 СТРАНИЦ!!! Ты в своем уме?

От кого: mikael.blomkvist@millenium.se
Кому: erika.berger@millenium.se
Это будет тематический номер. Мне необходимо еще три недели. Пожалуйста, сделай следующее: (1) зарегистрируй книжное издательство с названием «Миллениум», (2) раздобудь номер ISBN, (3) попроси Кристера соорудить красивый логотип для нашего нового издательства, (4) найди хорошую типографию, которая может быстро и дешево напечатать тираж в мягкой обложке. И кстати, нам потребуется капитал, чтобы выпустить нашу первую книгу. Целую. Микаэль.

От кого: erika.berger@millenium.se
Кому: mikael.blomkvist@millenium.se

Тематический номер. Книжное издательство. Деньги. Слушаюсь, хозяин. Может, ты хочешь, чтобы я сделала что-нибудь еще? Сплясала нагишом на площади у Шлюза? Э.

P. S. Полагаю, ты знаешь, что делаешь. Но что мне делать с Дальманом?

От кого: mikael.blomkvist@millenium.se
Кому: erika.berger@millenium.se

Ничего с Дальманом не делай. Просто отпусти. «Монополь» долго не протянет. Подбери для этого номера побольше финансового материала. И, черт побери, найми нового секретаря. М.

P. S. Я очень хочу посмотреть на тебя голой у Шлюза. М.

От кого: erika.berger@millenium.se
Кому: mikael.blomkvist@millenium.se

Площадь у Шлюза — в твоих грезах. Но мы ведь всегда принимали на работу вместе. Рикки.

От кого: mikael.blomkvist@millenium.se
Кому: erika.berger@millenium.se

И всегда сходились в том, кого брать. На этот раз будет так же, кого бы ты ни выбрала. Мы прикончим Веннерстрёма. Это главное. Дай мне только спокойно все завершить. М.

В начале октября Лисбет Саландер прочла заметку, которую обнаружила в интернетовской версии газеты «Хедестадс-курирен», и показала ее Микаэлю. После непродолжительной болезни скончалась Изабелла Вангер. О ней скорбит ее недавно воскресшая дочь Харриет Вангер.

Зашифрованная электронная почта от: erika.berger@millenium.se
Кому: mikael.blomkvist@millenium.se

Привет, Микаэль.

Сегодня ко мне в редакцию приходила Харриет Вангер. Она позвонила за пять минут до того, как прийти, и я оказалась совершенно неподготовленной. Красивая женщина, элегантно одетая и с холодным взглядом.

Она приходила сообщить, что заменила Мартина Вангера в качестве представителя Хенрика в правлении. Была любезна и дружелюбна, заверила меня, что концерн "Вангер" не собирается выходить из соглашения и что семья, напротив, полностью поддерживает обязательства Хенрика перед журналом. Она попросила провести ее по редакции и спрашивала о том, как я расцениваю сложившуюся ситуацию.

Я сказала все как есть: что не чувствую твердой почвы под ногами, что ты запретил мне приезжать в Сандхамн и что я не знаю, над чем ты работаешь, но что ты собираешься прикончить Веннерстрёма. (Я решила, что могу это рассказать. Она все-таки член правления.) Она подняла одну бровь, улыбнулась и спросила, сомневаюсь ли я в том, что у тебя это получится. Что мне было отвечать? Я сказала, что мне было бы куда спокойнее, если бы я лучше понимала происходящее. Эх, конечно, я на тебя полагаюсь. Но ты сводишь меня с ума.

Я спросила, знает ли она, чем ты занимаешься. Она ответила отрицательно, но сказала, что, по ее впечатлению, ты удивительно решительный человек с инновационным мышлением. (Это ее слова.)

Я сказала также, что понимаю, что в Хедестаде произошло нечто драматическое, и схожу с ума от любопытства по поводу истории Харриет Вангер. Короче говоря, я чувствовала себя идиоткой. Она ответила вопросом на вопрос, поинтересовавшись, неужели ты действительно мне ничего не рассказал. По ее словам, она поняла, что у нас с тобой особые отношения и что ты наверняка расскажешь мне, когда у тебя появится немного свободного времени. Потом она спросила, может ли она на меня полагаться. Что мне было отвечать? Она сидит в правлении "Миллениума", а ты бросил меня вести переговоры совершенно безоружной.

Потом она сказала нечто странное — попросила меня не судить ни ее, ни тебя слишком строго. Утверждала, что в долгу перед тобой и очень хотела бы, чтобы мы с ней тоже стали друзьями. Затем она пообещала рассказать свою историю, если ты не сможешь. Она ушла полчаса назад и оставила меня в полной растерянности. Думаю, она мне понравилась, но пока не знаю, могу ли я на нее полагаться. Эрика.

P. S. Я скучаю по тебе. Мне кажется, что в Хедестаде произошло нечто жуткое. Кристер говорит, что у тебя появилась странная отметина на шее, похожая на след от удавки. Это правда?

От кого: mikael.blomkvist@millenium.se
Кому: erika.berger@millenium.se

Привет, Рикки. История Харриет настолько ужасна, что тебе даже не представить. Будет здорово, если она все расскажет тебе сама. Мне даже страшно об этом подумать.

А пока я ручаюсь, что ты можешь полагаться на Харриет Вангер. Она сказала правду, утверждая, что в долгу передо мной, и можешь мне поверить — она никогда не сделает ничего во вред "Миллениуму". Будь ей другом, если она тебе нравится. А если не нравится, не надо. Но она заслуживает уважения. Она — женщина с тяжелым прошлым, и я питаю к ней большую симпатию. М.

На следующий день Микаэль получил еще одно письмо.

От кого: harriet.vanger@vangerindustries.com
Кому: mikael.blomkvist@millenium.se

Здравствуйте, Микаэль. Я уже несколько недель пытаюсь выкроить время, чтобы написать Вам, но, похоже, в сутках слишком мало часов. Вы так поспешно исчезли из Хедебю, что мне так и не удалось встретиться с Вами и попрощаться.

После моего возвращения в Швецию время оказалось заполненным душераздирающими впечатлениями и тяжелой работой. В концерне царит хаос, и мы с Хенриком усиленно работаем над тем, чтобы привести дела в порядок. Вчера я посетила "Миллениум"; зашла как представитель Хенрика в правлении. Хенрик мне подробно рассказал о ситуации Вашего журнала.

Я надеюсь, что Вы не возражаете против того, чтобы я появилась там в таком качестве. Если Вы не хотите, чтобы я (или вообще кто-либо из нашей семьи) был в правлении, я Вас пойму, но заверяю Вас, что сделаю все для поддержки "Миллениума". Я пребываю в неоплатном долгу перед Вами и уверяю Вас, что мои намерения в этом отношении всегда будут самыми лучшими. Я встретилась с Вашим другом Эрикой Бергер. Не знаю, понравилась ли я ей, и меня удивило, что Вы не рассказали ей о происшедшем.

Я очень хочу быть Вам другом, если Вы, конечно, в силах продолжать общаться с кем-нибудь из семьи Вангер. С наилучшими пожеланиями, Харриет.

P. S. Я узнала от Эрики, что Вы снова собираетесь бороться с Веннерстрёмом. Дирк Фруде рассказал мне, как Вас обманул Хенрик. Что же я могу сказать? Мне жаль. Если я могу что-нибудь сделать, сообщите мне.

От кого: mikael.blomkvist@millenium.se
Кому: harriet.vanger@vangerindustries.com

Здравствуйте, Харриет. Я очень поспешно покинул Хедебю и работаю сейчас над тем, чем, собственно говоря, должен был заниматься этот год. Вы получите информацию заблаговременно, до того, как текст пойдет в печать, но думаю, я смею утверждать, что с тягостными проблемами этого года вскоре будет покончено.

Я надеюсь, что Вы с Эрикой подружитесь, и, разумеется, ничего не имею против Вашего появления в правлении "Миллениума". Я расскажу Эрике о том, что произошло. Но в настоящий момент у меня нет ни сил, ни времени, надо, чтобы все немного улеглось.

Давайте будем поддерживать контакт. Всего доброго. Микаэль.

Лисбет не проявляла к работе Микаэля большого интереса. Когда однажды он вдруг сказал что-то, чего она поначалу не поняла, она оторвалась от книги.

— Прости. Я думал вслух. Я сказал, что это грубо.

— Что грубо?

— Веннерстрём спутался с двадцатидвухлетней официанткой, и она от него забеременела. Ты не читала его переписку с адвокатом?

— Микаэль, дорогой, у тебя на этом жестком диске имеется корреспонденция, электронная почта, договоры, документы из поездок и бог знает чего еще за десять лет. Я не настолько очарована Веннерстрёмом, чтобы глотать шесть гигабайт всякой ерунды. Я прочла кое-что, в основном для удовлетворения собственного любопытства, и убедилась, что он бандит.

— Хорошо. Он сделал ей ребенка в девяносто седьмом году. Когда она стала требовать компенсации, его адвокат отрядил кого-то уговаривать ее сделать аборт. Думаю, он намеревался предложить ей некоторую сумму денег, но она не захотела ее взять. Тогда наемник прибегнул к более сильным аргументам и держал ее под водой в ванне, пока она не согласилась оставить Веннерстрёма в покое. И это идиот адвокат сообщает в письме — пусть и зашифрованном, но все же... Я не слишком высокого мнения об умственных способностях этой компании.

— А что стало с девушкой?

— Она сделала аборт. Веннерстрём остался доволен.

Лисбет Саландер замолчала на десять минут. Ее глаза внезапно потемнели.

— Еще один мужчина, который ненавидит женщин,— наконец пробормотала она.

Микаэль ее не услышал.

Она одолжила у него диски и посвятила ближайшие дни подробному чтению электронной почты Веннерстрёма и других документов. Пока Микаэль продолжал работу, Лисбет лежала на чердаке с компьютером на коленях, размышляя над удивительной империей Веннерстрёма.

Ей пришла в голову странная мысль, которая никак ее не отпускала. Больше всего ее удивляло, что она не додумалась до этого раньше.

В конце октября Микаэль распечатал последнюю страницу и выключил компьютер уже в одиннадцать часов утра. Не говоря ни слова, он взобрался на антресоль и протянул Лисбет солидную кипу бумаг, после чего сразу заснул.

Лисбет разбудила его вечером и высказала свои соображения по поводу текста.

В начале третьего ночи Микаэль внес в свое произведение последние поправки.

На следующий день он закрыл ставни и запер дом. Отпуск Лисбет закончился, и они вместе поехали Стокгольм.

До прибытия в город Микаэлю надо было обсудить с Лисбет один деликатный вопрос. Он поднял эту тему, когда они пили кофе из бумажных стаканчиков на борту перевозившего их из шхер теплоходика.

— Нам необходимо договориться о том, что я буду рассказывать Эрике. Она откажется публиковать статью, если я не смогу объяснить, откуда взял материал.

Эрика Бергер. Главный редактор и любовница Микаэля с многолетним стажем. Лисбет никогда с ней не встречалась и не была уверена в том, что ей этого хочется. Эрика мешала ее существованию, хотя она пока не знала, каким образом.

— Что она обо мне знает?

— Ничего.— Он вздохнул.— Я ведь с лета избегал Эрику. У меня не хватало сил рассказать ей о произошедшем в Хедестаде, поскольку мне было безумно стыдно. Она очень нервничает из-за того, что я ее почти ни о чем не информировал. Ей, разумеется, известно, что я сидел в Сандхамне и писал этот текст, но о его содержании она ничего не знает.

— Хм.

— Через пару часов она получит рукопись. И учинит допрос по высшему разряду. Вопрос в том, что мне ей отвечать?

— А что ты хочешь сказать?

— Я хочу рассказать правду.

Между бровями Лисбет появилась морщина.

— Лисбет, мы с Эрикой почти постоянно ругаемся. Это у нас такая своеобразная манера общения. Но мы безоговорочно доверяем друг другу. Она абсолютно надежна. Ты — источник, и она скорее умрет, чем выдаст тебя.

— Скольким еще людям тебе потребуется рассказывать?

— Больше никому. Это уйдет в могилу вместе со мной и Эрикой. Но если ты откажешься, я не раскрою ей твою тайну. Однако я не собираюсь лгать Эрике и выдумывать какой-то несуществующий источник.

Лисбет раздумывала до тех пор, пока они не причалили у «Гранд-Отеля».

«Анализ последствий».

Наконец она с неохотой разрешила Микаэлю представить ее Эрике. Он включил мобильный телефон и набрал номер.

Звонок Микаэля застал Эрику Бергер посреди обеда с Малин Эрикссон, которую она подумывала взять на должность ответственного секретаря редакции. Малин было двадцать девять, и она в течение пяти лет перебивалась на разной временной работе. Постоянной должности у нее никогда не было, и она уже почти потеряла надежду таковую получить. Объявление о вакансии еще не давалось; Малин Эрикссон рекомендовал Эрике старый приятель из одного еженедельника. Эрика позвонила ей в тот день, когда у Малин заканчивалась последняя временная работа, и спросила, интересует ли ее сотрудничество в «Миллениуме».

— Это временная должность на три месяца,— сказала за обедом Эрика.— Но если все пойдет хорошо, то она может стать постоянной.

— Я слышала о том, что «Миллениум» скоро закроется.

Эрика улыбнулась:

— Не надо верить слухам.

— Этот Дальман, которого мне предстоит заменить...— Малин Эрикссон колебалась.— Он переходит в журнал, принадлежащий Хансу Эрику Веннерстрёму...

Эрика кивнула:

— Наш конфликт с Веннерстрёмом едва ли является издательской тайной. Он не любит людей, работающих в «Миллениуме».

— Значит, если я соглашусь на работу в «Миллениуме», то тоже попаду в эту категорию.

— Да, вероятность велика.

— Но Дальман же получил работу в «Финансмагазинет»?

— Можно сказать, что Веннерстрём таким способом расплатился с ним за некоторые мелкие услуги, которые ему оказывал Дальман. Вас мое предложение по-прежнему интересует?

Малин Эрикссон немного подумала и кивнула.

— Когда вы хотите, чтобы я приступила?

В этот момент позвонил Микаэль и прервал собеседование.

Дверь в квартиру Микаэля Эрика открыла собственными ключами. Они впервые встретились лицом к лицу после его краткого визита в редакцию в июне. Войдя в гостиную, она обнаружила там анорексически худую девушку в потертой кожаной куртке, которая сидела на диване, забросив ноги на журнальный столик. Поначалу ей казалось, что девушке лет пятнадцать, но только до того момента, пока они не встретились взглядом. Когда Микаэль вошел с кофейником и печеньем, Эрика все еще продолжала разглядывать это явление.

Микаэль и Эрика посмотрели друг на друга.

— Прости, что я был совершенно невыносим,— сказал Микаэль.

Эрика склонила голову набок. Что-то в Микаэле изменилось. Он выглядел изможденным и сильно исхудал, в его глазах читался стыд, и какое-то мгновение он уклонялся от ее взгляда. Она покосилась на его шею. Там виднелась побледневшая, но отчетливо различимая полоса.

— Я избегал тебя. Это очень долгая история, и я отнюдь не горжусь той ролью, которую в ней сыграл. Но об этом позже... Сейчас я хочу представить тебе эту юную даму. Эрика, это Лисбет Саландер. Лисбет, Эрика Бергер — главный редактор «Миллениума» и мой лучший друг.

Через десять секунд созерцания ее элегантной одежды и уверенной манеры держаться Лисбет уже знала, что Эрика Бергер едва ли станет ее лучшим другом.

Совещание продолжалось пять часов. Эрика дважды звонила и отменяла другие встречи. Она посвятила час чтению фрагментов рукописи, которую вручил ей Микаэль, но в конце концов ее отложила. У нее возникала тысяча вопросов, но она понимала, что потребуются недели, чтобы получить на них ответы. Главным была рукопись. Если даже маленькая частица этих утверждений соответствует действительности, это кардинально меняет ситуацию.

Эрика посмотрела на Микаэля. Она никогда не сомневалась в его порядочности, но на какой-то миг ощутила головокружение и подумала, уж не сломило ли его дело Веннерстрёма и не является ли рукопись плодом его фантазии. В эту минуту Микаэль поставил перед ней две коробки с распечатками исходного материала. Эрика побледнела. Ей, естественно, захотелось узнать, как он все это раздобыл.

Потребовалось много времени, чтобы убедить ее, что странная девушка, не сказавшая пока ни единого слова, имеет неограниченный доступ к компьютеру Ханса Эрика Веннерстрёма. И не только его — она проникла также в компьютеры его адвокатов и ближайших сотрудников.

Эрика сразу заявила, что этот материал нельзя использовать, поскольку он получен незаконным путем.

Ну разумеется, можно. Микаэль указал на то, что они вовсе не обязаны отчитываться о том, как раздобыли материал. У них с таким же успехом мог появиться источник, имеющий доступ к компьютеру Веннерстрёма и переписавший его жесткий диск на несколько CD-дисков.

Под конец Эрика поняла, какое оружие оказалось у нее в руках. Она чувствовала себя совершенно обессиленной, у нее по-прежнему имелись вопросы, но она не знала, с чего начать. В конце концов она откинулась на спинку стула.

— Микаэль, что произошло в Хедестаде?

Лисбет Саландер быстро подняла глаза.

Микаэль долго сидел молча. Потом ответил встречным вопросом:

— Как у тебя складываются отношения с Харриет Вангер?

— Хорошо. На мой взгляд. Я встречалась с ней дважды. На прошлой неделе мы с Кристером ездили в Хедестад на собрание правления. И здорово упились вином.

— Как прошло собрание?

— Она держит свое слово.

— Рикки, я знаю, тебя беспокоит то, что я всячески уклоняюсь от объяснений и изобретаю разные препятствия для разговора. У нас с тобой никогда не было тайн друг от друга, и вдруг так получается, что о нескольких месяцах своей жизни я... не в силах тебе рассказать.

Эрика поймала его взгляд. Она знала Микаэля вдоль и поперек, но в его глазах сейчас прочитала нечто такое, чего прежде не видела,— мольбу. Он умолял ее ни о чем не спрашивать. Она открыла рот и беспомощно посмотрела на него. Лисбет Саландер с безучастным видом наблюдала за их немым диалогом и в разговор не вступала.

— Было так ужасно?

— Хуже, чем ты можешь представить. Я боялся этого разговора. Обещаю рассказать тебе, но я несколько месяцев пытался отвлечься от этих ужасов, полностью погрузившись в дела Веннерстрёма... Я пока еще не совсем готов. Я бы предпочел, чтобы вместо меня все рассказала Харриет.

— Что у тебя за след вокруг шеи?

— Лисбет спасла мне жизнь. Если бы не она, я бы уже был мертв.

Глаза Эрики расширились. Она перевела взгляд на девушку в кожаной куртке. Все время, пока она сидела за столом гостиной Микаэля, она ощущала взгляд Лисбет Саландер, молчаливой девушки, от которой исходило ощущение враждебности.

— И сейчас ты должна заключить с ней договор. Она — наш источник.

Эрика Бергер долго сидела, размышляя. Потом сделала то, что поразило Микаэля, шокировало Лисбет и удивило ее саму..

Она встала, обошла вокруг стола и заключила Лисбет Саландер в объятия. Лисбет стала вырываться, как червяк, которого насаживают на крючок.

Глава
29

Суббота, 1 ноября — вторник, 25 ноября

Лисбет Саландер бродила по просторам киберимперии Ханса Эрика Веннерстрёма. Она просидела, не отрываясь от экрана компьютера, около одиннадцати часов. Причудливая мысль, родившаяся в какой-то неизученной извилине ее мозга в последнюю неделю пребывания в Сандхамне, подчинила ее полностью. На четыре недели Лисбет отгородилась от окружающего мира стенами своей квартиры и не отвечала на все звонки Драгана Арманского. Она проводила перед монитором по двенадцать-пятнадцать часов в сутки, а остальное свободное от сна время размышляла над одной и той же проблемой.

За прошедший месяц она лишь иногда общалась с Микаэлем Блумквистом, который был столь же поглощен работой в редакции «Миллениума». Они перезванивались пару раз в неделю, и она постоянно держала его в курсе корреспонденции и других дел Веннерстрёма.

Лисбет в сотый раз рассматривала каждую деталь. Она не боялась, что упустила что-нибудь, но сомневалась, правильно ли поняла запутанные взаимодействия всех этих частей.

Империя Веннерстрёма была подобна некоему бесформенному пульсирующему организму, постоянно меняющему облик. Она включала в себя опционы, облигации, акции, партнерства, ссудные проценты, ренты, обеспечения кредитов, счета, трансферта и тысячи других составляющих. Огромная часть доходов была размещена в офшорных компаниях, владевших друг другом.

В наиболее фантастических анализах экспертов-экономистов концерн «Веннерстрём груп» оценивался в сумму более девятисот миллиардов крон. Это был блеф или, по крайней мере, сильно преувеличенный результат. Но бедняком Веннерстрём точно не был. Лисбет Саландер оценивала его истинные доходы в сумму примерно от девяноста до сотни миллиардов крон, что тоже было не так уж плохо. Для серьезной ревизии всего концерна потребовались бы годы. Саландер вычленила в общей сложности почти три тысячи отдельных счетов и банковских активов по всему миру. Веннерстрём занимался мошенничеством в таких масштабах, что это уже не считалось преступным — это был бизнес.

Изучая недра созданного Веннерстрёмом организма, можно было вычленить три основных принципа его деятельности. Все его доходы делились на три основных вида, располагавшихся в определенном порядке. Постоянные доходы в Швеции были без утайки выставлены на всеобщее обозрение, имели безупречно законное происхождение, по ним ежегодно проводились ревизии и подавались отчеты. В Америке велась весьма основательная деятельность, и базой для оборотных средств являлся один из банков Нью-Йорка. Интерес же представляла деятельность, связанная с офшорными компаниями в таких местах, как Гибралтар, Кипр и Макао. Концерн Веннерстрёма напоминал лавку, торгующую всякой всячиной: он занимался нелегальной торговлей оружием, отмывал деньги подозрительных компаний в Колумбии и вел явно нехристианские дела в России.

Особо выделялся счет на Каймановых островах; он контролировался лично Веннерстрёмом, но стоял особняком от остального бизнеса. Какая-нибудь десятая промилле от каждой сделки Веннерстрёма постоянно оседала на Каймановых островах через офшорные компании.

Саландер работала будто под гипнозом. Счет — щелк — электронная почта — щелк — балансовые отчеты — щелк. Она выделила последние переводы. Проследила маленькую трансакцию из Японии в Сингапур и далее через Люксембург на Каймановы острова. Поняла принцип действия и превратилась в часть импульсов киберпространства. Маленькие изменения. Вот последняя почта. Один жалкий мейл, не представляющий особого интереса, был отправлен в десять часов вечера. Шифрующая программа PGP смешна для того, кто уже находится в его компьютере и может свободно читать сообщение:

Бергер перестала биться за рекламу. Она сдалась или занята чем-то другим? Твой источник уверял, что они висят на волоске, но, похоже, они на днях взяли на работу нового человека. Узнай, что происходит. Блумквист в последние недели сидит в Сандхамне и пишет как чокнутый, но никто не знает о чем. В последние дни он заходил в редакцию. Организуй мне предварительный экземпляр следующего номера. ХЭВ.

Ничего страшного. Пускай немного подумает. С тобой, старик, уже покончено.

В половине шестого утра Лисбет вышла из Сети, выключила компьютер и нашла новую пачку сигарет. За ночь она выпила четыре, нет, пять бутылок кока-колы, а теперь принесла шестую и опустилась на диван. Она была в одних трусах и застиранной камуфляжной футболке, рекламирующей магазин «Солдат удачи», с текстом: «Kill them all and let God sort them out»*. Обнаружив, что замерзает, Лисбет потянулась за одеялом и завернулась в него.

Она чувствовала себя под кайфом, словно наглоталась какой-то дряни явно нелегального происхождения. Бессмысленным взглядом упираясь в уличный фонарь за окном, она сидела не шевелясь, а ее мозг тем временем работал на полную мощность. Мама — щелк — сестра — щелк — Мимми —

_____

* Убивайте всех, Господь узнает своих *(англ.)*. *(Прим. перев.)*

щелк — Хольгер Пальмгрен. «Персты дьявола». Арманский. Работа. Харриет Вангер. Щелк. Мартин Вангер. Щелк. Клюшка для гольфа. Щелк. Адвокат Нильс Бьюрман. Щелк. Ни одну из этих проклятых деталей ей не удавалось забыть, как она ни старалась.

Лисбет задумалась о том, сможет ли Бьюрман еще хоть раз раздеться перед женщиной и как он в таком случае объяснит ей татуировку у себя на животе. И удастся ли ему избежать раздевания при следующем визите к врачу.

Микаэль Блумквист. Щелк.

Его она считала хорошим человеком, возможно временами слишком входящим в роль практичного поросенка. И к сожалению, он отличался невыносимой наивностью в некоторых элементарных вопросах морали. Он был натурой снисходительной и всепрощающей, пытавшейся искать объяснения и оправдания человеческим поступкам, ему не дано усвоить, что хищники всего мира понимают только один язык. Думая о нем, Лисбет ощущала в душе некое неудобство, будто была обязана защищать его.

Она не помнила, когда заснула, но проснулась на следующее утро в девять часов с болью в шее, упираясь головой в стену позади дивана. Тогда Лисбет перебралась в спальню и снова заснула.

Это был, безусловно, главный репортаж их жизни. Эрика Бергер впервые за полгода была счастлива, как может быть счастлив только редактор, готовящий горячую публикацию. Они с Микаэлем в последний раз шлифовали текст, когда ему на мобильный позвонила Лисбет Саландер.

— Я забыла сказать, что Веннерстрём начал беспокоиться по поводу того, что ты в последнее время пишешь, и заказал предварительный экземпляр следующего номера.

— Откуда ты знаешь... эх, забудь. Есть что-нибудь о том, как он намерен действовать?

— Ничего нет, но есть одно вполне логичное предположение.

Микаэль несколько секунд подумал.

— Типография! — воскликнул он.

Эрика удивленно подняла брови.

— Если редакция хранит молчание, то остается не так уж много возможностей. Или кто-нибудь из его наемников собирается нанести вам ночной визит.

Микаэль обратился к Эрике:

— Зарезервируй для этого номера новую типографию. Немедленно. И позвони Драгану Арманскому — я хочу, чтобы в ближайшую неделю у нас здесь сидела ночная охрана.

И вновь заговорил с Лисбет:

— Спасибо, Салли.

— Сколько это стоит?

— Что ты имеешь в виду?

— Сколько стоит моя информация?

— А что ты хочешь?

— Это мы с тобой обсудим за кофе. И немедленно.

Они встретились в кафе-баре на Хурнсгатан. У Саландер был такой серьезный вид, что, усаживаясь рядом с ней на барный табурет, Микаэль почувствовал беспокойство. Она, как обычно, перешла прямо к делу:

— Мне нужны деньги в долг.

Микаэль улыбнулся одной из своих самых наивных улыбок и полез за бумажником.

— Конечно. Сколько?

— Сто двадцать тысяч крон.

— Опля.— Он засунул бумажник обратно.— У меня нет с собой такой суммы.

— Я не шучу. Мне нужно сто двадцать тысяч крон на... скажем, на шесть недель. У меня есть шанс вложить капитал, но мне не к кому обратиться. У тебя сейчас на счете около ста сорока тысяч. Я тебе их верну.

Микаэль оставил без комментариев тот факт, что Лисбет Саландер проникла в тайну банковского вклада и выяснила, сколько у него денег на счете. Он пользовался интернет-банком, и источник ее знаний был очевиден.

— Тебе нет необходимости занимать у меня деньги,— ответил он.— Мы еще не обсудили твою долю, но она с лихвой покроет то, что ты пытаешься занять.

— Какую долю?

— Салли, мне предстоит получить от Хенрика Вангера безумно большой гонорар, и к концу года мы рассчитаемся. Без тебя я был бы мертв, а «Миллениум» бы погиб. Я собираюсь разделить гонорар с тобой. Пятьдесят на пятьдесят.

Лисбет Саландер посмотрела на него испытующе. У нее на лбу появилась морщинка. Микаэль уже стал привыкать к ее долгим паузам в разговоре. Наконец она помотала головой:

— Мне не нужны твои деньги.

— Но...

— Я не возьму от тебя ни единой кроны.— Она вдруг улыбнулась своей кривой улыбкой.— Если только они не поступят в форме подарков на мой день рождения.

— А я ведь так и не узнал, когда у тебя день рождения.

— Ты ведь журналист. Узнай.

— Саландер, я ведь серьезно говорю насчет того, что намерен поделиться с тобой деньгами.

— Я тоже говорю серьезно. Твои деньги мне не нужны. Я хочу одолжить сто двадцать тысяч, и они потребуются мне завтра.

Микаэль Блумквист сидел молча.

«Она даже не спрашивает о размере ее доли».

— Салли, я с удовольствием схожу с тобой в банк и одолжу тебе ту сумму, о которой ты просишь. Но в конце года мы вернемся к разговору о твоей доле.— Он поднял руку.— Когда у тебя, кстати, день рождения?

— В Вальпургиеву ночь,— ответила она.— Подходит? Тогда я разгуливаю повсюду с метлой между ног.

Лисбет приземлилась в Цюрихе в половине восьмого вечера и поехала на такси в гостиницу «Маттерхорн». Она забронировала номер для некой Ирене Нессер и преобразила свою внешность в соответствии с фотографией из норвежского паспорта на это имя. На десять тысяч из занятых у Микаэля Блумквиста денег она через сомнительные контакты из международной сети Чумы приобрела два паспорта. У Ирене Нессер были светлые волосы до плеч, и Лисбет купила в Стокгольме парик.

По прибытии в гостиницу Лисбет сразу прошла к себе в номер, заперла дверь и разделась. Она легла на кровать и уставилась в потолок комнаты, стоившей тысячу шестьсот крон за ночь. Лисбет чувствовала себя опустошенной. Она уже истратила половину одолженной у Микаэля Блумквиста суммы, и, несмотря на прибавленные все до последней кроны собственные сбережения, ее бюджет был более чем скуден. Она прекратила думать и почти сразу заснула.

Проснулась она утром, в самом начале шестого. Первым делом приняла душ и много времени посвятила тому, чтобы при помощи толстого слоя тонального крема и пудры замаскировать татуировки на шее. Следующим пунктом в ее контрольном списке значилось: записаться на половину седьмого утра в салон красоты, помещавшийся в фойе гораздо более дорогой гостиницы. Она купила еще один светлый парик, на этот раз с полудлинными волосами и прической «паж», потом ей сделали маникюр, приклеили накладные красные ногти поверх ее собственных обкусанных огрызков, добавили накладные ресницы и пудру, наложили румяна, нанесли губную помаду и прочую липкую гадость. Обошлось все это примерно в восемь тысяч крон.

Она расплатилась кредитной карточкой на имя Моники Шоулс, представив для удостоверения своей личности английский паспорт на это имя.

Следующей остановкой был Дом моды Камиль, располагавшийся на той же улице в ста пятидесяти метрах ходьбы. Через час она вышла оттуда в черных сапогах, черных колготках, песочного цвета юбке с подходящей по тону блузкой, в короткой куртке и берете. Все вещи были фирменными и дорогими. Их выбор она доверила продавцу. Еще она подобрала себе эксклюзивный кожаный портфель и маленькую дорожную сумку фирмы «Самсонайт». Венцом всех приобретений стали скромные сережки и простая золотая цепочка вокруг шеи. С кредитной карточки списали еще сорок четыре тысячи крон.

Впервые в жизни у Лисбет Саландер появился также бюст, который — когда она посмотрела на себя в зеркальную дверь — заставил ее затаить дыхание. Бюст был таким же фальшивым, как и личность Моники Шоулс. Она купила его в Копенгагене, в магазине, где отовариваются трансвеститы.

Теперь она была готова к войне.

В начале десятого Лисбет прошла два квартала до славного своими традициями отеля «Циммерталь», где у нее был заказан номер на имя Моники Шоулс. Она дала подобающие сто крон чаевых мальчику, доставившему наверх новую сумку, внутри которой находилась ее старая спортивная сумка. Номер был небольшим и стоил всего двадцать две тысячи крон в сутки. Лисбет сняла его на одну ночь. Оставшись одна, она огляделась. Из окна открывался прекрасный вид на Цюрихское озеро, который ее ничуть не заинтересовал. Зато себя в зеркале она разглядывала целых пять минут. Из рамы на нее смотрел совершенно чужой человек. Светловолосая Моника Шоулс, особа с крупным бюстом и прической типа «паж», одномоментно имела на лице больше косметики, чем Лисбет Саландер использовала за месяц. Выглядела она... совершенно иначе.

В половине десятого она наконец позавтракала в баре гостиницы, выпив две чашки кофе и съев бейгл с вареньем. Завтрак обошелся в двести десять крон.

«Они тут что, все чокнутые?» — подумала она.

Около десяти часов Моника Шоулс поставила кофейную чашку, открыла свой мобильный телефон и набрала номер модемного соединения на Гавайях. Через три гудка раздался сигнал: модем подключился. Моника Шоулс ответила — набрала код из шести цифр и отправила сообщение, содержавшее указание запустить программу, которую Лисбет Саландер написала специально для этой цели.

В Гонолулу, на анонимной домашней странице сервера, формально приписанного к университету, запустилась простая программа. Ее единственная функция состояла в том, чтобы послать указание для запуска другой программы, на другом сервере, который в этом случае являлся обычным коммерческим сайтом, предлагавшим интернет-услуги в Голландии. В задачу этой третьей программы, в свою очередь, входило найти жесткий диск, являвшийся зеркальным отражением диска Ханса Эрика Веннерстрёма, и взять на себя управление уже четвертой программой, сообщавшей о содержимом его почти трех тысяч банковских счетов по всему миру.

Интерес представлял только один счет. Лисбет Саландер отметила, что Веннерстрём просматривал его раза два в неделю. Если бы он включил компьютер и вошел именно в этот файл, все выглядело бы нормально. Программа сообщала о мелких изменениях, которые можно было ожидать, исходя из того, как обычно менялся счет в течение предыдущих шести месяцев. Если бы Веннерстрём в течение ближайших сорока восьми часов подключился и распорядился о выплате или перемещении денег со счета, программа услужливо ответила бы, что все выполнено. На самом же деле изменение произошло бы только на отраженном жестком диске в Голландии.

Моника Шоулс отключила мобильный телефон в тот миг, когда услышала четыре коротких сигнала, подтверждавших, что программа запустилась.

Она покинула «Циммерталь» и прогулялась через улицу до банка «Хаузер генерал», где на 10.00 была записана на прием к директору Вагнеру. На месте она оказалась за три минуты до назначенного времени и использовала их для позирования перед камерой наблюдения, заснявшей ее, когда она проходила в отделение с офисами для негласных личных консультаций.

— Мне требуется помощь с несколькими трансакциями,— сказала Моника Шоулс на безукоризненном оксфордском английском.

Открывая портфель, она выронила ручку с логотипом отеля «Циммерталь», и директор Вагнер любезно ее поднял. Бросив ему игривую улыбку, она написала в лежавшем перед ней на столе блокноте номер счета.

Директор Вагнер окинул ее взглядом и решил, что она балованная дочка какого-нибудь босса.

— Речь о нескольких счетах в банке «Кроненфельд» на Каймановых островах. Автоматический трансферт по повторяющимся клиринговым кодам.

— Фройлен Шоулс, у вас, разумеется, есть все клиринговые коды? — спросил он.

— Aber natürlich*,— ответила она с сильным акцентом, продемонстрировав при этом, что немецким овладела не более чем на школьном уровне.

Она принялась называть шестнадцатизначные цифровые коды, не сверяясь ни с одной бумагой. Директор Вагнер понял, что в первой половине дня ему предстоит тяжелая работа, но ради четырех процентов от трансакций он был готов отказаться от ланча.

Это заняло больше времени, чем она предполагала. Только в начале первого, с некоторым отставанием от графика, Моника Шоулс вышла из банка и вернулась в отель «Циммерталь». Она показалась у стойки администратора, а потом поднялась к себе в номер и сняла обновки. Латексный бюст она оставила, но прическу «паж» заменила на светлые волосы до плеч, как у Ирене Нессер. Она надела более привычную одежду: ботинки на особо высоком каблуке, черные брюки, простой свитер и красивую кожаную куртку из стокгольмского магазина кожаной одежды. Потом осмотрела себя в зеркале. У нее был вполне опрятный вид, но она уже больше не походила на богатую наследницу. Перед тем как покинуть номер, Ирене Нессер отобрала часть полученных облигаций и положила их в тонкую папку.

---

* Разумеется *(нем.)*. *(Прим. перев.)*

В пять минут второго, с опозданием на несколько минут, она вошла в банк «Дорфман», расположенный метрах в семидесяти от банка «Хаузер генерал». Ирене Нессер заранее договорилась о встрече с директором Хассельманом. Она попросила прощения за опоздание на безупречном немецком с норвежским акцентом.

— Никаких проблем, фройлен,— ответил директор Хассельман.— Чем я могу быть вам полезен?

— Я хотела бы открыть счет. У меня есть некоторое количество личных облигаций, которые я хочу обратить в деньги.

Ирене Нессер положила перед ним папку.

Директор Хассельман просмотрел ее содержимое, сначала бегло, потом подробнее. Он поднял одну бровь и почтительно улыбнулся.

Она открыла пять номерных счетов, которыми могла пользоваться через Интернет и которые принадлежали анонимной офшорной компании в Гибралтаре,— эту компанию за пятьдесят тысяч крон из денег, одолженных у Микаэля Блумквиста, основал там для нее местный маклер. Она обратила пятьдесят облигаций в деньги, которые разместила на счетах. Стоимость каждой облигации соответствовала одному миллиону крон.

Ее дело в банке «Дорфман» затянулось, и она еще больше выбилась из графика. Завершить все дела до закрытия банков ей уже было не успеть. Поэтому Ирене Нессер вернулась в гостиницу «Маттерхорн», где в течение часа старалась попасться на глаза как можно большему числу людей. Однако у нее разболелась голова, и ей пришлось рано отправиться спать. Она купила у стойки администратора таблетки от головной боли, попросила, чтобы ее разбудили в восемь утра, и поднялась к себе в номер.

Время приближалось к пяти часам, и все банки в Европе закрылись. Зато банки на американском континенте как раз открылись. Она включила свой компьютер и через мобильный телефон подсоединилась к Сети. Целый час ушел у нее на то, чтобы снять деньги со счетов, которые она чуть раньше в этот день открыла в банке «Дорфман».

Деньги делились на маленькие порции и использовались для оплаты счетов большого количество фиктивных предприятий, разбросанных по всему миру. Когда она все закончила, деньги забавным образом вернулись в банк «Кроненфельд» на Каймановых островах, но теперь уже не на те счета, с которых ушли этим же днем, а совершенно на другой счет.

Ирене Нессер сочла, что эта первая порция теперь в безопасности и ее почти невозможно отследить. Она сделала лишь одну-единственную выплату — примерно миллион крон переместился на счет, привязанный к кредитной карточке, лежавшей у нее в бумажнике. Этим счетом владела анонимная компания под названием «Уосп энтерпрайзис»*, зарегистрированная в Гибралтаре.

Несколько минут спустя через боковую дверь бара гостиницы «Маттерхорн» вышла блондинка с прической типа «паж». Моника Шоулс дошла до отеля «Циммерталь», вежливо кивнула портье и поднялась на лифте к себе в номер.

Затем она, не торопясь, надела боевую униформу Моники Шоулс, подправила макияж, покрыла татуировки дополнительным слоем тонального крема и спустилась в ресторан отеля, где поужинала невероятно вкусной рыбой. Она заказала бутылку марочного вина, о котором раньше даже не слышала, но которое стоило тысячу двести крон, выпила где-то около бокала, беззаботно оставив остальное, и переместилась в бар отеля. Она оставила около пятисот крон чаевых, что заставило персонал обратить на нее внимание.

В течение трех часов она усиленно добивалась того, чтобы ее подцепил пьяный молодой итальянец с каким-то аристократическим именем, которое она даже не думала запоминать. Они распили две бутылки шампанского, из которых на ее долю пришелся примерно бокал.

Около одиннадцати ее пьяный кавалер склонился и беззастенчиво сдавил ей грудь. Она удовлетворенно опустила

---

* «Предприятие Осы». (Прим. ред.)

его руку под стол. Похоже, он не заметил, что сжимал мягкий латекс. Временами они слишком шумели, вызывая известное недовольство остальных посетителей. Когда почти в полночь Моника Шоулс заметила, что один из охранников начинает на них мрачно посматривать, она помогла своему итальянскому другу добраться до его номера.

Когда он отправился в ванную, она налила последний бокал красного вина и, развернув сложенный пакетик, приправила вино раскрошенной таблеткой рогипнола. Через минуту после того, как они подняли бокалы, итальянец жалкой кучей рухнул на кровать. Она развязала ему галстук, стянула с него ботинки и прикрыла его одеялом. Потом вымыла в ванной бокалы, вытерла их и покинула номер.

На следующее утро Моника Шоулс позавтракала у себя в номере в шесть часов, оставила кругленькую сумму на чай и выписалась из отеля «Циммерталь» еще до семи. Перед тем как покинуть номер, она уделила пять минут тому, чтобы стереть свои отпечатки пальцев с ручек дверей, гардеробов, стульчака, телефонной трубки и других предметов, к которым прикасалась.

Ирене Нессер выписалась из гостиницы «Маттерхорн» в половине девятого, сразу после того, как ее разбудили. Она взяла такси и перевезла свои вещи в камеру хранения на железнодорожном вокзале. Последующие часы она уделила визитам в девять частных банков, между которыми распределила часть облигаций с Каймановых островов. К трем часам дня примерно десять процентов облигаций было обращено в деньги, которые она разместила на тридцати с лишним номерных счетах. Остаток облигаций она связала в пачку и положила до лучших времен в банковский сейф.

Ей предстояло нанести еще несколько визитов в Цюрих, но никакой спешки с этим не было.

В половине пятого дня Ирене Нессер приехала на такси в аэропорт, где посетила дамскую комнату, разрезала на мелкие кусочки паспорт и кредитную карточку Моники Шоулс и спустила их в унитаз. Ножницы она выбросила в урну.

После 11 сентября 2001 года не стоило привлекать к себе внимание наличием острых предметов в багаже.

Рейсом «GD-890» компании «Люфтганза» Ирене Нессер прилетела в Осло, где доехала на автобусе до центрального вокзала, посетила там дамскую комнату и разобрала свою одежду. Поместила все предметы, составлявшие образ Моники Шоулс — парик с прической «паж» и фирменную одежду,— в три пластиковых пакета и рассовала их по разным мусорным бакам и урнам возле вокзала. Золотая цепочка и сережки были авторскими изделиями и могли навести на след — они исчезли в канализационном люке.

Накладной латексный бюст Ирене Нессер после некоторых отчаянных колебаний решила сохранить.

Под угрозой опоздания она, торопясь, буквально проглотила гамбургер в «Макдоналдсе», попутно перекладывая содержимое эксклюзивного кожаного портфеля в свою спортивную сумку. Уходя, она оставила портфель под столом. Купив в киоске кофе латте в стаканчике с крышкой, она побежала к ночному поезду на Стокгольм и успела как раз в тот момент, когда закрывались двери. У нее было забронировано отдельное купе.

Заперев дверь купе, она почувствовала, что впервые за двое суток содержание адреналина у нее в крови снизилось до нормального уровня. Она опустила окно, вопреки запрету на курение зажгла сигарету и стала маленькими глотками пить кофе. Поезд тем временем выезжал из Осло.

Она прокрутила в голове свой контрольный список, чтобы убедиться, что не упустила ни единой детали. Через минуту она нахмурила брови и ощупала карман куртки. Извлекла оттуда ручку из отеля «Циммерталь», задумчиво ее рассмотрела, а затем выбросила в окно.

Через пятнадцать минут она залезла в постель и почти мгновенно заснула.

АУДИТОРСКОЕ ЗАКЛЮЧЕНИЕ

Четверг, 27 ноября — вторник, 30 декабря

Тематический номер «Миллениума» включал целых сорок шесть страниц материала о Хансе Эрике Веннерстрёме и, выйдя в последнюю неделю ноября, произвел эффект разорвавшейся бомбы. Авторами основного текста номера значились Микаэль Блумквист и Эрика Бергер. В первые часы СМИ не знали, как им отнестись к этой горячей новости; год назад публикация подобного текста привела к тому, что Микаэля Блумквиста приговорили за клевету к тюремному наказанию и, судя по всему, уволили из «Миллениума». Тем самым он сильно подорвал к себе доверие. И вот теперь то же издание вновь печатает материал того же журналиста, содержащий значительно более тяжкие обвинения, чем статья, за которую он был осужден. Местами содержание текста казалось настолько абсурдным, что просто противоречило здравому смыслу. Шведские СМИ недоверчиво выжидали.

Однако вечером «Та, с канала ТВ-4» начала программу новостей с одиннадцатиминутного обзора главных обвинений Блумквиста. Несколькими днями раньше Эрика Бергер встретилась с ней за ланчем и в эксклюзивном порядке сообщила предварительную информацию.

Канал ТВ-4 опередил государственные программы новостей, которые дали свою информацию только в девятичасовых выпусках. Тогда и Шведское телеграфное агентство разослало первую телеграмму с осторожно озаглавленным текстом «Осужденный журналист обвиняет финансиста в тяжких преступлениях». Телеграмма содержала телевизионную информацию в сокращенном варианте, но уже сам факт, что Телеграфное агентство затронуло эту тему, вызвал лихорадочную деятельность в консервативной утренней газете и дюжине провинциальных газет, которые изо всех сил стремились успеть перенабрать первую страницу, до того как начнут работать печатные станки. До этого момента газеты предполагали проигнорировать утверждения «Миллениума».

Либеральная утренняя газета прокомментировала горячие новости мятежного журнала в передовице, написанной лично главным редактором несколько раньше. Вечером, когда в эфир вышли новости канала ТВ-4, главный редактор находился в гостях и опроверг мнение секретаря редакции, лихорадочно пытавшегося сообщить ему по телефону, что в утверждениях Блумквиста «возможно, что-то есть». При этом он произнес фразу, ставшую впоследствии классической: «Ерунда — наши экономические журналисты уже давно бы это обнаружили». В результате передовица либерального главного редактора оказалась единственным медийным голосом в стране, буквально разгромившим утверждения «Миллениума». В ней имелись такие слова, как «преследование личности, грязная криминальная журналистика», и требования «принять меры против уголовно наказуемых высказываний в адрес достойных граждан». Правда, на этом участие главного редактора в дебатах и закончилось.

Ночью редакция «Миллениума» оказалась заполненной до отказа. Планировалось, что там останутся только Эрика Бергер и новый ответственный секретарь Малин Эрикссон, чтобы отвечать на возможные звонки. Однако в десять часов вечера на месте по-прежнему находились все сотрудники, к которым еще добавились как минимум четверо прежних сослуживцев и человек шесть журналистов, постоянно публикующихся здесь. В полночь старый приятель из вечерней газеты прислал Кристеру Мальму предварительный экземпляр номера, где делу Веннерстрёма было посвящено шестнадцать страниц с общей рубрикой «Финансовая мафия»,— и Кристер откупорил бутылку игристого вина. Когда на следующий день вышли вечерние газеты, в СМИ начался бум невиданного масштаба.

Ответственный секретарь редакции Малин Эрикссон сделала вывод, что в «Миллениуме» ей будет хорошо.

В течение следующей недели шведские биржи лихорадило — дело начала расследовать финансовая полиция, подключились прокуроры, и развернулась паническая деятельность по продаже. Через два дня после разоблачения дело Веннерстрёма вышло на правительственный уровень, что вынудило высказываться министра экономики.

Этот бум не означал, что СМИ проглотили утверждения «Миллениума» без критических вопросов — для этого разоблачения носили слишком серьезный характер. Но в отличие от первого дела Веннерстрёма, на этот раз «Миллениум» смог представить обескураживающе убедительные доказательства: электронную почту самого Веннерстрёма, копии содержимого его компьютера, включая балансовые отчеты по тайным банковским счетам на Каймановых островах и в двух дюжинах других стран, секретные соглашения и другие вещи, держать которые на своем жестком диске такая большая глупость, что более осторожный бандит никогда в жизни этого не сделал бы. Вскоре стало ясно, что если материалы «Миллениума» дойдут до апелляционного суда — а все сходились на том, что дело рано или поздно должно там оказаться,— то в шведском финансовом мире лопнет наикрупнейший мыльный пузырь со времен краха Крёгера в 1932 году. На фоне дела Веннерстрёма совершенно поблекли скандальное банкротство «Готабанкен» и аферы инвестиционной компании «Трустор»*. Это было мошенничество таких масштабов, что никто даже не решался высказывать предположения по поводу того, сколько отдельных нарушений закона было совершено.

---

* В 1997 г. компания ограбила предприятия на сумму, превышающую 600 миллионов крон,— крупнейшее ограбление в истории Швеции. (*Прим. перев.*)

Впервые в шведской экономической журналистике употреблялись такие слова, как «систематическая преступная деятельность, мафия и господство гангстеров». Веннерстрём и его ближайшее окружение, состоящее из молодых биржевых маклеров, совладельцы и одетые в костюмы от Армани адвокаты описывались как самая обычная банда грабителей банков или наркодельцов.

В первые дни этой бури в средствах массовой информации Микаэль Блумквист оставался в тени. Он не отвечал на письма и был недоступен по телефону. Все редакционные комментарии давались Эрикой Бергер, которая мурлыкала, как кошка, когда ее интервьюировали центральные шведские СМИ и влиятельные местные газеты, а также постепенно возрастающее количество зарубежных. Каждый раз, получая вопрос о том, как «Миллениуму» удалось завладеть всей этой, в высшей степени личной документацией для внутреннего употребления, она с загадочной улыбкой, которая на самом деле служила дымовой завесой, отвечала: «Мы, разумеется, не можем раскрывать свой источник».

Когда ее спрашивали, почему прошлогоднее разоблачение Веннерстрёма обернулось таким фиаско, она напускала еще большую таинственность. Эрика никогда не лгала, но, возможно, не всегда говорила всю правду. Не для печати, когда у нее не держали перед носом микрофон, она отпустила несколько загадочных реплик, которые, если сложить их воедино, приводили к слишком поспешным выводам. В результате родился слух, быстро разросшийся до колоссальных масштабов, согласно которому Микаэль Блумквист не стал защищаться в суде и добровольно пошел на тюремное наказание и крупный штраф, поскольку иначе его документы неизбежно привели бы к раскрытию источника. Его сравнивали с известными американскими коллегами, предпочитавшими попасть в тюрьму, но не раскрыть источник информации, и описывали как героя, в настолько лестных выражениях, что он смущался. Однако опровергать это недоразумение в данный момент не стоило.

Все сходились в одном: человек, выдавший эту документацию, должен был принадлежать к кругу наиболее доверенных лиц Веннерстрёма. В результате развернулась длинная побочная дискуссия о том, кто же является анонимным источником информации — имевший причины для недовольства сотрудник или адвокаты; к возможным кандидатам причислялись даже злоупотребляющая кокаином дочь Веннерстрёма и другие члены семьи. Ни Микаэль Блумквист, ни Эрика Бергер ничего не говорили и неизменно воздерживались от комментариев на эту тему.

Эрика довольно улыбнулась, поняв, что они победили, когда одна из вечерних газет на третий день бума напечатала статью под заголовком «Реванш "Миллениума"». В тексте статьи был нарисован лестный портрет журнала и его сотрудников, и к тому же проиллюстрированный весьма удачной фотографией Эрики Бергер. Ее называли королевой журналистских расследований. Это означало добавочные очки в иерархии развлекательных колонок, и уже пошли разговоры о Большой журналистской премии.

Через пять дней после того, как «Миллениум» выпустил первый залп, в книжные магазины поступила книга Микаэля Блумквиста под названием «Банкир мафии». Книга писалась сутками напролет во время пребывания в Сандхамне в сентябре-октябре и была спешно и в строжайшей тайне напечатана в типографии компании «Халлвингс реклам», в местечке Моргонгова, неподалеку от Уппсалы. Она стала первой продукцией совершенно нового издательства с собственным логотипом «Миллениума». Тексту было предпослано загадочное посвящение: «Салли, показавшей мне преимущества игры в гольф».

Это был кирпич карманного формата в шестьсот пятнадцать страниц. Маленький тираж книги — две тысячи экземпляров — практически гарантировал убыточность издания, но уже через пару дней тираж был распродан, и Эрика Бергер быстро заказала еще десять тысяч экземпляров.

Рецензенты отмечали, что на этот раз Микаэль Блумквист, во всяком случае, не поскупился на публикацию развернутых источников материала. Их наблюдение было совершенно справедливым. Две трети книги составляли приложения, представлявшие собой копии документов из компьютера Веннерстрёма. Одновременно с выходом книги «Миллениум» выложил на своей домашней странице в Интернете тексты из компьютера Веннерстрёма в PDF-файлах. Любой желающий мог скачать себе этот материал для подробного изучения.

Странная необщительность Микаэля Блумквиста была частью выработанной им и Эрикой стратегии. Его разыскивали все газеты страны. Только после выхода книги Микаэль выступил с эксклюзивным интервью, которое дал «Той, с канала ТВ-4», и ей тем самым еще раз удалось обставить государственное телевидение. Однако интервью отнюдь не носило характер дружеских посиделок, и вопросы задавались далеко не подобострастные.

Просматривая потом видеозапись своего выступления, Микаэль остался особенно доволен одним обменом репликами. Интервью шло в прямом эфире в тот момент, когда Стокгольмская биржа пребывала в состоянии свободного падения и успешные молодые маклеры грозили повыбрасываться из окон. Ему задали вопрос об ответственности «Миллениума» за то, что экономика Швеции оказалась на грани катастрофы.

— Утверждение, что экономика Швеции пребывает на грани катастрофы, нонсенс,— молниеносно ответил Микаэль.

У «Той, с канала ТВ-4» сделался растерянный вид. Ответ не соответствовал ее ожиданиям, и ей внезапно пришлось импровизировать, вследствие чего Микаэль получил тот самый вопрос в развитие темы, к которому ее подталкивал:

— Мы сейчас переживаем крупнейший обвал в истории шведской биржи — вы считаете это нонсенсом?

— Необходимо различать две вещи: шведскую экономику и шведский биржевой рынок. Шведская экономика —

Это сумма всех товаров и услуг, которые ежедневно производятся в этой стране. Это телефоны компании «Эрикссон», машины компании «Вольво», цыплята фирмы «Скан» и транспортировка от Кируны до Шёвде. Вот шведская экономика, и она так же сильна или слаба, как неделю назад.

Он сделал театральную паузу и отпил глоток воды.

— Биржа — это нечто совершенно другое. Там нет никакой экономики и производства товаров и услуг. Там существуют одни фантазии, там час за часом решают, что теперь то или иное предприятие стоит на столько-то миллиардов больше или меньше. Это не имеет ни малейшего отношения к реальности или к шведской экономике.

— Значит, вы считаете, что резкое падение биржи не играет никакой роли?

— Да, абсолютно никакой роли,— ответил Микаэль таким усталым и подавленным голосом, что предстал прямо неким оракулом. Эту реплику в течение ближайшего года потом будут многократно цитировать.

Он продолжил:

— Это означает лишь, что множество крупных спекулянтов сейчас перебрасывают свои пакеты акций из шведских предприятий в немецкие. Следовательно, задачей какого-нибудь журналиста посмелее является установить личности этих финансовых клерков и объявить их государственными изменниками. Они систематически и, возможно, сознательно наносят вред шведской экономике во имя удовлетворения корыстных интересов своих клиентов.

Затем «Та, с канала ТВ-4» совершила ошибку, задав именно тот вопрос, на который рассчитывал Микаэль.

— Значит, вы полагаете, что СМИ не несут никакой ответственности?

— Нет, СМИ несут ответственность в самой высшей степени. В течение как минимум двадцати лет огромное количество экономических журналистов оставляли деятельность Ханса Эрика Веннерстрёма без внимания. Они, напротив, способствовали повышению его престижа, бездумно создавая из него идола. Если бы они в течение последних двадцати лет честно занимались своим делом, мы бы сегодня не оказались в такой ситуации.

Выступление Микаэля явилось переломным моментом всей цепи событий. Потом Эрика Бергер не сомневалась: именно в тот миг, когда Микаэль так уверенно защищал свои утверждения по телевидению, шведские СМИ осознали, что его материал действительно непробиваем и что потрясающие утверждения журнала правдивы, хотя до этого «Миллениум» уже неделю удерживал первенство во всех рейтингах прессы. Его позиция дала истории ход.

После интервью дело Веннерстрёма незаметно переместилось из экономических редакций на столы криминальных журналистов, что подчеркивало новый подход редакций газет и журналов. Раньше репортеры-криминалисты крайне редко писали об экономических преступлениях, за исключением тех случаев, когда речь шла о русской мафии или контрабанде югославских сигарет. От них не ждали расследования запутанных событий на бирже. Одна из вечерних газет даже прислушалась к словам Микаэля Блумквиста и заполнила два разворота портретами нескольких крупнейших биржевых маклеров, которые как раз вовсю занимались покупкой немецких ценных бумаг. Газета дала общий заголовок: «Они продают свою страну». Всем названным было предложено прокомментировать высказанные утверждения, и все отказались. Однако торговля акциями в тот день значительно сократилась, а несколько маклеров, пожелавших предстать прогрессивными патриотами, даже пошли против течения. Микаэль Блумквист хохотал.

Давление было настолько сильным, что серьезные мужчины в темных костюмах озабоченно наморщили лбы и, нарушив важнейшее правило такого обособленного общества, как узкий круг финансистов Швеции, начали высказываться о своем коллеге. Внезапно на экране телевизора стали появляться вышедшие на пенсию директора «Вольво», руководители предприятий и банков, которые отвечали на вопросы, стараясь сократить вредные последствия. Все понимали серьезность ситуации, необходимость быстро дистанцироваться от «Веннерстрём груп» и в случае надобности избавиться от их акций. Веннерстрём (утверждали они почти в один голос) все-таки был не настоящим промышленником и не до конца признавался членом их «клуба». Кто-то припомнил, что он, в сущности, являлся простым рабочим парнем из Норрланда, которому, возможно, просто вскружили голову успехи. Кто-то описывал его действия как «личную трагедию». Другие обнаружили, что уже много лет относились к Веннерстрёму с недоверием — он был излишне хвастлив и вообще задавался.

В течение следующих недель, по мере того как документы «Миллениума» рассматривались и собирались воедино, состоящую из сомнительных компаний империю Веннерстрёма стали связывать с центром международной мафии, который занимался всем — от нелегальной торговли оружием и отмывания денег от южноамериканской торговли наркотиками до проституции в Нью-Йорке, и, косвенно, даже с сексуальной эксплуатацией детей в Мексике. Одна из компаний Веннерстрёма, зарегистрированная на Кипре, наделала много шума, когда обнаружилось, что она пыталась закупать на черном рынке Украины обогащенный уран. Казалось, повсюду стали всплывать разные сомнительные офшорные компании из неисчерпаемого запаса Веннерстрёма, причем в крайне неприглядном свете.

Эрика Бергер считала, что книга о Веннерстрёме стала лучшей из всего написанного Микаэлем. Она была стилистически неровной, а язык временами даже скверным — на правку просто не хватило времени,— но Микаэль расплачивался за старые обиды, и вся книга дышала яростью, которую не мог не почувствовать каждый читатель.

Совершенно случайно Микаэль Блумквист столкнулся со своим антагонистом — бывшим экономическим репортером Уильямом Боргом. Встреча произошла перед входом в бар «Мельница», куда Микаэль, Эрика Бергер и Кристер

Мальм, освободив себе вечер в День святой Люсии, направлялись, чтобы вместе с остальными сотрудниками «Миллениума» вдрызг напиться за счет журнала. Борг был в компании безумно пьяной девушки возраста Лисбет Саландер.

Микаэль резко остановился. Уильям Борг всегда вызывал у него самые недобрые чувства, и ему пришлось сдерживаться, чтобы не сказать или не сделать что-нибудь неподобающее. Поэтому они с Боргом стояли, молча уставившись друг на друга.

Ненависть Микаэля к Боргу была видна невооруженным глазом. Вернувшаяся Эрика прервала эти разборки настоящих мачо, взяв Микаэля под руку и уведя в бар.

Микаэль решил при случае попросить Лисбет Саландер заняться изучением личных обстоятельств Борга в свойственной ей деликатной манере. Просто проформа.

Во время бури в средствах массовой информации главный герой драмы, финансист Ханс Эрик Веннерстрём, почти никак себя не проявлял. В тот день, когда «Миллениум» опубликовал свой материал, финансист прокомментировал его на заранее объявленной пресс-конференции, посвященной совершенно другому вопросу. Веннерстрём заявил, что обвинения беспочвенны, а указанные документы являются фальсификацией. Он напомнил о том, что тот же журналист годом раньше уже был осужден за клевету.

Потом на вопросы СМИ отвечали уже только адвокаты Веннерстрёма. Через два дня после выхода книги Микаэля Блумквиста стали ходить упорные слухи о том, что Веннерстрём покинул Швецию. Вечерние газеты употребляли в заголовках слово «бегство». Когда на второй неделе финансовая полиция официально попыталась вступить в контакт с Веннерстрёмом, выяснилось, что в пределах страны его нет. В середине декабря полиция подтвердила, что она разыскивает Веннерстрёма, а за день до Нового года он был формально объявлен в розыск через международные полицейские организации. В тот же день в аэропорту схватили ближайшего советника Веннерстрёма, когда тот пытался сесть на самолет, улетающий в Лондон.

Через несколько недель один шведский турист сообщил, что видел, как Ханс Эрик Веннерстрём садился в машину в Бриджтауне, столице Барбадоса, в Вест-Индии. В качестве доказательства турист приложил фотографию, снятую с довольно большого расстояния, на которой был виден белый мужчина в темных очках, расстегнутой белой рубашке и светлых брюках. Точно опознать мужчину не представлялось возможным, однако вечерние газеты направили репортеров, которые безуспешно пытались разыскать Веннерстрёма среди Карибских островов. Это была первая в длинном ряду наводок на беглого миллиардера.

Через шесть месяцев полиция прекратила поиски. И тут Ханса Эрика Веннерстрёма обнаружили мертвым в квартире в Марбелле, в Испании, где он проживал под именем Виктора Флеминга. Его убили тремя выстрелами в голову с близкого расстояния. Испанская полиция прорабатывала версию о том, что он застал у себя в квартире вора.

Для Лисбет Саландер смерть Веннерстрёма неожиданностью не стала. Она имела веские причины подозревать, что его кончина связана с лишением доступа к деньгам в определенном банке на Каймановых островах, а деньги ему требовались для уплаты некоторых колумбийских долгов.

Если бы кто-нибудь озаботился тем, чтобы обратиться к Лисбет Саландер за помощью в поисках Веннерстрёма, то она почти по дням смогла бы сказать, где он находится. Она через Интернет следила за его отчаянным бегством через дюжину стран и видела нарастающую панику в его электронной почте, как только он где-нибудь подключал к Сети свой ноутбук. Но даже Микаэль Блумквист не думал, что у беглого экс-миллиардера хватит ума таскать за собой тот же компьютер, в который так обстоятельно внедрились.

Через полгода Лисбет надоело следить за Веннерстрёмом. Оставалось только определить, насколько она сама заинтересована в этом деле. Веннерстрём, безусловно, был крупномасштабной скотиной, но не являлся ее личным врагом, и ей незачем было с ним разбираться. Она могла навести на его след Микаэля Блумквиста, но тот, вероятно, просто опубликовал бы какую-нибудь статью. Она могла помочь полиции в ее поисках, но вероятность того, что Веннерстрёма предупредят и он успеет скрыться, была достаточно велика. Кроме того, с полицией она не общалась из принципа.

Однако у Веннерстрёма имелись еще кое-какие неуплаченные долги. Она подумала о беременной двадцатидвухлетней официантке, которую держали под водой в собственной ванне.

За четыре дня до того, как беглеца нашли мертвым, Лисбет решилась. Открыла мобильный телефон и позвонила в Майями, во Флориду, адвокату, который, похоже, принадлежал к тем людям, от кого Веннерстрём наиболее старательно скрывался. Она поговорила с секретаршей и попросила ее передать загадочное сообщение: имя Веннерстрём и его адрес в Марбелле. Все.

Посреди сообщения о трагической смерти Веннерстрёма она выключила телевизионные новости, поставила кофе и сделала бутерброд с печеночным паштетом и кусочками огурца.

Эрика Бергер и Кристер Мальм были погружены в ежегодные рождественские хлопоты. Микаэль сидел в кресле Эрики, пил глинтвейн и наблюдал за ними. Все сотрудники и большинство постоянно пишущих для них журналистов всегда получали по подарку — в этом году им предназначалось по сумке на ремне с логотипом «Миллениума». Запаковав подарки, они уселись писать и штамповать около двухсот рождественских поздравлений: работникам типографии, фотографам и коллегам из СМИ.

Микаэль долго пытался противостоять соблазну, но под конец уступил. Он взял самую последнюю открытку и написал: «Светлого Рождества и счастливого Нового года! Спасибо за огромную помощь в прошедшем году».

Он подписался своим именем и адресовал открытку Янне Дальману, в редакцию «Финансмагазинет монополь».

Придя вечером домой, Микаэль сам обнаружил извещение о пришедшей бандероли. На следующий день утром он получил этот рождественский подарок и вскрыл его, когда пришел в редакцию. В пакете оказалось средство от комаров и маленькая бутылка тминной водки «реймерсхольм». Микаэль развернул открытку и прочел текст: «Если у тебя нет других планов, то я собираюсь в день летнего солнцестояния причалить к Архольму». Внизу стояла подпись его бывшего школьного приятеля Роберта Линдберга.

Обычно редакция «Миллениума» закрывалась за неделю до Рождества и приступала к работе только после Нового года. В этом же году получилось несколько иначе; к их маленькой редакции проявлялся колоссальный интерес, и им все еще продолжали ежедневно звонить журналисты со всех концов мира. Накануне сочельника Микаэль Блумквист наткнулся на статью в «Файнэншл таймс», в которой суммировались последние сведения о работе поспешно созданной международной банковской комиссии по изучению империи Веннерстрёма. По сообщению авторов статьи, комиссия прорабатывала версию о том, что Веннерстрёма, вероятно, в последний момент каким-то образом предупредили о предстоящем разоблачении.

Дело в том, что деньги с его счетов в банке «Кроненфельд» на Каймановых островах общей суммой двести шестьдесят миллионов американских долларов — или около двух миллиардов шведских крон — исчезли за день до публикации «Миллениума».

Деньги находились на разных счетах, и распоряжаться ими мог только сам Веннерстрём. Для того чтобы перевести их в любой другой банк мира, ему не требовалось лично являться в банк, а достаточно было указать серию клиринговых кодов. Деньги были переведены в Швейцарию, где некая сотрудница обратила всю сумму в анонимные личные облигации. Все клиринговые коды оказались в порядке.

Европол объявил международный розыск этой неизвестной женщины, которая использовала украденный английский паспорт на имя Моники Шоулс и, как сообщалось, с большим размахом жила в одной из самых дорогих гостиниц Цюриха. Снимок, относительно четкий для сделанного камерой наблюдения, запечатлел блондинку небольшого роста с прической «паж», широким ртом, выдающимся бюстом, в эксклюзивной фирменной одежде и с золотыми украшениями.

Микаэль Блумквист стал рассматривать снимок, сначала бегло, а потом все с большим подозрением. Через несколько секунд он потянулся за лежавшей в ящике письменного стола лупой и попытался различить в газетном растре черты лица.

В конце концов он отложил газету и несколько минут сидел, утратив дар речи. Потом он так истерически захохотал, что Кристер Мальм сунул в его кабинет голову и поинтересовался, не случилось ли чего. Микаэль замахал рукой, показывая, что все в порядке.

В сочельник Микаэль в первой половине дня поехал в Ошту навестить бывшую жену и дочь Перниллу и обменяться с ними подарками. Перниле он, как она и хотела, вручил компьютер, который купил вместе с Моникой. Моника подарила ему галстук, а дочка — детектив Оке Эдвардсона*. В отличие от прошлого Рождества все пребывали в приподнятом настроении по поводу захватывающей интриги, разыгравшейся в СМИ вокруг «Миллениума».

Когда они все вместе сели обедать, Микаэль покосился на Перниллу. Они с дочерью не встречались со времени ее внезапного визита в Хедестад, и он вдруг сообразил, что так и не обсудил с ее матерью пристрастие девушки к приверженной Библии секте из Шеллефтео. Рассказать о том, что библейские познания дочери очень помогли ему в расследо-

---

* Оке Эдвардсон — современный шведский писатель, автор популярных детективов. (Прим. перев.)

вании истории с исчезновением Харриет Вангер, он тоже не мог. Микаэль даже ни разу не разговаривал с дочерью с тех пор и почувствовал угрызения совести.

Он плохой отец.

После обеда он поцеловал дочку и, встретившись с Лисбет Саландер у Шлюза, отправился вместе с ней в Сандхамн. Они почти не виделись с того момента, как взорвалась брошенная «Миллениумом» бомба. На место они прибыли уже поздним вечером и остались в Сандхамне на все рождественские праздники.

В обществе Микаэля Лисбет Саландер, как всегда, было весело. Правда, ей показалось, что он как-то по-особенному взглянул на нее, когда она возвращала ему чек на сто двадцать тысяч крон. Это было неприятно, однако он ничего не сказал.

Они прогулялись до курорта Трувилль и обратно (что Лисбет сочла пустой тратой времени), съели рождественский ужин в местной гостинице и удалились в домик Микаэля, где разожгли огонь в стеатитовой печке, поставили диск с Элвисом и предались непритязательному сексу. Периодически выныривая на поверхность, Лисбет пыталась разобраться в своих чувствах.

Как любовник, Микаэль ее вполне устраивал. В постели у них все получалось прекрасно. Это было откровенно физическое общение, и дрессировать ее он никогда не пытался.

Ее проблема заключалась в том, что она не могла объяснить Микаэлю свои чувства. Начиная с раннего подросткового возраста она никогда не ослабляла обороны и никого не подпускала к себе так близко, как подпустила Микаэля Блумквиста. Он обладал, называя вещи своими именами, угнетающей способностью прорываться сквозь ее защитные механизмы и раз за разом заставлять ее говорить о личных делах и личных чувствах. Несмотря на то что ей хватало ума игнорировать большинство его вопросов, она все равно рассказывала ему о себе столько, сколько даже под угрозой смерти не стала бы рассказывать никому другому. Это ее пугало и заставляло чувствовать себя обнаженной и полностью находящейся в его власти.

В то же время, глядя на спящего Микаэля и прислушиваясь к его храпу, она осознавала, что никогда прежде так безоговорочно никому не доверяла. Она была совершенно убеждена в том, что Микаэль Блумквист никогда не использует своих знаний о ней ей же во вред. Это было не в его характере.

Единственное, чего они никогда не обсуждали, так это своих отношений. Она не решалась, а Микаэль просто не затрагивал эту тему.

Как-то утром на второй день Рождества Лисбет сделала для себя ужасное открытие. Она совершенно не понимала, как это произошло и как ей теперь с этим быть. Впервые за свою двадцатипятилетнюю жизнь она влюбилась.

То, что он был почти вдвое старше, ее не волновало. Равно как и то, что в данный момент о нем столько писали, как мало о ком в Швеции, и его портрет красовался даже на обложке журнала «Ньюсуик» — это все лишь мыльная опера. Но Микаэль Блумквист не какая-нибудь эротическая фантазия или мечта. Этому неизбежно придет конец, иначе просто и быть не может. Зачем она ему? Возможно, он просто проводит с ней время в ожидании кого-нибудь получше, живущего не такой собачьей жизнью.

Она сразу же поняла, что любовь — это миг, когда сердце прямо готово разорваться.

Когда ближе к полудню Микаэль проснулся, она уже сварила кофе и накрыла на стол. Он присоединился к ней и сразу заметил: что-то в ее отношении изменилось — она держалась чуть более скованно. Когда он спросил, не случилось ли чего-нибудь, она посмотрела на него отстраненным непонимающим взглядом.

Сразу после рождественских праздников Микаэль Блумквист отправился на поезде в Хедестад. Когда он вышел к встречавшему его Дирку Фруде, на нем была теплая одежда и настоящие зимние ботинки. Поверенный тихо поздравил его с успехами. Микаэль впервые приехал в Хедестад с августа и оказался там почти в тот же срок, что и год назад, во время своего первого визита. Они пожали друг другу руки и завели вежливую беседу, но между ними оставалось много невысказанного, и Микаэль испытывал известную неловкость.

Все уже было подготовлено, и деловая часть, проходившая дома у Дирка Фруде, заняла всего несколько минут. Адвокат предложил перевести деньги на удобный Микаэлю счет за границей, но тот настоял на том, чтобы гонорар был выплачен «белыми» деньгами на счет его предприятия.

— Я не могу себе позволить никакой другой формы оплаты,— коротко объяснил он.

Визит носил, однако, не только финансово-деловой характер. Когда Микаэль с Лисбет поспешно покидали Хедебю, он оставил в гостевом домике одежду, книги и кое-что из личных вещей.

Хенрик Вангер так еще до конца и не оправился после инфаркта, однако перебрался из больницы обратно домой. При нем по-прежнему оставалась нанятая персональная сиделка, которая запрещала ему совершать длительные прогулки, ходить по лестницам и обсуждать вопросы, которые могли бы его разволновать. Как раз в эти дни он немного простудился, и ему тут же был предписан постельный режим.

— Она к тому же дорого обходится,— пожаловался Хенрик Вангер.

Микаэля Блумквиста это сообщение не слишком встревожило — он считал, что старик вполне может себе позволить такой расход, учитывая то, сколько он за свою жизнь сэкономил денег на неуплате налогов. Хенрик Вангер мрачно оглядел его, а потом засмеялся:

— Черт побери, ты стоил своих денег до последней кроны. Так я и знал.

— Честно говоря, я не верил, что смогу разгадать эту загадку.

— Благодарить тебя я не собираюсь,— сказал Хенрик Вангер.

— Я этого и не ждал,— ответил Микаэль.

— Тебе хорошо заплатили.

— Я не жалуюсь.

— Ты выполнял для меня работу, и ее оплата является уже вполне достаточной благодарностью.

— Я здесь только для того, чтобы сказать, что считаю работу законченной.

Хенрик Вангер скривил губы.

— Ты еще не завершил работу,— сказал он.

— Я знаю.

— Ты еще не написал хронику семьи Вангер, как мы договаривались.

— Я знаю. Но писать ее не буду.

Они немного помолчали, обдумывая нарушение контракта. Потом Микаэль продолжил:

— Я не могу написать эту историю. Я не могу рассказать о семье Вангер, намеренно опустив главный сюжет последних десятилетий: о Харриет, ее отце и брате и об убийствах. Как бы я мог написать главу о том времени, когда Мартин занимал пост генерального директора, делая при этом вид, что не знаю о содержимом его подвала? К тому же я не могу написать историю, еще раз не испортив жизнь Харриет.

— Я понимаю твою дилемму и благодарен за тот выбор, который ты сделал.

— Значит, я освобождаюсь от обязанности писать эту хронику?

Хенрик Вангер кивнул.

— Поздравляю. Вам удалось меня подкупить. Я уничтожу все заметки и магнитофонные записи наших бесед.

— Вообще-то я не считаю, что ты продался,— сказал Хенрик Вангер.

— Я воспринимаю это именно так. А значит, вероятно, оно так и есть.

— Тебе пришлось выбирать между долгом журналиста и долгом близкого человека. Я практически уверен в том, что не смог бы купить твое молчание и ты предпочел бы исполнить долг журналиста и выставил нас напоказ, если бы не хотел поберечь Харриет или считал меня мерзавцем.

Микаэль промолчал. Хенрик посмотрел на него:

— Мы все рассказали Сесилии. Нас с Дирком Фруде скоро не станет, и Харриет потребуется поддержка кого-нибудь из членов семьи. Сесилия подключится и будет активно участвовать в работе правления. В перспективе они с Харриет возьмут на себя руководство концерном.

— Как она это восприняла?

— Для нее это, естественно, стало шоком. Она сразу уехала за границу. Одно время я боялся, что она не вернется.

— Но она вернулась.

— Мартин был одним из немногих членов семьи, с кем Сесилия всегда ладила. Ей было очень тяжело узнать о нем правду. Теперь Сесилии также известно о том, что сделал для семьи ты.

Микаэль пожал плечами.

— Спасибо, Микаэль,— сказал Хенрик Вангер.

Микаэль снова пожал плечами.

— Помимо всего прочего, я был бы не в силах написать эту историю,— сказал он.— Семейство Вангер стоит у меня поперек горла.

Они немного помолчали, а потом Микаэль сменил тему:

— Как вы чувствуете себя, через двадцать пять лет вновь оказавшись генеральным директором?

— Это лишь временно, но... я бы предпочел быть помоложе. Сейчас я работаю только по три часа в день. Все заседания проходят в этой комнате, и Дирк Фруде опять стал моей ударной силой, если кто-нибудь начинает артачиться.

— Да трепещут юниоры. Я далеко не сразу понял, что Фруде не просто скромный экономический советник, но еще и человек, который решает за вас проблемы.

— Именно. Правда, все решения принимаются совместно с Харриет, и в офисе крутится она.

— Как у нее дела? — спросил Микаэль.

— Она унаследовала доли брата и матери. Вместе мы контролируем около тридцати трех процентов концерна.

— Этого достаточно?

— Не знаю. Биргер сопротивляется и пробует ставить ей подножки. Александр вдруг осознал, что у него появилась возможность обрести вес, и объединился с Биргером. У моего брата Харальда рак, и он долго не проживет. У него у единственного остался крупный пакет акций — семь процентов,— который унаследуют его дети. Сесилия и Анита объединятся с Харриет.

— Тогда у вас под контролем окажется более сорока процентов.

— Такого блока голосов в семье еще никогда не было. На нашей стороне окажется достаточное количество держателей одного-двух процентов. В феврале Харриет сменит меня на посту генерального директора.

— Счастья это ей не принесет.

— Нет, но такова необходимость. Нам нужны новые партнеры и свежая кровь. Мы также вполне можем сотрудничать с ее собственным концерном в Австралии. Существуют разные возможности.

— Где Харриет сейчас?

— Тебе не повезло. Она в Лондоне. Но она очень хочет с тобой повидаться.

— Я встречусь с ней на заседании правления в январе, если она приедет вместо вас.

— Я знаю.

— Передайте ей, что я никогда не буду обсуждать события шестидесятых годов ни с кем, кроме Эрики Бергер.

— Я это знаю, и Харриет тоже. Ты человек с правилами.

— Однако передайте ей, что вся ее деятельность начиная с этого момента уже сможет попасть в журнал, если она не будет вести себя достойно. Щадить концерн «Вангер» никто не собирается.

— Я ее предупрежу.

Микаэль покинул Хенрика Вангера, когда старика постепенно начало клонить в сон. Он упаковал свои вещи в две сумки. Закрывая в последний раз дверь гостевого домика, он немного поколебался, а потом все-таки пошел к Сесилии Вангер.

Ее не оказалось дома. Он достал фонарик, вырвал страничку из блокнота и написал несколько слов:

Прости меня. Я желаю тебе всего хорошего.

Записку он вместе со своей визитной карточкой опустил в почтовый ящик.

Дом Мартина Вангера стоял пустым, только в окне кухни горела лампочка в виде свечи.

Вечерним поездом Микаэль уехал обратно в Стокгольм.

В дни между Рождеством и Новым годом Лисбет Саландер полностью отключилась от внешнего мира. Она не отвечала на телефонные звонки и не подходила к компьютеру. Два дня она посвятила стирке одежды и приведению в порядок квартиры. Связала и выбросила накопившиеся за год упаковки от пиццы и газеты. В общей сложности она вынесла шесть черных мешков с мусором и около двадцати бумажных пакетов с газетами. Казалось, что она решила начать новую жизнь. Собралась купить новую квартиру — когда найдет что-нибудь подходящее,— а до тех пор заставить свой старый дом сверкать чистотой так, как на ее памяти он никогда не сверкал.

После этого она долго сидела словно парализованная, погрузившись в размышления. За всю жизнь ей ни разу не доводилось испытывать такой тоски. Ей хотелось, чтобы Микаэль Блумквист позвонил в дверь и... что дальше? Поднял бы ее на руки? Охваченный страстью, затащил бы ее в спальню и содрал с нее одежду? Нет, на самом деле ей хотелось только его общества. Услышать от него, что она нравится ему такой, какая она есть. Что она занимает в его мире и его жизни особое место. Ей хотелось, чтобы он как-то продемонстрировал ей свою любовь, а не только дружбу и товарищеское отношение.

«Я схожу с ума»,— подумала она.

Лисбет усомнилась в самой себе. Микаэль Блумквист жил в мире, населенном людьми с уважаемыми профессиями, хорошо организованной жизнью и множеством солидных плюсов. Его знакомые занимались важными делами, выступали по телевидению и давали пищу для рубрик.

«Для чего тебе я?»

Больше всего на свете — с такой силой, что это приобретало характер фобии,— Лисбет Саландер боялась того, что люди посмеются над ее чувствами. С таким трудом сконструированное ею чувство собственного достоинства, казалось, внезапно сошло на нет.

И тут она решилась. Потребовалось несколько часов, чтобы мобилизовать все мужество, но ей было просто необходимо встретиться с ним и рассказать о своих чувствах.

Любые другие варианты казались невыносимыми.

Чтобы позвонить ему в дверь, ей требовался предлог. Она не подарила ему рождественского подарка, но знала, что именно ей следовало купить. В лавке старьевщика она видела серию металлических рекламных вывесок 50-х годов с рельефными фигурами. Одна из них изображала Элвиса Пресли с гитарой на бедре и текстом песни «Heartbreak Hotel»* в словесном «пузыре». Лисбет ничего не понимала в интерьерах, но даже ей было ясно, что эта вывеска прекрасно подойдет для домика в Сандхамне. Вывеска стоила семьсот восемьдесят крон, но Лисбет из принципа доторговалась до семисот крон. Она попросила завернуть покупку, взяла ее под мышку и направилась к знакомому дому на Беллмансгатан.

На Хурнсгатан она случайно бросила взгляд в сторону кафе-бара и вдруг увидела, как из него вышел Микаэль, таща за собой Эрику Бергер. Он что-то сказал, Эрика обвила рукой его талию и поцеловала в щеку. Они удалились по Бреннчюркгатан, в направлении Беллмансгатан. Вся манера их поведения не оставляла места сомнениям — было совершенно очевидно, что у них на уме.

---

* «Отель "Разбитое сердце"», песня Элвиса Пресли. (*Прим. перев.*)

Боль была настолько резкой и отвратительной, что Лисбет резко остановилась, не в силах пошевелиться. Ей хотелось рвануться в погоню, взять железную вывеску и острым краем рассечь голову Эрики Бергер. Лисбет застыла на месте, а в ее мозгу стремительно проносились мысли.

«Анализ последствий».

В конце концов она успокоилась.

— Саландер, ты жалкая идиотка,— сказала она вслух самой себе.

Она развернулась и пошла домой, в свою только что убранную квартиру. Когда она проходила мимо квартала Цинкенесдамм, повалил снег. Элвиса она швырнула в мусорный контейнер.

Содержание

Литературно-художественное издание

Стиг Ларссон

ДЕВУШКА С ТАТУИРОВКОЙ ДРАКОНА

Ответственный редактор *Г. Корчагин*
Редактор *Е. Дворецкая*
Художественный редактор *Б. Волков*
Технический редактор *О. Шубик*
Компьютерная верстка *А. Скурихина*
Корректоры *Л. Ершова, Л. Самойлова*

ООО «Издательский дом «Домино».
191014, Санкт-Петербург, ул. Некрасова, д. 60.
Тел./факс: (812) 272-99-39. E-mail: dominospb@hotbox.ru

ООО «Издательство «Эксмо»
127299, Москва, ул. Клары Цеткин, д. 18/5. Тел. 411-68-86, 956-39-21.
Home page: **www.eksmo.ru** E-mail: **info@eksmo.ru**

Подписано в печать 29.12.2010. Формат 60x90$^1/_{16}$.
Печать офсетная. Бумага офс. Усл. печ. л. 39,0.
Доп. тираж 10000 экз. Заказ № 331

Отпечатано с готовых файлов заказчика в ОАО «ИПК
«Ульяновский Дом печати». 432980, г. Ульяновск, ул. Гончарова, 14

ISBN 978-5-699-38371-9